宗教实践与中国宗教文学论文集

吴光正 何坤翁 主编

北方文艺出版社

图书在版编目（CIP）数据

宗教实践与中国宗教文学论文集/吴光正，何坤翁
主编.——哈尔滨：北方文艺出版社，2019.10
ISBN 978-7-5317-4498-6

Ⅰ.①宗… Ⅱ.①吴… ②何… Ⅲ.①宗教文学–文学研究–中国–文集 Ⅳ.①I207.99-53

中国版本图书馆CIP数据核字（2019）第053346号

宗教实践与中国宗教文学论文集
ZONGJIAO SHIJIAN YU ZHONGGUO ZONGJIAO WENXUE LUNWENJI

主　编/吴光正　何坤翁	
责任编辑/宋玉成　曲丹丹	封面设计/张　爽
出版发行/北方文艺出版社	邮　编/150080
发行电话/（0451）85951921 85951915	经　销/新华书店
地　址/哈尔滨市南岗区林兴街3号	网　址/www.bfwy.com
印　刷/廊坊市国彩印刷有限公司	开　本/710mm×1000mm　1/16
字　数/550千	印　张/34.75
版　次/2019年10月第1版	印　次/2019年10月第1次印刷
书　号/ISBN 978-7-5317-4498-6	定　价/99.00元

目 录

《中国宗教文学史》导论…………………………………………………… 1

关于《中国佛教文学史》编撰的几点思考………………………………… 13

有关中国佛教文学史编撰原则的几点想法………………………………… 25

论"未曾有经"文体及其影响……………………………………………… 31

论永明文人的佛教实践……………………………………………………… 46

汤惠休：古典诗僧的典范…………………………………………………… 59

语录体形成刍议……………………………………………………………… 80

宋代文艺思想与佛教………………………………………………………… 89

宋代禅门偈赞的分类与主要题材…………………………………………… 102

楚石梵琦《西斋净土诗》研究……………………………………………… 115

楚石梵琦"上京纪行诗"初探……………………………………………… 153

紫柏真可佛教文学思想略论………………………………………………… 165

清代佛教文学的文献情况与文学史编写的体例问题……………………… 181

——《清代佛教文学史》编撰笔谈

中国现代佛教文学研究的回顾与展望……………………………………… 187

虚云和尚的文学创作与佛教使命…………………………………………… 197

新论弘一法师的出家原因及其对文学创作的影响………………………… 208

1

人间佛教与赵朴初佛教文学略论···220

《玉琳国师》与"新僧"星云的宗教抱负···232

《藏传佛教文学史》导论···250

西藏分裂割据时期藏传佛教文学论略··267

蒙古族佛教文学研究回顾与前瞻···286

《周易参同契》文体杂糅的文本形态及隐喻手法···································301

论"汉武故事"修辞性叙事的宗教意义··313

"天文"与"人文"的交合···326
  ——道教"天书—真文"观念的神学内涵及其文学意义

《真诰》与"启示录"及启示文学··340

唐代社会关于道士法术的集体文学想象···354
  ——兼论中国宗教文学研究方法

儒、道之间：白玉蟾的诗词创作与心路历程··364

苦行与试炼···378
  ——全真七子的宗教修持与文学创作

从"方外之人"到"宇内之民"··407
  ——明代国家体制中的道士

张谦稿本《道家诗纪》诗学承递性表现及成因······································421

清代以降台湾道教宗派之韵文发展探析···436

涵静老人李玉阶《清虚集》之宗教情怀··448

陈莲笙的道教文学创作研究··461

基督教汉文小说领域的开拓及其研究现状··476

"基督教与中国现当代文学"研究综述···489

《中国维吾尔伊斯兰教文学史》导论··504

纳瓦依文学创作的思想根源 ······ 525

从民族到宗教：新中国的回族文学研究 ······ 534
　　——以涉及宗教文学研究视角的成果为中心的考察

后　记 ······ 546

《中国宗教文学史》导论

吴光正

武汉大学中国宗教文学与宗教文献研究中心

《中国宗教文学史》包括中国佛教文学史、中国道教文学史、中国伊斯兰教文学史、中国基督教文学史四大版块，是一部涵盖汉语、藏语、蒙古语、维吾尔语等语种在内的大中华宗教文学史。为了编撰这样一部文学史，课题组先后在四祖寺、佛光山寺、大觉寺、四祖寺召开四次学术研讨会[①]，在《武汉大学学报》《哈尔滨工业大学学报》《学术交流》等刊物刊发过四组关于中国宗教文学史编撰的理论文章[②]，在《武汉大学学报》《哈尔滨工业大学学报》《学术交流》《贵州社会科学》《江西师范大学学报》《云南大学学报》《海南大学学报》等刊物的专栏上刊发近一百篇专题论文。作为课题组负责人，笔

[①] "《中国宗教文学史》编撰学术研讨会"，于2012年8月28日至9月1日，在湖北黄梅四祖寺召开，武汉大学中国宗教文学与宗教文献研究中心主办；"宗教实践与文学创作暨《中国宗教文学史》编撰国际学术研讨会"，于2014年1月10—14日，于台湾高雄佛光山寺召开，武汉大学文学院、佛光山人间佛教研究院、武汉大学中国宗教文学与宗教文献研究中心主办；"宗教实践与星云大师文学创作学术研讨会"，于2014年9月12—16日，在江苏宜兴大觉寺召开，武汉大学文学院、武汉大学中国宗教文学与宗教文献研究中心、佛光山人间佛教研究院主办；"第三届佛教文献与佛教文学国际学术研讨会"，于2014年10月17—21日，武汉大学、湖北黄梅四祖寺、武汉大学文学院、武汉大学中国宗教文学与宗教文献研究中心、南华大学中国文学系、日本国际佛教大学院大学主办。2015年年底，在台湾高雄道德院的资助下，《中国宗教文学史》道教文学课题组在台湾高雄参加相关学术研讨会。

[②] 吴光正、李小荣、高文强、张培锋、李舜臣、宋莉华、荣光启：《重绘中国文学地图 建构中国宗教诗学（笔谈）》，载《武汉大学学报》2012年第2期；吴光正、刘湘兰、罗争鸣、赵益、张勇、吴真、李舜臣：《〈中国宗教文学史〉编撰与研究（笔谈）》，载《哈尔滨工业大学学报》2012年第3期；李舜臣、鲁小俊、李松、吴光正：《〈中国宗教文学史〉编撰（笔谈）》，载《学术交流》2012年第5期；吴光正、李舜臣、李小荣：《中国宗教文学研究》，载《学术交流》2014年第8期。

者也先后发表过系列论文。[①] 随着研究的深入，笔者以为，编撰这样一部大中华宗教文学史，编撰者需要探索如下一些理论问题。

一、宗教文学的定义

宗教文学即宗教实践（修持、弘传、济世）中产生的文学。它包含如下三个层面的内涵。

一是宗教徒创作的文学。宗教徒身份的确定，应依据春秋名从主人之义（自我认定）、时间之长短等原则来处理。据此，还俗之贾岛、临死前出家之刘勰、遁迹禅林却批判佛教之遗民如屈大均等不得列为宗教作家；政权鼎革之际投身方外者，其与世俗之关系，当以宗教身份来要求，不当以政治身份来要求；早期宗教史上的一些作家可以适当放宽界线。

宗教徒文学具有神圣品格与世俗品格：前者关注的是人与神、此岸与彼岸的超越关系，彰显的是宗教家的神秘体验和内在超越；后者关注的是宗教家与民众与现实的内在关联，无论其内容如何世俗乃至绮语连篇，当从宗教作家的宗教身份意识来加以考察，无常观想也罢，在欲行禅也罢，弘法济世也罢，要作出符合宗教维度的界说。其违背宗教精神的作品，不列入《中国宗教文学史》的考察范围。

道教的扶乩作品也可纳入这一范畴。

二是虽非宗教徒创作但出于宗教目的用于宗教场合的文学。这类作品包括如下两个层面：宗教神话、宗教圣传、宗教灵验记等神圣叙事类作品。其著作权性质可以分为编辑、记录、整理和创作。编辑记录整理的作品，其特征是口头叙事、神圣叙事的案头化；创作的作品，应该融进了创作者个人的宗教理念和信仰诉求。

用于仪式场合展示人神互动、表达宗教信仰、激发宗教情感的仪式性作

[①] 吴光正、何坤翁：《坚守民族本位，走向宗教诗学》，载《武汉大学学报》2009 年第 3 期；吴光正：《宗教文学史：宗教徒创作的文学的历史》，载《武汉大学学报》2012 年第 2 期；吴光正：《扩大中国文学版图 建构中国佛教诗学——〈中国佛教文学史〉编撰刍议》，载《哈尔滨工业大学学报》2012 年第 3 期；吴光正：《佛教实践、佛教语言与佛教文学创作》，载《学术交流》2013 年第 2 期；吴光正：《民族本位、宗教本位、文体本位与历史本位——〈中国道教文学史〉导论》，载《贵州社会科学》2014 年第 5 期。

品。这类作品有不少是文人创作的，具有演艺性、程序性、音乐性等特征。许多作品在宗教实践中传承演变，至今依然是宗教仪式中的经典，有的作品甚至保留了几百甚至上千年前的原貌，可以称得上是名符其实的活化石。

三是文人参与宗教实践有所感触而创作的表达宗教信仰、宗教体验的作品。在这个层面上，"宗教实践"可作为弹性概念，"宗教信仰"和"宗教体验"应该当作刚性概念。文人创作与宗教有关的作品，有的当作一种信仰，有的当作一种生活方式，有的当作一种文化资源，有的当作一种文化批判，其宗教性差异非常大，要作仔细辨别。只有与宗教信仰和宗教体验有关的作品才可以纳入宗教文学的范畴。因此，充斥于历代文学总集、选集中的、与宗教信仰和宗教体验关系不大的唱和诗、游寺诗一类作品不纳入宗教文学的范畴。

本部分仅仅包括文人创作的"文"类作品，不包括文人创作的碑记序跋等"笔"类作品。文人创作的"笔"类作品可以作为宗教徒创作的背景材料和阐述材料。

文人创作的宗教性要参考教内的认可度，尽管教内的认可度尺度宽延不一。有的文人被纳入宗教派别的法嗣，有的文人被纳入教内创作的宗教传记如《居士传》等。这是很好的参考标尺。

梳理这部分作品时，应从现象入手，将有关文人作品纳入相关章节，并进行理论概括。理由如下：几乎所有古代文人都会写有关宗教的作品，其宗教性程度不等，甚至有大量反宗教的作品，所以需要从上述层面进行严格限定；几乎所有古代文人所写与宗教相关的作品只是其创作中的一个小景观，《中国宗教文学史》不宜设过多章节来介绍某一世俗作家及其作品。否则，中国宗教文学史就成了一般文学史。

这三部分之关系，应该遵循如下原则：宗教徒创作的文学是中国宗教文学史的"主体"，用于宗教场合的非宗教徒创作的作品是中国宗教文学史的"补充"，文人参与宗教实践而创作的表达宗教信仰、宗教体验的作品是中国宗教文学史的"延伸"。编撰《中国宗教文学史》时，要用清理"主体"和"补充"部分所确立起来的理论视野对"延伸"部分进行界定和阐释；"延伸"部分所占比例，比其他部分要小。这样就可避免宗教文学内涵与外延的无限扩大。

笔者对宗教文学的界说，是在总结百年中国宗教文学史和中国宗教研究史研究经验和教训的基础上展开的。

百年中国宗教文学研究关注的主要是"宗教与文学"这个领域[①]，事实层面的清理成就斐然，但阐释层面却存在不少隔靴搔痒的现象，其关键在于对宗教实践、对宗教徒文学的研究无比匮乏。我们甚至可以认为，不了解宗教实践与宗教徒的文学创作，我们就无法在"宗教与文学"这个领域做出成绩。从宗教徒的角度来说，宗教实践是触发其文学创作的唯一途径。宗教徒创作的文学作品，有的是出于宣教的功利目的，有的是出于感悟与体验的审美目的；有的是出于个人的宗教情怀，有的是出于教派的宗教使命，但无一不与其宗教实践的方式和特性密切相关，无一不与其所属宗教或教派的宗教理念和思维方式密切相关。从"宗教实践"的角度来界说宗教文学，目的在于切除反映论、关系论、影响论下的文学作品，纯化论述对象，把握宗教文学的本质。任何界说，作为一种设定，都具有其合理性和局限。本设定作为《中国宗教文学史》论述对象的理论界定，需要贯彻到具体的章节设计之中。

百年中国宗教研究，从业人员以哲学界占主导地位，哲学模式的宗教研究成果无比丰硕，但值得深思的是，这个领域的经典论著却是从业人员最少的史学界完成的。国内近几十年的宗教研究一直是哲学界一统天下，从文本到文本，从概念到概念，缺乏史学、社会学、人类学、文学学者的观照视野，很多史实不清，无法还原宗教实践场景。有学者指出，目前出版的所有《中国道教史》居然没有一本介绍过道教实践中最为关键的一环——受箓，就是这一研究模式存在缺陷的显著例证。这一研究模式最大的缺陷还在于：由于唐代以后，大规模的宗教经典创作和翻译工作已经结束，不再产生新宗教教派或新宗教教派不以理论建构见长，哲学模式主导的宗教研究遂视唐以后的宗教彻底走向衰败，结果导致宋尤其是元明清宗教史一直被学术界忽视和否定，连基本事实的清理都未能完成，宗教实践的具体情形更是无从谈起。如果能从宗教实践的立场来研究这段历史，结论一定很不一样。近一百年来，中国宗教史研究所使用的材料主要是经典、经论、史籍和碑刻，对最能反映宗教实践的宗教徒文学创作关注不够，导致许多研究无法深入。比如，王重阳用两年六个月的时间在山东半岛收了七大弟子后即羽化，他创建的全真教何以能够发展壮大最后占

---

① 参见吴光正:《二十世纪大陆地区"道教与古代文学"研究述评》，载台湾《文与哲》2006第9期；吴光正:《二十世纪"道教与文学"研究的历史进程》，载《文学评论丛刊》2007年第9卷第2辑；何坤翁、吴光正:《二十世纪"佛教与古代文学"研究述评》，载《世界宗教研究》2013年3期。

了道教的半壁江山？史籍和碑刻数据很难回答这个问题，但是王重阳和全真七子的文学创作却能够回答这个问题。[①] 明末清初的佛教其实非常繁荣，但是通过史籍和经论很难说清楚，不过，台湾学者廖肇亨的研究却很好地解决了这个问题[②]，原因就在于他能够读僧诗解僧诗。从宗教实践的角度来看，就是被哲学模式研究得非常深入的唐宋禅学，也有反省的必要。哲学擅长的是思辨，强调概念和推理，而禅学偏偏否定概念和推理，甚至否定经典和文字，讲究的是"悟"，参禅和教禅强调的是不立文字不离文字也即绕路说禅，具有很强的诗学意味。因此，从宗教实践的角度来看，唐宋禅学研究应该是语言学界和文学界最擅长的领域。

可见，无论是从宗教史还是从文学史的立场，宗教实践都是一个最为关键的切入点。

二、宗教文学经典与宗教文学文献

从宗教实践的角度将宗教徒的文学创作确立为宗教文学的主体，需要解决的问题是如何认定宗教文学经典，如何收集宗教文学文献。在课题组组织的四次会议上，我们都面临着这样的质疑：宗教徒的文学创作有经典吗？对此，我们的回答是：宗教文学从来不缺经典，缺的是经典的发现和经典的阐释。

关于宗教文学经典的认定，笔者觉得应该从如下层面加以展开。一是要从宗教实践的立场审视宗教文学作品的功能，对宗教文学的"文"类、"笔"类作品之优劣高下加以评估，确立其经典性。二是要强调宗教性和审美性的统一。具备召唤能力和点化能力的作品才是好作品，能激发宗教情感的作品才是好作品，美感和了悟兼具的作品才是好作品。三是要凸显杰出宗教徒在文学创作中的核心地位。俗话说，"诗僧未必皆高，凡高僧必有诗"。"诗僧"产出区域与"高僧"产出区域往往并不重叠。因此，各宗教创始人、各教派创始人、各教派发展史上的杰出人物的创作比一般的宗教徒创作更具经典性。因

---

① 吴光正：《宗教实践与马丹阳的文学创作》，载《宗教实践与文学创作暨〈中国宗教文学史〉编撰国际学术研讨会论文集》，2014年1月10—14日，台湾高雄佛光山寺、武汉大学文学院、佛光山人间佛教研究院、武汉大学中国宗教文学与宗教文献研究中心主办。

② 廖肇亨：《中边·诗禅·梦戏：明末清初佛教文化论述的呈现与开展》，台北：允晨文化实业股份有限公司，2008年版。

此,《真诰》《祖堂集》中的诗歌比一般的宗教徒如齐己的别集更具有经典性。四是要从宗教传播中确立经典。很多作品在教内广泛流传,甚至被奉为学习、参悟之典范,甚至被固定到相关的仪式中而千年流转。流行丛林之《牧牛图颂》《拨棹歌》《十二时歌》《渔父词》、以及腾腾和尚《了元歌》、香严和尚智闲《归寂吟·赠同住》、韶山和尚《心珠歌》、石头和尚《草庵歌》、道吾和尚《乐道歌》、乐普和尚《浮沤歌》、法灯禅师泰钦《古镜歌》、关南长老《获珠吟》、南岳懒瓒和尚《歌》一类作品应该作为丛林之经典;在宗教仪式中永恒之赞美诗、仙歌道曲应该是教内之经典;被丛林奉为典范之《寒山诗》《石门文字禅》应该是教内之经典。总之,宗教文学经典的确立应从教内出发而不应从世俗出发。

有了这样的认识,我们才能从浩瀚无边的文献中清理宗教文学作品并筛选宗教文学经典。清理宗教文学文献时,我们拟采取如下步骤和措施。

各大宗教内部编撰的大型经书和丛书应该是《中国宗教文学史》首先关注的文献。《道藏》《藏外道书》《道藏辑要》《大藏经》《圣经》《古兰经》中的文献,需要全面排查。经典应该首先从这些文献中确立。《大藏经》中的佛经文学以及《圣经》《古兰经》的历次汉译本要视为各大宗教文学的首要经典和翻译文学的典范加以论述,《道藏》中的道经文学要奉为道教文学的首要经典加以阐释。《道藏》文献很杂,一些不符合宗教文学定义的文献需要剔除,一些文学作品夹杂在有关集子中,需要析出。《大藏经》不收外学著作,其内学著作尤其是本土著述,有的全本是宗教文学著作,有的只有一部分,有的只存在于具体篇章中,需要通读全书加以清理。

各大宗教家文学别集的编撰、著录、存佚、典藏情况需要进行全面清理,要在目录学著作、志书、丛书、传记、序跋、碑刻和评论文章中进行爬网。

宗教文学选集、总集的编着、著录、传播和典藏情况要从文献学和选本学的角度加以清理,归入相关选本、总集出现的时代。因此,元明清各段的文学史要设置相关的章节。这是从宗教实践、宗教传播视野确立经典的一个维度。

《佛教寺庙志丛刊》《道教宫观志丛刊》和地方志等文献中存在大量著述信息,需要加以考虑。

方内文人编撰的断代、通代选集和总集中的"方外"部分也需要从选本学、文献学的立场进行清理,归入相关选本、总集出现的时代。这类文献提供了方外创作的面貌，保留了大量文献，但其选择依据则是方内的，和方外选本有差距。这类选集和总集数量非常庞大，如果不能穷尽，则需要选择典范选本加以介绍。需要特别指出的是，近百年来编撰的各类文学总集往往以"全集"命名，但由于文学观念和数据的限制，"全集"并不全。比如，《全元诗》秉持纯文学观念，对大量宗教说理诗视而不见，甚至整本诗集如《西斋净土诗》也完全弃之不顾。在佛教界内部，《西斋净土诗》被奉为净土文学的典范。台湾的星云大师是当代最擅长文学弘法的高僧，他在宜兰念佛会上举办各种活动时就不断从中抽取相关诗句来吸引信徒。因此，收集宗教文学文献时，我们一定要秉持宗教文学观，不要轻易相信世俗总集之"全"，而要"上穷碧落下黄泉"式地搜寻数据。

总之，《中国宗教文学史》各段要设专章对本段宗教文学文献进行全面清理（可以分类列表和阐述），为后来的研究提供文献指南。不少专著和专文已经作了初步的研究，可以全面参考。这是最见功力最耗时间的一章，也是最好写的一章，更是造福士林造福教界的一章。

三、宗教文学文体与宗教诗学

近百年来，西方的纯文学观念彰显的是符合西方观念的作品，遮盖甚至扭曲了中国自身的文学传统，并且制造了一系列的伪命题。作为一种学术反思，学术界的本土化理论建构已经开始探究"传统文学"的"民族传统"。在这个学术潮流中，吴承学倡导的文体研究、陈文新秉持的辨体研究均作出了卓越的贡献。这一研究路径应该引起宗教文学研究者的重视，《中国宗教文学史》应该继承和发扬这一研究范式，因为，宗教文学是最具民族特色的文学，而文体作为一种把握世界的方式，是最具民族特性的。

对中国宗教文学展开辨体研究，就意味着要抛弃西方纯文学观念，不再纠缠"文学"之纯与杂，而是从宗教实践的立场对历史上的各大"文"类、"笔"类作品进行清理，对其经典作品进行理论阐述。因此，我们特别注重如下三个方面的论述：我们强调，研究最具民族性的传统文学——宗教文学时，要奉行宗教本位、民族本位、历史本位、文体本位，清理各个时期宗教实践中产生的各类文体，对文体进行界说，对文体的功能、题材、程序、风格、使用场合进行辨析，也即对各大文体、文类下定义，简洁、明晰、到位之定义，足以垂范后学之定义。我们强调，各文体中出现的各大类别也要进行界说，并揭示其宗教本质和文学特质。如佛教山居诗，要对山居诗下定义，并揭示山居诗的关注中心并非山水，而是山水中的僧人——俯视众生、超越世俗、自由自在、法喜无边的僧人。我们强调，宗教文学文体是因应宗教实践而产生的，有教内自身的特定文体，也有借自世俗之文体，其使用频率彰显了宗教实践的特色和宗教发展之轨迹。

在分析各体文学的具体作品时，我们不仅要强调"文各有体、得体为佳"，而且要建立起一套阐释宗教文学的话语体系和诗学理论。

抒情言志这类传统的文人诗学话语和西方纯文学的诗学话语在中国宗教文学面前捉襟见肘，无法揭示中国宗教文学的本质甚至过分否定其价值。比如，关于僧诗，唐代还能以"清丽"加以正面评价，从宋人开始就完全以"蔬笋气""酸馅味"一概加以否定了。中国古代宗教文学作品，无论是道教文学还是佛教文学，能得到肯定的只是那部分"情境交融"的作品，这类作品在现代研究者眼里被认为是已经"文人化"而备受关注和肯定。这是一种完全不考虑宗教实践的外在切入视野。如学术界一直否定王重阳和丘处机的实用主义文学创作，却认定丘处机的山居诗情境交融，是文人化的体现，是难得一见的好作品。殊不知，丘处机的山居诗是其苦修——斗闲思维的产物。为了斗闲，丘处机在磻溪和龙门山居13年，长期的苦修导致他一生文学创作的焦点均是山居风物，呈现的是一种放旷、悠闲、自由的境界。西方纯文学观念引进中国后，宗教徒文学在相当长的一段时间内基本上淡出学者的学术视野，在百年中国文学史书写中销声匿迹。国内晚近二十来年的宗教文学研究主要在文献和事实清理层面上成绩突出，但基本上未能在理论上有所突破，倒是我国台湾的一些学者有着较为成熟的思考。因此，需要从宗教实践的立场探索一套解读、阐释宗教文学的话语系统和诗学理论。

因此，我们强调，宗教观念决定了宗教的传播方式和语言观，也就决定了宗教文学的创作特性。不同的宗教有不同的传播策略不同的语言观，从而影响了佛教、道教、基督教和伊斯兰教的经典撰述和翻译，也影响了宗教家对待文学创作的态度，更影响了宗教家的作品风貌。正如葛兆光指出的那样，佛教"不立文字"和道教"神授天书"的语言观和传播方式决定了佛教文学和道教文学的风格特征。[1]基督教和伊斯兰教的语言观和传播方式不仅决定了经典的翻译特色，而且决定了基督教文学和伊斯兰教文学的创作风貌。伊斯兰教强调《古兰经》是圣典，不可翻译，因此伊斯兰教徒一直用波斯语和阿拉伯语诵读《古兰经》，大量伊斯兰教徒的汉语文学创作难觅伊斯兰教踪影，直到明王朝强迫伊斯兰教徒汉化才形成回族，才有汉语教育，才有《古兰经》的汉语译本，才有伊斯兰教汉语文学。巴列塔理论实际上就是基督教的语言观和传播方式的一个象征。这一象征决定了中国基督教文学的特色。为了宣传教义，传教士翻译了大量西方世俗文学作品和基督教文学作品，李奭学的《译述：明末耶稣会翻译文学论》《中国晚明与欧洲文学——明末耶稣会古典证道故事考诠》[2]已经成功地论证了晚明传教士在这方面的努力。与此同时，传教士不仅不断翻译、改写《圣经》来传播福音，而且利用方言和白话创作了大量文学作品，并借助现代传媒——报纸、杂志、电台进行传播，其目的就是为了适应中国国情而进行宗教宣传，其通俗化、艺文化和现代化策略极为高超，在客观上对中国现代文学产生了重要影响。

因此，我们强调，中国宗教文学自身具有和传统士大夫文学、传统民间文学截然不同的表达传统。中国史传文学发达，神话和史诗不发达，这是一般文学史的看法。如果考察宗教文学就会发现，这样的表述是不正确的。佛教、道教的神话、传记在这方面有很显著的表现，形成了一种独特的叙事诗学，并对中国小说戏剧产生了重要的影响。[3]中国抒情诗发达，叙事诗和说理诗不发达，这是一般文学史的定论。但是，宗教文学的目的在于劝信说理，宗教文学最为注重的就是说理和叙事，并追求说理、叙事、抒情兼善的表达风格，其叙事目的在于说理劝信，其抒情除了在人与人、人与自然之间展开外更多在人与神、宗师与信众之间展开。这是一种迥异于世俗文学的表达传统，传统诗学和西方诗学或视而不见或横加指责，因此，需要确立新的阐释话语。

---

[1] 葛兆光：《"神授天书"与"不立文字"——佛教与道教语言传统及其对中国古典诗歌的影响》，载《文学遗产》1998年第1期。

[2] 李奭学：《译述：明末耶稣会翻译文学论》，香港：香港中文大学出版社，2012年版；李奭学：《中国晚明与欧洲文学——明末耶稣会古典证道故事考诠》，台北："中央研究院"及联经出版公司联合出版，2005年版。

[3] 参阅吴光正：《神道设教——明清章回小说叙事的民族传统》，武汉：武汉大学出版社，2012年版。

《中国宗教文学史》的目的在于通过宗教文学史史实、宗教文学经典、宗教文学批评史实的清理，建构中国宗教诗学。本领域需要发凡起例，垂范后学。即使论述暂时无法深入，但一定要说到写到，要周全要周延。这是一种挑战，更是一种诱惑。编撰者的学术个性应该在这个层面凸显。

四、中国宗教文学史与民族认同、文化认同

《中国宗教文学史》将拓展中国文学史的疆域和诗学范畴，一个长期被忽视的疆域，一个崇尚说理、叙事的疆域，一个面对神灵抒情的疆域，一个迥异于传统文人创作、传统民间创作的表达传统和美学风貌。《中国宗教文学史》魅力无限，宗教徒文学魅力尤其无限，只有将宗教徒文学的精髓把握好了，我们才能更好地把握纯文学视野无法放下的苏轼和白居易们。

《中国宗教文学史》需要跨学科的视野，其影响力不仅仅在文学领域，更可能在宗教和文化领域，也即《中国宗教文学史》不仅仅是文学史而且还应该是宗教史和文化史。

宗教文学史是宗教实践演变史的一个层面，教派的创建与分合、教派经典的创立与诵读、教派信仰体系和关怀体系的差异、教派修持方式和宗教仪式上的特点、教派神灵谱系和教徒师承风貌、宗教之间的冲突与融汇均对宗教文学创作产生了重要的影响，有时甚至就是这些特性的文学呈现。在这个层面上，我们特别强调教派史和文学史的内在关联。并不是所有的作品均呈现出教派归宿，不少宗教徒作家出入各大教派之间，有的甚至教派不明，但教派史乃至宗门史视野一定能够发现太多的宗教文学现象，并加深研究者对作品的阅读和阐释，深化研究者对宗教史的认识。

《中国宗教文学史》的编撰一定能催生一种新的宗教史研究模式，并改变学术史上的一些所谓的定论。宗教信仰是一种神圣性、神秘性、体验性、个人性的心灵活动，其宗教实践和概念、体系关系不大。可是，哲学史模式主导的中国宗教史研究却忽视了这一问题。宋前的概念史是否真的就反映了历史的真实？宋后没有新教派、新体系、新概念就真的衰弱了吗？《中国宗教文学史》需要反思这一研究模式，对宗教文学史、宗教史作出新的描述和阐释。宗教文学最能反映宗教信仰的神圣性、神秘性、体验性、个人性，清理这些特性一定

能别开生面。《中国宗教文学史》的断代和分期应该与宗教发展史相关，和朝代更替关系不大，和世俗文学史的分期更不相关。目前采取朝代分期，是权宜之计。如何分期？需要各段完成写作之后才能知道。因为，目前的研究还不足以展开分期讨论。我们坚信，对中国宗教文学史的深入研究足以改变学术界对宗教发展史的认识。目前关于明末清初佛教文学的研究已经表明，明清佛教并不像哲学学者所说的那样"彻底衰败"。通过对清代300余种僧人别集的解读，我们相信，这种彻底衰败说需要修正。

宗教实践的演变史和一定时代的文化氛围密切相关，冲突也罢，借鉴也罢，融合也罢，总会呈现出各个时代的风貌。玄佛合流、三教争衡、三教合一、以儒释耶等文化现象，僧官制度、道官制度、系账制度、试经制度、对外文化交流、宗教本土化等文化现象均对宗教文学的创作产生了重要影响。例如，金元道教出现了迥异于以往的发展面貌，从而形成了一些颇具特色的文学创作现象：苦行、试炼与全真教的文学创作；济世、救世与玄教领袖的文学创作；北游、代祭与道教文学家的创作视野；遗民情怀与江南道教文学创作；雅集、宴游、艺术品鉴与江南道教文学创作；宗教认同与金元道教传记创作。这些文学现象，是金元道教发展史上的独特现象，也是金元王朝二元政治环境下的产物，更是元王朝辽阔疆域在道教文学中的折射。这些文学现象，不仅是文学史、宗教史上的经典个案，更是文化史上的经典个案，值得我们深入探究。

文学史和宗教史向文化史靠拢，就意味着文化交流，就意味着民族认同和文化认同。中国历史上的两次南北朝时代，就是通过文化认同和民族认同熔铸了中华民族的精神谱系。其中，道教尤其是佛教所起的作用颇为重要，可惜这一贡献在百年来的文化建设和学术研究中得不到足够的重视。其实，只要我们认真清理这两个时期留下的宗教文学作品，我们就能体会到宗教认同与文化认同、民族认同之间的密切联系。近现代以来，西方文明在列强的枪炮声中席卷全中国，包括宗教在内的传统文化受到强烈批判乃至抛弃，给今天的文化建设带来了巨大的困扰。但太虚大师倡导的人间佛教却在我国的台湾地区战胜基督教，不仅成为台湾精神生活的奇迹，而且以中华文明的形式在全球开花结果。以佛光山、法鼓山、中台禅寺、慈济功德会为代表的台湾人间佛教，如今借助慈善、禅修、文化、教育和文学，不仅反哺大陆宗教界，而且在全球弘扬中国传统文化，提升中国文化软实力。星云法师、圣严法师的文学创作，不仅建构了自身的人间佛教理念，而且强化了自身的教派认同，不仅在台湾地区培育了强大的僧团和信众组织，而且在全球吸纳徒众和信众，其文学创作所取得的宗教认同、文化认同和民族认同，非同凡响，值得我们深思。这也提醒我们，编撰《中国宗教文学史》不仅是在编撰文学史、宗教史、文化史，而且是在进行一种国家文化战略的思考。

关于《中国佛教文学史》编撰的几点思考

李舜臣

江西师范大学文学院

吴光正教授主持的十一卷本《中国佛教文学史》的编撰，已历时数年，目前已进入到攻关阶段。编撰这么大规模的一部佛教文学史，无成例可循，可资借鉴的成果也不丰富[①]，难度可想而知，面临的问题十分复杂。有的问题，例如编撰理念、体例和章节设置，在黄梅会议和佛光山会议上，经过大家热烈的讨论，已基本取得了一致见解。我承担的是"辽金元卷"的编写，由于自己的学养不足，除了大家普遍关注的问题外，还经常遇到一些棘手的问题。这里，我将自己的粗浅看法，提出来向大家请教。

一、作为一门独立学科的中国佛教文学研究的对象

中国古代没有明确的"佛教文学"概念，自然也就没有系统描述佛教文学变迁的专文、专著，相关的诗文评也多是些浮光掠影式的评点；倒是一些僧侣文学总集或选集，像《唐僧宏秀集》《古今禅藻集》《明僧弘秀集》等，不仅具有较高的文献价值，还隐含了选家的某种历史意识。

据学者考察，"佛教文学"的概念，是二十世纪初期由日本学者提出来的。此后有些学者进行了讨论、辨析，但直至今日，仍未达成统一的意见。影

---

① 学术界的关于中国佛教文学概论、通史性的著作，目前我们所知主要有小野玄妙《佛教文学概论》《佛教文学物语》，高观如《中国佛教文学与美术》，张长弓《中国僧伽之诗生活》，加地哲定《中国佛教文学》，马焯荣《中国宗教文学史》，弘学《中国汉语系佛教文学》，高慎涛、杨遇春《中国佛教文学》，陈引驰《佛教文学》等，这些著作虽多有发明，但或篇幅略简，或"以论代史"，或近似古之"文苑传""儒林传"，未能详尽建构起中国佛教文学的知识谱系。

响较大是加地哲定的提法，他说："真正的佛教文学应当是为揭示或鼓吹佛教教理而有意识地进行创作的文学作品。"① 加地哲定从表现内容界定佛教文学的研究范围，且照顾到"佛教"之特性和"文学"之本位，因而具有较高的参考价值。不过，他的结论并非严密、周全。这其中不仅存在如一些研究者所指出"前后论述上也存在逻辑上的矛盾""探讨具体作品时存在举证过严和过宽"等问题②，还在于可操作性并不强。丁敏就指出，依据他的观点，实际很难区分禅宗诗偈中究竟哪些作品是僧侣"有意识"的创作，哪些是"无意识"的创作。③ 因此，后来一些学者对加地哲定的提法予以了补充、修正。例如，孙昌武认为佛教文学可分为广义和狭义两种，狭义的专指"富于文学性的佛典"；而广义的则扩充为"受佛教影响、包涵佛教内容的文学作品"④。《郑州大学学报》2007年第4期发表了题为"中国佛教文学学科建设的理论与实践"的笔谈，更表明了中国学者对此一问题的积极思考。高华平认为，佛教文学的研究对象应是"汉译佛典文学""中国佛教僧侣文学""中国文人、居士创作的为解说佛教义理而与文学形式融为一体的文学作品"等方面。⑤ 张兵则认为，佛教文学包括"佛教典籍或简称佛经""佛教思想理论的宣传文本""僧人写作的文学文本""受佛教影响的文人们写作的文学文本。"⑥ 这些讨论体现出论者维护中国佛教文学的纯正性和本质属性的立场，高华平甚至认为着重探讨佛经譬喻文学和佛教与中国文学关系的"佛教文学研究"，"很难说是真正的中国佛教文学研究，而只能算是在中国佛教文学的边缘徘徊"。

我们注意到，迄今为止学界关于"佛教文学"的观念是随着研究深度的掘进而有所变化的。清末民初，佛教重光复兴，佛典重刊之风盛行，加之中西文化交流、碰撞，译学兴起，故"佛典文学"备受瞩目。梁启超《翻译文学与佛典》即揭橥佛典文学的价值；胡适《白话文学史》则更引申、发挥之；而日本学者深浦正文、前田惠学、小野玄妙等，无论在观念上还是具体的研究中，

---

① 加地哲定：《中国佛教文学》，高雄：佛光出版社，1993年版，第1—13页。
② 吴光正：《扩大中国文学版图建构中国佛教诗学》，载《哈尔滨工业大学学报》2012年第4期。
③ 丁敏：《中国当代佛教文学研究初步评价——以台湾地区为主》，载《佛学研究中心学报》第2期，第235页。
④ 孙昌武：《佛教与中国文学》，上海：上海人民出版社，1996年版，第28—29页。
⑤ 高华平：《中国佛教文学的概念、研究现状及其走向》，载《郑州大学学报》2007年第4期。
⑥ 张兵：《对佛教文学研究范围的一点看法》，载《郑州大学学报》2007年第4期。

大抵都将佛教文学研究限于佛典文学。随着敦煌文献的开掘，以阐明教理的俗讲、变文等通俗文学以及禅宗偈颂等文类，在"佛教文学"中逐渐占据了重要地位；加地哲定就以为"佛典文学"并非"佛教文学"的核心，因为它们只是阐释教理的手段而非"纯粹的文学作品"。二十世纪的八十年代中后期，文化学、交叉学科的研究方法被普遍推广，佛教与中国文学的关系、佛教对中国文人的影响等命题形成了热点，研究者甚至习惯于将凡与佛教相关的文学研究均纳入"佛教文学研究"的范围。可以说，二十世纪以来的"佛教文学"的观念，实际上是十分开放的，它往往随着研究内容和视角的拓展而发生变化。因此，何谓"佛教文学"？从学术史的角度来说，实在是不易亦不宜"一言以蔽之"的问题。

然而，"佛教文学"要想真正成为一门独立的学科，初步界定它的基本研究对象和内容仍是当然之务，否则就难以建立属于自身的知识谱系。我们在酝酿这套《中国佛教文学史》时，曾陷入极大的困境，甚至一度想"打退堂鼓"，而诸多的疑虑主要源自基本义例模糊不清。例如，若将中国文人、居士创作的佛教题材的作品视为"佛教文学"，则中国佛教文学史势必很大程度与中国文学史重叠，因为自东晋之后，几乎所有的知名作家均受到了佛教的影响，创作了表现佛教内涵的作品。照这样的话，中国佛教文学史很可能变得十分驳杂，甚至失去自身的特性。又如，若依照加地哲定的提法，不仅难以确认哪些是"有意识进行创作"的佛教文学，甚至哪些是"揭示或鼓吹佛教教理"的作品，亦很难厘定。再如，依现在的眼光来看，佛教中很多文体并非文学的文体形态；但实际上，中国古代的实用文体与文学文体并无明显的分野。这就势必会造成了因古今观念的差异而造成的一些选择性失误，甚至遮蔽了佛教文学原有特性。因此，基于佛教文学史编撰的可行性和独特性，我们觉得有必要重新界定"佛教文学"的研究对象。

"佛教文学"是客观存在的，并非一个伪命题。它与"山水文学""边塞文学""贬谪文学"一样，都是中国文学版图中的重要分枝。界定它的研究范围，显然也应与其他种类的文学一样，重点考虑它表现的内容。加地哲定的看法之所以产生了很大的影响，原因就在于他的讨论符合基本的学理。不过，他认为佛教文学的内容是"揭示或鼓吹佛教教理"，却值得商榷。

"佛教文学"，从它的词性构成看，是一个偏正而非并列结构的语词。因而，佛教与文学的关系、佛教对文人的影响，只能算作一种交叉学科的研究，而不应是"佛教文学"的核心内容。"佛教文学"，根本上说就是"佛教的文学"，首先需要讨论的问题应是什么是佛教？

佛教有两千多年的历史，不过，关于它的本质是言人人殊，异说纷纭。我们认为，作为一种宗教形态，佛教的本质绝非仅体现在教理之上。施莱尔马赫就认为，宗教完全有一个特殊的领域，它既不能还原成"形而上学"，也不能还原为"道德"，而是"直观与感情"[①]；乔治·桑塔亚纳说得更直接，"宗教在本质上不是某种理论"，"它应该不仅包涵各种象征性的理念和仪式，而且包涵各种象征性的激情和义务"。[②]宗教中的教理、制度、组织，固然是宗教发展进程中的必然产物，但宗教的基本精神更鲜活地是表现于信徒的信仰、体验、禁忌、仪式等实践活动之中。宗教徒的实践活动，既是生发、强化个体信仰的重要手段，也是维系宗教得以持续发展的必然路径。因此，宗教实践才是宗教的核心之义。很难想象，仅凭借着负载教义的文本、制度而缺乏具体实践活动的宗教形态，能够获得长久的生命力。

佛教之所以能产生如此深远的影响，根本原因就在于它十分重视"如实修行"。《大乘起信论》开篇即云："归命尽十方，最胜业遍知。色无碍自在，救世大悲者。及彼身体相，法性真如海，无量功德藏。如实修行等，为欲令众生，除疑舍邪执，起大乘正信，佛种不断故。"[③]强调僧徒的"如实修行"，方能使"佛种不灭"。后来的禅宗则主张"日用是道""神通并妙用，运水及搬柴"，更将日常生活视为修行、证悟的道场。因此，从宗教实践的角度去考察中国佛教而不仅仅拘泥于义理、制度等，或许更能接近它的本质。

佛教的"如实修行"，样态丰富，但以下四个层面尤显重要：（1）参究义理。指信徒对佛教经典的翻译、注疏、诠释、学习。（2）日常修持。包括佛教徒修行、游方、化缘、禁忌以及日常的行处坐卧等行为。（3）推广佛教。包括佛教义理的宣传、仪式活动和寺院的供养。（4）宗教精神和伦理影响下的社会活动。这四个层面基本包括了佛教徒信仰的形成和践行佛教精神的实践

[①] 施莱尔马赫：《宗教论》，赖永海：《宗教学概论》，南京：南京大学出版社，2013年版，第10页。

[②] ［美］乔治·桑塔亚纳：《宗教中的理性》，犹家仲译，北京：北京大学出版社，2008年版，第157页。

[③] ［梁］真谛译，高振农校释：《大乘起信论》，北京：中华书局，2000年版，第1页。

活动。佛教"如实修行"的主体显然是佛教徒,唯有他们才能真正践行佛教的使命;而那些在家修行的居士,虽亦有具体的实践活动,但毕竟不是出家僧侣,甚至常游离其他思想形态当中。日本学者津田左右吉《唐诗中所见的佛教与道教》中指出:"佛教并非修行普渡的信仰依归,而是远离名利尘世的隐逸山林,唐诗中的生死观实际上近于道家而并不符合佛教思想。唐代诗人往往同时表现出对佛教和道教的皈依之情,这在很大程度上是诗歌的修辞需要,并非真实的思想。"[1]

若以上认识可以成立的话,那么"佛教文学"就是反映佛教实践活动和精神世界的文学创作。由于佛教"如实修行"的主体是佛教徒,因此,"佛教文学史"也就是以佛教徒为主体的文学史。文人、居士们可能创作了内容与形式更为完美的佛教题材作品,但由于他们并非"如实修行"的主体,故只能算是佛教文学的辅翼。

除了"佛教"的观念,"文学"的观念也非常复杂。学术界一般以为,"文学"有所谓的"纯文学观念"和"大文学观念"。"纯文学的观念"是现代受西方文学观念影响的产物,其范围比较明确;而"大文学观念"则"凡着之简帛者"皆可称为文学。宗教从本质上是一种诗性表达,与文学所具的要素想象、形象、虚构等密切相关,因此,采用"大文学观念"去观照宗教的文本,或许更符合实际。具体到"佛教文学",除包括我们公认的诗歌、散文、小说、戏曲之外,还应注意到疏、记、碑、赞、颂、偈、论、启、书、普说、法语、下火文等一些此前认为的"实用文体",甚至一些富有文学意蕴的仪轨、图像等。不过,需要注意的是,佛教文学史毕竟不能等同佛教史、佛教思想史,其目的是呈现出佛教徒在佛教实践中的文学表达和文学诉求。尽管我们采用了大文学史的观念,但并不意味着所有的佛教文本都属于佛教文学,而应从"文学性"而非拘泥于文体形态去考察研究对象。

我们这样界定"佛教文学",既兼顾了佛教和文学自身的特性,亦是出于研究的需要。必需承认的是,照着这样的定义,仍然有很多具体的问题难以解决。例如,佛教徒身份的认定。古代很多僧人经常游离于僧俗两界的现象,其身份很难遽然断定。像汤惠休、贾岛等人是"半路还俗",澹归是"半路出

---

[1] 引自林晓光:《日本学界中国佛教文学研究综述》,载《中国学研究》2011年第11辑。

家"，独庵道衍是"亦僧亦儒亦道"，更有屈大均"半路出家"继而又"归儒排佛"，情况甚为复杂。这些作家能否称为佛教徒？可能亦是见仁见智的问题。再如，元明之后，佛教徒创作了大量内容看似与佛教毫无相关的作品，这样的作品是否也能纳入到"佛教文学"呢？佛教主张世法、世间法圆融不二，智顗大师《法华玄义》就说："一切世间治生产业皆与实相不相违背。"六祖慧能也说："法元在世间，于世出世间。勿离世间上，外求出世间。"[①] 可见，佛教徒参与到世俗社会中的政治、经济、文化活动，本身就体现了大乘佛教的精神，亦是他们"如实修行"的重要内容；佛门中所谓"以忠孝之心行佛祖之道""刀山是道场"，所指就是这个意思。因此，他们创作的表面与佛教并不相关的作品，若从佛教精神和伦理的范畴进行阐释，或许可以获得"同情之了解"。总之，在目前阶段，还很难为佛教文学作出一个"放之四海而皆准"的界定，我们认定的中国佛教文学的研究范围，也只能是一家之言。

二、中国佛教文学发展的内在理路

文学史撰写的一个重要目标，是要呈现出文学发展、演变的进程并揭示出它的动因。过去，我们受庸俗社会学的影响，习惯从时代的政治、经济、风尚等方面寻找原因，反而忽视了它自身的力量，从而一定程度上遮蔽了文学的本体属性。

中国佛教文学的发展、变迁，除受政治、文化、风尚等因素影响外，佛教的兴衰消长尤显重要。例如，隋唐时期盛行的"变文"，在晚唐后几近消竭，这显然与"会昌法难"密切相关。宋人姚勉云："汉僧译，晋僧讲，梁魏至初唐，僧始禅，犹未诗。晚唐禅大盛，诗亦大盛。"[②] 则表明禅宗的兴起对僧诗繁盛的直接影响。因此，宏观来看，中国佛教文学在不同时期的发展并不平衡。汉魏六朝，佛教徒的首要使命是译介、研习佛经，并使之融入中土文化，故此期佛典翻译文学是佛教文学的核心；俗讲、僧诗虽已出现，但皆未成气候。隋唐时期，佛典翻译之风依然劲盛，但佛教徒更致力于教义的传播，因此

---

① [唐]慧能：《坛经》，郭朋校释，北京：中华书局，1997年版，第72页。
② [宋]姚勉：《雪坡舍人集》卷三十七《赠俊上人诗序》，《文渊阁四库全书》第1184册，上海：上海古籍出版社，1991年版，第255页。

俗讲、变文、白话诗偈乃此期佛教文学的生力军。晚唐之后，佛禅彻底融入中国文化的骨髓，佛教徒转向个人内心，诗偈成为了他们主要的文学表达样式；宝卷虽作为"变文的长房子孙"，但内容尤为驳杂，影响亦远不能及。不难看出，中国佛教文学史的变迁，唐宋之际应是转折时期。前期以说理、叙事为主，后期则以抒情、表现为主，大致形成了由俗而雅的发展进程。而此种变化之因缘，当与中国化的佛教——禅宗的形成紧密相关。晚唐之后，佛教义理发展滞缓，禅宗提倡"自性即佛性""即心即佛""非心非佛"，使佛教徒更耽于心性的表达，而较少义理之辨析。此外，诗与禅天然的相通机制，亦使佛教徒更倾向于选择诗偈来表达心性，并呈现出文人化的趋势。

佛教文学创作的主体——佛教徒，不仅有着相同精神信仰，而且生活境遇乃至生命体验都十分接近。他们作为一个群体所具有的"类群"相似度，显然高于一般的文人。因此，佛教文学与其他类型的文学相比，具有鲜明的特色，也更有着自身的发展规律。不论是文体形式还是创作风尚，后代的作家都会自觉地接受前代佛教文学的遗产，选取一些典范作家和典范作品，学习、模拟他们的创作，从而形成了相对稳定的书写传统。例如，寒山诗，盛传于宋元之后的丛林，宋代汾阳善昭、长灵守卓、鹿门法灯，元代中峰明本、千岩元长、元叟行端、古林清茂，都作有"拟"寒山诗；元代的楚石梵琦更和遍"天台三圣诗"，从而形成了一个"拟、和寒山诗"的传统。这些僧侣看重寒山诗"既村且野"的风格，对它的敬重几乎无以复加。楚石《和寒山诗》即云："我读寒山诗，虚空寻鸟迹。谁能横点头，独有松下石。一字不可加，千金岂能易。捧心学西子，取笑非求益。"又如，古代僧侣大多寓处山林，结庐静修，松底吟清，对山林生活有着独特的体悟。因此，自东晋以来，就有不少僧人描写他们的山居生活和心性体悟，唐代寒山、贯休，宋代永明延寿，元代的石屋清珙、栯堂益、无见先睹，都有题名为"山居诗"的作品；而明代因朱元璋提倡"山林佛教"，这类题材更多，几乎无僧不作。山居诗，遂成为了中国佛教文学中一种独特的题材，不是久住尘世、沉沦宦海中的士大夫所能有的。再如，佛徒修行的目的是了脱生死，高僧大德在圆寂前，常将自己的人生经验和对佛法的体悟，浓缩在五、七言短偈中，几乎概无例外。大慧宗杲圆寂前，"亲书遗奏毕，侍僧乞留颂，师厉声曰：'无颂便死不得也？'"可是，宗杲仍未破除僧人临终遗偈的惯例，作有《临寂颂》曰："生也只恁么，死也只恁么。有偈与无偈，是甚么热大。"[1] 可见，临终遗偈作为一种写作传统，已深入到僧人的血脉之中。类似的还有问法偈（僧徒向师傅问法的偈颂）、开悟偈（僧人悟道后所作偈颂）、勘验偈（师傅验证禅僧道行的偈颂）等，均是佛门特有的题材，与僧人的日常生活、修行悟道休戚相关。可以这么说，只要佛教一直保持它的"本来面目"，类似的题材就不会随着时代变迁而消亡。此外，佛教文学还有很多独特的文体，例如颂古、拈古、重唱等文字禅，都是僧侣们表达心性时的一种有意味的形式。它们在流传的过程中，既能具备相对稳定的内涵，但也会出现新变。作为文学史，有必要去厘清这些传统的承传和变化。

我们这套中国佛教文学史是分人分段担纲编写的，编撰者都有自己的研究重心；同时，中国佛教文学的研究总体仍不够深入，特别是一些专题性的研究，目前看来还很不够。这就可能造成了各自为阵、难以融通的境地。因此，在面对特定时段的佛教文学时，我们可能更多地只是在佛教政策、文化风尚、文学走向等找背景，而忽略了其自身发展的理路。上个世纪三十年代，张长弓写了一部《中国僧伽之诗生活》，意在揭示出"僧伽诗的特质"[2]，这是第一部比较系统揭示僧侣诗歌发展史的著述，开创之功，自不可没，但由于积累薄弱和时间仓促（从收集数据到写定不足三年），且材料基本出自前代诗歌总集，所以实际的面貌是相当于"文苑传"和"诗歌选本"二合一式的文学史，僧诗自身发展的逻辑理路并没有被揭示出来。

那么，如何才能揭示出佛教文学发展的内在理路呢？这不是一时能回答清楚的问题。就当前研究状况，我们不妨可从两方面进行尝试。首先，尽量多设置一些专题。目前关于佛教文学专题性的研究，比较成熟的有白话诗研究、"文字禅"研究和山居诗研究等。我们可以充分借鉴这些成果，了解它们在特定时段呈现出的特征。就"辽金元卷"而言，我尝试着设置了"山居诗""拟和寒山诗""僧侣与文人雅集""僧侣的文字禅"等章节，试图将此一时段的这些题材和现象，放到整个历史中去考察，尽量突出它们在承续传统中呈现出的新变。例如，僧侣与文人雅集、结社的传统，可以追溯到慧远与文人所结的"莲社"，"莲社"是既祈往西方净土，又不废风雅。但是，元代僧侣与文人

---

[1] [宋]蕴闻：《大慧普觉禅师语录》卷十二，《禅宗语录辑要》，上海：上海古籍出版社，1995年版，第369页。

[2] 张长弓：《中国僧伽之诗生活》，著者书店，1933年版，第1页。

雅集，像玉山雅集中顾瑛、杨维桢与释良琦等人唱和，很少关涉佛事，又绝少提及政事，纯粹是声乐享受，倡导"怪""迂""癖""狂"的美学品格，这既是季世"时代症候"的反映，也体现了佛禅世俗化进程日益加剧的事实。

其次，加强对作家教派的体认。吴光正所倡导的观照中国佛教文学史的四个维度中，就有"教派史的体认"一条。① 我认为这是一个非常有意义的认识，因为教派归属最能体现作家的精神旨趣和思维方式。这方面的研究，吴言生的《禅宗诗歌境界》具有较高的示范价值。他分析禅宗"五家七宗"偈颂所蕴含的禅思和诗情，比较准确地呈现出禅宗诸宗偈颂的表达方式、意象选用等方面的特征。这种研究，要求研究者不仅具有较高的文学鉴赏能力，还需要对佛教宗派的教义有相当深刻的体认，甚至有亲身的宗教实践，方可能与高僧大德们做跨越时空的交流。受到此种研究的启示，中国佛教文学史的撰写也应积极向他靠近，尝试性从宗教实践的角度去体悟佛教文学的本质。同时，在篇章体例上，可以分宗、分派地归拢一些文学史实。在元代佛教文学史中，我尝试着从派系方面揭示出他们的特征，设有《元代僧侣作家的地域分布和宗派构成》一章。不过，要注意的是，宗派教义的影响也不能过分夸大。这主要是因为佛教诸宗特别是禅宗诸宗，在很多时段的差别其实并不明显，僧徒的文学创作与他们所归属的教派也没有明确关联。例如，晚明华严宗雪浪洪恩一系下的十余僧侣的诗歌创作，就很少对华严教义作出演绎，也很难看出他们在风格上与其他宗派有何区别。

三、中国佛教文学的评价标准

中国佛教文学，历来的评价并不高。除了囿于"雅""俗"分野的偏见，掌握着"话语权力"的正统文人对变文、俗讲等通俗文学几乎弃之不顾之外，即便佛教文学中的正统文体——诗文，文人们亦多持轻视态度。大家都注意到，历代诗歌总集中的僧诗总与道士诗、闺秀诗一起附于文人诗之骥尾。文人在评价僧人的诗歌时，也常以"蔬笋气""酸馅气"讥之，具有代表性的《四库全书总目》就持此种论调。② 其实，"蔬笋气"和"酸馅气"，正是僧侣的

---

① 吴光正：《宗教文学史：宗教徒创作的文学史》，载《武汉大学学报》2012 年第 2 期。
② 李舜臣、欧阳江琳：《〈四库全书总目〉中的僧诗批评》，载《武汉大学学报》2006 年第 5 期。

精神风貌和生活境遇的反映，是古代僧诗的特质；但古代文人中除元好问、钱谦益等少数几人外，绝大多数主张僧诗不应具有"蔬笋气"和"酸馅气"。按说，中国古典诗学一直延续着"诗言志"和"诗缘情"两大传统，勿论"言志"和"缘情"内涵有何区别，大抵皆主张诗歌应反映诗人的志向、情性、气质。但是，士大夫们在评价僧诗时，却明显地违背了这一导向。这其中的原因就在于那是一个"文学政教中心说"的时代，士大夫认为不合儒家"诗教"的诗歌，就属于边缘甚至异端，自然就予以否定。类似的情况同样出现在对闺秀诗的评价中。闺秀诗的特点本来就是"脂粉气"，但明清的闺秀诗论也多否定了具有"脂粉气"的诗歌，反而认可那些"无脂粉气"的诗歌。在这种情况下，僧侣文学、闺秀文学自然很难获得客观而公允的评价。

今天的学人再去看待中国佛教文学，当然不会胶柱于"文学政教中心"的立场而轻易否定它的价值。不过，学界似乎依然流行着这样一种看法：佛教徒的创作之所以很少能写进文学史中，是因为作品本身的价值就不高，实际上早已被历史所淘汰。我们以为，这其实是一种研究惰性的表现。分析一种研究对象的价值，不仅需考虑它本身的质素，同时亦关乎后来的接受者和研究者。小说、戏曲等通俗文学，在古代同样也很难进入正统文人的"法眼"，若非二十世纪初期因"西学"的影响以及梁启超、王国维、胡适、郑振铎等前辈的提倡，恐怕仍难摆脱"小道""末技"的命运，更不可能成为学术热点。中国佛教文学，尽管已有百余年的研究历史，但成果并不丰硕，特别元明清之后的佛教文学，专力研究者更是凤毛麟角，甚至基本文献、作家规模的估量都有待探明。因此，那种"先入为主"的预判，并不可取。

理想的文学史，当然是还原文学史的原生状貌。但我们都知道，这种文学史其实并不存在，因为这不仅关涉史家的选材问题，更在于大量的文学史事已消失在时空当中，无从考实。因此，文学史一定程度上说还是"史家的文学史""当下的文学史"。在这种情况下，考虑一部文学史的优劣，不仅需要检视它对知识谱系建构的准确性和丰富性，更需要评判史家的文学史观。文学史观的含义比较复杂，可具体地表现为史料的甄选和叙述模式的采用等方面，但更为直接地体现在文学的批判标准之上。过去，我们总是强调阶级性和人民性，并以此作为评判文学价值的首要标准，二十世纪八十年代后，学术界普遍认为这种评判标准遮蔽文学自身的属性，主动扬弃了这种观念。这显然是正确的。但同时，有些文学史家出于种种原因，开始有意无意地模糊评价标准。这其实也不可取。这样的文学史要么没有个性，要么就是材料堆砌。因此，树立比较明确的文学史观和评价标准，对于文学史的质量的保障，是至关重要的。

我们编撰中国佛教文学史，既不能刻意拔高它的地位，也不能轻易轩轾它和正统文人文学的优劣。那么，我们究竟持什么样的标准去评价呢？就当前的情况来看，遵循美学的和历史的观点，依然是一种比较持平、稳妥的批评标准。也就是说，既能真实地反映佛教徒的宗教实践活动和精神世界，又具有较高艺术特色的作品，应是择取史料和评判的主要标准。不过，中国佛教文学有其自身的特性，还有两方面尤其值得注意。

首先，应从中国文学史发展的角度，考虑佛教文学的价值。具体来说，就是考察作品在文体创新、题材拓展、审美观念上是否对推动中国文学史的进程，发挥了作用。若纯粹从审美的角度看，不少佛教文学作品确实艺术性贫弱，并没有太多的价值，但它却可能包涵着新的艺术因子。例如，作为叙事文学的"变文"，在情节、结构、人物塑造等方面，或许比不上唐传奇，可它却有着极为重要的文学史意义。正如郑振铎《中国俗文学史》中所说："……但自从三十年前斯坦因把敦煌宝库打开了而发现了变文一种文体之后，一切的疑问，我们才渐渐的可以得到解决了，我们才在古代文学与近代文学之间得到了一个连锁。我们才知道宋、元话本和六朝小说及唐代传奇之间并没有什么因果关系。我们才明白许多千余年支配着民间思想的宝卷、鼓词、弹词一类的读物，其来历原来是这样的。这个发现对于中国文学史的探讨，面目为之一新。"再如，佛经中的偈颂，就艺术性而言，或许难以比拟后来的禅宗偈颂，但由于它不仅是一种新的韵文体式，对七言诗以及绝句的形成均起到了重要的影响。[①] 此外，佛经中的一些篇幅很短、甚至没有完整的叙事框架的寓言、譬喻故事，常常是后世叙事文学的"母题"，为后人的再创作孕育了丰富的想象空间。对于这些作品，我们关注的重心可能不是作品本身的艺术价值，而更多的是它所具有的文学史的意义。

再次，从文化交通史的角度，考虑佛教徒文学创作的价值。在印度佛教

---

① 参见陈允吉：《中古七言诗体发展与佛偈翻译》；陈允吉：《古典文学佛教溯源十论》，上海：复旦大学出版社，2002年版，第21—47页；李小荣、吴海勇：《佛经偈颂与中古绝句的得名》，载《贵族社会科学》2000年第3期。

里,"游方"是僧人一生必须历经的阶段;中国佛教虽未严明规定,但僧徒大多亦志在游化,经常游江涉川,甚至远渡重洋,至域外参学、传法。他们不仅为佛教的传播作出了重要的贡献,实际也是文化交流的使者,具有深远的文化史意义。例如,东晋元嘉年间鸠摩罗什的高徒慧叡南下,谢灵运即向他问经中诸字及众音异同,而撰有《十四音训叙》,从而推动了南方文人对诗歌声律的探讨。[①] 很多僧侣在"游方"的过程中,还留下大量的文学作品,有的甚至具有开创意义。例如,东晋年间,慧远辞别乃师道安,欲寻访同学慧永,途经浔阳,见庐峰清境,遂有息心之志,创东林精舍,此后三十余载,影不出山,迹不入俗,写下了《登庐山绝顶望诸峤》,是文学史上最早歌咏庐山的诗歌,开创了后世近四千余首庐山诗词的书写。再如,记载玄奘西行取经故事的《大唐西域记》,更为《西游记》所本,打开了后世文人对西域的想象。又如,清初曹洞宗岭南高僧函可剩人,因"文字狱"而流寓东北,在东北广传佛法,被誉为清代东北禅宗的"开宗鼻祖",又与流民左懋泰等人结"冰天诗社",以"尽东西南北之冰魂,洒古往今来之热血",写下了东北古代诗歌史的新篇章,使得这片诗歌蛮荒地带,也屡屡成为了文史学家关注的对象。更值得注意的是,宋元之后,很多禅僧东渡日本、朝鲜。他们不仅单纯传教,更描绘了域外的风情,像隐元隆琦、木庵禅师对富士山的描写,这都是在中国文学史中很少见的。这些禅僧还对当地文学发展起到重要的影响,日本五山文学的出现,就与东渡的宋元禅僧密不可分。可以说,僧侣的游方、行脚,对拓展中国文学的书写空间起到了极为重要的作用;而学术界对这一事实似乎没有足够的重视。

总之,在中国佛教文学史的编撰中,我们既要强调对基本文献的清理,以作家叙述和问题叙述为主要策略,力图比较清晰地建构中国佛教文学的知识谱系。同时,还应具备多方面的学识,尽量客观、平实地评价它们所蕴含的丰富价值。

---

① 刘跃进:《六朝僧侣:文化交流的特殊使者》,载《中国社会科学》2004年第5期。

有关中国佛教文学史编撰原则的几点想法

李小荣

福建师范大学文学院

武汉大学文学院吴光正教授,经过多年筹备,精心组织国内高校数十位中青年教授来撰写12卷25册的《中国宗教文学史》。承蒙关照,让我承担第一卷"渊源编"《汉译佛典文学》的写作任务。现在又命我就中国佛教文学史编撰原则做些检讨,说实话,本人最惮理论辨析,向来未做这方面的深入思考。所以,只好就过往专题研究中的一些个人经验略做总结,不当之处,恳请海内外方家批评指正。

佛教作为外来宗教,在其传入中土并成为中华优秀文化不可分割之组成部分的过程中,经典翻译(包括口译、笔译)所起的作用至关重要。僧祐《出三藏记集》卷1《胡汉译经文字音义同异记》明确指出佛经翻译中"义之得失,由乎译人;辞之质文,系于执笔",易言之,无论义理传达正确与否、语言风格是质是文,都和翻译密切相关。而中国古代的佛经翻译,前后持续时间之长(从汉至清,近两千年),民族语言之多(如汉、藏、回鹘、西夏、满、蒙等等,不一而足),悉可称为世界文化史上的奇迹,令人叹为观止。职是之故,个人倾向于梳理中国佛教文学史的前提是对翻译佛典自身的文学性要有足够的认识。这就牵涉到编撰佛教文学史的第一个原则——源流原则。

从对中国佛教文学发展起直接滋乳作用之经典而言,各种翻译佛典是"源"(因为中土能直接阅读传播印度原典及西域胡语佛典者并不多见),而在其影响下产生的浩如烟海的阐释之作(如义疏、注解之类)、护法之作以及教外人士的参悟之作等,显然是"流"。不过,在不同历史阶段,"源""流"的界限并非绝对的泾渭分明,有时还会互相转化。比如,在历史上有重大影响的疑伪经，相对于它们的撰作依据——原典——而言，总体说来，它们是"流"；但同时又是"源"，因为它们既然被视作"经"，甚或有的疑伪经如《佛说盂兰盆经》《法社经》《提谓波利经》《清净法行经》《像法决疑经》《华严十恶经》《父母恩重经》《佛为心王菩萨说头陀经》《金棺嘱累经》《佛母经》等在特定历史阶段及特定受众中的作用还是许多译经无法替代的（按：上海古籍出版社 2011 年所出曹凌《中国佛教疑伪经综录》，考察了历史上流通的疑伪经 292 种。实际数量则要多得多，单唐释智升《开元释教录》卷 18《伪妄乱真录》所列伪经就有 392 部 1055 卷，何况两宋以后又有新出的疑伪经）。值得注意的是，汉地疑伪经，有的还被译成其他民族语言，如藏译佛典中有源自汉地的《金刚三昧经》《法王经》《最胜妙定经》《禅门经》等疑伪经，其汉文本疑伪经相对于藏译本而言，前者显然可归为"源"，后者则属于"流"。再如，经过多种语言转换的佛典，其源流关系就更加复杂，它们流播不同民族地区时所发生的影响，更需要有条理地甄别，方可理清其差异的表现和成因。当然，这需要研究者具备多种古代佛教语言之素养，研究难度之大可想而知。此外，季羡林先生名篇《佛教的倒流》[①]所论中国佛教倒流回印度的现象，则更能说明源流关系的变易性。

就中土佛典文学（佛经）流播的总体特征而言，我们似可归纳为"多源并流"。概观地说，汉译佛典以大乘佛教为特色，藏译佛典以藏密为特色，云南地区则以上座部佛典为特色，各语系佛典虽然都可溯源于印度，它们在中华大地生生不息地传衍过程中也曾相互影响，但依然各自保持了独立的个性。单就汉译佛典言，历史上有不同的译经中心，如汉唐之长安、洛阳，汉晋之敦煌、姑藏，六朝之建康，东晋后期之庐山，北宋之汴京等，这些译经中心所出的佛典，其流播历程、影响范围，都应成为梳理中国佛教文学史时的重要文化场域。此外，宫廷（王权）佛教、士大夫佛教、庶民佛教，也有各自独特的场域空间，其源流变化、互动关系，无不是研究者要深入研讨的对象。

中国佛教文学的形成和发展，是一个渐进而漫长的过程，是多种文化因素共同作用的产物。因此，撰写相关文学史时还需把握好第二个原则——本末原则。易言之，在魏晋南北朝、隋唐五代、两宋、辽金元、明代、清代及现

---

① 季羡林：《佛教的倒流》，载《季羡林文集》第七卷，南昌：江西教育出版社，1998 年版，第 405—444 页。

当代佛教文学史中，哪些问题是根本性的，哪些问题是枝节性的，各册的撰写者应做到胸有成竹，建议主编在《导论》中也应宏观统揽，有所提示。当然，各册作者可以具体问题具体分析，找出特定时段佛教文学发展的新动向、新态势。比如，唐代邓隐峰禅师"竿木随身，逢场作戏"[1]是如何成为一种说法范式的，它与后世戏剧观念的生成演变有无关联？宋代出现的拈古、颂古、评唱，它们在禅宗语录体文学中的地位、作用如何，它们与前代的公案、话头关系如何？凡此，悉可做细致梳理和全面研讨。总之，佛教文学史之发展是动态的，我想我们的观照也是动态的，不能静止片面地看待其中任一问题。再如，不同历史阶段佛教的主导思想并不相同，像两晋关注般若学，南朝关注涅槃学，陈隋至唐宗派竞出，赵宋以来三教合流，明清两代民俗佛教、民间佛教风起云涌，它们在僧俗文学作品中有无体现，如何体现？各册作者在各抒己见的基础上，主编于《导论》的撰写中是否要提升到佛教思想、佛教制度及其与文学关系的理论思考中？至于作者对本末关系的具体处理，我想，无论王弼主张的"举本统末"（皇侃《论语义疏》卷9引弼语），还是王夫之倡导的"观物象以推道，循末以测本"（《张子正蒙注》卷3），各册作者都可以有所借鉴，或综合运用于自己的篇章结构中。

吴光正教授在《宗教文学史——宗教徒创作的文学的历史》[2]一文中指出整个中国宗教文学史的研究对象应聚集于宗教徒的文学创作，就体用原则之"体"的角度看，诚然是也。但我想补充的是，从"用"的角度看，有些不是宗教徒创作的作品，也进入了宗教的弘法语境。对此客观事实，我们似不能熟视无睹。比如禅宗语录所载上堂参禅及颂古、拈古中都大量存在以诗证禅的情况，所引诗人之名单中竟然有"异教徒"李白（其宗教信仰主要是道家道教）、杜甫（其主导思想是儒家），甚至反佛人士韩愈、朱熹等。像清初释行泽《神鼎云外泽禅师语录》卷9载其对"东寺'心不是佛，智不是道'"颂古曰："长安一片月，万户捣衣声。秋风吹不尽，总是玉关情。今日平高下，良人罢远征。"[3]显而易见，所引者是李白名诗《子夜吴歌》之《秋歌》，仅在第五句文字上略有变动，"高下"原诗作"胡虏"，清人忌讳"胡""虏"，

---

[1] 语出《景德传灯录》卷六，《大正藏》第51册，第246页。
[2] 吴光正：《宗教文学史——宗教徒创作的文学的历史》，载《武汉大学学报》2012年第6期。
[3]《嘉兴大藏经》第33册，第296页上。

故改之。当然，那些与佛教关系密切的诗人如王维、柳宗元、苏轼等，其作品在丛林中本来就广为传唱，像摩诘之《送元二使安西》、子厚之《江雪》、东坡之《题西林壁》等，历代禅师反复引之。而且，它们在不同的说法场合所传达的义理迥然有别。① 这就提醒我们，即便"用"之层面的分析，也是多元的，并无统一固定的模式。再如，唐宋以降，释家仪式性的应用文书（敦煌遗书之佛教文献，特色正在于此）层出不穷，它们在文学上并没有多少创新点可言，可当它们进入了表演语境，却又让善男信女趋之若鹜，原因何在？值得我们深思。

就文学史的构成而言，作家无疑是其骨干，作品为肌肉，文体则为血液经络，三者有机结合才能构成鲜活的生命体。但佛教文学史的特殊之处在于，无论作家、作品和文体，都有特殊之处。

首先，就作家主体来说，其身份就相当复杂：有的终生为僧（如中唐以后的诗僧，创作特色较鲜明，成就较大，在文学史上也较有影响）；有的先僧后俗（如刘宋汤惠休——惠休上人、中唐贾岛等）；有的先俗后僧（如北宋饶节、明末清初方以智、现代弘一法师等）；有的偶尔为僧（如李贽），有的与教内人士交往密切（这一类人最常见），他们甚至是居士佛教之代表性人物，在当时极具有影响（如宗炳、萧子良、王维、庞蕴、白居易、杨亿、王安石、苏轼、黄庭坚、耶律楚材、宋濂等）；有的则是无名诗人的共同体（如王梵志、寒山）。其中，诗僧作为佛教文学史的主体，当无异议，但那些同时有过僧、俗两重身份者以及居士们的创作中，哪些作品可以纳入佛教文学史的考察范围，则是大费周章之事。故而对相关作品的系年、内容考释，应成为佛教文学史撰出的必备前提之一。此处，即便非佛教徒，在佛教昌盛的时代，他们对佛教知识也有所了解，创作时也会涉及相关题材，如诗仙李白、诗圣杜甫就有不少释家题材之作，如何认识大作家这一类非主流作品及其在佛教文学史上的地位、作用，也是考验编撰者智慧的难题之一。

其次，就佛教题材作品自身而言，文本细读至关重要。若不深究每个典故的准确出处，想要正确理解作品主旨则会寸步难行。如敦煌写卷王梵志诗《负

---

① 按，笔者曾以唐诗名篇《江雪》《春晓》为例，做过一些个案讨论。参拙撰：《柳宗元〈江雪〉禅林传播接受谈片》，载《湖南科技学院学报》2014年第1期；《孟浩然〈春晓〉在禅林的传播》，载《古典文学知识》2014年第2期。

恩必须酬》有句云"瓠芦作杅车，棒莫作屈客"。笔者联系与"瓠芦"有关的报恩故事，是出自唐代义净大师译《根本说一切有部毗奈耶药事》卷14至15所载佛本生。[①] 该本生说佛在过去世时名叫散弹长者，住在婆罗疤斯城，虽说城中遭遇了长达12年的亢旱，长者依然每日按时供养一千独觉，所以，供养期满后帝释天帮助长者得到了"瓠芦"果报，使饥俭之城变为丰稔之地，连远方之人也来投奔。因此，"瓠芦作杅车"（其中，"杅"即"打"，俗字偏旁"木""扌"常不分也），可视作"打车作瓠芦"之倒装，它补充描绘了原经所缺的众人做水车浇灌瓠芦的劳动场景；而后一句则可校为"捧菓作屈客"，则在补充描述原经散弹长者以瓠芦果招待四方来投者的盛况。此外，禅门语录方音俗词甚多，若不细察，也难以把握文本原义。如《马祖道一禅师广录》卷1载马祖道一、西堂智藏、百丈怀海与某学僧四人对话时，马祖云"藏头白，海头黑"[②]。本来学僧要问马祖什么是"西来意"，马祖借故不答，推给智藏，智藏则推给怀海，怀海则回答"我这里却不会"。学僧只好把智藏、怀海的答案告诉马祖，马祖便用"头白""头黑"分别评价智藏、怀海。嗣后，《法演禅师语录》卷2、《虚堂和尚语录》卷8、《瞎堂慧远禅师广录》卷4等数十家语录都把马祖之语作为参禅的话头，影响之大，可见一斑。但正如佛果圆悟《碧岩录》卷8所言"只这一句黑白语，千人万人咬不透"[③]，后人大都未能猜出"头白""头黑"的真实含义。李壮鹰先生依据马祖道一曾经游历闽地的史实，指出"头"乃建阳、建瓯"侯"之方音借字，而且秦观《淮海集》卷25《传说·二侯》中的"侯白""侯黑"也可为证。[④] 其他类似的方音俗词，无不需要我们仔细推敲，反复品评。唯有如此，我们的解读才可能更加贴近当时的创作语境。

　　复次，就佛教文体而言，既要明辨其特色，又要区分其与世俗文体及其他宗教文体特别是道教文体之异同。比如，有的文体一开始是佛教文学独有的，如十二分教之本生、本事、因缘、自说、未曾有、授记等，后来却对世俗文体、道教文体产生过一定的影响；有的则是佛教与世俗、道教文体共有（或

---

① 参见《大正藏》第24册，第68页中—69页。
② 参见《大藏新纂卍续藏经》第69册，第4页。"藏"指智藏，海指怀海。
③ 参见《大正藏》第48册，第201页。
④ 参见《禅与诗学》，北京：北京师范大学出版社，2001年版，第80—92页。

通用）的，如佛教之契经（散文）、偈颂（包括祇夜、伽他，合称短偈，形式与中土诗歌基本相同）、譬喻等，但它们各有特色，像佛教偈颂以说理为主，中土世俗诗歌则以抒情见长，但中土的玄言诗、佛理诗等哲理题材之作在形成与发展中也深受佛偈的影响。再如，佛教有僧传、碑铭记赞、小说、戏剧等文体，它们与传统文学中的对应文体有无关联？此外，佛教文体在演进过程中有无接受传统世俗文体或道教文体的影响？凡此，悉可深入思考。

佛教文学尤其禅宗文学又有独特的言说体系：既用言语形式，也用非言语形式；言语修辞常具模糊性和非逻辑性；辞格类型则丰富多样，比喻、双关、曲解、仿拟、拆问等俯拾皆是。[①]因此，在分析唐宋以降的相关作品时，如何正确把握禅意也是一道较难解决的难题。如明末曹洞宗僧净现说《象田即念禅师语录》卷2谓有僧问："东山水上行，毕竟明什么边事？"师答："烽火连三月，家书抵万金。——指战事。表面看，净现是答非所问，然其意在以"家书"隐喻诸佛出身，表明一切众生悉有佛性，而修道者不应心外寻求。易言之，心、佛、众生，三无差别。

最后要强调的是，以上所谈源流、本末、体用及作家、作品、文体三位一体等佛教文学史之撰写四原则，仅是个人浅见，较为笼统，也不全面，仅供主编和各册作者参考而已。

[①] 关于禅宗修辞的系统分析，可参见疏志强：《禅宗修辞研究》，济南：山东文艺出版社，2008年版。

论"未曾有经"文体及其影响

李小荣

福建师范大学文学院

在佛经文体类别中,无论"九分教"或"十二分教",其中都少不了"未曾有经"。但在佛学研究中,人们对它的关注较少,只是在综论性的佛教著作中偶有涉及。[①] 而从文学角度,或者说从宗教文学的视角进行探讨的成果虽说相对丰硕,[②] 然而仍有一些问题尚未解决,故有必要重加检讨。

一、文体特点

"未曾有经",也称"未曾有(法)",其梵文是 adbhuta—dharma,音译"阿浮陀达磨""阿浮达磨"等,意译又作"希法""最胜经"等。[③]

关于"未曾有"的内容,郭良鋆在检讨巴利文三藏经文文体"九分教"时,说它是"记述神通的经文"。[④] 易言之,"未曾有"的特点在于叙述神通故事。但是,台湾学者丁敏一方面认为神通故事属于十二分教中的阿波陀那

[①] 前田惠学:《原始佛教圣典の成立史研究》,东京:山喜房佛书林,1964年版,第432—433页;印顺:《原始佛教圣典之集成》,台北:正闻出版社,1989年版,第586—592页;郭良鋆:《佛陀和原始佛教思想》,北京:中国社会科学出版社,1997年版,第177—182页。

[②] 目前从佛教文学角度来谈"未曾有经"者,最为重视的是其中的神通故事,如前田惠学:《神通より来迎へインド仏教文学に见られる天界访问の二方法》,载《印度学仏教学研究》第7卷1号,1958年版,第44—56页;丁敏:《佛教神通:汉译佛典神通故事叙事研究》,台北:法鼓文化事业股份有限公司,2007年版。特别是丁敏之书,是该领域最新的研究成果,但她的论著有一特点,并未把神通故事归入到"未曾有经"之列。

[③] 荻原云来编纂,辻直四郎监修:《汉译对照梵和大辞典》,台北:新文丰出版股份有限公司,2003年版,第27页。

[④] 郭良鋆:《佛陀和原始佛教思想》,北京:中国社会科学出版社,1997年版,第10页。

(譬喻），基本上是被当成例证来使用；另一方面又说神通故事的语言，从宗教的特质看，它已超出了譬喻是"喻而非真"的特质，带有几分真的暗示性，具有"似真非真"朦胧性的语言功效。①两人的观点，差别较大。那么，事情的真相到底如何？

其实，郭先生更强调"未曾有"的内容特色，丁先生则更突出其叙事功能。若能综而论之，当有助于我们更深入理解"未曾有"的文体特点。现分述如下：

（一）内容特色

为了详细说明"未曾有"在内容上的突出特色，我们先举出一些具体的经文。如东晋瞿昙僧伽提婆译《中阿含经》卷8《未曾有法经》云：

> 我闻世尊一时在父白净王家，昼监田作，坐阎浮树下，离欲、离恶不善之法，有觉有观，离生喜乐，得初禅成就游。尔时中后，一切余树，影皆转移，唯阎浮树，其影不移，荫世尊身。于是释白净往观田作，至作人所，问曰："作人，童子何处？便作是念：今此童子甚奇甚特，有大如意足，有大威德，有大福佑，有大威神。所以者何？日中之后，一切余树影皆转移，唯阎浮树其影不移，荫童子身。若世尊日中之后，一切余树影皆转移，唯阎浮树其影不移，荫世尊身者。我受持是世尊未曾有法。②

《未曾有法经》主要叙述的是佛陀传记中的神奇事迹，包括入胎、降生、出游、降魔等故事单元。其中，叙述者在讲每一故事单元时，都会强调它是"未曾有法"，即以前从未发生过的事迹。尤可注意的是：叙述者每次解释成因时都会提到一个相同的关键词——如意足（五通或六通中的神足通，也叫如意、如意足通、神境智通或神境智证通）。对其含义，《大智度论》卷5有云：

> 云何如意？如意有三种：能到，转变，圣如意。能到有四种：

---

① 丁敏：《中国佛教文学的古典与现代：主题与叙事》，长沙：岳麓书社，2007年版，第94页。
② 高楠顺次郎等：《大正新修大藏经》卷一，台北：新文丰出版股份有限公司，1993年版，第470—471页。

一者身能飞行，如鸟无碍；二者移远令近，不往而到；三者此没彼出；四者一念能至。转变者，大能作小，小能作大；一能作多，多能作一。种种诸物，皆能转变。外道辈转变，极久不过七日。诸佛及弟子转变自在，无有久近。圣如意者，外六尘中不可爱不净物，能观令净；可爱净物，能观令不净。是圣如意法，唯佛独有。①

前面所说童子（此是佛陀出家之前的称呼）能令阎浮树影不移，此即如意足"能到"的表现之一。当然，童子的这种神通，根源在于他已入初禅。易言之，神通是禅定之后的功能显现。

东晋佛陀跋陀罗译《观佛三昧海经》卷1《观相品》则云：

佛告父王：云何名苦行时白毫毛相？如我逾出宫城已，去伽耶城不远，诣阿输陀树，吉安天子等百千天子，皆作是念：菩萨若于此坐，必须坐具，我今应当献于天草。即把天草，清净柔软，名曰吉祥。菩萨受已，铺地而坐。是时诸天谛观菩萨身相可爱，复见白毛围如三寸，右旋婉转，有百千色，流入诸相。……有一天子名曰悦意，见地生草，穿菩萨肉，上生至肘，告诸天曰：奇哉男子，苦行乃尔，不食多时，唤声不闻，草生不觉。即以右手申其白毛，其毛端直，正长一丈四尺五寸，如天白宝，中外俱空，天见毛内有百亿光，其光微妙，不可具宣。于其光中，现化菩萨，皆修苦行，如此不异。菩萨不小，毛亦不大，诸天见已，叹未曾有。……今见是相，必当成佛，了了无疑。无上慧日，照世不久。②

这里介绍的是如何观想佛苦行时的白毫相，而悦意天子的亲眼所见，依然是佛的神通变化之一。这种神通变化，给悦意的感受就是"未曾有"。类似的用法，在汉译佛典中极其常见，如刘宋功德直译《菩萨念佛三昧经》卷1《不空见本事品》曰："佛知王子心，渴仰甚殷重，即于焰聚中，奋大神通力。如

---

① 高楠顺次郎等：《大正新修大藏经》卷二十五，第97—98页。
② 高楠顺次郎等：《大正新修大藏经》卷十五，第650页。

从三昧起,光明倍明显。不可思议众,咸叹未曾有。"①

在汉译佛经中,与"神通"含义相同或相近,且经常使用的词是"神变"。《菩萨念佛三昧经》卷2又云②:

> 同经卷1则有偈云:
> 净心发高叹,欣跃未曾有。奇哉大神通,势力无伦匹。甚深佛境界,不可得思议。一千诸众生,见此神变已。于诸法不受,善得心解脱。不空见当知:师子为世间,请佛还起时,一千诸众生,于彼善逝处,睹佛神变化,其心正趣向,无上菩提道。大悲为世间,广作利益已。③

由此可见,"神变"不但可与"神通"互用,而且经常也是"未曾有"所感叹的对象。

本来,神通、神变对应的梵文不同。神通为 abhijna,其词根是 na(知)。由这个词根派生的名词都与感知或认知有关,abhijna 的通常意义是"记忆",然巴利语佛经中已普遍用作"神通",指的是超常的或超自然的智能。④汉地经疏中则指由禅定而获得的超自然、无碍自在、不可思议的力量,也称"神通力""神力""通力",或简称"通。"陈代释慧思《诸法无诤三昧法门》卷上即云:"如来一切智慧及大光明、大神通力,皆在禅定中得。"⑤隋智者大师《释禅波罗蜜次第法门》卷1又谓:"因禅具足力波罗蜜者,一切自在变现,诸神通力皆藉禅发。"⑥而神通类别,最常见的是五通(有情众生皆可修得)与六通(唯有圣人,如佛与大乘菩萨才能修得)。五通指神足通、天眼通、天耳通、他心通、宿命通,若加上漏尽通则为六通。一般说来,宿命通、天眼通、漏尽通最为殊胜,叫作三明。此外,六通还有次第之别,按照《大智度论》卷28的记载,其由低到高的顺序是:

---

① 高楠顺次郎等:《大正新修大藏经》卷十三,第796页。
② 高楠顺次郎等:《大正新修大藏经》卷十三,第804页。
③ 高楠顺次郎等:《大正新修大藏经》卷十三,第798页。
④ 郭良鋆:《佛陀和原始佛教思想》,第173页。
⑤ 高楠顺次郎等:《大正新修大藏经》卷四十六,第629页。
⑥ 高楠顺次郎等:《大正新修大藏经》卷四十六,第477页。

如意神通（神足通）→天眼通→天耳通→他心通→宿命通→漏尽通。[①]

神变的梵文是 vikurvana，是指佛、菩萨等为教化众生而示现的不可思议之神力（神通力），也叫"神变化"，简称为"神"或"变"。它往往表现为外在的动作或形状，有狭义与广义之分：狭义指五通或六通中的第一种，即神足通；广义则包括身、语、意各方面的神通变现，如《大宝积经》卷 86 说佛以说法神变（意）、教诫神变（语）、神通神变（身）等三种神变调伏众生。[②]

汉译佛典中，更常见的说法是十八神变（十八变），如《瑜伽师地论》卷 37 举出了振动、炽然、流布、示现、转变、往来、卷、舒、众像入身、同类往趣、显、隐、所作自在、制他神通、能施辩才、能施忆念、能施安乐、放大光明等[③]，且每一变，皆有特定的作用对象。

对于神通、神变之别，简言之，前者多着眼于本体，后者主要着眼于相状（表现）。然总体说来，都服务于宣教之用，或者是说法的方式之一，《长阿含经》卷 1 即谓提舍比丘等人曾"于大众中上升虚空，身出水火，现诸神变，而为大众说微妙法"[④]，且有不可思议之效，如后秦竺佛念译《菩萨璎珞经》卷 1 称之为"以神变感动十方"。[⑤]

综上所言，神通或神变叙事就是"未曾有"的主体内容。

当然，"未曾有"还可指特定的佛法。如玄奘译《天请问经》就通过天子和世尊之间的偈颂问答（天问、佛答），简明扼要地解释了一些佛法名相，经文结束时则云："尔时彼天闻佛世尊说是经已，欢喜踊跃，叹未曾有。顶礼佛足，即于佛前，欻然不现。"[⑥] 此"未曾有"所指就是佛陀向诸天子所说之法。但是，"未曾有"无论指事，还是说法，其突出表现都在于"神变"（或"神通"）。

此外，还有一点需要交代，那是佛教对待神通（或神变）的态度。一般说

---

① 高楠顺次郎等：《大正新修大藏经》卷二十五，第 264—265 页。
② 高楠顺次郎等：《大正新修大藏经》卷十一，第 492 页。
③ 高楠顺次郎等：《大正新修大藏经》卷三十，第 491 页。
④ 高楠顺次郎等：《大正新修大藏经》卷一，第 9 页。
⑤ 高楠顺次郎等：《大正新修大藏经》卷十六，第 1 页。
⑥ 高楠顺次郎等：《大正新修大藏经》卷十五，第 125 页。

来,神通(变)只是一种方便,而不是修道的终极目的。[①]

(二)文本结构

丁敏在论述神通故事时,曾归纳出好几种模式:如"神足飞行"的空间叙事、"神足变身"的母题叙事、"神通"与"幻术"的多音复调叙事等。[②] 若考虑到"未曾有"之内容特色即在于神通故事,因此,用它们来概括"未曾有"的叙事模式,当无不妥之处。不过,我们在研读汉译佛典的相关文本时,却发现"未曾有"无论用哪种模式,在文本结构上都呈现出惊人的同一性,通常可分成三大部分:一是叙述神通(神变)故事(或说法)的由来或过程;二是对神通(神变)故事(或说法)的赞叹,最常见的语词是"叹(怪)未曾有";三是简述神通(神变)故事(或说法)的宗教含蕴。这种结构可表述为:多样化叙事+程序化感叹+教义揭示。

其中,程序化感叹的位置多不固定,常在故事的中间或结尾处。如东晋佛陀跋陀罗译《观佛三昧海经》卷1云:

> 如是我闻:一时佛住迦毗罗城尼拘楼陀精舍。尔时释摩男请佛及僧供养三月,七月十五日僧自恣竟。尔时父王阅头檀、佛姨母憍昙弥来诣僧房,供养众僧。礼拜既毕,奉上杨枝及澡豆已,呼阿难言:佛告阿难:尔时天主、夜叉主……及诸眷属,皆悉已集。尔时父王及释摩男三亿诸释入佛精舍,当入之时,见佛精舍如颇梨山。为佛作礼,未举头顷,即见佛前有大莲华众宝所成,于莲华上有大光台。父王见已,心生欢喜,叹未曾有。是时父王即从坐起,白佛言:今我在世,见佛色身,但见其外,不睹其内。悉达在宫,相师皆见三十二相,今者成佛,光明益显,过逾昔日百千万倍。佛涅槃后,后世众生,当云何观佛身色相,如佛光明常行尺度。惟愿天尊,今当为我及后

[①] 参见陈兵:《佛教禅学与东方文明》,上海:上海人民出版社,1992年版,第574—577页;杨惠南:《实相与方便——佛教的神通观》,《论命、灵、科学——宗教、灵异、科学与社会研讨会论文集》,台北:"中央研究院"社会学研究所筹备处等,1997年版,第127—145页等。

[②] 丁敏:《佛教神通:汉译佛典神通故事叙事研究》,台北:法鼓文化事业股份有限公司,2007年版,第197—433页。

众生分别解说。"①

此处结构,即先叙述佛陀之父朝见佛陀过程中的所见所闻,其中对佛陀瑞相的"叹未曾有"之语,是在故事中间,阅头檀请佛"分别解说"之后的文字(案:略而未引)则是佛陀对具体教义的演说与揭示。

在北魏吉迦夜、昙曜译《杂宝藏经》卷4《罽夷罗夫妇自卖设会现获报缘》中,经文讲到有一对贫穷夫妇为了解脱现世之穷苦,用卖身为奴得来的金钱而设斋会:

> 于是昼夜勤办会具,到六日头垂欲作会,值彼国主亦欲作会,来共诤日。众僧皆言:王怪所以,自至僧坊,语彼人言:"汝今何以不后日作,共我诤日?今若不作,恐后转苦,感念此事,唯自卖身,以贸金钱用作功德,欲断此苦。至七日后,无财偿他,即作奴婢。今以六日,明日便满,以是之故,分死诤日。王以己身并及夫人衣服璎珞脱与罽罗夫妇,割十聚落,与作福封。夫能至心修福德者,现得华报,犹尚如是,况其将来获果报也。由此观之,一切世人欲得免苦,当勤修福,何足纵情懈怠放逸?②

这里的故事主角,不再是佛与菩萨等圣贤形象,已经换成了普通的信士,然夫妇二人想改变命运的决心和举动,同样具有传奇色彩,所以国王才感叹"未曾有"。也就是说,神奇故事可以发生在普通的信徒身上。另外,这里的程序化感叹,是置于故事的结尾处。至于故事的寓义(教义揭示),在于倡导勤修功德必有福报。

在讲述神奇教法的"未曾有"中,其结构模式里程序化的感叹,多位于讲述结束时,且常带有总结赞叹的意味。如题为后汉失译人名的《佛说未曾有经》在佛陀宣讲完教法后有云:

> 佛告阿难:"此名未曾有法,是一切清净妙法方便,我以是故殷

---

① 高楠顺次郎等:《大正新修大藏经》卷十五,第645—646页。
② 高楠顺次郎等:《大正新修大藏经》卷四,第468页。

勤嘱汝，当数数广为诸天人、阿修罗、龙、夜叉、干闼婆、伽留罗、紧那罗、摩睺罗伽、人、非人等，分别说之。当作如来善根功德种子，一切众生闻者，得入如来善根功德。以是因缘故，离诸烦恼，悉皆成佛。"诸比丘闻已，欢喜作礼药王佛、药王菩萨、药上菩萨、最上天王佛。①

此处"未曾有法"四字，一方面是对其前面所说教法之全部内容的概括（主要讲造像、造塔等功德），另一方面也是赞叹所说教法的效用，含有嘱咐流通之意。换言之，这一段引文，是总括全经，具有画龙点睛的意义。

二、文体功能

关于"未曾有"的文体功能，它既有和其他佛经文体相同者，玄奘译《阿毗达磨大毗婆沙论》卷1即指出："诸佛为饶益他，开示演说十二分教：一契经，二应颂，三记别，四讽颂，五自说，六缘起，七譬喻，八本事，九本生，十方广，十一希法，十二论议。"②此便交待了十二部经的共同点——其实都是用于佛教宣教，阐明各种教理教义。当然，它也有自己的特异之处，兹从相关汉地经疏进行归纳。

隋慧远《大乘义章》卷1云③：隋智顗所说《妙法莲华经玄义》卷6又云："未曾有经者，说希奇事，由来未有者。未曾有也，示有大力，有大利益。托未曾有事，以彰所表也。"④隋唐之际的吉藏在《大乘玄论》卷5则说⑤：由此我们可以发现："未曾有"的特殊功能是"说"，即叙事（或叙述）。而且，"说"的内容是各种各样的"希奇事"，这些希奇事，一方面发生的时间比较特殊，是过去到现在都未曾有过的；另一方面落脚点又在现在，突出的是过去发生的神奇之事对现在的影响，且让受众有身临其境的切身感受；再则，所叙述的事件本身，其宗教的价值判断与情感判断，是重在张扬善

---

① 高楠顺次郎等：《大正新修大藏经》卷十六，第781—782页。
② 高楠顺次郎等：《大正新修大藏经》卷二十七，第2页。
③ 高楠顺次郎等：《大正新修大藏经》卷四十四，第470页。
④ 高楠顺次郎等：《大正新修大藏经》卷三十三，第752页。
⑤ 高楠顺次郎等：《大正新修大藏经》卷四十五，第64—65页。

事，此恰与因缘经多叙起罪本末形成了鲜明的对比。换而言之，"未曾有"的文体功能主要在于通过神奇叙事，用以彰显佛教伦理之善。此从前引诸"未曾有"之具体经文，亦可得到明证。

此外，据鸠摩罗什译《成实论》卷1[①]可知：佛说"未曾有"并显现神通的目的，在于证明因果业报的真实不虚，然而从佛教对待神通（神变）的态度看，则知神通也有局限性，如神通不敌业力、事相神通不如智慧神通等。[②] 由此形成了一种较为特殊的功能，即有的"未曾有"经，还可用神奇叙事来反对"神通"（具体事例详后文）。这种功能，我们称之为相反相成。

三、文体影响

说及"未曾有"的影响，我们拟重点谈两个方面：一是文本组织结构的影响，二是神通（神变）故事或相关情节的影响。

（一）文本结构

我们曾把"未曾有"的叙事文本结构概述为"多样化叙事＋程序化感叹＋教义揭示"，它在中土僧传及各种灵验小说中也常被使用。兹举二例，如：

1.唐道宣《续高僧传》卷8《周蒲州仁寿寺释僧妙传》谓僧妙：

> 后住蒲乡常念寺，即仁寿寺也，聚徒集业以弘法树功，击响周齐，甚高名望。周太祖特加尊敬，大统年时西域献佛舍利，太祖以妙弘赞着续，遂送令供养。因奉以顶戴，晓夜旋仰，经于一年，忽于中宵放光满室，螺旋出窗，渐延于外，须臾光照四远，腾扇其焰，照属天地。当有见者，谓寺家失火，竞来救之。及睹神光，乃从金瓶而出，皆叹未曾有也。妙仰瞻灵相，涕泗交横，乃烧香跪而启曰……[③]

这里叙述的主体内容是有关舍利的神变感应故事，其间亦插入了信众的程序化感叹，即"叹未曾有"一语。接着叙述的是僧妙的烧香祈愿，这一部分文

---

① 高楠顺次郎等：《大正新修大藏经》卷三十二，第245页。
② 丁敏：《中国佛教文学的古典与现代：主题与叙事》，长沙：岳麓书社，2007年版，第85—86页。
③ 高楠顺次郎等：《大正新修大藏经》卷五十，第486页。

字可视作"教义揭示"的变体,同时也是神通感应故事的结束。不过,作者为了说明业报因缘,又附加了某一僧人无缘看见舍利之光而暴卒的情节,通过对比,使得主题更加鲜明突出。

2. 唐惠详撰《弘赞法华传》卷3则载释法融之事曰:

> 后归丹阳牛头山幽栖寺,别为小屋,精修故业,远近学侣翕尔归之。乃于岩谷之前,讲《法花经》一部。于时正在盛冬,凝霜被木,乃于讲所忽生三茎金色莲花,众甚惊异,叹未曾有。经文既毕,花亦不见。又有一大鹿,常依时听讲,停法之后,绝迹不来。门人发心,皆以《法花》为正业矣。①

本则传记叙述了法融因讲《法华经》之功德而产生的神变故事。其叙述结构与前一则故事稍有不同:一者叙述相对简略;二者叙神变感应时用了并列式,即列举了两项内容(金色莲花与大鹿听经,但第二项中未有感叹之语,然从其性质判别,亦为"未曾有"也);三者最后一句,实际上是讲神通感应故事的效用,它们使得法融的门人都以弘扬《法华》为正业。

不过,中土僧传或灵验小说中在叙述神通感应故事时,对佛典"未曾有"之叙事模式既有继承,也有变异。其中,最大的变化是第三部分,往往不是"教义揭示",而多是讲感通之用,如前引故事,大抵如此。

(二)神通(神变)故事及相关情节

本来这一方面的研究成果已相当丰硕,尤其在志怪、传奇与神魔小说诸领域。不过,可补充的例证还有不少。如:

1. 手指化出异物降伏对手

(1)《太平广记》卷二百八十九《明思远》条引陆长源《辩疑志》云:

> 华山道士明思远,勤修道箓三十余年。常教人金水分形之法,并闭气存思,师事甚众。永泰中,华州虎暴,思远告人云:"虎不足畏,但闭气存思,令十指头各出一狮子,但使向前,虎即

---

① 高楠顺次郎等:《大正新修大藏经》卷五十一,第19页。

去。"……于谷口行逢虎，其伴惊惧散去，唯思远程然，闭气存思，俄然为虎所食。①

陆氏原著旨在辨析佛道两教之虚妄不实，然其所谓十指头化出狮子的情节，实源于佛教之神通。如支谦译《撰集百缘经》卷6《佛度水牛生天缘》云：

> 佛在骄萨罗国，将诸比丘欲诣勒那树下。至一泽中，有五百水牛，甚大凶恶。复有五百放牛之人遥见佛来，将诸比丘，从此道行，高声叫唤：此牛群中有大恶牛，抵突伤人，难可得过。"……恶牛卒来，翘尾低角，刨地吼唤，跳踯直前。尔时如来，于五指端化五狮子，在佛左右。四面周匝，有大火坑。时彼水牛，甚大惶怖，四向驰走，无有去处。唯佛足前有少许地，宴然清凉。驰奔趣向，心意泰然，无复怖畏。长跪伏首，舐世尊足。复更仰头，视佛如来，喜不自胜。尔时世尊知彼恶牛，心已调伏。②

两相比较，从指头化出狮子以降伏对手的关键情节是何其相似。更为重要的是，道士明思远有此神力的原因是存思，而道教存思和佛教禅定亦有共通之处。本质来讲，佛、道神通（神变）都是意念的产物。《长阿含经》卷13《阿摩昼经》即云：

> 彼以定心，清净无秽，柔濡调伏，住无动地。一心修习神通智证，能种种变化：变化一身为无数身，以无数身还合为一。……譬如陶师善调和泥，随意所造，在作何器，多所饶益；亦如巧匠善能治木，随意所造，自在能成，多所饶益；又如牙师善治象牙，亦如金师善炼真金，随意所造，多所饶益。③

丁敏将经文中由定而生的变化分成三类：即一身与多身、身能飞行及以心

---

① 李昉等：《太平广记》，北京：中华书局，1961年版，第2298页。
② 高楠顺次郎等：《大正新修大藏经》卷四，第232页。
③ 高楠顺次郎等：《大正新修大藏经》卷一，第86页。

变物。^①其中，诸"譬如"句式所讲，即属"以心变物"之神通。当然，《明思远》的故事结局，由于创作者目的在于破，故形成了反讽的艺术效果。

（2）《西游记》第八回《八卦炉中逃大圣，五行山下定心猿》叙述如来降伏孙大圣的情形是：

> 好大圣，急纵身又要跳出，被佛祖翻掌一扑，把这猴王推出西天门外，将五指化作金、木、水、火、土五座联山，唤名五行山，轻轻的把他压住。[②]

此之神变，亦属"以心变物"，而其故事渊源亦出佛典。如梁宝唱编《经律异相》卷37《优婆塞为王厨吏被逼杀害而指现师子》条引《譬喻经》第六卷云：

> 佛泥洹后百年，国王奉事天神，大祠祀用牛、羊、猪、犬、鸡等各百头，皆使厨士杀之。时厨士言："我受佛戒，不得杀生。"[③]

不过，《西游记》在承袭相关故事细节的基础上，也融入了更多的本土文化，比如"五行"之说。

2. 手指自然流出香水

本故事和前述故事一样，都源于佛教禅定而生的"以心变物"之神通。如《高僧传》卷11《释玄高传》载北魏释玄绍：

> 学究诸禅，神力自在。手指出水，供高洗漱，其水香净，倍异于常。[④]

此则明确指出神通表现的根源是"学究诸禅"。当然，同型故事，汉译佛

---

① 丁敏：《佛教神通：汉译佛典神通故事叙事研究》，台北：法鼓文化事业股份有限公司，2007年版，第86页。
② 吴承恩：《西游记（李卓吾评本）》，陈先行、包于飞校点，上海：上海古籍出版社，1994年版，第86页。
③ 高楠顺次郎等：《大正新修大藏经》卷五十三，第200页。
④ 慧皎撰：《高僧传》，汤用彤校注，北京：中华书局，1992年版，第410页。

典中习见。如"失译人名今附《东晋录》"之《菩萨本行经》卷中云:"时婆罗门,举手五指,水即流出。时舍利弗见其意坚,证现如此,默然而止。"①东晋法显译《佛说杂藏经》则说目连:"见一神身体极大,有金色手,五指常流甘露,若有行人所须饮食资生之具,尽从指出,恣而与之。"②香水、甘露虽异,然其物理性质相同,皆为流体。

3. 莲花中化出玉女

《太平广记》卷二十五《元柳二公》条引《续仙传》云:

> 元和初,有元彻、柳实者,居于衡山,二公俱有从父为官浙右。李庶人连累,各窜于驩、爱州。二公共结行李而往省焉,至于廉州合浦县,登舟而欲越海,将抵交趾,舣舟于合浦岸。……逡巡,复有紫云自海面涌出,漫衍数百步,中有五色大芙蓉,高百余丈,叶叶而绽,内有帐幄,若绣绮错杂,耀夺人眼。又见虹桥忽展,直抵于岛上。俄有双鬟侍女,捧玉合,持金炉,自莲叶而来天尊所,易其残烬,炷以异香。③

此处虽为道教故事,然莲花中化出玉女(仙女)的情节,若穷原原委,竟与佛教神通故事有关。如北魏瞿昙般若流支译《正法念处经》卷57即云:

> 尔时天王牟修楼陀复为利益,神通变化,从其胸中示现踊出大莲花池。其可爱乐,其池多有鹅鸭鸳鸯,而为庄严,第一清净八功德水。其莲华池有百千亿七宝莲华,以覆其上。其花香气,满百由旬。其莲华台,王在其上,种种妙宝庄严天冠,种种光明、种种宝衣,庄严其身,种种宝印,庄严其臂,种种彩女而为围绕,坐师子座。其诸婇女,手执白拂,侍立左右。④

---

① 高楠顺次郎等:《大正新修大藏经》卷三,第116页。
② 高楠顺次郎等:《大正新修大藏经》卷十七,第558页。
③ 李昉:《太平广记》,北京:中华书局,1961年版,第166—167页。
④ 高楠顺次郎等:《大正新修大藏经》卷十七,第336页。

前者所说的"芙蓉",与佛经里的"莲华",名异实同也。而且,不管仙女也好,还是彩女也罢,她们都是朝奉特定的主尊。两者的区别仅在于:道教把故事背景置于海上,佛教则置于天王自身的变异,即莲花池、莲花甚至莲花中的彩女,都是由天王自身某一特定的部位(胸)化现出来的。

4. 降生时自然带有瑞物

曹雪芹《红楼梦》第八回"比通灵金莺微露意,探宝钗黛玉半含酸"曾讲到贾宝玉出生时口中自然含有一块通灵宝玉,其实相似的情节,佛典中亦有所见。如后汉昙果康孟祥译《中本起经》卷上《现变品》云:

> 于时波罗奈城中,有长者名阿具利。有一子,字曰蛇蛇。晋言宝称。时年二十四,称生奇妙,有琉璃屐,着足而生。父母贵异,字曰宝称。①

这处经文既然出于"现变品",毫无疑问和神通、神变有着密切的联系。不过,《红楼梦》所说"瑞物"是中土文化色彩极其浓厚的瑞玉,它是宝玉出生时口含而来;佛经里则是自然附着于脚而来。但是,故事的核心要素相同,如降生、得名方式以及故事结局(无论宝玉、宝称,最后都出家了)等。

5. 反对卖弄神通

《西游记》第二回《悟彻菩提妙真理,断魔归本合元神》讲到孙悟空学习神通变化之后,应众人要求演示了一遍,结果惊动其师而遭驱逐。其师给出的理由是:

> 我问你:弄什么精神?变什么松树?这个工夫,可在人前卖弄?假如你见别人有,不要求他?别人见你有,必然求你。你若畏祸,却要传他,若不传他,必然加害,你之性命又不可保。②

这种说教并非空穴来风,而是渊源自有。如佛陀耶舍、竺佛念译《长阿含

---

① 高楠顺次郎等:《大正新修大藏经》卷四,第149页。
② 吴承恩:《西游记(李卓吾评本)》,陈先行、包于飞校点,上海:上海古籍出版社,1994年版,第23页。

经》卷 16 中载坚固长者一再请求佛陀命令诸比丘给那些不信佛的婆罗门、长者子和居士表现神通,但是:

> 佛告坚固:我终不教诸比丘为婆罗门、长者、居士而现神足上人法也,我但教弟子于空闲处静默思道。若有功德,当自覆藏;若有过失,当自发露。……所以者何?有三神足。云何为三?一曰神足,二曰观察他心,三曰教诫。云何为神足?长者子!比丘习无量神足,能以一身变成无数,以无数身还合为一。……若有得信长者、居士见此比丘现无量神足,立至梵天,当复诣余未得信长者、居士所,而告之言:
> 佛复告长者子坚固……①

佛陀之所以不提倡神通,原因是怕引起信徒的误解,把它们和外道咒术混为一谈,由此对正法生出毁谤,产生恶果。另外,即使在三种神通中,佛陀也更重视教诫神通,因为后者是依佛陀的训示(教法)修行,最终能证入涅槃境界。若把须菩提对孙悟空的训诫与佛陀对坚固长者的教诲作一比较,则知两者的出发点、用意是多么相似。

---

① 高楠顺次郎等:《大正新修大藏经》卷一,第 101 页。

论永明文人的佛教实践

高文强

武汉大学中国宗教文学与宗教文献研究中心

六朝文人对佛教之接受，不唯在思想与文字上，还常常表现在佛教实践上。永明时期文人接受佛教开始趋向集团化，其中尤以竟陵文人集团内表现最为突出。[①] 竟陵集团作为永明时期最为著名的文人集团，同时也是一个佛教信仰集团，集团内之文人接受佛教之广度与深度已大大超过前代文人，特别是他们在佛教实践方面的广泛参与，将六朝文人接受佛教之程度推到了一个新的高度。考其详情，永明文人佛教实践主要有以下数类情况。

一、交游名僧

佛教以佛、法、僧为"三宝"。"佛"与"法"作为一种抽象的存在，常常是以僧人的实践与宣讲为承载方式，所以在一定程度上，僧人就是佛教信仰的具象代表。因此，作为寺院僧众领袖的高僧，便常常成为在家信仰者皈依的对象。于是，名士与名僧交游，便成佛教兴盛时期士林中的普遍现象。永明时期尤为如此。

永明文人与高僧的交游，带有明显的集团化特征。竟陵集团本身就是一个高僧云集的场所，这与竟陵王萧子良、文惠太子"同好释氏"，常"招致名僧"（《南齐书·萧子良传》）开展一系列佛教活动有着密切关系。如"永明元年二月八日，置讲席于上邸，集名僧于帝畿，……济济乎，实旷代之盛

[①] 高文强：《东晋南朝士人与佛教之关系浅析》，载《宗教学研究》2006年第3期。

事也"①。这一次活动召集的高僧有多少,史无详载,但相信不在少数。再如"永明七年十月,文宣王招集京师硕学名僧五百余人,请定林僧柔法师、谢寺慧次法师,于普弘寺迭讲",之后又"仍请佑及安乐智称法师,更集尼众二部名德七百余人,续讲《十诵律志》,令四众净业还白"。② 这两次讲法所集僧众超过千人,由此可以想见竟陵集团与高僧交往的广度和深度。这里,我们以《高僧传》《续高僧传》《比丘尼传》中的记载,对与竟陵集团交往的高僧作一个简单统计。

1.《高僧传》

篇目	所载与竟陵集团交往之高僧	人数	篇目	所载与竟陵集团交往之高僧	人数
僧钟传	僧钟、昙纤、昙迁、僧表、僧最、敏达、僧宝	7	求那跋陀传	宝意	1
僧远传	僧远	1	僧审传	僧审	1
智顺传	智顺	1	智称传	智称	1
宝亮传	宝亮	1	法献传	法献、玄畅	2
法通传	法通	1	慧基传	慧基	1
慧明传	慧明	1	法安传	法安	1
僧佑传	僧佑	1	僧印传	僧印	1
僧辩传	僧辩、普智、道兴、慧忍、超胜	5	法瑗传	法瑗	1
法镜传	法镜	1	僧宗传	僧宗	1
法度传	法度、法绍	2	法愿传	法愿	1
保志传	保志	1	僧柔传	僧柔	1
道营传	慧佑	1	慧次传	智藏、僧旻、法云	3
慧忍传	慧满、僧业、僧尚、超朗、僧期、超猷、慧旭、法律、昙慧、僧胤、慧象、法慈	12	合计		50

---

① 严可均:《全梁文》,北京:商务印书馆,1999年版,第349页。
② 僧佑:《出三藏记集》,北京:中华书局,1995年版,第405页。

2.《续高僧传》

篇目	所载与竟陵集团交往之高僧	人数	篇目	所载与竟陵集团交往之高僧	人数
僧韶传	僧韶	1	昙准传	昙准	1
法护传	法护	1	惠超传	惠超	1
法宠传	法宠、智秀	2	慧约传	慧约、昙纤、慧次	3
合计					9

3.《比丘尼传》

篇目	所载与竟陵集团交往之高僧	人数	篇目	所载与竟陵集团交往之高僧	人数
僧敬尼传	僧敬尼	1	净晖尼传	净晖尼	1
智胜尼传	智胜尼	1	净秀尼传	净秀尼	1
僧盖尼传	僧盖尼	1	僧念尼传	僧念尼	1
净行尼传	净行尼	1	僧述尼传	僧述尼	1
道贵尼传	道贵尼	1	合计		9

上述知名之高僧共68位，若再计数所论未知名者，则难以胜数。故汤用彤先生谓"齐、梁二代之名师，罕有与其无关系者"[①]显然是言之有据的。

竟陵集团对高僧的聚集，为其中之永明文人提供了一个与名僧交游的绝好环境，因此我们常常可以看到，一位高僧周围每每聚集着一批文人，举例如下：

高僧	交游之文人	文献出处
法献	萧子良、沈约、王肃、王融、张融、张绻	高僧传·法献传
法安	萧子良、张融、何胤、刘绘、刘瓛	高僧传·法安传
法通	萧子良、萧巘、谢举、陆杲、张孝秀	高僧传·法通传
僧远	萧子良、萧长懋、王僧达、何点、周颙、明僧绍、吴苞、张融、王俭	高僧传·僧远传
僧审	萧子良、萧长懋、傅琰、萧赤斧、王敬则	高僧传·僧审传
慧约	萧子良、周颙、褚渊、王俭、沈约、娄幼瑜	续高僧传·慧约传

---

① 汤用彤：《汤用彤集·汉魏两晋南北朝佛教史》，石家庄：河北教育出版社，1996年版，第340页。

法护	萧子良、阮韬、阮晦、周颙	续高僧传·法护传
法云	周颙、王融、刘绘、徐孝嗣	续高僧传·法云传
僧旻	萧子良、萧长懋、王俭、张融、谢朓、陆倕、王仲宝、张思光	续高僧传·僧旻传
昙准	萧子良、萧映、萧晃、何点、刘绘	续高僧传·昙准传

同时，一位文人又常常与多位高僧来往，例如：

文人	交游之高僧
沈约	法献（《高僧传·法献传》）、慧约（《续高僧传·慧约传》）、法云（《续高僧传·法云传》）
王融	法献（《高僧传·法献传》）、法云（《续高僧传·法云传》）
王俭	法瑗（《高僧传·法瑗传》）、僧远（《高僧传·僧远传》）、慧约（《续高僧传·慧约传》）、僧旻（《续高僧传·僧旻传》）
张融	僧瑾（《高僧传·僧瑾传》）、道慧（《高僧传·道慧传》）、僧远（《高僧传·僧远传》）、慧基（《高僧传·慧基传》）、法安（《高僧传·法安传》）、昙斐（《高僧传·昙斐传》）、法献（《高僧传·法献传》）、僧旻（《续高僧传·僧旻传》）

永明文人与僧人在竟陵集团这样一个大的文化环境内所进行的交叉往来，使得文人与僧人之间关系形成一种复杂的立体形态，以致当时文学佛学在许多方面的交融成为可能。

除了信仰作为文人与僧人交往的基础外，文人与僧人交往还加入了其他的目的。其一是玄谈。南朝士人颇承晋风。永明文人与高僧谈玄之例，亦有不少。"南朝佛法以执麈尾能清言者为高"[1]，"当时名士之所以乐与僧人交游，社会之所以弘奖佛法，盖均在玄理清言，与支、许、安、汰之世无以异也"[2]。《高僧传·宝亮传》："宝又善三玄，为贵游所重。"《昙斐传》载："斐神情爽发，志用清玄，故于小品、净名尤成独步。加以谈吐蕴藉，辞辩高华，席上之风，见重当代。"《续高僧传·法朗传》："摄山朗公，解玄测微，世所嘉尚。"《高僧传·道慧传》载，道慧善玄谈，"言语玄微，诠牒

---

[1] 汤用彤：《汤用彤集·汉魏两晋南北朝佛教史》，第385页。
[2] 汤用彤：《汤用彤集·汉魏两晋南北朝佛教史》，第328页。

有次，众咸奇之"。后其师猛法师讲成实，张融与之辩难，"猛称疾不堪多领，乃命慧令答之。融以慧年少，颇协轻心，慧乘机挫锐"。《智林传》载：智林"讲说相续，禀服成群，申明二谛义，有三宗不同。时汝南周颙又作三宗论，既与林意相符，深所欣迟，乃致书于颙……，颙因出论焉"。其二是文学往来。永明文人间的相互唱和，僧人多有参与。如《南齐书·乐志》载："《永明乐歌》者，竟陵王子良与诸文士造奏之，人为十曲。道人释宝月辞颇美，上常被之管弦而不列于乐官也。"又《续高僧传·慧约传》："及沈侯罢郡，相携出都，还住本寺，恭事勤肃礼敬弥隆，文章往复相继晷漏。以沈词藻之盛秀出当时，临官莅职，必同居府舍，率意往来，未尝以朱门蓬户为隔。"永明文人与僧人往来之诗作如沈约《憩郊园和约法师采药》、范云《赠俊公道人诗》、萧子云《赠海法师游甑山诗》、刘孝先《和亡名法师秋夜草堂寺禅房月下诗》等。

与高僧交游本为信仰之需要，后又与学术相联系，这对永明文人话语方式、思想观念都产生了深远影响。

二、参与佛事

竟陵集团常举行大型佛事活动，宣扬佛法，而其中最为常见的便是请高僧讲经说法，有时帝王也会亲自讲说。此外，这种佛事活动也包括供佛施僧、整理佛经等。在佛事活动中，若需文章，则皆出于名家之手，且这一系列活动常伴随有文人赋诗赞扬佛教的活动，因此，这些活动中一般都有文人的身影。

首先，我们来看讲法活动。据现有文献，竟陵集团所开展的讲法活动主要有：

1. 沈约《齐竟陵王发讲疏并颂》："乃以永明元年二月八日，置讲席于上邸，集名僧于帝畿，皆深辨真俗，洞测名相，分微靡滞，临疑若晓，同集于邸内之法云精庐，演玄音于六宵，启法门于千载，济济乎实旷代之盛事也。"这次法会是竟陵王亲讲，沈约则为此事作颂。

2. 《出三藏记集·略成实论记》："齐永明七年十月，文宣王招集京师硕学名僧五百余人，请定林僧柔法师、谢寺慧次法师，于普弘寺迭讲，欲使研核幽微，学通疑执，即座，仍请佑及安乐智称法师，更集尼众二部名德七百余人，续讲《十诵律志》，念四众净业还白。"

3.《比丘尼传·净晖尼传》:"齐文惠帝、竟陵文宣王莫不服膺。永明八年,竟陵王请于第讲《维摩经》,后为寺主。"

4.《续高僧传·明辙传》:"齐永明十年,竟陵王请沙门僧佑,三吴讲律。"

5.《续高僧传·僧旻传》:"文宣尝请柔次二法师于普宏寺共讲《成实》……永明十年始于兴福寺讲《成实论》。"

上述讲法是记载了确切时间的活动,未记载确切时间的讲法活动,还有不少:

1.《续高僧传·法申传》:"逮齐竟陵王萧子良永明之中,请二十法师,弘宣讲授苦相征屈,辞不获免。"

2.《法护传》:"齐竟陵王,总校玄释,定其虚实,仍于法云寺建竖义斋,以护为标领,解释胶结,每无遗滞,物益怀之。"

3.《惠超传》:"永明中,竟陵王请智秀法师,与诸学士随方讲授,西至樊邓,超因冯受学,同时合席,皆共服其领会。"

4.《比丘尼传·净行尼传》:"齐竟陵文宣王萧子良厚加资给,僧宗、宝亮二法师雅相赏异,及请讲说,听众数百人,官第尼寺法事连续,当时先达无能屈者。"

5.《高僧传·僧印传》:"司徒文宣王、东海徐孝嗣,并挹敬风猷,屡请讲说。"

6.《昙准传》:"承齐竟陵王广延胜道盛兴讲说,遂南度止湘宫寺。处处采听,随席谈论,虽逢涂阻,未曾告劳。次公叹曰:'此北道人。'"

7.《道禅传》:"闻齐竟陵王大开禅律,盛张讲律,千里引驾,同造金陵。……乃以永明之初,游历京室,住钟山云居下寺。听掇众部,偏以十诵知名。"

从上述记载可知,竟陵集团大开讲席,天下闻名,四方僧众,纷纷云集。其时讲法之盛况,可想而知。在这些法会中,人们常行忏悔及发愿。如竟陵王子良有《发愿疏》;沈约有《忏悔文》《千僧会愿文》;王僧孺有《礼佛唱导发愿文》《忏悔礼佛文》等。

除了举行讲法活动外,萧子良还常引领竟陵集团士人举行礼佛活动。《南齐书》本传载:"子良敬信尤笃,数于邸园营斋戒,大集朝臣众僧,至于赋食行水,或躬亲其事。"作为王者,引领群臣亲为众僧赋食行水,体现出竟陵士人对佛教的极大尊重，萧子良因此在当时僧俗中颇负盛名。史载其"劝人为善，未法厌倦，以此终致盛名"（《南齐书·萧子良传》）。从"数于邸园营斋戒"看，这种活动在竟陵集团是经常的。

其次，召集学士名僧抄撮、删略佛经，也是竟陵集团常常举行的佛事活动。据《出三藏记集》卷五《新集抄经录》所载，记于竟陵文宣王萧子良名下的抄经有《华严经》《方等大集经》《菩萨经》等经律凡三十六部，又《为法舍身经》六卷亦疑为文宣王所抄。此外，"永明七年十月，……公每以大乘经渊深，满道之津涯，正法之枢纽。而近世陵废，莫或敦修，弃本逐末，丧功繁论。故即于律座，令柔次等诸论师抄比成实，简繁存要，略为九卷，使辞约理举，易以研寻。八年正月二十三日解座，设三业三品，别施奖有功劝不及，上者得三十余件，中者得二十许种，下者数物而已"[①]。且请周颙为此节本作序。"抄经者，盖撮举义要也"[②]，而其中更表达了对佛法的虔诚之心。

既然是竟陵集团举办的活动，其中之文人自然会参与。上面所举发愿文、忏悔文，及沈约《齐竟陵王发讲疏并颂》《南齐皇太子礼佛愿疏》《南齐皇太子解讲疏》《齐竟陵王解讲疏》《又竟陵王解讲疏》等一系列文章，及周颙《抄成实论序》，这些都可以看出，永明文人在这些活动中所发挥的重要作用。

佛事活动可以说是士人与僧人交游的另一种重要方式。通过参与法会，对提高士人的佛学修养自然有较大帮助。不过，更重要的是，这样一种沙龙式的佛学环境，为竟陵集团营造出一种充满佛学味道的氛围，这种氛围反过来会影响到士人的言说方式、生活观念、人格心理等方面，而这一切都会投射到他们的文学创作中去。

三、践行教义

如果说交游名僧和参与佛事只是佛教信仰的表层表现的话，永明文人对佛教信仰更深层的表现方式则是对佛教教义的实践，这种将佛教信仰自觉地纳入到自己的行为规范之中的行为，对个人心理的影响显然要深远得多。

大乘"六度"以布施、持戒为首，常为在家修行者所重视。永明文人践行

---

① 僧佑：《出三藏记集》，第 405 页。
② 僧佑：《出三藏记集》，第 217 页。

佛教教义亦特重二者。"布施度"为"六度"之首，强调以自己的智力、体力和财力去济度贫困者和满足求索者的要求而为他人造福积智并使自己不断积累功德以至解脱。佛教还宣扬向寺院和僧人布施，可以获得福田，积累功德，甚至于成就正果。后者尤受永明文人重视。

竟陵王萧子良和文惠太子作为竟陵集团首领，又为皇族身份，故布施就非常广泛。这包括：

1. 供养，《高僧传·法度传》："度与绍并为齐竟陵王子良、始安王遥光恭以师礼，资给四事。"《保志传》："既而齐文惠太子、竟陵王子良，并送食饷志，果如其言。"《慧次传》："沙门智藏、僧旻、法云等，皆幼年俊朗，慧悟天发，并就次请业焉。文惠、文宣悉敬以师礼，四事供给。"《比丘尼传·僧敬尼传》："齐文惠帝、竟陵文宣王，并钦风德，亲施无阙。"《僧盖尼传》："齐竟陵文宣王萧子良，四时资给。"《净秀尼传》："齐文惠帝、竟陵文宣王，厚相礼待，供施无废。"《僧念尼传》："齐永明中，移住禅林寺，禅范大隆，诸学者众，司徒竟陵王四事供养。"《净行尼传》："齐竟陵文宣王萧子良厚加资给，僧宗、宝亮二法师雅相赏异，及请讲说，听众数百人。"

2. 修寺，《高僧传·智顺传》："齐竟陵文宣王特深礼异，为修治城寺以居之。"《法护传》："齐竟陵王总校玄释，定其虚实，仍于法云寺建竖义斋，以护为标领。"《比丘尼传·僧述尼传》："齐文惠帝、竟陵文宣王大相礼遇，修饰一寺，事事光奇，四时供养，未曾休息。"《道贵尼传》："齐竟陵文宣王萧子良善相推敬，为造顶山寺以聚禅众。请贵为知事，固执不从，请为禅范，然后许之。"

3. 造像，造佛像本南朝帝王布施之常行，如据僧祐《出三藏记集》卷12《法苑杂缘原始集目录》载有：《宋孝武皇帝造无量寿金像记》《宋明皇帝造丈四金像记》《齐武皇帝造释迦瑞像记》《皇帝造纯银像记》等记述造像之文，其中亦有记文惠文宣造像之事的《宋明帝齐文皇文宣造行像八部鬼神记》，帝王造像或多，但当时记载亡佚，后世追述又多附会，许多已难考定。

4. 舍身，南朝帝王之中也非常盛行，最有名者是梁武帝四次舍身同泰寺之事。所谓舍身，于舍资财之外，并舍自身。舍自身者，乃自愿入寺执役，故《北山录·异学篇》言及梁武帝，有注云："三度舍身入寺[①]，与众为奴。"

[①] 按：梁武帝舍身同泰寺，实有四次，参见任继愈：《中国佛教史》第三卷，北京：中国社会科学出版社，1988年版，第17页。

《南齐书·萧子良传》谓竟陵王集众僧，"于赋食行水，或躬亲其事"，就是一种舍身行为。又《为文惠太子解讲疏》云："敬舍宝躯，爰及舆冕，自缨以绛，凡九十九物。"①《为南郡王舍身疏》亦云："敬舍肌肤之外，凡百十八种。"②

不过，竟陵集团中其他文人布施记载并不多，这恐与他们自身之地位有关。一般士大夫不可能像帝王般建寺造像，因为他们没有那样的经济实力。但他们在礼敬高僧时，必多布施。但这种布施与帝王相比，如九牛一毫，因此难见记载。不过，从现有文献记载中，仍可看出他们的布施行为。如《南齐书·张融传》："孝武起新安寺，僚佐多儭钱帛，融独儭百钱。帝曰：'融殊贫，当序以佳禄。'"又沈约有《舍身愿疏》曰："兼舍身资服用，百有十七种，微自损撤，以奉现前众僧。"③

持戒是永明文人践行佛教教义的另一重要行为。南朝士人所守持的戒律最常见者是"八关斋戒"，即不杀生、不偷盗、不邪淫、不妄语、不饮酒、不以华鬘装饰自身不歌舞观听、不坐卧高广华丽床座、不非时食。"八关斋戒"是为在家弟子制定的一种临时奉行之戒律，如一个月中奉行六天，一天也行，可以灵活实行，故更易为士人所接受。《南齐书·萧子良传》所载子良"敬信尤笃，数于邸园营斋戒"，所营即八关斋戒，这是南朝奉佛帝王常率群臣进行的活动。斋戒时最重要之事，首为蔬食。如《宋书·袁粲传》载："孝建元年，世祖率群臣并于中兴寺八关斋。中食竟，愍孙别与黄门郎张淹更进鱼肉食。尚书令何尚之奉法素谨，密以白世祖。世祖使御史中丞王谦之纠奏，并免官。"袁粲因食肉而免官，可见蔬食之重。其次是过中不食，《广弘明集》载有沈约《述僧中食论》，即论此戒。

竟陵王子良常于西邸举行斋戒活动，因此西邸文人中的许多重要成员都严守佛教戒条。《南齐书·周颙传》载："清贫寡欲，终日长蔬食，虽有妻子，独处山舍。卫将军王俭谓颙曰：'卿山中何所食？'颙曰：'赤米白盐，绿葵紫蓼。'文惠太子问颙：'菜食何味最胜？'颙曰：'春初早韭，秋末晚菘。'"可见竟陵文人持斋，亦首重素食，如"何胤言断食生，犹欲食白鱼、旦脯、糖蟹，以为非见生物。疑食蚶蛎，使学生议之。学生钟岏曰：'旦之就

---

① 严可均：《全梁文》，第 348 页。
② 严可均：《全梁文》，第 350 页。
③ 严可均：《全梁文》，第 351 页。

脯，骤于屈伸；蟹之将糖，躁扰弥甚。仁人用意，深怀如怛。至于车螯蚶蛎，眉目内阙，惭浑沌之奇，矿壳外缄，非金人之慎。不悴不荣，曾草木之不若；无馨无臭，与瓦砾其何算。故宜长充庖厨，永为口实。'竟陵王子良见屼议，大怒。"竟陵王之怒，正在屼论有违素食之戒。对于何点不素食行为，周颙还专门致书于他，劝其菜食，其书今尚存于《南齐书》本传之中。这种清贫寡欲的生活方式，在竟陵文人中常可见到。如王俭"寡嗜欲，唯以经国为务，车服尘素，家无遗财"（《南齐书·王俭传》）；沈约"性不饮酒，少嗜欲，虽时遇隆重，而居处俭素"（《梁书·沈约传》）；刘虬"精信释氏，衣粗布衣，礼佛长斋"（《南齐书·刘虬传》）；何胤"精信佛法，无妻妾"（《南齐书·周颙传》）；等等。竟陵王萧子良还请人专门负责斋讲之事，《南齐书·徐孝嗣传》载："子良好佛法，使孝嗣及庐江何胤掌知斋讲及众僧。"从这里可以看出竟陵集团进行斋戒活动应是经常的，这些活动中同样伴随着竟陵文人对斋事赞颂的创作活动。这从沈约所作《八关斋诗》中可以看出："因戒倦轮飘，习障从尘染。四衢道难辟，八正扉犹掩。得理未易期，失路方知险。迷涂既已复，豁悟非无渐。"[1] 沈约依据慧由定生、定依戒起的道理，指出斋戒的意义所在。

竟陵文人对佛教教义的实践，使佛教融入到他们的生活方式之中，这对他们思想观念的影响是巨大的。

四、辩护佛理

南朝文化论争多起于佛道二家。汤用彤先生曾言："北朝道佛之争根据在权力。故其抗斗之结果，往往为武力之毁灭。南方道佛之争根据为理论。而其争论至急切，则用学理谋根本之推翻。南朝人士所持可以根本推翻佛法之学说有二。一为神灭，一为夷夏。因二者均可以根本倾覆释教。故双方均辩之至急，而论之至多也。"[2] 南齐之际也发生了有关二者之论争，而论争过程中，崇佛之文人成为辩护佛理的重要力量。

首先，我们来看夷夏之争。

---

[1] 陈庆元：《沈约集校笺》，杭州：浙江古籍出版社，1995年版，第365页。
[2] 汤用彤：《汤用彤集·汉魏两晋南北朝佛教史》，第344页。

夷夏之争由宋末顾欢作《夷夏论》而引发。顾欢"事黄老道，解阴阳书，为数术多效验"（《南齐书·顾欢传》），因此佛教徒常称其为"道士"。《南齐书》本传谓："佛道二家，立教既异，学者互相非毁。"顾欢著《夷夏论》以论之。顾欢于《夷夏论》中写出"虽同二法，而意党道教"，他虽然论证了佛道二教同本共源，但其根本目的在于论证道优于佛，认为推广道教比扶植佛教对维护封建纲常更有力。因此此论一出，立即引起佛教信徒的辩难。当时便有司徒袁粲托为僧人通公着论驳之，指明佛教优于道教。入齐后又有不少佛教徒进行辩难，据《弘明集》载，有明僧绍《正二教论》、谢镇之《与顾道士书》和《重与顾道士书》、朱昭之《难顾道士夷夏论》、朱广之《咨顾道士夷夏论》、释慧通《驳顾道士夷夏论》、释慧愍《戎华论——析顾道士〈夷夏论〉》等。这些文章都反对顾欢观点，认为佛教优于道教，不能借夷夏之辨来排斥佛教。竟陵集团为永明文化中心，这场佛道争辩自然会波及其中。

《南齐书·顾欢传》载："文惠太子、竟陵王子良并好释法。吴兴孟景翼为道士，太子如入玄圃。从僧大会，子良使景翼礼佛，景翼不肯，子良送《十地经》。景翼造《正一论》。"《正一论》旨在统一道佛，以为信佛通道，本无分别，"共遵斯一"。其时张融作《门律》，以为"道之与佛，逗极无二"，与孟景翼持论类似。当时在竟陵集团内佛教兴盛，论佛道二法无异，实为道教张目，故受到竟陵文人周颙的驳难。周颙主要针对张融的《门律》展开辩论，他著有《答张融书难门律》《重答张融书难门律》等文竭力区别二教，抑道扬佛。而张融也著有《以门律致书周颙等诸游生》《答周颙书并答所问》等文与周颙反复辩难。史载"往复文多不载"（《南齐书·顾欢传》），可知他们论辩文章恐不止这些。从张融以《门律》至书"诸游生"看（二何二孔），与之讨论者可能尚有他人，但所论文字现已不载（孔稚珪论文有片言）。这种佛道优劣之争，在萧子良与孔稚珪之间也有进行。《弘明集》卷11有《文宣王书与中丞孔稚珪释疑惑并笺答》，其中还有孔稚珪与萧子良的信及答。孔稚珪家世奉道，故言"所以未变衣钵眷眷黄老者，实以门业有本，不忍一日顿弃"，他持"二道本同"的观点。萧子良则持佛教优先的观点，力劝其舍道归佛，并最终获得成功，维护了佛教的地位。

其次，我们来看神灭之争。

永明年间的神灭之争，则由范缜挑起。《梁书》本传云："初，缜在齐世，尝侍竟陵王子良。子良精信释教，而缜盛称无佛。子良问曰：'君不信因果，世间何得有富贵，何得有贫贱？'缜答曰：'人之生譬如一树花，同发一枝，俱开一蒂，随风而堕，自有拂帘幌坠于茵席之上，自有关篱墙落于溷粪之侧。坠茵席者，殿下是也；落粪溷者，下官是也。贵贱虽复殊途，因果竟在何处？'子良不能屈，深怪之。缜退论其理，著《神灭论》。"此论一出，朝野哗然，因为中国佛教向执神明相续以至成佛，若证神明之不相续，则佛教根本倾覆。因此萧子良立即集僧难之，从而在竟陵集团内引发一场大争论。众僧难范缜的具体内容史已难详，不过仍未能屈之。竟陵文人写文章来批驳范缜，如沈约便有《形神论》和《神不灭论》两篇。王琰则在其文章中讥弹范缜道："呜呼！范子曾不知其先祖神灵所在。"范缜则对曰："呜呼！王子知其先祖神灵所在，而不能杀身以从之。"萧子良还请王融去劝说范缜："神来既自非理，而卿坚执之，恐伤名教。以卿之大美，何患不至中书郎。而故乖剌为此，可便毁弃之。"范缜听后却说："使缜卖论取官，已至令仆矣，何但中书郎邪。"（《南史·范缜传》）范缜与萧衍本有西邸之旧，入梁后其又以帝王之尊纠集释法云、东宫舍人曹思文以及沈约、范云、陆倕等六十六人，先后写了七十余篇文章，围攻神灭论。可见永明年间开始的这场论争持续之久远，而亦可见出信佛士人辩护之用力。

永明佛道之争，在很大程度上是两种文化地位之争。儒学因其是古代中国的王道政治、宗法伦理的根基所系，在中国士大夫中具有根深蒂固的影响。虽然魏晋是玄学昌盛，儒学式微，但至刘宋以来，儒学地位复尊，作为统治思想根基的地位终南朝而未变。佛教徒对这一点是有清醒认识的，故佛教至东晋后始终以调和儒释为发展方针，两者矛盾基本被化解。正如陈寅恪先生所言："中国自来号称儒释道三教，其实儒家非真正之宗教，决不能与释道二家并论。故外服儒风之士可以内宗佛理，或潜修道行，其间并无所冲突。"[1] 道教并不像儒学具有强大的政治、思想背景，对它的反击不会直接危及佛教的生存和发展，而且佛道之间在许多基本观点上是直接对立的。如，"佛法以有形为空幻，故忘身以济众；道法以吾我为真实，故服食以养生"[2]；"释氏即物为

---

[1] 陈寅恪：《陶渊明之思想与清谈之关系》，《金明馆丛稿初编》，北京：三联书店，2001年版，第219页。

[2] 严可均：《全宋文》，北京：商务印书馆，1999年版，第559页。

空，空物为一；老氏有无两行，空有为异"①；"仙化以变形为上，泥洹以陶神为先"（《南史·顾欢传》），等等。不过，从佛道辩论的历史看，思想、教义的歧异并不是佛道之争的主要原因，倒是诸如夷夏之辨，本末之争，谁更有利于中国的王道政治，谁更接近于中国的传统伦理等问题，常成为二者争论的焦点。因此，永明佛道之争，很大意义上是文化地位之争。而永明文人的大量参与，使佛教不可避免地对他们的文学创作和文学观念产生广泛影响。

---

① 严可均：《全宋文》，第631页。

汤惠休：古典诗僧的典范

李舜臣

江西师范大学文学院

在中国文学史上，特定类群和流派的作家中通常都会涌现出一些典范性的人物，像"古今隐逸诗人之宗"[①]的陶潜，贬谪文人中的屈原和贾谊，史传作家中的司马迁和班固，女性作家中的班婕妤和李清照，等等。这些典范作家，常为后人祖习宪章，从而对文学的流变产生深远的影响。因此，"尊重典型"，被日本学者吉川幸次郎认为是中国文学的七大特点之一。[②]

相比于时下讨论较多的文学经典，文学典范的形成与确认，更为复杂，不仅牵涉到作品的存佚、传播以及后世的批评接受等外部因素，还需考虑作家的交游网络、德行风范、创作范式及其在同类群作家中的感召力等方面。同时，文学典范的地位也是动态的：有些原被认为典范的作家，随着时间推移会有所失色；有些不为当世所重的作家，却被后代推为典范；有些古人认定的典范，依今人看来似"名不符实"。本文研究的个案——南朝诗僧汤惠休，就是属于后者。

汤惠休，早年出家，后应宋孝武帝之命还俗，官至扬州从事史；现存诗作11首，匪特数量偏少，且辞彩绮艳，极写男女之情，甚至被钟嵘指为"淫靡"[③]。无论其形迹抑或诗风，与瞿昙氏之道，殊为不类，四库馆臣就认为不

[①] 钟嵘：《诗品集注》，曹旭集注，上海：上海古籍出版社，1994年版，第260页。

[②] 吉川幸次郎：《中国文学史》，陈顺智、徐少舟译，成都：四川人民出版社，1987年版。吉川幸次郎所用"典型"，乃传统之义。古代常有所谓"典型犹在""犹具典型"云云，意思与"典范"相近。参见汪泓：《中国古代人物品评中的"典型"批评》，载《江西师范大学学报》2011年第5期。

[③] 钟嵘：《诗品集注》，曹旭集注，第421页。按，《诗品》的其他版本，如《吟窗杂录》本、《格致丛书》本等，一作"浮靡"。

宜将他编入僧诗总集。然而，自唐代以来，很多人都将他视作僧人写诗的典范。例如，唐释皎然云："吾门弟子中，不减惠休名。"[①] 释齐己云："欲向南朝去，诗僧有惠休。"[②] 释贯休："慵刻芙蓉传永漏，休夸丽藻鄙汤休。"[③] 宋释契嵩云："旧游已得新工部，佳句今逢休上人。"[④] 释惠洪："闹传诗胆抵身大，时吐佳句凌汤休。"[⑤] 释重显云："惠休此去多吟赏，赢得清风价转高。"[⑥] 明释守仁云："宁知后世非房管，却讶前身是惠休。"[⑦] 清释丽杲云："惠休何处去？惆怅竟空归。"[⑧] 杨士吉更云："一自汤休去，僧诗天下无。"[⑨] 类似的诗句，不胜枚举。他们或以汤惠休为评鉴僧人诗才的标杆，或表达对他的追怀和景仰，或直接视他为诗僧的代名词，这都反映了汤惠休在后世的尊崇地位。汤惠休究竟何以能跻身于诗僧的典范之列呢？考察这一文化现象，不仅可以从侧面反映出中国诗僧文化的特质，对探讨作家典范形成的机制或亦有相当的意义。

一、"休鲍"之游：儒释以诗交游的典范

汤惠休，字茂远，世称"休上人""汤休""惠休""汤公"。今人所知之者，多凭借《宋书·徐湛之传》之记载："时有沙门释惠休，善属文，辞采绮艳，湛之与之甚厚。世祖命使还俗。本姓汤，位至扬州从事史。"[⑩] 因资料匮乏，其俗名、籍贯、生卒年均难以考实；即其朝代归属，亦多有歧义，或谓

---

① 释皎然：《答道素上人别》，《杼山集》卷四。
② 释齐己：《浔阳道中作》，《白莲集》卷三。
③ 释贯休：《山居诗》，《禅月集》卷二十三。
④ 释契嵩：《窃观仲灵久雨诗且道余与公济吟从之意輙次韵奉和至》，《镡津集》卷二十一。
⑤ 释惠洪：《送英老兼简钝夫》，《石门文字禅》卷一。
⑥ 释重显：《送邃悟上人之会稽》，《祖英集》卷下。
⑦ 释正勉、释性涌：《寄汤德师》，《古今禅藻集》卷二十四，《文渊阁四库全书》第1416册，台北：商务印书馆，1986年版，第593页。
⑧ 查为仁：《莲坡诗话》；丁福保：《清诗话》，上海：上海古籍出版社，1999年版，第503页。
⑨ 杨吉士：《夜读〈兰湖集〉作》，转引自冼玉清：《广东释道著述考》，广州：中山大学出版社，1995年版，第648页。
⑩ 《徐湛之传》，见沈约：《宋书》卷七十一，北京：中华书局，1981年版，第1847页。

"宋人",或谓"齐人"[①]。

笔者近来从唐释怀信所述《释门自镜录》中检得关于惠休的小传,从未见研究者征引。其云:

> 慧休字茂远,俗姓汤,住长干寺。流宕倜傥,嗜酒好色。轻释侣,慕俗意,秉笔造牒,文辞斐然,非直黑衣吞音,亦是世上杜口。于是名誉顿上,才锋挺出,清艳之美,有逾古歌。流转入东,皆良咏纸贵,赏叹绝伦。自以微贱,不欲罢道。当时有清贤胜流,皆共赏爱之。至宋世祖孝武始敕令还俗,补扬州文学从事,意气既高,甚有惭愧,会出补句容令,不得意而卒。[②](出沈约《宋书》)

释怀信虽注明源自《宋书》,但显然更为详细,当另有所据。这段材料颇为清晰地描述出汤惠休的性情、交游志趣以及他名倾东南的卓绝才华,还特别提到了他"不得意而卒"的凄凉晚境。

汤惠休虽为沙门,但"轻释侣,慕俗意",所识皆当世俗士,除徐湛之、谢超宗[③]外,尚有颜延之、吴迈远、鲍照等人。而其中尤以鲍照与其关系最为密切。鲍照(约415—466年),字明远,尝任荆州刺史临海王子顼军府参军,世称"鲍参军",着有《鲍明远集》。是集今存有两首与惠休交往的诗歌:

> 枯桑叶易零,疲客心易惊。今兹亦何早,已闻络纬鸣。回风灭且起,卷蓬息复征。怆怆箪上寒,凄凄帐里清。物色延暮思,霜露逼朝荣。临堂观秋草,东西望楚城。百物方萧瑟,坐叹从此生。(《秋日

[①] 李徽教《诗品汇注》:"古笺以汤惠休行迹见于《宋书·徐湛之传》,遽断谓为宋惠休,恐不甚妥。考《徐湛之传》所谓'时有沙门释惠休'之时,为元嘉二十四(四四七),距齐受宋禅不过三二年。又徐湛之生于义熙六年(四一〇),惠休若与湛之同年,则齐高帝建元元年(四八三),乃为七十四岁。古氏安得断云惠休不能活至七十四岁耶?总之,存疑可也。"参见钟嵘:《诗品集注》,曹旭集注,第422页。

[②] 释怀信:《释门自镜录》卷上,《大正新修大藏经》第51册,台北:佛陀教育基金会,1990年版,第809页。

[③]《谢超宗传》载:"谢超宗,陈郡阳夏人也。祖灵运,宋临川内史。父凤,元嘉中坐灵运事,同徙岭南,早卒。超宗元嘉末得还。与惠休道人来往,好学有文辞,盛得名誉。"见萧子显:《南齐书》卷三十六,北京:中华书局,1974年版,第635页。

示休上人》)

  酒出野田稻,菊生高冈草。味貌复何奇,能令君倾倒。玉椀徒自羞,为君愧此秋。金盖覆牙柈,何为心独愁?① (《答休上人》)

  前首藉景写怀,向惠休倾诉自己身若飘蓬、困顿淹蹇的悲戚;后者则是答惠休之诗而作,惠休的原诗《赠鲍侍郎》云:"玳枝兮金英,绿叶兮紫茎。不入君玉杯,低彩还自荣。想君不相艳,酒上视尘生。当令芳意重,无使盛年倾。"②惠休意在劝鲍照当积极仕进,可鲍照则明显流露出"才秀人微"的嗟叹。陈祚明云:"岂亦效休上人邪?'东西望楚城',意明远与休同客荆州时作也。"③观诗意,这两首诗不像是寄赠之作,而是相处时所作,故陈氏所言可取。丁福林则更进一步将它们系于元嘉十五年,时鲍照23岁,初客荆州。④据此推测,惠休与明远初识,应早于此前。

  因汤惠休和鲍照关系密切,时人常称之为"休鲍"。自唐代以来,随着佛禅进一步浸润人心,士僧交往愈趋频繁,"休鲍之谊"更为文人所缅怀、歌咏。诗人们常在赠予僧徒的诗作中,将自己比作鲍照,而对方则比作汤惠休。例如,李白《赠僧行融》云:"梁有汤惠休,常从鲍照游。峨眉史怀一,独映陈公出。卓绝二道人,结交凤与麟。"⑤李白将休、鲍之游,比作"凤麟之交",意谓行融乃惠休,自己是鲍照,以突出二人的交谊。在《江夏送倩公归汉东序》中,李白又将"重然诺""好贤攻文"的倩上人比作汤惠休⑥,可见他在李白心目中的地位。杜甫在诗中也经常提到汤惠休,《大云寺赞公房四首(其三)》云:"应忝许询辈,难酬支遁词。汤休起我病,微笑索题诗。"郭知达《九家集注杜诗》卷五引赵云:"汤休与鲍照同时,善诗文,以比赞公。"柳宗元《闻彻上人亡寄杨文侍郎》亦称:"东越高僧还姓汤,几时琼佩触鸣珰。空花一散不知处,谁采金英与侍郎。"宋人姚宽谓:"盖用慧林

---

① 鲍照:《鲍照集校注》卷九,丁福林、丛玲玲校注,北京:中华书局,2012年版,第757、763页。
② 逯钦立:《先秦汉魏晋南北朝诗》,北京:中华书局,1983年版,第1245页。
③ 陈祚明评选:《采菽堂古诗选》卷十八,李金松点校,上海:上海古籍出版社,2008年版,第586页。
④ 丁福林:《鲍照年谱》,上海:上海古籍出版社,2004年版,第40—41页。
⑤ 李白:《李太白全集》卷十二,王琦注,北京:中华书局,2003年版,第633页。
⑥ 李白:《李太白全集》卷二十七,王琦注,第1281页。

（"林"为"休"之误——笔者）《菊问赠鲍侍郎》诗云："玳枝分金英，绿叶分紫茎。"① 其实，此诗不仅"金英"句脱化于惠休诗，且通篇皆咏休鲍之谊。此外，唐代还有很多诗人虽没有明确歌咏"休鲍之游"，但经常以汤惠休比作自己的方外知交。例如，卢纶《洛阳早春忆吉中孚校书司空曙主簿因寄清江上人》云："年来百事皆无绪，唯与汤师结净因。"鲍溶《酬江公见寄》云："多惭惠休见，偕得此阳春。"罗隐《寄处默师》："香炉烟霭虎溪月，绰棹铁船寻惠休。"徐寅《寄僧寓题》："佛顶抄经忆惠休，众人皆谓我悠悠。"等等。

唐代之后，仍有不少诗人将汤惠休比作自己的方外知交。杨忆《慧初道人归青州养亲》云："遥知北海孔文举，应重江南汤惠休。"② 王安石《酬净因长老楼上玩月见怀有疑君魂梦在清都之句》云："登临更欲邀元亮，披写还能拟惠休。"周弼《逢僧文礼》："师说古香寮旧开，鲍昭曾为惠休来。"③ 王世贞《宿香山寺》："白云深锁上方幽，蹑屐无劳问惠休。"④ 可见，汤惠休因与鲍照的交往而获得了极高的赞誉。此正如清人张丹所云："可知惠休逢鲍照，诗歌千载人恒称。"⑤ 杨宗发云："鲍家复值汤惠休，千载风流一杯酒。"⑥

除"休鲍"之外，东晋以来，还涌现出不少著名的"禅中侣"和"诗中友"。柳宗元即云："昔之桑门上首，好与贤士大夫游。晋宋以来，有道林、道安、远法师、休上人，其所与游，则谢安石、王逸少、习凿齿、谢灵运、鲍昭之徒，皆时之选。由是真乘法印，与儒典并用，而人知向方。"⑦ 这些僧侣与文人的交往，都堪称儒释交流的典范，特别是支遁与谢安等山阴雅士以及慧远与谢灵运的交往，经《世说新语》的渲染，更为后世所称羡，唐宋诗人亦多将自己与僧侣的交游比附于"支谢之游""慧谢之游"。⑧ 不过若细究之，与

---

① 姚宽：《西溪丛语》卷下，《文渊阁四库全书》第 850 册，第 949 页。
② 杨忆：《武夷新集》卷三，《文渊阁四库全书》第 1086 册，第 380 页。
③ 周弼：《端平诗隽》卷四，《文渊阁四库全书》第 1185 册，第 546 页。
④ 王世贞：《弇州四部稿》卷三十五，《文渊阁四库全书》第 1279 册，第 439 页。
⑤ 张丹：《渡江行赠硕揆上人》，《张秦亭诗集》补遗卷，清康熙石甄山房刻本。
⑥ 洪亮吉：《北江诗话》卷四，北京：人民文学出版社，1983 年版，第 79 页。
⑦ 柳宗元：《送文畅上人登五台遂游河朔序》，《柳河东集》卷二十五，上海：上海古籍出版社，2009 年版，第 422 页。
⑧ 参见孙昌武：《支遁——袈裟下的文人》，载《中国文化》1995 年第 12 期。

"休鲍之游"相比，他们的交往旨趣并不相同。

汤用彤曾指出，中国古代士大夫与僧人交往，主要有三种动机：（1）谈名理，（2）切磋诗文，（3）信奉佛理。①"支谢之游""休鲍之游""慧谢之游"正是这三种交游旨趣的代表。《世说新语》载支遁与山阴文士的交往："支道林、许掾诣人共在会稽王斋头，支为法师，许为都讲。支通一義，四坐莫不厌心；许送一难，众人莫不抃舞。但共嗟咏二家之美，不辨其理之所在。"支遁在座中的形象是"法师"，辩难的焦点则是玄理。谢灵运与慧远的交往，则纯是出于信仰。他在《庐山慧远法师诔并序》中称，"予志学之年，希门人之末"，誓生净土，虽"诚愿弗遂，永违此世"，但受慧远佛教思想的影响很大。现存两人直接交流思想的文字是慧远的《万佛影铭》以及谢灵运"金焉同咏"的《佛影铭》，讨论的主旨是佛影圣迹及其神化效应。②然而，"休鲍之游"的意趣则纯粹是在诗歌层面，几乎与佛学无涉，不仅从现存文献中看不到他们对玄理、佛学的探讨，而且他们也均很少表达出对佛教的希慕，他们的志趣是诗学而非佛学。

总之，汤惠休和鲍照开创了与"支谢之游""慧谢之游"不同的士僧交游的范式——"以诗交游"。这种交游方式，随着佛禅日益世俗化而更为广大士人和僧人所接受，"休鲍之游"的流风余韵，遂千载不绝。

二、汤惠休：中土首位以诗鸣世的僧侣

众所周知，开中土僧人写诗之风者，是康僧渊、支遁、慧远等人，而非汤惠休。王夫之《姜斋诗话》中即云："门庭之外，更有数种恶诗，……似衲子者，源自东晋来。"③余嘉锡亦称："支遁始有赞佛咏怀诸诗，慧远遂撰念佛

---

① 汤用彤指出："盖魏晋六朝，天下纷崩，学士文人，竞尚清谈，多趋遁世，崇尚释教，不为士人所鄙，而其与僧徒游者，虽不无因果福利之想，然究多以谈名理相过从。及至李唐其定宇内，帝王名臣以治世为务，轻出世之法。而其取士，五经礼法为必修，文词诗章为要事。科举之制，遂养成天下重孔教文学，轻释氏名理之风，学者遂至不读非孔之文。故士大夫大变六朝习尚，其与僧人游者，盖多交在诗文之相投，而非在玄理之契合。文人学士如王维、白居易、梁肃等真正奉佛且深切体佛者，为数盖少。"见汤用彤《隋唐佛教史稿》，南京：江苏教育出版社，2007年版，第30页。又参见蒋寅：《大历诗僧漫议》，载《广西大学学报》1993年第2期。
② 参见姜剑云：《谢灵运与慧远交游考论》，载《太原师范学院学报》2005年第2期。
③ 王夫之：《姜斋诗话》，丁福保：《清诗话》，第20页。

三昧之集"①。支遁的"赞佛"，是指《四月八日赞佛诗》《咏八日诗三首》等佛教题材之诗，所咏之怀亦是对佛思禅境的默会，而非凡俗之情。故释皎然《支公诗》称："天生支公与凡异，凡情不到支公地。"慧远诗所存四首，虽有一种"清奥之气"灌注其中，但旨趣不出谈玄说理。大抵而言，支遁、慧远之诗多敷陈佛玄义理，语辞亦佛亦玄，思想亦庄亦禅，谓其"理过其辞，淡乎寡味"，亦无不可。清人许印芳评《诗品·汤惠休条》时说："晋尚有慧远，何以不录？"②今蠡测之，盖一方面因慧远、支遁"寡味"之诗，不合于钟嵘重"滋味"的诗学理想；另一方面或因二人藉以名世者，并非诗歌而在佛德。

钟嵘《诗品》于僧人中首取汤惠休，或因为他所具有的重要诗歌史意义。钟嵘尝引从祖钟宪之言曰："大明、泰始中，鲍、休美文，殊已动俗。"③大明、泰始，乃刘宋孝武帝至明帝年号，即公元454—471年。这二十余年间，谢灵运（385—433）、颜延之（384—456）先后谢世，鲍照、惠休以"美文"倾动诗坛。萧子显在《南齐书·文学传论》论"刘宋文学"时亦曰："颜、谢并起，乃各擅奇；休、鲍后出，咸亦标世。朱蓝共妍，不相祖述。"④更将休、鲍视为继颜、谢之后，引领诗坛风气之人。可见，时人所称的"休鲍"，除喻示二人之密切关系外，尚具有极高的诗歌史意义。

鲍照无疑是大明、泰始年间成就最高的诗人，故历来为研究者所重；而惠休之诗，因诗集未存，颇受冷遇。⑤《隋书·经籍志》载："宋宛朐令汤惠休集三卷。梁四卷……亡。"⑥新、旧《唐志》亦皆著录"汤惠休集三卷"；后世之书志，唯见南宋郑樵《通志》著录"汤惠休集三卷"。是集盖亡于宋元间，唐宋虽或有传本，恐亦未播艺林。其诗今散见于《玉台新咏》《艺文类聚》《乐府诗集》等总集中，今人逯钦立《先秦汉魏南北朝诗》辑录七题十一

---

① 余嘉锡：《世说新语笺疏》上卷，北京：中华书局，1983年版，第265页。
② 钟嵘：《诗品集注》，曹旭集注，第427页。
③ 钟嵘：《诗品集注》，曹旭集注，第432页。
④ 萧子显：《南齐书》卷五十二，北京：中华书局，1974年版，第635页。
⑤ 关于汤惠休的研究，笔者所见有曹道衡、沈玉成：《南朝文学史》，北京：人民文学出版社，2006年版；张伯伟：《宫体诗与佛教》，《禅与诗》，杭州：浙江人民出版社，1996年版，等相关著作有所涉及，专篇论文似仅有卓迎燕：《南朝文坛奇葩——汤惠休》，载《三峡大学学报》2011年第2期。
⑥ 魏征：《隋书》卷三十五，北京：中华书局，1982年版，第1075页。

首：《怨诗行》一首、《江南思》一首、《杨华曲》三首、《白纻歌》三首、《秋思引》一首、《楚明妃曲》一首、《赠鲍侍郎诗》一首。这些诗歌多效江南乐府民歌，思致婉约，风格侧艳。例如《怨诗行》云：

> 明月照高楼，含君千里光。巷中情思满，断绝孤妾肠。悲风荡帷帐，瑶翠坐自伤。妾心依天末，思与浮云长。啸歌视秋草，幽叶岂再扬？暮兰不待岁，离华能几芳？愿作张女引，流悲绕君堂。君堂严且秘，绝调徒飞扬。

此诗写怨妇思人，明钟惺《古诗归》称此诗"妍而深，幽而动，艳情三昧"①。又如《江南思》：

> 幽客海阴路，留戍淮阳津。垂情向春草，知是故乡人。

情思飘荡，婉转深秀，"垂情"两句，清人毛先舒赞曰："开唐绝之妙境。"②刘宋迄今已逾千载，惠休之诗，十九不存，仅据残编断简而评定其创作旨趣，显然并非全面。不过，这11首诗的确富有浓厚的江南民歌风味，明白如话，风格异于颜、谢等前哲。

事实上，颜延之在世时，就对汤诗颇有微词。《南史·颜延之传》载："延之每薄汤惠休诗，谓人曰：'惠休制作，委巷中歌谣耳，方当误后事。'"③颜延之的指斥，实寓示着汤惠休是"委巷歌谣"的始作俑者。刘师培也说："侧艳之词，迄于萧齐，流风益盛。其以此体施于五言者，亦始于晋宋之间，后有鲍照，前有惠休。"又自注曰："明远乐府，固妙绝一时，其五言诗多淫艳，特丽而壮，与梁代之诗稍别。《齐书·文学传论》谓：'次则发唱惊挺，操调险急，雕藻淫艳，倾炫心魄，斯鲍照之遗烈'，其确证也。绮丽

---

① 钟惺、谭元春：《古诗归》卷十二，《续修四库全书》第1589册，上海：上海古籍出版社，2002年版，第482页。
② 毛先舒：《诗辩坻》卷二，郭绍虞编选，《清诗话续编》上册，上海：上海古籍出版社，1999年版，第33页。
③ 李延寿：《南史》卷三十四，北京：中华书局，1983年版，第881页。

之诗,自惠休始。《南史·颜延之传》载:……即据侧丽之诗言之。"[1]刘氏不仅指出了休、鲍风格之差异——休绮丽侧艳,鲍丽而能壮,同时也指出了惠休早于鲍照作委巷侧艳之词。

休、鲍的诗歌史意义在于:他们以"那些侧艳绮丽之作或委巷歌谣"取代了颜、谢尚巧似的雅乐正声,极大地推动了文人诗朝着通俗化方向的发展。[2]钟嵘《诗品》亦载曰:"吴(迈远)善于风人赠答……汤休谓远云:'吾诗可为汝诗父。'以访谢光禄,云:'不然尔,汤可为庶兄。'"[3]"风人",即风人体乐府民歌,无论为"诗父"抑或"庶兄",皆反映了汤惠休对吴迈远诗歌的影响[4],而此种影响当不限于少数群体。裴子野《雕虫论》亦云:"宋初迄于元嘉,多为经史;大明之代,实好斯文,高才逸韵,颇谢前哲,流波相尚,滋有笃焉。自是闾阎少年,贵游总角,罔不摈落六艺,吟咏情性。"《南史·萧惠基传》云:"自宋大明以来,声伎所尚,多郑卫淫俗,雅乐正声,鲜有好者。"[5]这两则材料,虽皆未明确指出其影响所自,但都述及艳歌俗语风靡大明诗坛的事实。

汤惠休学习民间乐府而作绮丽之诗,对南朝宫体诗的形成也产生了重要的影响。清人冯班云:"楚词美人以喻君子,五言既兴,义同诗骚。虽男女欢娱幽怨之作,未极淫放。《玉台新咏》所载可见。至于休、鲍,文体倾侧,宫体滔滔,作俑于此。永明、天监之际,鲍体独行,延之、康乐微矣。"[6]冯氏指出,惠休、鲍照文风"倾侧",实为宫体诗之先导;但至梁代,惠休名掩,鲍照之风独行。今人高华平更明确指出:"释惠休实为南朝淫靡、浓艳诗风的始作俑者。"[7]可见,汤惠休对南朝诗风的走向发挥了十分深远的影响。

汤惠休学习民间乐府,诗风绮丽,固然是风气使然[8];但作为一位释子

---

[1] 刘师培:《中古文学史》,北京:人民文学出版社,1959年版,第90页。
[2] 陈庆元:《大明泰始诗论》,载《文学遗产》2003年版第1期。
[3] 钟嵘:《诗品集注》,曹旭集注,第440页。
[4] 陈桥生:《刘宋诗歌研究》,北京:中华书局,2007年版,第217页。
[5] 李延寿:《南史》卷十八,第500页。
[6] 冯班:《严氏纠谬》,《钝吟杂录》卷五,《文渊阁四库全书》第886册,第555页。
[7] 高华平:《凡俗与神圣:佛道文化视野下的汉唐之间的文学》,长沙:岳麓书社,2008年版,第202页。
[8] 参见萧涤非:《汉魏六朝乐府文学史》,北京:人民文学出版社,1998年版,第195—204页。

写这样的诗歌，却很难不使人心生疑惑。胡适引其《白纻歌》说："这很不像和尚家说的话。"①曹道衡、沈玉成也说："出人意外的是，理应六根清净的和尚却专事写作艳诗。"②这个疑惑，经过近些年学者的研究，基本可以解开了。学者们或从佛门伎乐供养的淫艳歌辞③，或从汉译佛经的大量声色描写④，以解释六朝淫艳之辞乃至宫体诗首出沙门的缘故。无论何种因缘，都说明僧侣的身份，非但没有拘束汤惠休写作艳情诗，反而有助于他很自然地选择了江南民歌表达自己的情思。

汤惠休凭借着诗歌才华而非佛学修养为自己赢得生前生后名，不过，因佛门历来都视诗歌为"外学""小道"，故他很难登名于各种形式的僧传之中。例如梁代慧皎《高僧传》立"译经""义解""习禅""明律"等十科，备载东汉迄梁代近五百名高僧，康僧渊、支遁、慧远等皆收入其中，独弃汤惠休、慧琳等人。此中原因并非惠休尝中道还俗之故，而当如汤用彤之解释："凡此诸人……非于义学有殊奇之造诣。汤惠休仅为文人。若释慧琳者，实以才华致誉，而于玄致则未深入。"⑤然而，未能在僧传中觅得一席之地的汤惠休，却被后人推尊为开僧人撰诗之风的先驱。刘禹锡《澈上人集序》云："释子工诗尚矣。休上人赋别怨，约法师哭范尚书，咸为当时才士之所倾叹。厥后比比有之。……世之言诗僧多出江左。灵一导其源，护国袭之，清江扬其波，法振沿之。"⑥这是现在所见较早从类群角度评述诗僧现象的一则文献，他在东晋南北朝中诸多诗僧中首推汤惠休，足见其影响之大。明人杨士奇亦说："为释氏之学，其才智有余，研极宗旨之外，往往从事于儒，而与文人游，亦时作为文章，泄其抱负，写其性情，盖自惠休有文名世。"⑦十分明确地指出了汤惠休是中土首位以诗鸣世的僧人。

---

① 胡适：《白话文学史》，长沙：岳麓书社，1985年版，第142页。
② 曹道衡、沈玉成：《南朝文学三题》，载《文学评论》1990年第1期。
③ 许云和：《梵呗、转读、伎乐供养与六朝歌诗、声律》，《汉魏六朝文学考论》，上海：上海古籍出版社，2006年版，第119—129页。
④ 参见蒋述卓：《齐梁浮艳雕绘文风与佛教》，载《华东师范大学学报》1988年第1期；汪春泓：《论佛教与宫体诗》，载《文学评论》1991年第1期；张伯伟：《宫体诗与佛教》等成果。
⑤ 汤用彤：《汉魏两晋南北朝佛教史》，北京：中华书局，1983年版，第302页。
⑥ 刘禹锡：《澈上人文集纪》，《刘禹锡集》卷十九，上海：上海人民出版社，1975年版，第174页。
⑦ 杨士奇：《圆庵集序》，杨士奇：《东里文集》卷二十五，刘伯函、朱海点校，北京：中华书局，1998年版，第336页。

三、"芙蓉出水":诗僧理想的诗学范式

汤惠休在诗学史上还有一个相当精妙的比喻。钟嵘《诗品》"宋光禄大夫颜延之"条云:

> 其源出于陆机。尚巧似。体裁绮密。然情喻渊深,动无虚发,一句一字,皆致意焉。又喜用古事,弥见拘束。虽乖秀逸,固是经纶文雅;才减若人,则陷于困踬矣。汤惠休曰:"谢诗如芙蓉出水,颜诗如错彩镂金。"颜终身病之。[①]

"芙蓉""错彩"之喻,是衡鉴元嘉两位最具声名的诗人——谢灵运、颜延之的经典之论。[②]不过,关于这一评论,还有另一版本。《南史·颜延之传》载:

> 延之尝问鲍照己与灵运优劣,照曰:"谢五言如初发芙蓉,自然可爱。君诗如铺锦列绣,亦雕绘满眼。"延之每薄汤惠休诗,谓人曰:"惠休制作,委巷中歌谣耳,方当误后事。"[③]

比勘这两个版本,虽措词不一,但意思大抵接近。问题的关键在于,这一妙评究竟始出何人?这一问题,是宋人王楙首先注意到的,但他没有作出考辨[④]。黄彻解释说:"岂惠休因为延之所薄,遂为芙蓉错镂之语,故史取以文饰之耶?"[⑤]似更倾向于惠休。今人曹旭谓:"是鲍照袭惠休语,抑或为《诗

[①] 钟嵘:《诗品集注》,曹旭集注,第270页。
[②] 也有一些并不认可这样的评论。例如,清人潘德舆《养一斋诗话》卷二云:"谢客诗芜累情寡,'池塘生春草'句,自谓有神助,非吾语,良然。盖其一生,作得此等自在之句,殊甚稀耳。汤惠休云'谢诗如芙蓉出水',彼安能尽然!"见《清诗话续编》下册,第2027页;刘熙载《诗概》亦云:"沈约《宋书·谢灵运传论》谓谢灵运'兴会标举',延年'题材明密',所以示学两家者,当相济有功,不必如惠休上人好分优劣。"见《清诗话续编》下册,第2423页。
[③] 李延寿:《南史》卷三十四,北京:中华书局,1974年版,第881页。
[④] 王楙:《野客丛书》卷二十三,《文渊阁四库全书》第852册,第740页。
[⑤] 黄彻:《䂬溪诗话》卷五,丁福保辑,《历代诗话续编》上册,北京:中华书局,1997年版,第371页。

品》误记，今不可考。"① 讨论此语出自何人，固然重要，但《南史》述及鲍照之语时，特别缀上颜延之对汤惠休的批评，因此我们认为，这一妙评应是休、鲍皆认可的。

"芙蓉"之喻的意旨，后世多认为是"扬谢抑颜"。例如，宋许颛周云："此明远对面褒贬，而人不觉，善论诗也。"② 宋黄伯思云："谢康乐则如芙蓉出水，自然可爱；颜光禄则如铺锦列绣，雕缋满眼。自然之与雕缋，盖不翅天壤。"③ 那么，"芙蓉出水"和"错彩镂金"的美学内涵究竟何如？《南史》引鲍照语，其实很简明地回答了这个问题：即"芙蓉出水"意谓"自然可爱"，"错彩镂金"则意谓着"雕绘满眼"，代表着自然和人工两种截然不同的美学品格。叶梦得在《石林诗话》称："'初日芙蕖'非人力所能为，而精彩华妙之意，自然见于造化之妙，灵运诸诗，可以当此者亦无几。"④ 王世贞亦云："余始读谢灵运诗，初甚不能入，既入而渐爱之，以至于不能释手。其体虽或近俳，而其意有似合掌者，然至秾丽之极而反若平淡，琢磨之极而更似天然，则非余子所可及也。鲍照对颜延之之请隔而谓：谢如初发芙蓉，自然可爱，君若铺锦列绣，亦复雕缋满眼也。自有定论。"⑤ "莲花"色彩华艳，谢灵运与颜延之诗，均可入华艳一品，但不同的是一为天然之华艳，一为雕饰之华艳，前者出于自然真质，后者出于人力。

"芙蓉"之喻在后世影响，十分深远。梁武帝评汉末至梁二十八人书法时，即用"芙蓉出水，文采鲜明"评李镇东的书法。⑥ 李白亦用"清水出芙蓉，天然去雕饰"，表达自己的诗歌美学。宋人叶梦得《石林诗话》称："古今论诗者多矣，吾独爱汤惠休称谢灵运为'初日芙蕖'，沈约称王筠为'弹圆脱手'两语，最当人意。"⑦ 清人叶燮更说："夫自汤惠休以'初日芙蓉'拟

---

① 钟嵘：《诗品集注》，曹旭集注，第276页。
② 许颛：《彦周诗话》，何文焕辑，《历代诗话》上册，北京：中华书局，1997年版，第390页。
③ 黄伯思：《跋宗室爵竹画轴后》，《东观余论》卷下，《文渊阁四库全书》第850册，第367页。谌东彪：《鲍照、汤惠休何曾贬颜》，载《湘潭大学学报》1991年第1期，从当时的批评语境和谢、颜诗歌特点等认为"鲍、汤对颜、谢的评价，并未曾区分优劣，而是同时肯定了这两种诗风"。可备一说。
④ 叶梦得：《石林诗话》卷下，何文焕辑，《历代诗话》上册，第435页。
⑤ 王世贞：《书谢灵运集后》，《读书后》卷三，《四库明人文集丛刊》，上海：上海古籍出版社，1993年版。
⑥ 曾慥：《类说》卷五十八，《文渊阁四库全书》第873册，第1014页。
⑦ 叶梦得：《石林诗话》卷下，何文焕辑，《历代诗话》上册，第435页。

谢诗，后世评诗者，祖其语意，动以某人之诗如某某，或人、或神仙、或事、或动植物，造为工丽之辞，而以某某人之诗，一一分而如之。泛而不附，缛而不切，未尝会于心，格于物，徒取以为谈资，与某某之诗何与？"①可见，"芙蓉"之喻，不仅是后世很多诗人、诗论家的美学理想，对推动譬喻式诗学批评的形态也起到重要作用。

从僧诗史来看，汤惠休所标举的"芙蓉出水"诗歌美学，亦是后世很多僧人所追求的理想品格。释皎然《诗式》卷一盛称谢灵运"真于情性，尚于作用，不顾词彩而风流自然"，又以为"惠休所评谢诗如芙蓉出水，斯言颇近矣"②，这说明"芙蓉出水"正是皎然追求的最高美学品格。释齐己诗集名曰《白莲集》，虽"以久栖东林，不忘胜事"故，但其实亦以"白莲"喻示自己的诗歌理想，故郑谷评其诗"格清无俗字"。释慧洪《天厨禁脔》卷上论诗亦有"芙蓉出水"格，并解释说："读之自然，令人爱悦，不假人言，然后为贵也，此谓芙蓉出水。晋谢灵运名之。"③

僧人对"芙蓉出水"格的追求，或许还有佛教内在的因素。首先，"芙蓉"，又称为"莲花""菡萏""芙蕖"，此物虽早遍及中土，但赋予它丰富的文化内涵，应始于佛教初盛的东晋，特别是慧远所创净土宗亦称"莲宗"之后，"莲"更成了佛门的圣洁之物。其次，"莲花出水"亦是佛经中常见的譬喻。例如唐法贤译《大乘无量寿庄严经》卷下："……清净如水洗诸尘垢，如虚空无边；不障一切故，如莲花出水；离一切染故，如雷音震响，出法音故。"④《大毗卢遮那成佛经疏》："以内具如上功德，外为诸佛护持，是故处于生死而无染着，犹如莲花出水，不为淤泥之所染污。"⑤"莲花出水"比喻心性不受尘垢之熏染，自然清净。再次，僧人特有的知识修养和心理特征，也决定了僧人对此种美学范式的青睐。刘禹锡曾说：

梵言沙门，犹华言去欲也。能离欲则方寸地虚，虚而万景入，入必有所泄，乃形乎词。词妙而深者，必依于声律。故自近古而降，释子以诗名闻于世

---

① 叶燮：《原诗》卷三，《外编上》，郭绍虞辑，《清诗话续编》上册，第600页。
② 皎然：《诗式校注》，李壮鹰校注，北京：人民文学出版社，2003年版，第118页。
③ 张伯伟：《稀见宋人诗话四种》，南京：江苏古籍出版社，2002年版，第123页。
④ 释法贤译：《大乘无量寿庄严经》，《大正新修大藏经》第13册，第335页。
⑤ 释一行：《大毗卢遮那成佛经疏》卷下，《大正新修大藏经》第13册，第590页。

者相踵焉。因定而得境，故修然以清。由慧而遣词，故粹然以丽。①

"定"乃禅定之义，指正身端坐，排除一切思虑、烦恼；"慧"指当下的直接观照、感悟，为"智慧"之义。此二者，既为释子修行悟道之法门，亦指不同的修行层阶，二者关联密切。六祖慧远《坛经》中谓："善知识！我此法门，以定慧为本。第一勿迷言定慧别。定慧体一不二。即定是慧体，即慧是定用。即慧之时定在慧，即定之时慧在定。善知识！此义即是定慧等。"②也就是说，"定"可发"慧"，"慧"亦可入"定"，二者体用如一，平等双遣，故能离尘去欲，纳须弥于芥子，寂照本来面目。刘禹锡以为僧人作诗的心理流程与禅悟心理流程相一致，即"因定入境""因慧遣词"，故所作"依于声律"之诗即势必形成以"清丽"为主导的美学风格；而"清丽"正也是"芙蓉出水"美学表征。

四、"日暮碧云合，佳人殊未来"：经典的误传

典范作家，一般都有经典作品而享誉艺林。汤惠休所存之诗，自有特色，但与经典仍有一定的差距，这从后世对他的接受可见一斑。钟嵘《诗品》列其为"下品"，并评曰"淫靡"；刘勰《文心雕龙》未置评语；萧统《文选》亦未选其诗。徐陵《玉台新咏》卷九录其《杂诗》四首，卷十录《杨花曲》一首。③但《玉台新咏》系"撰录艳歌"的宫体诗集，汤惠休的诗歌显然不容遗弃，并不能因此而认定为经典。④

但是一首原属江淹的经典之作，常被人们误认为汤惠休所撰。宋人吴曾《能改斋漫录》卷三云：

《文选》有江文通《杂拟诗》，如拟休上人云："日暮碧云合，佳人殊未

---

① 刘禹锡：《秋日过鸿举法师寺院，便送归江陵并引》，《刘禹锡集》卷二十九，第506页。
② 慧能：《坛经校释》，郭朋校注，北京：中华书局，1997年版，第26页。
③ 徐陵：《玉台新咏笺注》，吴兆宜、程琰删补，穆克宏点校，北京：中华书局，1999年版，第449—450、522页。
④ 后世比较著名的诗歌选本选录汤惠休诗的还有：郭茂倩：《乐府诗集》，北京：中华书局，1970年版，选《白纻歌（二首）》《江南思》《秋风》《杨华曲》《楚明妃曲》；钟惺、谭元春：《古诗归》；王士禛：《古诗笺》，上海：上海古籍出版社，1980年版，选有《江南思》一首；沈德潜：《古诗源》，北京：中华书局，1977年版，选《怨诗行》一首；陈祚明：《采菽堂古诗选》选《杨花曲》《白纻歌》《秋风》三首。

来。"非休上人作也。白乐天《题道宗上人》诗云:"不似休上人,空多碧云思。"又唐休上人亦有诗与白云:"闻有余霞千万首,何妨一句乞闲人。"白答之曰:"禅心不合生分别,莫爱余霞嫌碧云。"则白直以"碧云合"之句为汤惠休作矣。如文通拟渊明一诗,编者至载于陶集中,是皆不明考之过。①

江文通,即江淹。《杂拟诗》,一作"杂体三十首",是江淹仿效汉魏以来五言佳作而构,历来对它的评价甚高。《文选》照章全录,钟嵘《诗品》评曰:"文通诗体总杂,善于摹拟。"宋人严羽更称:"拟古惟江文通最长,拟渊明似渊明,拟康乐似康乐,拟左思似左思,拟郭璞似郭璞,独拟李都尉一首,不似西汉耳。"② 可见,江淹这三十首诗堪称"拟古诗"的典范。

江淹所拟汤惠休诗,即《休上人怨别(惠休,汤氏)》:"西北秋风至,楚客心悠哉。日暮碧云合,佳人殊未来。露彩方泛艳,月华始徘徊。宝书为君掩,瑶琴讵能开。相思巫山渚,怅望阳云台。膏炉绝沈燎,绮席生浮埃。桂水日千里,因之平生怀。"文通挹风怀想,铺排景致,缠绵婉媚,尤其"日暮"两句,凄凉日暮,无可奈何,"古今以为佳句"③,后世常将它与"池塘生春草""鸟鸣山更幽""风定花犹落"等名句相提并论。讨论江淹拟作与汤惠休原作的优劣,实见仁见智。不过可以肯定的是,江淹的拟作,因后世大量选本的选入和诗评家的褒扬,流传更广,也更具经典之味。

然而,从唐代以来,很多诗人都将江淹的拟作误为惠休所作。宋人王楙在吴曾的基础上更指出:

遁斋闲览云:"《文选》有江淹《拟汤惠休》诗曰:'日暮碧云合,佳人殊未来。'今人遂用为休上人诗故事。仆谓此误,自唐已然,不但今也。如韦庄诗曰'千斛明珠量不尽,惠休虚作碧云词。'许浑《送僧南归》诗曰:'碧云千里暮愁合,白雪一声秋思长。'曰:'汤师不可问,江上碧云深。'(《寄契盈上》)权德舆《赠惠上人诗》曰:'支郎有佳思,新句凌碧云。'孟郊《送清远上人》诗曰:'诗夸碧云句,道证青莲心。'张祜《赠高闲上人诗》曰:'道心黄檗老,诗思碧云秋。'雪窦诗曰:'碧云流水是诗家',曰:'汤惠休词岂易闻,暮风吹断碧溪云。'此等语,皆以为汤诗用。惟韦苏

---

① 吴曾:《能改斋漫录》卷三《辨误》,《文渊阁四库全书》第850册,第538页。
② 严羽:《沧浪诗话校释·诗评》,郭绍虞校释,北京:人民文学出版社,2006年版,第191页。
③ 叶梦得:《石林诗话》卷下,何文焕辑,《历代诗话》上册,第434页。

州《赠皎上人》诗曰：'愿以碧云思，方君怨别词。'似不失本意。吴曾《漫录》但引乐天与唐上人对答二诗为证，岂止此耶？"①

所举韦庄、许浑、权德舆、孟郊、张祜等人，皆为有唐著名诗人，但疏误竟如此一致。不止唐人，后世误认"日暮"句为惠休所者，还有很多。宋释道诚《释氏要览》卷中云："惠休姓汤，工于风雅，尝吟诗曰：'日暮碧云合，佳人殊未来。'《文选》中沙门诗惟休一也。"②明人杨慎《丹铅摘录》卷十："'贯休在晚唐有名，然无可取，独此首有乐府声调。虽非僧家本色，亦犹惠休之'碧云'也。"③清人孙枝蔚《胜音上人持张虞山书见访兼示与淮上诸子唱和诗》："惠休咏碧云，徒自增踌躇。"④宋琬《己酉立冬日阻风燕子矶过访蒲庵禅师坐花笑轩分韵四首》："碧云佳句好，君与惠休齐。"⑤等等，亦皆误用。

何以如此多的诗人出现这样的疏误呢？具体原因，难以考实。按说，江淹《拟休上人怨别》被选入《文选》等著名总集，在"《文选》烂，秀才半"的时代，出现这样的疏误，确实令人诧异！我们略微考察了《文选》的版本流变，尚未发现有版本差异而致误的可能。宋人李觏曾撰诗予以辨明："长见江淹杂体诗，碧云非是惠休词。试言日暮佳人怨，何事高僧却得知。"⑥李觏的意思是：类似于"日暮佳人"这样的情怨，似非僧人所能体认，故"碧云"句非惠休所作。这种解释比较牵强，因为佳人幽怨、思妇怀人，正是汤惠休所擅长的。我们认为，后人之所以误"日暮"为汤惠休所撰，一方面反映了汤惠休的诗才得到了普遍的认可；另一方面则表明汤惠休作为一名诗僧在后人心目中的极高地位，人们宁愿犯下这样错误，以表达对他的尊崇。值得注意的是，江淹拟作的后两句"桂水日千里，因之平生怀"，亦被后人误为沈约所作，故吴聿不无风趣地说："所谓文通锦，割截殆尽矣。"⑦

---

① 王楙：《野客丛书》卷十二，第646页。
② 释道诚：《释氏要览》卷中，《大正新修大藏经》第54卷，第294页。
③ 杨慎：《升庵诗话》卷十一，丁福保辑，《历代诗话续编》中册，第852页。
④ 孙枝蔚：《溉堂集》续集卷二，上海：上海古籍出版社，1979年版。
⑤ 宋琬：《安雅堂未刻稿》卷三，清乾隆三十一年刻本。
⑥ 李觏：《僧志月碧云轩改为景云轩因书二首》，《盱江集》卷三十六，《文渊阁四库全书》第1095册，第323页。
⑦ 吴聿：《观林诗话》，丁福保辑，《历代诗话续编》上册，第128页。

古代文学史上，作品的作者被误传的现象并非个例。作品真正的作者，可能因此而隐湮于世，"伪作者"反而蜚声艺林，甚至被尊为典范。例如，唐诗经典《登鹳雀楼》（白日依山尽）的著作权，长期以来归属王之涣；但有研究者根据最早收入此诗的文献——唐人芮廷章《国秀集》，以为该诗的作者实为盛唐时的"朱斌"[1]。若是这一结论可靠的话，说明经典的误传对作家的声名会产生相当关键的影响：王之涣因《登鹳雀楼》而成为家喻户晓的名诗人，而朱斌则籍籍无名，不为人知。当然，"日暮碧云合，佳人殊未来"即便被误认为惠休所作，亦不能掩江淹之声名，因为江淹的创作成就并不仅限于此。但是，这一误传，对汤惠休来说，无疑有助于其声誉的推扬。

小结：汤惠休作为诗僧典范的意义

综上所析，汤惠休尽管未能创作出不朽的经典作品，但他和鲍照不仅树立了古代儒释"以诗交游"的范式，还以侧艳、绮丽之诗倾动大明、泰始诗坛，实为古代第一位以诗鸣世的僧侣。同时，他标举的"芙蓉出水"式诗美观，也是后世很多文人、僧侣的诗美理想，在诗学史上有着突出的意义。此外，原系江淹的名句"日暮碧云合，佳人殊未来"，长期被误传为汤惠休所撰，也一定程度推涨了他的声名。凡此种种因缘，使汤惠休在后世获得了极尊崇的地位，成为了古代诗僧之典范。

汤惠休作为僧人撰诗的典范，突出地反映了中国诗僧文化的特质。僧人撰诗，自东晋迄清季，未尝中缀，是古典诗史中重要的群体。但对于"诗僧"的概念，向来无统一的界定。"诗僧"一词，据学者考证，较早见于中唐释皎然《杼山集》卷四《酬别襄阳诗僧绍微》、卷九《与权从事德舆书》和刘禹锡《澈上人文集纪》等文献，所指皎然、灵澈、护国、清江、法振等，均为当世擅诗僧人。因此，孙昌武认为："诗僧可以说是以写诗为'专业'的僧人，也可以说是披着袈裟的诗人。他们产生在特定的历史时期。"[2] 高华平也认为：

---

[1] 芮挺章：《国秀集》，钟惺：《唐诗归》署"朱斌"作，李昉：《文苑英华》，高棅：《唐诗品汇》署王之涣，《全唐诗》以互见的方式两存。又，张军：《〈登鹳雀楼〉作者考略》，载《江西社会科学》1987年第5期，黄瑞云：《〈登鹳雀楼〉"白日依山尽"的作者》，载《湖北师范学院学报》2002年第2期等文，力主"朱斌"。

[2] 孙昌武：《佛教与唐代文学》，西安：陕西人民出版社，1985年版，第126页。

"'诗僧'并非一般指那些偶尔能吟诵一两句诗的僧侣,而是指那些以诗著名之的僧人。……'诗僧'主要是相对于'义学僧'而言的一个概念。"[①] 从他们的界定来看,"诗僧"似乎很难统称所有写诗的僧人。究其原因在于:佛门历来视诗歌为外学、小道,历代僧传因亦未列"诗僧""艺文僧""诗文僧"之目,因而,若以"诗僧"称支遁、慧远、憨山德清等高僧大德,不仅有辱其名,亦非"《春秋》名从人主之义"。清人钱谦益曾注意到这一问题,他在评晚明高僧汉月法藏的《山居诗》时说:"吾友钟伯敬常言:'今之僧才一操觚,便有诗僧二字在其鼻端与眉宇间。'若藏公者(汉月法藏),讵可以诗僧目之哉!"[②] 因此,钱氏在编撰《列朝诗集》时,特将释氏诗人厘为"高僧"和"名僧"两种类型。所谓"高僧",是指楚石梵琦、季潭宗泐、憨山德清、紫柏真可、云栖袾宏、雪浪洪恩等佛法精深、道行显著之僧;所谓"名僧",则指九皋妙声、雪江明秀、雪山法杲等以诗名世但道行平平之僧。钱谦益在具体划分僧人时,容或有商榷的余地,但他这样处理确实更贴近古代僧诗批评的语境。在我们所目及的古文献中,"诗僧"一词较少指向支遁、慧远、德清、袾宏等以佛学名世的高僧,而更多的是指汤慧休、宝志、皎然、齐己、惠洪等以诗名世的僧侣。例如,明代的道衍就说:"吾浮图氏之于诗,尚之者犹众,晋之汤休,唐之灵彻、皎然、道标、齐己,宋之惠勤、道潜,皆尚之而善鸣者也。"[③] 清人陈维崧亦云:"昔方外以诗名者,代不乏人,如惠休、宝月以及齐己、清江、灵一诸公。"[④] 均未提及支遁、慧远等人,可见在后人的心目中,汤惠休、皎然、齐己等人才是方外"以诗鸣世"僧侣,也是真正意义上的"诗僧"。

钱谦益将释氏诗人分为"高僧"和"名僧"两目,或借鉴了梁代慧皎的看法。慧皎《高僧传序录》云:"自前代所撰,多曰名僧。然名者本实之宾也。若实行潜光,则高而不名;寡德适时,则名而不高。"[⑤] 汤用彤进一步申说:"盖名僧者和同风气,依傍时代以步趋,往往只使佛法灿烂于当时。高僧者

---

① 高华平:《唐代的诗僧与僧诗》,载《闽南佛学》2007年第5期。
② 钱谦益:《山居诗引》,《牧斋杂著》,《钱牧斋全集》第8册,上海:上海古籍出版社,2003年版,第864—865页。
③ 姚广孝:《蕉坚稿序》,绝海中津,《蕉坚稿》卷首,日本文化十年刊本。
④ 陈维崧:《离六堂诗评》,《离六堂集》卷首,《四库禁毁书丛刊》第106册,北京:北京出版社,1997年版,第498页。
⑤ 释慧皎撰:《高僧传》卷十四,汤用彤校注,北京:中华书局,2004年版,第525页。

特立独行，释迦精神之所寄，每每能使教泽继被于来世。"①"名僧"与"高僧"的区别在于：前者和同尘世，名显于外；后者潜行幽光，高蹈独立。而他们所撰之诗，亦有相当之差异："名僧之诗"，步趋时代风气，与士大夫体尤为接近，于禅境、义理亦长以兴象表达，类同王维之禅诗；"高僧之诗"，则多重佛法义理，承佛门创作传统，体式多为偈颂和"文字禅"，与世俗之诗有显著的区别。

汤惠休所存11首诗，极写闺思艳情，尽管钟惺评曰"艳情诗到入微处，非禅寂习静人不能理会"②，沈德潜评曰"禅寂人作情语，转觉入微，微处亦可证禅"③，试图揭示其诗歌所具有的佛禅特质；但平心而论，若非预知其僧人的身份，我们是很难接受类似的评价的。他的诗歌，总体来看，与文人几无二致，是一种典型的"名僧之诗"或"诗僧之诗"。唐宋诗僧广泛承其余绪，往往亦随诗坛风气而迁转，甚至"多从士大夫之有名者讨诗文以自华"④。例如晚唐普遍盛行的姚、贾"苦吟诗风"，丛林齐己、贯休等人无不深受此风之影响；宋代的江西诗派中甚至还有饶节、善权等僧侣；清初的诗僧更多地加入到遗民的悲歌吟唱之中。因此，元人徐明善就指出："予观唐宋以来诗僧，所作与骚人墨客无辨。"⑤宋佚名《王氏谈录》更明确地说："公言唐诗僧得名者众，然格律一体，乏于高远，颜延之所谓委巷中歌谣耳。唯皎然特优。"⑥颜延之所称的"委巷歌谣"所指正是汤惠休的诗歌，这表明唐宋诗僧的创作其实就是汤惠休一路。因而可以说，唐宋后诗僧对汤惠休的普遍尊崇，所看中的正是他此种迹近士大夫诗歌的创作取向；或者说，他们对汤惠休的尊崇，也决定了唐宋诗僧的主流创作取向。

如果说，汤惠休是"诗僧之诗"的典范，那么，支遁则堪称"高僧之诗"的典范。很有意思的是，后世很多人常将他们相提并论。例如，高启《送证上人住持道场》："诗成金磬韵尚扬，清才未必惭支汤。"还有的诗人更明确地点出了二人的差别，如清人王鸿绪《登一览楼》云："道同支遁论，诗有惠休

---

① 汤用彤：《汉魏两晋南北朝佛教史》，第170页。
② 钟惺、谭元春：《古诗归》卷十二，《续修四库全书》第1589册，第482页。
③ 沈德潜：《古诗源》，第228页。
④ 黎靖德：《朱子语类》卷一三九，北京：中华书局，1986年版。
⑤ 徐明善：《升师〈纪过集〉》，《芳谷集》卷下，《文渊阁四库全书》第2834册。
⑥ 程毅中：《宋诗话外编》，北京：国际文化出版公司，1996年版，第59页。

胜。"又，"惠休文笔支公麈，未知今日谁争衡。"清王昊《过天宫寺永安山房赠玄若上人》："法侣逢支遁，诗才得惠休。"① 支遁和惠休作为僧人撰诗的典范意义在于：前者是"以诗演佛"的代表，而后者则是"以诗为诗"的典范。

从具体的创作来看，汤惠休作为诗僧典范的意义在于，他开创了古典僧诗一种重要的题材——艳情诗。美国学者哈罗德·布鲁姆在考察了莎士比亚等26经典作家后认为，这些作家及其作品成为经典的原因"在于陌生性（strangeness）"，"这是一种无法同化的原创性，或是一种我们完全认同而不再视为一般的原创性"。② 汤惠休虽未能创作出真正能经得起时间检验的经典之作，但他从康僧渊、支遁、慧远等人以诗歌演绎佛玄的创作模式，另辟蹊径，从民间歌谣中吸取养分，创作风格绮丽的艳情诗，这在诗坛和佛门中都别开生面。南朝僧侣撰写类似的诗作很多，例如宝月的《估客乐》、法云的《三洲歌》、慧品的《咏独杵捣衣诗》、沸大的《淫泆曲》《委靡辞》、法宣的《爱妾换马》《和赵郡王观妓应教》等，皆"不避绮语"，浓丽侧艳。因此，毛先舒说："六朝释子多赋艳词。……盖习俗使然。"毛氏指出了释子"多赋艳词"受到了南朝诗坛风尚的影响，其实这与汤惠休密不可分。因为，汤惠休在佛门中留下的印象就是"流宕倜傥，嗜酒好色"、赋诗具"清艳之美，有逾古歌"。南朝之后，写作艳情诗的僧侣代不乏人，如唐之贯休、宋之惠洪、清之大汕等人，皆亦不避绮语，艳情诗可以说是古典僧诗中一个极为惹人注目的题材；而这一题材的开创者，就是汤惠休。

汤惠休应宋孝武帝之命，半途还俗的经历，也突出反映了古代诗僧特色——亦僧亦俗。清人魏禧曾指出："夫僧有始于真，终于伪；有以伪始，以真终；又或始终皆伪愈不失其真者。"③ 此种亦僧亦俗的特点在诗僧那里体现的尤为明显，像汤惠休那样游离于僧俗两界的现象还有很多。《四库全书总目》评《古今禅藻集》的编选范围时就说："中间如宋之惠休、唐之无本，

---

① 王昊：《硕园诗稿》卷十五，五石斋抄本。
② 哈罗德·布鲁姆：《西方正典：伟大作家和不朽作品》，江宁康译，南京：译林出版社，2011年版，第2页。
③ 魏禧：《赠顿修上人序》，胡守仁、姚品文校点，《魏叔子文集》外编卷十，北京：中华书局，2003年版，第509页。

后皆冠巾仕宦,与宋之道潜老而遭祸、官勒归俗者不同,一概收入,未免泛滥。"① 此外,明末清初大批逃禅的遗民其实都具有这样的品格;而那些虽然没有半途还俗的诗僧,也具有浓厚的世俗特征,像明初的季潭宗泐、来复见心、独庵道衍等人,无不都是逢源于僧俗两界。因此,从这一层面看,诗僧可以说是中国佛禅文化世俗化精神的集中体现。

---

① 永瑢:《四库全书总目》卷一八九,北京:中华书局,1965年版,第1724页。

语录体形成刍议

张子开

四川大学中国俗文化研究所

"语录"一辞,最早见于《旧唐书·经籍志上》:"《宋齐语录》十卷孔思尚撰。"[1]指对自己或他人言语的记录。多英译为"analects",间或"recorded utterance" "quotation"。[2]史学界归于"小说""杂史"甚至"道家类"[3]。

从钱大昕以来[4],语言学界、文学界和宗教学界陆续有所论述,海外则数柳田圣山[5]最为突出。近百年来有关研究,泛泛而论多,深入探索少;零碎言论多,集中阐述少;专论个别著作多,全面阐述少;平面勾勒多,探赜源流少;沿袭他人观点多,自我创新少。不但仍然留下颇有分歧、似是而非之处,存在着亟需厘清的错误,而且空白点或盲点亦复不少。有鉴于此,特撰此文就教于大方。

一、诸子语录:巫史记录传统和"述而不作"观念的产物

提到语录体时,多将先秦诸子语录、唐代禅宗语录和宋儒语录混为一谈。实际上,三者不但在内容方面存在着本质性区别,而且其产生原因或源头亦有差异。

---

[1] 刘昫:《旧唐书》第六册,北京:中华书局,1975年版,第1995页。
[2] 德范克:《ABC汉英大词典》,上海:汉语大词典出版社,2003年版,第1210页。
[3] 宋祁、欧阳修:《新唐书》第五册,北京:中华书局,1975年版,第1529—1530页。
[4] 钱大昕:《十驾斋养新录》卷十八,南京:江苏古籍出版社,2000年版,第382—383页。
[5] 柳田圣山:《语录の历史》,《东方学报》第57册,1985年版,第211—663页。

我国古代从事求神占卜之"巫"和掌管天文星象、历数史册之"史",最初往往由一人兼任,统称"巫史"。《礼记·礼运》:"祝嘏辞说,藏于宗祝、巫史,非礼也,是谓幽国。"[1]事巫者常常以祝祷辅以药物为人消灾治病,故亦"巫医"连称。《逸周书·大聚》:"乡立巫医,具百药以备疾灾。"在巫、史、医合一的社会环境下,将所卜所疗记录下来,至少在殷商之前即已存在,而以殷时最盛。[2]然甲骨文与青铜器的源头至今仍然是一个谜,或主张"小屯的文字比最早的苏美尔文字约晚了1600年至1800年,在这一段时间里,保存书写记载的观念可能会由幼发拉底河和底格里斯河流域移植到黄河流域来"[3]。无论如何,商周时代用龟甲兽骨契刻卜辞、记录者为巫史则是不争的事实。[4]由于文字被垄断性地掌握在巫史手中、以父子相授的方式在内部传播,所记内容又具有相当的神秘性和神圣性,遂令文字本身亦附上了神性,文字崇拜由此产生。《洞玄灵宝本相运度劫期经》载天尊语:"吾昔在赤明元年,于此土中撰天景大混自然文字,以火炼其字形,流精水池,故有字形。"[5]这种崇拜在世界其他民族中亦普遍存在,如《圣经·新约·约翰福音》有言:"In the beginning was the Word, the Word was with God, and the Word was God.He was in the beginning with God.All things came into being through him, and without him not one thing came into being."(太初有言,言与神同在,言就是神。言与上帝同在。万物是藉由言造,无言即万物。)[6]中土文字崇拜的民间化方式之一,乃"敬惜字纸"观念的普及,专门用来焚烧废弃字纸的字库,不但古时几乎村巷皆有,时至今日亦是宫观寺院的必备建筑。

随着国家形式的成熟和国家机构的完善,成立了国家性教育机构,受教育者皆为上层统治者的子孙,巫史对文字的垄断遂在一定程度上被打破。《尚书·舜典第二》:"契!……汝作司徒,敬敷五教,在宽。""夔!命汝典

---

[1] 《礼记》上册,阮元校刻,《十三经注疏》,北京:中华书局,1980年版,第1418页。
[2] 陈梦家:《殷虚卜辞综述》,北京:中华书局,1988年版,第135—206页。
[3] 李济:《中国文明的开始》,南京:江苏教育出版社,2005年版,第17—18页。
[4] 郭沫若:《中国古代社会研究》,北京:中国华侨出版社,2008年版,第143—149页。
[5] 《道藏》第5册,北京:文物出版社、上海:上海古籍出版社、天津:天津古籍出版社,1988年版,第849页。
[6] 《圣经》(中英对照和合本),北京:中国基督教协会,2007年版,第160页。

乐，教胄子。"① 殷时已经有小学、大学之分（《礼记·王制》："天子命之教，然后为学。小学在公宫南之左，大学在郊。"），至周代形成较为完备的各级教育制度。《礼记·学记》："古之教者，家有塾，党有庠，术有序，国有学。"② 周平王东迁（前770），社会进入春秋时代，旧有制度日益瓦解，社会阶层发生强烈变动，贵族下降、庶民上升，"士"的队伍急剧壮大③，教育制度也面临着分崩离析。《左传》昭公十七年载仲尼语："吾闻之，天子失官，学在四夷。"④ 正缘于此，春秋末期新进入"士"阶层的孔子（《论语·子罕》："吾少也贱，故多能鄙事。"）率先创办私学，传播自以为正统的文化，结束了"学在官府"的局面，文字开始扩散到以"士"为主的民间社会。⑤

新兴"私学"有着根深蒂固的"述而不作"观念，即阐述前贤成说，惮于自己创新。《论语·述而》："述而不作，信而好古。"⑥ 朱熹曰："述，传旧而已，作，则创始也。"⑦ 并以为"述"乃衡量成年时期事业成功与否的标准，《论语·宪问》："幼而不逊悌，长而无述焉，老而不死，是为贼。"这也是孔子整理古代典籍的基本原则，他编定《诗》《春秋》等，莫不如此。《汉书·儒林传》："以圣德遭季世，知言之不用而道不行，于是叙《书》则断《尧典》，称乐则法《韶舞》，论《诗》则首《周南》。缀周之礼，因《鲁春秋》，举十二公行事，绳之以文武之道，成一王法，至获麟而止。盖晚而好《易》，读之韦编三绝，而为之传。皆因近圣之事，以立先王之教。故曰：'述而不作，信而好古。'"⑧ 仲尼之所以热衷于"祖述尧舜，宪章文武"⑨倒不一定仅仅因为"好古"，本质上应是出于对先贤及文字的尊重崇拜，《论语·季氏》："君子有三畏：畏天命，畏大人，畏圣人之言。小人不知天命而

---

① 王引之：《经义述闻》，南京：江苏古籍出版社，2000年版，第74—75页。
② 《礼记》下册，阮元校刻，《十三经注疏》，第1521页。
③ 顾颉刚：《武士与文士之蜕化》，《史林杂识初编》，北京：中华书局，1963年版，第85—91；余英时：《士与中国文化》，上海：上海人民出版社，1987年版，第3—74页。
④ 《左传》，阮元校刻，《十三经注疏》，第2084页。
⑤ 裘锡圭：《文字学概要》，北京：商务印书馆，1988年版，第51—52页。
⑥ 《论语》，阮元校刻，《十三经注疏》，第2481页。
⑦ 朱熹：《四书章句集注》，北京：中华书局，1983年版，第93页。
⑧ 班固：《汉书》第11册，北京：中华书局，1962年版，第3589页。
⑨ 《礼记》下册，阮元校刻，《十三经注疏》，第1634页。

不畏也，狎大人，侮圣人之言。"①

"述而不作"具有层递性：今人"述"古贤而不自"作"；待今贤辞世，后辈亦可"述"其言行。现存甲骨卜辞、《尚书》中都有不少记言内容，如《盘庚》《大诰》《甘誓》等诸篇，中国最早的文体乃记言文。②但上述文献乃国家档案性质：卜辞主要记录了占卜过程；《尚书》虽是"左史记言"产物，内中可视作信史的只有28篇，却多经过周人加工，故或以为所用为"雅言"③，很可能不是当时口语；并皆算不上语录体。只有在春秋末期私学兴起之后，缘于"述而不作"观念及其层递性，掌握了文字的弟子们在聆听其师教学之时，即各有所记；老师逝世，再回忆补充并编纂当年的教学言语，这才产生了以记录对话言谈为主、兼及行为事迹的语录体著作。可以说，私学教育和"述而不作"观念并皆为语录体产生的必要条件。

现存最早的语录体，实为儒家学派的《论语》。班固《汉书·艺文志》云："《论语》者，孔子应答弟子、时人及弟子相与言而接闻于夫子之语也。当时弟子各有所记。夫子既卒，门人相与辑而论纂，故谓之论语。"④"论"，编纂，即《汉书》和《经典释文》⑤所谓"论纂"；"语"则指弟子闻听于其师的传道授业解惑之言语。大致而言，语录体的特征有四：编纂之时，言谈主体人物已然故去；所"述"主体为教学内容，多用问答体和口语；既有当时实录，也有后代追记；流传于民间，属于私家著述，"《论语》是私家著述的最早的一部书"⑥。

先秦其他诸子著作中，只有《墨子》属于语录体。该书诸篇的起始处，屡有"子墨子曰""子墨子言见染丝者而叹曰""子墨子谓鲁阳文君曰""程繁问于子墨子曰""穆贺大说，谓子墨子曰"之类的言辞，且言语质朴⑦，显然是墨子弟子的记录或追忆。或将《孟子》《庄子》等先秦诸子散文尽皆

---

① 《论语》下册，阮元校刻，《十三经注疏》，第2522页。
② 朱自清：《经典常谈》，北京：三联书店，1980年版，第19页。
③ 朱自清：《经典常谈》，第19—28；杨伯峻：《经书浅谈》，北京：中华书局，1984年版，第20—28页。
④ 班固：《汉书》第6册，第1717页。
⑤ 陆德明：《经典释文》上册，上海：上海古籍出版社，1985年版，第30页。
⑥ 顾颉刚：《中国上古史研究讲义》，北京：中华书局，2007年版，第3页。
⑦ Graham, Angus. Later Mohist Logic, Ethics, and Science. Hong Kong Chinese University Press, p.137.

归于语录体,且认为《尚书》《战国策》和《国语》等先秦史书也以记言为主,主张"语录体是我国散文早期发展的主要形式"[①]。这种扩大化倾向,不但没有认清语录体乃教学活动记录这一本质特点,混淆了他人记录与个人创作(《孟子》《庄子》等中的对话,多为虚拟)的区别,而且将口语与书面语等同了起来。

二、禅宗语录:印度佛教文化传统的结晶

朱自清认为,语录体发轫于唐代佛教界,"唐代又有两种新文体发展。一是语录,一是'传奇',都是佛家的影响。语录起于禅宗"[②]。这种观点又被学术界、包括《辞海》等工具书广泛采纳。这或是没有注意到先秦诸子语录,或是将口语文献等同于白话文献吧,因为"白话"方专指唐宋以来记录口语的汉语书面语。

清钱大昕将中土语录和释家语录作了区分,称后者始于中国禅宗:"佛书初入中国,曰经、曰律、曰论,无所谓语录也。达摩西来,自称'教外别传,直指心印'。数传以后,其徒日众,而语录兴焉。……释子之语录,始于唐。"[③]胡适更指出"《坛经》的体裁便是白话语录的始祖"[④]。禅宗语录何以产生?梁启超以为"殆可谓为翻译文学之直接产物也",禅僧以口语入文,"其动机实导自翻译。"[⑤]却没有注意到汉译佛典用语典雅,其所举鸠摩罗什译《维摩诘所说经》也实少口语气息。

禅宗语录产生虽与佛典翻译并无直接关涉,却和印度佛教说法方式有一定联系。印度史诗、格言和谚语等民间文艺形式,以及《吠陀》《梵书》等宗教文献,最初一直以口耳相传的形式传播,甚至在公元七世纪末时尚相当普

[①] 褚斌杰:《中国古代文体概论》,北京:北京大学出版社,1990年版,第482—484页。
[②] 朱自清:《经典常谈》,第134页。
[③] 钱大昕:《十驾斋养新录》,第382—383页。
[④] 胡适:《国语文学史》,合肥:安徽教育出版社,1999年版,第59页。
[⑤] 梁启超:《佛学研究十八篇》上册,沈阳:辽宁教育出版社,1998年版,第168页。

遍①。释迦牟尼及其后裔在弘法时，亦遵循这种方式。②佛陀去世后，曾举行过几次结集，"结集"（saṃgīti）的本义"合诵"，以及佛经开头语"如是我闻"（evaṃ mayāsrutam）皆表明，结集成果仍是口头传播。甚至部派佛教时期形成的"三藏"，"藏"也指谙记。约公元前一世纪，巴利圣典开始形诸文字，但师徒口传却一直是印度佛教甚至西域佛教的主要学习方法。③印度佛教说法方式对禅僧的影响，主要在于令其普遍地使用口语；倘若将口头语言形诸文本、又记录的是禅师说法开示，"大胆地将师父们的话参用当时的口语记下来"④，产生的就是禅宗语录。

其次，从组织结构看，禅宗语录袭用了典型的佛经体裁。汉代以后最为流行的《鲁论语》包括学而、为政等20篇，结构松散：各篇篇名多撷自第一则的前两个字；篇与篇、每篇各则之间，并无明显的时间顺序或因果关系。现存最古的《坛经》为唐代敦煌本，并未区分品目，内容从惠能在大梵寺说法直到辞世，基本上按时间顺序排列，乃一个有机整体。另外，《论语》共载言谈480则，纯记事43则。其中孔子独语248则，教诲或评论他人他事77则，与弟子或他人对话96则；弟子或他人独语45则，弟子之间、弟子与他人对话8则；非孔门人士独语6则。孔子言谈集中于第一至第十七篇，孔子活动背景、弟子言语则多在第18篇及其后。这些言谈和记事全是散文，文采灿然，故而钱穆谓其"属赋体而又用散文写出"，"是一种散文诗"或"散文小品"⑤。敦煌本《坛经》除了纯记事文字之外，记录对话共25则，其中羼杂《灭罪颂》《无相颂》《真假动（净）[静]偈》等数首偈颂。其整体结构乃"长行"（gadya）、"偈"（包括"伽陀"〈gāthā〉、祇夜〈geya〉）间杂，而以"偈"为中心的佛经体。也就是说，《坛经》具有全新的组织结构，并非诸子语录体的沿用或模仿，属于一种新型语录。

第三，禅宗语录是对佛教结集的效仿。敦煌本《坛经》起始云，惠能在大梵寺说法，"刺史遂令门人法海集记，流行后代"，表明说法时有人记录。

---

① 义净：《南海寄归内法传校注》，王邦维校注，北京：中华书局，1995年版，第206页。
② 张子开：《试论印度佛教的说法方式》，《中国俗文化研究》第二辑，成都：巴蜀书社，2004年版，第154—163页。
③ 义净：《南海寄归内法传校注》，王邦维校注，第187—197页。
④ 朱自清：《经典常谈》，第134页。
⑤ 钱穆：《中国文学演讲录》，成都：巴蜀书社，1987年版，第50—56页。

"集记"，谓汇集诸种记载，可见现场有多人笔录。一般而论，禅师宣讲对答时，多有亲随左右的门弟子（"小师""侍者"）笔录，亦有弟子事后追记，所记文本并称"私记"。"私记"为禅宗语录的初期形态，多以抄本形式辗转传播。《新唐书》著录之"慧能《金刚般若经口诀正义》一卷"[①]，即私记也。过一段时间，或在某次重要法会之后，可能综合诸种私记和回忆，进行"集记"。《新唐书》载"僧法海《六祖法宝记》一卷"[②]，盖即大梵寺说法后的集记。然敦煌本《坛经》还叙及惠能其他几次说法及惠能逝世经过，并称："韶州刺史韦据立碑，至今供养。此《坛经》，法海上座集。上座无常，付同学道际。道际无常，付门人悟真。在岭南漕溪山法兴寺，见今传受此法。"表明在禅师辞世之后，会总结其一生的生平事迹、说法开示，形成语录定本。这个定本，有"语本""语要""法要""广录"等异称，"语录"之名则始用于神清（？—820）《北山参玄语录》。禅师辞世后进行"集记"，很明显是模仿印度佛教结集传统，以防止师父遗教散佚、作为本派传承根据，借此统一各种异说。正如《敕修百丈清规》卷八附陈诩《唐洪州百丈山故怀海禅师塔铭（并序）》所言："门人神行、梵云，结集微言，纂成语本。凡今学者，不践门阈，奉以为师法焉。"[③] "集记"的深层含义，是认为禅师已然成佛，将自己师父视为诸佛之一也。

最后，从根本上讲，禅宗语录体的出现缘于该宗派独特的语言文字观念。禅宗认为，禅悟之境远离一切语言文字妄相，《信心铭》："言语道断，非去来今。"欲达此境，唯有"以心传心"式的默契，并无须语言文字。《信心铭》："多言多虑，转不相应。绝言绝虑，无处不通。"唐宗密《中华传心地禅门师资承袭图》："然达摩西来，唯传心法。故自云：'我法以心传心，不立文字。'……欲求佛道，须悟此心，故历代祖宗唯传此也。"然作为人天之师，出家人需兼具宗通（自我修习而了悟宗旨）、说通（自如地说法教化大众），这二者却又离不开语言文字。当初达摩即以四卷《楞伽》授予慧可曰："我观汉地，惟有此经，仁者依行，自得度世。"可见，"不立文字"并非不

[①] 宋祁、欧阳修：《新唐书》第五册，第1524页。
[②] 宋祁、欧阳修：《新唐书》第五册，第1524页。
[③] 高楠顺次郎等：《大正新修大藏经》第48册，东京：大藏出版株式会社，1924—1935年版，第1157页。

需要文字，关键在于认识到文字仅是修习方便、且这种方便有层级之分[①]；在达到自悟、化人目的后，"得鱼忘筌"，即行弃绝。惠能教诲阅读《法华经》7年而不识法的弟子曰："法达！心行转《法华》，不行《法华》转。心正转《法华》，心邪《法华》转。开佛知见，转《法华》；开众生知见，被《法华》转。"所强调的亦是不能执着于语言文字。禅宗的这种承袭自印度佛教的语言观念，令衲子们在听闻禅师说法开示时，或笔记或口诵，形成语录，以之作为修习的指导。

总之，禅宗语录之所以形成，乃印度佛教文化诸种因素综合作用的结果。

三、宋儒语录：中印文化相互激荡融合的硕果

诸子语录和禅宗语录都是对教学活动的记录、追忆或整理，皆采用口语，但二者却源自中印两种不同的文化传统；产生之后相当长一段时间，亦沿着不同的路线，独立发展。直到宋代，两种语录终于合流，是即宋儒语录。

如上所言，由春秋末期儒家开创的语录体，几无流风余韵，多数诸子著作如《荀子》《韩非子》《商君书》等，或自己创作，或后学拾掇余论，算不上语录体。汉戴圣《小戴礼记·檀弓》，虽多为人物对话，却非现场记录，而是辑自春秋、战国间的诸种文献。秦一统天下之后，汉东方朔《答客难》《非有先生论》、恒宽《盐铁论》、扬雄《解嘲》、班固《答宾戏》、王充《自纪》等诸作，虽采用对话体，却属自问自答或假设想象之辞，实为"设论"体。汉末以来，受佛教和老庄思想熏染，人多厌离尘世，士林间清淡成风，"世之所尚，因有撰集，或者掇拾旧闻，或者记述近事，虽不过丛残小语，而俱为人间言动"[②]，如晋裴启《语林》、郭澄《郭子》、南朝宋刘义庆《世说新语》。这类著述在一定程度上保存了名士言谈，多属纂辑旧文、搜罗传闻，非现场教学记录，算不上语录体。

到了宋代，程颢、程颐的门人将二程有关哲学、政治等方面的言谈编纂为"语录"，理学家"语录"由此渐次涌现，如《宋史·艺文志四》即著录了"语录二卷（程颐与弟子问答）""延平师弟子问答一卷""语录四十三卷

[①] 张子开：《禅宗语言的种类》，载《宗教学研究》2008年第4期。
[②] 鲁迅：《中国小说史略》，北京：人民文学出版社，1973年版，第45页。

（朱熹门人所记）"等，以及刘安世、谢良佐、张九成、尹惇等人的语录。一般认为，宋儒语录仿效自禅宗语录，如梁启超即称："自禅宗语录兴，宋儒效焉，实为中国文学界一大革命。"① 实际上，宋儒语录乃书院制度的直接产物。宋代理学家为了弘扬其学说，建立了白鹿、石鼓、应天、岳麓等书院，以浅近平易的语言，讲经论道。② 这些问答言谈被弟子们记录整理，即成语录。书院的作派，其实远绍先秦诸子教学方式，宋儒语录也不过袭用《论语》体裁罢了。试看《朱子语类》分为"理气""鬼神""性理"等若干部类，朱熹所辑二程语录《二程遗书》亦归纳为"端伯传师说""游定夫所录"和"洛阳议论"等25卷，其结构完全是《论语》的翻版，却与《坛经》等禅宗语录全然两样，即是明证。至于唐五代以来盛行的禅宗对于宋儒的影响，一是启发他们复活先秦儒家的教学方式，二是更多体现在思想上，所谓"儒皮佛心"是也。"宋儒的影响究竟比禅宗大得多，语录体从此便成立了，盛行了。"③ 语录体肯定不是"从此成立"，从此在理学家中盛行的也非禅宗语录体。到了明清，书院纷纷改习举业，自由讲论之风不再，到清光绪二十七年（1901）更改全国书院为学堂，则书院之名亦废，宋儒语录体也从日渐式微走向彻底消亡。

另需措意者，禅宗仅以语录为权宜工具，儒家语录却被后学奉为圭臬，这也是中印文化差异的体现吧。

---

① 梁启超：《佛学研究十八篇》，第168页。
② 洪迈：《容斋三笔》上册，北京：中华书局，2005年版，第488页。
③ 朱自清：《经典常谈》，第134页。

宋代文艺思想与佛教

张培锋

南开大学文学院

佛教在宋代对当时各个领域的学术、文化思想都产生了深刻的影响，这已成为学术界的共识。世界思想史发展的事实证明，一种宗教、哲学思想影响到其他领域，通常要经过几代人的努力，甚至要经过数百年的时间。佛教作为一种外来文化，虽然在东汉时期即已传入中国，在隋唐时期，以宗派佛教为代表的中国化佛教理论的建构基本完成，但是，宋代之前，尚没有哪个朝代的文学理论如此广泛而深刻地受到佛教思想的影响，而且实现了融会贯通。

宋代文化的繁荣与当时人们从文化角度吸收佛教的养分，应用于其他文艺领域是分不开的。学术界一般所谓宋代以后佛教走向衰退，是从中国文化整体发展角度而言的，主要指思想层面。事实上，宋代佛教在大部分时间里是相当兴盛的。宋代僧人活动的场所是极其广泛的，寺院不仅是宗教中心、经济中心、艺术中心、教育中心，而且也是一个重要的学术研究与交流中心，就社会和文化影响而言，宋代佛教在历代王朝中可以说是居于首位的。

宋代佛教的发展以禅宗最为兴盛，也最具有代表意义。宋代禅宗延续中唐以来农禅并作、自给自足的禅门风尚，并发展出地主庄园式的寺院经济，在经济基础上奠定了禅宗发展的基础。禅宗在修持方式上追求简要，这与中国古代士大夫厌烦烦琐形式的倾向一致，禅门语录的那种文辞风格也更符合士大夫的品味，因此有宋一代学禅参禅的士大夫数量巨大，这是一个明显的事实。但是这并不代表只有禅宗影响到宋代文艺思想，事实上，除了禅宗之外，天台宗、华严宗、唯识宗等佛教宗派都为宋代文艺思想的发展提供了重要的理论基础。由于这些宗派重视理论建构和理论思辨，他们的一些学说经由士大夫阶层的消化和推广，转而成为文艺思想的重要范畴。

总之，宋代佛教是经过文化整合后而形成的中国化的佛教，有着明显的向中国传统文化复归的倾向，张耒的"儒佛故应同是道，诗书本自不妨禅"（《赠僧介然》）可以说是对这种状况的典型概括。宋代很多僧人出身儒门，僧俗之间的交往又非常密切，因此要严格分辨哪些理论来源于佛教，哪些理论属于儒、道所有，并非一件简单的事情。但是，我们仍然可以找到若干明显与佛教相关的基本文艺观念。

宋代佛教对文化的崇尚。崇尚文化是华夏文化的重要特征之一。儒学当然是这种文化的一个代表，"郁郁乎文哉"的周礼受到孔子的尊崇，而孔子本人也被视为"文圣"。自古以来所谓"三不朽"，即立德、立功、立言（见《左传·襄公二十四年》），是中国人文思想领域一个价值命题，对于中国人的思想和人生追求有着重要影响，其中"立言"即属于"文"的范围。正如苏轼在《书柳子厚大鉴禅师碑后》中所说："释迦以文教，其译于中国，必托于儒之能言者，然后传远。"[1] 总之，宋代佛教有着明显的崇尚文化的风气和倾向，"文"成为推动佛教发展的一种动力。

宋代僧人的社会地位、文化修养远比后世高得多，总的来说，宋代僧人属于社会的核心阶层而非后世处于边缘化的状态，他们的议论常开时代风气之先，是文化的重要引领者。这一点非常重要，否则就无法理解何以宋代文艺思想与佛教有着如此重要的联系。宋代僧人能诗文、精文艺者众多，他们对于文艺有着极为浓厚的兴趣，他们不但自己创作了大量的诗文，与一般文人一样编着自己的文集、投身于各种文艺活动，而且几乎完全是站在文艺的立场上来谈艺论诗。

"心"的概念：儒佛对"道"共识的形成。宋代儒佛两家皆是从宇宙秩序这个"大道"的角度来看待文艺的，即将道与艺统一起来，而这种将宇宙秩序归之为"道"的观念又与老庄哲学和道教有密切关系，因此它实际上是儒道佛三教融合的产物。尽管宋代思想流派繁复众多，但是各家学说在这一点上几乎是异口同声，鲜有完全反对者。这也是我们理解宋代佛教与文艺思想关系首先要关注的一点。推究其中最根本的原因在于：唐宋之后的中国大乘佛教将这种

---

[1] 苏轼：《东坡全集》卷九十三。

宇宙秩序归之于"心"这一核心概念，而"心"与"道"其实是两个完全可以合而为一的概念，其间经由王安石的"新学"的发挥，"心"的概念始成为儒学理论的重要概念；而宋代儒学最终由"道学"转向"心学"也证明了佛教的这一影响。

宋初永明延寿对"大乘"概念做出全新的解释，指出"大乘"的本质内涵是指众生的心量广大，含藏万象。文自然也包含其中，而且正是此"心体"之表征，所谓"假以词句，助显真心。虽挂文言，妙旨斯在。俯收中下，尽罩群机"①。"不坏生灭门说真如门"一段义理极为深刻，真俗二谛不可分割，即现象与本体的关系，离开了现象就无所谓本体，不了解"俗谛"也就无所谓"第一义谛"。这样，一切世俗的东西就都具有了神圣的内涵。这段话几乎道尽了中国佛教何以为"大乘佛教"以及这种佛教思想的玄奥所在。宋人认为，佛是一种人人都能体验到的心灵境界，非仅是一种外来的宗教。西方人有心，能够觉悟佛理，我亦有心，同样可以觉悟佛理，故佛理不须外求，向自己的内心中寻找即可。宋人对于陶渊明的评论便能很好地说明这一点。施德操《北窗炙輠录》记周正夫语："渊明诗云：'山气日夕佳，飞鸟相与还。此中有真意，欲辨已忘言。'时达摩未西来，渊明早会禅。"陶渊明那时，达摩还没有来到中国，并无所谓"禅宗"传承，但陶渊明的诗句表明，他早已悟到禅理。那么，文理、诗理、艺理不也是同样吗？

惠洪《冷斋夜话》卷四有一段很有影响的话："诗者，妙观逸想之所寓也，岂可限以绳墨哉！如王维作画雪中芭蕉，诗眼见之，知其神情寄寓于物；俗论则讥以为不知寒暑。"究其实，这也是将文艺的作用上升到大道的高度——艺术具有独造之匠的功用，而不仅仅是对艺术想象的肯定。其思想源于佛教《华严经》的万法平等观，"明见法界，广大安立，了诸世间及一切法平等无二，离一切着"（《大方广佛华严经》卷三十一），世界上一切事物均了无差别，所谓"闲来禅室倚蒲团，幻影浮花入正观。江月松风藏不得，大千俱在一毫端"（惠洪《石门文字禅》卷十六《妙观庵》），既然人生如幻影浮花，又何必在乎贫富、老少、生死的区别？既然大千世界俱在一毫端，又何

---

① 《卍续藏》第63册，第82页中。

必在乎雪与芭蕉、寒与暑、玄与黄的矛盾？[1] 由此，宋代那些在思想深处接受佛教思想的人，无论僧俗，在思想（道）与文艺（语言）之间，必然尊崇《大方广佛华严经》卷四十四所说的："以于诸法言辞辩说，皆得善巧，大慈大悲，悉已清净，能于一切，离文字法中出生文字，与法、与义随顺无违，为说诸法，悉从缘起，虽有言说，而无所著。"[2] 这是在"大道"与文章这种"小技"之间找到了一种内在的关联与平衡，同时也就弥合了世法与佛法的矛盾。在坚守"大道"的前提下，尽可以崇尚文教，僧人们谈起文学、诗学、画理等等，几乎完全站在儒家立场上，而丝毫不认为这是一种矛盾，其原因就在于对佛教提倡的这种圆融无碍境界的深刻认知。

艺与道矛盾的调和。学术界一般认为：宋代理学家在价值论的范畴认为作诗妨道，而在本体论的范畴又认为作诗合道，并认为这是他们思想深处的一种矛盾。其实，何止理学家如此认识，宋代很多称不上理学家的一般文人也多有类似的认识，僧人们持此见解的也大有人在。可以说，在这一根本问题上，宋人的这一认识也是普遍的。江西诗派领袖黄庭坚在谆谆告诫后学作诗门径之后，总是忘不了补上一句："小诗，文章之末，何足甚工。"[3] 直到宋末文天祥还这样认为："文章一小伎，诗又小伎之游戏者。"[4] 以上种种表白并不意味着宋代诗人否定诗的价值或轻视诗的作用，而只是说明对于诗人来说，还有比诗"艺"更深刻、更有价值、更值得追求的东西，即"道""德""仁"等理想的人生境界。[5]

如果说，整个宋代文学观念存在着一种由"吟咏性情到以意为主"的转向的话[6]，那么其中的一个重要原因，除了很多学者已经揭示的之外，还应该包括佛教思想在整体上对宋人的影响，而这一点常常被人忽视。北宋初的昙颖禅师（989—1060）便是这样一位以其深刻思想为宋学定下"基调"的高僧，可惜，有关他的记载并不多，他更不以学术文艺闻名，这大约与其超然的"方

---

[1] 参看周裕锴：《法眼看世界：佛禅观照方式对北宋后期艺术观念的影响》，载《文学遗产》2006年第5期。

[2] 《大正藏》第10册，第213页下。

[3] 黄庭坚：《山谷集·别集》卷六《论作诗文》。

[4] 文天祥：《文山先生全集》卷一〇《跋萧敬夫诗稿》。

[5] 周裕锴：《宋代诗学通论》，上海：上海古籍出版社，2007年版，第27页。

[6] 参看李春青：《宋学与宋代文学观念》，北京，北京师范大学出版社，2001年版，第四章。

外"姿态有关。加上对这些问题的探讨在佛门来说毕竟属于"外学",因此很多僧人采取述而不作的态度,但种种迹象表明,宋代僧人确实关注了这些问题并发表了自己的看法。释晓莹所著《云卧纪谈》一书保留下他的一篇《性辨》,使我们对他的思想有所了解。昙颖显然属于由儒入佛的人物,他的见地既受佛教思辨的影响,也有博览群书之功。《性辨》一文虽不长,但思路清晰、言简意赅地点明主题:心性为万物之本,万物皆为心性之体现,人则为天地之心。情、意、识,皆由性(即生而即有之本心,《中庸》所谓"天命之谓性")生发,为性之妙用,但情又可能惑性(古人所谓"情者,心动于中也"),由此分出人之贤愚凡圣。相对而言,"意"与"识"是认知性的心理因素,有一种"知性反省"的含义,由"情"到"意"再到"识",是人通向"正觉"之道的途径。文章最后指出:尽管儒家早就有"穷理尽性"之说,但由于具体的思路不明晰,因而难以窥见大道,必须以佛教"心性为万物之本"统摄,一切才顺理成章。学术界一般认为,是欧阳修(1007—1072)倡导的"古文复兴运动"继承了唐代韩愈、李翱的某些学说,确立了宋代文学"重道"的倾向。结合昙颖的文章看,宋初的一批僧人同样对此起了重要的先导和推动作用,欧阳修的思想甚至可以说是受到昙颖的影响。欧阳修本人对于佛教并不亲近,但是,他作于庆历元年的《送昙颖归庐山》一诗写道:"吾闻庐山久,欲往世俗拘。……昙颖十年旧,风尘客京都。一旦不辞诀,飘然卷衣裾。山林往不返,古亦有吾儒。……羡子识所止,双林归结庐。"[①]点明两人多年相交的情谊,明显地表现出对这位僧人的崇敬之情,没有丝毫的贬低之意,这很可能是因为他了解昙颖思想的缘故。

智圆的文艺思想。宋初天台宗高僧智圆(976—1022)的文艺论充分体现了宋人儒佛一致的观念。智圆不仅于新儒学为先觉,即在文艺思想上,亦开风气之先,堪称有宋一代文论之先觉。《闲居编》卷二十四《答李秀才书》盛赞陇西李秀才文章"皆辞理端劲,志气激扬,将欲刮去浮华,驱还淳正"。在这篇书信中,他还极力推崇儒家的文艺观,提出:"窃谓文之道者三:太上立德,其次立功,其次立言。德,文之本也,功,文之用也,言,文之辞也。德者何?所以寓仁而守义,敦礼而播乐,使物化之也。功者何?仁义礼乐之有

[①] 欧阳修:《文忠集》卷一。

失，则假威刑以防之，所以除其灾而捍其患也。言者何？述其二者以训世，使履其言，则德与功其可至矣。"① 这种地道的、毫不模糊的文以载道论，与很多宋儒的主张是完全一致的。又如《闲居编》卷十《佛氏汇征别集序》写道："唐祚既灭，五代之间，乱亡相继，钱氏霸吴越、奉王室者几百年。罗昭谏、陆鲁望、孙希韩辈既没，文道大坏，作雕篆四六者鲸吞古风，为下俚讴歌者扫灭雅颂。大夫士皆世及，故子弟耻服儒服，耻道儒言，而必以儒为戏。当是时也，孰肯作苦涩辞句，张惶正道，速谤于己，背利于时，为世之弃物耶？"②《闲居编》卷二十九《钱唐闻聪师诗集序》更堪称一篇出自佛门的诗学复古宣言，其议论较之宋初柳开、石介等人更为尖锐，也更为深刻。智圆年龄较欧阳修长三十余岁，《钱唐闻聪师诗集序》作于天禧二年（1018年），文中对于释闻聪的诗作给予高度褒扬，其年辈应高于智圆。可见，佛教内部早就酝酿着一种文风变革的思潮，在欧阳修等人提倡古文，力图扭转五代以来卑弱文格之前，一批佛门僧人已经对当时"文道大坏"的文坛现状不满，而自觉担当起"扶其坠风"的责任，并且付诸了实践，智圆这些文章也是非常地道纯正的"古文"，文笔丝毫不亚于那些提倡"复古"的儒家学者们。"清贤钜儒必籍其名""为邦者必欲识其面"，说明当时僧人创作和思想对于世俗社会是产生了很大影响的。

宋代佛教关于文学意义的思考，也可以用智圆《谢吴寺丞撰闲居编序书》（《闲居编卷二十二》）一文作为典型个案来作一番考察。在这篇文章中，智圆回顾了自己早年"勇于为学"，"盘游儒官，鸣唱文教"的经历，也就是说，与一个普通的文士没有两样。然后，他写到自己的一种矛盾状态：

> 一日自省曰："汝释迦之徒也，空华乎世界，浮云乎富贵，谷响乎言语，掣电乎形命，又何婴病失志至如是乎！"自是专寻释典，反照心性，弃捐万事，会同一心，故于向者为文之道不能果其志、就其业也。是以晚年所作，虽以宗儒为本，而申明释氏加其数倍焉，往往旁涉《老》《庄》，以助其说。于戏！人岂不知则某于为文不能淳矣。公孙龙之无家，司马迁之多爱，乃自贻之也，后世有圣如仲尼

---

① 《卍续藏》第56册，第900页下。
② 《卍续藏》第56册，第881页上。

者,其将罪我乎!于是孤文片记,悉不欲留,以逃后世之责耳。寻以养病孤山,隐居林下,有朋自远方来者,每以编纪为勉,遂以向者之志对焉。彼曰:"何伤乎,亦各言其志尔。夫三教者本同而末异,其于训民治世岂不共为表里哉?子之所述,宜在集之以贻于后也。"于是乃从其请,故后有所得者因而录之。而歌诗文颂,错杂间出,号之曰《闲居编》,亦陆鲁望《丛书》之俦也。①

正像智圆所说,从根本上讲,佛教教义会导致排斥文艺的倾向(其实道学也同样),智圆本人也曾为此感到过矛盾。但最后,他获得了一种圆融的认识,那就是"三教者本同而末异","共为表里",文固然属于末,属于表,但既然是一种相互依存的关系,又何必弃而不取呢?应该说,在为学方面,包括很多僧人在内的宋人的基本立场是站在儒家方面,即如黄庭坚这样信仰佛教的士大夫,也同样推崇韩愈的《原道》,似乎并不觉得自己的言行有何矛盾。作为国家意识的儒教与作为个人信仰的佛教并行不悖,前者不可能代替后者,而后者也不可以僭越前者。佛教特别是禅宗以明心为本,以妙悟为宗,对艺术的把握实有世俗之学不能相提并论之处,明乎此,则宋代文艺思想中有如此多的佛教印记,就是不难理解的。

佛教与"思无邪"说。宋代文艺思想中体现儒佛汇通的一个重要命题是对"思无邪"的阐发。"思无邪"当然源自儒家经典,孔子在《论语·为政》中说:"诗三百,一言以蔽之,曰:思无邪。"对这句话,历来解释多有歧义,但有一点是比较明确的,那就是从汉代直至宋代长达千年的时间里,"思无邪"并没有成为一个重要的文艺思想命题,引用和讨论的人较少,即使有人谈到,也不是从文艺的角度。但到了宋代,它却成为一个重要的理论主张,并获得了充分的阐释。中国佛教较儒家更早地发现和挖掘了"思无邪"包含的深厚理论内涵,而其后主张此说的士大夫,也多是濡染佛教义理者。如天台宗的实际创始人智𫖮在其《禅门章》中说:"故书云:诗三百,一言已蔽诸,所云思无邪也。假令上风正治之,能下判邪倒之失,只是一无邪耳。故《瑞应》云:

---

① 《卍续藏》第 56 册,第 898 页中。

得一心者，万邪灭矣。"① 这是将"无邪"最终归于一心，而非其他方面，这就探到了根本。

智圆《维摩经略疏垂裕记》卷七说："诗三百者，即今毛诗有三百五篇。此举全数，一言谓思无邪也，蔽犹当也。诗虽三百之多，六义之广，而唯用思无邪一言以当三百篇之理，犹今四机虽广，举一圆普益以当之也。"②《涅槃经疏三德指归》卷一谓："举一蔽诸者，蔽，当也。仲尼云：诗三百，一言以敝诸曰思无邪。是知风雅之文虽广，旨在无邪；涅槃之义乃多，意惟佛性。"③ 显然，这是从"吾之道一以贯之"这样一种高度理论概括角度来解读"思无邪"的，能够"一以贯之"的唯有"一心"也就是"真心"，皆以"邪"为"邪正"之"邪"，而排除了其他的解释。从这些佛教典籍的解释看，显然开启了宋儒以"无邪"为"诚"的认识，可见宋人对"思无邪"的新解，实为佛教天台宗之旧说。

值得注意的是宋代一些学佛士大夫们，正是从儒佛融合的角度来解读此语，从而也揭示了何以"思无邪"成为宋代诗学的一个重要命题，苏轼便是一个典型。他晚年在惠州为自己建了一个书斋，题名为"思无邪斋"，在给友人的信上说："新居在大江上，风云百变，足娱老人也。"这个书斋既是苏轼晚年生活的归宿处，也是其思想的归宿处——"思无邪"三字可视为苏轼调和儒释以论道、论学、论诗的准则。他自撰的《斋铭》曰：

> 东坡居士问法于子由，子由报以佛语，曰"本觉必明，无明明觉。"居士欣然有得于孔子之言曰："诗三百一言以蔽之，曰思无邪。"夫有思皆邪也，无思则土木也，吾何自得道？其惟有思而无所思乎？于是幅巾危坐，终日不言，明目直视，而无所见，摄心正念，而无所觉，于是得道，乃名其斋曰"思无邪"，而铭之曰：大患缘有身，无身则无病。廓然自圆明，镜镜非我镜。如以水洗水，二水同一净。浩然天地间，惟我独也正。④

---

① 《卍续藏》第 55 册，第 665 页中。
② 《大正藏》第 38 册，第 797 页下。
③ 《卍续藏》第 37 册，第 314 页上。
④ 苏轼：《东坡全集》卷九十七。

苏轼在此将佛法融入"思无邪"的内涵中,以"无明明觉"释"思无邪",把学道与游艺有机地统一在一起。这一思想几乎成为苏门秘传,直接影响到其后的江西诗派与一些理学家的诗论。黄庭坚曾为其弟仲堪取字"觉民",并作了一篇《觉民对问字说》,其中写道:"古之人,未闻此道则发愤而忘食,闻之则乐以忘忧,守之则不知老之将至。'觉民曰:'我始于何治,而可以比于先民之觉?'问之曰:'若善琴,何自而手与弦俱和?'曰:'心和而已。''若善篆,何自而手与笔俱正?'曰:'心正而已。'曰:'然则求自比于先民之觉,独不始于治心乎?'觉民曰:'《诗》云思无邪,思马斯徂,其斯之谓欤?'曰:'然。'遂书而赠之。"① 由此可见,弹琴、习字乃至作诗作赋,如何能够达到与大道相合的程度呢?其本源皆在于自心,自心若正若和,则一悟百悟,一觉百觉,这样就将具体的"技艺"与杳冥冲虚的"大道"相合。仲堪恍悟这就是"思无邪"的内涵,黄庭坚欣然赞赏。江西诗派诗人韩驹(?—1135)亦以思无邪之意论诗,应是自黄庭坚而来。据范季随《陵阳先生室中语》记载:"仆尝论为诗之要。公(韩驹)曰:诗言志,当先正其心志,心志正,则道德仁义之语、高雅淳厚之义自具。《三百篇》中有美有刺,所谓'思无邪'也,先具此质,却论工拙。"② 这是江西诗派甚至两宋诗人普遍的看法。于是,"正心诚意"(或曰"治心养气")的功夫自然成为解决诗人"思无邪"的根本措施,从而诗人的情感活动、审美心理都被纳入道德修养的范畴。南宋理学家、陆九渊的弟子杨简(1141—1226)论诗,也以"思无邪"为宗旨,充分发挥了大乘佛教的"一心"之意。象山之学与佛教禅宗有着深厚渊源关系,早有学者论之,仅就杨简对"思无邪"一语的发挥来看,便可了知,宋儒的这些见解背后确实有着深层的佛教义理支撑。陆游则说:"一言可以终身行之者,其恕乎?此圣门一字铭也。诗三百,一言以蔽之曰,思无邪。此圣门三字铭也。"③

佛教与中和观。宋代文艺思想另一个重要思想——中和观念也与当时的佛教理论有着不可分割的关联。中国传统人文精神提倡中庸,偏尚中和之美。

---

① 黄庭坚:《山谷集》卷二十。
② 魏庆之:《诗人玉屑》卷一三《陵阳发明思无邪之义》。
③ 陆游:《渭南文集》卷三十一《跋吕文靖门铭》。

中庸、中和都是避极端而取中正，"中正平和"不仅是做人处世的原则，也是最高级的艺术审美标准之一，这一点在宋代文艺思想中有突出体现。很多学者指出，宋代儒家重新发现了《中庸》，而宋代艺术的精神也有得于此。不过，最早"发现"《中庸》并首先大力褒扬的，也是佛教中人。从中国学术史看，汉代已降，儒家溺于章句，对《中庸》的心性理论并没有做出更多发挥，《中庸》一篇也没有得到更多重视。在中国思想史上，发展心性理论的任务实际是让给佛家了。这就是谢灵运等人所说"必求性灵真奥，岂得不以佛经为指南"的实际情形。"中庸"观念在理论上和思路上与佛教思想虽有重大差异，但是在注重主观心性的决定作用这关键一点上却有着内在相通处。总的来说，宋代僧人是用大乘中观学派的"中道"观念来理解"中庸"的，而且并不限于理论探讨，而是应用于立身行事。如智圆在给一位僧人的名字作解释时说：

> 是知吾友以继续大中之道以立名，岂徒然也？夫大中之道，非圣人莫能至之，非君子莫能庶几行之。……吾友志慕真宗，旁通儒术，希中为字，不亦宜乎！律解希乎中，无空有之滞；行希乎中，无偏邪之失；事希乎中，无狂狷之咎；言希乎中，无奸佞之弊。四者备矣，修之于身，则真净之境不远；而复化之于人，则圣人之教不令而行。①

从"真宗"角度看，解、行、事、言这几个方面，"中庸"都可作为指针；而这样去做，对己可以修身，对外可以化人，从而也就是贯彻了圣人之教。如此他又在践行上肯定了"中庸"，并且用儒家的"中庸"统摄起佛教的教理和修行，这也成为他对于天台"真心观"的证明。

与欧阳修同龄的禅僧契嵩（1007—1072）所作《镡津文集》卷四也有《中庸解》五篇，对"中和"之道作出过详尽阐发。中庸即不偏不易之道，天地万物之中枢。天地万物若丧其中枢，则四时失序，万物失常，故中庸乃不可须臾而失之至道，即宇宙之律则，人类生命之本源。而这样一种中和的原则应用到文艺上，便具有合乎法度、不偏颇极端、追求浑厚高雅等含义。宋代文艺各个门类，如诗歌、绘画、音乐等等，总的来说有一个囊括整体的审美标准，可以

---

① 《闲居篇》卷二七《叙继齐师字》，《续藏经》第56册下，第905页。

用"中和"这个概念来概括。黄庭坚在《书王知载朐山杂咏后》一文中曾提出有关诗歌功能的见解,其中"其人忠信笃敬,抱道而居,与时乖逢,遇物悲喜,同床而不察,并世而不闻"几句,就是所谓"喜怒哀乐之未发"。按下来"情之所不能堪,因发于呻吟调笑之声,胸次释然,而闻者亦有所劝勉,比律吕而可歌,列干羽而可舞"几句,就是所谓"发而皆中节"。姜夔《白石道人诗说》开宗明义论诗之要义谓:大凡诗,自有气象、体面、血脉、韵度。气象欲其浑厚,其失也俗;体面欲其宏大,其失也狂;血脉欲其贯穿,其失也露;韵度欲其飘逸,其失也轻。[1] 血脉、体面为形之所恃、所系,前者蕴于内,后者见于外;气象、韵度为神之所示、所现,前者偏于刚,后者偏于柔。姜夔不仅提出了四要素,而且分别树立了它们的标准,而所欲之浑厚、宏大、贯穿、飘逸,及与之相对的俗、狂、露、轻四失之相诫,其背后体现着崇尚"中道"的精神。

清雅艺术观念和风气的形成。宋代佛教自觉地将自身定位为华夏文明的一员,宋代僧人与文艺的关系也充分体现了这一点。比如古琴是华夏雅乐之代表,一般人认为,佛教音乐来自西域,应该属于所谓"梵乐"系统,殊不知,宋代僧人对于华夏雅乐的崇尚是丝毫不亚于儒家学者的。如智圆《闲居编》卷三十八有一首《古琴诗》:"良工采蝉桐,斫为绿绮琴。一奏还淳风,再奏和人心。君子不暂去,所贵禁奢淫。后世惑郑声,此道遂陆沈。朱丝鼠潜啮,金徽尘暗侵。冷落横闲窗,弃置岁已深。安得师襄弹,重闻大古音。"卷四十《寓兴》写道:"遵声淫复荡,鲁受齐人归(音馈)。古乐和且正,翻使文侯睡。佞言耳乐闻,直道心翻忌。唯知任所好,何曾顾颠坠。古乐与郑声,邪正宜留意。"推崇风雅而排斥"郑声",本属儒家教义,但中国古代的僧人几乎完全继承了这种精神,他们心目中的"大雅"与"郑声",其具体标准可能与儒家不尽相同,但是在最基本的美学内涵上是相通的。

在文艺创作实践上更是如此。宋代僧人中涌现的著名琴家有夷中、知白、义海、则全和尚等人,其事迹在文献中多有记载,则全和尚还著有《则全和尚节奏指法》一书。欧阳修曾写诗夸赞知白"岂知山高水深意,久已写此朱丝弦。酒酣耳热神气王,听之为子心肃然"(《送琴僧知白》)。苏轼写过一首

---

[1] 何文焕辑:《历代诗话》,北京:中华书局,1981年版,第679页。

《听僧昭素琴》，用清新的文字描述了琴声带来的中和美感：

> 至和无攫醳，至平无按抑。不知微妙声，究竟何从出。散我不平气，洗我不和心。此心知有在，尚复此微吟。①

沈括则在《梦溪笔谈》卷上赞美释义海的演奏说："海之艺不在于声，其意韵萧然，得于声外，此众人所不及也。"宋人成玉磵更将佛理与琴学联系在一起，其《琴论》中说："攻琴如参禅，岁月磨练，瞥然省悟，则无所不通，纵横妙用而尝若有余。至于未悟，虽用力寻求，终无妙处。"又谓："夫弹人不可苦意思，苦意思则缠缚，唯自在无碍，则有妙趣。设若有苦意思，得者终不及自然冲融尔。"②这些论述，都与宋代诗学观念一致，并且早于诗学上的认识。

孔武仲写过一篇《说琴赠元志》，谓："古者自天子至于士，其讲习礼乐，无不在其闻。自少壮至于白首，琴未尝去其侧。盖天地之声，藏于寂默。而不可以言喻，有智者作焉。析桐比丝，谐协律吕，以拟阴阳之妙，用使听之者，喜怒哀乐，皆有以自复于中和。日引月长，卒成其德。此先王化所以几于神。而成不言之治也。自雅颂废，而禁侏兜高之乐，并作于中国。听音者溺悦于新奇古乐，既斥而不用。所谓琴者，独处士选人，取为嬉好。故其寓意，多在于山高水深。风月寂寥之闻。古之为琴者未必然也。越僧元志，居真州之资福院，少学琴于其师义海，尽得其法。余暇日造焉，为余鼓《越溪》《履霜》二操，坐者相与肃然敛容而听之。余评之曰：此非三代之中声也。夫中声者，使人趋之而忘劳，故其道可以久。元志之琴，方务为凄切苦淡，听者如在于深山长谷之中，寂然不与世接，其能久而不厌哉？然余犹喜其趣尚高远，出于尘垢之外也。"③他虽然认为僧元志的古琴有失"中声"，指其音声过于凄切苦淡，但同时也赞赏其中蕴含着一种高远出尘的意味，可见，中国古人所谓"中道"是逐渐将那种超脱尘世的情怀包括在内了，所谓"散我不平气，洗我不和心"，远离尘俗之气，心自然平和安宁，这也同样是"中道"的题中应有之

---

① 苏轼：《东坡全集》卷六。
② 转引自吴钊等：《中国古代乐论选辑》，北京：人民音乐出版社，2011年版，第218页。
③ 孔平仲：《宗伯集》卷一五。

义。这一点可以解释，为何如此提倡"道学"，重视文以载道的宋代，其文艺创作的实际风貌是多闲逸之情，因为在他们看来，两者并不矛盾，而且各种艺术有一种相通的意趣，苏轼说：

> 与可之文，其德之糟粕。与可之诗，其文之毫末。诗不能尽，溢而为书，变而为画，皆诗之余。其诗与文，好者益寡。有好其德如好其画者乎？①

尽管有些游戏之笔，但所论实有深意。在宋人看来，德、文、诗、书、画等等，是一律的，而在"德"的前面，还有一个更高层次的"道"，苏轼没有说，但是隐含在内的。仔细探究这篇文章中一个非常醒目的语词："糟粕"之来源及其意涵时，便可清楚发现"道"在其中隐然具有的根源性地位。表面上看，这是典型的"重道轻文"，但他真正要表达的是：各种艺术其实是相通的，若能"通其意"，便会"无适而不可"，故诗画一律，诗乐也一律。当一个人对此大道通达之后，诗书画等就自具有其价值。"重道轻文"是后人不明此理概括出的一个命题，其实并不符合宋代文艺发展的实际。

不妨这样来概括儒佛两教的关系：儒家深厚的文化根基为中国佛教的发展提供了一种无法摆脱也不可超越的文化基因，而佛教博大的思想体系则将这种基因发扬光大，或者赋予了一种全新的内涵。两者不但不矛盾，而且相辅相成，相互促进。这一点在宋代表现得极为鲜明。

---

① 苏轼：《东坡全集》卷九十四《文与可画墨竹屏风赞》。

宋代禅门偈赞的分类与主要题材

张培锋

南开大学文学院

宋代禅僧的偈赞作品存世甚多，依据创作机缘的不同，禅门偈颂可以有多种分类形式，本文认为可以概括为开悟、说法、劝世和临终四种类型，因为这四个方面基本上囊括了一个禅僧一生中最重要的几个关键点，在这些重要场合，禅僧们常会以诗偈形式来表达某种思想和情感。此外，题写在个人"写真"上的"自赞"也是宋代禅偈的一种重要形式。

一

首先是开悟偈。南宗禅所说的"顿悟"，总需要一定时节机缘。或是得到禅宿的启示，或是在某种情境下获得启发。一悟之后，心灵即展现出全新的境界。以诗偈诵出个人的领会，就是所谓"开悟偈"。开悟过程本来类似诗歌创作中的灵感激发，表达出来即特别富于诗意。在禅籍里，开悟偈往往穿插在具体的发悟故事里，故事与诗歌相互呼应，饶有情趣。禅门流传的开悟机缘，特别显示出禅富于实践性的特点。对禅的体悟在一机一境之中，因此一些开悟偈往往禅思与诗情相交融，如哲理诗，含义深厚，耐人寻味，这里略举几首宋代禅门的开悟偈。

法顺（1076—1139），北宋末南宋初江西临川白杨寺僧。佛眼清远禅师法嗣。俗姓文，绵州魏城（治所在今四川省绵阳市东）人。承嗣后值其师兄善悟禅师住持云居山，顺公往助，任藏主。主持法堂经教。其时合寺僧众近二千，法席极盛，顺公出力尤多。再于临川白杨寺弘法，法席称盛。顺公上堂，必吟诗偈，诱导人心，持律精严，修行清苦，尤为同道景仰。他所作开悟偈为：

> 顶有异峰云冉冉，源无别派水泠泠。
> 游山未到山穷处，终被青山碍眼睛。

顺公依止清远禅师时，闻师举傅大士《心王铭》，言下有省。其后深入经藏，顿明大法。乃趋丈室作礼，向清远禅师呈上此偈。清远笑而可之，遂付心印。[①] 此偈形象生动，借千山万水喻禅宗各门各派竞相弘法，百花齐放，认为这是宗教繁荣，佛法深入人心的好现象。同时，也表示自己要坚决探索下去，以期深入禅宗妙义。此偈由于写得生动形象，因而也很有说服力，可视为优秀的哲理诗。

净全禅师的开悟偈为：

> 灵云一见两眉横，引得渔郎良计生。
> 白浪起时抛一钓，任教鱼鳖并头争。

净全禅师为大慧宗杲法嗣。钱象祖《天童无用净全禅师塔铭》，记载了净全禅师顿悟的因缘经过：师杲公，祝发具足戒。尝请益，杲曰："但起灭不停处看。"师夙夜参究，曾不少懈。一夕，闻山门宵逻者传呼照管火烛，忽有所警省，乃疾趋方丈。杲喝云："去！得之本有，失之本无，宜息狂躁。"师不觉泪下，寝食俱忘，若有所负。因入室，杲举"灵云见桃花，那里是他不疑处"？师拟开口，杲遽批颊一击，豁然顿有契悟，即说偈云云。[②] 唐代禅僧灵云，即福州灵云山志勤禅师。初住大沩山，因睹桃花而悟道，作偈云："三十年来寻剑客，几回落叶又抽枝；自从一见桃华后，直至如今更不疑。"这本身就是禅宗史上著名的一段开悟史迹。宗杲启发净全，让他思考灵云的那个"不疑处"到底是什么？并且用"批颊一击"这样激烈的形体动作来斩断他的种种妄想，最终净全获得顿悟，写出此偈。

由此可知，宋代禅门的悟道机缘往往借用前人公案，通过对公案的递进或翻案，通过漫长甚至痛苦的思索，打破自身的思维窠臼，从而发现此前从未发现的一片新天地。从这一点看，禅悟的过程与诗歌创作的灵感激发过程确实有

---

① 见《续传灯录》卷二十九，《大正藏》第51册，第669页。
② 《吴都法乘》卷五上之下。

着相同的机制，这正是这类禅诗如此之多的根本原因所在。而禅悟之所以要求得名师的印可，主要原因在于：老师是"过来人"，深知禅悟的甘苦，同时，由于他已经开悟，因此具有一双"慧眼"，可以一眼看到禅僧所作偈是人云亦云、鹦鹉学舌式的模仿，还是真正从自己心底发出的独特的声音。这一点非常重要，因为如果是前者的话，就证明他并没有悟，只有后者才能够称得上悟，这其实与今日一些学者辨析一篇论文或一部著作是否具有较高的学术价值也有类似之处。因此可以说，那些得到名师认可的开悟偈，一般来说都具有较强的"原创性"，即使是借用已有的公案题材，也一定有其独特的见地或特有的角度。从文学角度说，这样的诗通常也就是好诗。

有些开悟机缘非常奇特，因此开悟诗也就做得非常奇特。如北宋圆悟克勤的开悟诗是：

金鸭香销锦绣帏，笙歌丛里醉扶归。
少年一段风流事，只许佳人独自知。

此诗具有某种"艳情"色彩，如果不用在谈禅里，几乎和一般情诗没有多少区别了。但是它确实是一位高僧开悟的真实记录。此偈的写作也有一段故事：法演（？—1104）为北宋临济宗杨岐派僧。绵州巴西（四川绵阳）人，俗姓邓。年三十五始祝发受具，游学成都，后拜谒浮山法远。依其劝勉，往见白云守端禅师，参究精勤，终于廓然彻悟，受印可，并受命分座说法，开示来众。最初住在舒州四面山，不久迁返白云山。应世四十余年，法化大振。晚年住蕲州（湖北）五祖山，故后世多称之为"五祖法演"。据说法演在蕲州时，有一位喜爱参禅的提刑官即将离任归蜀，他来到法演禅师面前，请求禅师给他一些开示，法演便举出两句小艳诗，令其参悟，诗句是："频呼小玉元无事，只要檀郎认得声。"那位提刑官对此茫然不解，开悟不了。倒是在一旁侍奉的克勤禅师听后颇有所悟，便写了一偈呈给法演。法演非常赏识克勤的这首偈，认为他开悟了，并说："我侍者参得禅也！"自此，克勤由一位普通的侍者升为法演禅师的传嗣大弟子，其后大弘杨歧宗，被列为当时"丛林三杰"之一。

体会一下克勤此诗的意境，此诗当属典型的以情喻禅：那铺着锦绣帏幄的闺房里，金鸭香炉吐出的香气已渐渐消散。少年在锦绣帏里听完笙歌，喝醉了酒，让人搀扶着走回来。这样令人心迷神醉的风流韵事，只有那个佳人——恋爱的意中人知道罢了，别的人又怎么会知道其中的况味呢？这象征着悟道的境界，就好像是从佳人的深闺中归来一样。他的确是体会了悟道的境界，可这个"道"是什么却不可或无法向外人道，如人饮水，冷暖自知；如缠绵的恋情，只有个中人，方知个中味吧。除了情与禅的内证体验都有不可言说的特点外，还在于两者又都有缠绵缱绻、一往情深的特点。用白云演禅师的话说就是："红粉佳人，风流公子，一一为汝诸人发上上机。"[1] 当然，这一点与宋代的社会背景也有一定关系，不过至少充分说明：禅悟是随时随地、在任何领域中都可以获得的，并不一定非要参禅打坐，关键是要有一颗能悟的心。这种主张也正符合南宗禅的宗旨。

第二是示法偈。唐代以来丛林中禅宿上堂示法，师资间商量问答，互斗禅机，棒喝交驰，往往使用象征的、模棱两可的语句或奇特的操作表达禅解，示法偈即在这样的情况下兴盛起来。这类偈的数量更多，因为一般来说，一个人一生通常只能有一首或两首开悟偈，频繁地作开悟偈恰恰证明没有开悟；而示法偈则随时可说，毫无限制。这里略举数则：

上堂：秋光清浅时，白露和烟岛。良哉观世音，全身入荒草。明明举唱，明明剖露。三十年后，莫辜负人好。[2]

上堂云：乾坤之内，宇宙之间，中有一宝，秘在形山。大众，眼在鼻上，脚在肚下，且道宝在甚处？乃云：人面不知何处去，桃花依旧笑春风！[3]

这段示法偈颇有特色。上来先说了四句四言偈，然后用白话问大众一个问题，最后以一句唐诗（崔护《题都城南庄》）作结。从语录所记这样的上堂说法情景推断，当时禅僧上堂说法，应该是边说边吟边唱的，类似于后世的戏剧，念白与唱段混在一起。在宋代，示法偈的一个重要功能变成禅僧上堂说法的一种仪式化的形式。

---

[1] 《法眼禅师语录》，《大正藏》第47册，第65页。
[2] 《黄龙晦堂心和尚语录》，《卍续藏》第69册，第214页。
[3] 《白云端和尚语录》卷一，《卍续藏》第69册，第305页。

> 上堂云：豁开户牖，万里不挂片云。杲日腾空，四顾清风满座。湖光浩渺，野色澄明。万象森罗，全彰海印。直得头头妙用，物物真机。心境一如，纤尘不立。正当恁么时，万机休罢，千圣不携，坐断毗卢顶，不禀释迦文。婢视声闻，奴呼菩萨，德山临济直得目瞪口呿。有棒有喝，一点也用不着。且道忽遇其中人来时如何？倾盖相逢元故旧，何妨来吃赵州茶。①

这段示法偈也很有特色。开端的那段话，视为杂言体的诗偈也可，视为骈文体的铭赞文亦可。中间又提出一个问题，最后以两句七言偈作结。

> 上堂：宝峰高士罕会到，岩前雪压枯松倒。岭前岭后野猿啼，一条古路清风扫。禅德虽然如是，且道山僧拄杖长多少？遂拈起曰：长者随长使，短者随短用。卓一下。②

> 上堂：枯木寒灰，铜崖铁壁。春到无痕，春归无迹。桃花红，李花白，明眼人前，一场狼藉。③

可见不同示法偈风格颇有不同，有比喻、暗示的"理语"，也有富于情趣的"诗语"。越是到后来，越讲究表达技巧，富于"诗情"。

第三是劝世偈。劝世偈，一般是面向世人，内容以描写世态真相、劝人超脱行善等为主，语言比较通俗，富有哲理性。比如宋初僧人遇贤的一些诗作：

> 心闲增道气，忍事敌灾屯。
> 谨言终少祸，节俭胜求人。

> 金罂又闻泛，玉山还报颓。
> 莫教更漏促，趁取月明回。

---

① 《虎丘隆和尚语录》，《卍续藏》第69册，第500页。
② 《续传灯录》卷十五泐潭洪英禅师，《卍续藏》第51册，第567页。
③ 《北涧和尚语录》，《卍续藏》第69册，第664页。

门前绿树无啼鸟，庭下苍苔有落花。
聊与东君论个事，十分春色属谁家。

扬子江头浪最深，行人到此尽沉吟。
他时若向无波处，还似有波时用心。①

释遇贤（925—1012），长洲（今江苏苏州）人。俗姓林，为东林寺僧，乡人谓之林酒仙。真宗大中祥符五年卒，年88（《吴郡志》卷四二、《北涧集》卷一〇《酒仙祠铭》）。上面几首诗皆无题目，普具劝世意味，尤其是"心闲增道气""扬子江头浪最深"两篇，是典型的格言体诗，语言平实，意味深永。

第四是辞世偈（或称顺世偈、临终偈、辞众偈等）：禅僧在去世前往往留下遗偈，或表达对生死的超脱精神，或传法付法。从宋代实际情况来看，以前者居多，《辞世偈》通常体现着以一种洒脱的态度看待生死，表达超然遗世的精神为主。如五代时禅僧保福清溪的遗偈：

世人休说路行难，鸟道羊肠咫尺间。
珍重苎萝溪畔水，汝归沧海我归山。②

不但把死亡看作如百川归海那样本是自然归宿，对人生患难也全取坦然姿态，毫无患得患失之念。

李遵勖《先慈照聪禅师塔铭》所记照聪禅师的辞世偈也同样具有这样的风范：

故疾发动不多时，寅夜宾主且相依。
六十八岁看云水，云散青天月满池。③

---

① 北大古文献研究所辑：《全宋诗》第 1 册，北京：北京大学出版社，1998 年版，第 192 页。
② 《景德传灯录》卷二十二，《大正藏》第 51 册，第 384 页。
③ 《卍续藏》第 78 册，第 501 页。

宋代僧人的辞世偈往往作得很简练，不拖泥带水，由此显示全然放下、毫无挂碍的情怀。体制上以四言四句居多，大约就是因为四言偈显得更为简洁、简古吧。如：慧性《辞世》：

> 七十八年，内空外空。
> 撒手便行，万古清风。①

慧开《辞世偈》：

> 虚空不生，虚空不灭。
> 证得虚空，虚空不别。②

智愚《辞世颂》：

> 八十五年，佛祖不识。
> 掉臂便行，太虚绝迹。③

法照《辞世偈》：

> 佛寿八十，我多九年。
> 虚空掇转，大用现前。④

妙印《辞世偈》：

> 六十九年，一场大梦。
> 归去来兮，珍重珍重。⑤

---

① 北大古文献研究所辑：《全宋诗》第 53 册，北京：北京大学出版社，1998 年版，第 32914 页。
② 北大古文献研究所辑：《全宋诗》第 57 册，第 35675 页。
③ 北大古文献研究所辑：《全宋诗》第 57 册，第 35970 页。
④ 北大古文献研究所辑：《全宋诗》第 57 册，第 35978 页。
⑤ 北大古文献研究所辑：《全宋诗》第 59 册，第 36795 页。

普度《辞世颂》：

> 八十二年，驾无底船。
> 踏翻归去，明月一天。①

清溪沇《辞世偈》：

> 六十七年，无法可说。
> 一片云收，澄潭皎月。②

考察一下这些辞世偈，大多数将自己的年岁写入偈中，这是因为佛教将人出生后在世间的全部生活视为"大梦"，正如妙印《辞世偈》所写"六十九年，一场大梦"，现在即将离开这个世界，梦终于醒了。因此对自己这个"住世"的时间会记得很清楚，也是他们能够以超脱的态度看待生死的关键。此外，辞世偈中，普遍使用"水""云""月""虚空"等意象，看似重复，其实每一首又都不一样，在短短的十六字中，又多是重复使用的意象中，能够写出新意，确实需要"化陈腐为神奇"的功夫，因此，它们往往被视为禅僧一生修行的归结所在，尽管简短，但在禅门中是相当看重的。当然，辞世偈也有其他体制，如后世大名鼎鼎的道济和尚（即所谓"济公活佛"），其《辞世颂》为六言：

> 六十年来狼藉，东壁打到西壁。
> 如今收拾归来，依旧水连天碧。③

道济（1150—1209）平生举止超乎寻常，给人疯疯癫癫的印象，似乎也不很遵守佛门戒律，因此他在世时便受到很多非议。这首偈可以说是对自己一生的总结。"狼藉""东壁打到西壁"写尽了六十年来的生活状况。"收拾归

---

① 北大古文献研究所辑：《全宋诗》第61册，第38520页。
② 北大古文献研究所辑：《全宋诗》第64册，第40420页。
③ 北大古文献研究所辑：《全宋诗》第50册，第31105页。

来"，即将离开这个虚妄的世界，"水连天碧"，意象美妙，正是大彻大悟之境。"依旧水连天碧"，其实一切都从来如此，不生不灭啊！

又如释省回的《辞众偈》：

> 九十二光阴，分明对众说。
> 远洞散寒云，幽窗度残月。①

释梵卿的《临终偈》：

> 五阴山头乘骏马，一鞭策起疾如飞。
> 临行莫问栖真处，南北东西随处归。②

释子深的《临终偈》：

> 衲僧日日是好日，要行便行无固必。
> 虚空天子夜行船，摩诃般若波罗蜜。③

这些诗偈的语言都很奇特，一个人在临终前，竟有如此海阔天空般的想象和超越感，不能不令人钦佩。受到禅僧们这种超脱情怀的影响，很多学佛士大夫临终前也为偈明志，如张商英的《临终偈》：

> 幻质朝章八十一，沤生沤灭谁人识。
> 撞破虚空归去来，铁牛入海无消息。④

---

① 北大古文献研究所辑：《全宋诗》第3册，第1990页。
② 北大古文献研究所辑：《全宋诗》第20册，第13454页。
③ 北大古文献研究所辑：《全宋诗》第37册，第22995页。
④ 北大古文献研究所辑：《全宋诗》第16册，第11004页。

二

在禅门偈赞创作中，"自赞"可以说是宋代佛教文学的一种特殊而重要的形式。宋代之前，我们很少看到有人写"自赞"。隋朝刘炫作有《自赞》，载入《隋书》卷七十五，似为最早的《自赞》文，但当时并未形成风气。而且刘炫的《自赞》文颇长，有自传的性质，并不同于宋代之后以简短的游戏笔墨出之的自赞诗。《自赞》这种文体在宋代之后多了起来，这可能与以下两方面的因素有关：其一，"写真"的流行。"写真"即由画家画出人的真容，相当于现在我们所说的"肖像画"。它的起源很早，如北齐颜之推在《颜氏家训·杂艺》中说："武烈太子偏能写真，坐上宾客，随宜点染，即成数人，以问童孺，皆知姓名矣。"《云笈七签》卷五记载："明皇天宝中，李含光于太平观造影堂写真像，用旌仙迹焉。"但这种"写真"在宋代之前并不流行，大多只是宫廷中使用，一般人似乎享受不起。

当然这并非绝对，从中唐开始，这种"写真"在文人中应该也比较流行了，比如白居易便留下了《自题写真》诗，诗写道："我貌不自识，李放写我真。静观神与骨，合是山中人。蒲柳质易朽，麋鹿心难驯。何事赤墀上，五年为侍臣。况多刚狷性，难与世同尘。不惟非贵相，但恐生祸因。宜当早罢去，收取云泉身。"[①] 其中多含禅宗意味，这就与宋人的《自赞》没什么两样。但翻检《全唐诗》，类似的自赞作品数量也并不多，白居易的很多作品每每可以视为宋人的先声。

宋代之后，"写真"广泛流传于民间，如同今人多喜"照相"一样，当时一般人多延请画师为自己画像，再请人或自己题写一个"赞"，题于画像之上，这就是典型的"自赞"。从宋诗中保留下的大量宋人"自赞"诗看，大多是题于自己画像上的，而且其中僧人的数量很不少，可以想见，当时许多僧人都留下过"写真"。

其二就是禅宗的影响。禅宗心性修养的一个很重要的方面是对"自我"的体认，所谓彻证"父母未生时面目"，无非是说要真切地认识到自己的"本来面目"，由一个虚妄的"假我"去认知那个永恒的"真我"，这就是对自心的

[①] 《全唐诗》卷四百二十九。

体认，它需要自悟和自觉。正因为如此，"父母未生时面目"成为宋代禅宗常参的"话头"。禅门的"自赞"正是用来参悟"父母未生时面目"的一种方便法门吧！这些"自赞"多是对自我的认知、反思，是一种自镜、自嘲、自讽。宋人的这些"自赞"诗的增多可以视为禅宗思想与中国传统文体结合的一种表现。如释惟政的《自题像》：

貌古形疏倚杖藜，分明画出须菩提。
解空不许离声色，似听孤猿月下啼。①

释惟政（986—1049），俗姓黄，字焕然，秀州华亭（今上海松江）人。幼从临安北山资寿本如肄业，师惟素禅师。住余杭功臣山净土院，出入常跨黄牛，世称政黄牛。皇佑元年卒，年64岁（《五灯会元》卷一〇）。有《锦溪集》三十卷，已佚。事见《禅林僧宝传》卷一九、《罗湖野录》卷三。从其曾著达三十卷的《锦溪集》这件事来看，惟政应是北宋初期一位颇具文学才华的僧人，可惜他存世的作品并不多。此诗写自己的相貌如同佛弟子须菩提，写出出世高僧的虚灵孤高之态。又如释文准的《自赞其三》：

我已是妄，尔更妄写。妄我妄写，两重虚假。
欲传吾真，须泯见闻。声色不碍，相似十分。②

"我"已经是一个虚妄之我，那个"写真"中的我就更是虚上加虚了。当一个人看着自己幼年时的照片时，是不是也会产生这样的念头呢？不同的照片里面不同的"我"，哪一个"我"是真的呢？这种念头已经很接近禅宗所谓"悟"了。

文准（1061—1115）是宋代临济宗黄龙派僧。陕西人，字湛堂。俗姓梁。出家后，参谒真净克文禅师，随侍十年，并嗣其法。文准的师兄惠洪也做过不少自赞诗，其中《寂音自赞四首其四》写得简练而内涵丰富：

---

① 北大古文献研究所辑：《全宋诗》第3册，第1832页。
② 北大古文献研究所辑：《全宋诗》第21册，第14269页。

随缘放旷，索尔虚闲。未埋白骨，且看青山。①

释居简的《自赞其二》则更接近白话，在风趣的自我解嘲中表现了他任运随缘的精神：

字不识，禅不会，数米量柴，料水打硾。不是末后全提，亦非现前三昧。待众生成佛，尽众生界空，任从沧海变，终不为君通。②

释法熏的《自赞》更是有些"作践"自己，把自己写成一个浑浑噩噩之辈：

处世昏昏，临事草草。太近实头，人谓古老。是非到耳，风吹石臼。只有一般，最不恰好。解骑三脚驴，来往长安道。③

释可湘的《自赞》道出了另一番哲理：

我本无此相，硬画个模样。
譬夫天台华顶峰，阴晴显晦几般状。
顾陆妙丹青，也只写不像。④

王安石歌咏王昭君的名句"意态由来画不成，当时枉杀毛延寿"，意在反衬王昭君之美貌。释可湘这里的"顾陆妙丹青，也只写不像"则道出禅宗对"本来面目"的认识："本来面目"是无形无相的，同时它们又随着因缘的变化而呈现出不同的形象，所谓"横看成岭侧成峰，远近高低各不同"，这样的"写真"即使请来顾恺之这样最高明的画师，也是无法画出来的！

受禅师喜作《自赞》的影响，宋代很多文人也作《自赞》，其内容、风格等与僧人自赞并无多少区别，而文学意味更为深厚，这些自赞往往显示着宋代

---

① 北大古文献研究所辑：《全宋诗》第 23 册，第 15372 页。
② 北大古文献研究所辑：《全宋诗》第 53 册，第 33297 页。
③ 北大古文献研究所辑：《全宋诗》第 55 册，北京：第 34175 页。
④ 北大古文献研究所辑：《全宋诗》第 63 册，北京：第 39315 页。

学佛士人的内心世界。如东坡居士苏轼的《自赞》：

> 目若新生之犊，身如不系之舟。试问平生功业，黄州惠州儋州。①

这是苏轼晚年（绍圣四年）贬谪儋州时所作。虽说已至暮年，但他的眼睛还像初生牛犊，而他的人生像一只没有缆绳的小舟，随着海浪而到处颠簸。自己一生的事业，被镌刻在三个地名之中。这篇《自赞》高度概括了苏轼一生的不幸遭遇和永不疲厌的精神追求。苏轼一生仕途坎坷，常在起伏不定、颠沛流离之中，但这些人生灾难都未能击溃他坚强的意志和不畏权势的个性，他以豪迈潇洒的胸襟气格，摆脱了文人通常的悲观情绪，用超然平静的心境，迎接并化解所有的灾难。浪迹天涯的岁月，使其凭添无限的风华与智慧。山谷道人黄庭坚的《自赞》相当有名，广为流传，也最典型地表现了宋代学佛士人对佛教的信仰和处世之道：

> 似僧有发，似俗无尘。作梦中梦，见身外身。②

其实还有很多宋代士大夫，都与黄庭坚一样，自从信仰佛教以来，生活便处于"僧"与"俗"之间。和僧人相比，他们并未"剃度"，还是一个俗人的形象；而与俗人相比，他们心中又没有半点尘埃，过着入世而出世的生活。一个人看到自己的画像，就如同见到自己的"身外身"，由此获得警醒。

---

① 苏轼：《苏轼诗集》卷四十八，北京：中华书局，1982 年版。
② [宋]吴曾撰：《能改斋漫录》卷八，王仁湘注释，北京：中国商业出版社，1986 年版。

楚石梵琦《西斋净土诗》研究

吴光正

武汉大学中国宗教文学与宗教文献研究中心

相较于禅宗和禅文学，净土宗和净土文学一直未能引起学术界的足够关注，这和大陆宗教研究一直是哲学界一统天下的学术生态密切相关。百年净土宗研究，日本学术界在几十年前就留下了经典性的论著[1]；海峡两岸的净土宗研究要到世纪之交才推出重要成果[2]，至于净土文学，则是在敦煌学范畴内对净土赞歌和礼忏文进行了较为深入的研究[3]，净土诗和净土传的研究基本无人问津。其实，净土文学的创作颇为繁荣，早在庆元六年（1200年），宋代宗晓法师就编撰有五卷本《乐邦文类》，收录有关净土之经论以及缁素之序、跋、文、赋、铭、记、传及赞偈等，凡十四门，总二百二十余篇。云栖袾宏门人广贵法师于万历年间辑录古今高僧大德"赞西方、劝念佛、愿往生、怀净土"之

---

[1] 小笠原宣秀：《中国净土教史研究》，东京：百花苑，1963年版；望月信亨：《中国净土教理史》，释印海译，台北：慧日讲堂，1974年版；冢本善隆：《中国净土教史研究》，《冢本善隆著作集》第四卷，东京：大东出版社，1976年版；石田充之：《净土教教理史》，京都：平乐寺书店，1989年版；香川孝雄：《净土教成立史研究》，东京：山喜房佛书林，1993年版。

[2] 陈扬炯：《中国净土宗通史》，南京：江苏古籍出版社，2000年版；刘长东：《晋唐弥陀净土信仰研究》，成都：巴蜀书社，2000年版；杨明芬（释觉旻）：《唐代西方净土礼忏法研究》，北京：民族出版社，2007年版；陈剑煌：《行脚走过净土法门——昙鸾、道绰与善导开展弥陀净土教门之轨辙》，台北：商周出版、城邦文化事业股份有限公司，2009年版。

[3] 代表性论文有：龙晦：《论敦煌词曲所见之禅宗与净土宗》，载《世界宗教研究》1986年第3期；张先堂：《敦煌本唐代净土五会赞文与佛教文学》，载《敦煌研究》1996年第4期；郑阿财：《敦煌净土歌赞〈归去来〉探析》，载《敦煌学辑刊》2007年第4期。代表性论著有：汪娟：《敦煌礼忏文研究》，台北：法鼓文化事业股份有限公司，1998年版；林仁昱：《敦煌佛教歌曲之研究》，《中国佛教学术论典》第89册，高雄：佛光山文教基金会出版，2003年版；李小荣：《敦煌佛教音乐文学研究》，福州：福建人民出版社，2007年版。

诗偈，分类编撰成《莲华世界诗》行世。该书后来又经清代陈韩增补，以《莲邦诗选》为名梓行。从这两本书所辑作品来看，净土文学颇有研究价值。有鉴于此，笔者拟以元代著名禅师楚石梵琦的《西斋净土诗》为例，探寻净土诗歌的意蕴和价值。鉴于宗教史上，禅净之间，经历了禅净相攻到禅净双修的演变历程，所以本文特别关注的是，一个禅师如何理解净土信仰，如何形诸于吟咏。

一、宗教实践与楚石梵琦的文学创作

楚石梵琦为元代著名禅僧径山住持元叟行端座下高弟，一生禅净双修，其文学创作乃其宗教实践的艺术再现，其文学创作甚至直接服务于其宗教实践。其临终偈云："真性圆明，本无生灭。木马夜鸣，西方日出。"[①]宋濂所撰塔铭亦云："一佛能变万与千，会万归一道则全。""一朝入灭同蜕蝉，西方弹指即现前。白玉楼阁瑠璃田，金铃宝树演真诠。"[②]均显示其禅净双修的功行与果报。围绕着禅净双修这一宗教实践，楚石梵琦在修持、弘法、济世诸层面均有显著表现，并留下了大量语录和诗文，留传至今的《和天台三圣诗》和《西斋净土诗》便是其禅净双修的艺术再现，或者说二书是服务于其禅净双修这一宗教实践的。

楚石梵琦（1296—1370），俗姓朱，今宁波象山人。4岁父母双亡，依祖母王氏读书，9岁从钱塘海盐天宁永祚禅寺老和尚讷翁永模受经业，13岁依从叔祖湖州崇恩寺住持晋洵和尚读经。赵孟頫祖坟在崇恩寺，因欣赏楚石梵琦之才干，为其购买度牒。1311年，楚石梵琦前往杭州昭庆寺受具足戒；1315年，晋洵和尚迁湖州道场山护圣万寿山住持，楚石梵琦担任侍者并管理藏经室，因读《首楞严经》有悟，自此文句自通，而泥于名相。1322年，往参径山元叟行端，遇到当头棒喝。1323年春，元英宗诏天下善书僧人赴京缮写《大藏经》，楚石梵琦可能得到主持其事的赵孟頫推荐而入京。次年正月十一日，因闻崇天

---

① 释至仁：《楚石和尚行状》，载释梵琦撰：《西斋净土诗（及其他一种）》，北京：中华书局，1985年版，第137页。

② 宋濂：《佛日普照慧辩禅师塔铭有序》，载释梵琦撰：《西斋净土诗（及其他一种）》，北京：中华书局，1985年版，第149页。

门外鼓声而开悟，述偈曰："崇天门外鼓腾腾，蓦札虚空就地崩。拾得红炉一片雪，却是黄河六月冰。"① 是岁北游上京后即南返，再参元叟行端，得到印可，元叟延其为径山第二座，升座说法，接待四方咨叩者。楚石梵琦由是成为元叟行端入室弟子，为妙喜五世。

1324年冬，时年29岁的楚石梵琦被行宣政院任命为海盐福臻寺住持，开始了他六任住持的弘法生涯。《佛日普照慧辩楚石禅师六会语录》为其弟子记录编撰，详细记载了楚石梵琦住持海盐福臻寺、海盐天宁永祚禅寺、杭州路凤山大报国禅寺、嘉兴路本觉寺、嘉兴路光孝禅寺的时间：师于泰定元年冬（1324，29岁），在径山兴圣禅寺首座寮，受请入寺；师于天历元年（1328，33岁），二月初三日入寺；师于至元元年（1335，40岁），七月二十五日入寺；师于至正四年（1344，49岁），八月初八日入寺；师于至正十七年（1357，62岁），八月初一日入寺。住持报国寺期间，楚石梵琦曾于1341年径山元叟行端入塔时回径山，为元叟行端撰赞。1354年，张士诚在泰州反元，杭州报国寺、海盐福臻寺、天宁寺千佛阁先后被毁。楚石梵琦曾于1354年避乱海盐丰山："海盐之南可二十里，有丰山焉。秦驻屏于左，秦溪带于右。地最幽胜。元至正甲午岁，浮图楚石琦公过而爱之，因刱庵于山麓。"② 此处后来命名为觉林寺，楚石梵琦被视为开山。住持光孝禅寺后，曾应政府要求到虎丘公干，作有《因雨妨工过小吴轩偶成（至正丁酉冬，督役城虎丘，流连月余，赋诗8首，录呈居中禅师）》诗。再次住持海盐天宁寺的时间，法弟至仁所撰行状有记载："己亥（1359，64岁），有退休志，以海盐天宁有山海之胜，遂筑寺西偏以居，别自号'西斋老人'。癸卯（1363，69岁），寺主者祖光告寂，州大夫强师复主寺事。戊申（1368，73岁），举得法上首景瓛自代，而复老于西斋焉。"③ 1368年，明朝建立，朱元璋为祭奠阵亡将士，在南京蒋山举行水陆法会，广召天下名僧参与其事。楚石梵琦被召，先后于洪武元年九月十一日、二年三月（1369）升座宣说佛法，深受朱元璋赞赏。洪武三年秋，

---

① 释至仁：《楚石和尚行状》，载释梵琦撰：《西斋净土诗（及其他一种）》，北京：中华书局，1985年版，第134页。

② 《万历嘉兴府志》引吕原《觉林寺碑记》，载《浙江通志》卷二百二十八"寺观三·觉林寺"。

③ 释至仁：《楚石和尚行状》，载释梵琦撰：《西斋净土诗（及其他一种）》，北京：中华书局，1985年版，第135—136页。

朱元璋诏请高僧讨论鬼神之事，楚石梵琦亦应诏前往，于天界寺示疾而圆寂，世寿七十五，僧腊六十三。释妙声撰《祭楚石和尚文》[1]，法弟至仁撰行状，友人宋濂撰塔铭，危素为塔铭撰额，姚广孝为之撰传记。

楚石梵琦一生致力于禅净双修。其弘禅教禅的经历，俱见《佛日普照慧辩楚石禅师六会语录》。该语录简称《六会语录》，宋濂和钱惟善作序。共20卷，卷一至卷七为六任住持时的上堂法语，卷八为代别，卷九为秉佛小参，卷十、十一为举古，卷十二为颂古，卷十三、十四为佛祖偈赞，卷十五至卷十九为法语偈颂，卷二十为杂著（附水陆升座、行状、塔铭）。语录中经常提到忏会和华严经会，但更多的是以明心见性为焦点启发教导僧众。卷十四的七首《自题》应该是楚石梵琦的顶相赞，是楚石梵琦著述中难得一见的自我宣示之作，和卷十八《明真颂二十八首》、卷十九《和梁山十牛颂》《十二时颂》，形象地传达了楚石梵琦的禅观。如："我有摩尼一颗，埋在五蕴身田。昨向泥中取出，光明照烛无边。所为莫不知意，日用寻常现前。世上谁无此宝，昏迷未脱盖缠。死生生死，萦绊果报，或人或天。一旦逢善知识，岂非有大因缘。"[2]"山中人笑云来去，几度欲留留不住。一片西兮一片东，为谁挂在青松树。有时卷，不论高低并近远。有时舒，南北西东满太虚。本自无心休问迹，悠扬散漫随风力。白衣苍狗任纵横，返寂还空何处觅？却恐山中云笑人，区区未免走红尘。但能放下便安乐，所以长将云喻身。"[3]前者借摩尼珠来说明佛性自具，后者借云的行迹来宣说禅悦之境。钱序指出，楚石梵琦"五十年间，六坐道场，偈语流布丛林，其提唱有《六会录》。脱略近时窠臼，严持古宿风规，电烁霜开，金声玉振，是称妙喜第五世的骨之孙"[4]。可为一论。

其修净土的行径和愿心，俱见时人文献，其诗歌亦有所反映。姚广孝指出，楚石"和尚自幼知有西方弥陀教法。清晨十念，求生净土，未尝一日少懈。及住海盐天宁，筑室西偏，专志于净业，因号'西斋'焉。室中置一小床，日趺坐，默观自心三际，空空不可得。次观东方过十万亿佛刹微尘数世界

---

[1] 明释妙声：《祭楚石和尚文》，《东皋录》卷下，载《文渊阁四库全书》集部别集类。
[2] 《明真颂二十八首》，《佛日普照慧辩楚石禅师六会语录》卷十八，第263页。
[3] 《笑云》，载《佛日普照慧辩楚石禅师六会语录》卷十七，第261页。
[4] 钱惟善：《佛日普照慧辩楚石禅师六会语录序》，载《佛日普照慧辩楚石禅师六会语录》卷一，第72页。

海，空空不可得。南西北方、四维上下不可说不可说佛刹微尘数世界海，空空不可得。即于此处，有大莲华，忽然出现。其华茎叶，充满法界。有一如来，相好端严，跌坐其上，眉间白毫放出光明。其光所照，楼台、池沼、行树、阑楯，众宝间错。水鸟、天乐，皆衍苦、空、无我之法。见观世音、大势至，在其左右。清净海众，前后围绕，皆得不退转地。从定而起，返观观者，空空不可得，不可得亦不可得，此和尚之观佛三昧"①。释大佑亦云："西斋和尚，禅门之上达也。观其自童幼至于耆年，孜孜以净业为务，精修密炼，不舍昼夜。发为歌诗数千首，皆三昧心中所流出。宗说兼畅，教禅混融，扫荡建立，变化万殊，未可以一辙观也。夫以西斋材识之渊博，学者未易窥其涯涘，其留心净土有若此者，然则念佛三昧其可忽哉？"②对于自己的净土修持，楚石和尚似乎很少加以描述。不过，在《过远上人房》和《偶宿虎溪集庆山房诗》两首诗中，我们可以窥一斑而见全豹。前者记载自己修净土的情形："终日经营不少休，偶因退食憩禅幽。东林许我盟莲社，底用攒眉为酒愁。"③后者描写自己瞻拜慧远莲社遗迹的心情："我来虎溪头，湉湉溪流爽。庐山道久湮，斯号何由昉。""扩我济度心，作礼而合掌。"④

楚石梵琦不仅精诚奉佛，而且还大修佛事。其精诚奉佛的情形，姚广孝的传记有详细记载："和尚归诚三宝，廑恳笃切。凡见佛必赞，见塔必礼，衣必献而后服，食必供而后餐。拜跪行道，称念思惟，无寒暑昼夜之间。年愈高，行愈苦，然而名动海内。"⑤《六会语录》卷十三、卷十四所载大量佛祖偈颂亦说明了他的奉佛诚心。他在海盐天宁寺先后建有大毗卢阁和七层宝塔。在《重修释迦如来真身舍利宝塔颂》一文中，他曾这么回忆自己建阁建塔的经过："梵琦生缘象山，九岁出家，便闻建塔功德最大，往往默感于心……壬申

---

① 姚广孝：《西斋和尚传》，载释梵琦撰：《西斋净土诗（及其他一种）》，北京：中华书局，1985年版，第152—153页。

② 释大佑：《西斋净土诗旧序》，载释梵琦撰：《西斋净土诗（及其他一种）》，北京：中华书局，1985年版，第1—2页。

③ 楚石梵琦：《过远上人房》，杨镰：《全元诗》，北京：中华书局，2013年版，第415页。

④ 楚石梵琦：《偶宿虎溪集庆山房诗》，载释梵琦撰：《西斋净土诗（及其他一种）》，北京：中华书局，1985年版，第129页。

⑤ 姚广孝：《西斋和尚传》，载释梵琦撰：《西斋净土诗（及其他一种）》，北京：中华书局，1985年版，第153页。

岁（1332），建千佛阁。元统二年甲戌岁（1334），梦龙王献宝，因募塔缘，檀施日臻。后至元二年丙子岁（1336）春，龙化蜿蜒之形于丈室，五彩毕备，四方来观之，凡两月而去。及塔成复来，隐现非一，至今祀为应梦龙王。夏填筑塔基，三年丁丑岁（1337）九月二十三日子时起手建塔，至辛巳岁（1341）奏功，凡七层八面，高二十四丈，庄严绮丽，见者皆悦。越十二年（1352）兵兴，己亥（1359）秋失宝瓶，计白金二百两。当是时，谢事嘉禾天宁，结庵闲居，众请再领寺事，乃造鍮石宝瓶，取至正二十四年甲辰（1364）秋九月二十四日，奉瓶修塔，天雨宝花。明年己巳岁（1365）七月，泥盖方毕。自丁丑至己巳，凡二十有九年矣。"①在嘉兴寿山本觉寺，他建有万佛阁，"上以奉万佛，下以奉大悲菩萨、十地菩萨。阁之雄伟，像设之庄严，殆冠西浙"②。其《大悲像记》记载了该阁的建造情形："至正四年（1344）秋，予来主寿山。明年与众议，建万佛宝阁。又明年，阁成。又明年，而得耆旧比丘若钦施财造大悲像，明年而功成。"③

在躬行践履之余，楚石梵琦还以文字为佛事，留下了大量著作。楚石梵琦与文坛有良好的互动。钱惟善《江月松风集》卷十《八月十五日蔡忠伯杨廉夫司令袁鹏举宾王陆孔昭同登江楼观潮，以李白浙江八月何如此潮似连山卷雪来分韵赋诗限七言律，期而不至者，楚石长老吕彦孚》、钱榖《吴都文粹续集》卷二十载袁裒《观音岩访楚石和尚》两诗即反映了楚石梵琦和文坛的交游情形。至仁和尚指出，楚石梵琦"平日度人，或以文字而作佛事。《六会语》梓传已久，外有《净土诗》《慈氏上生偈》《北游集》《凤山集》《西斋集》，又有和天台三圣诗、永明寿禅师山居诗、陶潜诗、林逋诗，总若干卷，并行于世"④。至仁和尚是楚石梵琦的法弟，他在行状中的这一描述应该全面反映了楚石梵琦的创作情形。除《六会语录》《和陶潜诗》在楚石生前就已经刊刻行世之外，其余作品，"当天兵剿逆，胡元革命，奔走道途，散落人世，惜无完

---

① 楚石梵琦：《重修释迦如来真身舍利宝塔颂》，载《佛日普照慧辩楚石禅师六会语录》卷二十，第289—290页。
② 至仁：《楚石和尚行状》，载释梵琦撰：《西斋净土诗（及其他一种）》，北京：中华书局，1985年版，第139—140页。
③ 楚石梵琦：《大悲像记》，载《佛日普照慧辩楚石禅师六会语录》卷二十，第288页。
④ 至仁：《楚石和尚行状》，载释梵琦撰：《西斋净土诗（及其他一种）》，北京：中华书局，1985年版，第138页。

书"①。此处结合相关版本和文献,对楚石的创作作一简单叙述。

楚石梵琦的第一本诗集是《北游集》。该别集为楚石梵琦九世法孙刊刻于正德十年(1515)。卷首有明秀和卞胜序。明秀序谓自己从天宁寺西斋寻得《北游集》抄本,"敬缮锓梓,欲图永传"②。到天启五年,莲池大师命信徒刻《西斋净土诗》时,该别集已成稀见之物:"更有《北游诗三百》,触镜洞然,莫非妙道。昔曾专梓,近亦尠传,姑俟之同志云。"③因此,除清代诗歌总集《列朝诗集》《明诗综》分别收录《北游集》21题38首、11题29首外,流传到今天的全本只有抄本数种,即北京国家图书馆藏清古香楼抄本、台北中央图书馆藏明钞本、南京图书馆藏清眠云精舍抄本。《全元诗》据前两种抄本予以辑录,吴定中、鲍翔麟以台北所藏抄本作底本对《北游集》进行了校注。④卞胜序云:"桑门能诗者,四明楚石师为今湖海首称。余尝访之于秦溪别墅,得所示《北游诗集》,凡绝句、五言律诗弥三百余首。盖在昔至治癸亥、甲子之岁(1323—1324),北留京都时所作也。故凡京华之事,燕滦之风物,囊收稿积,莫非佳咏。今观其什,则雄浑而仓古,渊泳而典雅。厌饫百家,淬砺杜氏。炜炜乎若埋丰城之宝剑,而光有不能掩焉者也。虽古有贯休、齐己、灵澈、道潜之徒,恐莫能窥其奥。"⑤评价不可谓不高。元代南北混一的辽阔疆域、发达的驿站系统为文化交流创造了优越的条件,大量南方士人和僧道北游,创作了无数北游诗和上京纪行诗。⑥关于楚石梵琦《北游诗》对元大都和元上都的描述,已经有学者做过详细描述⑦,此处不赘。笔者在这里强

---

① 释明秀:《楚石大师〈北游诗〉序》,吴定中、鲍翔麟校注:《楚石北游集》,杭州:浙江古籍出版社,2010年版,第6页。

② 释明秀:《楚石大师〈北游诗〉序》,吴定中、鲍翔麟校注:《楚石北游集》,杭州:浙江古籍出版社,2010年版,第6页。

③ 释梵琦撰:《西斋净土诗(及其他一种)》,北京:中华书局,1985年版,第131页。

④ 吴定中、鲍翔麟校注:《楚石北游集》,杭州:浙江古籍出版社,2010年版。

⑤ 卞胜:《楚石大师〈北游诗〉序》,吴定中、鲍翔麟校注:《楚石北游集》,杭州:浙江古籍出版社,2010年版,第8页。

⑥ 包根弟:《元诗研究》,台北:幼狮文化事业公司,1978年;萧丽华:《元诗的社会性与艺术性》,台北:国家出版社,1998年版;杨镰:《元诗史》,北京:人民文学出版社,2003年;李军:《论元代的上京纪行诗》,载《民族文学研究》2005年第2期;刘宏英、吴小婷:《元代上京纪行诗的研究现状和意义》,载《河北北方学院学报》2008年第4期;邱江宁:《元代上京纪行诗论》,载《文学评论》2012年第2期;李嘉瑜:《元代上京纪行诗的空间书写》,台北:里仁书局,2014年版。

⑦ 李舜臣:《楚石梵琦"上京纪行诗"初探》,载《民族文学研究》2013年第6期。

调两点，一是楚石梵琦《北游集》有着浓浓的乡愁。这一乡愁，笼罩着整个行程，直到回到江南，"帆过东南更清美，尽将烟浪涤尘沙"①，心情才明快起来。这和整个元代北游诗和上京纪行诗是颇为合拍的。作为一个和尚，其乡愁并不是思亲，更多的是一种文化的陌生感所致，他在南归途中所赋《梁山泊》诗就道出了个中原委："北人大抵无高韵，零落梭船傍柳堤。"②可见，楚石梵琦的乡愁是一种文化乡愁。二是楚石梵琦对世态炎凉、沧海桑田有着颇为敏感的体会，无论是咏叹历史，还是感叹世事，均以"无常"加以观照。这和他素日的宗教修持密切相关："佛界清凉须水月，僧家富贵在云山。一丘一壑可投老，城郭无时车马闲。"③也和他在上都的境遇有关："谁能捐禄米，我欲驻京华。""兹游真远大，吾志本腾骞。""曳裾懒向王门去，须信名场有蒺藜。""我独何为尘中土，校雠文字久无功。""我在京师凡两岁，畏寒懒谒公侯第。"④年轻的楚石梵琦此次奉诏入京写经，想必踌躇满志，但是不久即发现京师居住不易，加上好友吕日新等宦游儒士的不遇遭际，更是激起了他的共鸣，因此用佛教思维来观察娑婆世界。此一观察维度，贯穿了他此后的所有诗词创作。可以说，《北游诗》的创作奠定了楚石梵琦诗词创作的审美基调。

《凤山集》已佚。《千顷堂书目》卷二十八、《浙江通志》卷二百五十一著录有《凤山集》。凤山指大报国禅寺所在地杭州路凤山。《六会语录》云："钱塘乃江南第一郡，凤山乃钱塘第一峰。"⑤楚石梵琦有以寺院所在地代替寺院名称的习惯。如，其《大悲像记》云："至正四年（1344）秋，予来主寿山。"⑥说的就是1344年他担任嘉兴路本觉寺住持一事。是则，《凤山集》应该是1335年至1344年间楚石梵琦在大报国禅寺创作的文学作品结集。

《和天台三圣诗》今存。楚石梵琦撰于至正十六年（1356），包括和寒

---

① 楚石梵琦：《垂虹待月》，载吴定中、鲍翔麟校注：《楚石北游诗》，杭州：浙江古籍出版社，2010年版，第172页。
② 吴定中、鲍翔麟校注：《楚石北游诗》，杭州：浙江古籍出版社，2010年版，第158页。
③ 楚石梵琦：《灵岩二首》，载吴定中、鲍翔麟校注：《楚石北游诗》，杭州：浙江古籍出版社，2010年版，第169页。
④ 楚石梵琦：《万宝坊偶成二首》《开平书事十二首》《余寓万宝坊凡三阅月，郝翼舟延入南城弥陀寺禅诵焉，寄吕改之二首》《呈诸国师二首》《河冰行》，分见吴定中、鲍翔麟校注：《楚石北游集》，杭州：浙江古籍出版社，2010年版，第24、83、29、55、147页。
⑤ 楚石梵琦：载《佛日普照慧辩楚石禅师六会语录》卷四，第99页。
⑥ 楚石梵琦：载《佛日普照慧辩楚石禅师六会语录》卷二十，第288页。

山诗307首，和丰干诗2首，和拾得诗49首，总计358首。前有简短自序，由晟藏主编次，至正十八年（1358）刊印，明洪武三十一年（1398）重印。诗云："吾年六十余，自少离乡里。谢事片时闲，推心何处起。焚香读经律，染翰修僧史。且莫徇浮名，人生行乐耳。"① 至正十六年，楚石梵琦61岁，是则《和天台三圣诗》撰写于住持本觉寺期间，刊刻于住持光孝禅寺期间。莲池信徒刊刻《西斋净土诗》时指出："若其《和韵天台三圣诗》，今春劝诸上善，重刻单行，亦了大师一则公案。"② 可见，《和天台三圣诗》在明代不断有人刊刻。和（拟）寒山诗在元代颇为风行：楚石梵琦的老师元叟行端（1255—1342）自称寒拾里人，尝拟寒山子诗百余篇，四方衲子多传诵之；元代著名禅僧中峰明本（1263—1323）有"《拟寒山》百首，以寓参禅之旨"③；崇岳系著名禅师古林清茂（1262—1329）亦撰有《拟寒山诗》三百首；千岩元长有"语录若干卷，和智觉拟寒山诗若干首，皆刻梓行于丛林"④。楚石梵琦的《和天台三圣诗》便是这一风潮中的重要作品。其和寒山诗以《和重岩我卜居》开篇，以《和家有寒山诗》结束，加上中间出现的《和凡读我诗者》《和有个王秀才》《和下愚读我诗》《和有人笑我诗》《和栖迟寒岩下》，总共七首诗，传达了楚石梵琦对寒山诗的理解以及自己和寒山诗的创作理念。《六会语录》卷十四有《寒拾》赞4首、《寒山》《拾得》《丰干》赞各一首，可以窥见楚石梵琦对天台三圣的认识。楚石梵琦的《和寒山诗》，包含了如下四重意蕴，一是对世人以及当代僧人的欲望尤其是贪欲的讥讽，一是在永恒与有限的对比中感叹人生之无常，一是从禅宗修持的角度阐释真参妙悟、明心见性的道理，一是歌咏山居禅悦之快乐。最后一类作品是其中之翘楚，意蕴和意境俱佳。

《西斋集》已佚。《千顷堂书目》卷二十八、《浙江通志》卷二百五十一著录有《西斋集》。楚石梵琦法弟所作《楚石和尚行状》将《净土诗》和《西斋集》并列，可知《西斋集》并不是流传至今的《西斋净土诗》。《西斋集》

---

① 楚石梵琦：《过远上人房》，杨镰：《全元诗》，北京：中华书局，2013年版，第341页。
② 释梵琦撰：《西斋净土诗（及其他一种）》，北京：中华书局，1985年版，第132页。
③ 中峰明本：《一花五叶序》，《广录》卷二四，载蓝吉富：《禅宗全书》（48册），北京：北京图书馆出版社，2004年版，第245页。
④ 宋濂：《慧圆明广照无边普利大禅师塔铭》，载《文渊阁四库全书》集部别集类，宋景濂未刻集。

当是楚石梵琦退隐天宁寺建西斋以后的作品集，即1359年后创作的作品结集。明《海盐县图经》云："西斋，在天宁寺西偏，其北与西皆有水萦之，竹木丛生，境颇幽胜，琦师修西方、观念佛、经行之处。"①书中所述西斋之境定能引发楚石和尚的诗兴。

《西斋净土诗》今存。为楚石梵琦1359年退隐天宁寺西斋所作。该别集刊刻颇广，有洪武十九年丙寅夏五前住吴门北禅沙门大佑、洪武二十一年龙集戊辰冬上天竺前住山宏道、永乐十六年十月初吉四明延庆住山释大冋、万历乙卯季秋之朔武原病叟朱元弼、天启五年乙丑夏五月七日广盘再和南序。中华书局《丛书集成初编》收录有该诗集。姚广孝为楚石和尚作传，谓其"平昔于净业一门，自行之外，而复化他。于是撰《三十二相颂》《八十种好颂》《四十八愿偈》《十六观赞》《怀净土》七言长句一百十首、标名者一百八首，又《析善导和尚劝念佛偈》八首、《化生赞》及《劝念佛篇》，《娑婆苦·西方乐渔家傲》三十二首，又《百韵净土诗》一首"②。从这份目录可知，今存版本已经佚失《三十二相颂》《八十种好颂》《四十八愿偈》《劝念佛篇》。从现存作品来看，楚石梵琦创作净土诗是为了劝人修西方净土，姚广孝的"化他"之论可谓独具只眼。现存楚石梵琦的著作，除《和三圣诗》提到过阿弥陀佛外③，其关于弥陀净土的作品只见于《西斋净土诗》。因此，《西斋净土诗》应是了解楚石梵琦弥陀净土思想的重要资料。永乐年间的四明延庆寺住持释大冋指出："《西斋净土诗》者，乃四明楚石琦禅师之所作也。禅师学行高一世，宗说兼通，禅寂之外，不嗜他好，专志净业，直欲横截长鹜而后已，所谓'有禅有净土'者也。尝触景遇物，发为歌诗，累数百篇，皆于念佛三昧心中流出，无不与契经合响。一吟一咏，恍若神游净域，耳玉偈而目金容也，信乎全身坐于净土中矣。"④评价不可谓不高。

《慈氏上生偈》已佚。《浙江通志》引《天启平湖县志》谓《西斋净土诗

---

① 楚石梵琦：载《楚石梵琦禅师语录》卷七。
② 姚广孝：《西斋和尚传》，载释梵琦撰：《西斋净土诗（及其他一种）》，北京：中华书局，1985年版，第154页。
③ 其和拾得诗《和世有多解人》云："彼云无量寿，此曰释迦文。不异我心出，还同他世因。"见杨濂：《全元诗》，第408页。
④ 释大冋：《西斋净土诗序》，载释梵琦撰：《西斋净土诗（及其他一种）》，北京：中华书局，1985年版，第4—5页。

又慈氏上生偈》为释梵琦著。①在佛教文献中，慈氏即慈氏菩萨，一般指弥勒菩萨。宋居士沮渠京声译有《佛说观弥勒菩萨上生兜率天经》，又名《弥勒上生经》《观弥勒上生经》《弥勒上生经》《上生经》《观弥勒菩萨上生兜率陀天经》《观弥勒经》《弥勒菩萨般涅槃经》，载《大正藏》第十四册。该经叙述弥勒菩萨命终往生兜率天、在兜率内院说法的情形，描述了兜率天宫的种种殊胜，介绍了往生兜率天的修行十善念佛等方法。该经的叙述逻辑和净土三经的叙述逻辑基本相同。据此可以推测，《慈氏上生偈》应该和《西斋净土诗》一样，旨在劝人往生净土，只不过一是往生弥勒净土，一是往生弥陀净土。《慈氏往生偈》的创作，说明楚石梵琦弥合两大净土的努力。这种弥合有其可能性，因为两大净土之间存在着融合性。张子开曾撰文加以论述："不但古来弥陀信仰者亦可兼修弥勒净土，而且弥陀类经典也包含了弥勒净土因素；无论是传统的弥陀净土信仰，还是李唐伊始的白莲净土信仰，都有弥勒上生或下生的痕迹。"②实际上，《佛说无量寿经》中就有弥勒向世尊询问弥陀净土事宜的情景。

《和陶潜诗》已佚。元明之际的朱右曾为楚石和尚的《和陶潜诗》作序。序云："比客海昌，得琦禅师诗一编，曰《西斋和陶集》。读尽数日，爱其命意措言，妥而不危，隽而不肤，若弗经思虑得者，有陶之风哉。盖师少从名人，绩学知道，凡四主大刹，未尝容心于出。十年以来，恬退自处，居海盐天宁寺之西斋，日讨索佛书圣典，每有得，必忻愉竟夕，道益精诣，不以荣辱得丧挠其天，其为可尚也。已为其徒将锓梓以传，予因论次其说，为之序。"③从序文可以推测，《和陶潜诗》大概作于楚石梵琦退隐天宁寺西斋时期，和创作《西斋净土诗》《西斋集》的时间大致相当。该诗集为楚石弟子锓梓行世，今已佚。不过在相关选本和文集中还保留了三首，《全元诗》据以收入，即《和渊明九日闲居诗》《和渊明仲秋有感》《和渊明新禅诗》，盖从中国国家图书馆藏清抄本《北游集》辑录。楚石梵琦对陶渊明的倾慕，还体现在《和寒山诗》中，其《和少小带经锄》就是咏叹陶渊明的诗作。另外，其《和怨诗楚

---

① 《浙江通志》卷二百四十六"经籍六"。
② 张子开：《论弥勒信仰与弥陀信仰的交融性》，载《四川大学学报》2006年第1期。
③ 朱右：《〈西斋和陶诗〉序》，《白云稿》卷四，载《文渊阁四库全书》集部别集类。

调示庞主簿邓治中》亦云："渊明性嗜酒，烛理本昭然。"①其对陶渊明的喜爱程度，于此可见一斑。楚石梵琦和陶诗的创作，与禅林和陶渊明《归去来兮辞》、拟陶渊明《归去来兮辞》应该息息相关。

《和永明寿禅师山居诗》今佚。永明延寿是禅师中第一个大力倡导禅净双修的人。在浙江天台山天柱峰和雪窦山习禅期间，创作69首山居诗。其山居诗在禅林流传甚广，无见先睹、布衲祖雍等禅师纷纷和作。自小禅净双修的楚石梵琦追和永明延寿山居诗自然是情理之中的事情。其《和永明寿禅师山居诗》今已不可得见，但其《和天台三圣诗》中有大量山居诗。如其和寒山诗云："山居无可说，世事不须论。栗色衣遮冷，松明火照昏。青黄林叶变，黑白野云屯。半夜千峰顶，开窗日已暾。"②其《和永明寿禅师山居诗》的风貌，大概也类此吧。

《和林逋诗》已佚。楚石梵琦在钱塘拜师参学，对林逋自然不陌生。早年北游，作《燕京绝句六十七首》，就有一首诗嘲讽北人不懂得欣赏梅花和林逋："半和白粉半和朱，点尽梅花九九图。北客未知香与影，从教开口笑林逋。"③在《六会语录》中，我们也可看到楚石梵琦咏叹梅花的诗偈："七百年前老古锥，松花为食荷为衣。人皆欲见不可得，茅屋西面青山围。采藤衲子忽然到，口缝才开遭怪笑。从此恶名传世间，谁知出语无玄妙。即心即佛错承当，非心非佛也寻常。残羹馊饭谁肯吃？好肉更来剜作疮。有佛处不得住，无佛处急走过。劝君莫作守株人，七个蒲团空坐破。"④"看到南枝又北枝，从教两鬓白如丝。幻化灭尽留真实，正是青青着子时。"⑤《和林逋诗》我们今天已经无由得见，但从上述题名为《梅隐》《梅叟》的两首偈颂，我们还是可以猜想《和林逋诗》的风神。

综上考述，我们可以确认，楚石梵琦是以一个禅师和净土行者的身份进行文学创作的。作为禅师的作品，更多的是表达明心见性的参悟之境和禅悦之趣；作为净土行者的创作，更多的是在娑婆世界与极乐世界的对比中引导众生

---

① 杨镰：《全元诗》，北京：中华书局，2013年版，第413页。
② 楚石梵琦：《和以我栖迟处》，杨镰：《全元诗》，北京：中华书局，2013年版，第415页。
③ 楚石梵琦：《燕京绝句六十七首》其一，载吴定中、鲍翔麟校注：《楚石北游诗》，杭州：浙江古籍出版社，2010年版，第139页。
④ 楚石梵琦：《梅隐》，《佛日普照慧辩楚石禅师六会语录》卷十七，第258页。
⑤ 楚石梵琦：《梅叟》，《佛日普照慧辩楚石禅师六会语录》卷十九，第284页。

前往极乐世界。前者属于修持范畴，后者属于修持和弘法范畴，两者在创作上并不重合，体现在编排上，其语录和别集是将关于禅宗和净土的作品单独编排的。

楚石梵琦的修持和弘法得到了时人和后人的敬仰。楚石梵琦16岁受具戒时已经"文采炳蔚，声光霭着"，"两浙名山宿德，争欲招致座下"。1347年，帝师赐号"佛日普照慧辩禅师"。"翰林学士宋公景濂、危公太朴，与师为方外友"。① "道化所被，薄海内外，高丽、日本学者尤钦慕焉。"② "内而燕、齐、秦、楚，外而日本、高丽，咸咨决心要，奔走座下。得师片言，装潢袭藏，不啻拱璧。师可谓无愧妙喜诸孙者矣。"③《六录语录》中记载了大量赠送日本、高丽禅僧的诗偈，可证以上说法真实不虚。关于楚石梵琦，如下一则轶事颇有趣："胡秋碧，海盐人。善传神。尝欲画楚石禅师像千幅，画将半而师化。俄日本人至，见之皆罗拜。曰'此吾国祖师也。'竞以金售之，秋碧由此致饶。"④其影响于此可见一斑。

楚石梵琦圆寂后，其徒克绍箕裘，将楚石梵琦的宗教传统发扬光大。其遗物即成为教界珍宝。"当日孝陵所赐袈裟及钵，至今尚存海盐天宁寺中，即上人所筑西斋也。"⑤该钵传至石门秀，许相卿为撰《楚石和尚钵铭有序》。⑥朱朴《答石门翁见寄寿词》甚至用"楚石钵存常共食"之典，可见其影响之大。⑦万历年间的刘祖熙谓楚石梵琦手书《送徒弟璘书记参学》、楚石梵琦所披白氎一领与朱元璋所赐高丽盏，并称天宁寺三宝。⑧其文学创作传统亦得到

---

① 至仁：《楚石和尚行状》，载释梵琦撰：《西斋净土诗（及其他一种）》，北京：中华书局，1985年版，第137页。

② 至仁：《楚石和尚行状》，载释梵琦撰：《西斋净土诗（及其他一种）》，北京：中华书局，1985年版，第140页。

③ 宋濂：《佛日普照慧辩禅师塔铭有序》，载释梵琦撰：《西斋净土诗（及其他一种）》，北京：中华书局，1985年版，第147页。

④《御定佩文斋书画谱》卷五十五"画家"十一"胡秋碧"条引《海盐图经》。

⑤ 朱彝尊：《明诗综》卷九十"梵琦"条引《静志居诗话》。朱彝尊：《明诗综》，北京：中华书局，2007年版，第4257页。

⑥ 明许相卿：《楚石和尚钵铭》，《云村集》卷十，载《文渊阁四库全书》集部别集类。

⑦ 朱朴：《答石门翁见寄寿词》，《西村诗集》卷下，载《文渊阁四库全书》集部别集类。

⑧《西斋净土诗》附录，载释梵琦撰：《西斋净土诗（及其他一种）》，北京：中华书局，1985年版，第128页。

弘扬:"自楚石倡诗教于永祚,正嘉隆万间,诗僧辈起,吟派之盛,于兹为最矣。"[1]

其文艺成就亦得到明清文艺界的重视。《静志居诗话》谓楚石梵琦为"僧中龙象。笔有慧刃,《净土诗》累百,可以无讥。和寒山拾得丰干韵,亦属游戏。读其《北游》一集,风土物候,毕写无遗,志在新奇,初无定则,假令唐代缁流见之,犹当瞠乎退舍,矧癞可瘦权辈乎"[2]。楚石梵琦的诗歌颇为明清选家重视。如,朱彝尊《明诗综》卷八十九收录楚石梵琦诗30首、沈季友编《檇李诗系》卷三十一收录楚石梵琦诗25首、《御选宋金元四朝诗·御选明诗》收录其诗十四首、明释正勉释性(水通)辑《古今禅藻集》卷二十七收录其绝句7首、陈焯编《宋元诗会》卷一百"衲子十二人"收录其诗11首。楚石梵琦书法亦得到关注,《书史会要》卷七谓其工行草,有书名。《书画彚考》卷十九、《珊瑚网》《六艺之一録》《书画题跋记》收录其真迹二副。有关文献亦关注到楚石梵琦的书画鉴赏活动。沈季友编《檇李诗系》卷三十一收录了他的《题云林真迹》诗,《石渠宝笈》卷十三记载了他为苏轼自书诗帖所写跋语,《书畫彚考》卷四十七收录了他的《题钱选山居图》。这些题跋应该是元人雅集鉴赏的一个侧影。

禅门内部和净土教界均对他赞叹有加。"西斋和尚,禅门之上达也。……宗说兼畅,教禅混融。"[3]"宗门老宿能立言立教,而凌厉万古不泯者,非卓越之才识,不能成莫大之事功。由唐宋至我大明,翊道倡文之家,代不乏人,若名动仁主,行满道场,特立独行,莫如我楚石老师。"[4]钱谦益指出:"禅门五灯,自有宋南渡已后,石门(觉范惠洪)、妙喜(大慧宗杲)至于高峯、断崖、中峯为一盛。由元以迄我国初,元叟寂照、笑隐(大欣)至楚石(梵琦)、蒲庵(见心)、季潭(宗泐)为再盛。"[5]其在禅门中的地位由此可

---

[1] 沈季友:《檇李诗系》卷三十一"明西斋老人梵琦"条,载《文渊阁四库全书》集部总集类。
[2] 朱彝尊:《明诗综》卷九十,北京:中华书局,2007年版,第4257页。
[3] 释大佑:《〈西斋净土诗〉旧序》,载释梵琦撰:《西斋净土诗(及其他一种)》,北京:中华书局,1985年版,第1页。
[4] 释明秀:《楚石大师〈北游诗〉序》,吴定中、鲍翔麟校注:《楚石北游集》,杭州:浙江古籍出版社,2010年版,第6页。
[5] 钱谦益:《紫柏尊者别集序》,《牧斋有学集》卷二一,上海:上海古籍出版社,1996年版,第873—874页。

见。更为奇特的是，还有不少高僧从净土宗的角度赞扬楚石梵琦这一禅僧。蕅益智旭谓"禅宗自楚石琦大师后，未闻其人也"[1]。云栖袾宏谓"本朝第一流宗师，无尚于楚石矣。筑石室，扁曰西斋。有《西斋净土诗》一卷。今止录十首，以见大意。彼自号禅人而浅视净者，可以深长思矣"[2]。其《净土十要》收录楚石梵琦净土诗一百余首，称为千古绝唱。他还为楚石著作未能入藏而深感遗憾，特在《竹窗三笔》中三致意焉："古来此方著述入藏者，皆依经论入藏成式。梵僧若干员、汉僧若干员、通佛法宰官若干员，群聚而共议之。有当入而未入者，则元之天目高峰禅师语录、国初之琦楚禅师语录，皆宝所之遗珍也。近岁又入藏四十余函，而二师语录依然见遗。有不须入者反入焉。则一二时僧与一二中贵草草自定。而高明者或不与其事故也。嗟乎，天台师种种著述及百年然后得入藏。岂亦时节因缘使之然欤。后更有入藏者，二师之语录其最急矣，特阐而明之。"[3]

要而言之，楚石梵琦的宗教实践和文学创作均围绕禅净双修展开，其成就对禅净二界均产生了重要影响。

二、禅净双修与楚石梵琦的《西斋净土诗》

禅宗提倡自性成佛，与强调他力救助的西方净土信仰格格不入，但自永明延寿倡导禅净合一以来，天衣义怀撰《劝修净土说》、中峰明本作《怀净土诗》、天如惟则著《净土或问》、楚石梵琦作《西斋净土诗》，以禅师的身份弘扬净土法门，禅净双修成为佛教界的一个重要现象。楚石梵琦的《西斋净土诗》是净土诗歌创作中的翘楚，云栖袾宏《净土十要》、云栖袾宏门人广贵法师辑录、清代陈韩增补之《莲邦诗选》均曾大量选录，在净土教界影响颇大。鉴于明代所撰《西斋净土诗》的五篇序均强调西斋和尚宗说兼通，不仅以禅门上达的身份兼修净土，而且创作诗歌劝人往生净土，笔者拟在此对《西斋净土诗》的内涵和表述特征进行辨析，并重点研究楚石梵琦作为禅师和净土行者的

---

[1] 智旭：《灵峰宗论》卷五。
[2] 《云栖法会·皇明名僧辑录·楚石禅师》。
[3] 《云栖莲大师纪略》，载释梵琦撰：《西斋净土诗（及其他一种）》，北京：中华书局，1985年版，第157—158页。

净土观。

《西斋净土诗》的核心内容是"怀净土",这不仅表现在内容上,而且表现在诗题和篇幅上。就《西斋净土诗》现存作品来看,其体裁包括三类,一类是诗歌体,包括卷一的《怀净土诗一百八十首并自序》、卷二的《列名净土诗一百八首并自序》、卷三的《怀净土诗百韵一首》;一类是偈赞体,包括卷三的《十六观赞二十二首》《化生赞八首》和《析善导念佛偈八首》;一类是歌词体,包括卷三的《娑婆苦·渔家傲十六首》《西方乐·渔家傲十六首》。纵观《西斋净土诗》,我们可以确认,"怀"者,观想也,"怀净土"就是"观想净土"。卷三的《怀净土诗百韵一首》可以看做是《西斋净土诗》的微缩版,这一微缩版体现了整个《西斋净土诗》的叙事逻辑和情感基调,即观想过程的记叙和忻厌之情的表露。关于后者,我们将在下文阐述。此处先来分析前者。该诗第一部份,由"欲生赡养国,承事鼓音王。合掌须西向,低头礼彼方。观门诚易入,仪轨信难量"至"想念离诸妄,跏趺在一床",叙述的是观想前的准备工作,突出的是观想的仪轨:一是要修净业,即"五辛全斩断,十恶永提防。勿用求名利,无劳论否臧"。一是要布置观想的场地,即"室置千华座,炉焚百种香。新衣经献着,羞馔待呈尝"。一是要持戒,即"形骸同土木,戒检若冰霜"。第二部份,由"刹那登净域,方寸发幽光"至"竟日莺调舌,翀宵鹤引吭",主要叙述西方净土的殊胜与美妙。第三部分,由"悟空宁有我,知苦悉无常。大士谈玄理,声闻会宝坊"至"永怀恩入髓,且免毒侵疮",主要叙述"遍往微尘国,周游正觉场"之"受用"与"快乐"。是则,第二、第三部分为观想之境也。由此可知,楚石梵琦诗歌中的"怀净土"就是"观想净土""思惟净土"。

楚石梵琦诗歌的这种叙事逻辑,实际上遵循了净土三经的修持逻辑。按照《佛说无量寿经》的记载,西方净土即是法藏比丘思惟世自在王广说、示现二百一十亿诸佛刹土萃取其精华的结果:"时彼比丘,闻佛所说严净国土,皆悉睹见,起发无上殊胜之愿。其心寂静,志无所著。一切世间,无能及者。具足五劫,思惟摄取庄严佛国清净之行。"[①] 按照《佛说观无量寿经》的说法,"观"即是"思惟"即是"想"。韦提希请求佛陀曰:"我今乐生极乐世界阿

[①] 载《大正新修大藏经》佛说阿弥陀经外七部《佛说无量寿经卷上》,第152页。

弥陀佛所，唯愿世尊，教我思惟，教我正受。"①佛陀告诉韦提希曰："见此事已，次当想佛。所以者何？诸佛如来，是法界身，入一切众生心想中。是故汝等心想佛时，是心即是三十二相、八十随形好。是心作佛，是心是佛。诸佛正遍知海，从心想生。是故应当一心系念，谛观彼佛多陀阿伽度、阿罗诃、三藐三佛陀。想彼佛者，先当想象。"这里的"思惟""心想""系念""谛观""想"均是同义词，说的都是一种修持方法，一种思维修，即观想，有点类似于道教的"存思"。净土宗师善导即指出："言思惟者，即是观前方便，思想彼国依正二报总别相也。即地观文中说言'如此想者名为粗见极乐国土'，即合上'教为思惟'一句。"②明白了这一点，楚石梵琦《怀净土诗》之"怀"的意义自明。

楚石梵琦《西斋净土诗》中经常提到禅定，这进一步说明，所谓"怀"是"在禅定中观想"。如，"一会圣贤长在定，十方来去总乘云"。"不动一尘常在定，遍游诸刹又归来。""圣道形神元不二，禅门定慧必相扶。"③"所闻要与真乘合，出定休将妄想猜。"④云云，说的就是定中观想、定中神游、出定忆念、以定助修的观想方法。这种定中修净的做法其依据其实也在净土三经中。如《佛说观无量经》云："出定入定，恒闻妙法，方是稳着。"说的就是这个意思。历代祖师阐述净土修习方法时也常常提到"定"。他们一般将净土修习方法分为两种，一是定，一是散。"定谓即心观佛，想彼西方依正主伴，唯心本具。我心空故，如来本空；我心假故，如来宛尔；我心中故，如来绝待。或想莲华开合，我居其中，合表即空，开表即假，四微体同，即表中道。"散即"散善，用纯实心，信有西方，一心不乱，系念弥陀，一日、七日，声声不绝，念念无间"⑤前者是上根之人的修习方法，后者是下根之人的修习方法。反映到净土文学的创作上，禅师们也常常描写定中修净，如，白云法师净圆在《望江南·西方好》中即云："西方好，随念即超群，一点灵光

---

① 载《大正新修大藏经》卷十二，《佛说观无量寿佛经》，第341页。
② 善导：《观经·玄义分》。
③ 楚石梵琦：《怀净土诗一百十首并自序》，载释梵琦撰：《西斋净土诗（及其他一种）》，北京：中华书局，1985年版，第1页。
④ 楚石梵琦：《像观》，载释梵琦撰：《西斋净土诗（及其他一种）》，北京：中华书局，1985年版，第94页。
⑤ 山堂法师彦伦：《念佛修心术》，载《大正新修大藏经》卷四十七，《乐邦文类》卷四，第211页。

随落日,万端尘事付浮云,人世自纷纷。凝望处,决定去栖神,金地经行光里步,玉楼宴坐定中身,方好任天真。"① 可见,楚石梵琦吟咏定中修净,既是继承传统,也是其禅师身份使然也。

正因为怀净土就是观想净土,所以楚石梵琦撰写净土诗时聚焦两个层面。一是观想之术。《十六观赞二十二首》就是对观想之术的描述。这是一个有着悠久传统的写作题材,慈云忏主遵式《〈十六观经〉颂》、槠庵法师有严《十六观颂》、大智律师元照《十六观颂》均是此中佳作。楚石梵琦《十六观赞》前十三观赞是对净土依报二境的观想,后三观赞共九首是对九品往生的观想。每首前三联写观想,后一联发议论表达向往之情。如:"第五观名池水观,八池皆是七珍成。水从如意珠中出,砂向黄金渠底明。流出莲花微妙响,化生宝鸟讚扬声。何时到此分涓滴,业障尘劳尽洗清。"② 此赞前三联观想净土宝池的动态之境,尾联表达饮用宝池水以消除业障的期望。《化生讚八首》赞叹净土化生白鹤、舍利、孔雀、鹦鹉、频伽、共命、水鸟、树林的殊胜形象及其宣流法音的功德。如《白鹤》赞云:"西方白鹤岂凡曹,朱顶玄裳格调高。岂与仙人作骐骥,难同海野啄腥臊。孤游不隔云天路,六翮何惭腹背毛。能讚苦空无我法,有闻因此断尘劳。"③ 这类偈赞也有着悠久的创作传统,用于净土行仪实践,帮助净土行者赞叹、观想净土。楚石梵琦的怀净土诗也显露了个中消息:"将参法会礼金仙,渐逐香风出宝莲。红肉髻光流不尽,紫金身相照无边。重重树网垂平地,一一花台接远天。诸佛界中希有事,了如明镜现吾前。"④ 楚石梵琦西方偈赞的这一内涵,可用永明延寿《神栖赡养赋》中的语句来概括,即"二八观门,修定意而冥往;四十大愿,运散心而化生"⑤。

一是观想之境。在《怀净土诗一百十首并自序》用了巨大的篇幅来描写观

---

① 白云法师净圆:《望江南十二首》,载《大正新修大藏经》卷四十七,《乐邦文类》卷五,第 228 页。

② 楚石梵琦:《十六观讚》,载释梵琦撰:《西斋净土诗(及其他一种)》,北京:中华书局,1985 年版,第 91 页。

③ 楚石梵琦:《化生讚》,载释梵琦撰:《西斋净土诗(及其他一种)》,北京:中华书局,1985 年版,第 100 页。

④ 楚石梵琦:《怀净土诗一百十首并自序》,载释梵琦撰:《西斋净土诗(及其他一种)》,北京:中华书局,1985 年版,第 14 页。

⑤ 智觉禅师延寿:《神栖赡养赋》,载《大正新修大藏经》卷四十七,《乐邦文类》卷五,第 214 页。

想之境。云栖袾宏门人广贵法师辑录历代净土诗，按照如来弘愿、苦劝回缰、翻然向往、一意西驰、执持名号、圣境现前、发明心地、华开见佛、广度众生九大类编排，其中的"圣境现前"和"华开见佛"两类诗歌描写的便是观想之境，《西斋净土诗》即有大量作品入选其中。这两类作品应该是楚石梵琦净土诗中的杰作。

在作者的笔端，观想之境犹如一幅美妙的风景画。"西望红霞白日轮，仰观宝座紫金身。""顷刻人心翻作佛，斯须水观化为冰。"[1]作者按照观想步骤，由日想、水想，慢慢观入净土依报二境："我佛真身不可量，大人陪从有辉光。食时并是天肴膳，行处无非圣道场。庭下碧流微吐韵，殿前瑶草细吹香。十方一等庄严刹，终说西方出异方。"[2]"千楼万阁宝攒成，地是琉璃向下擎。骨肉都融身转妙，尘埃不染思逾清。林间玉叶敲风响，池底金沙透水明。空界不知谁奏乐，凤箫龙笛有余声。"[3]这两首诗不仅描摹了西方净土的殊胜庄严，而且还再现了西方净土的动态图景。在作者看来，"此邦潇洒乐无厌，遥羡诸人智养恬。座用真珠为映饰，台将妙宝作庄严。纯金细砾铺渠底，软玉新梢出树尖。眉相古今描不尽，晚来天际月纤纤"[4]。西方之境用七宝庄严，非人间所能有，因此频频用"纵有丹青画不成"之语加以赞叹。

更为令人惊叹的是，作者描写自己进入观想之境，尽情享受西方净土的殊胜美妙。"念极心开见佛时，自然身到碧莲池"[5]，于是作者开始"游观"西方净土。"无限风光赋咏难，乐邦初不厌游观""八表同游只等闲，须臾飞去又飞还""举步遍游尘点国，利生终满涅槃因""又游佛刹归来也，赢得天

---

[1] 楚石梵琦:《怀净土诗一百十首并自序》，载释梵琦撰:《西斋净土诗（及其他一种）》，北京：中华书局，1985年版，第13页。

[2] 楚石梵琦:《怀净土诗一百十首并自序》，载释梵琦撰:《西斋净土诗（及其他一种）》，北京：中华书局，1985年版，第4页。

[3] 楚石梵琦:《怀净土诗一百十首并自序》，载释梵琦撰:《西斋净土诗（及其他一种）》，北京：中华书局，1985年版，第14—15页。

[4] 楚石梵琦:《怀净土诗一百十首并自序》，载释梵琦撰:《西斋净土诗（及其他一种）》，北京：中华书局，1985年版，第6页。

[5] 楚石梵琦:《怀净土诗一百十首并自序》，载释梵琦撰:《西斋净土诗（及其他一种）》，北京：中华书局，1985年版，第37页。

葩满袖香"。① 这些频频出现的诗句便是这种游观的明证。楚石梵琦尽情描摹游观者徜徉净土的种种感受。仔细分析这些游观诗，我们发现，游观者调动了一切感觉器官来感受西方净土的美妙。"经行地上尽奇珍，异草灵苗步步春。国界初无三恶道，庄严自有众天人。"这是在描写眼中所见。"天乐声清匝地闻，宝阶花雨正缤纷。""舍利时时宣妙响，频伽历历奏仙音。"这是在描写耳之所闻。"四色藕花香气远，诸天童子性情真。""香雾入天浮盖影，暖风吹树作琴声。"②这是在写鼻之所嗅。"百味酸甜长满钵，一身轻健任游空。""酥酡自注琉璃碗，甘露长凝翡翠盘。不似雪山多药味，众生无福变成酸。"这是在描写舌之所尝。"庄严宝具相随到，细软天衣不假裁。""身如宝手亲摩顶，大士金躯拟拍肩。"这是在描写身之所触。"称身璎珞随心现，盈器酥酡逐念来。""初心便获无生忍，具缚能教宿命通。"这是在描写心之所惟。总之，六根尽用，六根清净，六根悦愉。

在众多游观诗中，笔者发现如下两首颇具特色："却望金绳宝界遥，楼台一一倚云霄。黄莺韵美春长在，玉树枝柔岁不凋。流水有声随岸转，好花无数逐风飘。野人自选归来日，何待诸贤折简招。"③"天人莫不证神通，一一黄金色相同。散众妙花为佛事，尽尘沙界起香风。身光触体成柔软，乐具流音说苦空。却倚雕栏看宝树，无边佛国现其中。"④在前一首中，游观者以野人自居，一"望"字将西方美景尽收眼底，尽显悠闲本色；后一首写天人证得神通，深处殊胜境界，亦是怡然自得，一"倚"字将天人的悠闲从容雕刻殆尽。游观者、居住者均以悠闲心境游观、欣赏净土之境，这样一种游观想象，应该反映了楚石梵琦的一种安宁心境，即体现了楚石梵琦"谢事闲居"时的心境和修持境界。

作者所述观想之境最后必定要指向"托胎莲花"。"妙明觉体即如来，暂

---

① 楚石梵琦：《怀净土诗一百十首并自序》，载释梵琦撰：《西斋净土诗（及其他一种）》，北京：中华书局，1985年版，第14页。

② 楚石梵琦：《怀净土诗一百十首并自序》，载释梵琦撰：《西斋净土诗（及其他一种）》，北京：中华书局，1985年版，第5—6页。

③ 楚石梵琦：《怀净土诗一百十首并自序》，载释梵琦撰：《西斋净土诗（及其他一种）》，北京：中华书局，1985年版，第5页。

④ 楚石梵琦：《怀净土诗一百十首并自序》，载释梵琦撰：《西斋净土诗（及其他一种）》，北京：中华书局，1985年版，第9页。

借莲华养圣胎。瑞相且分三十二,流光何止百千垓。庄严宝具相随到,细软天衣不假裁。上品上生生死绝,尘尘刹刹紫金台。"① 这是在观想上品往生者托胎莲花的景象。"近有人从净土来,池心一朵玉莲开。正当萼上标名字,已向身前结圣胎。"② 这是在观想中发现有人托胎莲花。"曾向多生修福果,始依九品结香缘。名书某甲深华里,梦在长庚落月边。"③ 这是在述说自己长年修持观想净土,在梦中托胎莲花。

西斋和尚怀净土诗对净土之境的描写如此细致如此真切如此饱含情感,昭示出这批作品是西斋和尚长期观想净土的体会和感悟。实际上,《怀净土诗一百十首并自序》有大量描写西斋和尚苦修净土的诗句。"吾身念佛又修禅,自喜方袍顶相圆。""同人大似不相知,索我高吟《净土诗》。""不借胞胎成幻质,吾家自有玉池莲。""法王为我谈真谛,直得虚空笑满腮。"④ 诗歌中的抒情主体"我",应该就是楚石梵琦本人。"朝朝暮暮道心中,岁岁年年佛事同。一往进修安乐界,六时朝礼法王宫。方袍不厌香烟黑,坐具何妨手汗红。如此出家今有几,灼然认得主人公。"⑤ 这首诗不仅将楚石梵琦苦修净土的情形毕现无遗,而且将楚石梵琦自得自信的风神雕刻殆尽。他"平生不结神仙愿,自小思归极乐宫",如今"老来难遣故乡情",期盼着净土善友的召唤和扶持:"况兼善友皆招我,来作逍遥快乐人。""便欲寄书诸善友,定应知我一生心。""寄语前修菩萨子,临终莫忘远相迎!"⑥ 更期待净土诸天和阿弥陀佛的召唤和迎接:"吾师有愿当垂接,不枉翘勤五十年。"⑦ 作者朝参暮

---

① 楚石梵琦:《怀净土诗一百十首并自序》,载释梵琦撰:《西斋净土诗(及其他一种)》,北京:中华书局,1985年版,第7页。
② 楚石梵琦:《怀净土诗一百十首并自序》,载释梵琦撰:《西斋净土诗(及其他一种)》,北京:中华书局,1985年版,第36—37页。
③ 楚石梵琦:《怀净土诗一百十首并自序》,载释梵琦撰:《西斋净土诗(及其他一种)》,北京:中华书局,1985年版,第37页。
④ 楚石梵琦:《怀净土诗一百十首并自序》,载释梵琦撰:《西斋净土诗(及其他一种)》,北京:中华书局,1985年版,第12页。
⑤ 楚石梵琦:《怀净土诗一百十首并自序》,载释梵琦撰:《西斋净土诗(及其他一种)》,北京:中华书局,1985年版,第34页。
⑥ 楚石梵琦:《怀净土诗一百十首并自序》,载释梵琦撰:《西斋净土诗(及其他一种)》,北京:中华书局,1985年版,第27页。
⑦ 楚石梵琦:《怀净土诗一百十首并自序》,载释梵琦撰:《西斋净土诗(及其他一种)》,北京:中华书局,1985年版,第12页。

礼、昼夜称名、日夜观想，以致频频形诸梦寐："赤真珠树黄金屋，每夜飞来入梦魂。""梦见玉花扪玉树，身登金殿坐金床。""光中每出弥陀影，梦里亲书普慧名。""名书某甲深华里，梦在长庚落月边。"① 在梦中，作者不仅亲历依报之境，而且往生净土托胎莲花，且有普慧之姓名。由于日夜专心观想，梦中之境非常清晰非常亲切："几回梦到法王家，来去分明路不差。出水珠幢如日月，排空宝盖似云霞。鸳鸯对浴金池水，鹦鹉双衔玉树花。睡美不知谁唤醒，一炉香散夕阳斜。"②《御选宋金元四朝诗·御选明诗》卷九十收录了这首诗。该选集选录了楚石梵琦14首诗，《西斋净土诗》只有这首诗入选，可见选家对这首诗的重视。梦中之净土，梦中之路径，醒来之后依然历历在目；醒来之后，炉香已散，夕阳已斜，正是对日观想的好时机。此情此境，回味无穷，韵味深长。作者深信，自己苦修五十余年，应该得到回报，功成证果："诸天叹我骎骎老，早晚鸡栖彩凤巢。""故家五十年归计，红藕应抽碧玉条。"

定中观想弥陀净土是楚石梵琦作为禅师修净土的当然选择，他在《怀净土诗一百十首并自序》中一再表达了禅净双修的修持理念。"马鸣龙树是吾师，念佛参禅驾并驰。""即心即佛断千差，名教名禅共一家。""吾身念佛又修禅，自喜方袍顶相圆。""圣道形神元不二，禅门定慧必相扶。"③ 云云，说得就是自己遵从马鸣、龙树的精神，用禅宗的定慧来帮助净土之修持。"即心即佛"还昭示出一种受禅宗理念影响的净土观，这在《怀净土诗一百十首并自序》中有清晰的表述："吾宗念佛，唯我自心，心欲见佛，佛从心见。阿弥陀佛，三十二相，八十种好，性本具足，不假外求。神通光明，极未来际，名无量寿。至于华池宝座，琼楼玉宇，一一净境，皆自我心发之。妙喜（大慧宗杲）有云：'若见自性之弥陀，即了唯心之净土。'如楞严会上，佛敕阿难：'一切净尘诸幻化相，当处出生，随处灭尽；因缘和合，虚妄自生，因缘别离，虚妄名灭，殊不知生灭去来，本如来藏，常住妙明；性真常中，求于去来

---

① 楚石梵琦：《怀净土诗一百十首并自序》，载释梵琦撰：《西斋净土诗（及其他一种）》，北京：中华书局，1985年版，第37页。

② 楚石梵琦：《怀净土诗一百十首并自序》，载释梵琦撰：《西斋净土诗（及其他一种）》，北京：中华书局，1985年版，第11页。

③ 楚石梵琦：《怀净土诗一百十首并自序》，载释梵琦撰：《西斋净土诗（及其他一种）》，北京：中华书局，1985年版，第30页。

迷悟生死，了无所得。'既无所得，但是一心。若净土缘生，秽土缘灭，则娑婆印坏，坏亦幻也。若秽土行绝，净土行兴，则极乐文成，成亦幻也。然此生灭净秽，不离自心。心不见心，无相可得。虽终日取舍，未尝取舍。终日想念，未尝想念。在彼不妨幻证，在此不妨幻修。一发心时，已成正觉。何碍幻除结习，幻坐道场，幻化有情，幻臻极果。岂不了世出世间之幻法，调御丈夫之事乎！昔天衣怀禅师，亲见明觉，尽佛祖不传之妙，常修净土，垂问学者曰：'若言舍秽取净，厌此欣（忻）彼，则是取舍之情，众生妄想；若言无净土，又违佛语。修净土者，当云何修？'乃自答云：'生则决定生，去则实不去。'无过此语也！……前所谓唯心净土，自性弥陀，不出户庭，夫何远之有？"①总之，其净土观可用"唯心净土、自性弥陀"八个字来概括。《怀净土诗一百十首》的第一首即指出，"有个弥陀自在心，缭生一念隔千岑。于中岂待回光照，直下翻为向外寻。绿水青山皆妙体，黄莺紫燕总玄音。凡夫只为贪瞋重，不觉身栖宝树林"②。这首诗可以看作是石梵琦净土诗的总纲，是"唯心净土、自性弥陀"的形象表达。他透露出了三个方面的信息。其一为，心即是佛心即是净土；其二为，众生即佛秽土即净土；其三为，净土不必向外寻；其四为，凡圣秽净之别只在一念之间，要在悟与不悟。下面结合其净土诗歌分别加以阐释。

心即是佛心即是净土。诚如《佛说观无量寿经》所云："净土诸佛如来，是法界身，入一切众生心想中。""是心作佛，是心是佛。"③楚石梵琦由观想而入净土，强调净土是由心所变现："好将净土系吾心，华叶重重复树林。""净土岂非心尽出，琼林俱是愿雕成。""白银地上黄金屋，总是人心变化成。"④既然净土是由人心所变现，那么西方阿弥陀佛自然与心无异。因此，如下一类诗句便频频出现于《西斋净土诗》中："佛外更无别心，心外更无别佛。""心是净邦菩萨子，名标上品丈夫儿。""识得此心无量寿，何妨

---

① 楚石梵琦：《怀净土诗一百十首并自序》，载释梵琦撰：《西斋净土诗（及其他一种）》，北京：中华书局，1985年版，第1—4页。

② 楚石梵琦：《怀净土诗一百十首并自序》，载释梵琦撰：《西斋净土诗（及其他一种）》，北京：中华书局，1985年版，第4页。

③ 《大正新修大藏经》卷十二，《佛说观无量寿佛经》，第343页。

④ 楚石梵琦：《树林》《工》《百一十岁》，载释梵琦撰：《西斋净土诗（及其他一种）》，北京：中华书局，1985年版，第103、52、89页。

随处现神通。"① 不过，这颗心不是我们凡俗所理解的充满种种欲望之心，而是所谓的清净心和慈悲心："多言极乐向西寻，究竟不离清净心。""慈悲心是弥陀体，不动纤尘见法王。"② 前者强调的是禁欲修持，后者强调的是救助众生，这就将菩萨道精神赋予给了净土信仰。

净土不必向外寻，突出了净土行者的主体性。在楚石梵琦看来，既然心即是佛心即是净土，那么佛和净土便是人心本具的，是不必向外寻求的。"作佛何须向外寻，毫悬白玉面黄金。""不借胞胎成幻质，吾家自有玉池莲。""乐器能宣无我法，弥陀不必向他求。"③ 说的就是这个道理。既然佛和净土是人心本具，那么心在净土修持中的作用就无比重要了。楚石梵琦在诗中说道："唯心净土无高下，自性弥陀不去来。红日初非天外没，白莲只在意根栽。""自心种子栽培得，各各撑天拄地长。"④ 这里的"栽""栽培"是一种比喻，道出了心在净土修持中的主体性特征。净土信仰是一种他力救助，和提倡自力成佛的禅宗本来格格不入，但永明延寿倡导净土信仰将二者作了调和，他指出："《维摩经》云：'欲得净土，但净其心；随其心净，即佛土净。'又经云：'心垢故，众生垢；心净故，众生净。'《华严经》云：'譬如心王宝，随心见众生，众生心净故，得见清净刹。'《大集经》：'欲净汝界，但净汝心。'故知一切归心，万法由我。"⑤ 这样就变西方净土的他力性救助为净土行者的主体性参与。楚石梵琦完全继承了永明延寿的这个主体性精神："寄语君平休更卜，心为世出世间师。""往生净土全由我，除却心王更问谁。"⑥ 可见，在楚石梵琦看来，心在净土修持中不仅具有主导性而且具有

---

① 楚石梵琦：《但念阿弥陀佛》《巫》《僧》，载释梵琦撰：《西斋净土诗（及其他一种）》，北京：中华书局，1985年版，第107、57、42页。

② 楚石梵琦：《怀净土诗一百十首并自序》《真身观》，载梵琦撰：《西斋净土诗（及其他一种）》，北京：中华书局，1985年版，第29、95页。

③ 楚石梵琦：《禅》《怀净土诗一百十首并自序》，载释梵琦撰：《西斋净土诗（及其他一种）》，北京：中华书局，1985年版，第46、13页。

④ 楚石梵琦：《怀净土诗一百十首并自序》《树观》，载释梵琦撰：《西斋净土诗（及其他一种）》，北京：中华书局，1985年版，第27、93页。

⑤ 智觉禅师延寿：《万善同归集》"拣示西方"，载《大正新修大藏经》卷四十七，《乐邦文类》卷四，第200页。

⑥ 楚石梵琦：《卜》，载释梵琦撰：《西斋净土诗（及其他一种）》，北京：中华书局，1985年版，第51页。

决定性的意义。

凡圣秽净之别只在一念之间，要在悟与不悟，往生净土的过程就变成了却欲成佛的证悟过程。从楚石梵琦的净土诗创作可知，他是用明心见性的禅悟理念来理解净土修持的，所谓"见体自明非日月，知春长在不冰霜"是也。[1] 他用"观""识""悟""闻"等动词来组织诗句，凸显开悟的重要性："若解返观观自性，明珠百八总家珍。""识得自身如意宝，低头无奈喜欢何。""不如及早念佛，悟取弥陀自性。""谁解返闻闻自性，不劳重奏女娲笙。"[2] 他的净土诗表明，以禅悟方式修持净土需要明白空苦无常之理，需要去除种种世俗欲望："学佛先须学苦空，心期妄尽障消融。""先悟色空离欲海，后严福智泛慈舟。""土净令人道果圆，娑婆性习一时迁。"[3] 他的净土诗还表明，以禅悟方式修持净土，关键在于平常日用中的勤修苦练与时刻防护："当年大士说圆通，只在如今日用中。都摄六根归正念，尽回三业向真空。""念念刮磨心垢净，时时防护道芽焦。"[4] 他的净土诗还表明，以禅悟的方式修持净土可以在刹那之间修成正果："杀生心是度生心，须信宗门理趣深。""临终管取游清泰，眼净心空一刹那。"[5] 这些特征表明，禅宗思维决定了楚石梵琦的净土修持理念和修持方式，楚石梵琦的净土诗于是成了禅悟诗。

用禅悟的方式来观想阿弥陀佛，用禅悟的方式来修持净土，突出了"心"的主体性和主导性，必然衍生出众生即佛秽土即净土的观念。他在诗中强调，"众生与佛无差别，即见弥陀现我前。""死生历历同双树，凡圣明明共一心。""口耳相传六个字，圣凡不隔一条丝。""髑髅不久化为尘，中有如

---

[1] 楚石梵琦：《怀净土诗一百十首并自序》，载释梵琦撰：《西斋净土诗（及其他一种）》，北京：中华书局，1985年版，第14页。

[2] 楚石梵琦：《舍利》，载释梵琦撰：《西斋净土诗（及其他一种）》，北京：中华书局，1985年版，第101页。

[3] 楚石梵琦：《怀净土诗一百十首并自序》，载释梵琦撰：《西斋净土诗（及其他一种）》，北京：中华书局，1985年版，第15页。

[4] 楚石梵琦：《怀净土诗一百十首并自序》，载释梵琦撰：《西斋净土诗（及其他一种）》，北京：中华书局，1985年版，第24、36页。

[5] 楚石梵琦：《怀净土诗一百十首并自序》，载释梵琦撰：《西斋净土诗（及其他一种）》，北京：中华书局，1985年版，第24、36页。

来相好身。"①说的就是众生即佛。他在诗中宣扬："净土不曾离秽土，东方何异在西方。""娑婆便是真清泰，菡萏何曾染淤泥。"②说的就是秽土即净土。凡圣之间的差别在于是否保有本真："幻身便是法王身，其奈众生丧本真。"①因此，释迦、弥陀在娑婆和净土的功用是一样的："释迦设教在娑婆，无奈众生浊恶何。欲向涅槃开秘藏，不妨净土指弥陀。"④

既然凡圣、秽净之间均可以转换，所以净土之间的差异就可以忽略。楚石梵琦有一首净土诗是这么写的："池中莲萼大如车，据实犹为小小华。圣众略言千万亿，佛身知是几恒沙。我闻妙德同慈氏，谁道弥陀异释迦。南北东西清净土，尽归方寸玉无瑕。"慈氏即弥勒菩萨，他的佛国称为兜率内院；妙德即文殊师利菩萨，又名妙首、妙吉祥，他曾发十八种大愿，严净佛国，当来成佛，他的佛土在南方，号离尘垢心世界、无垢世界、清净无垢宝寘世界。"我闻妙德同慈氏"说的是这两位菩萨的净土本质上是一样的，"谁道弥陀异释迦"说的秽土弘化和净土弘化本质上也是一样的。我们知道，佛教在中国的本土化进程中，不仅禅净相攻，而且不同净土之间也冲突不断，弥勒净土和弥陀净土的信徒之间就存在着强烈的冲突。但在"尽归方寸玉无瑕"的禅宗理念观照下，其间是不应该存在差别的。理解了这一点，我们便可明白，楚石梵琦为何既写宣扬弥陀净土的《西斋净土诗》又写宣扬弥勒净土的《弥勒上生偈》，我们也可明白为什么在《西斋净土诗》中会出现这样的诗句："示现真弥勒，咨参妙吉祥。""凡夫本自同弥勒，知识何尝离善财。"⑤前者描述的是净土行者的观想之境，后者表达的是众生即佛的理念，均谈到弥勒，不过二者均出现于宣扬弥陀净土的诗歌中。可见，在楚石梵琦看来，净土的差异性其实并不重要。

---

① 楚石梵琦：《屠》《酤》，载释梵琦撰：《西斋净土诗（及其他一种）》，北京：中华书局，1985年版，第58、59页。

② 楚石梵琦：《怀净土诗一百十首并自序》，载释梵琦撰：《西斋净土诗（及其他一种）》，北京：中华书局，1985年版，第18、38页。

① 楚石梵琦：《怀净土诗一百十首并自序》，载释梵琦撰：《西斋净土诗（及其他一种）》，北京：中华书局，1985年版，第39页。

④ 楚石梵琦：《怀净土诗一百十首并自序》，载释梵琦撰：《西斋净土诗（及其他一种）》，北京：中华书局，1985年版，第4页。

⑤ 楚石梵琦：《怀净土百韵诗一首》《怀净土诗一百十首并自序》，载释梵琦撰：《西斋净土诗（及其他一种）》，北京：中华书局，1985年版，第110、15页。

关于如何运用忻厌之情来劝导有情众生尤其是净土行者修持净土往生极乐世界，楚石梵琦不仅有自己独特的思考，而且有着成功的文学表述。我们在上文已经提到过，作为《西斋净土诗》的微缩版，《怀净土诗百韵一首》体现了整个《西斋净土诗》的叙事逻辑和情感基调，即除了观想过程的记叙外，还重点铺陈了净土行者的忻厌之情——忻慕净土厌离秽土之情。"及归弹指顷，翻笑取途忙"至"永怀恩入髓，且免毒侵疮"是在咏叹净土游观之乐，"试说娑婆苦，争禁涕泪滂"至"念佛缘有阻，寻经事亦荒"则是铺陈娑婆之苦，"素襟龙奋迅，高步鹄腾骧"至"必欲超魔界，从今奉觉皇"则在表达往生极乐世界的愿心，忻慕之情跃然纸上。下文将遵循楚石梵琦的这一创作理路，结合其净土诗略作分析。

古人云："爱不重不生娑婆，念不一不生极乐。"[①] 为了劝人起信，就必须铺陈娑婆世界之苦。楚石梵琦自然明白其中的道理，于是用16首《渔家傲》来叙述娑婆之苦，劝人厌离娑婆世界。该组词前7首重在描写人生短暂、人生无常，而世人却受无明束缚沉沦苦海轮回六道："听说娑婆无量苦，能令智者增忧怖。寿命百年如晓露，君须悟，一般生死无穷富。绿发红颜留不住，英雄尽向何方去？回首北邙山下路，斜阳暮，千千万万寒鸦度。""听说娑婆无量苦，箧中四大蚖蛇聚。重者好沉轻好举，相凌侮，况兼合宅空无主。早觉参差梁与柱，风飘雨打难撑拄。毕竟由他倾坏去，教人惧，不如觅个安身处。"[②] 前一首词上片用晓露比喻人生短暂，在永恒与短暂的对比中消解种种世俗努力，下片则叙写时间之迫厄，铺陈魂归北邙山的凄凉景象，目的也在于消解种种世俗功业。后一首词用四大蚖蛇比喻地、水、火、风，又称四毒蛇。《金光明最胜王经》卷五指出，人身之四大，如四毒蛇居于一箧，此四大蛇之性各异，地水二蛇之性多沉下，风火二蛇之性轻举，四蛇若相互乖违，则众病生。《大智度论》卷二十二也指出，身中之四大彼此相害，犹如人持毒蛇之箧。上片的这个比喻在下片中得到再次强调，目的在于说明人生无常。这一理念在另

---

① 杨杰：《天台〈净土十疑论〉序》，载《大正新修大藏经》卷四十七，《乐邦文类》卷二，第170页。
② 楚石梵琦：《娑婆苦渔家傲十六首》，载释梵琦撰：《西斋净土诗（及其他一种）》，北京：中华书局，1985年版，第113、114页。

一首词中也得到了强调:"地火水风争胜负,何牢固,到头尽化微尘去。"①面对如此苦海,娑婆之人却被无明所缚,所谓"贪欲如狼嗔猛虎,魔军主,张弓架箭痴男女"②,说的就是这个意思。在作者看来,能否参破"无明",关键在于悟与不悟,因此词中多次用"君须悟""除非悟""依吾语"这样的祈使句劝说众生远离娑婆之苦。该组词后9首则从不同角度铺陈娑婆世界各种境遇中的痛苦,如胥吏之苦就是这样描写的:"听说娑婆无量苦,茶盐坑冶仓场务。损折课程遭棰楚,赔官府,倾家卖产输儿女。口体将何充粒缕,飘蓬未有栖迟所。苛政酷于蛇与虎,争容诉,劝君莫犯雷霆怒。"该词结合元代现实,用苛政猛于虎来形容娑婆之苦,极具震撼性。作者这样备陈娑婆世界有身家者共尝之滋味,就是为了让娑婆众生明白娑婆之苦无边无量,发起厌离之情。

为了劝信,作者又盛赞西方之乐,以为诱掖之阶。其《西方乐·渔家傲十六首》表达了如下三个方面的殊胜之处。一是依报二境的美妙:"听说西方无量乐,庄严七宝为楼阁。玛瑙珊瑚兼琥珀,光堪摘,金绳界道何辉赫。宝树灵禽皆化作,满地凫雁鸳鸯鹤。鹦鹉频伽并孔雀,争鸣跃,更看朵朵金莲折。"③二是往生净土的自由与逍遥:"听说西方无量乐,长生不假神仙药。胎就眼开花正拆,心彰灼,永为自在逍遥客。来度众生离火宅,命终免被阎王责。露地牛儿如雪白,无鞭索,黄金地上从跳跃。"④三是表明净土由心所作,往生路径其实很简单:"听说西方无量乐,三贤十圣同依托。稽首弥陀圆满觉,常参学,川流赴海尘成岳。佛性在躬如玉璞,须凭巧匠勤雕琢。凡圣皆由心所作,难描邈,华台宝座珠璎珞。"⑤这首词强调凡圣无二,只要悉心修持,净土行者就可往生极乐世界。

楚石梵琦更在《怀净土诗》中表达幡然悔悟、一意西驰、往生净土的弘

---

① 楚石梵琦:《娑婆苦渔家傲十六首》,载释梵琦撰:《西斋净土诗(及其他一种)》,北京:中华书局,1985年版,第116页。

② 楚石梵琦:《娑婆苦渔家傲十六首》,载释梵琦撰:《西斋净土诗(及其他一种)》,北京:中华书局,1985年版,第113页。

③ 楚石梵琦:《西方乐渔家傲十六首》,载释梵琦撰:《西斋净土诗(及其他一种)》,北京:中华书局,1985年版,第119页。

④ 楚石梵琦:《西方乐渔家傲十六首》,载释梵琦撰:《西斋净土诗(及其他一种)》,北京:中华书局,1985年版,第121页。

⑤ 楚石梵琦:《西方乐渔家傲十六首》,载释梵琦撰:《西斋净土诗(及其他一种)》,北京:中华书局,1985年版,第118—119页。

愿。面对无常，他表达一心不退的决心："说着无常事事轻，饥餐渴饮懒经营。一心不退思赡养，万善同修忆永明。净洗念珠重换线，坐持佛号不停声。妄缘尽逐空花落，闲向风前月下行。"[1]他持之以恒地执持佛号，娑婆之苦就在这一修持之中被超越："咫尺金容白玉毫，单称名号岂徒劳。晨持万遍乌轮上，夜课千声兔魄高。岁阅炎凉终不倦，天真父子会相遭。如何说得娑婆苦，苦事纷纷等猬毛！"[2]他日夜思归，期待着往生净土："日夜思归未得归，天涯客子梦魂飞。觉来何处雁声过，望断故乡书信稀。几度开窗看落月，一生倚槛送斜晖。黄金沼内如船藕，想见华开数十围。"[3]这首诗情境交融，将天涯游子望断家乡的情怀写得淋漓尽致。

楚石梵琦在《西斋净土诗》中宣扬忻厌之情，目的在于继承释迦牟尼佛的劝化传统以弘扬净土信仰。《佛说观无量寿经》是释迦牟尼佛应韦提希夫人的请求而说法的记录：阿阇世太子受恶友调达的唆使收执父王频婆娑罗、囚禁母后韦提希，韦提希向释迦牟尼请求世尊为自己"广说无忧恼处，我当往生，不乐阎浮提浊恶世也！此浊恶处，地狱、饿鬼、畜生盈满，多不善聚。愿我未来，不闻恶声，不见恶人。今向世尊五体投地，求哀忏悔。唯愿佛日，教我观于清净业处"[4]。中国的净土行者将这段说法缘起概括为忻厌之情（或曰取舍之情）。如孤山法师智圆在《阿弥陀经疏》序中就指出："吾佛大圣人，得明静之一者也，乃假道于慈，托宿于悲，将欲驱群迷使复其本，于是乎无身而示身，无土而示土，延其寿，净其土，俾其忻；促其寿，秽其土，俾其厌。既忻且厌，则渐诱之策行矣。是故释迦现有量而取秽土，非欲其厌耶？弥陀现无量而取净土，非欲其忻乎？此则折之，彼则摄之，使其复本而达性耳。"[5]在净土文学史上，这一忻厌之情的表述形成了一个悠久的写作传统。北山法师可旻《赞净土·渔家傲并序》、西余禅师法端《赞西方·渔家傲》、白云法师净圆

---

[1] 楚石梵琦：《怀净土诗一百十首并自序》，载释梵琦撰：《西斋净土诗（及其他一种）》，北京：中华书局，1985年版，第22页。

[2] 楚石梵琦：《怀净土诗一百十首并自序》，载释梵琦撰：《西斋净土诗（及其他一种）》，北京：中华书局，1985年版，第20页。

[3] 楚石梵琦：《怀净土诗一百十首并自序》，载释梵琦撰：《西斋净土诗（及其他一种）》，北京：中华书局，1985年版，第19页。

[4] 《大正新修大藏经》卷十二，《佛说观无量寿佛经》，第342页。

[5] 《大正新修大藏经》卷四十七，《乐邦文类》卷第二，第166页。

《望江南十二首》等均是其中的代表作。楚石梵琦无疑继承了这一说法传统和创作传统。他指出，自己创作《怀净土诗》是为了"劝同袍之士，及同社之人，凡有心者，悉令念佛"；他还引用天衣怀禅师"生则决定生，去则实不去"一语来阐释自己对忻厌之情（取舍之情）的理解。① 他用《渔家傲》分别咏叹娑婆苦、西方乐的做法就是继承中峰明本的《中峰和尚劝念佛诗》："娑婆苦，娑婆苦，娑婆之苦谁能数。众生反以苦为乐，甘住其中多失所。臭皮袋里出头来，长养无明病成蛊。蓦然三寸气消亡，化作寒灰埋下土。五趣迁流不暂停，百劫千生受凄楚。诸仁者，何如及早念弥陀，舍此娑婆苦。""西方乐，西方乐，西方之乐谁能觉。人民国土总殊胜，了无寒暑并三恶。莲华胎里出头来，时听法音与天乐。琉璃地莹绝纤尘，金银众宝成楼阁。化衣化食自然盈，受命无量难筹度。诸仁者，何如及早念弥陀，取彼西方乐。"② 明刊本特意把中峰明本的这两首诗刊于《西斋净土诗》附录中，刘祖锡特加识语云："中峰诗二首，旧本原附，今仍存之，以师演为《渔家傲》三十二首，即其意。"③ 善导和尚的《劝化径路修行颂》共有八句偈颂："渐渐鸡皮鹤发，看看行步龙钟，假饶金玉满堂，谁免衰残老病。任汝千般快乐，无常终是到来，唯有径路修行，但念阿弥陀佛。"④ 楚石梵琦则将这八句偈颂扩充为八首偈颂，每首偈颂以善导和尚的偈颂为题目和起首句，用对比的方式凸显娑婆之苦，感叹生命短暂人生无常，劝人"不如及早念佛"。

楚石梵琦写作《西斋净土诗》既是为了表达自己修持净土的感悟和体会，更是为了劝人修持净土往生极乐，因此特别注重劝信之术。除了前文论述的观想之境、忻厌之情等内容体现了劝说、诱掖的意图之外，其表达手法更是体现了劝说诱掖的意图。通过上文对忻厌之情的分析，我们可以强烈地感觉到对比这一表述手段。除此之外，其表达手法还有如下两个显著特征。一是尚俗与崇

---

① 楚石梵琦：《怀净土诗一百十首并自序》，载释梵琦撰：《西斋净土诗（及其他一种）》，北京：中华书局，1985年版，第3页。

② 《中峰和尚劝念佛诗》，载释梵琦撰：《西斋净土诗（及其他一种）》，北京：中华书局，1985年版，第125—126页。

③ 《西斋净土诗附录》，载释梵琦撰：《西斋净土诗（及其他一种）》，北京：中华书局，1985年版，第126页。

④ 《善导和尚劝化径路修行颂》，载释梵琦撰：《西斋净土诗（及其他一种）》，北京：中华书局，1985年版，第126页。

雅的结合，一是契理与契机的结合。下文即分别加以论述。

尚俗与崇雅的结合。这似乎是一个伪命题，但是楚石梵琦在创作中却将这一矛盾体糅合成了一个浑然无碍的有机体。作为一个成功的弘法者，他明白通俗弘法在佛教实践中的重要性。他在禅堂上堂时指出："阳春白雪，唱高和寡；村歌社舞，到处合得着。"① 可谓经验之谈。他的《怀净土诗》云："赞佛言词贵直陈，攒花簇锦枉尖新。自然润泽盈身器，无数光明涌舌轮。称性庄严依报土，随机劝发信心人。愿求功德池中水，尽涤娑婆界上尘。"② 也是说宣说佛理宜直陈，从心中流出的语言是不加雕饰的，也更具有感染力，容易产生劝说效果。不过，直陈不等于浅陋，楚石梵琦的诗歌在直陈中还是非常讲究意象的选择和意境的营造的。他的《怀净土诗》就体现了这种特点。在意象选择方面，几乎所有《西斋净土诗》的序跋均指出其净土诗"触境遇物""发为歌诗""历历与契经合"，说的就是净土依报二境的景象全部驱驰于作者笔端。非但如此，这些景象在作者的安排下，构成了一幅幅颇具意味和情趣的风景画，从而拥有了深邃的意境。如："一带云山一草堂，一瓶净水一炉香。心融有念归无念，日课朝阳到夕阳。红杏雨余春正好，白莲风细夏偏长。假如劫火烧千界，不动吾家圣道场。"③ 这首诗首联写西斋念佛环境，清幽祥和；颔联写念佛境界，一心系念持之以恒；颈联写春夏代序与净土行者的安详宁静、怡然自得；尾联发议论作结，表达净土行者的自信。前三联写景，实际上是在写净土行者本人，尾联的议论可谓水到渠成。又如："风满瑶台水满池，花开菡萏一枝枝。细听鳧雁鸳鸯语，正是身心解脱时。璎珞自然成宝玉，袈裟全不假机丝。如来相好瞻无尽，所得明门誓总持。""千楼万阁宝攒成，地是琉璃向下擎。骨肉都融身转妙，尘埃不染思逾清。林间玉叶敲风响，池底金沙透水明。空界不知谁奏乐，凤箫龙笛有余声。"④ 这两首诗诗中各联无一不在描写净土依报二境，但又总是和净土行者游观的经历感受结合起来，既提供了一幅

---

① 载《佛日普照慧辩楚石禅师六会语录》卷五，第108页。

② 楚石梵琦：《怀净土诗一百十首并自序》，载释梵琦撰：《西斋净土诗（及其他一种）》，北京：中华书局，1985年版，第26—27页。

③ 楚石梵琦：《怀净土诗一百十首并自序》，载释梵琦撰：《西斋净土诗（及其他一种）》，北京：中华书局，1985年版，第34页。

④ 楚石梵琦：《怀净土诗一百十首并自序》，载释梵琦撰：《西斋净土诗（及其他一种）》，北京：中华书局，1985年版，第14—15页。

幅净土动态风景画,又提供了一份份净土行者的体验,更衬托出了净土行者超越娑婆世界的情怀。由此看来,我们可以这样理解楚石梵琦诗歌中的雅俗特质:所谓俗者,表达也;所谓雅者,意境也。

契机与契理的结合。这是楚石梵琦作为弘法工作者最为成功之处,更是《西斋净土诗》在艺术表达上的特色。《列名净土诗一百八首并自序》最能体现这种特色。如果《怀净土诗一百十首并序》是楚石梵琦个人修持净土的体会和感悟的话,那么《列名净土诗一百首并自序》则是纯粹的劝信之作。他在自序中便传达了这一创作意图:"予幼时便修十念,愿登净土。倏忽三纪,未尝废忘。闲居西斋,试笔一百八篇,劝人念佛。盖沙门释子分内事也。"[①]这一百零八篇净土诗涵盖了有情众生的各种身份和职业:"凡僧、儒、道、俗、尼、童、男、女、禅、教、律、密、云宗、瑜伽、女冠、外宗,及文、武、医、卜、士、农、工、商、琴、棋、书、画、渔、樵、耕、牧、吏、卒、巫、匠、屠、酤、织、染、奴、婢、娼、囚,与夫金、银、珠、玉之伎,雕、铸、塑、妆之巧,缝、绣、梳剃、巢桨、伶官、司庖之流。"也涵盖了人生的各种时空和境遇:"于山、城、船、村所居之地,春、夏、秋、冬,行、住、坐、卧、苦、乐、逆、顺、喜、怒、哀、荣、贤、愚、好、丑、贫、富、贵、贱、闲、忙、老、少、致仕、隐沦、患难、疾病、流移、危亡之境,自十岁至百二十。"[②]所谓列名,指的就是用诗歌咏叹有情众生的各种身份和职业、人生的各种时空和境遇,进而劝说娑婆众生修持净土往生极乐世界。由于各种身份和职业、各种时空和境遇中的娑婆众生生活理念各异、人生境界各异、根性各异,如何向他们宣扬净土信仰就需要契理契机。换句话说,《列名净土诗一百八首并自序》最能反映楚石梵琦契理契机的诗歌艺术。

楚石梵琦的《列名净土诗》善于寻找各种身份和职业的特性,从中截取最能契合净土信仰的元素,或正说,或反说,达到契机契理的劝信目的。宗教之间的对立是非常严重的,楚石梵琦却能从道教乃至外宗那里发现契合净土修行的元素:"道门清净佛因缘,无有中门出妙玄。象帝不知谁氏子,灰身何异

---

① 楚石梵琦:《列名净土诗一百八首并自序》,载释梵琦撰:《西斋净土诗(及其他一种)》,北京:中华书局,1985年版,第41页。

② 楚石梵琦:《列名净土诗一百八首并自序》,载释梵琦撰:《西斋净土诗(及其他一种)》,北京:中华书局,1985年版,第41—42页。

小乘禅。回心念佛终成佛，服药求仙暂得仙。如矿炼金金绝矿，从田变海海为田。""如一城门辟四方，东西南北尽朝王。外宗不出心清净，随处皆为佛道场。钗钏瓶盘金共造，枝条花叶树同芳。善财参遍诸知识，遍友工夫不可量。"① 在他看来，道教的清净便是修佛的根源，道教的求仙"如矿炼金金绝矿，从田变海海为田"，因此道教徒应该回心念佛往生极乐世界。在他看来，外宗和净土宗犹如一城之四门，其精神内核亦为"清净"，最终殊途同归，均可归向净土。对于红尘念中的俗人尤其是商人，楚石梵琦则从却欲修持的角度来展开劝说："衮衮红尘俗士家，留心念佛最堪夸。如生石上珊瑚树，似出泥中菡萏花。消遣万殊归一理，阐扬三宝破群邪。抛离火宅真安乐，雪白牛儿不驾车。""听说商人念佛功，不离家舍与途中。便将为利心行善，都把贪财事扫空。就地彩云擎落日，满天花雨散香风。到头不被无常罩，端坐金台礼觉雄。"② 在他看来，俗人商人只要能放下欲念和尘缘，便可回归真安乐。为了惊醒匠人，楚石梵琦特别截取匠人制作棺材的情景来展开劝说："匠为棺木好回头，那个人曾不死休？""记取阿弥陀宝号，早归乐国是良谋。"③ 这种直面死亡的当头棒喝和苦口婆心的开导，无疑具有很强的说服力。

楚石梵琦的《列名净土诗》更善于根据人生的各种时空和境遇，从具体的事和境中剥离出理来，用以契合净土信仰。现以三组对立的时空和境遇为例来谈谈楚石梵琦是如何在诗歌中契机契理地劝人修持净土的。城市和乡村，其居住环境和价值观，历来都处于难以调和的状态，楚石梵琦却能从中发现突破口。对于城居，楚石梵琦在正视"城市红尘没马高"的前提下，相信娑婆众生"于中念佛匪徒劳"，只要"昏衢烁破光明烛，爱网挥开智慧刀"，就能"顿使凡夫登觉地"。④ 对于村居，楚石梵琦强调"村野偏于念佛宜，茸茅为舍竹为篱"，认为乡村的生活观和价值观是建筑净土乐邦的基石："操心简淡全然

---

① 楚石梵琦：《道》《外宗》，载释梵琦撰：《西斋净土诗（及其他一种）》，北京：中华书局，1985年版，第43、49页。

② 楚石梵琦：《俗》《商》，载释梵琦撰：《西斋净土诗（及其他一种）》，北京：中华书局，1985年版，第44、53页。

③ 楚石梵琦：《匠》，载释梵琦撰：《西斋净土诗（及其他一种）》，北京：中华书局，1985年版，第58页。

④ 楚石梵琦：《城》，载释梵琦撰：《西斋净土诗（及其他一种）》，北京：中华书局，1985年版，第69页。

别,守信纯诚更不疑。""基成便是金刚座,一任毘风八面吹。"①对于忙闲这一对立境遇,楚石梵琦一则强调闲中念佛:"闲中独坐面西方,手把轮珠念不忘。佛号能令心地净,舌根便作藕花香"②;一则强调"忙里偷闲亦在人,人生谁满百年春"。"休念功名惟念佛,但忧道业勿忧贫。"对于二十岁和六十岁这样迥然有别的人生岁月,楚石梵琦也能根据身体的不同状态劝人修持净土:二十岁这样的年龄,这是血气方刚、欲念炙热、进取心强盛无比的时候,因此需要念佛修心:"血气方刚须检束,欲心正盛渐消磨。可持富贵安贫贱,降伏身中烦恼魔。"③对于六十岁这样的年龄,楚石梵琦则强调"千龄共尽风中烛,一去难回水上波",以时间之迫厄劝导娑婆众生念佛西归。④总之,作者想尽办法寻找不同境遇的特点,并将这一特点和皈依阿弥陀佛往生西方净土联系起来,从而实现劝说之目的。

  为了契理契机,楚石梵琦采用了诸多修辞手法,其中最为显著的手法便是比喻与双关。在《渔》《樵》《耕》《牧》这四首诗中,楚石梵琦用比喻来说明明心见性、即心即佛。其《耕》云:"普大匝地古田畴,且唤泥人驾铁牛。信手着鞭无早晚,随时下种度春秋。发生成熟皆吾分,收拾归来免外求。念佛但将耕稼比,丰年那有绝粮忧?"⑤其《牧》诗亦云:"茧栗牛儿养未驯,犯他苗稼易生嗔。收来且把绳头掣,睡去从教鼻息匀。淡淡夕阳千嶂晚,萋萋芳草四郊春。牧童悟此天真佛,归掩柴门月色新。"⑥前者说明佛为众生心本具,不必向外寻求,念佛只要像种地那样随时下种,自有收获时节;后者指出心性修持犹如牧牛,接续的是禅宗牧牛诗的传统。楚石梵琦还喜欢使用双关,

---

① 楚石梵琦:《村》,载释梵琦撰:《西斋净土诗(及其他一种)》,北京:中华书局,1985年版,第69页。

② 楚石梵琦:《闲》,载释梵琦撰:《西斋净土诗(及其他一种)》,北京:中华书局,1985年版,第81页。

③ 楚石梵琦:《二十岁》,载释梵琦撰:《西斋净土诗(及其他一种)》,北京:中华书局,1985年版,第85页。

④ 楚石梵琦:《六十岁》,载释梵琦撰:《西斋净土诗(及其他一种)》,北京:中华书局,1985年版,第87页。

⑤ 楚石梵琦:《耕》,载释梵琦撰:《西斋净土诗(及其他一种)》,北京:中华书局,1985年版,第56页。

⑥ 楚石梵琦:《牧》,载释梵琦撰:《西斋净土诗(及其他一种)》,北京:中华书局,1985年版,第56页。

将相关职业、相关境遇的特征和阿弥陀佛信仰联系起来。如其《医》诗云："阿弥陀佛大医王，接引人归不死乡。信手拈来皆妙药，和盘托出尽奇方。橘中未觉乾坤大，壶内哪知岁月长。只这病缘无起处，通身热恼自清凉。"①这是将医生治病和阿弥陀佛救助娑婆众生联系起来，疗身之"疗"和疗心之"疗"于是建立起了双关的意义，阿弥陀佛便成了大医王。又如，其《流移》诗云："流移何处不堪伤，南北东西失本乡。盗贼偶存穷性命，儿孙难复旧田庄。劝令旦暮归依佛，勤措身心极乐方。报满自然超秽浊，黄金为殿玉为堂。"这是将现实的漂泊和精神的漂泊联系起来，现实之"故乡"和信仰之"故乡"于是建立起了双关意义，"还乡"就是回归"西方净土"。

结 论

通过上文的分析，我们可以确认，楚石梵琦禅净双修，无论是宗教实践还是文学创作，均取得了突出成就。他的大部份作品表达的是禅悟感受，《西斋净土诗》则是其禅净双修的反映。他在净土诗中铺陈忻厌之情、观想之术、观想之境，感人至深，颇富意境，这表明其净土诗创作是其长期宗教实践的艺术升华。他用禅宗思维修净土，所谓"怀净土"便是"定中观想净土"，于是"心"在净土修持中具有了主导性和决定性，将原本的他力救助转换成了主体性探求。这种思维渗透到诗歌创作，我们便可发现，心即佛心即净土，众生即佛秽土即净土，弥陀净土等同弥勒净土，其间的转换只在于悟与不悟，净土诗在一定程度上染上了禅悟诗的色彩，是"唯心净土、自性弥陀"的文学再现。楚石梵琦的净土诗创作，既是其一生苦修净土的体悟，更是其劝化众生的宗教实践。他除了在内容上铺陈忻厌之情、观想之境，用以劝导诱引有情众生外，分外注重劝说之术，即在诗歌创作中注重对比手法的运用、尚俗与崇雅的结合、契机与契理的结合。这提醒我们，从宗教实践、教派互动的角度来观照宗教文学创作是把握宗教文学本质的关键所在。百年中国宗教文学研究，关注焦点在"宗教与文学"这个层面，宗教徒文学创作其实并没有引起学术界的重视。有鉴于此，大陆一批中青年学者从2007年开始着手主编12卷25册本《中

---

① 楚石梵琦：《医》，载释梵琦撰：《西斋净土诗（及其他一种）》，北京：中华书局，1985年版，第50页。

国宗教文学史》，试图从宗教实践的角度界定宗教文学的内涵与外延，从宗教实践的立场把握宗教文学的精神内涵和诗学特征。①本文的写作，便是这一理念的产物。或者说，是为这一理念寻找个案基础。

《西斋净土诗》接续了净土文学的两大传统，即歌诵传统和阅读传统。前者指用于仪式的偈赞、歌词传统。这个传统自东晋支道林创作《阿弥陀佛像赞》以来，可谓源远流长，成果丰硕。北魏昙鸾《赞阿弥陀佛偈》，善导《法事赞》《往生礼赞》《般舟赞》，法照《净土五会念佛诵经观行仪》均是其中的代表作。这些作品已经得到学者的有效关注，但是包括楚石梵琦在内的宋元以来的创作，却一直没有引起学界的关注，这是值得我们注意的地方。后者指诗歌体传统。这个传统远源可以追溯到慧远结社时的念佛三昧诗，其实际传统佛教界一般归之于宋代榴庵严教主。上天竺住持释宏道在洪武年间为《西斋净土诗》作序时便点出了这一传统："庐山远法师，招同志结莲社，修念佛三昧。晋唐诸贤，皆有《念佛三昧咏》。宋榴庵严教主，始作《怀净土诗》。继而和之者，亦不少矣。"②明释妙声亦云："昔庐山远法师，与入社群贤，着《念佛三昧诗》行于世。近世榴庵严教主，作《怀净土诗》为七言四韵，虽非为诗而作，而情辞凄婉，往往有佳句可诵。尔后作者非一，篇什益多，盖有不可胜录者矣。"③《乐邦文类》卷第五收录有其《十六观颂》《观佛三昧颂》和《怀赡养故乡诗并序》。他在诗序中指出："余以赡养为故乡，乃即心净土，虽久思归，且步履未至，可不哀哉！因作是诗焉，读者幸无以取舍为诮。"④赓续这个传统的一般是禅师，楚石梵琦的《怀净土诗》就是这个传统中的代表之作。这一传统代表了宋元以来净土文学创作的新方向，可惜至今未能引起学者的注意。本文的写作，就算是抛砖引玉吧。

毫无疑问，楚石梵琦的《西斋净土诗》是一部宣扬净土修持的诗词别集。四明延庆住持释大同即指出，阅读《西斋净土诗》将会"使凡观是集、咏是诗

---

① 吴光正、高文强：《〈中国宗教文学史〉编撰学术研讨会论文集》，哈尔滨：北方文艺出版社，2015年版；吴光正：《〈中国宗教文学史〉导论》，载《学术交流》2015年第9期。

② 释宏道：《〈西斋净土诗〉序》，释梵琦撰：《西斋净土诗（及其他一种）》，北京：中华书局，1985年版，第3页。

③ 释妙声：《〈怀净土偈〉序》，《东皋录》卷中，载《文渊阁四库全书》集部别集类。

④ 榴庵法师：《怀赡养故乡诗并序》，载《大正新修大藏经》卷四十七，《乐邦文类》卷五，第223页。

者，发起念佛之心，偕为莲花胜友，而不终溺于苦域者矣"。并说自己也是修持净业者，将"相率勉励策进乎净业，将与禅师同游于华池宝地之间，岂徒吟咏而已哉！"① 可见，同时代的僧人对《西斋净土诗》的宣教功能体会颇深。但是，我们能因此而将《西斋净土诗》排斥出文学殿堂吗？自从西方纯文学观引进中国后，《西斋净土诗》这类宣教作品就一直被学术界贬抑乃至漠视，杨镰先生主编的《全元诗》煌煌68大册，居然不见《西斋净土诗》的踪影。翻阅该总集凡例方知，"本书仅编录各体诗，不涉及词曲等，对于偈、赞、颂等韵文，特别是整卷以阐述宗教理论为依皈者，不予收录。个别此前元诗总集已经选录的、或杂处诗卷之中的零篇例外"②。明代上天竺住持宏道云："西斋老人，禅悦之余，专意净业，触境遇物，发为歌诗，凡数百余首，历历与契经合。使人读之，恍然如游珠网琼林、金沙玉沼，殊不知有人间世也。苟非深达事理一贯、心境混融者能之乎！"③ "历历与契经合"云云，说的就是楚石梵琦净土诗对净土三经的准确把握和宣扬，道出了《西斋净土诗》的宣教本质。同时，宏道和尚也指出，《西斋净土诗》非"深达事理一贯、心境混融者"不能作。"事理一贯""心境混融"云云，说的是楚石梵琦的修持境界，也可以借用来描述西斋和尚的创作境界。通过上文的论述，我们可以确认这样一种创作境界。这样的诗难道不是好诗吗？这样的诗难道不该引起我们的重视吗？通过上文的论述，我们可以确信，净土文学应该在文学史上占有一席之地。回顾学术史，我们发现，百年来编撰的各类总集全集其实遗漏掉了大量宗教文学作品，净土文学除了在敦煌学视野下得到关注外基本无人问津。可见，中国宗教文学尤其是净土文学的研究可谓任重而道远。这也是笔者撰写本文的初衷之一。

楚石梵琦的净土诗创作说明，宗教徒的创作其首要目的在于宣教，而宣教之作亦有其艺术成就。早在唐代，白居易为道宗上人诗歌作序就指出，"予始知上人之文为义作，为法作，为方便智作，为解脱性作，不为诗而作也。知

---

① 释大同：《西斋净土诗序》，释梵琦撰：《西斋净土诗（及其他一种）》，北京：中华书局，1985年版，第5—6页。
② 杨镰：《全元诗》"凡例"，北京：中华书局，2013年版。
③ 释宏道：《〈西斋净土诗〉序》，释梵琦撰：《西斋净土诗（及其他一种）》，北京：中华书局，1985年版，第3页。

上人者云尔。恐不知上人者,谓为护国、法振、灵一、皎然之徒与?"[1]而所谓的诗僧之作,有很多并不能反映宗教文学的本质特征。钱锺书先生即指出:"僧以诗名,若齐己、贯休、惠崇、道潜、惠洪等,有风月情,无蔬笋气;貌为缁流,实非禅子,使蓄髮加巾,则与返初服之无本贾岛、清塞周朴、惠铦葛天民辈无异。"[2]是则,要真正把握宗教文学的本质,高僧之作比所谓的诗僧之作更为重要。

---

[1] 白居易:《题道宗上人十韵并序》,朱金城:《白居易集笺校》卷二一,上海:上海古籍出版社,1988年版,第1445页。

[2] 钱钟书:《谈艺录》(补订本),北京:中华书局,1984年版,第226页。

楚石梵琦"上京纪行诗"初探

李舜臣

江西师范大学 文学院

元朝海宇混一,各族生民,融合杂处;诸宗信徒,散处天下。舟行于京杭运河,奔走于边陲漠野者,不计其数。元人藉此模山范水,品题名胜,摹绘风物,游记滋繁,蔚为壮观。而就诗歌而言,最令人瞩目的无疑是历年扈从皇帝巡幸两都的文人所作的"上京纪行诗"。上京纪行诗,是元诗中的独特题材,具有很高的文献价值,已为学界所重视。然而,临济宗高僧楚石梵琦撰于泰定元年(1324)的100余首"上京纪行诗",因收入这些诗歌的诗集——《北游诗》"六百年未曾刊刻"[1]之故,犹如空谷跫音,鲜为人知。[2]2011年,吴定中、鲍翔麟据三种稀见的清抄本互校出《楚石北游诗》,使之流通渐广。专研上都文化的张建民初步研究后,以为其价值堪比《马可·波罗游记》,"对深入研究元史有其深远的意义"[3]。楚石的上京纪行诗,不仅是泰定元年两都巡幸的实录,且深情绵邈,品格高骞,亦值得文学研究者关注。

---

[1] 鲍翔麟:《一部关于元朝大都、上都和运河的真实记录》,吴定中、鲍翔麟校注:《楚石北游诗》,杭州:浙江古籍出版社,2011年版,第201页。

[2] 迄今关于上京纪行诗的研究成果主要有:包根弟《元诗研究》,台北:幼狮文化事业公司1978年版;杨镰《元诗史》,北京:人民文学出版社,2003年版;李军《论元代的上京纪行诗》,载《民族文学研究》2005年第2期;邱江宁:《元代上京纪行诗论》,载《文学评论》2011年第2期;刘宏英、吴小婷《元代上京纪行诗的研究现状和意义》,载《河北北方学院学报》2008年第4期;等等。这些成果,均未只字涉及楚石的上京纪行诗。

[3] 张建民:《一部鲜为人知的描绘元上都风物人情的游记》,《楚石北游诗》,第227页。

一、楚石上都之行之始末

梵琦（1296—1370），字楚石，小字昙曜。明州象山（今浙江宁波）朱氏子。六岁即"善属对，七岁能书大字，诗书过目不忘，一邑以奇童称之"[①]。嗣法临济宗高僧元叟行端。先后住持海盐福臻寺、天宁寺、杭州报国寺、嘉兴本觉寺等禅寺，道法精深，度弟子无数，声名遍及高丽、日本。洪武建极，朱元璋屡征高僧，楚石皆预列其中。楚石的碑传资料，主要有宋濂《佛日普照慧辩禅师塔铭》、至仁行中《楚石和尚行状》、姚广孝《西斋和尚传》。鲍翔麟亦撰有《楚石梵琦禅师年谱》，虽为简谱，但很清晰地勾勒出他的一生行迹。

楚石的著述，除《北游诗》外，复有《西斋净土诗》《六会语录》《和天台三圣诗》《和陶诗》《凤山集》《西斋集》，后三种今未见传本。《西斋净土诗》是楚石谢事闲居，劝同袍之士及同社之人念佛之作。《和天台三圣诗》是追和寒山、拾得、丰干诗而作，亦风韵符节，意格超迈。《北游诗》则是楚石游历北方期间所作之诗，尤为诗家所重。朱彝尊曾评曰："楚石，僧中龙象，笔有慧刃，《净土诗》累百，可以无讥；和寒山、拾得、丰干韵，亦属游戏。读其《北游》一集，风土物候，毕写无遗，志在新奇，初无定则。假令唐代缁流见之，犹当瞠乎退舍，矧癫可、瘦权辈可乎！"[②]

《北游诗》大体以时序编次，较易厘清各诗的系年。"上京纪行诗"，大概从《送锴师之上都》至《当山即事》，共39题83首。此外，还有一些诗作，例如《燕京绝句六十七首》中有20余首亦涉及上京题材，因此，楚石的"上京纪行诗"，共计有100余首。

关于北游的缘起，楚石尝自述道：

> 世祖皇帝混一天下，崇重佛教，古所未有。泥金染碧，书佛菩萨罗汉之语满一大藏。由是圣子神孙，世世尊之，甚盛事也。赵孟頫、邓文原闻入选仔肩。皇帝即位之三年，诏改五花观为寿安山寺，选东

[①] 释至仁：《楚石和尚行状》，《佛日普照慧辩楚石禅师六会语录》卷二十，《卍新纂续藏经》第71册，台北：新文丰出版有限公司，1995年版，第659页。

[②] 朱彝尊：《静志居诗话》卷二十三，北京：人民文学出版社，1990年版，第733页。

南善书者书经以镇之。三百余人,余亦预焉。①

至治三年(1323)二月,元英宗下诏征擅书高僧至大都书写藏经,楚石因赵孟𫖯、邓文原交荐,而预列其中。四月,楚石从杭州启程前往大都,取道京杭运河,途经镇江、苏州、扬州、清口、睢宁、沛县、济宁、滕州、临清、通州,六月抵大都。然而不久,即爆发了震惊朝野的"南坡之变"。这年八月,英宗至上都避暑,行至南坡时,被铁木迭儿的义子铁失所弑。楚石闻讯后,作有《八月四日宫车宴驾二首》。

英宗被弑后,也孙铁木儿即位,是为泰定帝。楚石有《应聘》诗,写泰定帝重开经筵诏见僧人之事,诗中有"野人应聘愧非才,何幸初逢宝运开"句。据《元史·泰定帝本传》,泰定元年,"四月……甲子车驾幸上都"②。楚石随驾前行。是时的楚石声名并不显赫,何以能荣列于扈从之列呢?他在前往上都时有诗云:"我独何为尘中土,校雠文字久无功"句,即表明了此种境遇。不过,据《元史》记载,这年泰定帝在上都期间,举行了不少佛事活动,还"受佛戒于帝师"③。这表明此年的两都巡幸,定有不少藏传佛教僧人随行。楚石与这些国师关系颇为密切,《北游诗》中的《送锴师之上都》《呈诸国师二首》等,即为明证,因此他极可能是因为这层关系而被预选的。

《北游诗》记载上都行程的诗作主要有:《亡金故内》《轩辕台》《易水》《秦王城》《居庸关》《李陵台》《琴峡》《龙门》《枪杆岭》《独石站西望》等。《亡金故内》是咏金朝中都故宫,遗址在今北京市丰台区。"轩辕台",在河北平谷县城东北;"易水",在河北省延庆;秦王城,《楚石北游集》注曰:"在山西高平县西北。"④此注或误。稽考文献,此"秦王城"颇难指,笔者推测可能在长城附近或延庆县内。"李陵台",在今蒙古锡林郭勒盟正蓝旗黑城子;"琴峡",在居庸关城北十五里;"龙门",在今张家口赤城,"枪杆岭",在龙门东南怀来县境内;"独石站",即独石口,位于河

---

① 楚石梵琦:《初入经筵呈诸友三首并序》,《楚石北游诗》,杭州:浙江古籍出版社,2011年版,第10页。以下征引楚石诗作,皆出此版本,仅随文标注诗题,不另注。
② 宋濂:《元史》卷二十九《泰定帝一》,北京:中华书局,1997年版,第646页。
③ 宋濂:《元史》卷二十九《泰定帝一》,第648页。
④ 吴定中、鲍翔麟校注:《楚石北游诗》,第59页。

北赤城县北，是元时重要驿站。综上所看，楚石扈从上都的路线大体是：上都—居庸关—平谷—延庆—千家店—龙门—枪杆岭—独石口—李陵台。历来关于两都交通路线的研究，因文献记载不一，多存争议。楚石诗中涉及的这些地名，应引起研究者的重视。

一般来说，两都巡幸的行程需二十至二十五天。① 楚石的《端午》诗云："到阙三千里，攀天百万层。……今朝是端午，又饮玉壶冰。"可见在端午之前，楚石一行即抵达上都。《元史·泰定帝本纪》："八月……丁丑，车驾至大都。"② 楚石《八月十五夜玩月》中亦有"避暑归来宫殿冷，君王且进紫霞杯"句。楚石在上都前后约四个月，见识了朔漠的奇异风光和风俗人情，并形诸于诗咏，全景式地展现了十四世纪中国北方社会的历史画卷。

二、楚石"上京纪行诗"所写上都之风情

元代的上都，不仅是元蒙皇帝避暑之地，亦是与大都并列的另一政治中心。因此，皇帝每年巡幸上都，"后宫诸闱、宗藩戚畹、宰执从寮、百司庶府，皆扈从以行"③。楚石在诗中，即描写了随行车驾的盛况："上都避暑频来往，飞鸟犹能识衮龙。"（《居庸关》）、"扈从君王下辇初，三千宫女丽芙蕖"［《上都避暑呈虞伯生待制二首》（其一）］、"侍从千官成夜宿，徘徊万骑若云屯"（《龙门》）……。

居庸关向北，便是大漠。漫天黄沙、星汉垂野、雕雁横空的壮丽奇景，无不使南方士人感到惊异。楚石甫至大漠就写道：

> 白草黄云朔漠间，家书不过雁门关。幽州南北往来路，辽水东西千万山。沙上老驼埋鼻立，海中良马得驹还。却登坡垄最高处，星斗满天殊可攀。（《朔漠》）

---

① 陈高华、史卫民：《元代大都上都研究》，北京：中国人民大学出版社，2010年版，第178页。
② 宋濂：《元史》卷二十九《泰定帝一》，北京：中华书局，1997年版，第650页。
③ 黄溍撰、王颋点校：《黄溍全集》上册《上都翰林国史院题名记》，天津：天津古籍出版社，2008年版，第289页。

此诗熔铸了朔漠典型的风物和地名，展现出浑厚、苍茫的景象。再如《塞外》：

无事穹庐似屋方，卧吹芦叶向斜阳。黄河不解变春酒，白野徒能飘夏霜。九十九泉人北去，一年一度雁南翔。临高引领望城郭，游子何时还故乡。

状若穹庐的毡帐，夕阳下随风起伏的芦荻，夏日飘飞的霜花，都是漠北特有的景象。

楚石的"上京纪行诗"中，有组诗《上都十五首》，犹如一幅绚丽多彩、气象斑斓的长卷，描写了上都城的繁华和巡幸活动，诗意地展示出大元的帝国气象。例如，描写雄伟宫殿的诗句："玉殿当头起，琼枝傍眼看"（第1首）、"缥缈旌幢下，玲珑殿阁开"（第4首）、"百尺凌风观，三休却站台"（第5首）、"双阙上云霄，层城近斗杓。夜开金殿锁，晨赴紫宸朝"（第8首），均极写上都宫阙之恢弘富丽。再如，描写宫中宴飨的诗句："万室恩光里，千盅酒量宽"（第1首）、"内盘行玛瑙，中宴给醍醐"（第7首）、"献果金盘赤，连珠紫幄黄。……更出鱼龙戏，留欢夜未央"（第9首）、"锦袍凉似水，银瓮醉如泥"（第13首），极尽奢华之能事。又如，"玉帛朝诸国，公侯宴上京。泼寒奇技奏，兜勒古歌呈"（第14首）、"凌晨握鞭出，薄暮打球归。冠带如今盛，山川似此稀"（第15首），则描写了场面甚大的歌舞、打球等游戏活动。

如果说《上都十五首》描绘的是上都歌舞升平的图景，那么《开平书事十二首》《漠北怀古十六首》等诗，则犹如一幅幅独具特色的风俗画，展示出上都的异域风情。例如，"筑城侵地断，居室与天连"（《开平书事》第2首）、"土屋难安寝，飞沙夜击门"（《开平书事》第12首）、"厚土覆屋上，薄盐凝树巅"（《漠北怀古》第3首）、"薄酒千盅醉，穹庐四向圆"（《漠北怀古》第5首），描写了漠北百姓的民居风俗。再如，"胡女裁皮衣，奚儿挽角弓"（《开平书事》第4首）、"旧俗便弓马，新妆称绮罗。……翠袖调鹦鹉，金鞭控骆驼"（《开平书事》第5首）、"紫貂裁帽稳，银鼠制袍新"（《漠北怀古》第2首）、"马酒茶相似，驼裘锦不如"（《漠北怀古》第 12 首），勾画出漠北生民的服饰特色。"水黑沾衣雨，沙黄种黍田"（《开平书事》第 2 首）、"生涯惟酿黍，乐事在弹弦"（《开平书事》第 9 首）、"焉知有葵藿，甚美过羊羹"（《开平书事》第 8 首）、"家家厌酥酪，物物事烹煎"（《黑谷二首》），则是写蒙古人生产、饮食等日常生活。"胡儿双眼碧，惯读左行书"（《漠北怀古》第 12 首），则反映胡人书写和阅读的习惯。《漠北怀古》第 13 首，还特别提到了"种羊"之事：

北入穷荒野，人如旷古时。天山新有作，耶律晚能诗。地坼河流大，峰高月上迟。自言羊可种，不信茧成丝。

此诗十分凝练地描写了塞外的奇异风光和古朴民风，末两句，尤为形象地体现出南北巨大的地域差异。"种羊"，对南方人来实在是难以想象的怪事。元人姚桐寿还曾就此事质询楚石："余尝读其'自言羊可种，不信茧成丝'之句，疑以为羊可种乎？因以问师（指楚石）。师曰：'大漠延西，俗能种羊。凡屠羊，用其皮肉，惟留骨，以初冬未日埋着地中，至春阳季月上未日，为吹笳咒语，有子羊从土中出，凡埋骨一具，可得子羊数只。此盖四生胎外之化也，亦不足怪，特非中国所有，致生疑耳！'后读浦江吴立夫西城（指吴莱）《种羊皮书褥歌》余：'波斯国中神夜语，波斯牧羊俱杂虏。当道制刀羊可食，土城留种羊胫骨。四围筑垣闻杵声，羊子还从胫骨生。……'此又云以胫骨种之，与琦师目见之者不同也。盖波斯国别有种法，如吴诗所闻耳！"[1] 其实，除楚石、吴莱之外，早在中统四年（1623），刘郁《西使记》就记载说："垄种羊出西海，以羊脐种土中，溉以水，闻雷而生。脐系地中，及长，惊以木脐断，便行啮草，至秋可食。脐内复有种。"[2] 楚石、吴莱、刘郁所述，虽不尽相同，或云以全骨埋地，或云以胫骨种之，或云以羊脐种之，但都表明"种羊"之事，在北地流传甚广。

总之，楚石以其或细腻、或粗狂的笔调，穷塞外之形胜，记殊产异俗之瑰怪、朝廷礼乐之伟丽，较全面地展示了漠北的自然风光和人情风俗，对今人考证元朝典章、历史名物、塞外风俗都有较高的文献价值。

---

[1] 姚桐寿：《乐郊私语》，《文渊阁四库全书》第 1049 册，上海：上海古籍出版社，1987 年版，第 402 页。

[2] 刘郁：《西使记》，《文渊阁四库全书》第 460 册，第 927 页。

三、楚石"上京纪行诗"的情感意蕴

楚石的"上京纪行诗",不仅如实地记载了扈从上都的见闻,亦真切地反映了自己的心路历程。他所经眼的朔漠风云与胸中高骞之气相摩相荡,蕴涵既深,发之愈厚,诉之于诗,展现出迥异于他在浙东丛林禅修时的心境与情感。

塞外奇崛地,燕赵多悲歌。自古以来,汉族与北方游牧民族为了争夺生存空间,在这里发生了无数次的战争,涌现出苏武、李陵、王昭君、张骞、卫青、霍去病等历史人物。楚石行走于白水黑山间,凭吊遗迹,抚今追昔,创作了不少的咏史怀古诗,尤其《漠北怀古十六首》《燕京绝句六十七首》长篇组诗,更体现了他对此类题材的驾驭能力。

楚石的咏史怀古诗,是他历史观念的诗化表现。他以为历史犹如一面镜子,乃后世之师:"鼋鼎羊羔醉不知,古今成败是吾师。"(《燕京绝句》第37首)又说:"圣朝殷鉴在亡金,明主须知列圣心。问道宫中无事日,细看扬子《九州岛箴》。"(《燕京绝句》第42首)因此,他特别注重总结历朝亡国之教训。例如,《秦王城》末两句云:"杞梁白骨沉黄土,妻泪滴城城自崩。"形象地揭示出专制暴政和穷兵黩武是秦朝覆亡的根本原因。值得注意是,楚石的怀古诗,常涉及少数民族政权的兴衰变迁。例如《亡金故内》,借古今幻变,抒写浓厚的历史兴亡之思,对一代英雄完颜阿骨打的壮志未酬,表达了无尽的惋惜:"片云忽作西山雨,疑是英雄恨未消。"再如《燕京绝句》第55首云:"大元不是杀文公,直遣人臣到死忠。"认为元蒙杀害文天祥,是为尽其"死忠"。这样的诗歌,突破了狭隘的民族主义,体现出元朝多民族融合背景下文人特有的襟怀。

楚石北游大都,时年28岁,仍怀有积极的"用世之心"。此种用世之心,非汲汲于一己之功名,而是化导众生,平济天下,以出世法圆济世法之心。他称:"投笔每怀班定远,至今功业在陈编"(《赠西番元帅》)、"兹游真远大,吾志本腾骞"(《开平书事》第11首)。他甫至大都,见各级官吏"入拥君王驾,还陪宰相车",竟发出了"谁能捐禄米,我欲驻京华"(《万宝坊偶成三首》其二)的想法。

然而,楚石很是慨叹自己无佐王之才,以展功勤。他称:"不才惭彩笔,何得近青蒲"(《上都》第7首)、"野人应聘愧非才,何幸初逢宝运开"

（《应聘》）。细味之，这更像谦辞。且不说他因僧人身份所限，即便南方文士若虞集辈，又何尝能骋才建功呢？故楚石只能像元代大多数文人那样，在方寸翰墨中黼黻大元盛世。"皇朝真一统，御历正三辰"（《上都》第2首）、"世祖起沙漠，临轩销甲兵。……何须待秋猎，不必问春耕"（《漠北怀古》第1首）、"天下承平无战尘，京师丰乐最宜春"（《燕京绝句》第16首）、"云旗不动鼓无声，四海人人乐太平"（《燕京绝句》第51首）等诗句，皆是歌颂大元承平的景象。至治、泰定年间是元朝的鼎盛期，楚石的弦歌祷祝，并无矫虚造作之态。

难能可贵者，对于底层百姓的生活，楚石亦予以深切的关注，体现出悲天悯人的情怀。例如《赠怯薛》："春暖摘花供进酒，月明吹竹和弹筝。焉知寂寞山林士，粝饭寒赍度一生。"《燕京绝句》第49首："小人藜苋便充肠，丞相何须一万羊。宾客余餐到僮仆，不知金紫是愁囊。"深刻地揭露了元代森严的等级制度和贫富悬殊的现象。楚石还有一首长诗《牧羊儿》云：

> ……牧羊儿，捧手前致词：此地岂不乐，用谈南州为。三江五湖鱼鳖居，虽有宫室焉足奇。富者日益侈，贫者多流移。上下不相恤，丰年有惠饥。秋粮未足夏税扰，鞭笞流血盈街墀。我宁处沙漠，远放西北陲。水草为田畴，毡屋忘尊卑。食羊之肉蒙其皮，古俗淳朴无侵欺。牧羊三十余万头，能出几许供有司。差科既不急，幸与敲扑辞。人生苟如此，可养寿命登期颐。

南方自古虽为富庶之区，但苛捐杂税却使"富者日益奢，贫者多流移"，远不如朔漠边陲的牧羊儿自在悠闲。此诗通过"牧羊人"之口，揭示出元代极不公平的赋税制度，堪称"诗史"。

针对这些社会问题，楚石对元蒙统治者提出了委婉的劝讽。例如《上都》第10首："轮台方奉诏，版筑更求贤。"《燕京绝句》第27首："昔者昭王未筑台，应无乐毅剧辛来。英名万古垂霄壤，不惜千金养俊才。"借古喻今，希望元廷也能像燕昭王那样高筑黄金台，广纳天下贤士。《燕京绝句》第43首："狐裘自古叹蒙茸，汉有五侯同日封。惟恐君王爱颜色，满朝贤俊不兼容。"则对元代统治者过分沉溺于女色而提出了委婉的讽谏。

楚石北征之旅，是他人生中最长的远行。行之越远，乡思越切。他在前往上都的路上，即写道："塞北逢春不见花，江南倦客苦思家"（《独石站西望》）、"吾乡一望四千里，莫识家书沉与浮"（《新秋》）、"临高引领望城郭，游子何时还故乡"（《塞外》）、"据鞍独坐看图画，却忆钱塘南北峰"（《早行看山》），浓厚的思乡之情，几乎无时无刻弥散在他的北游征程中。

楚石的客愁，不止是一种纯粹的思乡之愁，更有深层次的文化、地理乡愁。[①] 此种"乡愁"，是因不同的地域、风物、文化、风俗等差异造成的一种疏离感和隔阂感。上都之行，楚石虽然惊异于塞外的风物和宫阙的华丽，但异风异俗始终使他难以融入其中。"仆本南海人，暂为北京客"（《春日花下听弹琵琶效醉翁体》）、"北去终无极，南还未有期。犹嫌江路远，不与土风宜"（《黑谷二首》其二）等诗句，凸显出诗人强烈的异客之感。听到北地的音乐，亦使楚石甚至流下莫名的泪水："何人鸣觱篥，使我泪沾裳。"（《漠北怀古》第6首）对于北人茹毛饮血的生活习性，楚石奉劝道："焉知有葵藿，甚美过羊羹。"（《开平书事》第8首）

生活在马背上的北方游牧民族，粗犷有余而宕逸不足。楚石的一首写梅花的诗，颇有意趣："半和白粉半和朱，点尽梅花九九图。北客未知香和影，从教开口笑林逋。"（《燕山绝句》第65首）林逋"梅妻鹤子"，是江南超脱、飘逸的文化象征，但北人似乎难以理解，徒付以嘲笑而已。因此，漫游北方一年后，楚石在返程的路上，吟出了"北人大抵无高韵，零落梭船傍柳堤"（《梁山泊》），透显出一种难以言传的南北文化的疏离感。

四、楚石"上京纪行诗"的诗歌史意义

元代的上京纪行诗，出自各阶层诗人之手，既有像袁桷、周伯琦、黄溍这样的南方士人，也有乃贤、萨都剌、马祖常等少数民族诗人；既有杨允孚这样的布衣诗人，也有马臻、薛玄曦等道士诗人，甚至还有陈益稷、陈秀峻等域外诗人。此种众声交响、万方齐和，充分地体现出元诗南北交汇、多元文化互渗

[①] 邱江宁：《元代上京纪行诗论》，载《文学评论》2011年第2期，其中指出：元代的上京纪行诗"充满了异地乡愁感"，其内涵包括："无法直视又必须面对的政治乡愁""不时点染的文化乡愁"和"表现最直观的地理乡愁"。

的特征。楚石梵琦的"上京纪行诗",不仅是释氏诗人中所作之最①,更显出一个佛教徒的所感所思。譬如,"清凉非枕簟,富贵是云沙"(《漠北怀古》第8首)、"炎凉人易老,苦乐鬓俱华"(《漠北怀古》第10首)、"来听滩声坐终日,好教俗耳洗尘昏"(《龙门》)、"坐看水色浮天影,几个渔舟自往还"(《燕京绝句》第34首)等诗句,都是在自然、历史与现实中参悟因缘无常之理,散发出佛教徒特有的淡泊气息。

前人在充分肯定元代上京纪行诗的史料价值时,对其艺术价值却颇有微词。例如,清人陶翰、陶玉禾就称:"袁伯长《开平三集》,杨允孚《滦京百咏》,及周伯温《扈从诗》,如欲征风景、考土物,记载颇详。然论诗法,则工拙互见。"② 相较而言,楚石的上京纪行诗,以其凌云健笔和飘然诗思,展现出较高的艺术水平。卞胜评曰:"今观其什,则雄浑而苍古,渊泳而典雅。厌饫百家,淬砺杜氏。炜炜乎若埋丰城之宝剑,而光有不能掩焉者也。虽古有贯休、齐己、灵澈、道潜之徒,恐莫能窥其奥。"③ 这是基于诗歌渊源和风格特征而论的。而朱彝尊以"志在新奇,初无定则"④ 评之,则强调了楚石不拘格套、力求新奇的特点,也点出了他迥异于其他作手的艺术个性。

楚石上京纪行诗之"新奇",从内容上看,是他着力描写的诸如夏日飘霜、雕雁排空、穹庐深帐等漠北风情,新人耳目;从艺术上看,则突出地体现在他总能出以奇伟的想象、夸张的手法和新奇的字句创作出新意。譬如,他写枪竿岭之高:"夜近斗杓横碧落,晓看云气接苍梧。"(《枪竿岭》)描写上都宫阙之伟丽:"双阙上云霄,层城近斗杓。"(《上都》第8首)描写草原夜景:"银河天上落,玉帐夜深开"(《上都》第5首),无不极尽想象、夸张之能事。楚石还善于突破常规句式,不拘格律,以造成诗歌的新奇感。例如,七律《新秋》颔联:"月上未上已击鼓,人来不来方倚楼。"上句五字仄声相连,仅"击"为平声字,下句则仅两个仄声,显然不合通常的格律;同时,"月上未上""人来不来"属联动句式,整个句式属四/三句节奏,也突

---

① 据刘宏英、吴小婷《元代上京纪行诗的研究现状和意义》统计,元代的上京纪行诗现存973首。其中所作数量较多的是:袁桷227首,周伯琦117首,张昱110首,杨允孚108首。目前,我们还没有看到其他僧人的上京纪行诗,楚石的这100余首,无疑最具有代表意义。
② 顾奎光:《元诗选》卷首语,《元诗选》,北京:中华书局,1981年版。
③ 卞胜:《北游诗序》,《楚石北游诗》,第8页。
④ 朱彝尊:《静志居诗话》卷二十三,北京:人民文学出版社,1990年版,第733页。

破了通常的二/二/三的节奏，但这样安排，奇峭中又颇为自然。再如《塞外》的颈联："九十九泉人北去，一年一度雁南翔。""九十九泉"（地名）对"一年一度"，无论从词性、节奏上看，都不甚工整，但诗人为突出塞北之辽远，从时空对峙的角度，渲染出浓厚的乡愁。

楚石十分重视对字句的锤炼，常能以一些新奇的字眼，极写景物特征，起到画龙点睛之效。例如"乌桓第一州，白雪乱三秋"（《乌桓》），着一"乱"字，尤见塞外之壮丽雪景；"地势斜临北，河流稳向东"（《开平书事》第4首），用一个"稳"字，形象地写出了河流在开阔的原野舒缓流淌的情形；"地高天一握，河杂水长流"（《上都》第11首），"杂"字，颇为奇特，但描写蒙古高原河道纵横之景象，又似非此字莫属。再如，以下几句：

> 马蹴胡沙健，弓随汉月弯。（《漠北怀古》第16首）
> 健鹘云间落，妖狐塞下鸣。（《漠北怀古》第4首）
> 象胆随时转，驼蹄入夜明。（《漠北怀古》第1首）
> 天大纤云卷，风多积草翻。（《开平书事》第12首）

炼字炼句，虽属诗家小乘，然精妙之处，确如执杖化龙，蜿蜒腾跃。楚石的这些诗句，谨细针严，又不乏灵动、奇警之感。

从僧诗史来看，楚石的上京纪行诗，也具有比较独特的意义。自东晋以来，诗僧多出自南方，北方数量寥寥，即便那些涉足于北方乃至异域边塞的僧人，亦多以游记、山志而非诗歌的形式来记录自己的行程，因此僧人描写北方社会和风物的诗作相对比较贫乏。楚石梵琦深入到漠北边塞，第一次以诗歌的形式全方面地描绘北方社会的图景，在僧诗史上是具有开创意义的。此后三百多年，清初的岭南诗僧函可，因文字狱而流寓东北，在黑山白水之间歌哭吟唱，撰有著名的《千山诗集》。像《北游诗》《千山诗集》这样的诗歌，可以说是古代诗僧为华夏诗坛禅苑增添的独特风景。

楚石的"上京纪行诗"，无论是选材定篇，还是意象的选择，都完全摆脱了一般诗僧的局限。古代诗僧因多寓居南方丛林，所写总不出山水清音、竹石花草、雪霜星月等秀雅之景，意境亦偏于清寒、苦涩。但是楚石笔下的景物，多是阔大、雄伟的北方风物，绝少惨淡、悲慨之气。例如他描写塞外之河山：

"地坼河流大,峰高月上迟"(《漠北怀古》第13首);"迢迢黑水部,渺渺白山连"(《漠北怀古》第3首),他描写塞外的风沙:"草接浮云白,沙翻大碛黄。"(《漠北怀古》第15首)"天大纤云卷,风多积草翻"(《开平书事》第12首),格调雄浑,境界阔大。楚石所描写的一些动物,也多充满着强烈的英雄特质。例如,他笔下那从天而来的天马:"踏翻赤岸泽何有,骑马玉门关自开。……仰瞻骨相非常驭,蹑电追风试尔才。"(《天马》)还有塞外的神鸟——海东青:"孤飞直出大鹏前,猛志岂落鴐鹅后。……奔云突雾入紫霄,狡兔妖蟆洒丹血。"(《海东青行》)无不都具有凶猛无畏、傲睨一切的精神气度。这样的诗歌,在古代僧诗中是显得颇为独特的。因此,楚石的"上京纪行诗"所展示的特质,绝非所谓的"蔬笋气"和"酸馅气"所能牢笼。从这一层面而言,作为释氏诗人的楚石梵琦的上京纪行诗,具有较高的僧诗史价值。

紫柏真可佛教文学思想略论

王彦明

周口师范学院 文学院

紫柏真可身为晚明四大高僧之一,与李贽并称为二大教主,其佛教文学思想主要包含三个层面的内涵。首先,他自觉承接宋代惠洪觉范之统绪,倡导文字禅,对文字般若、观照般若、实相般若间的关系,借春花、水波、薪火等极富文学色彩的比喻进行了形象的说明,进而对言、意、象之辨进行了佛教化阐释。其次,在情、理关系问题上,他倡导以理折情,同时也肯定情乃自我本性的流露,对在欲行禅、色中解脱等进行了阐释和说明。最后,为革除晚明佛教流弊,他高度重视宗教实践在佛教修学中的重要作用,看重宗教实践对创作主体的影响。他的文学创作也与文学思想密切契合,重视宗教实践的书写,其文称性流出,不假雕饰,呈现出自然洒脱之势。

一、倡导弘扬文字禅

达摩东来初弘禅宗,便以不立文字、见性成佛相高,历代禅宗祖师们也在不立文字与不离文字的矛盾中互相纠葛。紫柏真可有感于义学不兴、经教凋敝的佛教现状,毅然以传承宋代惠洪觉范(1071—1128)文字禅之统绪自认。他在《礼石门圆明禅师文》中说:"某本杀猪屠狗之夫,唯知饮酒啖肉,恃醉使气而已,安知所谓佛知见耶?不谓吴门枫桥雨中,承轮道人一伞之接,雨渐而为甘露,甘露渐而续石门之血脉。石门之血脉幸而续之,则饮光之笑声,或将传于龙华会上,未可知也。"[①] 他也成为晚明佛教中大力弘扬文字禅之第一

---

① [明]紫柏真可:《紫柏大师全集》,上海:上海古籍出版社,2013年版,第331页。

人。为了弘扬文字禅,他将般若分为文字般若、观照般若、实相般若三种,《释心经》中说:"般若有三种,如实相、观照、文字是也。实相般若即人人本有的心,观照般若即心上光明,能悟达则心光发朗。凡吐一言一句,长篇短什,足为万古灯明,用除痴暗,故称文字般若。"①《心经说》中亦云:"然般若有三,所谓文字、观照、实相也。盖非文字无以起观照,非观照无以鉴实相,非实相则菩萨无所宗极也。"②关于三种般若之内涵,他在《法语》中阐释道:"发挥谈论是文字般若,能勘破身心迷情是观照般若,佛与众生同体是实相般若。"③同时,他将三种般若与三因佛性联系起来,《示觉声持金刚经》中说:"夫般若有三,所谓文字般若、观照般若、实相般若是也。又此三般若名三佛性,缘因佛性,了因佛性,正因佛性是也。嗟乎!娑婆教体贵在音闻,有音声然后有文字,有文字然后有缘因佛性,有缘因佛性然后能熏发我固有之光。……即此观之,娑婆界中苟无文字般若,则观照般若无有开发。观照般若既不开发,则将何物了知正因般若?"④文字般若作为三种般若之一,是悟入观照般若、证悟实相般若的必由初阶,在显发观照般若、证悟实现般若中具有重要作用。然而,不论是宗门的不立文字还是教家的执迷文字,在紫柏看来都是有所偏颇的。《石门文字禅序》中说:"夫自晋宋齐梁,学道者争以金屑翳眼,而初祖东来,应病投剂,直指人心,不立文字。后之承虚接响不识药忌者,遂一切峻其垣,而筑文字于禅之外。由是分疆列界,剖判虚空。学禅者不务精义,学文字者不务了心。夫义不精则心了而不光大,精义而不了心则文字终不入神。"⑤自达摩东来后,禅家以不立文字、见性成佛相标榜,然他却以四卷《楞伽经》传佛心印,历代祖师以佛教经典而开悟者代不乏人。紫柏真可在《法语》中以禅宗传承史实和诸祖借经悟道为例,驳斥轻视经教文字之论,其云:"初祖果以心相语言文字必屏黜而后得心,则《楞伽跋陀罗宝经》,祖何未尝释卷?且密以此经授可大师,可授璨,璨授信,信授忍,忍授

---

① [明]紫柏真可:《紫柏大师全集》,上海:上海古籍出版社,2013年版,第246页。
② [明]紫柏真可:《紫柏大师全集》,上海:上海古籍出版社,2013年版,第254页。
③ [明]紫柏真可:《紫柏大师全集》,上海:上海古籍出版社,2013年版,第88页。
④ [明]紫柏真可:《紫柏大师全集》,上海:上海古籍出版社,2013年版,第45页。
⑤ [明]紫柏真可:《紫柏大师全集》,上海:上海古籍出版社,2013年版,第313—314页。

曹溪大鉴，鉴复精而深之。"①《示法属》中说："今有人于此，谓文字语言不足以见道，惟参禅究话头足以见道。如文字语言不足以见道，则永嘉读《维摩经》而悟，六祖听《金刚经》而悟，普庵肃看枣柏《华严论》而悟，天台智者读《法华经》得旋陀罗尼三昧。如此样子，难以广举。"②经教文字本身并无可非议，错在人们如何使用，"故古德有言曰：'文字语言，葛藤闲具，本无死活，死活由人。'活人用之则无往不活，死人则无往不死。所患不在语言文字葛藤，顾其人所用何如耳"③。

为了更加形象地说明语言文字与禅悟心性之间的关系，紫柏真可大量借用了富于文学色彩的比喻，诸如春花之喻、水波之喻、薪火之喻，皆为其所常用者。在春花之喻中，以花喻指语言文字，以春喻指禅宗心性。《石门文字禅序》中说："盖禅如春也，文字则花也。春在于花，全花是春；花在于春，全春是花。而曰禅与文字，有二乎哉？故德山、临济棒喝交驰，未尝非文字也；清凉、天台疏经造论，未尝非禅也。而曰禅与文字，有二乎哉？"④《拈古》中亦说："皖山、永嘉，并得教外别传之妙，贵在坐断语言文字，直悟自心。而《信心铭》《证道歌》，则千红万紫，如方春之花，果语言文字耶？非语言文字耶？有旁不禁者试道看。虽然，花果碍春乎？花如碍春，春则不花可也。知碍则春必花之，则春之痴矣。春而不痴，花果碍春哉？如此则语言文字与教外别传，相去几许？"⑤《法语》中也说："若文字三昧不以音闻为体，是犹花不以春为神，岂真花也哉？"⑥水波之喻与春花之喻亦有异曲同工之妙，以波喻指语言文字，以水喻指禅宗心性。《礼石门圆明禅师文》中说："予以是知马鸣、龙树、谷隐、东林与圆明大师，皆即文字语言而传心，曹溪则即心而传文字语言。即文字语言而传心，如波即水也；即心而传文字语言，如水即波也。波即水，所谓极数而穷灵；水即波，所谓穷灵而极数。极数而穷灵，则法相、法性之波也；穷灵而极数，而法性法相之水也。故石门以文字禅名其书。文字，波也；禅，水也。如必欲离文字而求禅，渴不饮波，波欲拨波而觅水，

---

① [明] 紫柏真可：《紫柏大师全集》，上海：上海古籍出版社，2013年版，第56页。
② [明] 紫柏真可：《紫柏大师全集》，上海：上海古籍出版社，2013年版，第92页。
③ [明] 紫柏真可：《紫柏大师全集》，上海：上海古籍出版社，2013年版，第92页。
④ [明] 紫柏真可：《紫柏大师全集》，上海：上海古籍出版社，2013年版，第314页。
⑤ [明] 紫柏真可：《紫柏大师全集》，上海：上海古籍出版社，2013年版，第369页。
⑥ [明] 紫柏真可：《紫柏大师全集》，上海：上海古籍出版社，2013年版，第32页。

即至昏昧，宁至此乎？"①《文薪偈》中，紫柏真可以薪火之关系比喻文字般若与观照般若、实相般若之关系，其云："若微文字薪，观照火无附。若微观照火，身心薪不然。薪然俄成灰，灰飞身心尽。湛然实相灯，光明无内外。自烧复烧人，一灯传百千。百千传无穷，终古常若旦。十方无夜时，文字薪功德"，"我作文薪偈，名缘因佛性。熏汝了与正，实相类传永。无论冤与亲，皆入光明海"。②

不论是春花之喻、水波之喻还是薪火之喻，其目的旨在强调对语言文字的重视，为其刊刻藏经、流通佛教经典提供理据。《书某禅人募刻大藏卷后》中说："夫大藏，佛语也；而大藏之所诠者，佛心也。佛语如薪，佛心如火。薪多则火炽，薪尽则火不可传，火不可传则变生为熟，破暗张明之用，几乎息矣。故传火必待于薪而火始有用，传心必合于佛语而心始无疑。"③《与吴临川始光居士》中云："此方真教体，清净在音闻。音闻即文字三昧也。此三昧又名文字般若，又名缘因佛性。如刻藏之举，正所谓缘因佛性耳。盖众生所习无常，以缘因众生性熏之，则众生知见发现；以缘因佛性熏之，则佛知见发现。能熏如风，所熏如谷，此娑婆世界，非以文字三昧鼓舞佛法，法安可行？"④

对于一个佛教徒而言，一切修行的最终目的要落实到修行实践层面。就文字般若、观照般若、实相般若或缘因佛性、了因佛性、正因佛性而言，文字般若作为缘因佛性之一，是参悟实相般若、证悟正因佛性过程中必不可少的途径和基础，是实相般若之阶梯，"如众生正因佛性虽在，不得缘因佛性熏之，则了因不开，了因不开则正因终不得而复矣。由是而言，缘因，佛语也；了因，佛语之所诠也；正因，则众生本有之自心也。自心固有，不得佛语传之，了因了之，自心虽固有，终不能用也。正如火大而不得薪以传之，火亦终不可得而用也。是故有志于用自心者，必先明佛语。夫自心明则无往而非明矣"⑤。紫柏真可倡导文字般若，组织刊刻大藏经，为晚明佛教的义学复兴和佛法普及起到了重要的作用，他所秉持的佛、释、道三教圆融，佛教内部性相、宗教会通

---

① [明]紫柏真可：《紫柏大师全集》，上海：上海古籍出版社，2013年版，第331页。
② [明]紫柏真可：《紫柏大师全集》，上海：上海古籍出版社，2013年版，第465页。
③ [明]紫柏真可：《紫柏大师全集》，上海：上海古籍出版社，2013年版，第353页。
④ [明]紫柏真可：《紫柏大师全集》，上海：上海古籍出版社，2013年版，第565页。
⑤ [明]紫柏真可：《紫柏大师全集》，上海：上海古籍出版社，2013年版，第353—354页。

的理念，无疑给游学无根之佛教徒当下棒喝，也为他本人的诗文创作奠定了理论基础，为其沟通僧俗、扩大他在晚明精英阶层的影响力发挥了重要作用，正如顾大韶在《跋紫柏尊者全集》中所说："最可敬者，不以释迦压孔老，不以内典废子史。于佛法中，不以宗压教，不以性废相，不以贤首废天台。盖其见地融朗，圆摄万法，故横口所说，无罣碍，无偏党。与偎墙倚壁、随人妍媸者，大不侔矣。其于《石门文字禅》《东坡禅喜集》，称之不去口。盖此方真教体，清净在音闻。欲以文字般若作观照实相之阶梯，不妨高抬慧业，诱掖利根，则又此老之深心密意也。"①

与三种般若、三因佛教佛性密切相关的另一话题，是言意象之辨。自庄子"得鱼忘筌"之论提出以后，言、意、象三者之关系成为儒、释、道三家共同关注之话题，也是中国文论中的重要命题。对此，紫柏认为"圣人以为书不尽言，言不尽意，故设象以寓其意"②。圣人设象之目的在于寓意，使学者由象得意，得意忘象。而此"意"，则明显带有禅宗心性论的特点，"学者玩象积久，智讫情枯，意得而象忘，则书与言不能尽者，我得之矣。一得永得，千古无疑，死生迭更，是非交错，而我所得者光洁坚固，了无污染损坏也"③。他对"象"进行了具体说明，认为"表"与"象"非一非二，"所谓象者，如龙象干，马象坤，如大鹏象止观，如童男童女表真谛，如长者优婆夷表俗谛。故表即象也，象即表也。表则借事显理，故意得则无象非意，理显则无事非理。无象非意，我不欲忘象而象自忘；无事非理，我无心会理而理自冥。象忘则意难独存，理冥岂事能碍者乎？"④他将"表""象""意"与佛教止观学说联系起来，认为由观象而得意即由观而入止，得意而忘象即由止而用观，"始因观而入止，终则即止而用观。因观而入止，功在玩象而得意；即止用观，功在意忘而象无待故也。故学者有志于道，则止之与观，苟不精研玩象则意不得，意不得则象不忘。象不忘则意在，意在则止不深，止不深则不能即万化而寂寥。此意甚远，非身心可到。惟即身心而忘身心者，似可仿佛"⑤。他以《华

---

① [明]紫柏真可：《紫柏大师全集》，上海：上海古籍出版社，2013年版，第794页。
② [明]紫柏真可：《紫柏大师全集》，上海：上海古籍出版社，2013年版，第59页。
③ [明]紫柏真可：《紫柏大师全集》，上海：上海古籍出版社，2013年版，第59页。
④ [明]紫柏真可：《紫柏大师全集》，上海：上海古籍出版社，2013年版，第59—60页。
⑤ [明]紫柏真可：《紫柏大师全集》，上海：上海古籍出版社，2013年版，第60页。

严经》《法华经》等佛教经典为例,印证其"以象寓意,得意忘象"之论,"然《华严》《法华》,皆以象寓意,能得意而忘象者,指波为水可也,指理为事可也,指精为粗可也,指粗为精可也。脱泥象而不得其意,虽清凉、方山、石门复出,吾未如之何也"①。《跋法华抒海》中说:"夫莲花象也,妙法意也。学人能玩象得意,象未始非意,粗未始非妙。且道全人即法时,阿谁玩象?"②进而提出以意统象,意外无意,"'若人识得意,意外本无象。'无象则无物,无意则无我,无物无我,君子何怕多?"③基于此,他在《寄聚光洞微作时文说》认为文章之妙,当于可见处而寻其不可见者,于文章背后寻其内蕴,于象外而得意,切不可以人就我,随波逐流,"如汝等作时文,既谓之时文,此须我就人者也。若待人而就我,便非时文矣。然我就人,须就而不就,则无所不就。所以人虽不欲我就,不可得也。然人不得不就之者,盖有不可见者存焉。今人作文,可见者有余,而不可见者索然。苟能于不可见者,以可见者为之绍介,如云中龙,头角虽不露而中自有神。此皆伪不掩真,真亦不掩伪故也。故文如云,我意之所寄如龙。倘怀抱不虚灵,而欲我意如龙之神,未之有也。夫养怀抱,端在以理治情,情消而寸虚,若青天之廓布,文章自秀朗矣。此之谓以我就人,人虽欲不我就,不可得者也"④。紫柏此论,自在突出创作主体的独立性与文章内蕴的真情真意,与一味追寻刻绘描摹的复古派文论大异其趣,为晚明文坛对反拨复古余风自然具有推波助澜之功。

紫柏真可在极端重视文字禅的同时,对佛教经典的文学性有着充分的认识。《楞严经》虽有百伪之嫌,却因文致委婉而广受僧俗两界的欢迎,在晚明呈现出盛行之貌。紫柏真可借宋代苏轼之言对其论道:"吾读《楞严》,始悟圣人会物归己之旨,而古人有先得此者,则曰:'若人识得心,大地无寸土。'又曰:'我今见树,树不见我,我见何见?'《楞严》文字之妙,委曲精尽,胜妙独出,此眉山之言也。"⑤僧肇的《般若无知论》,作为我国早期系统理解与阐释般若学说的力作,其文辞之美,深得其师鸠摩罗什的盛赞,

---

① [明]紫柏真可:《紫柏大师全集》,上海:上海古籍出版社,2013年版,第176页。
② [明]紫柏真可:《紫柏大师全集》,上海:上海古籍出版社,2013年版,第354页。
③ [明]紫柏真可:《紫柏大师全集》,上海:上海古籍出版社,2013年版,第217页。
④ [明]紫柏真可:《紫柏大师全集》,上海:上海古籍出版社,2013年版,第495—496页。
⑤ [明]紫柏真可:《紫柏大师全集》,上海:上海古籍出版社,2013年版,第207页。

《肇论新疏》中载："什公初译大品，论主宗之以作此论，竟以呈什。什叹曰：'吾解不谢子，辞当相揖。'"① 对此，紫柏真可在《书般若无知论后》充分肯定了其"文致婉密，理路冲远"的文学特性。②

二、心统性情与以理折情

作为典型的真心一元论者，紫柏真可就"心""性""情"三者之关系进行了系统证述，提出了心统性情之论。《法语》中说：

夫理，性之通也；情，性之塞也。然理与情而属心统之，故曰心统性情。即此观之，心乃独处于性情之间者也。故心悟则情可化而为理，心迷则理变而为情矣。若夫心之前者则谓之性，性能应物则谓之心，应物而无累则谓之理，应物而有累始谓之情也。③

《义井笔录》中亦云：

又有心统性情之说。世皆知有此说，知其义者寡矣。夫情，波也；心，流也；性，源也。外流无波，舍流则源亦难寻。然此说不明，在于审情与心、心与性忽之故也。应物而无累者谓之心，应物而有累者谓之情，性则应物不应物，常虚而灵者是也。由是观之，情即心也，以其应物有累，但可名情，不可名心。心即情也，以其应物无累，但可名心，不可名情。然外性，无应与不应，累与不累耳。④

综此可见，紫柏真可认为"性"为"心"之源，是虚而灵者，本无应物不应物之理，亦无真妄之别。"心"为"性"之流，为"性"应物后之具体作用与显现。"心"之发用，分为"理"与"情"两端，悟后应物而无累称之为"理"，"心"迷时应物而有累称之为"情"，"理"为"性"之通而"情"为"性"之塞。紫柏真可认为圣人亦有情，不过其情"通而不昧，情而无累"

---

① [元]文才述：《肇论新疏》卷二，《大正藏》第45册，第213页上。
② [明]紫柏真可：《紫柏大师全集》，上海：上海古籍出版社，2013年版，第361页。
③ [明]紫柏真可：《紫柏大师全集》，上海：上海古籍出版社，2013年版，第34页。
④ [明]紫柏真可：《紫柏大师全集》，上海：上海古籍出版社，2013年版，第220页。

罢了。《法语》中说："圣人岂无情哉？唯其通而不昧，情而无累。情故无所不达，无累故初无爱憎。所以一切大菩萨，饥馑之岁身化为鱼米肉山，疾疫世身化为一切药草。此情耶？非情耶？无情则同木石，有情则不异众生。故能以眼闻声者圣人也，以耳闻声者众人也。"① 圣人与凡人心性本同，差别在于率情与率性之别，"夫众人之与圣人，初非两人也。圣人人也，众人亦人也。然圣人则无往而非率性，众人则无往而非率情。率性则惺寂双流，率情则昏散齐骋。惺寂双流，则根尘空而不废能所之用；昏散齐骋，则根尘障而昧一真之体"②。《义井语录》中说："情本无根，自性变而有之。无我而灵者性也，有我而昧者情也。众人率有我而昧者应事，所以不能通天下之情；圣人率无我而灵者应事，所以能通天下之情，而吉凶祸福不能累尔。"③《示始光》中亦详辨率性、率情之差别，其云："率性则无往不妙，率情则无往不粗。何以故？率性则无往而非无我，而灵者用事故；率情则无往而非有我，而昧者用事故。又率性若未见性，安能率之？如人渴不见水，又饮何水？惟见性者然后能率性，能率性则无始以来一切染习种子现行，无择境缘顺逆，自然任运而消。故曰：'见性人习气，不消而消，不修而修。'"④

不难看出，紫柏真可关于"心""性""情""理""率性""率情"之论，实受《大乘起信论》"一心开二门"之论证思维模式影响，揭示出"心"由悟至迷、由迷返悟的转变过程。众生之迷，在于认情为理、迷情为性。若由迷返悟，他提出了"以理折情"之解脱路径。他在《法语》中以《华严经》善财童子南询五十三参及《楞严经》五十五位真菩提路为例，说明"以情折情"之解脱路径，其云：

> 呜呼！诸大士门庭岂易历哉！苟不能以理折情，则死生祸福之关诚不易破。即《首楞严》五十五位真菩提路，自初信以至等觉、金刚道后，于四十二品无明重重历煅，无明煅尽而妙觉始圆，亦不出"以理折情"四字。良以理无我，情有我。善造道者，能以无我折有我，

---

① [明]紫柏真可：《紫柏大师全集》，上海：上海古籍出版社，2013年版，第53页。
② [明]紫柏真可：《紫柏大师全集》，上海：上海古籍出版社，2013年版，第44—45页。
③ [明]紫柏真可：《紫柏大师全集》，上海：上海古籍出版社，2013年版，第779页。
④ [明]紫柏真可：《紫柏大师全集》，上海：上海古籍出版社，2013年版，第112页。

则有我日消，而无我日光。光则明，明则虚，虚则灵，灵则通。既通而灵，而我曹求无上道之能事毕矣。①

通过无我之"理"消解有我之"情"，进而达到内心光明虚灵之境界，完成由我执到无我的修行解脱之路。《毗舍浮佛偈》为紫柏真可终生受持信奉之佛偈，其云："假借四大以为身，心本无生因境有。前境若无心亦无，罪福如幻起亦灭"，主旨无外乎破除身心之执着，从而达到自由无碍、罪福如幻的自在境界。紫柏真可在《释毗舍浮佛偈》中提出，若能从自、他两个层面反复推求身、心产生之因，以理折情，情枯智讫，便可明晰无生之旨，"于自于他反复推究，谓因他生，谓因自生，以理折之，自他之情枯极无地。自他之情既枯，将何物共而生心耶？共而生心之情既枯，岂无因而能生心耶？"②以理治情，变情为性，不失为解脱正路。《长松茹退序》中说："立言不难，难于明理；明理不难，难于治情。能以理治情则理愈明，理愈明则光大，故其所立之言，天下则之，鬼神尊而诃护之。"③《长松茹退》中也说："吾以是知山河大地本皆无生，谓有生者情计耳，非理也。故曰：'以理治情，如春消冰。'"④又云："性变而为情，情变而为物，有能泝而上之，何物非性？"⑤在《法语》中，紫柏真可提出超情复性之说，"邪从正，则情消而理渐明；正从邪，则理昧而情渐流。情消而理明，则心将复于性也；理昧而情流，则心渐累于物也。心将复于性，则坤复干有日矣。心渐累于物，则坤终不能复干矣。盖干即理也，坤即情也。心之为物，以理养之则终复性，不以理养之，则渐将流于情矣"⑥。邪正之区分，唯在于情、理之消长，以理折情，情消而理明，理明则心复于性，不被外物所累，是为修心正路。反之而行，理昧而情流，心为外物所累，则堕于迷途。《义井笔录》中说："又无我而灵者性也，有我而昧者情也。性变而为情，性无边际，情亦无边际。情复而全性，情无边际，性

---

① ［明］紫柏真可：《紫柏大师全集》，上海：上海古籍出版社，2013年版，第41页。
② ［明］紫柏真可：《紫柏大师全集》，上海：上海古籍出版社，2013年版，第54页。
③ ［明］紫柏真可：《紫柏大师全集》，上海：上海古籍出版社，2013年版，第195页。
④ ［明］紫柏真可：《紫柏大师全集》，上海：上海古籍出版社，2013年版，第195页。
⑤ ［明］紫柏真可：《紫柏大师全集》，上海：上海古籍出版社，2013年版，第196页。
⑥ ［明］紫柏真可：《紫柏大师全集》，上海：上海古籍出版社，2013年版，第42页。

亦无边际。如水广冰多，冰厚水深也。"①

不管是以理折情、以理治情还是超情复性，"情"皆为首先破除之对象，他在《法语》中说："盖法性不明则情关不破，情关不破则身心执受终不能消释。以执受未消释，故于饮食男女之欲根，断不能拔。"②而爱又为情之根本，"情本于爱，爱滋贪疾。贪而不足，遂生不悦。好恶无常，互生互灭，于如意境如醉如痴。害当顷刻，犹自嘻嘻，以相忘故耳"③。若想消除爱源，当于顺境常迷处观照，拔除爱根，消除嗔波，"众生最初受生，由爱而来，顺境滋之，任运冥合。所以逆境易觉，顺境常迷。能于顺境照之不昧，则爱源渐竭，嗔波亦停。嗔不自嗔，由爱所生，爱既渐除，嗔岂不灭？譬如伐木，既截其根，枝柯自坠。嗔爱交损，亦复如是"④。为了破除情爱之羁绊，他提出了达本忘情之论，达本自可忘情，不可以情遣情，"梦悟醒迷，圣凡途隔，究其所自，不过未达本源。故曰：'达本忘情，知心体合。'即此而观，情未忘时不必以情忘情。何以故？情终不忘故。如一达本，情不待忘而自忘矣"⑤。由忘情进而至于情死，情死而性活，进而心径圆通，洞明自心，转识成智，"然欲洞明自心，贵在情死。盖情不死，性不活，则于博地凡夫，欲其直下转识成智，心径圆通，安有是处？"⑥由情死而至于心死，紫柏真可提出了心死而百工技艺方精的理念，《寄顾汝平》中说："大凡百工技艺有志成其述，苟自心不死而能诣其精处，无有是理。何以故？盖心死则一切旧染失其椿杌，而本心自全，精神不胜用矣。然可死之心，必因前尘而有。既因前尘而有，如能达尘无地，则心不死，未之有也。"⑦

另一方面，我们也可以看出，在晚明物质生活日益奢靡、物欲横流的社会大背景下，紫柏真可也看到了饮食男女为欲之大者，"饮食男女，众人皆欲，欲而能反者终至于无欲。嘻！谁无欲者可以劳天下，可以安天下？"⑧又

---

① ［明］紫柏真可：《紫柏大师全集》，上海：上海古籍出版社，2013年版，第219页。
② ［明］紫柏真可：《紫柏大师全集》，上海：上海古籍出版社，2013年版，第70页。
③ ［明］紫柏真可：《紫柏大师全集》，上海：上海古籍出版社，2013年版，第77页。
④ ［明］紫柏真可：《紫柏大师全集》，上海：上海古籍出版社，2013年版，第77页。
⑤ ［明］紫柏真可：《紫柏大师全集》，上海：上海古籍出版社，2013年版，第153页。
⑥ ［明］紫柏真可：《紫柏大师全集》，上海：上海古籍出版社，2013年版，第157页。
⑦ ［明］紫柏真可：《紫柏大师全集》，上海：上海古籍出版社，2013年版，第566—567页。
⑧ ［明］紫柏真可：《紫柏大师全集》，上海：上海古籍出版社，2013年版，第197页。

云:"声之与色,果障道乎?果不障道乎?说者以为聪明凿而真知丧矣!殊不知风鸣万松,月照千峰,声乎?色乎?障道乎?不障道乎?此既不障,则艳姬清唱,岂独障道哉?声色恶能障道,人自障耳。人障而反诬声色,何异张翁吃酒李翁醉也?"①从真心一元论出发,他认为障道者并非外在的声色物欲,而是人们的自心,"夫饮食男女,声色货利,未始为障道。而所以障道者,特自身自心耳"②。而此"自心",专指妄心而言,"究而言之,如此妄念,终朝汩汩,毕世辛勤,不过最初一点妄心不能空耳。我故曰:'饮食男女声色货利非障道也,障道者,惟此妄心也'"③。为此,他以"隔壁闻钗钏声即为破戒"的禅林公案为例,藉以说明欲中解脱之理。《与方幼舆》中说:"古德问僧:隔壁闻钗钏声即为破戒,且道作么生持?其僧云:好个入处。"④究此公案,所谓"好个入处",旨在说明破戒与否在是否生心。如果虽闻钗钏声而心体不动,一念不起,则闻如无闻,自然没有破戒之说。故得戒与否,贵在戒体而非戒相,贵持无相戒。又钗钏之音,正为蛊惑人心处,最易使人起心动念,生诸妄相。然此境正为勘验修持者修行境地之关钥,故于此若心无所动,他境自然无足动念。由此而言,钗钏声可为修行路径之一,声色也可成为解脱之道。《夜宿盱江太平桥南》道出神仙也是凡人所修,只不过其爱缠已断而已,"若得诘朝天气好,从姑山上访神仙。神仙初亦是凡女,欲海情枯断爱缠。一断爱缠蛇为龙,飞行自在独超然"⑤。在《西子说法偈》中,他以佛教空观为内在理据,破除对西施之美乃至于情爱的执着,转沉迷为法王,"世人尽爱西施美,范蠡不爱却载去。此意若使吴王知,伍员头始留得住。我闻西施美亦爱,爱情如火烧心里。无限精神为此枯,千排万遣无用处。偶读圆觉普眼章,西施之丑难掩藏。三十六物仔细观,但觉其臭不觉香。香臭互夺本无地,范蠡满载明月光。此光要使照千古,伍员头断日中霜。万花丛里去复来,西施翻作说法王。试观捧心颦眉时,芙蓉两岸秋波长。得渔欸乃声何奇,耳根一染平空

---

① [明]紫柏真可:《紫柏大师全集》,上海:上海古籍出版社,2013年版,第231页。
② [明]紫柏真可:《紫柏大师全集》,上海:上海古籍出版社,2013年版,第79页。
③ [明]紫柏真可:《紫柏大师全集》,上海:上海古籍出版社,2013年版,第79页。
④ [明]紫柏真可:《紫柏大师全集》,上海:上海古籍出版社,2013年版,第535页。
⑤ [明]紫柏真可:《紫柏大师全集》,上海:上海古籍出版社,2013年版,第591页。

亡。"[①] 在《示如印观身歌》《姜节妇歌》《龙蛇歌》等诗歌中，他反复借用范蠡与西施、刘邦与戚夫人、项羽与虞姬、苏武与胡妇乃至佛教中五百仙人与宫女之事典，反复阐释情欲之危害，强调破除妄心、迷而知返、欲中解脱之理路。在《铜犊歌》中，他以美人喻德清，藉以表达他的钦慕之情，"扶桑之西，黑水之东，劳盛凌厉，海色朦胧。奇岩异壑，曲涧巨峰。烟云深处，惊涛振空。中有美人，寂默禅宫。予曾扣关，如桴击钟。不虑而酬，即问而通。……长者绪言，久承下风。睹物思人，真怀忡忡"[②]。在《上方山夜坐怀孙仲来》中以借思美人言思亲友，藉以吐露自己的思念之情，"明月在青天，流泉在碧山。素辉与寒响，静听有无间。我有所思兮，美人纷未还"[③]。在《无题》组诗中，他更是发挥了以艳诗抒禅理的禅林书写表达传统，着眼点在末句，点出迷途知返之意，略举二例。其一中云："丈六金身卖酒标，一朝烂醉睡如猫。牡丹花下春风里，多少馨香带露飘。"[④] 其十三云："春来花草兴绸缪，丹室珠林挟妓游。卢舍那身随处现，醉中几个解回头。"[⑤]《答禅客》中说："藜杖春光入阁来，此中心事谩相猜。谁家楼上如花女，倦倚栏杆手托腮。"[⑥]

三、宗教实践的重视与书写

晚明佛教之失，除却寺院经济不振、僧官择非其人、僧人鱼龙混杂、戒律不守等原因外，僧人修行实践的缺失是造成佛教衰微的重要原因之一，莲池祩宏、憨山德清等晚明高僧以其自身的修证经验为丛林做出了表率，紫柏真可也不例外。他一生恪守僧戒、精进不懈，以勇猛刚烈之修持品格而蜚声禅林。他所倡导的文字禅，其含义已经远远超越了拈古颂古、古德机缘语录等禅宗文字典籍的局限，进而扩充至一切经教文字之中，作为证悟实相般若和正因佛性的阶梯，最终落实到指导宗教修行层面。他在《法语》中反复强调文字知解与宗教实践之间的差异，认为仅靠文字知解而不付诸于宗教修持的话，无异于画饼

---

① ［明］紫柏真可：《紫柏大师全集》，上海：上海古籍出版社，2013年版，第478—479页。
② ［明］紫柏真可：《紫柏大师全集》，上海：上海古籍出版社，2013年版，第676页。
③ ［明］紫柏真可：《紫柏大师全集》，上海：上海古籍出版社，2013年版，第676页。
④ ［明］紫柏真可：《紫柏大师全集》，上海：上海古籍出版社，2013年版，第471页。
⑤ ［明］紫柏真可：《紫柏大师全集》，上海：上海古籍出版社，2013年版，第472页。
⑥ ［明］紫柏真可：《紫柏大师全集》，上海：上海古籍出版社，2013年版，第640页。

充饥,于事无补,其云:"缘生无生之旨,稍通于文字般若者,率皆能言之。殊不知知缘生无生,特画饼充饥耳,曷能劫生死贼哉。惟知而能行,行而能战,战而能胜,胜则证之矣。"①《登那罗窟有感》也感慨知易而行难,贵在付诸实践,"明道易,履道难,习水情潭岂易干。不是一番拼命做,说时似悟用时瞒。话到此,泪如雨,滴滴皆从肝肺出。相逢罕遇个中人,愁人莫向愁人语"②。

就禅修理念而言,紫柏真可认为禅修的目的在于破除身心之执,了生脱死,悟明本心,开佛知见,最为直接有效的方法是诵持《毗舍浮佛偈》。他在《释毗舍浮佛偈》中说:"毗舍浮佛,此言自在觉。盖此佛于身与心,皆觉了解脱故。身解脱则无生死之碍,心解脱则无烦恼之碍。解脱即自在意也。而一切众生不能觉了身之与心,所以不能解脱生死烦恼之碍。若能觉破身心执受,众生与佛无殊。若不能觉破身心执受,即诸佛亦安得自在哉?"③因此,紫柏真可终生受持《毗舍浮佛偈》,并从中得益。吴应宾在《紫柏大师全身舍利塔颂》序中说:"一切宗教,不离七佛偈以为根本最初。《毗舍浮佛偈》云:'假借四大以为身,心本无生因境有。'有这半偈,已将三藏十二部、五千四十八卷、千七百则葛藤满口道出,更无覆藏。悟之者号禅师禅,证之者即如来果。紫柏大师持此半偈,普印众生若干种心,四十年胁不至席,手不停挥,为初学人谈法相义,为久习辈开般若门,为利智根指涅槃心,显法界藏。有时雷轰电掣,截断众流;有时带水拖泥,四轮着地。随机赴感,未曾一针锋许出得半偈道场。谓法友憨山师道:'吾持此偈,已得句半现前。了了常知,自许一生参学事毕。'"④憨山德清在《达观大师塔铭》中也载:"师常以《毗舍浮佛偈》示人,予问曰:'师亦持否?'师曰:'吾持二十余年,已熟句半。若熟两句,吾于死生无虑矣。'"⑤紫柏真可最后安然坐化于狱中,可谓是生平修持的最后勘验,故蕅益智旭在《达大师赞》中说:"破尽流俗知见,豁开宗教眼睛。不是门庭施设,极力剿绝识情。契心印于觉范,救暗证之

---

① [明]紫柏真可:《紫柏大师全集》,上海:上海古籍出版社,2013年版,第51页。
② [明]紫柏真可:《紫柏大师全集》,上海:上海古籍出版社,2013年版,第699页。
③ [明]紫柏真可:《紫柏大师全集》,上海:上海古籍出版社,2013年版,第54页。
④ [明]紫柏真可:《紫柏大师全集》,上海:上海古籍出版社,2013年版,第21页。
⑤ [明]紫柏真可:《紫柏大师全集》,上海:上海古籍出版社,2013年版,第16—17页。

生盲。法道是重，一身为轻。试验圜中瞑目地，始知半偈已功成。"①

就禅修方法而言，紫柏真可首先践行"平常心是道"的理念，在日用境缘中修行，在日用境缘中勘验修行所得。他在《求放心说示弟子》中说："自心如何求，当于日用中求也。"②《法语》中说："夫佛法本平常，而世以奇特求之，故往往不得佛心也，故曰平常心是道。此平常心，凡有血气之属，皆本有之，岂待佛菩萨而后有哉？"③然而若于平常境缘中不善用其心，便会转平常心为"三毒奇险之心"④，失其本有的大机大用。在禅观方法上，他倡导顿悟渐修，重视空观与不净观，藉以破除妄心对身心之执，达到自在解脱之目的。

值得注意的是，他将实践理念贯穿到诗文批评之中，强调宗教修持对创作主体的影响。在《跋黄山谷集》中，紫柏真可认为黄庭坚的文学创作并不仅仅是表达其对佛理的知解，而是融汇了他的修证体悟，"此集如水清珠，浊波万顷，投之立澄；如摩尼宝，饥寒之世得之，诸病即愈。此老不特尊其所知，行其所知而已"⑤。苏轼的《大悲阁记》，则是知死用活、得意忘言的典范，"鱼活而筌死，欲鱼驯筌，苟无活者守之，鱼岂终肯驯筌哉？如书不尽言，言不尽意，盖意活而言死故也。故曰承言者丧，滞句者迷。予读东坡《大悲阁记》，乃知东坡得活而用死，则死者皆活矣"⑥。又云："然则东坡之文字，非文字也，乃象也。如意得而象忘，则活者在我矣。"⑦苏轼的文字之所以具有感发人心、醒悟人心的精神力量，在于他能深悟语言文字三昧，契悟佛心，《跋苏长公集》中云："大⑧峨山凡作文作赞作偈，发挥不传之妙，纵横诞幻，使人莫得窥其藩篱者。盖其所得众生语言陀罗尼三昧，于大雄氏未睹明星之前久矣。"⑨在《读东坡观音赞》中，他详细记录了因读苏轼《观音赞》而发悟的经历，"当年客少室，饭讫乃经行。柏根见短碑，刻画观音形。上有

---

① [明] 蕅益智旭撰：《蕅益大师全集》第14册，成都：巴蜀书社，2014年版，第206页。
② [明] 紫柏真可：《紫柏大师全集》，上海：上海古籍出版社，2013年版，第133页。
③ [明] 紫柏真可：《紫柏大师全集》，上海：上海古籍出版社，2013年版，第150页。
④ [明] 紫柏真可：《紫柏大师全集》，上海：上海古籍出版社，2013年版，第150页。
⑤ [明] 紫柏真可：《紫柏大师全集》，上海：上海古籍出版社，2013年版，第340页。
⑥ [明] 紫柏真可：《紫柏大师全集》，上海：上海古籍出版社，2013年版，第350页。
⑦ [明] 紫柏真可：《紫柏大师全集》，上海：上海古籍出版社，2013年版，第350页。
⑧ 案："大"疑为"夫"。
⑨ [明] 紫柏真可：《紫柏大师全集》，上海：上海古籍出版社，2013年版，第355页。

东坡赞,读之蚊上铁。余而久味之,一日顿了彻。自是恣口门,到处为人说。眉山苏长公,觅佛心已歇。心歇光自圆,事理皆活泼。戏谑与讥呵,譬如青天裂。天裂眼界高,天外风景别。如若自不见,反笑人见拙"①。

紫柏真可无意为文,凡其所作法语、传记、诗文等,皆不假雕饰,称性流出,随手散去,呈现出一种潇洒自然之势。憨山德清在《紫柏老人集序》中谈道:"(紫柏真可)以自性宗通,故随机之谈,如千钧弩发,应弦而倒,无非指示西来的意。称性冲口,曾无刻意为文也,一唾便休,弟子辈笔而藏之者十一。"②紫柏真可弟子三炬在《紫柏大师全集序》中说:"大师应机说法,随缘拈举,不假安排,俱从第一念中流出。惟期与人共明此事,原无意于文字语言。凡所开示人者,即令其人代书,书毕随手携去,大师未尝再一寓目。"③钱谦益在《紫柏尊者别集序》中也说:"尊者之文,一言半偈,称性流出,如水银散地,颗颗皆圆。"④贺烺在《紫柏大师集跋》中以自己的亲身见闻为例,描绘出紫柏真可冲口而冲、不假雕饰的创作情景,"烺尝见侍者握管旁立,大师冲口而出,侍者奋腕疾书,犹苦不给。一纸既盈,复易一纸,如泉喷地,琅琅不停,自非见地圆明,了无凝滞,曷至此乎?噫!有文字,有未始有文字,学者由文字悟未始有文字,则妙膳上味人人充满。如但作文字会也,何异指馔说饱,岂疗枵虚?"⑤紫柏真可本人也认为文章之妙在于自然天成,不假雕琢。唯有内心清虚,涤除烦恼,方可臻于妙境,《赠马子善》云:"堤上垂垂柳,堤下青青草。等闲清游时,文章皆极妙。不假雕琢工,天然而自巧。借问此何来,胸中无烦恼。"⑥《奉答万思默学宪》中亦云:"饭罢只堪闲坐卧,诗成何必苦推敲。遥知大范觥光景,静里空虚恐未抛"⑦,体现出随事而发、不假雕琢的创作理念。在《古涧歌》中,他认为诗文写作贵在离言得意,应如虫食木,偶尔为文,"又不见,言说法身无精粗,忘言得意皆真如。白雪重迭流水声,侧耳听来有若无。自太宰,与诸君,粗言细语,如虫食木,偶尔

---

① [明]紫柏真可:《紫柏大师全集》,上海:上海古籍出版社,2013年版,第480页。
② [明]紫柏真可:《紫柏大师全集》,上海:上海古籍出版社,2013年版,第3—4页。
③ [明]紫柏真可:《紫柏大师全集》,上海:上海古籍出版社,2013年版,第6页。
④ [明]紫柏真可:《紫柏大师全集》,上海:上海古籍出版社,2013年版,第710页。
⑤ [明]紫柏真可:《紫柏大师全集》,上海:上海古籍出版社,2013年版,第6页。
⑥ [明]紫柏真可:《紫柏大师全集》,上海:上海古籍出版社,2013年版,第574页。
⑦ [明]紫柏真可:《紫柏大师全集》,上海:上海古籍出版社,2013年版,第601页。

成文。有心无心路既穷，流水泠泠出白云"[1]。在《庞德公歌》中，甚至流露出游戏诗文、无执无碍的创作理念，"洗墨无池笔无冢，聊以作戏悦吾尔"[2]。《法语》中，他又以《华严经》中四十二字母为例，认为"字本于声，声本于心，心乃我固有之虚录也"[3]，文章写作也应随心而作，称性而行。

综上可见，紫柏真可身为名重禅林的一代高僧，在晚明佛教文学史上也占有重要地位。他的佛教文学思想，融佛禅、艺理与实践于一体。他极力倡导文字禅，系统梳理了文字般若、观照般若与实相般若之间的关系，进而论及言、意、象之辨，为《嘉兴藏》的刊印和晚明义学复兴奠定了理论根基，同时也为晚明僧人的佛教文学创作提供了理据。他提出了"心统性情"的理论，倡导"以理折情"的实践路径，同时肯定声色物欲对人的影响，也不乏借色言禅的文学书写。他解行并重，重视宗教实践，强调宗教实践对佛教文学创作的影响，其作品充盈着宗教实践的文学书写，称性流出，不假雕饰，呈现出自然洒脱之势。

---

[1] ［明］紫柏真可：《紫柏大师全集》，上海：上海古籍出版社，2013年版，第698页。
[2] ［明］紫柏真可：《紫柏大师全集》，上海：上海古籍出版社，2013年版，第697页。
[3] ［明］紫柏真可：《紫柏大师全集》，上海：上海古籍出版社，2013年版，第41页。

清代佛教文学的文献情况与文学史编写的体例问题

——《清代佛教文学史》编撰笔谈

鲁小俊

武汉大学中国宗教文学与宗教文献研究中心

清代佛教文学,指这一时段里僧侣创作的文学,是中国佛教文学史的重要组成部分。清代佛教的发展情况,纵向来看,前中期较为兴盛,道光以后国势衰落,佛教亦式微。就宗派而言,禅宗和净土宗影响较大,其他宗派则相对微弱。明清鼎革之际,禅宗复兴,其中又以临济天童、盘山二系和曹洞寿昌、云门二支最为繁盛。清初以后,禅宗衰落,净土宗仍为佛教各宗的共同信仰。迄至近世,传统佛教日趋衰微,居士弘传佛学,成为中国佛教的中坚力量。清代佛教文学的发展历程与此相关联,又有自身的特点,《清代佛教文学史》试图对其作出符合实际的描述。

与清代佛教文学的实际成就相比,学术界的关注显得很薄弱。例如日本学者加地哲定《中国佛教文学》(今日中国出版社 1990 年版)几乎就没有涉及清代僧侣的文学创作。在以往的研究中,历来学者最重视清初,其次清末,又次清代中期。其中研究较多者,主要是清初遗民诗僧及清末的少数大家。例如孙昌武先生《中华佛教史·佛教文学卷》(山西教育出版社 2013 年版)第九章《宋代以后的佛教与文人》第九节《清代前期文人与佛教》,以及第十三章《近代文人与佛教》,其重心尚不是僧侣作家;陈引驰先生《佛教文学》(上海人民美术出版社 2003 年版)第九章《近世诗人与佛教》,涉及清代的只有一节《近代诗僧与苏曼殊》;龙晦先生《灵尘化境:佛教文学》(四川人民出版社 1995 年版)第六章《清及近代佛教文学》涉及的僧侣作家稍多,有弘智(方以智)、大错(钱邦芑)、正志(熊开元)、读彻(苍雪)、超源(莲峰）、达瑛（慧超）、清恒（巨超）、湛汛（药根）、慧琳（梅庵）、祖观（觉阿）、了禅（月辉）、昌仁（一庵）、敬安（寄禅）、苏曼殊等十四位，以及道元、再生、性道、静诺、慧机等五位有诗文传世的比丘尼。

这一研究现状与清代诗文的研究状况有些相似而更显滞后。在整个清代文学的研究领域，小说戏曲一直是大宗，诗文方面直到最近二十年才真正繁荣起来，而以诗文为主体的"佛教文学史"这类专题研究又更为晚熟。因此，以名家大家为主要研究对象，自然也是研究的初级阶段的主要特点。而这样的状况，显然不足以反映清代僧侣创作的实际情况。要了解清代僧侣的精神世界、生存状态、审美意趣、文学修养，必须对僧侣作家作整体研究，而不仅是名家大家。

较之于前面的几个时段，清代佛教文学文献的主要特点是：作家众多，创作繁荣，文献丰富。根据《清人别集总目》《清人诗文集总目提要》等工具书提供的信息，现存清代僧侣别集的数量为300多种，有别集传世、可作专题研究的作家近300人。（清代僧侣别集在《清人别集总目》中著录作者265人，著作360种，仍有失收的情况，如通琳《大觉禅师遗文》、济悟《鹤山禅师执帚集》等未曾收录；又有明人误作清人者，如智舷等。凡此种种，皆需深入清理。）其中较为重要的别集，多已收入《丛书集成续编》《丛书集成新编》《续修四库全书》《四库存目丛书》《四库未收书丛刊》《四库禁毁书丛刊》《清代诗文集汇编》《禅门逸书初编》《禅门逸书续编》《北京师范大学图书馆藏稀见清人别集丛刊》《上海图书馆未刊古籍稿本》等大型丛书，除去重复收录者，已经收入丛书的别集数量有60多种（这些可以视作常见文献）。这些别集包含的文体众多，除了通常所见诗文之外，语录、小参、示众、机缘、垂问、拈颂、偈等皆有涉及。此外，方志、山志、寺院志以及总集中的僧侣作品，数量也相当可观。例如《晚晴簃诗汇》，涉及的僧侣作家有260人，其中有不少诗人没有诗集存世。以上这些文献，是编撰《清代佛教文学史》的基础文献。

20世纪以来文学史著作的主流体例是纪传体，其突出特点是按照作家的"等级"安排章节，"一流"作家一章，"二流"作家一节，"三流"作家几个人合起来占一节或一段。纪传体的优势是可以清晰地展示重要作家在文学史上的地位，从而有助于把握文学史的大体走向。我在《清代佛教文学史》的上编部分,即借鉴这一体例,对大汕、大错、今释、函可、函昰、敏膺、道忞、成鹫、元璟、读彻、敬安等约二十位作家予以专题讨论。

但文学史不仅仅是"大作家"的创作史,众多"小作家"也应该包括在内。纪传体的局限就在于容易把文学史变成重要作家和文学名著的历史,而缺少对更为广阔的文学世界的关注。与纪传体以作家(大家、名家)或作品(名著)为基本单位不同,编年体以时间点(年、月、日)为基本单位和叙述支点,其优势恰在于关注文学发展过程中有价值的细节。与此相关联,在对基本文献的占有和使用方面,纪传体可以只关注重要作家和重要作品,而编年体则要求对每个时间点上的文学事件和人物通盘考虑,即便是名家名著,也应置于当代文学的"话语体系"之中。因此我在《清代佛教文学史》的下编部分,采用的是编年体的叙述方式,旨在将众多"小作家"纳入进来,从而尽可能地反映清代佛教文学的整体面貌。

抛开"等级"观念,以编年的方式,对有作品存世的僧侣作家进行观照,所遇到的一个主要问题是,文学史不应该也不可能是"全体僧侣作家年谱合编",那么,究竟哪些史实和作家应该被写入佛教文学史?这时,或许新历史主义的文学史观更为适用,即建构文学史的目标不是所谓还原或再现历史,而是用新的话语或文本表述新的"意义"。

具体而言,在下编的编年体部分,自然会涉及名家大家。而在上编部分,相关名家大家已有纪传体的叙述,对其生平和创作皆有较为充分的表述,因此在下编部分,将侧重叙述其"群体性"的文学活动。例如释敬安,除了在相关年份交代生卒、重要行迹等项之外,将突出其与其他僧侣、作家的交往,以及纪传体部分不便叙述的史实。如:

> 光绪十二年(1886)六月,王闿运集诸名士开碧湖诗社,敬安与会。九月,复至长沙,敬安赴王闿运、郭嵩焘招集之碧浪湖重阳会。
> 光绪二十一年(1895)冬,敬安与王闿运等人集长沙浩园,又在上林寺为易佩绅作寿。①

---

① 释敬安:《八指头陀诗年谱》,八指头陀:《八指头陀诗文集》,梅季点辑,长沙:岳麓书社,1984年版,第546、551页。

在编年部分展现这类史实,可让我们对于具体时间点上,僧侣作家的行迹和交游有更直观的了解。再如:

> 光绪二十年(1894)夏,大旱,敬安奉湖南巡抚吴大澂之请往黑龙潭求雨,愿以死解民忧。①

在陈述这一史实之后,再将敬安关注民生的其他诗作予以介绍和论述,从而与上编释敬安的专题形成"互见"。

又如,有些史实放在纪传体中可能有些突兀,放到编年体中则较为自然,且可见出前后之联系或变化。顺治二年(1645)除夕之夜,释通复写了一首诗,其中有"醉中身世还惊梦"之句。自注云:"律酒之为禁,在第五之条,所甚重也。予既耆于饮,又怯于戒,有所撰咏,且讳其字,自欺欺人,非两失乎!今得此句,即用表出,后有及之,纪自今始。"(《冬关诗钞》卷四)这首诗很可以见出作为僧人的通复,在面对"酒"时的特殊心态。近些年的文学史撰写,较多地注重细节和过程(参见蒋寅《进入"过程"的文学史研究》,《山西大学师范学院学报》2001年第1期),而编年体的独特优势即在于能够自如地处理这类文学史的细节问题。

至于上编纪传体部分没有专题论述的"小作家"(包括有别集传世者和仅在总集中存有作品者),皆归入下编编年体的部分。这样做旨在避免文学史的"空白"。在一定程度上,文学史家有点像说书人。譬如说书人讲究"有话则长,无话则短",而所谓"有话"和"无话"则取决于说话人对事件重要性的主观判断。文学史家也是这样,常常在"重要的"文学阶段花费较多的笔墨,而在"不重要的"阶段言简意赅甚或付诸阙如。这样,文学史著作的页数与文学的历史过程并不一致,而这种不一致在通常情况下是必要的。但同时,这种不一致是否会遗漏某些可能不"重要"但很有"意义"的历史过程,则是我们不能不谨慎考虑的问题。譬如明代前期一百多年的小说发展状况,长期以来在通行的文学史著作中几乎是不占有页码的。而实际上,明代前期市井民间的小说创作和传播从未间断,这一点,最近这些年已经引起了不少研究者的关注。

---

① 释敬安:《八指头陀诗年谱》,八指头陀:《八指头陀诗文集》,梅季点辑,第551页。

清代佛教文学史也是如此，清代前期和后期名家辈出，创作兴盛，在前面纪传体的部分，也是以这两个时期为重头戏；而中期则相对薄弱。我以编年体来解决这个问题，并不是说文学进程应该按照时间平均分配页码，而是指编年体本身要求对所有文学时间作平等的扫描和客观的记录，因而不容易出现所谓平庸的文学时代或文学史的空白时段（至于因文献缺失而无法纳入视野的时间点则另当别论），从而尽可能地避免有意义的文学史实的遗漏。在这一部分，我的基本原则是"大家求精，小家求全"。存世的众多清代僧侣别集，以及其他相关作品，则为编年体的佛教文学史叙述提供了充分的文献依据。

编年体的文学史叙述，也有其自身的问题。重视细节固然有助于建构"原生态"，但同时也容易忽略整体和大局。"近些年学界颇受法国年鉴学派的影响，细节的意义的确受到了应有的重视，但是有些学者经常忘了为什么要关注细节，往往是见木不见林，正像有人讽刺那些只重细节史的邯郸学步中人，他们知晓1789年巴黎的面包价格，但却不知道这一年爆发了法国大革命，忘却了年鉴学派也是具有'长时段'和'总体史'眼光的。"（吴晓东《历史如何触摸》，《读书》2006年第12期）在历时态地展示清代佛教文学发展历程方面，编年体有其自身的缺陷，即不具备宏观把握历史事实的功能，历程进程被分散在各个时间点中而缺乏高屋建瓴的概括。因此有必要借鉴纪事本末体的叙事方法，在适当的时间点对重要史实详其起讫，作历时态的叙述；同时在总论部分，加强宏观性的论述。这里将侧重两个方面：一是发展历程，二是文学谱系。就发展历程而言，清初佛教文学以遗民诗最为突出，无论是咏物、写禅境还是咏叹兴亡，悲凉情怀是此期佛教文学的主旋律。迨至清代中叶，由于社会结构的变化等诸多因素，佛教文学也体现出明显的世俗化特征。嘉道以后，国势日衰，佛教不振，但僧侣创作仍然有相当的势头，不可避免地染上了浓郁的近世色彩。就文学谱系而言，最突出的是以寺院为中心而形成的谱系。它不同于一般文学流派的流动性，而具有固定的地点依托，由此形成的世代相传的文脉，比之一般的文学流派更具有稳定性。其中镇江定慧寺、宁波天童寺、杭州灵隐寺等可为代表。而一般文学史著作中关于清代文学史的论述，皆称清代为古代文学的集大成时期。这一论断并非普遍适用。就清代佛教文学而言，并不具有集大成的性质。时代性、地域性、谱系性，是清代佛教文学最重要的特征。

概而言之，鉴于清代佛教文学文献的丰富性，《清代佛教文学史》采用了纪传体和编年体相结合的叙述方式，而在建构若干大判断方面，则借鉴了纪事本末体。目的在于尽可能全面地展示清代佛教文学的历史进程，至于能否达到预期目标，还有待于实践检验。

中国现代佛教文学[①]研究的回顾与展望

贾国宝

安徽财经大学文学与艺术传媒学院

中国现代佛教文学,作为中国佛教文学的重要组成部分,其研究成果虽不如中国古代佛教文学丰富,但在现代佛教思潮、民国佛教期刊、重要僧人作家等方面取得一些较大进展。本文拟对其略作综述,并提出展望,若有不妥之处,敬请方家批评补正。

一、中国现代佛教文学研究的回顾

(一)现代佛教思潮的研究与民国佛教文献的整理出版

现代佛教思潮,是 20 世纪中国社会思潮的重要内容之一,引起海内外学者的普遍关注,研究著作颇为丰硕。海外方面,美国学者霍姆斯·维慈的研究最为典型,其《中国佛教的复兴》着重揭示了中国佛教现代转型的实践与艰难。在我国台湾,这方面的研究起步较早,代表著作是释东初的《中国佛教近代史》(中华佛教文化馆,1974 年)。著者释东初作为这股思潮的参与者与亲历者,一方面增强了此书叙述的现场感与亲近感,另一方面理论分析的缺乏与不足也随之相伴而生。在大陆,此研究甚晚,但从 1990 年代起,研究专著开始陆续出版,如李向平的《救世与救心——中国近代佛教复兴思潮研究》(上海人民出版社,1993 年)、邓子美的《传统佛教与中国近代化》(华东师范大学出版社,1996 年)、麻天祥的《晚清佛学与近代社会思潮》(河南大学出版社,2005 年)等,以及唐忠毛的论文《20 世纪中国佛教思潮及其研究反思》,

---

[①] "佛教文学"在这里被限定为出家佛教徒僧尼创作的文学,"现代"作为时间概念,是指从清末延续到 1949 年。

都充分显示诸多学者对这一问题的普遍关注。较为遗憾的是，这些论著基本拘囿于现代佛教思潮这一社会思潮层面上，未曾揭示其对现代僧人的文学创作的巨大影响，或者将其作为现代僧人作家创作的思潮背景给予考察，但这些研究为推动中国现代佛教文学研究提供了前期的准备，这是不能否认的。

在民国佛教期刊出版方面，近些年来取得重大进展。《海潮音》作为民国时期办刊时间最长、影响最大的佛教刊物，2003年由上海古籍出版社整理出版。更为重要的是，黄夏年主编的《民国佛教期刊文献集成》及补编和《稀见民国佛教文献汇编（报纸）》分别于2006年和2008年编辑出版，集汇了民国时期的一切报刊杂志。民国时期，僧人作品，尤其是青年学僧作家的创作，基本发表在这些刊物上。可以说，佛教期刊的整理出版，对于推动现代僧人创作研究的深入可谓居功至伟。

（二）现代重要僧人作家研究

迄今为止，对现代僧人作家给予整体研究的专著比较稀少。张长弓的《中国僧伽之诗生活》（著者书店，1933年），简略地梳理了东晋以来僧诗的创作，指出晚清诗僧八指头陀和苏曼殊为中国诗僧的"殿军"。孙昌武的《中国佛教文化史》（中华书局，2010年），内容全面丰富，僧人创作是其中不可或缺的内容，从东晋一直写到近现代，虽论述八指头陀、弘一、宗仰等重要僧人的创作，却对苏曼殊只字不提，不能不说是一大遗憾。[①] 谭桂林的《二十世纪中国文学与佛学》（安徽教育出版社，1999年），较早发现到现代佛教思潮与中国现代文学之间存在的关联，虽提到苏曼殊、弘一，但着墨不多。王广西的《佛学与中国近代诗坛》（河南大学出版社，1995年），是从寺院诗系的角度梳理近代僧诗的创作，指出五四思潮对近现代僧人创作的影响，却并不深入。贾国宝的《传统僧人文学近代以来的转型》（中国文史出版社，2013年）则是近年来以近现代僧人作家作为整体研究的专著，宏观考察中国佛教文学在近现代发展的新变与不变，折射出中国佛教文学现代转型的艰难，但也存在僧人散文创作的遗漏，除弘一、太虚外，其他高僧没有给予研究。

[①] 孙昌武在《中国佛教文化史》论及近现代僧人作家，对苏曼殊只字不提；于凌波的《中国近现代佛教人物志》，将苏曼殊放置在"居士学者篇"里，都是源于对其僧人身份的质疑。在笔者看来，苏曼殊既无公开声明还俗，不曾仕宦，也无娶妻生子，只是僧家本色淡薄而已，故而认定其仍为僧人身份。

就现代重要僧人作家而言，个案研究远胜于整体研究，其中苏曼殊研究最火热最持久。20世纪20、30年代，当时社会上兴起一股"苏曼殊热"。柳亚子编辑出版的《苏曼殊年谱及其他》《苏曼殊全集》，对这股热潮的兴起与推动可谓功不可没。1950年代后，苏曼殊研究在中国大陆变得更加沉寂萧疏，可是在我国台湾、香港地区及海外仍然保持不衰的势头，台湾天一出版社出版的六册《苏曼殊传记数据》便集中显示了这方面的成就。1980年代后，大陆的苏曼殊研究重新复苏。首先是作品及注释的大量出版，诗歌方面有施蛰存辑录的《燕子龛诗》、刘思奋的《苏曼殊诗笺注》、马以君的《燕子龛诗笺注》；小说方面有浙江人民出版社的《苏曼殊小说集》、百花文艺出版社的《曼殊小说集》；小说诗文合集的有中国社会科学出版社的《苏曼殊小说诗歌集》、曾德珪的《苏曼殊诗文选注》、花城出版社的《苏曼殊文集》、东方出版社的《苏曼殊集》。随着文学研究的不断深入与发展，苏曼殊在中国近代文学史的地位得到进一步的巩固和提高，这从任访秋主编的《中国近代文学史》和郭延礼主编的《中国近代文学发展史》两部著作就可以看出这一变迁。1990年代后，苏曼殊传记写作开始兴盛起来，如李蔚的《苏曼殊评传》、张国安的《红尘孤旅：苏曼殊传》、毛策的《苏曼殊传论》、邵盈午的《苏曼殊传》、刘诚的《情僧诗僧苏曼殊》、日本学者中薗英助的《诗僧苏曼殊》，这些传记著作或用文学的笔法，或偏重学术研究，为世人展示传主生动奇特的人生，丰富了苏曼殊的研究。杨联芬的《晚晴至五四：中国文学现代性的发生》，积极评价了苏曼殊及其文学创作对五四一代青年作家的现代影响。黄轶的《现代启蒙语境下的审美开创：苏曼殊文学论》，作为苏曼殊研究的专著，将苏曼殊的文学创作放置在现代启蒙语境中，阐释其文学创作的现代意蕴。与苏曼殊相关的研究论文，更是汗牛充栋，其中陈平原的《论苏曼殊、许地山小说的宗教色彩》不能不提，它较早运用比较的眼光，揭示出五四前后的现代作家与宗教之间的影响关系以及他们的宗教情怀。

苏曼殊研究不仅包括专家学者，僧人也参与其中。早在1930年代，青年学僧掀起了一股"曼殊风"，1937年《人间觉》半月刊推出"苏曼殊研究专号"，将这股风推到了高潮。其中学僧发表的文章主要有暮伽的《卷头致词》、大醒的《偶谈曼殊》、通一的《我对于曼殊大师的观感》、慧云的《曼殊大师生平思想之我观》、化庄的《沉在"祸水"中的牺牲者》等，虽然夹杂批评的声音，但更多的是肯定赞赏之辞，对苏曼殊佛教戒律的松弛也抱持理解的态度，在他们看来，苏曼殊的沉沦是当时恶劣的佛教环境造成的，而学僧作为当时佛教革新的新生力量，陷入了举步维艰的困境中，故而苏曼殊的遭遇更能激起他们的心灵共鸣和普遍同情，诚所谓借幽谷之思情，抒自己之怀抱。但可惜的是，青年学僧掀起的"曼殊风"，长期隐而不彰，不为世人所知晓。

除苏曼殊外，晚晴另一个著名诗僧是八指头陀。较之苏曼殊，八指头陀的研究则显得较为冷清。较早研究八指头陀的，是太虚1921年撰述的《中兴佛教寄禅安和尚传》。1932年，在八指头陀殉教二十周年之际，《海潮音》推出"纪念八指头陀专号"，其中青年学僧大醒撰述的《清代诗僧八指头陀评传》《清代诗僧八指头陀年谱》最为突出，根据诗歌思想与情感兼具的艺术标准，对八指头陀的诗歌创作给予高度评价。1950年代后，八指头陀长期湮没无闻，直到1980年代初，才重新浮出地表。梅季点辑的《八指头陀诗文集》，是迄今为止收集八指头陀诗文作品最全面的版本，而且还收录了一些早期研究八指头陀的资料，从而促进了八指头陀的研究。钱仲联编着的《近代诗钞》，评价八指头陀诗具有爱国情怀和美好情操，进一步扩大了他的文学影响。相关研究论文，或着重分析爱国情怀，如梅季的《八指头陀的爱国诗篇》、梅季坤的《八指头陀及其爱国诗篇》、耿法的《爱国诗僧八指头陀》；或侧重诗歌艺术的阐释，如苏海洋的《八指头陀诗风初探》、萧晓阳的《释敬安诗歌的艺术：澄明之境中的诗音与诗画》、罗丽娅的硕士论文《论八指头陀的禅诗》；或揭示作诗与成佛的矛盾，如陈平原的《工诗未必高僧：关于寄禅》。

晚晴至民国初期，还有两个僧人作家不能忽视，一个是笠云，有诗集《听香禅室诗集》《东游记》，另一个则是著名佛教活动家宗仰，其作品大多发表在当时的报刊上，后经沈潜、唐文权精心收集，1999年整理出版为《宗仰上人集》。前者与晚晴文学家王闿运交游密切，诗僧八指头陀是他的徒弟，后者结交孙中山、章太炎、蔡元培等重要革命党人，声名显赫。前者似乎无人涉猎，宗仰研究以沈潜的《出世入世间——黄宗仰传论》为代表。

民国时期，随着佛学热的兴起与佛教宗派的发展，一批著名高僧开始涌现。他们在研佛弘法之余，也时常创作一些旧体诗和散文作品。在这些高僧中，弘一法师（俗名李叔同）的研究最为突出。弘一法师的出家原因，历来众说纷纭，金梅编着的《遁入空门：李叔同为何出家》是这方面成果的集汇。传记著作最早始自林子青的《弘一法师年谱》，1960年代台湾先后出版刘心皇的《从艺术家李叔同到高僧弘一法师》、陈慧剑的《弘一大师传》两部传记，到了1990年代末以来，中国大陆出现了弘一法师传记热，先后出版金梅的《悲欣交集：弘一法师传》、柯文辉的《旷世凡夫：弘一大传》、秦启明的《弘一大师新传》等十几部传记，其中，金梅版最令人称道。其作品选集有陕西师范大学的《心与禅》《花雨满天悟禅机：李叔同的佛心禅韵》《禅里禅外悟人生》、九州岛出版社的《弘一大师讲佛》、天津教育出版社的《闽南梦影》等。全集《弘一大师全集》由福建人民出版社1991年出版，《弘一法师全集》由新世界出版社2013年出版。徐承的《弘一大师佛学思想述论》是系统研究弘一法师佛学思想的专著，罗明的《澈悟的思与诗：李叔同文艺创作及文艺思想研究》，是最早以弘一文艺创作为专题研究的著作。

其他著名高僧，如太虚、圆瑛、虚云等，《太虚全书》、印顺的《太虚大师年谱》《圆瑛文汇》、明旸的《圆瑛年谱》等出版，为研究他们的文学创作提供了资料准备。近年来，谭桂林的《佛性与现代性的渗透与融合——论太虚法师诗文创作中的新文化影响》和祁伟的《虚云和尚的文学创作与佛教使命》等文章的发表，显示出高僧的诗文创作已引起学界的关注。

（三）五四后青年学僧作家的文学创作研究

五四以后，随着现代僧教育的发展与佛学院的兴办，青年学僧群开始崛起，成为佛教革新一支重要的新生力量。他们在学佛研佛之余，偶尔从事一些文学写作。陈衍的《石遗室诗话续编》卷四，收录学僧大醒的若干诗作。窦树百的《清凉诗话初稿》专门辑录僧诗，包括学僧静贤、蕴光、澹云的诗作。于凌波的《中国近现代佛教人物志》、高振龙等编著的《中国近现代高僧与佛学名人小传》等，虽介绍了一些现代重要学僧，但无关文学研究。整体而言，民国时期，学僧的文学创作未曾真正进入学术研究视野，基本处于一片空白，有待于进一步加强研究。

通过以上的梳理，可以归纳以下几点：第一，从研究对象来看，诗僧倍受青睐，高僧有所侧重，学僧则完全忽略；第二，从研究体裁来看，基本以僧诗及诗僧为主，对小说、新诗等新的文学形式没有引起关注；第三，从研究方法来看，基本以个案研究为主，缺少宏观整体研究，进而发现到中国现代佛教文学研究的一些"盲点"：首先是五四后学僧作家群的忽视，其次是现代佛教思潮尚未引进到现代僧人创作的研究领域。

三、中国现代佛教文学研究的展望

（一）"僧人文学"独立于"佛教文学"，成为新的文学领域

近些年来，武汉大学吴光正教授主持编写《中国宗教文学史》，他认为佛教文学是佛教徒创作的文学，强调用创作者的身份来标识。[①] 这种思路与笔者的"僧人文学"概念是一致的。所谓"僧人文学"不是指那种以僧尼作为主要人物形象的作品，而是从创作主体的身份出发，专指僧人的文学活动及其文学作品。倘如将"僧人文学"进行拆解，发现其是由"僧"+"人"+"文学"三个部分组成的。"僧"是"僧侣""僧伽"的简称，强调其出家佛教徒的身份属性。"人"既说明僧侣作为出家的佛教徒，既具有佛教徒的宗教情感，也包含人类共有的情感要素，这种情感或许与佛教因素毫无关联。"文学"则强调僧尼的创作遵循文学自身的某些属性，不能完全排除文学性。这种解释既强调了创作者的僧人身份，也将纯粹的毫无文学性的佛学论文给予切割排除，内涵明确，易于理解。

"僧人文学"概念的提出，离不开诸多有利条件的支撑：第一，从创作实践来看，僧人创作不仅历史悠久，从东晋支遁、慧远开始，距今已有1600年的历史，而且成就卓尔不凡，仅以著名诗僧为例，中唐有皎然，晚唐五代有贯休、齐己，宋朝有惠洪、仲殊、道潜，近代有八指头陀、苏曼殊等。正是这些诗僧的群星璀璨，提高了僧人创作的文学影响力，成为中国文学一支不可或缺的重要的文学群体。第二，僧人在中国是一个独特的群体。僧人作为"方外"之人，在许多方面均不同于"士农工商"的"方内"之人：他们要剃发，要离弃家室，抛弃财产，穿着袈裟，住在寺院，过着"清净梵行"即弃绝所有世俗欲望和现实利益的出家生活。他们出家后以个体修道者身份，自由组合在一起，成员间从理论上讲是平等的；所受的教育通常是宗教教育为主，故而，"无论是僧团的组织形式，还是僧人的生活方式，都是和中国传统上以血缘关

[①] 吴光正：《宗教文学史：宗教徒创作的文学的历史》，载《武汉大学学报》2015年第2期；吴光正：《扩大中国文学版图 建构中国佛教诗学——〈中国佛教文学史〉编撰刍议》，载《哈尔滨工业大学学报》2015年第3期。

系为纽带的宗法制度和等级专制的社会体制是不兼容的,其所体现的观念也是和中土观念的'三不朽'(立德、立功、立言),尊祖报本、'学优则仕'等观念与追求截然相异的"[1]。正因为他们的宗教观念、生活方式和生活环境,与文人士大夫存在明显的不同,故而在文学态度、审美观念、题材选择、艺术表现等方面,均呈现出自身的独特性。第三,更为重要的是,"佛教文学"不能涵盖僧人创作的全部属性。"佛教文学",是由"佛教"与"文学"两个因素构成的。在二者关系的认识与处理上,"佛教文学"明显偏重于前者,构成二者之间的"体用"关系,即佛教是"体",文学是"用"。在这一观念的支配下,"佛教文学"与其他宗教文学一样,具有或蕴含浓郁的宗教观念和宗教意识。如果文学作品含有佛教的因子,宣佛的观念不强,被视为"佛教文学"就显得相当牵强。所以说,"佛教文学"具有强烈的宣教意识,它可以不注重文学的审美追求,却不能不考虑佛教思想或观念的再现。纵观僧人的文学创作,表现佛教观念的或禅悟的作品并不少,将它们归入"佛教文学",当不会发生争议。然而有些僧人尤其是诗僧在文学创作中,超越佛门弟子的宗教身份,热衷于表现他们的入世态度、世俗情感、山居生活等,而这些文学作品则很难纳入"佛教文学"的范畴。譬如苏曼殊的诗歌、小说,基本以爱情作为抒写对象,尽管蕴含某些佛教意识和宗教色彩,却不再视为"佛教文学"。也就是说,僧人创作有些属于"佛教文学"的范畴,有些却不属于,这为"僧人文学"的存在提供了学理的必要性。第四,现代僧人创作新门类的增添,也是关键的因素。僧人创作长久以来一直是以诗文作为主要样式,诗歌尤其为他们所钟爱。然而到了清末民初以后,一些僧人作家开始涉猎小说创作,一种新的文学样式"僧人小说"应运而生;五四后,僧人也零星尝试白话新诗、戏剧等体裁的写作。这些新的文学样式的出现虽没有改变僧人以诗文为主导的文学创作格局,但势必突破独尊"僧诗"的研究局限,需要在"僧诗"的基础上进一步扩大其范围,"僧人文学"因而呼之欲出。"僧人文学"与"僧诗",后者是前者的基础,前者是后者的拓展,因为"僧人小说"等新的文学样式的出现,"僧诗"就显得无法涵盖。从这个意义说,"僧人文学"的概念考虑到现代僧人创作的新变,具有现代意味。

---

[1] 孙昌武:《中国佛教文化史》,北京:中华书局,2010年版,第35页。

（二）推动现代佛教思潮、民国佛教期刊与学僧创作"三位一体"研究的深入

现代佛教思潮，作为中国现代佛教文学发展的思想文化背景，它的兴起与发展对现代僧人作家的创作产生至关重要的影响。具体表现在：第一，太虚倡导的佛教革新和人间佛教的建设，进一步推动佛教观念的入世转型，僧人创作的入世倾向和现实关注也随之增强；第二，佛教刊物的涌现，意味着现代僧人文学的创作载体发生新变；第三，民国以后，一种新的群体——学僧在僧界崛起，他们成为现代僧人作家的主体构成，他们的文学趣味、文学观念和文学影响力等方面，均与诗僧迥然不同，这是现代佛教思潮对现代僧人创作最集中的影响；第四，太虚倡导的佛教革新运动的失败，某种程度上揭示了现代僧人文学转型的艰难与挫折。

民国佛教期刊，作为现代佛教思潮的重要表现之一，它不仅推动了佛学研究的热潮，也成为现代僧人作家文学发表的"主阵地"和"重要途径"，影响并规约着僧人创作的文学路向和文学风貌。具体说：佛教期刊的兴盛与寥落，某种程度上规约着现代僧人文学的发展，佛教期刊兴盛，发表僧人作品的数量也相对增加，反之，佛教期刊变得寥落，僧人作品的数量随之减少；凡与佛教无关或与佛教观念相悖的题材，佛教期刊一律不予采用，爱情文学完全杜绝；佛教期刊主要基于学佛的考虑，即便发表文学作品，也是数量有限，篇幅短小；根据文学比重的不同，佛教期刊除不发表任何文学作品的纯佛学刊物外，还包括以《海潮音》为首的佛学研究为主兼顾文学的类型和以《人海灯》为代表的批评、文艺为主的类型，或者说以《海潮音》《人海灯》为文学阵地，聚集了两大僧人作家群。

随着僧人教育的重视和佛学院的创办，一种新的群体——学僧在佛教界崛起。以大醒、芝峰为代表的学僧群，一方面积极利用佛教期刊作为"化俗""导众"的"利器"，大力鼓吹佛教革新，自觉承担救教救僧的历史使命。在学佛弘佛之余，他们对文学写作保持了一定的热情，开始尝试小说、新诗等文学形式的实践。正是得益于他们的小说写作，一种新的文学样式"僧人小说"出现于文学殿堂。就题材主旨而言，它分为佛化小说和非佛化小说；从主题叙事来看，集中表现为"诱惑"和"冲突"两种类型，其中"冲突"小说，可细分为僧俗冲突、新旧冲突、情佛冲突等情形，这类小说所塑造的人物

形象大多是感伤的年轻的主人公，充满浓郁的感伤情调。僧人写作的新诗，往往呈现出光明与黑暗两类意象，学僧度寰是这方面的突出代表。"僧人小说"与僧人新诗的出现，尽管显示出现代僧人文学创作的某种新变，但是数量与质量也差强人意，归根结底取决于学僧在现代佛教思潮影响下接受了"佛学为体，文学为用"的文学观念，在这一文学观念的制约下，文学的工具论、业余论以及不事雕琢的主张为广大学僧所秉持，导致其文学影响力远逊于诗僧。

如前所述，现代佛教思潮是现代僧人作家文学创作的思想文化背景，佛教期刊的创办与学僧的崛起，都是现代佛教思潮的影响产物和具体表现。这样，现代佛教思潮、佛教期刊和学僧创作，三者构成了有机的不可分割的三位一体，故而应给予全面的综合的把握，不仅能拓展学科研究的领域，还能推动学科研究的深入。

（三）运用比较方法，深化现代重要僧人作家的研究

八指头陀、苏曼殊与弘一，作为现代僧人作家的杰出代表，一直是现代僧人文学的研究重点。对他们开展比较研究，有益于进一步梳理出现代僧人文学发展的内在轨迹。比如，八指头陀与苏曼殊，作为晚清著名的诗僧，诗歌主情，成为他们不约而同的艺术追求。所不同的是，苏更偏重爱情题材的抒写，喜与章太炎等革命党人结交，政治态度较为激进，故而为革命型诗僧；八指头陀则更多表现为传统型诗僧，常与王闿运等名士交游唱酬，先效贾岛、孟郊，后习陶渊明，晚年摹杜甫，不仅较为清晰地呈现出自身诗歌的发展演变，也使得诗人的诗艺日臻成熟。爱国情怀的抒发，更令诗名远扬；忧教与"苦吟"的双重态度，表现诗人对佛教命运的忧虑与关切。

更突出的是，苏曼殊与弘一，他们在佛教戒律、佛学贡献、艺术创作、文学贡献等方面呈现出截然不同的特点。苏僧人本色淡薄，时而"袈裟"，时而"燕尾服"，过着亦僧亦俗的生活，但爱情文学的大胆抒写与"佳人情结"的悲剧性命运的呈现，让他赢得现代僧人文学"翘楚"的桂冠，而佛学造诣甚浅。弘一法师的出家原因，是基于"佛教慰藉"的考虑，是出于虔诚的宗教信仰，他出家后潜心律学研究，成为律学高僧，对于文学创作只是偶尔为之，尽管他本人文学素养较高。弘一法师对文学的这种态度，高度契合现代佛教思潮的趋向与需求。

（四）加强与五四新文学关系的考察

作为中国文学的部分构成之一，僧人文学长期以来一直起着边缘的、辅属的、补充的作用，它的发展始终受到占据主导地位的文人文学的严重规约。现代僧人文学也不例外。表面上看，部分现代僧人作家感知于五四新文学"大众化"的热潮，开始问津小说、白话新诗等方面的写作，但是他们往往强烈抵制或拒斥个人主义与爱情抒写，而个人主义与爱情抒写却是五四新文学的重要主题，使得现代僧人创作与五四新文学存在巨大的不合拍，旧体诗的强劲就足以显示僧人创作的惰性与滞后。总体而言，现代僧人文学与五四新文学之间显得相当隔膜，但具体到现代重要僧人作家却表现得不尽一致，如苏曼殊与五四浪漫文学渊源极深，其《断鸿零雁记》作为自传体哀情小说，对五四浪漫作家产生重大影响；弘一出家前曾参加"春柳社"《茶花女遗事》《黑奴吁天录》等现代话剧的表演，成为中国现代话剧的奠基者之一，出家后疏离于五四新文学，只是偶尔与"白马湖作家群"保持交往。苏曼殊、弘一与五四新文学的关系，某种程度上折射出现代僧人文学影响力的下降。

综上所述，中国现代佛教文学或中国现代僧人文学的研究尽管不发达，整体研究、比较研究尚未启动，不少领域基本处于待开发的状态，却也意味着为后来的研究者提供了广阔的研究空间。在研究进程中，"佛教文学"遭遇不能涵盖僧人创作的尴尬，使得"僧人文学"的理论构建就显得很有必要。本文旨在抛砖引玉，希望引起方家的注意，推动"僧人文学"研究课题的开辟和构建。

虚云和尚的文学创作与佛教使命

祁 伟

陕西师范大学文学院

虚云和尚（1840—1959），原籍湖南湘乡，俗姓萧，名古岩，字德清，法号虚云，别号幻游。其一生以拯救佛教衰弊为己任，重振祖庭，严整戒律，创办学堂，授戒定慧，以提高僧尼素质，使佛学教育趋向正规与系统。同时，与太虚等大德一起倡导"人间佛教"，并希望由此"改造世界，趋进大同"[①]（《虚云和尚全集》第1册《因果略谈》），最终实现世界和平，建立人间净土。虚云的文学创作与佛教生涯始终相伴随。十九岁出家时，他以一首《皮袋歌》赠别家人，表明志向，圆寂前又作《云门遗嘱》总结一生，时间跨越百年，数量达千余首；体裁从古体、歌行、绝句、律诗到赞、颂、偈，凡四言、五言、七言、杂言，无所不涉；题材从文人的赠答、游历、咏史、咏物、悼亡、题画到佛教的山居诗、牧牛颂、四威仪、五更歌等，应有尽有；语言上，有唐代文人之典雅细腻，有王梵志、寒山之古朴淡泊，同时也受到现代白话思潮的影响。

一、对佛教写作传统的继承

对于文学的态度，虚云在《题福果梦海诗偈》中说得很明白："诗可抒己怀，然有利害别。师以如是义，权且方便说。老朽笔砚疏，生平守愚拙。睹兹意良佳，觉以指标月。"[②] "以指标月"的观念出自于《楞严经》："如人以手指月示人，彼人因指当应看月，若复观指以为月体，此人岂唯亡失月轮，亦

[①] 净慧长老：《虚云和尚全集》第1册，郑州：中州古籍出版社，2009年版。
[②] 净慧长老：《虚云和尚全集》第3册，第6页。

亡其指。"① 即文字是指月的那根手指，目的是引导众生明心见性，故不可雕琢，不可深究。虚云的创作多由此出发，以文字为方便，传达佛教的思想与精神。

在写作方式上，虚云多延续佛教文学传统的表现手法。如在劝导说理时，常采用比喻的手段。如《皮袋歌》："皮袋歌，歌皮袋，空劫之前难名状，威音过后成挂碍。三百六十筋连体，八万四千毛孔在。分三才，合四大，撑天拄地何气概！知因果，辨时代，鉴古通今犹蒙昧，只因迷着幻形态。……皮袋歌，歌皮袋，有形若不为形累，幻质假名成对待，早日回心观自在。"② 诗歌虽以说理为主，但运用形象的比喻来说明人生的虚幻、贪嗔的恶果，指引众生早日觉悟，了脱生死。全诗采用三三七的歌行体，读来朗朗上口，无艰涩生硬之感。又如《在凤林寺讽〈华严经〉，见僧有琉璃碗损坏感赋》一诗："我有一琉璃，价胜金千亿。展布虚空塞，收藏没踪迹。昼夜放光明，非关动与寂。猛火烧不得，大水漂不失。盗贼偷不云，鬼神难掩匿。无异龙女珠，赛过连城璧。"③ 是以琉璃碗喻佛性，歌咏佛性的坚固永恒。再如《示杨自立宽生居士》："狡兔匿土洞，觅食互争出。各向前途奔，被猎惊仓卒。智者善观之，谋生须择术。好个冲霄鹤，安然任去住！"④ 以狡兔比喻局限于眼前利益而丧身失命的众生，以冲霄鹤比喻洞察真理、逍遥自适的智者。这种比喻说理的艺术手法和从容不迫的叙述语气颇似寒山诗。

在吟赏风景时，多以法眼观之，寓禅于景。如《普陀山奇峰宿雨二首》其一："峭壁奇峰一抹烟，淡云微雨浸遥天。隔林石涧添幽咽，似答山僧不二禅。"⑤ 此中既有"三界唯心，森罗万象，一法之所印"⑥ 的思想，亦有"无情说法"和"理事无二"的华严思想。又如《游君山》诗："何年开梵境？此日得登临。云净诸峰秀，林高傍水阴。履声惊鸟梦，松籁发禅吟。一览洞庭

---

① 《首楞严经》，《大正藏》第19册，台北：财团法人佛陀教育基金会出版部，1990年版，第111页。
② 净慧长老：《虚云和尚全集》第3册，第1—3页。
③ 净慧长老：《虚云和尚全集》第3册，第3—4页。
④ 净慧长老：《虚云和尚全集》第3册，第8页。
⑤ 净慧长老：《虚云和尚全集》第3册，第28页。
⑥ 《景德传灯录》，《大正藏》第51册，第245页。

水，澄清天地心。"①以幽寂的山林与澄澈的洞庭勾画出了美好的禅境，笔调颇为典雅。

在书写日常生活时，常寓禅思禅悟。如《采茶》："山中忙碌有生涯，采罢山椒又采茶。此外别无玄妙事，春风一夜长灵芽。"②借采茶指点众生，佛法不在遥远的彼岸，而在当下的生活中。又如《阅古宿语录口占》："礼罢黄龙已破家，又来重饮赵州茶。无明当下成灰烬，鹫岭重拈一度花。"③这是以自我的体验告知众生"黄龙三关"与"赵州茶"公案对于破除无明的重要性。

在题材内容上，虚云还尝试了一系列传统的佛门写作样式，如山居诗、牧牛颂、山中四威仪、五更歌等。这些写作样式多产生于唐代，延续至宋元明清，形成了悠久的写作传统以及固定的写作模式。虚云的写作多能得古人神髓。其山居诗共42首，包括五律7首，五绝5首，七律5首，七绝25首，多述山居乐道之情。如："稍得清幽处，头头总自然。一间茅草屋，半亩藕花田。好鸟来青嶂，闲云挂碧巅。红尘飞不到，淡雅过神仙。"④"一间茅草屋"说明生活的简朴，同时点出"居"的意义——它既是主体"我"存在的客观空间，同时也是自我心性的寄托之所。"青嶂"与"碧巅"的设置则是为茅屋与红尘之间划出清晰的界限。再如："不向名场立，山中梦亦微。身同云自在，心与世相违。爱月疏松径，引泉绕竹扉。自然成妙处，岂肯羡轻肥？"⑤"名场"与"轻肥"是山外尘世所追求的价值，而"自在"与"妙处"则是山居高僧修行的目标，这代表了两种不同的人生选择。

虚云还作有牧牛颂45首，包括《鼓山佛学院学生请题牧牛颂十一首》《和孙佛海牧牛颂十首》《和牧牛总颂》《和古人牧牛颂十首》《牧牛颂十一首》。与山居诗不同的是，牧牛颂基本是以组诗的形式出现。如《鼓山佛学院学生请题牧牛颂十一首》，题目分别为"拨草寻牛""蓦然见迹""逐步见牛""得牛贯鼻""牧护调驯""骑牛归家""念牛存人""人牛双忘""返本还元""入廛垂手""总颂"。除"总颂"而外，其余每一首的题目都与宋

---

① 净慧长老：《虚云和尚全集》第3册，第9页。
② 净慧长老：《虚云和尚全集》第3册，第34页。
③ 净慧长老：《虚云和尚全集》第3册，第34页。
④ 净慧长老：《虚云和尚全集》第3册，第16页。
⑤ 净慧长老：《虚云和尚全集》第3册，第15页。

代禅师廓庵师远十牛图及颂①——对应,并且都以牛喻心,展现从迷转悟的修行过程。如第一首"拨草寻牛":"欲将白棒碎虚空,借比牧牛吼六通。逐涧沿山寻觅去,不知行迹遍西东。"是以寻牛比喻寻找自性,寻求自在无碍的神通妙用。第二首"蓦然见迹":"寻遍山边与水边,东西南北亦徒然。谁知只在此山内,仿佛低头自在眠。"是指四处辛苦寻觅,却不知心性本来具足,不可外求。第五首"牧护调驯":"养汝辛勤岁月深,不耕泥水只耕云。晨昏有草天然足,露地高眠伴主人。"是强调寻获心性后需长期调养护持,才能保有无烦恼污染的清净境地。第七首"念牛存人":"画堂深处红轮展,新妇原来是阿家",是破除分别,回归平常心。第八首"人牛双忘":"忆昔寒炉拨死灰,杳无踪迹枉徘徊",是破除凡圣、空无一物。第十首"入廛垂手":"拽转乾坤眼界宽,聊将一手挽狂澜",是垂慈悲手、济度众生。第十一首"总颂"是总括悟道后任运无碍、潇洒自在的境界:"本无一事可思求,平地风波信笔收。从地倒还从地起,十方世界任优游。"②《和孙佛海牧牛颂十首》《和古人牧牛颂十首》《牧牛颂十一首》三组的体制基本与此相同。

"山中四威仪"的写作起于宋代而传于明清。③ 所谓的"四威仪",即行、住、坐、卧四种威仪,本用来规范僧众日常起居的行为,以维护佛教的严肃与庄严。但是"山中四威仪"却以吟唱山林生活的喜悦自在为主,一反刻板教育之面目。其写作模式是分别以"山中行""山中住""山中坐""山中卧"为开头,吟咏山中行、住、坐、卧的修行体验。虚云的《行住坐卧歌》即如此:"山中行,踏破岭头云。回光照,大地无寸尘。山中住,截断生死路。睁眼看,千圣也不顾。山中坐,终日只这个。碎蒲团,没教话儿堕。山中卧,骑驴骑马过。主人翁,无梦也烁破!"④ "踏破岭头云"既是呼应"山中行",又可看作执着求法的比喻。"碎蒲团"是顺承"山中坐"而来,同时又表现了精神修行、无所间断的勤勉。不过,结尾"无梦也烁破"一语较为生涩。虚云另有《山中四威仪》:"山中行,拽乌藤,虚空也落魄,鬼神孰不惊?山中住,

---

① 《卍续藏经》,台北:新文丰出版有限公司,1993年版,第113册。
② 净慧长老:《虚云和尚全集》第3册,第23—24页。
③ 宋五祖法演、瞎堂慧远、元无准师范、高峰原妙、大川普济、平石如砥、无见先睹、明石屋清珙、为霖道霈及清初溪声圆等禅师都有"山中四威仪"流传。
④ 净慧长老:《虚云和尚全集》第3册,第20页。

随缘度，百般总现成，莫拿拳头竖。山中坐，忘旦暮，脊竖空合空，跌跏坐打坐。山中卧，枕子堕，打破常住砖，生涯从此茂。"①结尾"生涯从此茂"一语也有些突兀。

此外，虚云还有《无根树》《无孔笛》《无孔锤》《无缝塔》《无量秤》《无弦琴》《无底钵篮》等颂古类作品，是以七言绝句的形式来吟颂历代禅宗公案，譬喻佛法的圆满美妙、无有分别，揭示佛法的不落思维、难以言说。这些虽然是佛教传统的写作样式，但却有着较强的现实针对性。虚云在《卓庵诗集序》说："正法眼藏，沦乎声色，甚而寻章摘句，四六精详，处处驴唇马舌。噫！法门一至此耶？一变而语录，再变而辞赋，三变而为诗文，佛法何可言哉？"②又作《云门寺示众茶话偈》以示愤怒："随拈一物示禅流，个个都来弄嘴头。塞却咽喉谁自悟，撩天毒气鬼神愁。"③由此可知，这些作品的写作目的是为了批评和纠正佛门中雕琢语言、故弄玄虚的不良倾向。

对于文字于佛法之利弊，虚云《卓庵诗集序》中说："当观其人为何如耳。其人见谛真，则言言至理，语语明宗，假山水以寓其怀，借时物以舒其臆，如远公之招陶、刘，佛印之契苏、黄，大慧之于子韶，诗亦何妨于禅哉！"④虚云《题南岳明性法师〈三集诗〉》诗曰："诗词歌赋颂，尊卑在人用。圣言即甘露，邪曲砒鸩种。……词曲作佛事，显他心地印。"⑤就是说，语言的好坏在于人的使用，见谛真的言语等同于佛法的甘露，不但无害，反而可以助人修成正道。虚云的文学创作正是沿着这一思路，拟以"圣言甘露"，"指月示人"，助人觉悟。其作品虽然并未表现出艺术的创新和思想的超越，但是却奋力拾起已渐衰微的佛教文学传统，并借助佛教文学的复兴，来实现他重建佛教文化、延续佛教法脉的宏伟理想。

二、古典范本遭遇白话思潮

虚云的诗歌从整体上来看并不属于中国新诗的类型。他的传法偈和颂古

---

① 净慧长老：《虚云和尚全集》第3册，第123页。
② 净慧长老：《虚云和尚全集》第2册，第216页。
③ 净慧长老：《虚云和尚全集》第3册，第193页。
④ 净慧长老：《虚云和尚全集》第2册，第216页。
⑤ 净慧长老：《虚云和尚全集》第3册，第104页。

多用绝句；他的祖师赞以标准的四言体歌颂禅宗祖师的事迹、思想和功德；他的山居诗、牧牛颂、四威仪、五更歌等在表现形式和内在意蕴上也都符合传统佛教文学的特征，并且表现不俗。此外，虚云还有一些不涉佛思的作品，往往袭唐人格调，并讲究押韵、对仗和平仄。如《初春与友过村墅》："乘兴过山冈，不须载酒浆。崖花初解笑，岸柳渐生光。雨细村烟合，风微树色凉。隔林惊犬吠，应识主人忙。"有学孟浩然《过故人庄》的痕迹。又如《鼓山题诗》："岭上猿啼伤客心，昔余缁鼓屡登临。闲别廿年无来去，恍惚世情异古今。不见青山愁日晚，更惶华发畏霜侵。遍观古国流离竟，恐鸿难返长发吟。"是学杜甫且次《登楼》韵。再如《还鼓山访古月师》："卅载他乡客，一筇故国春。寒烟笼细雨，疏竹伴幽人。乍见疑为梦，谈深觉倍亲。可堪良夜月，绪绪话前因。"[1]是仿司空曙《云阳馆与韩绅宿别》。这说明，虚云的诗歌创作是以古典为范本的。

但同时我们也须看到，虚云作品还有不少读来龃龉、缺乏诗味的语句。上文所举两首《山中四威仪》的末句就让人感到费解。此外还有很多，如《别鼓山四十余载，至光绪丁未岁，襄莲公葬事，始回山，感赋》："思前还想后，不觉泪潸潸。"[2]《九华狮子峰茅蓬》："客来客去无迎送，笑指悬崖湾又湾。"[3]《和张世冰居士》："不但胸中能吐凤，还知笔下更生花。"[4]《游滇黑龙潭》："主人似醉葡萄酒，游罢归来报晚钟。"[5]《结茅终南山》："高情岭上松千树，免俗庐边竹几窝。"[6]《示空谈不行持者》："闭口不语三十年，此是上乘上上上。"[7]《遇盗说偈》："奸淫掳抢并烧杀，暴恶凶残太野蛮。……拦路截劫剥衣裤，裸受风雪真惨凄。"[8]《题古迎祥废址予构庐栖止》："古寺消疏寥窍，时人谓荒山坡。"[9]《右次墨雨八景壁间之作》：

---

[1] 净慧长老：《虚云和尚全集》第3册，第14、199、6页。
[2] 净慧长老：《虚云和尚全集》第3册，第11页。
[3] 净慧长老：《虚云和尚全集》第3册，第30页。
[4] 净慧长老：《虚云和尚全集》第3册，第35页。
[5] 净慧长老：《虚云和尚全集》第3册，第42页。
[6] 净慧长老：《虚云和尚全集》第3册，第51页。
[7] 净慧长老：《虚云和尚全集》第3册，第60页。
[8] 净慧长老：《虚云和尚全集》第3册，第74页。
[9] 净慧长老：《虚云和尚全集》第3册，第121页。

"水山可人洞更可，无端风雨阿谁支？"① 欠缺诗味的原因，有的是缘于日常化的口头表达，不假修饰，了无新意，亦无美感；有的是语词怪异，令人难解；有的则是表达不畅，读来别扭；还有口头语言与传统诗歌语言的混用，导致不协调。总之，问题都出在口语的使用上。

虚云诗歌之弊病与清末以来的白话文、白话诗运动不无关系。胡适是这场运动中的关键人物。五四运动前，胡适已开始白话诗的尝试。他用散文化的句法打破旧体诗的节奏，以自由的写作摆脱文言的束缚，从而证明了白话入诗的可能性。1928年，胡适在《白话文学史》中进一步提出，佛寺禅门是白话文与白话诗的重要发源地，并将王梵志、寒山的诗歌看作是初唐白话诗的代表。胡适以其理论及实践为中国诗歌由古典向现代的转型开辟了一条新路。但同时，他倡导的"诗体大解放"也为中国新诗"散文化""缺乏诗味"的表现埋下了祸根。

虚云的创作是以现代白话诗潮流为背景的，其诗中的散文句法与诗意欠缺，同现代白话诗的缺陷完全一致。《云居山学习会示众》一诗更能看出现代白话诗的影响："政府爱人民，生产开学会。革除旧时污，造成新世界。旧社会中来，旧秽熏成垢。大似鸦片毒，烟去瘾犹在。言行多乖张，举动成障碍。幸遇大时代，教民速改悔……全民都改造，一日千里快。社会主义兴，模为天下范。欲免不落后，勇敢向前迈。奋挺铁石心，努力莫疲怠。"② 如此的言语和表述，无论如何也不可能与王梵志、寒山的白话诗扯上联系。当然，这与胡适的自由诗体也不尽相同，因为虚云使用的是齐言体。我们只能说，这是虚云的古典创作遭遇现代的白话思潮时产生的不古不今的谬种。

如果现代白话诗运动与佛教的文字观相背离，那么，以复兴佛教传统为己任的虚云可能会采取措施予以抵制。但事实上，白话诗运动所提倡的"诗体大解放"与佛教的文字观颇有合拍之处。诗体的解放意味着要卸去"枷锁""镣铐"，摆脱束缚，自由表达。佛教则一向反对"寻章摘句"、深究技艺，认为这样会被文字所束缚，离佛法、自性越来越远。一个是追求自由书写，一个是追求自由心性，两者在本质上都趋向于人性的解放。正因如此，虚云对于现代白话诗并没有表现出反感与排斥。更何况，佛教"以指标月"和"见月忘指"

---

① 净慧长老：《虚云和尚全集》第3册，第155页。
② 净慧长老：《虚云和尚全集》第3册，第205页。

的观念也为虚云提供了接纳现代白话诗的充足理由。

三、神话感应与佛教使命

虚云世寿 120 岁，听起来颇具传奇色彩。其《自述年谱》称："俗姓萧，系出兰陵，梁武帝之后。……父母年逾四十，忧无后，母赴城外观音寺祈子，见寺宇残破，及东关桥梁失修，发愿兴建。父母同梦一长须青袍者，顶观音跨虎而来，跃卧榻上，惊起互告，遂有娠。翌年，父移佐泉州府幕。……（道光二十年庚子）予诞生于泉州府署。初堕地，为一肉团。母大骇恸，以今后无复举子望，遂气壅死。翌日，有卖药翁来，为破之，得男。"[1]虚云以常见的神话套路强调自己的非凡出身和佛教因缘，颇似史家附会和民间传说。《年谱》中的感应神异之事还有很多。如 64 岁为雄鸡说戒，雄鸡遂"不复斗""不伤虫"，两年后"作念佛状立化"[2]；65 岁在钵盂庵"讽佛咒，率十余僧人"，将百余人无法移动之巨石"移之左"[3]；76 岁时派二徒安抚鬼魂；78 岁时举起数百斤巨石，"似有神助"[4]；80 岁时，在水陆法会上，"蜡烛尽开灯花，如莲花状"，"送圣时，空中现出幢幡宝盖"[5]；81 岁为二鹅说戒；83 岁时的暮春季节，为止喉疫，设坛求法，祷雨则雨降，求雪则"雪下盈尺，喉疫顿止"[6]，等等。这种制造神话以显神通的手段在唐以后的禅宗史传中经常出现，目的是为树立宗师高深莫测的形象。但是，在新中国建立之后[7]编撰这样的年谱是需要一定的勇气的，因为这一定会引起具有"科学精神"的学者的质疑，也会成为反封建迷信的靶子。

虚云的诗歌对于神话感应亦毫不避讳。从诗前小序常能明见其写作因缘和诗歌主旨。如《铁树开花偈》一诗序曰："辛未年在鼓山讲《梵网经》，方丈

---

[1] 净慧长老：《虚云和尚全集》第 5 册，第 5 页。
[2] 净慧长老：《虚云和尚全集》第 5 册，第 36 页。
[3] 净慧长老：《虚云和尚全集》第 5 册，第 37 页。
[4] 净慧长老：《虚云和尚全集》第 5 册，第 68 页。
[5] 净慧长老：《虚云和尚全集》第 5 册，第 72 页。
[6] 净慧长老：《虚云和尚全集》第 5 册，第 81 页。
[7] 《虚云和尚年谱》共三版，均在香港印行，前两版在 1953 年春季和秋季，第三版是在 1957 年 7 月。

丹墀两株铁树,满树开花";《樟树祈戒偈》序曰:"在南华寺山门外古樟一株,现僧相乞戒";《虎拜佛偈》序曰:"乙亥年十一月,在南华旧殿说戒,夜深,一虎来入戒台下,伏跪点头,被驻军见,持枪追逐,余劝阻,后不敢入寺,常近寺鸣吼";《龙皈依偈》序曰:"壬申年,在鼓山戒期,福州南台江桥龙现老人,须发俱白,来座乞戒"①;《题楚雄府西门外仙兰》序曰:"滇楚雄府志,西门外有仙兰,未有见者,或有贵人至,或遇美事,兰即放香相迎,有准应。余过数次,三回闻香最胜,因感稀有,拈为纪念。"②《云栖寺春戒期间梅菜现瑞应四众请摄影题胜》一诗从题目即可看出相似的感应主题。此外,还有《雄鸡念佛立化铭》《题云移石》③二首即颂《年谱》中所述64、65岁的神异事件。

　　虚云对于贵族出身的强调和感应神异的渲染,显然与五四运动以来的"德先生"和"赛先生"唱着反调。在胡适眼里,虚云已成为旧文化、旧宗教的符号,以及新文化、新思想讨伐的对象。在虚云圆寂后的第47天,也就是1959年11月29日,胡适在一场题为"科学精神与科学方法"的演讲中公开表示,《虚云和尚年谱》初版所录与史实不符,在福建地方志中并未有知府名为萧玉堂,虚云的年龄也可能出于杜撰。这一大胆言说在港台及海外佛教界引起轩然大波。

　　那么,虚云为何要故意唱这个反调呢?虚云曾有诗《和明性法师见赠原韵》:"生逢末世法难闻,朗月长霾万迭云。戒律废弛堪洒泪,利名是逐曷胜云?"又有《和善意和尚原韵》:"既愧自身尘浊混,更悲同类苦沉沦。去圣已遥当末法,何日同登极乐京。"④虚云的痛心疾首来自于"末世""末法"的到来。虚云在1934年所作《重刊〈三坛传戒仪范〉后跋》中说:"先圣授受之美范,早已废尽;更有招贴四布,煽诱蛊惑,买卖戒师,不尊坛处,即淫祠神社,血食宰牲之区,妄作戒坛。……至于说戒,不分僧尼,缁白混杂,甚或卖牒于四众,捏名寄戒,不知律仪为何事,将佛无上妙法,变为鸩

---

① 净慧长老:《虚云和尚全集》第3册,第64—65页。
② 净慧长老:《虚云和尚全集》第3册,第103—104页。
③ 净慧长老:《虚云和尚全集》第3册,第195—196页。
④ 净慧长老:《虚云和尚全集》第3册,第202、203页。

蛊恶毒……本是清净佛土，翻为地狱深坑。"[1]1948年又作《祭戒尘法师文》感慨："法门没落，僧德颓废；不惧因果，不畏清仪；放僻邪侈，靡所不为。"[2]1955年，虚云将在中国佛教协会成立大会上的发言整理稿《末法僧徒之衰相》[3]一文，严厉批评以反封建、兴改革为由破除佛法僧规的毁佛行为。虚云所面对的佛教现状是："寺院残破、义学浅陋、戒行不严、道风不振，佛教的权威性扫地殆尽。"[4]

为此，虚云与太虚等大德一起提出"人间净土"的思想，即在"末法""秽土"中寻求并建立自由、平等、和平的人间极乐世界。虚云认为，孙中山的三民主义与佛教追求的"阿耨多罗三藐三菩提"并无本质差异，二者都是为了实现"人类的真自由、真平等"[5]。虚云在《劫外余音序》中进一步指出，佛教的正觉正信本身便具有改良世风、导人向善、辅助政治、护国护民的作用。[6]写《序》的时间为1947年，这一年太虚圆寂。但是，虚云却沿着构建"人间净土"的道路继续前进。一方面，致力于重新恢复佛教往日的理想色彩与权威信仰，另一方面不断增强佛教与世界的联系，让人们认识到佛教所具有的"构成相亲相善之安乐世界""转五浊恶世成清净的乐国"[7]的实用价值。

对于"迷信论"的说法，虚云在《答蒋公问法书》中批驳道："佛法步步引人背迷合觉，岂是迷信者！……方便者，量众生根器，施诸权巧而度之也。"[8]意思是，佛教的目标是引人觉悟，但要根据众生自身的水平、能力，设计各种巧妙、变通的办法。由此我们就可以理解，神话制造在虚云看来不过是度化众生的方便法门，同时也是复兴佛教、重树威信的重要手段。至于这一手段的有效性，我们看看当代农村那些口头传播各种神仙鬼怪故事并信以为真的民众，就会明白"量众生根器，施诸权巧而度之"的必要性。虚云有诗《自

---

[1] 净慧长老：《虚云和尚全集》第2册，第200页。
[2] 净慧长老：《虚云和尚全集》第2册，第236页。
[3] 净慧长老：《虚云和尚全集》第1册，第252页。
[4] 陈友康：《近现代汉传佛教戒律松弛现象及自我矫正——以虚云大和尚为中心讨论》，载《西北民族大学学报》2013年第4期。
[5] 净慧长老：《虚云和尚全集》第1册，第208页。
[6] 净慧长老：《虚云和尚全集》第2册，第215页。
[7] 太虚：《太虚大师全书》第3册，善导佛经流通处，1980，第5—6页。
[8] 净慧长老：《虚云和尚全集》第1册，第184—186页。

题照相赠宽镜居士》:"这个痴汉,有甚来由。末法无端,为何出头?嗟兹圣脉,一髪危秋。抛却已事,专为人忧。"[①]可谓自述衷肠。

[①] 净慧长老:《虚云和尚全集》第 3 册,第 197 页。

新论弘一法师的出家原因及其对文学创作的影响

贾国宝

安徽财经大学文学与艺术传媒学院

弘一法师（1880—1942），俗姓李，字叔同。1918年8月19日，正式出家于杭州虎跑寺。法名演音，号弘一，晚年亦称晚晴老人。"他为何要出家？"在人们的心目中，实在是一个"世纪之谜"。然而人们又充满好奇，特别渴望能解开这个"谜"，尽管这并非是一件容易的事。所以"从李叔同入佛的那天起，他的朋友、门生、追随者、仰慕者和研究者，一直在试图探索和解开其出家之因"[①]。

在解析弘一法师出家诸多原因中，比较突出的观点有，他本人自述的"远因近因"说，丰子恺的"艺术宗教相通"说，曹聚仁的"寂寞苦闷"说，赵家欣的"逃避现实"说，金梅的"原因综合"说等等。弘一在《我在西湖出家的经过》一文中，将他出家的原因，概括为"远因"与"近因"。所谓"远因"是指他少年以来对佛教的接触与浸染所种下的佛化因子，而"近因"则是指断食一事以及夏丏尊等人的"助缘"。[②] 弘一本人的自述，难以超脱佛教徒的眼光，片面强调佛教缘起观念的影响，缺乏主客观原因的整体把握与深层分析。丰子恺在《我与弘一法师》一文中提出"艺术宗教相通"说，他认为李叔同由艺术教育家升华到宗教徒，是他人生的必然，因为艺术的最高点与宗教"相接近""相通"，"艺术的精神正是宗教的"。[③] 丰子恺与弘一法师关系密切，他既是弘一法师出家前的学生，也是弘一法师的佛门弟子。他基于自身的漫画家与佛教徒双重身份兼具的经历，以己度人，故而"艺术宗教相通"说，难免

---

① 金梅：《遁入空门：李叔同为何出家》，天津：天津人民出版社，2008年版，第1页。
② 弘一：《弘一大师讲佛》，北京：九州岛出版社，2006年版。
③ 金梅：《悲欣交集：弘一法师传》，福州：福建教育出版社，2010年版，第193—194页。

带有他本人的强烈的体验。艺术与宗教确实是有相通的一面，但并不意味二者等同，因为搞艺术的人并非都信仰宗教，也不是个个皈依佛门。此外，人生"三层楼"的比喻，暗含人的生活、职业的等级高低之分，颇为不可取。曹聚仁则认为李叔同出家的原因在于他寂寞苦闷。较为独特的是，他选取李叔同创作的歌曲来解释。他认为《落花》《月》《晚钟》，正好代表他心灵的三个境界。《落花》代表他对生命无常的感触，"那时期他是非常苦闷的，艺术虽是心灵寄托的深谷，而他还觉得没有着落似的"。于是渴望寻求精神寄托，《月》则是代表了他"既作此超现实的想望，把心灵寄托于彼岸"。而《晚钟》所代表的"神恩"则是这种"心灵寄托于彼岸"的具象化。[1]赵家欣则从社会现实角度分析，提出李叔同出家的"逃避现实"说，认为李叔同的出家"乃是黑暗的旧中国某些知识分子，在曲折、复杂、不平坦的道路上，既没有直面人生投入斗争的勇气，又不愿毁坏名节出卖灵魂，因而走上逃避现实的道路，以遁入空门作为归宿。李叔同就是这类知识分子的典型。这样的分析是可信的。李叔同的出家是旧中国知识分子的悲剧"[2]。

以上这些解说，往往侧重于一面，故而不免"失之于偏颇而不能给出令人信服的答案"。鉴于此，金梅继而提出"原因综合"说，"在我们看来，唯有以社会科学的眼光，从李叔同生活的时代、社会环境以及当时盛行的思潮，他的家庭、身世、经历、个性、气质、心理、生理、接受的教育、从事的学术活动（职业、爱好）、人生态度、思想特征，以至人际交往，等等方面，进行综合性的研究，方能得出合理的解释和结论"[3]。在金梅看来，弘一法师的出家原因，是一个综合性的工程，既有时代现实的环境，也有自身因素的考虑。[4]这一观点，是比较接近事实真相的。不过，较为遗憾的是，他提涉的因素很多，却唯独缺乏宗教层面的考虑，而这恰恰是弘一法师出家的关键性因素。为此，本文在总结以上研究成果的基础上，进一步提出"佛教慰藉"说，敬请批评。

---

[1] 李叔同：《花雨满天悟禅机：李叔同的佛心禅韵》，西安：陕西师范大学出版社，2007年版。
[2] 金梅：《遁入空门：李叔同为何出家》，第54页。
[3] 金梅：《遁入空门：李叔同为何出家》，第2页。
[4] 金梅：《悲欣交集：弘一法师传》，第182—202页。

二、出家原因的新解："佛教慰藉"说

宗教往往是现实苦难者的精神追求，具有宗教的社会属性与现实因素。麦克斯·缪勒则说："宗教是一种内心的本能，或气质，它独立地、不借助感觉和理性，能使人们领悟……的无限。"在他看来，这个"无限"是指"信仰"，而对这个无限的信仰的领悟，则是通过自身体验，而不是依靠感性和理性来获得的。① 麦克斯·缪勒对宗教的界定，是从宗教本身属性着手的，强调宗教体验的重要性，没有这个体验，宗教无从谈起。

其实，宗教的产生是有多方面因素促成的，既有现实苦难的外在激发，又有心灵渴求的内在需求。现实的苦难，使人们有走向宗教的可能，而这种可能性的实现，则离不开自身的宗教体验，这一点尤为重要。

1918 年夏，李叔同正式在杭州虎跑寺披剃，拜了悟上人为师，法名演音，号弘一。不久在灵隐寺受具足戒。李叔同出家在当时轰动一时，引起世人经久不衰的兴趣，主要基于下列因素的考虑：从佛教历史上看，中国士大夫以信奉儒家思想为主，对佛教往往采取兼容并蓄的态度，显得比较理性和冷静，佛教信仰较为淡薄，故而"真正削发为僧出家的很少，把佛教作为唯一信仰或始终坚持持律、修持的人也较少"②，社会名流选择出家的更是少之又少。然而弘一法师出家前就是社会知名度很高的艺术教育家，他多才多艺，金石、绘画、音乐、书法、诗词、话剧等无一不精，尤其在绘画、音乐、话剧等领域具有开创性的历史贡献。而且他的人生颇具传奇色彩，大体上经历了三种身份的演变：青年时期为风流倜傥的翩翩公子，结交名士、切磋诗文、走马章台，自然不能少；留学归国后，投身教育，培养出漫画家丰子恺、音乐家刘质平等艺术人才，成为名闻天下的艺术教育家；出家后持律苦修、精研律学，成为民国时期著名的高僧。弘一法师出家前具有名士、奇人的文化身份，加之出家前后人生境遇的强烈反差，故而世人对他出家原因的好奇与关注，也就毫不奇怪。

表面上看，身为艺术教育家的李叔同风光无限，学堂歌的创作使他声名远扬。然而，在这风光的背后，他仍然具有人生苦痛的体验与认识。诚如他出家后曾对弟子丰子恺说："我从二十岁至二十六岁之间的五六年，是平生最幸福

---

① 麦克斯·缪勒：《宗教的起源与发展》，上海：上海人民出版社，1989 年版，第 15—21 页。
② 孙昌武：《中国佛教文化史》，北京：中华书局，2010 年版，第 317 页。

的时候，此后就是不断的悲哀与忧愁，一直到出家。"① 对于他而言，"不断的悲哀与忧愁"不是一种虚妄的矫情，而是一种切实的表现。具体说来：一是丧母之痛。他5岁丧父，此后一直在母亲的抚养与呵护中过着衣食无忧的幸福生活。故而他对母亲感情深厚，母亲的去世令他哀痛不已，而错过母亲的临终亲送，更让他自责遗憾。在他看来，母亲是他人生最大的牵挂和依赖。母亲的去世，是他人生幸福期的结束，是他人生痛苦的开始。二是家境的困顿。他出生在家产殷实的盐商之家，长期过着衣食无忧的富贵生活，他留日学绘画、音乐，不是出于谋职的考虑，纯粹基于自身的兴趣和爱好而为之。然而，受辛亥革命的影响，他家票号相继倒闭，百万财产顷刻化为乌有，几近破产。他留学生涯的结束、归国从事教职之路，其实都与家庭这一变故有关。对他而言，以教职谋生，可谓是始料未及，也未做好充分的思想准备，是无奈的、不得已而为之的选择。他在杭州、南京等地兼职，而日籍夫人居住在上海，所以，他时常在三地之间往返，奔走之累自不待言，也容易滋生旅途的寂寞。三是现实的失望。闻知中华民国成立，他即兴写词《满江红·民国肇造志感》："皎皎昆仑，山顶月、有人长啸。看囊底、宝刀如雪，恩仇多少。双手裂开鼷鼠胆，寸金铸出民权脑。算此生不负是男儿，头颅好。荆轲墓，咸阳道；聂政死，尸骸暴。尽大江东去，余情还绕。魂魄化成精卫鸟，血花溅作红心草。看从今，一担好河山，英雄造。"热情歌颂英雄建造民国的无畏气概。还以"成蹊"的笔名，在天津的《天铎报》发表数篇"直面现实，悲慨遒劲，锋芒毕露"②的政论文章。然而，这种现实情愫和革命豪情，在他身上毕竟只是风云一瞬。面对辛亥革命后的混乱时局，他不可避免地陷入苦闷彷徨之中。与醉心于古碑搜集与古小说钩沉、终因五四新文化运动的激发而走出寂寞苦闷的鲁迅不同，现实的失望使得他厌世情绪不断滋长，促使得他转向精神世界，与寻求精神抚慰，而能给予这种精神安乐的，宗教尤为适宜。四是疾病与死亡的困扰。李叔同体弱多病，患有肺病、神经衰弱等顽疾。《人病》这首诗再现他患病的情形与感受，其诗句"肺枯红叶落，身瘦白衣宽"，则指他患肺病呕血、身形消瘦的描述。1913年7月16日他在致许幻园信中说："今日又呕血，……家国困穷，

---

① 李叔同：《花雨满天悟禅机：李叔同的佛心禅韵》，第294页。
② 金梅：《悲欣交集：弘一法师传》，第113页。

百无聊赖,速了此残喘,亦大佳事……"①面对疾病的纠缠与折磨,李叔同不胜惶恐,以至于觉得自己活不了几年。对此,他的挚友夏丏尊在《读〈护生画集〉叙》中说:"和尚在俗时,体素弱,自信无寿征。日者谓丙辰有大厄,因刻一印章,曰'丙辰息翁归寂之年'。是岁为人作书常用之。余所藏有一纸,即盖此印章。"②丙辰即1916年,即李叔同正式出家的前两年。1918年3月他致信刘质平说:"不佞自知世寿不永(仅有十年左右),……故不得不赶紧发心修行。"③在他看来,人总是要死的,那些患重病的人,应尽早为死事做准备。如何为死事做准备?发心修行是关键,因为借助它能寻获精神慰藉,求得灵魂解脱。作为李叔同浙江第一师范学校的同事姜丹书曾回忆说:"上人之将为僧也,余曾问之:"何所为?"曰:"无所为。"曰:"君固多情者,忍抛骨肉耶?"则答曰:"譬患虎疫死焉,将如何?"④他觉得自己就像一只患病的老虎快要死了。对于此时的他而言,世俗之情已变得不重要,也无法更多顾及,而如何"了生死"才是他急切的大事。由疾病困扰所产生的"世寿不永"的忧虑以及如何"了生死",是李叔同出家的重要考虑。

在这些"悲哀"与"忧愁"不断的原因综合作用下,李叔同情绪消沉,孤寂寡欢,人生无常、生命苦空的幻灭感在他的身上显得愈发强烈浓郁。他出家前后创作的一些诗词、歌曲就不难看出这一点。诗《题梦仙花卉横幅》,抒发作者"人生如梦"的苦痛感受。他在序中说:"……大姐逝。越三年……母亦弃养。余乃亡命海外,放浪无赖。回忆曩日,唱和之雅,恍惚殆若隔世矣。……余恫逝者之不作,悲生者之多艰。聊赋短什,以志哀思。"⑤"花事匆匆,零落凭谁吊。朱颜镜里凋,白髮愁边绕。一霎光阴底是催人老,有千金也难买韶华好。"⑥"花事匆匆,梦影迢迢,零落凭谁吊。朱颜镜里,白髮愁边,光阴暗催人老。纵有千金,纵有千金,千金难买年少!"⑦"荣枯不须臾,盛衰有

---

① 金梅:《遁入空门:李叔同为何出家》,第21页。
② 林子清:《弘一法师年谱》,北京:宗教文化出版社,1995年版,第86页。
③ 金梅:《遁入空门:李叔同为何出家》,第22页。
④ 金梅:《遁入空门:李叔同为何出家》,第37页。
⑤ 弘一:《弘一大师讲佛》,第249—250页。
⑥ 弘一:《弘一大师讲佛》,第253页。
⑦ 弘一:《弘一大师讲佛》,第256页。

常数；人生之浮华若朝露，泉壤兴哀；朱华易消歇，青春不再来。"①，其中《老少年曲》与《悲秋》无甚差异，所不同的是，一是词，一是歌曲，都是感叹韶华易逝、人生短暂。《秋柳》《废墟》皆为兴亡咏叹诗，景象凄凉，情感深沉沧桑。前者是词，在诗人看来，隋堤上柳树仍旧依依，可是故国已是"胜水残山"；后者为歌曲，"千古繁华"的名胜，已变为一片平芜，衰草丛生，残砾断碣遍地。即便他出家后，这种情绪仍时常出现。他1923年底致信李绍莲说："岁云暮矣，积荫咛寒。言念仁者，渺在天末。未由省展，惆怅何如？岁月不居，衰老浸至。儿时知交，大半迁逝，墓门青草，巷口斜阳，人事无常，可为愁叹！……"②对于人生幻灭、精神异常苦闷、觉得自己行将快死的李叔同来说，他转向宗教那里寻求精神解脱，是情理之中的事。"虚渺无极""圣洁神秘"的月亮，是他寂寞中时常仰望的"彼岸"；悠扬的钟声，叩响了诗人的心弦和冥想：目睹现实尘网的众生病故与黑白颠倒，诗人忏悔自责不已，恰恰此时，庄严华美的"神恩"降临，而决心皈依和膜拜。不仅如此，他在1916年8月19日致信刘质平："宜信宗教，求精神上之安乐"③。表明李叔同此时已有信奉宗教、寻求精神安乐的自觉意识。

这个"宗教"，这个"神恩"，究竟是哪种？李叔同其实有一个寻找的过程，在寻找过程中得以清晰明确。起初是道家。夏丏尊曾指出，李叔同断食之前"只看些宋元人的理学书和道家书，佛学尚未谈到"④。断食后，他更名为"婴""欣"，字"欣欣道人""黄昏老人"，也显示出他学道的倾向。然而，他学道时间很短暂，不久即转向佛学，很大程度上得益于他的断食试验。1916年冬，李叔同在杭州虎跑寺试验断食，被认为引起他出家的"最大动机"⑤。他之所以断食，是因为他体弱多病，希望借此治愈自身的疾病。断食是在虎跑寺进行，持续半个多月。寺院环境的清幽招待的殷勤，菜蔬的可口，让他觉得这段寺院生活精神愉悦，对佛教产生强烈的好感。可以说，这次断食获得的佛教体验，启开了他的佛教记忆之门，唤醒了一直潜藏在他心灵深处的

---

① 弘一，《弘一大师讲佛》，第258页。
② 李叔同：《心与禅》，西安：陕西师范大学出版社，2008年版，第237—238页。
③ 金梅编：《遁入空门：李叔同为何出家》，第22页。
④ 李叔同：《禅里禅外悟人生》，西安：陕西师范大学出版社，2006年版，第13页。
⑤ 李叔同：《花雨满天悟禅机：李叔同的佛心禅韵》，第310页。

佛化因子或佛教记忆：他5岁时，目睹了僧人在他家里念经拜忏；少年时期曾学过放焰口；他任职学校的所在地杭州庙宇众多，他时常到学校附近的昭庆寺走走；1913年夏，他在杭州西湖广化寺，初次观察了僧人的生活及修行。断食期间的寺院生活与佛教体验，大大强化了他对佛教的好感与认同，这些佛教记忆或佛化因子，借助于断食的"契机"破土而出，迅速滋长。"从此以后，他茹素了，有念珠了，看佛经，室中供佛像了。宋元理学书偶然仍看，道家书似已疏远。"[①]起初他考虑到出家的种种困难，打算以居士资格修行，不久毅然决然地正式出家为僧。李叔同的出家，不是一种心血来潮的冲动，而是一种渐进的、有计划的必然。弟子刘质平留学日本，生活颇为困难，李叔同不遗余力地给予资助，在通信中多次言及他出家的打算或准备。这里摘录李叔同致刘质平的三封信为例，第一封是1917年1月，"鄙人拟于数年之内，入山为佛弟子（或在近一二年亦未可知，时机远近，非人力所能定也）"。第二封是1917年3月，"剃度之期，或在明年……"。第三封是1918年农历三月初九，"不佞近耽空寂，厌弃人事。早在今夏，迟在明年，将入山剃度为沙弥。刻已渐渐准备一切（所有之物皆赠人）……"[②]。他由断食而亲佛、信佛、做居士乃至最终出家，充分显示出他出家为僧是渐进的过程，是他人生轨迹的必然。某种意义上说，他做和尚，可以彻底抛弃一切尘事烦扰，专心致志学佛与"了生死"，符合他的做事认真、特立独行的个性，与他"理事不二"的认识相一致。

　　总而言之，李叔同的出家动因不局限于单一的某一层面，而是复杂的、多层面的综合工程。既涉及物质层面，又蕴含精神层面；既离不开外在因素的激发，又包括内在需求的驱使；既有现实、时代的色彩，又有自身性格的影响；既有诸多因缘的推波助澜，又有死亡忧虑的精神需求。母亲去世的哀痛，职业工作的无奈和劳累，疾病的困扰，是属于个人层面的因素；现实的苦难与失望，是特定的时代因素。在这些因素的综合推动下，李叔同的人生充满悲哀与忧愁，人生无常、生命苦空的宗教体验不断强化，宗教慰藉的精神需求显得十分紧要，这是他出家的主因。而宗教慰藉的最终指向佛教，得益于他身上的佛化因子的强化与导引，更离不开断食期间佛教体验的获取。可以说，李叔同之

---

① 李叔同：《禅里禅外悟人生》，第13页。
② 金梅编：《遁入空门：李叔同为何出家》，第22页。

所以亲近佛教、皈依佛门，正是在宗教慰藉的精神需求与佛教体验的强化两个方面的共同驱动。至于夏丏尊索性做和尚的愤激之语与马一浮的佛教启悟，对于李叔同的出家，只是起着"助缘"的作用，不是关键性的因素。

三、出家后人生道路的选择：文学僧与高僧的取舍

从中国佛教历史的渊源来看，文人士大夫即便出家后吟诗作画依然不辍，对赢取"名僧"的美名相当有益。对于某些僧人来说，如果不能成为高僧大德，能凭借才艺的专长，成为像诗僧、画僧那样的"名僧"，也不失为理想的快捷方式。

弘一出家后，倘若按照传统僧人的轨迹，完全有可能成为"文学僧"那样的"名僧"。因为他具备以文学成就名世的"文学僧"的两个有利条件：一是文学素养深厚。以他出家前的文学活动来看，他17岁师从天津名士赵元礼学诗词，对唐五代词及王维诗甚为喜爱。1898年，迁居上海不久，加入"城南文社"，与许幻园等人诗文唱和。1901年，编印《李庐诗钟》，并作《自序》；是年夏，《辛丑北征泪墨》付梓出版，以文为主，间杂诗词，描述北上天津探亲路途的所见所感。此作一出，在当时上海文坛引起不小的反响。1904年，编写《国学唱歌集》，其《祖国歌》，唱遍全国。东渡日本后，参与日本"随鸥吟社"，与森槐南等名诗人唱酬往返。还组织成立"春柳社"，主演《茶花女遗事》《黑奴吁天录》等剧，曾轰动一时。归国后，加入文学社团"南社"，参加雅集数次。作为音乐教员，创作了《送别》《春游》等一批著名歌曲，更使他声名远扬。他的文学作品题材广泛，既写家国离乱的沉痛（《辛丑北征泪墨》），也写个人走马章台的风流（《赠谢秋云》）。情感表现多样，或雄迈豪放，"看从今，一担好山河，英雄造！"（《满江红·民国肇造有感》）或愤世嫉俗，"奔走天涯无一事，问何如声色将情寄？休怒骂，且游戏！"（《金缕曲·赠歌郎金娃娃》）或离别忧伤，"天之涯，地之角，知交半零落。一瓢浊酒尽余欢，今宵别梦寒"。（《送别》）从这些文学活动及其作品来看，弘一法师文学素养深厚，文学表现娴熟，也取得了一定的文学成就。二是社会名望甚高。他是南社成员，是社会著名的艺术教育家。他的多才多艺令无数人士尽折腰，漫画家丰子恺、音乐家刘质平皆出自他门下，彰显出他艺

教育的成功与名望；与夏丏尊、叶圣陶等白马湖作家群渊源密切。他出家后只要继续保持应有的文学热情，成为像八指头陀、苏曼殊那样著名的"文学僧"，应不是太大的问题，或者说相当便利。

然而，弘一法师的独特之处在于，他对文学变得冷淡、不再热衷，甚至刻意规避。他在出家之前，曾将衣物、照片、书籍、字画、印章等俗物，赠送给他的友朋和学生。他的赠送举动，与其是一种纪念，更不如是一种象征，一种预示。它不仅象征他告别俗世、了断尘缘的决心，而且预示他要舍弃走"文学僧"的人生道路，开始专心学佛研佛。

弘一为何不热衷做"文学僧"那样的"名僧"？这既与他个人性情有关，也离不开近现代佛教思潮的影响。首先，对于他而言，出家为僧的初衷是在于"了生死"，而非渴慕"名僧"的社会名气，因为他出家前就已是著名的艺术教育家，并不缺少社会名气。他矢志学佛，不仅能表现他宗教情感的虔诚，也能谋取精神慰藉的实现。更何况以诗艺著称的"名僧"往往遭遇"名而不高"的尴尬处境：即他们擅长才艺，佛学造诣却相对平庸，在佛学与才艺二者之间，他们格外偏重后者，对前者并不热衷，由于精力投入有限，佛学并不精深也就在所难免，尽管他们在僧团中佛教文化素养相对较高。其次，自中唐以降，禅宗长期独领风骚，僧团普遍盛行重禅悟不习佛学之风。可是到了近代，随着佛教思潮的兴起，尤其清末民初以来"唯识学"的盛行，这一风气才得以转变，学佛研佛宏佛，成为僧人的职志，"佛学为体，文学为用"的文学观念开始流行。从这个意义上说，弘一法师舍弃"文学僧"的人生道路，契合近现代佛教思潮的要求。最后，还与他的律宗研究有关。作为律宗大师，弘一始终"以戒为师"，持律精严认真，强调"名""实"一致，换句话说，僧人应有僧人样，律僧应有律僧样，而文学被佛教视为"绮语"，故而他比一般僧人更排斥文学创作，一般不轻易为之，也不愿以此显名。

弘一不认同或舍弃"文学僧"的道路，选择以矢志学佛作为毕生的追求，孜孜不倦地研学律宗，最终成为南山律宗大师，与印光、圆瑛、太虚同称为"民国四大高僧"。他矢志学律，成为"律学高僧"，倘如专心文学，也可成为"文学僧"。这两种不同的人生道路，他都能成功实现，却无法做到二者兼具。僧人工诗未必是高僧，高僧未必能工诗。这句话从一个侧面揭示出"诗僧"与"高僧"之间内在的矛盾与冲突，文学才华杰出且佛学造诣精深的诗僧，还真是少见。弘一之所以能成为"高僧"，舍弃文学矢志学佛的选择尤为关键，因为人的精力毕竟有限，如果在诗艺方面投入太多，必然在佛学方面有所不足。对此，弘一有清醒的认知。他认为人们与其偷闲"吟诗习字"，倒不如偷闲息心学佛。因为"人之精神，用之诗字，吾见右丞、李杜，不出生死；用之佛法，无见散乱艳喜、愚痴特迦，大事已办"[1]。同时摘录蕅益大师"勿贪世间文字诗词，而碍正法！"[2]的格言警句，强调人们学佛不要贪念诗词。他的南社旧友尤墨君曾有意编印他出家的诗词文章，弘一法师说："若录我的旧作传布，诗词悉可删去。我三十岁以前所作诗词，多涉绮语，格调又很单一，实在不值一看。"后来进一步强调说："我的意思是，传播著作，宁少勿滥；再有，绮语之类尤宜屏斥……非善业之故。"[3] 在弘一看来，吟诗不如学佛，而且还有碍学佛，因为诗词"多涉绮语"，"非善业"。在这样的认识下，身为律僧的弘一自然不会浸淫其中，也不会孜孜以求于"文学僧"。长期以来，成为"诗僧"或"文学僧"，似乎是僧人的一种时尚，一种人生目标，然而到了五四之后，随着近代僧教育的兴起与发展，学僧开始大批涌现，他们不再以"诗僧"或"文学僧"为荣，甚至以此为耻，学佛成为法师，成为他们首要的职责和使命。故而，弘一舍弃"文学僧"的道路，不仅具有个人因素，也蕴含时代色彩，不仅符合近代佛教思潮发展的内在规律，而且为学僧处理佛学与文学的关系做出表率，提供了最佳的"典范"。

四、出家后的文学创作：偶尔为之

弘一矢志学佛，不愿做"文学僧"，并不意味着他与文学彻底"绝缘"，其实他有时还仍然从事零星的文学创作。纵观他出家后的文学创作，主要特征有：第一，偶尔为之。较之出家前，他出家后的文学创作尤显稀少。仅以诗偈为例，较有文学审美色彩的有《乙亥四月，余居净峰，植菊盈畦，秋晚将归去，犹复含蕊未吐。口占一绝，聊以志别》（1935）、《辛巳初冬，积阴凝寒，贯师赠余红菊花一枝，为此说偈》（1941）、《临灭二偈》（1942）。第

---

[1] 弘一：《弘一大师讲佛》，第193页。
[2] 弘一：《弘一大师讲佛》，第160页。
[3] 金梅：《悲欣交集：弘一法师传》，第216页。

二，以个人创作为主，集体合作为辅。文学创作多以个人单独完成，弘一自然不须待言。较有意味的是，还与他人合作完成《护生画集》和《清凉歌集》。《护生画集》是弟子丰子恺作画，弘一配白话诗；《清凉歌集》是弘一作词，弟子刘质平谱曲，学僧芝峰释意。第三，都与佛教有关，彰显佛教本位与僧家立场。或弘扬佛法，其《护生画集》白话诗，宣扬佛教戒杀思想，强调护生护心观念；《清凉歌集》歌词共 5 首，分别为《清凉》《山色》《花香》《世梦》《观心》，这些词的思想主旨诚如金梅所说："唯有把握到佛的智慧，扫除了一切错觉，猜破人生一切如梦的'吊诡'之谜，才能证得宇宙万有的真相，最终到达与宇宙万有融合为一的境界，即佛的境界。"[①] 或表现自身的情怀志趣，上面所提的三首诗偈便是如此，第一首为"我到为植种，我行花未开。岂无佳色在，留待后人来"。第二首是"亭亭菊一枝，高标矗晚节。云何色殷红，殉教应流血"。菊花，作为传统诗词的意象，象征性格的高洁与美好。这两首诗都是咏菊诗，前者表现他乐于奉献的高尚情怀；第二首则从"红菊"联想到"殉教流血"，形容他甘于牺牲、保重晚节的爱国精神。第三首《临终二偈》，其一："君子之交，其淡如水。执象而求，咫尺千里。"其二"问余何适？廓尔亡言。花枝春满，天心月圆"。这首遗偈，是弘一临终之前寄给老友夏丏尊，其一表现两人的深厚友情，其二"花枝春满，天心月圆"，既是遥想老友的伤悲作出的劝慰之语，也表现出对死亡的淡然和圆寂美好境界的想象。或叙述自身的经历，以《我在西湖出家之经过》和《闽南十年之梦影》尤为出名。前篇最初发表在《越风》杂志上，交待他出家的"远因"和"近因"；后篇是讲演稿，一方面是回忆他与闽南的"因缘"及活动，一方面发表僧教育的意见，强调佛教徒的资格与出家人的品行道德。更难能可贵的是，他还严格剖析自己的品行，择选"草庵钟"和"二一老人"的命名，表现出他强烈的改过自新的反省意识与忏悔意识。第四，冲淡的艺术风格。有人认为，弘一法师的字"质朴冲淡，……而无一点人间烟火味"[②]。金梅认为弘一法师晚年的书法"洗净铅华不事雕饰，不求意态趣味，拙朴自然，镇定从容……"诚如弘一晚年描述自己的字具有"平淡、恬静、冲逸之致"[③]。这些

---

① 金梅：《悲欣交集：弘一法师传》，第 495 页。
② 志雄：《士先器识而后文艺》，《弘一大师咏怀录》，台北：大雄书店，1943 年版，第 212 页。
③ 金梅：《悲欣交集：弘一法师传》，第 487 页。

言论尽管指涉的是书法，但基本上适用于弘一出家后的文学创作风格的概述。

弘一出家为僧，矢志学佛，并成为律学高僧，是近现代佛教发展的幸事。然而，不愿做"文学僧"，舍弃"文学僧"的道路，则为近代僧人文学发展的不幸。这"幸"与"不幸"，其实反映出"佛学"与"文学"二者的关系受近现代佛教思潮的影响而发生巨大变迁："佛学"地位蒸蒸日上，而"文学"则不可救药地下滑，趋向"边缘"，沦为"工具"；佛学为主导，是第一位的，文学为辅助，是第二位的。概而言之，这些是"佛学为体，文学为用"文学观念的具体内涵。从这个意义上，弘一的弃文学专心学佛的选择，是近现代佛教思潮发展的典型个案。

人间佛教与赵朴初佛教文学略论

王彦明

周口师范学院文学院

赵朴初（1907—2000）是原中国佛教协会会长、中国人民政治协商会议第九届全国委员会副主席、中国民主促进会中央名誉主席、著名的社会活动家、书法家和杰出的爱国宗教领袖。赵朴初一生爱国爱教，在国内外佛教界有着广泛的影响，深受佛教徒和信教群众的尊仰。他为引导中国佛教健康发展，促进当代佛教全面振兴，在汲取传统佛教优秀思想的基础上，提出了"一种思想，三个传统"的人间佛教，并就佛教与两个文明建设、佛教与社会主义相适应进行了系统论证，至今仍为佛教界所遵循。赵朴初也是中国当代著名文学家，其佛教文学创作，书写农禅家风，记录国际佛教友谊，礼赞人间净土建设，为中国佛教发展而鞠躬尽瘁，行愿无穷，充分践行了其人间佛教思想。虽赵朴初人间佛教思想已引起学界重要，杨曾文、杨国平、华方田、何保林、正澄等人已有论述，然其与佛教文学创作之关系，目前尚不多见。故草成此文，敬请方家指正。

一、赵朴初人间佛教思想

赵朴初的人间佛教思想是他在系统总结中国佛教发展历史及其优良传统的基础上，融会借鉴中国近代圆瑛法师、太虚法师等人佛教革新思想，结合中国当代佛教发展的实际而提出来的，其主要内涵为"一种思想，三个传统"，并就佛教与两个文明建设、与社会主义相适应等进行了具体阐释。

（一）人间佛教的提出

赵朴初早年就读于东吴大学，后经关絅之介绍，在净业社任秘书。1929年中国佛教会成立后，圆瑛大师任会长，赵朴初于1935年皈依圆瑛法师，成为在家弟子。圆瑛法师虽然没有明确提出"人间佛教"，但《佛教与作人》中讲到先修习道德、学问，积累阅历，完成人格，进而修习菩萨六度，修证成佛，知其是倡导人间佛教的。赵朴初与近代人间佛教思想奠基者太虚大师颇有渊源。1947年太虚法师逝世前，约赵朴初在上海玉佛寺相见，并将《人生佛教》一书相赠。赵朴初《太虚法师挽诗》"先几隐约话头参"句下自注说："师逝世前十日，以电话招余至玉佛寺相见，欣然若无事，以所著《人生佛教》一书见赠，勉余今后努力护法，不期遂成永别。闻人言：师数日前告人，将往无锡、常州。初未知其暗示无常也。"[1] 赵朴初意识到太虚将《人生佛教》一书相赠的深意，希望他护持佛法，弘扬佛教。此后虽历经艰辛挫折，他始终以护持佛教为己任，为佛教的健康发展作出了重要贡献。新中国成立初期，赵朴初组织教内人士学习时事政治及《共同纲领》《宪法草案》，革除佛教不良习气，贯彻宗教信仰自由政策；倡导佛教积极参与土地改革、抗美援朝等政治运动；提倡农禅家风，夯实佛教经济基础；爱国爱教，呼吁建立人间净土。

十年动乱期间，佛教遭受到空前的打击。改革开放以来，国家宗教政策得到落实，重点寺庙先后恢复，佛教活动场所重新开放，佛教迎来重兴。1983年，赵朴初将他从40年代开始编撰的《佛教常识答问》交付中国佛协出版。在第五章中专列《发扬人间佛教的优越性》，对五乘佛法、世间法与出世间法、人间佛教和成佛间的关系进行了说明，初步具备了人间佛教思想的雏形。同年12月，赵朴初在《中国佛教协会三十年》报告中系统提出了"一种思想，三个传统"的人间佛教理论，其后并就佛教与两个文明建设、与社会主义相适应等命题进行了论述，从而构建起完成的思想体系。

（二）人间佛教的主要内容

1983年12月5日，赵朴初在中国佛协第四届理事会第二次会议上作了《中国佛教协会三十年》的报告，正式提出"提倡一种思想，发扬三个传统"[2]的人间佛教理论体系。

"一种思想"指人间佛教思想，"它的基本内容包括五戒、十善、四摄、六度等自利利他的广大行愿。……我们提倡人间佛教的思想，就要奉行五戒、

---

[1] 赵朴初：《赵朴初韵文集》，上海：上海古籍出版社，2003年版，第8页。
[2] 载《法音》，1983年第6期，第18—19页。

十善以净化自己，广修四摄、六度以利益人群，就会自觉地以实现人间净土为己任，为社会主义现代化建设这一庄严国土、利乐有情的崇高事业贡献自己的光和热"①。也就是说，人间佛教包含了自利、利他两个维度，涵盖五戒、十善、四摄、六度等基本法则，最高目标是建设人间净土。自利、利他两相结合，不仅提升佛教徒自身的修养，而且能够利益大众，有利于社会的和平发展和繁荣稳定。"三个传统"指农禅并重、学术研究和国际友好交流的优良传统。赵朴初认为："中国古代的高僧大德们根据'净佛世界，成就众生'的思想，结合我国的国情，经过几百年的探索与实践，建立了农禅并重的丛林风规。""农系指有益于社会的生产和服务性的劳动，禅系指宗教学修。……中国佛教协会成立三十年来，一直大力发扬这一优良传统，号召全国佛教徒以'一日不作，一日不食'的精神，积极参加生活劳动和其他为社会主义建设事业服务的实践。"②中国佛教史上高僧大德辈出，"他们译经著述，创宗立派，传经授业，留下了浩瀚的佛教文学、艺术、历史、哲学的宝贵资料，大大地丰富了我国民族文化的宝库。我们应该在新的历史条件下，继承和发扬中国佛教学术研究的优良传统，努力开创佛教教学与研究工作的新局面"③。他们梯山航海，在陆、海丝绸之路上传播友谊的种子，交流中外文化。中国佛教界应当继承这一传统，开展佛教文化国际交流。

"一种思想，三个传统"具有重要的现实意义，"我们社会主义中国的佛教徒，对于自己信奉的佛教，应当提倡人间佛教思想，以利于我们担当新的历史时期的人间使命；应当发扬中国佛教农禅并重的优良传统，以利于我们积极参加社会主义物质文明建设；应当发扬中国佛教注重学术研究的优良传统，以利于我们积极参加社会主义精神文明建设；应当发扬中国佛教国际友好交流的优良传统，以利于我们积极参加增进同各国人民友好，促进中外文化交流和维护世界和平的事业"④。"一种思想，三个传统"不仅自利，而且利他，促进社会和谐稳定和健康发展，从而实现它的根本目标：净化人间，建设人间净土。"积极地建设起助人为乐的精神文明，也是有益于国家社会的，何况以此

---

① 载《法音》，1983年第6期，第19页。
② 载《法音》，1983年第6期，第19页。
③ 载《法音》，1983年第6期，第19页。
④ 载《法音》，1983年第6期，第19页。

净化世间，建设人间净土！"①

（三）人间佛教思想的发展

自以邓小平为核心的第二代中央领导集体提出物质文明与精神文明两个文明都要抓以后，赵朴初进一步阐释了人间佛教与两个文明建设之间的关系，成为人间佛教思想的有益补充。1986年3月，赵朴初在《关于佛教与社会主义精神文明建设的关系》中认为，佛教音乐、佛教文学、佛教绘画、佛教建筑、佛教雕塑、佛教医药等是精神文明方面的重要内容，佛教的无常观、缘起论、佛教戒律等均可为精神文明建设服务。1987年2月，中国佛协举行第五届全国代表会议，赵朴初作《团结起来，发扬佛教优良传统，为庄严国土利乐有情作贡献》的报告，认为党和国家从政策、法律上尊重和保护佛教徒宗教信仰自由的权利，佛教徒也要爱国守法，拥护党和政府的领导，积极为社会主义物质文明和精神文明建设服务。就物质文明来说，参与物质文明建设是佛教徒爱国主义和社会主义思想觉悟的体现，是佛教利生思想的要求。佛教五明中的工巧明，四摄中的利行、同事，八正道中的正命、正业，"一切资生事业（即工农商业）悉是道"的佛教教义，中国佛教农禅并重、"一日不作，一日不食"的优良传统，都激励着佛教徒参与社会主义物质文明建设。就精神文明来说，社会主义精神文明建设要求公民具备四有五爱，佛教思想也是与此相通的。一方面，佛教有建设人间净土，庄严国土、利乐有情的思想；有众生平等的主张；有报国家恩、报众生恩、普度众生的愿力；有诸恶莫作、众善奉行、自净其意的原则；有慈悲喜舍、四摄六和的精神；有广学多闻，难学能学，尽一切学的教诫；有自利利他、广种福田的思想；有禁止杀、盗、淫、妄等戒律要求，成为佛教徒实现精神文明建设的增上缘。另一方面，社会主义文化是在传统文化的基础上发展起来的，佛教恰恰是传统文化的重要组成部分，对中国文化产生了重要影响。佛教的缘起论反映在世界观上否认有至高无上的神；反映在人生观上主张自觉觉他，将一己的解脱与普度众生联系起来；反映在方法论上注重辩证思维与逻辑推理相结合。佛教为中国哲学提供了新的命题和新的方法；佛教经典本身不仅是典雅瑰丽的文学作品，而且为中国文学带来了新的意境、文体和命意遣词方法；佛教的建筑、雕塑、绘画，成为中国建筑史、美术史上灿

---

① 赵朴初：《佛教佛教答问》，北京：北京出版社，2003年版，第138页。

烂的篇章；佛教音乐是中国古代音乐的重要组成部分；佛经的流通促进了中国雕版印刷术的发展；藏语及巴利语系的佛教文化，成为藏、蒙、傣等兄弟民族历史文化的主体。因此，佛教中丰富的文化遗产本身就是社会主义文化建设的重要方面。

20 世纪 90 年代以后，党和政府提出宗教与社会主义相适应的思想，对宗教政策进行了充实和调整。1993 年 10 月 15 日，在中国佛协第六届全国代表会议《中国佛教协会四十年》报告中，赵朴初提出中国佛教必须而且能够与中国特色社会主义相适应或相协调。他主张佛教与政权分离，佛教不干预国家行政、司法和教育，不进行反对马列主义、毛泽东思想的宣传，不受外国势力的支配；佛教徒要爱国守法，拥护党的领导和社会主义制度，继承和发扬中国佛教的优良传统，积极参加社会主义物质文明和精神文明建设。佛教中诸行无常、诸法无我的世界观，缘起性空、如实观照的认识论，无我利他、普度众生的人生观，诸恶莫作、众善奉行的道德观，三学并重、止观双修的修养方法，不为自己求安乐、但愿众生得离苦的奉献精神，以及佛教在哲学、文学艺术、伦理道德、自然科学、生命科学等领域内积累的成果，在社会主义精神文明建设中具有旺盛的生命力和特殊的积极作用。从党和政府的角度来讲，要认真贯彻执行宗教信仰自由政策，从法律和政策的实施上保护公民宗教信仰自由的基本权利和合法权益。加强佛教自身建设，就是要加强佛教的信仰建设、道风建设、教制建设、人才建设和组织建设。其中信仰建设是核心，道风建设是根本，人才建设是关键，教制建设是基础，组织建设是保证。要加强信仰建设、道风建设、教制建设，首先要求僧尼具足正信，勤修三学，遵守戒律，严肃道风。要大力培养合格僧才，加强人才建设。要建立健全寺院丛林组织人事制度和寺院民主管理制度，选任住持、班首、执事等僧职要任人唯贤，德才兼顾，具有一定的佛学水平和管理能力。要协助政府贯彻宗教信仰自由政策，理顺名山大寺的管理体制，协调各方面关系，维护佛教徒、寺院及佛教团体的合法权益。因此，杨曾文认为从这是"赵朴初的人间佛教思想从提出以来的最大发展"①。

---

① 杨曾文：《赵朴初人间佛教思想试论》，载《佛学研究》，2005 年版，第 14 页。

二、人间佛教的诗意抒写

赵朴初不仅是中国当代的佛教领袖,而且是个优秀的诗人。他用其饱含深情、哲理、诗意的笔墨,真实记录了当代佛教的发展历程,抒写出对农禅家风、国际佛教友谊、建设人间净土和行愿无穷的礼赞,成为人间佛教理论的具体实践和延伸,昭示出他为佛教振兴而做出的贡献,对当代佛教文学的发展产生了重要影响。

(一)举起锄头开净土

新中国成立后,佛教界通过土地改革等措施,彻底消除了地租、经忏等剥削式经济来源,倡导中国佛教"一日不作,一日不食"的农禅传统,恢复建立自给自足的经济体制,鼓励佛教界发扬大乘菩萨道入世精神,弘法利生,积极参与社会经济文化建设,为建设人间净土而不懈努力。赵朴初身为中国佛协领导者之一,他用诗文记录下佛教界发扬农禅家风,参与生产建设的盛况,歌颂了生产参禅并重并行的禅林新风。

1953年9月圆瑛大师圆寂后,赵朴初受中国佛教协会委托,负责圆瑛大师治丧事宜。他来到了千年古刹天童寺,见寺中僧人能够承继祖庭绍隆千年之农禅家风,颇为欣喜。寺中僧人上下和敬,课诵不辍,正常的宗教生活有序开展。同时他们开荒八十余亩,种植粮食、蔬菜、茶树,满足僧人基本生活需求,伐木烧砖,自制器具,修缮殿宇房舍,呈现出欣欣向荣、日新又新的繁盛景象。对此,赵朴初以诗赞道:"如来慧命云何续,要与诸师着力参。举起锄头开净土,打开书本透重关"[1];"同心戮力务工农,真见勤劳养道风。会得新新堂上意,搬柴播谷是神通。"[2]1959年夏,赵朴初来到五台山考察佛教情况。虽在战乱中五台山各寺殿宇遭到了不同程度的破坏,然而他们农禅结合,凡圣同参,植树造林,绿化荒山,为实现人间净土而积极努力。据《现代佛学》1957年第1期《简讯》记载,五台山广济茅蓬僧众在1956年秋"植树四万六千多株,此外还在十六亩地的荒山上植下了松苗,并在七分地上栽植了加拿大杨条三千株"[3]。又《现代佛学》同年第7期《百丈家风在五台山》记

---

[1] 赵朴初:《赵朴初韵文集》卷二,第15页。
[2] 赵朴初:《赵朴初韵文集》卷二,第15页。
[3] 镜全:《五台山广济茅棚去年秋季植树四万六千多株》,载《现代佛学》1957年第1期,第30页。

载，"今年春季计划造林五百亩，已超额完成了任务"，"僧众们每日的修持和工作是这样安排的：上午听讲《华严经》，朔望加诵戒，下午出坡劳动，并根据律制结夏安居"，"五台山广济茅蓬真可说是继承了百丈禅师的'一日不作一日不食'的家风了。"① 同年第 10 期载："山西五台山广济茅蓬自 1955 年农历四月初四日文殊菩萨圣诞日起开讲《华严经》，至今年八月初五日圆满"，"四众弟子虔诚地将三年讲经功德回向祝愿世界和平，祖国建设顺利进行，佛法昌隆。"② 对五台山僧众农禅结合、生产修行两不误的景象，赵朴初为之鼓舞赞叹，"清凉地，凡圣可同参。举起锄头开净土，穿来牛鼻透重关。努力事农禅。"③ "农禅好，国土为庄严。药圃林山多宝地，朝霞暮霭雨花天。胜会约他年。"④ 1983 年 12 月 5 日，在中国佛协第四届理事会第二次会议上，赵朴初明确表示要发扬中国佛教农禅并重的优良传统。1987 年 6 月，赵朴初视察福建佛教情况时，为福建省连城县性海寺方丈慧瑛等人所作《采桑子》中表示要发扬农禅传统，建设人间净土，"举起锄头开净土，无尽庄严，顿现人间。宝树琪花山后前。如来家业须弥重，都在双肩，高唱农禅。普与恒沙结胜缘"⑤。

（二）净土人间现眼中

在赵朴初"一种思想，三个传统"的人间佛教思想体系中，建设人间净土是人间佛教的最高目标，是他在继承中国佛教入世思想的基础上，结合新中国成立后中国佛教发展的实际情况而提出来的。在佛教文学创作中，时时流露出对人间净土的祈盼与颂扬。

早在 1961 年 10 月 28 日，赵朴初偕中国政协宗教组同人游潭柘寺，深感庙宇之幽静庄严、寺中僧人守山护山之功及明代姚广孝之遗迹，愿效普贤菩萨行愿，共建人间净土，"不泥比丘相，傥具普贤愿？岂知众生力，浊世净土现？"⑥ 改革开放后，中国佛教迎来发展的黄金时期。1983 年为中国佛协成立三十周年，赵朴初在《中国佛教协会成立三十周年纪念献词》中说"盛世胜

---

① 高觉：《百丈家风在五台山》，载《现代佛学》1957 年第 7 期，第 29 页。
② 高觉：《五台山广济茅蓬宣讲〈华严经〉圆满》，载《现代佛学》1957 年第 10 期，第 30 页。
③ 赵朴初：《赵朴初韵文集》卷三，第 58 页。
④ 赵朴初：《赵朴初韵文集》卷三，第 58 页。
⑤ 赵朴初：《赵朴初韵文集》卷七，第 451 页。
⑥ 赵朴初：《赵朴初韵文集》卷三，第 110 页。

缘,创设佛会。各族缁素,水乳交融。爱国爱教,行愿深宏"[1],希望团结各族佛教徒,爱国爱教,弘法利生,"仰我同道,齐发大心。阐扬圣教,利乐有情"[2]。1987年10月,赵朴初考察浙江佛教情况,过凤林寺旧址,拜谒岳庙,访灵隐寺,回忆起自己四十年前曾于凤林寺开办医院,济世救人。故地重游,遗迹虽屡遭兴废,然如岳飞般精忠报国之志不改,愿与天下同心之人,共建人间净土,"劫后灵山未散,庄严复现金轮。南山云起北山云。人间兴净土,天下有同心"[3]。1997年11月,赵朴初出席灵山大佛开光仪式,见无锡市内、郊区房屋墙壁皆粉白,感慨人间净土可成,"喜见白屋胜红墙,玉宇琼楼略可方。应是无尘故无染,人间净土愿能偿"(《市内、郊区房屋墙皆粉白》)[4]。当他再礼灵山大佛,喜见大佛妙相庄严,周转群山围绕护持,感慨人间净土可成,"妙相庄严倚碧空,群峰周匝绕天龙。再来愿海微澜起,净土人间现眼中"[5]。1998年,赵朴初因病住院。1999年仲春,九十二岁高龄的赵朴初写下了《吟哦从何起》,心中所想,依然在建设人间净土,"试看吟哦从何起,尽从这里涌出来。十身赫赫唯心契,一念明明与世呆。情卸婆婆皆净土,见除瓦砾尽珍台。行人但莫东西执,九品莲花处处开"[6]。

赵朴初的人间佛教思想,已经远远超越了国界的限制,成为他对整个人类社会所有国度的共同祝愿。1987年5月,赵朴初赴泰国曼谷参加国际学术交流会,在使馆文化参赞郭宣颖、秘书董宪民的陪同下游泰国旧王宫与玉佛寺,不禁感叹道:"古寺邻故宫,庄严无等伦。孰云净土远?只在众生心。"[7]同年8月9日,应日本天台宗山田惠谛之邀,赵朴初率中国佛教代表团访日。其间,庭野日敬和山田惠谛分别自东京和京都访赵朴初于穗高,赵朴初以诗相赠,其云:"日浴清净水,日着清净衣。内外俱清净,浊世愿无离"(《其二》)[8];"不离于浊世,而净佛国土。普天现和平,广度一切苦"(《其

---

[1] 赵朴初:《赵朴初韵文集》卷六,第369页。
[2] 赵朴初:《赵朴初韵文集》卷六,第369页。
[3] 赵朴初:《赵朴初韵文集》卷七,第480页。
[4] 赵朴初:《赵朴初韵文集》卷十,第718页。
[5] 赵朴初:《赵朴初韵文集》卷十,第718页。
[6] 赵朴初:《赵朴初韵文集》卷十,第734页。
[7] 赵朴初:《赵朴初韵文集》卷七,第443页。
[8] 赵朴初:《赵朴初韵文集》卷七,第461页。

三》）[1]；"说教忌僵化，末学叹支离。要当重现实，随地种菩提"（《其五》）[2]，希望能够融入世、出世于一体，维护和平，度众苦厄，脚踏实地，灵活变通，于浊世间严净国土。1990年4月，赵朴初应日本龙谷大学之邀再访日本，接受京都大学授予的文学荣誉博士学位。5月24日来到箱根龙宫殿旅馆小住，回想起自己三十五年前游此时所作之诗"人间净土非难得，为取和平万万年"，如今两国交好，和平生活已经实现，不禁再生感慨，"人间净土非难得，卅五年前句未忘"[3]。1991年10月，赵朴初在为日本京都佛教大学成立七十周年校庆汉俳中说："世世弟兄缘，两国英才誓并肩。净土现人间。"[4]

（三）众生无尽愿无穷

身为中国当代佛教的引领者，提倡人间佛教，建设人间净土，是赵朴初一生的宏愿。在经历了民国年间佛教的衰微、建国初期的恢复、"文革"十年的浩劫后，改革开放以来，中国佛教迎来了重兴的春天。赵朴初为之欣喜赞叹的同时，愿为复兴佛教、实现人间净土而鞠躬尽瘁，行愿无穷。

佛教中诸佛菩萨为求佛法、广渡众生，不惜头目脑髓的无我精神，中国佛教四大菩萨慈悲双运、济度众生的伟大愿力，成为赵朴初行愿无穷的来源。1983年9月，他在《十八罗汉墨赞》中，希望佛教徒应当学习先贤随机应化、普济人间的佛教品格，为饶益众生而摩顶放踵，无我利生，"释子应迹与墨化，摩顶放踵利天下。烟云舒卷极庄严，充实光辉之谓大"[5]，这也成为赵朴初个人品格的写照。1986年9月，赵朴初访朝鲜妙香山普贤寺，对普贤菩萨行愿赞叹不已，"到此心清闻妙香，妙香山上礼空王。普贤行愿无穷尽，夜半溪声出广长"[6]，"普贤行愿无穷尽，劫火烧时净土存。待看千灯传慧业，相逢一笑见晨星"[7]。观世音菩萨三十二应拔苦与乐、千手千眼济渡众生的精神，使他深为叹赏。1987年10月，赵朴初参访普陀山观世音菩萨根本道场时云："不肯去，甘禁万劫风雨。此土缘深非妄许，悲心周广宇。从此名山钟毓，

---

[1] 赵朴初：《赵朴初韵文集》卷七，第461页。
[2] 赵朴初：《赵朴初韵文集》卷七，第462页。
[3] 赵朴初：《赵朴初韵文集》卷七，第529页。
[4] 赵朴初：《赵朴初韵文集》卷八，第574—575页。
[5] 赵朴初：《赵朴初韵文集》卷六，第364页。
[6] 赵朴初：《赵朴初韵文集》卷六，第421页。
[7] 赵朴初：《赵朴初韵文集》卷六，第421页。

无数妙华慧炬。宝筏不辞千手与,度人间儿女。"①"我不入地狱,谁入地狱""地狱不空、誓不成佛"的地藏菩萨,给他提供了无尽的精神愿力。1990年9月17日,赵朴初来到地藏菩萨道场安徽九华山,深感地藏之大愿,"安立道场端正好,清泉清磬清风。众生无尽愿无穷。可能空地狱?三界佛香中"②。

佛教先贤的大行大愿,深深影响、感化着赵朴初。为了中国佛教的重兴,赵朴初愿效法先贤,行愿无穷。1989年9月,在庆祝新中国成立四十周年的贺词中,赵朴初写出了自己的四大愿望:"愿觉灯之照临兮至四十而不惑,愿祥云之舒展兮徧八表之寥廓,愿和平之吹拂兮播弦歌于吾国,愿法音之宣流兮众心开而见佛。"③1990年5月23日,他在接受日本龙谷大学所授名誉博士学位时写道:"行愿无穷尽,艰难不惮劳。增荣还自勉,旧雨涌新潮。"④1990年10月,在福建省政协副主席凌青的陪同下参加林则徐祠时,忆及早年见林则徐手书佛经,珍爱不已,感其为国禁烟,造福于民,不禁写道:"昔见林公手写经,美秀庄敬罕伦比。行舆日课以自随,胜愿笃行无穷已。今谒公祠观图史,肃然欣然思奋起。仁人之心即佛心,苟利国家生死已。"⑤1990年12月22日,赵朴初出席中国佛协上座部佛教座谈会和云南省上座部佛教工作会议,愿为上座部佛教的振兴、为庄严国土而努力,"万里香花结胜因,阿输结集梦堪寻。庄严国土无穷愿,八部天龙鉴此心"⑥。1991年秋,年过八旬且在病中的他,仍然希望如老骥伏枥般护法传灯,"八十四年过,而今知免夫。遵医多饮水,阅世但观书。尚有平生志,还思老骥图。智灯千万亿,一一耀明珠"⑦。1992年6月,赵朴初来深圳弘法寺参加佛像开光和住持升座典礼,道出为庄严国土、利乐有情而行愿无穷,"弘法寺,众善与人同。利乐有情兴教化,庄严国土等西东。行愿赞无穷"⑧。同年9月13日,赵朴初在甘肃兰州黄河滨散

---

① 赵朴初:《赵朴初韵文集》卷七,第483页。
② 赵朴初:《赵朴初韵文集》卷八,第537页。
③ 赵朴初:《赵朴初韵文集》卷七,第515页。
④ 赵朴初:《赵朴初韵文集》卷七,第528页。
⑤ 赵朴初:《赵朴初韵文集》卷八,第550页。
⑥ 赵朴初:《赵朴初韵文集》卷八,第556页。
⑦ 赵朴初:《赵朴初韵文集》卷八,第574页。
⑧ 赵朴初:《赵朴初韵文集》卷八,第589页。

步,感念黄河对中国民族的贡献,愿以此心报黄河恩,报国土恩,"散步黄河滨,默念黄河恩。孕育我民族,黄河是母亲。何以报亲恩?视汝寸草心。此心无穷尽,誓待黄河清"①。1993年9月,日本佛教界为中国佛教协会成立四十周年举行庆祝活动,赵朴初访日期间作《访日杂诗六首》,其一中云:"众生无尽愿无尽,日日相看德业新"②,愿为中、日、韩三国佛教黄金纽带之形成而不懈努力。

赵朴初不仅以思想和行动抒写出自己无穷无尽的行愿,而且以此回向众生,勉励教界同人。1986年2月,赵朴初考察广东佛教,在六榕寺作《临江仙》词赠云峰和尚,希望他深悟佛教缘起之法,不要因"文革"期间佛教浩劫而悲叹,勉励他精勤修持,为佛教之重兴再尽心力,"缘谢缘生观万法,休嗟剩水残山。参天榕树尚存三。塔波留胜迹,十地许登攀。昔日须弥今芥子,开颜平等相看。虚空无尽愿无边。一花还一叶,念念现庄严"③。1988年8月19日,宁夏回族自治区佛教协会成立,赵朴初以诗志庆,希望宁夏佛协能够团结各族僧众,发大心广度有情,"协会成立,团结为先。同发大心,广度有缘。爱国爱教,行愿无边"④。1997年,他在中国藏语系高级佛学院成立十周年贺词中勉励众佛教学子"不违本愿,同发大心。俱成龙象,常转法轮。庄严国土,利乐有情"⑤。他同样以此勉励着异国佛教友人。1981年春,赵朴初在《奉和大西良庆大长老新年之作》中云:"耿耿心光法界通,众生无尽愿无穷。欢腾两岸瞻人瑞,春海春山寿此翁。"⑥《阿难陀寺访甘露喜法师》云:"安坐微尘转法轮,山光塔影树边身。法师行愿无疲厌,功德恒沙庆大成。"⑦《汉俳二首·贺日本京都佛教大学七十周年校庆》其一中云:"行愿感人天,桃李春风遍大千。峥嵘七十年。"⑧

1999年春,九十二岁高龄的赵朴初依然壮心不已,在《己卯仲春,偶然得

---

① 赵朴初:《赵朴初韵文集》卷八,第597页。
② 赵朴初:《赵朴初韵文集》卷九,第632页。
③ 赵朴初:《赵朴初韵文集》卷六,第399页。
④ 赵朴初:《赵朴初韵文集》卷七,第507页。
⑤ 赵朴初:《赵朴初韵文集》卷十,第721页。
⑥ 赵朴初:《赵朴初韵文集》卷五,第305页。
⑦ 赵朴初:《赵朴初韵文集》卷六,第433页。
⑧ 赵朴初:《赵朴初韵文集》卷八,第574页。

句》写道:"人间万事须调理,跃跃壮心殊未已。"① 本年 5 月,九十二岁高龄的赵朴初亲自护送佛牙舍利赴香港供奉,《南国云飞曲·护送佛牙舍利来香港》云:"喜见倾城迎舍利,皈敬歌声不歇。紫荆花、长伴五星旗,吉祥云、飞舞南国。"② 这是赵朴初最后一次因佛教事宜外出,词中对香港回归祖国后佛教繁荣昌盛、社会和乐局面的赞诵,成为朴老一生爱国爱教,为中国佛教的发展鞠躬尽瘁、行愿无穷的美好见证。

小 结

赵朴初先生是享誉中外的佛教领袖和文学大家,他倡导以五戒、十善、四摄、六度为主体的人间佛教思想,发扬农禅并重、学术研究、国际交流等中国佛教优良传统,认为佛教应为物质文明建设和精神文明建设服务,积极与社会主义相适应,为增进社会和谐、繁荣、稳定作出应有的贡献,至今为佛教界所遵行。他的佛教文学创作,赞叹"举起锄头开净土"的农禅家风,歌颂"净土人间现眼中"的人间净土建设,"众生无尽愿无尽",愿为佛教重兴和建设人间净土摩顶放踵、广利人天,行愿无穷。赵朴初的人间佛教思想至今为教内外人士所遵循,成为当代中国佛教的主流思想,对当代佛教乃至于佛教将来的健康发展奠定了理论基础。他的佛教文学创作,进一步贯彻和践行了人间佛教理念,引领当代佛教文学发展,对净慧、隆莲、明旸、茗山、惟贤等人的佛教文学创作产生了深远的影响,不失为当代佛教文学界首屈一指的大家。

---

① 赵朴初:《赵朴初韵文集》卷十,第 736 页。
② 赵朴初:《赵朴初韵文集》卷十,第 737 页。

《玉琳国师》与"新僧"星云的宗教抱负

吴光正

武汉大学中国宗教文学与宗教文献研究中心

星云法师的《玉琳国师》创作于1954年，迄今已发行数十版，并先后被改编为舞台剧、闽南语和国语电影《千金小姐万金和尚》、电视连续剧《再世情缘》，产生了巨大的经济效益和宗教效应，为佛光山的弘法事业做出了卓越的贡献。[①] 笔者在分析星云法师的《无声息的歌唱》时曾指出，透过《无声息的歌唱》（1953年7月出版）、《玉琳国师》（1954年5月出版）、《释迦牟尼佛传》（1955年8月出版）、《十大弟子传》（1959年3月出版）、《海天游踪》（1964年4月出版）等早期文学创作，我们可以发现星云人间佛教理念的酝酿、发展过程和星云佛光山模式的建构、运作思维。[②] 仔细比较《无声息的歌唱》和《玉琳国师》，我们发现，两书的写作均是"新僧"星云反思佛教现状的产物。如果说《无声息的歌唱》透过法物的自白表达了"新僧"星云的宗教革新愿望和文体革新愿望的话，那么，《玉琳国师》则通过对玉琳国师成长、试炼、弘法的描写传达了"新僧"星云的宗教抱负，揭示了人间佛教的理念[③]及其对人间不即不离的特色。

[①] 星云法师曾经打过一个比方："佛光山能够盖起来，除了信徒赞助以外，经费大多从此二书流通而来，所以我常说，佛光山是'玉琳国师'买的土地，是'释迦摩尼佛'兴建的殿堂页。"参见符芝瑛：《传灯——星云大师传》，北京：现代出版社，2011年版，第315页。

[②] 吴光正：《〈无声息的歌唱〉——"新僧"星云的宗教革新与文体革新》，程恭让、释妙凡，《2013星云大师人间佛教理论实践研究》，高雄：佛光文化事业有限公司，2013年版。

[③] 关于近代以来大陆尤其是台湾人间佛教的理论建构及其实践情形，请参阅陈剑锽：《星云大师对人间佛教性格的诠释及建立人间净土之思想》，程恭让、释妙凡：《2013星云大师人间佛教理论实践研究》。

一、玉琳国师的成长与试炼

玉琳是清朝宜兴磬山崇恩寺的香灯师,是住持天隐和尚的第二个徒弟。他十九岁出家,信仰坚定,恪守戒律,是一个颇有志气的青年僧人。在僧众的眼中,他是天隐和尚最为得意的弟子也是最有出息的弟子。他成为国师,固然有着特殊的机缘,但和他深入人间在人间体悟佛法密切相关。这种深入人间才能体悟佛法的理念是"新僧"星云反思山林佛教、经忏佛教的产物,因此,他特意透过财色、名位、生死的试炼描写来呈现玉琳成为国师的修道历程,彰显人间佛教实践者的宗教涵养和宗教人格。

天隐老和尚派玉琳到相府和王小姐成亲,一方面是为了拯救王小姐,另一方面则是为了试炼玉琳的道心。对于这个命令,玉琳本能地加以拒绝。在他看来,自己割爱辞亲皈依佛门,本身就是为了远离招致生死、苦恼的爱欲,自己怎么能再入歧途呢!当王宰相以钱财相诱惑时,玉琳表示自己皈依佛门不是为了求人生短暂的福乐,不是为了过清闲自在的生活。老和尚告诉他,王小姐相思成疾、病入膏肓是由于爱恋他而起,他应该秉持菩萨道的利他精神去救人去为佛教争光,玉琳才明白老和尚的苦心,答应了这份艰难的使命。面对黄金美色的诱惑,玉琳起初也有过担心,害怕自己太年轻把持不住,但是为了救人为了替佛教争光,玉琳下定了决心。洞房花烛夜,面对美色,玉琳知道自己不是一个离欲证果的人,难以做到美色当前不动心。他一方面用佛教的无常观想来否定美色,用智慧之水浇泼心中生起的欲念;另一方面又要求王小姐跟着自己跑香,想用过分的疲劳使王小姐息下爱情的欲念。过度的奔跑、疲劳毁了王小姐的扮相,王小姐发现自己披头散发、满面花纹俨如母夜叉,玉琳一方面用无常观想开导王小姐,一方面告诉王小姐自己是因为长得美好才出家的。他告诉王小姐,形体上的美是短暂的是一时的,唯有生命上永恒的美才是不灭的长存的。自己为了解脱生死为了众生长远的幸福而出家,希望从此超生,不再受轮回的苦果,没想到还有王小姐这段孽缘来磨难自己。玉琳向王小姐表示,自己为了拯救她才前来成婚,但如果自己还俗舍僧戒,自己将沉沦在苦海里。王小姐受到玉琳人格和悲心的感召,决定成全玉琳;之后王小姐受到玉琳说法的感染,期盼从痛苦的深渊中超拔出来,要求玉琳指示一条应走的路,一条从此得道超生的路。这条路便是出家修道之路。玉琳将洞房变成了禅堂和道场,俨然成了王小姐心目中的一尊菩萨,一尊和蔼、慈悲、圣洁的菩萨。玉琳不仅战胜了财色的诱惑,而且度脱了王小姐。

王小姐因爱而成全玉琳、因爱而学佛乃至出家,这对于玉琳来说,依然是一种试炼。只要王小姐放不下心中的爱欲,王小姐就是玉琳修道的魔障。洞房花烛夜,王小姐万念俱灰;第二天早上起来,看到玉琳俊俏的面孔,又想到他那洁白无瑕的灵魂,又开始在情感的旋涡中挣扎,一种佛理与情欲的挣扎,一种鱼和熊掌不可兼得的挣扎。这种挣扎不能不影响到玉琳的修行。玉琳知道自己的"胸中不是没有爱火的燃烧,他和一般人一样,王小姐的美貌和多情,像七月的台风,疯狂地要卷去他不动摇的意志。但他比一般人强的,就是他知道悬崖勒马,他懂得一失足成千古恨,一个智者,往往在要紧的关头,能够控制住自己的情感"①。因此,他不仅要泯灭自己的情欲,而且需要熄灭王小姐心中的爱欲引导王小姐真心向佛。他拒绝了王小姐替他盖庙请他当住持的恳求,向王小姐宣说出家的理念:"你要明白,出家学佛,要难行能行,难忍能忍,既然舍俗出家,这就是伟大的行为。如果没有牺牲个己自在和福乐的决心,没有真正去为苦海中众生服务的悲愿,如何能达到出家的目的?假若说还是和一般儿女情长的人一样,你想,出家的神圣任务,如何能完成?"②他鼓励王小姐坚心向道:"我希望小姐要用智慧的眼光来判别,要有勇敢的精神向新生的前途迈进!不要为一念的迷情误了大好时光。"③对王小姐做了如此点拨之后,玉琳才安心离开相府返回寺院,依旧做香灯师。然而,王小姐依旧无法忘怀玉琳,派丫鬟翠红送来了点心和僧袍。玉琳的师兄玉岚阻挡翠红和玉琳见面,暗中把点心和僧袍送到了玉琳房中;玉琳误以为这是韦驮在护法,当他见到翠红知道真相后,内心再也无法平静。这个多情美貌的王小姐,玉琳并不能完全忘怀,为了避免藕断丝连,努力想把她遗忘,乃至于不敢询问她的任何信息。另一方面,玉琳在修持上有一颗好胜心和荣誉心,为了避免别人的闲言闲语,他不得不将一颗关怀王小姐的慈心勉强地痛苦地抛向脑后。在玉岚的点拨下,在翠红的讥讽下,他知道回避不是办法了。在佛教看来,执着地远离女色本身也是一种道行不高的表现。意识到这点,他开始寻求解决的方案。当他得

---

① 星云法师:《玉琳国师》,高雄:佛教文化服务处,1973年版,第35页。
② 星云法师:《玉琳国师》,第37页。
③ 星云法师:《玉琳国师》,第37页。

知王小姐为了成全他受尽委屈之后,感觉到王小姐是一位深具慧根的女性,答应等王小姐出家后去见王小姐。经过几度书信往返,玉琳觉察出王小姐有了坚决的出家意志,答应参加她的出家仪式,并担任剃度师,并给她取了一个"醒群"的法名。醒群的出家还是为了爱。剃度时她心中分辨不出悲和喜:"她唯有觉得自己出家是玉琳指示的,今天能如愿以偿,他像释去了一付重担子,为了世间上毕竟都是苦,为了她还爱玉琳,这只有勇敢地去迎接新的生活,做一个佛化的新人。"① 吴师爷看在眼里,故意就这个问题刁难玉琳:"你们形式上的爱情虽然没有结合,而你们精神上爱情还是结合在一起。"② 并斥责玉琳假道学假正经害苦了王小姐。玉琳告诉吴师爷,自己爱小姐,但并不想占有她,只是希望她离苦得乐,就像希望任何人离苦得乐一样。在千华庵指导醒群修行时,玉琳发现醒群能甘守清净生活,感到非常安心,觉得自己终于可以释然了。醒群的千华庵后来发展成了一个著名的道场,并在玉琳需要资助时给正觉山道场送去了资粮。离开千华庵后,玉琳就再也没有去见过醒群,尽管醒群的形象时时在自己的脑海中浮现,尽管玉岚曾寄信让他前去见醒群,但这只是思念而已。在他看来,已经得度了的人,自己没有必要再和她在一起了。

名位(权势)也时时刻刻在考验着玉琳。小说一开始就展示了玉琳对于名位(权势)的态度:"他安份守己,见人都是一团和气,唯有对一些有权势的人不肯低头,对于一些名人要到寺院中来,他都是鄙视那忙着欢迎的人。"③ 正因为如此,他不愿意打扫大雄宝殿迎接相府小姐的进香,甚至顶撞相府千金的丫鬟翠红,声称自己是万金和尚,犯不着要听相府千金小姐的命令来打扫殿堂。不过,在佛教看来,这种执着远离名位的行为本身亦是一种我执,是修行不到家的表现,玉琳因此"也招来了他人生旅途中不平凡的风波"④:招来王小姐的特别关注,招来王小姐的爱恋,最后不得不以入赘相府的方式来拯救王小姐……在王小姐的剃度典礼上,为了避免别人议论他攀附权势,他特意穿了一件破棉袄;在千华庵指导醒群的日子里,玉琳又由于自己这种远离名位的执着行为招致了牢狱之灾:"玉琳是一个不畏权势、不会应酬的人,他庄重的态

---

① 星云法师:《玉琳国师》,第96页。
② 星云法师:《玉琳国师》,第104页。
③ 星云法师:《玉琳国师》,第1页。
④ 星云法师:《玉琳国师》,第2页。

度,不苟的语言,吴师爷就认为他傲慢,瞧不起他,吴师爷的心头就因此非常的嫉恨"①,最后杀死一个丫鬟,并嫁祸于玉琳。

执着远离名位给玉琳带来灾难,那么怎么对待名位才是一个出家人的态度呢?透过玉琳的人间试炼,我们发现,不离不即才是一个有作为的出家人对待名位的态度。玉琳的师父和师兄对名位有着更为通脱的看法,他们都鼓励玉琳去争取名位。得知自己只是师父的半个徒弟后,玉琳很沮丧,天隐老和尚鼓励他说:"你回去好好安心用功吧!你很有福报和善根,只要你努力不懈,你的声名荣耀,将来定能胜过你的师兄!"②帮玉琳解除牢狱之灾后,玉岚告诉玉琳:"现在是你回去的时候,今后你荣耀万方,师兄是赶不上你了。"③这个所谓的声名就是国师——玉琳救了顺治皇帝被顺治皇帝封为国师。玉琳接受这个名位,一是为了佛教的弘传,二是对名位有了新的看法:"他现在对于名利的观念本来是很淡泊,但他想能为出家僧众扬眉吐气,这也是他很乐意的。他想到追求名利荣华是一种执着,舍弃名利荣华更是一种执着。最好对名位能得之不喜,失之不忧。他对这些没有要求,他只觉得能成就众生,有益佛教,也就心满意足了。"④玉琳虽被尊为国师,可是一点荣耀的念头也没有:"几年来的风风雨雨,重重魔难,使他在佛陀的真理中,更体验到世态的炎凉,人事的沧桑。那巍峨壮丽的皇宫,那山珍海味的饭食,在他是如木人看花鸟,名闻利养,一点没有打动他的心源。自从玉琳荣封国师以后,智慧悲心,日有所增。"⑤人间的荣辱升沉世态炎凉居然成了他悟道的资源,激发他如何去对待名位!从皇宫来到人间弘法,他仍旧过着"一钵千家饭,孤身万里游"的生活,一套僧衣、一双僧鞋,涉水登山,风吹日晒,隐姓埋名,随缘度化。度化山中强盗后,他告诫弟子:"你们不可向外攀缘,不可说出我是你们的师父,你们是国师的弟子,出家人要舍去这些权势的念头。"⑥

这种不即不离的态度目的在于弘扬佛教。在参学云游的历程中,一位说法的首座和尚猜出了他的身份,对他进行开示:"做一个剃发染衣的出家人,能够不

---

① 星云法师:《玉琳国师》,第98页。
② 星云法师:《玉琳国师》,第58页。
③ 星云法师:《玉琳国师》,第137页。
④ 星云法师:《玉琳国师》,第143页。
⑤ 星云法师:《玉琳国师》,第147页。
⑥ 星云法师:《玉琳国师》,第159页。

为名位荣利动心，实在难得！假若过份地厌离名利荣位，也太偏于小乘的根性。对于世间，从大乘行者的悲愿中，应不执不离。你们众中，自有不凡的人从不凡的地方来，你应该反省，佛法虽要离开名位荣利，但佛法也要名位荣利帮着弘扬！"①这个道理，玉琳的师兄玉岚也向他宣示过。接受了这个建议的玉琳在民间弘法多年后，重返皇宫，藉助自己对皇帝的影响力弘扬佛教，但是"过惯了四五年像行云流水一般生活的玉琳国师，忽然一旦又再回到皇宫中来，当然会有些不自然的感觉"②：一切行动总有保卫自己的禁兵跟着，毫无自由可言。但"玉琳国师打好主意，为了便于弘扬佛法，只有忍耐。对苦难要忍耐，对荣利也要忍耐，身虽在五欲尘劳中，只要心不贪恋也就自在了"③。这就是境界了。

玉琳出家是为了了生死，可命运偏偏却让生死来考验他。玉琳遭到吴师爷的刁难，醒群深感不安，时常派丫鬟翠红前去安慰，但玉琳对于自己的毁誉已经不再关心，认为世界上并没有坏人，一切人都是自己的善知识，冤家对头也是自己的善知识，甚至认为死亡也是一种好事，因为人生本来都有这么一天的。玉琳遭吴师爷陷害入狱后，醒群急忙派丫鬟翠红去向刘县尊求情，可刘县尊却告诉她玉琳已经招供，说人是他杀的。翠红百思不得其解，玉琳却平静地告诉翠红："我很高兴，有这样一个好的机会，就算是死了，可是让我在修行的路上，倒反而做下一件有意义的事！"④在他看来，人生虚幻，人格的清白与否本没有一定的标准，只不过是会欺瞒与不会欺瞒罢了，所以不再执着于人格的毁誉了；再者，修学菩萨道的人，要忍人所不能忍，行人所不能行，只有成就众生，不可危害众生，自己的招供不仅可以解除自己的业报，而且可以感召恶人使他不再作恶。此外，他还觉悟到自己与众生一体的真理，以及怨亲平等的修养，为避免冤枉别人受刑而招认了杀人之罪。有了这样的人生体认，所以玉琳尽管知道杀害小丫鬟的凶手是谁，他也不愿说出来；囚禁在牢房中，他的身体虽然被束缚了，但他的心是感到非常自由的。他坦然面对死亡审判，认为自己的做法跟怕不怕死没有关系，那是一个因果报应的问题。吴师爷的罪行被玉岚揭穿后，玉琳还时时刻刻关注其命运，为吴师爷暴病狱中叹息不已。为

---

① 星云法师：《玉琳国师》，第 150 页。
② 星云法师：《玉琳国师》，第 167 页。
③ 星云法师：《玉琳国师》，第 167—168 页。
④ 星云法师：《玉琳国师》，第 122—123 页。

了救度众生，玉琳居然准备将自己的生命布施给众生。

玉琳的师父期盼他在修行的道路上能逐渐抛弃自尊心、荣誉感这类阻碍道业提升的"我执"与"我慢"。这对于玉琳来说，也是一种试炼。在老和尚看来，正是玉琳的自尊心和荣誉感帮助他战胜了财色的诱惑，使他从宰相府中全身而退，但这种自尊心和荣誉感也会滋生"我慢"。老和尚的担心是对的。从宰相府中回到寺院后，玉琳不时地向寺院中的同修绽放着得意的微笑。对于他那每天只知道吃饭睡觉的师兄，他不仅看不起而且深感厌恶。为了这位好吃懒做的师兄，他不知受了多少别人私下的窃笑，因此对师兄更加轻蔑和厌恶，甚至不愿意别人将自己的名字和他相提并论。玉琳的师父一方面盛赞玉琳的智慧以及玉琳不为名利财色诱惑的意志，一方面又怕他因此而傲慢，向他开示道："你把你和王小姐的这段因缘了结处理得非常得法合理，我早就知道你是会这么做的，这一次已显示出你出家的坚贞不拔的信念，和你崇高纯洁的人格，你已经懂得爱护自己，但我更望你能尊重别人，这两者都是学佛的人所不能缺少的！"[①] 通过一次抄经比赛，天隐老和尚让玉琳明白他的师兄玉岚是外现罗汉相内秘菩萨行的高僧，玉琳只能算他的半个徒弟，玉琳才为自己的傲慢感到惭愧不已。玉琳深深自责的同时，却一直和师兄较劲，等到历尽试炼后，他那好胜傲慢的习气才冰消瓦解："过去一些不平凡的遭遇，以及那悠悠的岁月，在佛法体验中，使他养成谦虚稳重的风度，他每天一串念珠在手，一领方袍在身，像泰山，不可摇动；像莲花，清秀芬芳。"[②]

玉琳通过财色、名位、生死的试炼成为一代高僧的修炼历程表明，只有在人间对境炼心，修道者才能真正领悟佛法才能真正成为佛陀事业的继承者。玉琳的前生是一个十不全的书记师，因为丑陋惊吓了见相结缘的富贵人家的小姐而遭到僧众的羞辱，想用自杀来了解此生。住持师父告诫他："学佛就是要能控制自己，使自己不受外面的境界惑动。你应该知道，一个人生在这世情冷暖的人间，所遭受的利、衰、苦、乐、称、讥、毁、誉，都是免不了的，不过，那些都是虚幻不实的，放下这一切，才能过到自主安乐的生活。"[③] 这句话的意思是说，一个修行人只有在人间历练才能参透世情才能真正抵挡外界的

---

① 星云法师：《玉琳国师》，第 42 页。
② 星云法师：《玉琳国师》，第 147 页。
③ 星云法师：《玉琳国师》，第 14—15 页。

诱惑，对境炼心的意味非常浓厚。这个理念贯彻在玉琳的整个试炼历程中。比如，玉琳成功从相府脱身后，玉琳一直在回避王小姐，王小姐则是没有忘怀玉琳。玉岚认为这不是真正的救度众生弘扬佛法。他告诉玉琳："在弘扬佛法的时候，才能了解到佛法。""真正的佛法是不离众生，修学佛法则到众生处去求。"①他教导玉琳说，救人要救到底，不能半途把人放下不管。玉琳本人也意识到"人的情感本来也是这样静静的，无所谓什么喜怒哀乐，忧愁苦恼，但因不善处理外面的境界，给外境诱惑得就不能静静的了"。"过去的玉琳，天真无邪，纯洁的心灵上，一尘不染，等到他年龄稍长了，不平的世间，忧患的人生，散漫的佛教，没落的僧团，就一一的扰得他不能宁静了。再加上现在王小姐以及玉岚，他们的事，他们的话，都不能叫玉琳完全无动于衷，因此，玉琳觉得自己的情感就不能平静了。"②引导王小姐出家后，玉琳终于平静下来了。面对吴师爷的刁难，他已经能够泰然处之了。他告诉前来探看自己的翠红："修学佛法的人，最要紧的是认识自己，把握自己，不要给外面的境界所惑动。世间上是非、好坏、善恶、都没有绝对的理由，我们不要给这些无谓的葛藤牵绊了。"③作者也用全知叙事指出玉琳的成长："玉琳自从近年来受世情的变动，他对于佛法更有了深刻的体悟，他能对这现实世间和人生，有这样达观的人生观，真可算是大有进步！"这个时候的玉琳"觉得做人能做到像师兄那样的没有阻碍，超然物外，也就真正了解到人生的意义！"④玉琳对人间试炼有了深刻的体悟后更加精进，即使是被封为国师，他也知道自己还年轻，"要从生活中磨炼自己"⑤。

总之，玉琳的修道试炼是一种人间试炼，其对待人间的态度是不离不即。

二、人间佛教的理念与实践

尽管玉琳国师的故事是煮云法师讲给星云听的，但星云在写作这个故事时融入了自己改革宗教现状的思考。小说中时时可以看到玉琳对佛教现状的批

---

① 星云法师：《玉琳国师》，第72、73页。
② 星云法师：《玉琳国师》，第76页。
③ 星云法师：《玉琳国师》，第107页。
④ 星云法师：《玉琳国师》，第107、110页。
⑤ 星云法师：《玉琳国师》，第150页。

判，这种批判激发了玉琳献身佛教、"弘法利生"的宗教抱负。透过玉琳国师成长与试炼的描写，星云对人间佛教的核心理念——菩萨道、僧团建设、外缘运作、弘法蓝图等进行了思考，因此，《玉琳国师》在一定意义上可以说是星云人间佛教模式的一个雏型或一种愿景。

星云透过《玉琳国师》呼吁佛教亲近众生、不计毁誉地救助众生。这是在用佛教的菩萨道精神来改造当时的山林佛教和经忏佛教。《玉琳国师》是通过玉琳在情欲面前的试炼来阐释菩萨道的。一个苦心修行的和尚，为了救助相思成疾的小姐，不得不入赘相府，这是一件多么尴尬多么为难的事情！天隐老和尚之所以令玉琳前往相府救助王小姐，天隐老和尚之所以能说服玉琳前去相府救助王小姐，是因为这种举措是一种菩萨道的举措："菩萨利他的精神，不是在躲避众生的，应该随缘现化而来设法救出众生，这才是真正菩萨的精神。"[①]玉琳在洞房花烛夜说服王小姐放弃情欲后便不再敢关怀王小姐，翠红便用历史上的菩萨道典范批评玉琳只顾自己不顾别人："我听到过去有弟兄三人去出家修行，在路上他们弟兄三人见到一个妇人刚死去了丈夫，一群孩子无人领养，第三个小兄弟见了不忍，就留下来和妇人结婚了。老大和老二以为三兄弟的道心不坚，非常鄙视地弃他而去了。然而，后来先成道果的还是这位第三兄弟。由这里看起来，时时都为人着想就叫做修行。"[②]星云的这种情节设计源于他对现实的思考。他透过小说人物多次批判佛教现状呼吁佛教徒亲近众生。鉴于玉琳并没有把王小姐彻底救出苦海，玉岚向他开示，指出佛教当下的工作是要处理当下的事情，不必管过去和未来的事情；只有弘扬佛法才能了解佛法，天天关在象牙之塔的寺院里，日日在一些古书里翻来翻去，这样是无法得到佛法的；真正的佛法是不离众生，修学佛法要到众生处去求，不要像现在的学佛人那样离开众生！玉琳由于害怕别人非议，不敢亲近王小姐关怀王小姐也是一种远离众生的表现，玉琳本人有非常深刻的反思："玉琳知道得非常清楚，做一个出家人，虽然把心中一切杂染的念头完全压制，对人不分男女老幼，都一律平等而视，但一般人们的传统观念，却认为这是不合法理。他们要求的是要你起分别心，是把女子不要当人，是叫你远离众生，玉琳就向这些传统的观念低

---

① 星云法师：《玉琳国师》，第22页。
② 星云法师：《玉琳国师》，第85—86页。

了头。"① 彻悟了这个大道理后,玉琳终于决定不计诽誉地救助王小姐,并勇敢地接受现实的磨难,对于吴师爷的刁难也能平静地接受。他告诉前来探看他的翠红:"修学菩萨道的人,只要有所利益于人,对于自己的荣辱毁誉,实在是不值得计较!"② 这个时候,他对于自己那外现罗汉相内秘菩萨行的师兄简直佩服到了极点。正因为认识到践履菩萨道的精髓,贵为国师的玉琳才会觉得自己住在皇宫里享福与佛教与众生没有什么好处,才会按照玉岚的指示深入民间荷担起弘法利生的责任。

　　星云还特意设计儒佛争衡的情节来阐释菩萨道与众生的关系。吴师爷批评佛教不忠不孝背离国本,玉琳用菩萨道理念作出了回应:"披剃出家,皈依佛门,献身于救人救世的工作,这并不能说是不忠不孝。你说出家人每天吃闲饭,不事生产,这是你没有了解到出家人的任务,出家人的任务是'弘法是家务,利生为事业'。做一个出家人,用佛法教化人间,这就是他的工作。讲到报效国家,并不一定种田织布,从事直接生产才算是报效国家。像我们用佛陀的教法,安定社会,改善人心,使人民的生活更有规律,生命更有价值,这也可以说是做的报效国家和为社会服务的工作。""所谓出家,是指出三界烦恼之家而言。如果讲要孝顺父母,或许出家人才真正懂得孝字的意义。普通人孝顺父母,只是在物质方面的供给,这就算是孝敬了。然而,光是在物质上孝敬父母,这并不能算作是彻底的孝。父母虽然暂时在物质方面得到满足(其实永远不会满足),可是他的痛苦并不会因此而解除。老病死的大患,是谁也不能免的。出家人的孝敬父母,一方面当然希望父母在衣食住的物质方面不致缺乏,同时另一方面更希望以所修学的佛陀真理,赐给父母,能让父母永远离开生死痛苦的大海,获得长久不变的清净自在的安乐,这才是根本的孝顺。"③ 玉琳对忠孝的这种阐释,很好地处理了出世与入世的关系,具有很强的人间性,解决了一个长期困扰佛教徒的理论难题。

　　星云透过《玉琳国师》批判、反思佛教现状,提出了僧团改革的构想。他一方面藉助玉琳成长和试炼过程中的感想揭示佛教僧团的种种缺陷,用菩萨道理念批判、反思佛教现状。玉琳入赘相府并从相府成功脱身,引来寺中许多僧

---

① 星云法师:《玉琳国师》,第81—82页。
② 星云法师:《玉琳国师》,第107页。
③ 星云法师:《玉琳国师》,第101—102页。

众的艳羡和不解。玉琳对此感慨万千："今日佛教中出家人的份子非常复杂，有很多不是为了生死，为修学佛道而出家的，或是出了家后，并未服膺佛教慈悲救世舍己为人的主义，财色当前，当然就会迷失了他的本性。""这些行单上的大众，他们大都到了没有办法的时候，中途跑来寺中服务，僧不僧，俗不俗，小时在家没有读书，到寺中来又不研究教理，终日做着和工人一样沉重的工作，过的也和苦工一样的生活，你听他们的出言吐语，都是那么的鄙俗。"[①]玉琳认为，不良的出家制度催生了低劣的僧团，使佛教走向沦落：有的人争得了方丈当家的地位，就是达到了出家的目的；有的是每天诵诵经念念佛就以为这是修行；更有的除了吃饭睡觉以外就不肯再做别的事。在玉琳看来，这样的僧团是无法撑持佛教的。

另一方面又用菩萨道的理念提出了改革僧团的构想。在他看来，人间佛教的菩萨道理念对僧团的素质提出了更高的要求。星云透过人物塑造指出，出家需要有正确的信念和顽强的意志。深谙佛理的王宰相就认为，出家乃大丈夫之事，非将相所能为。玉琳对这句话有深刻的体认，他最不愿意一般人糊里胡涂地出家，或把出家看得太容易。玉琳最讨厌的是很多人把出家学道、走入深山古寺中修行看作是逃避现实的行为。他认为，出家就是把自己的生命奉献给芸芸的众生，入山学道就是像到研究院中深造那样充实自己，以备将来解脱自己解脱别人。他告诉王小姐："出家学佛，要难行能行，难忍能忍，既然舍俗出家，这就是伟大的行为。如果没有牺牲个己自在和福乐的决心，没有真正去为苦海中众生服务的悲愿，如何能达到出家的目的？"[②]星云透过人物塑造指出，弘法利生需要不断充实自我提升素质。玉琳成功地从王小姐的洞房中脱身，大德们便建议天隐老和尚派他到各地参学去。玉琳在庙中住了一段时间后，"忽然他感到自己渺小起来，他觉得世界是这么广阔，众生是这么众多，而自己却住在深山古寺之中，终日不能与广大的众生接近，同时，他更想到出家人的任务，既是弘法利生，那必定要先健全自己，充实自己，不然，弘法是如何去弘？众生是如何去利？"[③]于是决定到各方云游参学去。玉琳有一种紧迫感，他告诉翠红，人生很多的大事都来不及去处理，所以做和尚根本就不会

---

① 星云法师：《玉琳国师》，第46、48页。
② 星云法师：《玉琳国师》，第37页。
③ 星云法师：《玉琳国师》，第138页。

感到寂寞。为了充实自己的福慧，玉琳忙着拜佛、看经、书写、研读，连跟别人谈话的时间都没有。玉琳的这种修为，使得他能够从容面对人间的种种试炼，担当起弘法利生的重任。

星云还透过玉琳对王小姐的度脱表达了提升比丘尼僧团素质、开创僧团新局面的构想。玉琳认为，僧团内部的男女不平等本质上是一种远离众生的思想，因此，他对于王小姐的出家寄寓了很大的希望："因为在他觉得，佛教僧团中拥有极大多数的出家的女人，她们名义上虽然是都做了觉世救人的释迦牟尼佛的弟子，而她们本身却好像沉迷在糊涂的梦中，她们大多数在寺院中除了早晚课诵以外，很少关心佛教，怎样让佛教兴盛流传在世间？在她们八识田中根本就没有这一粒种子。即使极少数的有关怀到佛教存亡的热忱，也都以为挑担如来家业的责任应该由比丘去负，所以，一千多年来的中国佛教里那些光辉灿烂的历史，大都是比丘们写下来的。比丘尼是中国社会女性群中的一份子，中国女性的地位没有和男性平等，佛教界的女众也常会遭受人们的几分歧视。佛教的制度没有把比丘尼列入和比丘同等的地位，做比丘尼的也从没有说为自己的地位来奋斗争取！现在，玉琳对王小姐的希望，希望她能像一只白鹤似的在鸡群中站起来，因为以王小姐的聪明才智，加上先天的环境，很可能为佛教以及为她们的本身，做一点轰轰烈烈的事业来。"[1]只要看看今日的佛光山，我们就会发现，星云几十年前的构想终于变成了现实。

星云还透过玉琳的成长试炼、弘法利生强调僧团内部精诚团结互相扶持的重要性。精进修持的玉琳由于不明白自己的师兄玉岚是外现罗汉相内秘菩萨行的高僧，对他的好吃懒做深恶痛绝；通过比赛抄写《法华经》，他从师父处知道了真相，惭愧不已，并向师父表达了自己对师兄的期待："我不是说师兄能胜过我而我就妒嫉他，相反的我无时不希望师兄能比我强，师兄能够智慧、道德、能力都超过人，这不但师父欢喜，就是我也很光荣。"[2]其实，玉琳的成长一直得到玉岚的指点，总是出现在玉琳人间试炼的紧要关头，神秘无比："玉琳想找他，但他像捉谜藏似的不给你找到；你不找他，他又神奇似的忽儿出现在你的眼前。"[3]他阻挡王小姐直接向玉琳传达思念之情，他指导玉琳将

---

[1] 星云法师：《玉琳国师》，第96页。
[2] 星云法师：《玉琳国师》，第57页。
[3] 星云法师：《玉琳国师》，第76页。

王小姐从深渊中彻底解救出来,他解除了玉琳的牢狱之灾,他用锦囊妙计指导玉琳云游参学、弘法利生。玉琳离开正觉山后,又是玉岚及时赶去担任住持,这让玉琳感动不已:"他觉得师兄一向就是躲避他,可是他的一切师兄帮助又很多。比方这一次,师兄早不去,迟不去,当自己离开正觉山的时候,他去了。他想,正觉山也实在需要像师兄这样的大德去领导。"①玉岚上山后,又向醒群募化了大批资粮,解决了山上的燃眉之急。可见,弘法利生的事业是需要僧众共同扶持才能发展的。

星云透过《玉琳国师》思考佛教实践的外缘运作,提出了用佛法接纳外缘、用政治推行佛法的构想。玉琳将生命布施给众生的牺牲精神深深地感动审判他的刘县尊,让刘县尊认识到法律实在不是对付罪恶最好的方法,佛法才是最好的法律,从而皈依了佛教,成为了佛教的护法。成为国师后,玉琳混迹人间,随缘现化,度脱了正觉山的一群强盗,安庆道台听到民间对正觉山僧团及其师父的赞美,决定前往参拜,最后皈依了佛教。听到这个消息,玉琳觉得"今后正觉山护法自无问题"②。浙江天童寺的一位老首座暗示他用自己的名位荣利去弘法利生。玉琳觉得自己对世间有悲愿,对众生有热情,只是弘法利生的机缘还没有到。他希望再过数年,等学德经验更丰富的时候,他愿靠政治的助缘,为佛教为众生做番事业。当他觉得自己的学德经念已经足够丰富的时候,他决定回到思念自己的皇帝身边。他向正觉山的僧众告别:"出家是为了弘法利生,我不能和你们永远在一起,我还有更多的事去做。当今皇上正要见我,他当初曾许我'十年治国,十年兴教'的诺言,兴隆佛教,外缘也要紧,我想明天就下山,前往京城。"③来到京城,玉琳不厌其烦地向顺治皇帝宣讲"佛教可补助政治不足""佛教可安定社会人心""佛教可改善人民生活"等论题,顺治皇帝也颇有感触,有心佛法的宣扬,他发愿治国兴教同等并重,他甚至想效法佛教历史上有名的护法阿育王。玉琳总想尽自己的力量影响顺治皇帝,要他体察民间的疾苦,要他真心做佛教的护法。同时,他还利用自己和皇帝的关系栽培了一大批年轻人,期盼他们勤政爱民的同时弘扬佛法。比如,他推荐小马作了湖广总督,并向他宣讲为官之道:"为官的第一个条件,当然是

---

① 星云法师:《玉琳国师》,第160页。
② 星云法师:《玉琳国师》,第160页。
③ 星云法师:《玉琳国师》,第159页。

忠君爱国，勤政爱民，为社会养成良好的风气。第二个条件，要修身养性，诚诚恳恳做佛教的护法，发扬道德与文化。"[1]在具体的弘法过程中，玉琳也总是能够借助政治的外缘达成兴隆佛教的功业。所以尽管玉琳对名位荣利看得很淡，但他离开皇宫潜入民间弘法时还是带上了顺治皇帝送给他的国师金印和题有"如朕亲临"的宝扇。前者帮助他度脱了正觉山上的一群强盗，后者帮助他制服了意欲拆毁归元寺的湖广总督。圆寂前，玉琳老和尚还在用这种方式兴隆佛教。他来到淮安法王寺挂单，告诉知客："我有扇子一把，书信两封，不但不会拖累贵寺，贵常住一定会因此中兴。"[2]玉琳说到的两封书信是给玉岚和醒群的，扇子就是顺治皇帝御题有"如朕亲临"四字的宝扇。

星云还透过玉琳僧团的弘法利生勾勒出了自己的弘法蓝图。醒群的千华庵发展成为一个大道场，经常有弘法讲经盛会，尤以每年冬天施米施粥的善举，最为人称道；正觉山在玉岚的领导下成为一个大丛林，挂单接众，经常总有住众四五百人，就像一个真理研究院。玉琳在六十三岁开悟后，"已经在修持的路途上能够独立，他更把一切往事放下，从此更无挂无碍，随缘在各地做着度化的工作。他修建了很多道场，解救过不少苦难的人，他鼓励僧众要云游，参学问道，每逢水旱之灾，他发动大家救济，他到过南洋群岛，作国际性的宣扬佛法，在南洋带回的菩提树幼苗，至今还蓊郁婆娑的长在磐山的寺旁"[3]。从这个蓝图中，我们可以看到佛光山的慈善性格、文化教育属性和国际视野的萌芽。

由此可见，尽管星云在其早期创作中没有提到"人间佛教"这个名词，但佛光山人间佛教的理念设计与实践构想在其早期创作中已初现端倪。

三、星云小说的尺度与手段

玉琳国师是一个历史人物，《玉琳国师》有其固有的传说模板和情节架构，但是，星云为了藉助这个传说模板和情节结构传达其宗教理念和宗教抱负，他模仿了佛传的叙事母题，并在叙事权威的营造、人间情境的描写、宗教意境的设计等层面进行了探索，恰到好处地把握了佛教小说的尺度，探索了佛教小说的表现手段。

---

[1] 星云法师：《玉琳国师》，第169页。
[2] 星云法师：《玉琳国师》，第180页。
[3] 星云法师：《玉琳国师》，第178页。

小说中的玉岚曾告诉玉琳，一切好话佛说尽。这句话也可以用来揭示《玉琳国师》的创作资源，因为佛陀说好话的故事就是《玉琳国师》的原型。熟悉佛传的人，一眼就可以看出，玉琳战胜色欲诱惑和玉琳度化正觉山强盗是对佛传的模仿。熟悉佛教典故的人，一眼就可以看出，玉岚的罗汉相行径、玉琳将生命布施给众生的举措，在佛教实践史上代不乏人。在星云笔下，玉琳的参学云游，也是以历史上的佛教典范作榜样的："在人生的旅途上，几曾见到过平坦的大道，人们所走的都是崎岖坎坷的路程。善财童子的五十三参，玄奘三藏法师的取经西游，他们涉险犯难的精神，已为我们开辟出光明的世界。"[1] 星云笔下的顺治皇帝护持佛法，亦是以历史上的阿育王为榜样的。

星云撰写《玉琳国师》是要藉助玉琳际遇顺治皇帝这个历史人物的传说来表达他的宗教理念的。为了实现这一目的，他通过叙事权威的确立来传达自己的意图，即通过玉琳师父天隐老和尚、师兄玉岚这两位智者对玉琳的开示以及玉琳成长试炼、弘法利生进程中的对白和独白来传达自己的宗教理念。作为智者，天隐老和尚、玉岚和尚不断昭示玉琳所要遭受的磨难，不断预告他将在弘法利生的事业上取得伟大成就；与此同时，他们不断向他宣示菩萨道的精神，命令、引导、鼓励玉琳践履菩萨道，帮助玉琳战胜磨难成就菩萨道。玉琳作为菩萨道的学习者和实践者，通过对白和独白，不断批判佛教现状，不断发表改造佛教的看法。因此，要了解《玉琳国师》的创作意图，要了解星云人间佛教思想的萌芽，就必须仔细体味这三位叙事权威的对白和独白。由此我们也可以发现，说理是星云文学创作的一大特色。

星云用小说来弘传菩萨道面临着如何描写人间的问题，亦即描写人间的尺度问题。一方面，弘传菩萨道必须深入人间直面人性，用小说中玉琳的话来说就是"极乐世界是建筑在众苦秽恶的上面"[2]；另一方面，小说又是最擅长描写世情探索人性的文体，是最能反映人情冷暖世态炎凉的文体。《玉琳国师》描写玉琳在财色、名位、生死中的试炼必然要涉及到世情和人性问题，星云是如何处理佛理与人欲的描写呢？通观全书，我们发现，星云对人间采取了一种不离不即的叙事策略，恰到好处地表现了玉琳以及醒群在人欲与佛理面前的内心冲突，使得整部小说的人间试炼描写拥有了内敛含蓄的美学风格。且来看看

---

[1] 星云法师：《玉琳国师》，第138页。
[2] 星云法师：《玉琳国师》，第40页。

小说是如何处理玉琳、王小姐在情欲与佛理之间的冲突吧。小说将王小姐与玉琳的情缘界定为一种前世夙缘，让人觉得王小姐对玉琳一见钟情并不是一件多么唐突的行为。王小姐的前世是一个奉佛的富贵人家的小姐，因喜欢书记师的书法而产生了要见见书记师的好奇之心，结果为书记师十不全的长相所惊吓，书记师因受到寺中僧众的羞辱而想轻生，受到住持师父的指点而修得了今生的身如琉璃面如秋月。王小姐今生也是听到玉琳声称自己是万金和尚而产生了要见见玉琳的好奇之心，结果却一见倾心堕入爱河。小姐在梦中忆起前生情缘，发出如下呓语也就顺理成章："你是为了我而蒙受羞辱，而想自杀，你是为了我，拜佛而求得如琉璃光一般的身体，你是一个很可爱很可敬的人，我愿意永久和你在一起！"① 小说把王小姐定位为相府的小姐，其在感情方面的矜持和内敛决定了感情描写的含蓄和纯粹：王小姐为玉琳的长相吸引一见倾心，但"她不失是一个大家闺秀，克制着她那奔放的感情，向玉琳合十以后，尽力装着没有事似的"②；尽管心中给玉琳的影子完全占住了，但回到家后她也只是懒洋洋地睡到床上去了；尽管丫鬟猜透了她的心思，她也只是嫣然一笑，脸往着床里去了。小说也没有描写王小姐奔涌的情感冲动，只是写她"饭食渐渐减少了，睡眠也渐渐减少了，身体也渐渐地消瘦了"③，最后竟然病入膏肓了。小说将王小姐界定为一个有着慧根的小姐，因此在洞房花烛夜，她能答应玉琳的要求跟着他跑香，将洞房变成了禅房，她能理解玉琳的修行理念、敬佩他的人格，成全玉琳的同时希望玉琳给自己指引一条觉悟的道路。小说将玉琳界定为一个志愿践履菩萨道的僧人，所以没有必要去描写他的情欲，只是描写了玉琳担心自己太年轻无法战胜财色诱惑的心理，只是描写了玉琳如何用佛教的无常观想去否定女色战胜诱惑。这样一种叙事策略，完全达到了不离情欲又不即情欲以宣说佛理的描写效果。

星云还非常善于设计宗教情境表达宗教人物的成长境界和悟道感受，抒情、说理、写景三位一体，圆融无碍。星云喜欢用景物描写来表达修炼的喜悦和弘法的喜悦。比如，玉琳在洞房花烛夜成功地说服王小姐放弃红尘欲念后，小说是这样描写的："玉琳从王小姐的手中把手抽回来，脸上露出慈祥和蔼的

---

① 星云法师：《玉琳国师》，第15页。
② 星云法师：《玉琳国师》，第6—7页。
③ 星云法师：《玉琳国师》，第9页。

微笑。东方，一轮红红的慧日升起。"①玉琳度脱正觉山的强盗后，小说是这样描写的："这时，天已完全亮了，枝头的鸟在叫，旭日红光从东方升起，这一切都好像祝贺群盗的新生。"②这里的慧日象征一种着一种新生，表达了一种无比喜悦的心情。星云还喜欢藉助景物描写来展示修行者内心的波澜，并进而宣说修行理念。比如，王小姐在佛理与情欲之间挣扎，玉琳告诉她出家要有舍弃一己自在和福乐的决心要有为苦海众生服务的悲愿，小说接着描写道："玉琳庄严的语言，又像警钟一样的敲着她沉迷的心灵，她此刻坐在窗下的一张椅子上，头望望窗外的天空，空中飘着片片变幻不定的白云；注意听听枝头鸟儿的歌唱，好像鸟儿也是在慨叹着人间的兴亡。她的嘴角泛起了深沉的哀愁，她没有回答玉琳的问话，只有一声深长的叹息！"③玉岚开示玉琳，救人要救彻，要不计个人毁誉，小说随即有一段景物描写："这时，玉琳又看看四周，四周都是静静的，静静的早晨，静静的山林，静静的路面，静静的池水。玉琳想到，人的情感本来也是这样静静的，无所谓什么喜怒哀乐，忧愁苦恼，但因不善处理外面的境界，给外境诱惑得就不能静静的了。好比：静静的山林中有了微风吹动，山林就不能静静的了；静静的路面若有轻缓的脚步，路面就不会静静的了；静静的池水，若投下一颗细小的石子，池水就不能静静的了。过去的玉琳，天真无邪，纯洁的心灵上，一尘不染，等到他年龄稍长了，不平的世间，忧患的人生，散漫的佛教，没落的僧团，就一一的扰得他不能宁静了。再加上现在王小姐以及玉岚，他们的事，他们的话，都不能叫玉琳完全无动于衷，因此，玉琳觉得自己的情感就不能平静了。"④前者用景物描写来揭示王小姐内心的波澜，既有对人间欲念的眷恋，也有对人生无常的体认，也有对佛理的体认；后者藉助景物描写，不仅表达了一个修行者在人间试炼中的情感波澜而且表达了一个修行者必须用顽强的意志抵挡外境诱惑的修持理念。星云还喜欢用景物来烘托修行者的平和心境和修炼境界。比如，他曾描写玉琳的寒夜独坐来揭示玉琳心无挂碍的恬淡心境："寒夜中的古寺，沉寂得像古王妃的冷宫一样，玉琳独坐在这一间小静室里，古铜的灯盏上发出昏黄如豆的灯

---

① 星云法师：《玉琳国师》，第33页。
② 星云法师：《玉琳国师》，第156页。
③ 星云法师：《玉琳国师》，第37页。
④ 星云法师：《玉琳国师》，第76页。

光，映在地上的是玉琳的影子，桌上放着几本装订得很古老的经书，此外还有一张很小的床外就再没有什么。如果是别人，在这样寂静的深夜里，在这与世无争的寺院中，青灯古佛，可能勾引起很多世情冷淡或对生活索然无味的思想来，可是，玉琳自出家后，他对出家的生活，一向是感到美满、平静、安祥，物质上虽然有很多不能如意，但他把整个的心灵都皈依了佛陀，精神很少有什么不自在的感觉。即使心理上生起了什么不平的念头，如过去不满师兄玉岚的言行，但那也只如一片阴影，等到玉琳走向佛前，想到佛陀慈悲的精神，亲切和蔼的态度，怨亲平等的胸襟，像慧日一样的，就会很快的把这片阴影消灭得无影无踪。"[1] 被人诬告自己杀人后，玉琳决定将生命布施给众生，招认了罪名。小说是这么描写他的监狱生活的："月光如银似的照进囚房里来，风清、人静，玉琳好像坐在禅堂里一样，他把人间看得恬淡到极点。时间一分一秒地过去，肚子越发饿起来，他微微的感到困倦，他觉得饿罪比死罪难受一些。他想起那个被杀害的丫鬟，他默默地念着佛号与佛经，为这位不幸的死者祝福，祝福这位可怜无辜的冤魂早登佛国。玉琳的心中有数，杀死小丫鬟的凶手究竟是谁，然而他为了不愿恼害众生，所以他很乐意地代受这无辜的罪名！坐囚牢的人都说失去自由的人才知道自由的可贵，然而，在玉琳，他被拘禁在这囚房中，除了觉得肚饿以外，他没有感到别的不自由。他的身体虽然被束缚了，但他的心是感到非常自由的。"[2] 这两个例子都是用景物描写揭示玉琳的修行境界，表明玉琳在修行的道路上不断提升，最终获得了彻底的自由，颇有意境。

结　论

通过以上的分析，我们可以确信，《玉琳国师》是一部成功的宣教小说，是"新僧"星云反思佛教现状、探索人间佛教理念的文学载体。我们可以确信，《玉琳国师》在一定意义上是一部自况体小说，玉琳国师身上有着浓厚的星云印记，寄寓了新僧星云的宗教抱负。我们还可以确信，人间佛教的核心理念是佛陀的菩萨道精神，即用菩萨道的精神弘法利生，即不计毁誉地亲近众生救助众生；我们还可以确信，星云模式的人间佛教对待人间的态度是——不离不即，星云小说描写人间的尺度也是——不离不即。

---

[1] 星云法师：《玉琳国师》，第 65 页。
[2] 星云法师：《玉琳国师》，第 126 页。

《藏传佛教文学史》导论

索南才让　张安礼

西藏民族大学民族研究院

　　"宗教文学史就是宗教徒创作的文学的历史，就是宗教实践活动中产生的文学的历史。"[①] 藏传佛教文学史，理所当然就是西藏僧人创作文学的历史，就是佛教僧人们在佛教实践活动中产生的文学的历史。藏传佛教文学史是中国宗教文学史的重要组成部分，是中华民族文学大家庭中特别璀璨的一颗明珠。

　　西藏历史悠久，长期以来繁衍生息在西藏高原的藏民族，在严酷的生存环境中，形成了独具民族特色的雪域文化。西藏宗教氛围浓厚，因而在雪域文化中，最为独特、最为神奇，形成了雪域高原神秘气氛最强烈色彩的，便是由藏民族所创立、信奉、传播的藏传佛教。可以说，在这块凝重、庄严、神秘的土地上，不仅处处显示着历史前进的足迹以及优秀高原文明和文化成果，同时，也并存着生命轮回说和浓烈神秘的宗教文化氛围。[②]

　　西藏这片被誉为世界屋脊的神奇土地，不仅以其独特的自然风光和神秘的宗教文化吸引着世人的眼球，而且以它那厚重的、独具特色的文化艺术，使人们为之倾倒。[③] 藏传佛教文学，作为西藏文化的重要组成部分，不仅历史悠久，而且丰富多彩。与西藏的整个发展历史相比，佛教文学像一面洞察历史的镜子，它生动而全面地折射出西藏各个历史阶段、各个不同阶层、各个不同集团的政治思想、宗教信仰、道德品貌、精神世界以及审美观点。一千多年来，佛教高僧大德们在清亮的佛号声里、在袅袅的烟雾中、在不灭的酥油灯盏下，用他们捧读经书的双手默默无闻地记录着。在相当长的历史阶段，西藏没有今

---

① 吴光正：《中国宗教文学史论文集》，载《武汉大学学报》2012 年版第 1 期。
② 姜安：《藏传佛教——雪域高原独特神秘的文化现象》，海口：海南出版社，2003 年版，第 3 页。
③ 杨帆：《盛开在雪域高原的一朵奇葩》，载《西藏文学》2011 年第 5 期。

天意义上的"文学"概念,根本没有纯文学的作品。他们撰写的文字里,有宗教活动、有生活细节、有歌有舞,还有对人生的思考。因此,藏传佛教文学作品自然地形成了历史、哲学、诗歌并肩携手、融为一体的特色。

"1951年以前,西藏的教育是寺院教育,寺院既是僧人学习、研究佛教经典和进行各种宗教活动的场所,同时也是传递文化和培养地方政府官员的教育机关。""西藏传统寺院教育的内容远远超出了宗教神学的范围,广泛涉及各个方面,对传播藏族传统文化确是起了非常重要的作用。"[1]因此,寺院的僧侣不仅是传递知识的老师,而且是文学创作的主体。就体裁而言,佛教文学包含了本生经、抒情诗、赞颂诗、格言诗、戏剧、仪轨文等文体,在历史文学、僧传文学、诗歌方面有突出的成就。就教派而言,噶当派、宁玛派、萨迦派、噶举派、格鲁派都诞生了一批优秀的僧侣作家、诗人。

一、佛教的传入与僧侣创作

佛教史记载,拉脱脱日年赞时期佛教传入西藏,他是雅隆悉补野部落联盟的首领,被看成是金刚手菩萨的化身。一天雨后,他独自一人走上雍布拉康宫顶,远眺南方威严的雅拉香波神山,俯视雅隆河谷肥沃的土地,仰望天边白云伴着五光十色的吉祥彩虹,那美丽景色,引发他无限的感慨。披着长长的发辫,他踱着小步,回忆往事。突然一只用丝绸包裹的宝箱降落在他的脚下,仔细端详,不知何物。于是,他召集众臣打开宝箱,看见里面装着两部如意经卷和精致发光的金塔、牟陀罗印、如意珠印牌等。群臣中没有人能读懂经典,不解其意。遂埋于地下,因此赞普(王)福份消减,粮食歉收,饥馑灾病不断,祸患丛生。几年后,忽有五人来问:"赞普为何将天降神物掩埋于地下?"言毕隐形不见了。玲珑宝塔王也感到掩埋天降圣物是罪过,于是命人将宝物掘出,当作吉祥象征物供放在雍布拉康宫殿内,命名为:"年波桑哇",意为"玄秘圣物",每天礼拜,以香、鲜花、谷物和酥油灯供奉。久而久之,已是年迈体弱、白发苍苍、牙齿脱落的玲珑宝塔王,居然变得皓齿鹤发,返老还童,延年益寿,又活了六十岁,享年一百二十岁。[2]

---

[1] 许德存:《藏传佛教研究》,北京:宗教文化出版社,2008年版,第528页。

[2] 许德存翻译手稿。

关于佛教传入吐蕃的最早传说，就是上面讲的故事，即在松赞干布的高祖拉脱脱日年赞时传入西藏的。对此，熏贝奴在《青史》中说，这可能是印度人带来的东西，由于当时西藏还没有文字，也没有人懂得这些东西的含义，所以他们把这些留下便回去了。按当时的情况，吐蕃的四邻都在流行佛教，《青史》的这种解释显然不是全无根据的，但是故事中说这些东西是从天而降，显然和吐蕃的原始宗教——苯教的神灵崇拜的信仰有关。后来才由佛教徒将它佛教化了。但无论这一传说有无事实根据，按藏文史料的说法，也可以看出，这些佛教经典法物并没有对藏人发生什么影响。

西藏在佛教尚未传入之前，原本盛行苯教。藏文史料记载，自从最初藏王聂赤赞普起到朗日松赞之间，约传26代，还没有佛教之名。松赞干布执政期间，他所迎娶的泥婆罗赤尊公主和唐文成公主进藏之时都分别将佛像作为其嫁奁带入了吐蕃。两位公主还分别带去了佛教经典、供佛的法物以及替他们供佛的僧人。松赞干布为此分别修建了大昭寺和小昭寺供奉释迦牟尼像。松赞干布时期佛教虽已传入吐蕃，但是尚处于传播初期，松赞干布重视佛教可能是出于政治上的需要，也有提高藏族文化的考虑，这就促成了松赞干布时代吐蕃对外部思想文化的广泛学习和吸纳。此时佛教的影响微乎其微，把松赞干布誉为法王，实在是后来僧人为抬高佛教地位的附会之谈。"总之，在松赞干布时期，佛教刚刚传入，没有什么大发展，尚无藏民出家为僧，仅在吐蕃王室内部有少数信徒。佛教在西藏真正建立起来，那是赤松德赞时期的事。"[①]

王森先生说，古代西藏的文化水平比较低。自从松赞干布的父亲囊日松赞联合一部分奴隶主，征服另一部分奴隶主，在卫藏地区形成较强政权以后，才开始从内地输入一些文化。到松赞干布时，藏族文化才有显著的发展。佛教也从他这时候开始进入西藏。[②]

松赞干布是吐蕃武力强大的政权的实际缔造者，他重视佛教可能是出于政治的考虑，也可能还有提高藏族文化的考虑。但在他统治时期，吐蕃文化基础薄弱，固有信仰是苯教，因而佛教发展非常有限。松赞干布去世后，芒松芒赞和都松芒波结均没有和佛教发生什么关系。到赤松德赞和赤祖德赞（又名赤热巴巾）时，佛教的弘传发生了急剧变化，获得很大发展。"在赞普赤松德赞

---

① 李冀诚、许德存：《西藏佛教诸派宗义》，北京：今日中国出版社，1995年版，第3页。
② 王森：《西藏佛教发展史略》，北京：中国社会科学出版社，1997年版，第2页。

时期，一方面政权巩固，疆域扩展，使藏民族达到了发展顶峰，另一方面从印度、汉地、于阗、迦湿弥罗、尼泊尔等国家和地区引进佛教经典和其他各种文化书籍，翻译事业达到高潮，并建立了僧伽组织，发展讲、辩、着事业。吐蕃在施行佛法的同时，民族思想、民族意识、民族行为和民族风俗习惯等各个方面开始发生了深刻变化。"①

但到9世纪，吐蕃王朝崩溃前夕，达玛赞普（839—842在位）灭佛，使藏传佛教遭受致命的打击。在这一历史时期的整个过程里，充满着藏族原始宗教苯教和佛教之间反复而激烈的斗争。佛苯斗争实质是政权斗争在意识形态领域的表现，反映了吐蕃王室和旧奴隶主贵族之间的不可调和的尖锐矛盾。这段时期的藏传佛教，最初只限在王室中一部分人的小范围内传播。后来，虽说有了较大的扩展，但也不过只有吐蕃王室部分奴隶主贵族和平民奉行，始终未能取得整个奴隶主阶级的承认，更没有普遍深入到整个藏族基层社会获得广大民众的信仰。所以朗达玛灭佛，仅仅对寺庙僧徒停止了供应，佛教徒就无法生存。这也说明当时佛教在西藏还没有群众基础，没有生命力。

正是由于朗达玛灭法，在藏族社会扎根未稳的佛教一蹶不振达百年之久。吐蕃政权，也由于达玛灭法被杀，达玛的二子争位纷战不已，奴隶平民大起义风起云涌，遍及全境，原来的属部邦国多趁机脱离吐蕃控制而独立。吐蕃各地陷于群雄割据、彼此征战的分裂局面。"吐蕃作为一个统一的政权从此灭亡。吐蕃几代赞普所培植的佛教，这个统治者的工具，也从此中断了百余年。"②

公元10世纪以后，西藏已经由奴隶制社会过渡到封建农奴制社会。各地新兴的封建农奴主集团为了更好地控制人民，巩固自己的统治，扩大势力范围，便采用佛家"非战弥争"的思想，极力弘扬佛教，并纷纷派人到印度学法取经，组织人员翻译佛经。与此同时，由于当时广大藏族人民遭逢战乱的灾难，身受残酷压迫和剥削，挣扎在死亡在线，而找不到出路，渴求精神的寄托等原因，佛教因此在藏族社会又迅速发展起来。

从根本上说，佛教之所以在吐蕃传播与发展，主要植根于吐蕃自身对佛教的需要，是由吐蕃权力结构及政权体制内在的矛盾和发展的要求所决定的，是

---

① 恰白·次旦平措：《西藏通史》，陈庆英、许德存等译，拉萨：西藏古籍出版社，2004年版，第158页。

② 王森：《西藏佛教发展史略》，北京：中国社会科学出版社，1997年版，第18页。

由赞普巩固王室集权统治的需要所决定的。① 藏传佛教发展史上所谓的"后弘期"自此开始。

总起来看，到11、12世纪，西藏佛教界各方面出现了春风解冻，百草萌生的景象。这一阶段的成绩，主要是在译经方面。松赞干布即位之前，吐蕃尚无文字，与其他民族交流困难，深感无文字之苦，遂派大臣图弥三菩札前往天竺和西域诸国，修习佛法和声明之学。返回后，他依据梵文的字母体系，结合藏语实际，创制了藏文，翻译出几部佛教经典。吐蕃王室崇奉佛教，为此曾专设译场，延聘译师，将大批佛教经典译成藏文。成书于824年的《丹噶目录》，收入译经六七百种，其中仅从汉文译为藏文之佛教经书就有31种之多。②

"后弘期"的佛教僧侣们对吐蕃时期的不少译本根据梵文原本重新校订改正，又新译了大量过去没有翻译而在当时印度仍在流行的经论。到14世纪由蔡巴·贡噶多吉（1309—1364）和布顿·仁钦珠（1290—1364）综合整理，分别编纂成《甘珠尔》和《丹珠尔》，即藏文《大藏经》，收书4500余种。其中，除宗教的内容外，尚有不少关于哲学、天文历算学、医药学、工艺学、文学艺术等方面的著述，即藏族传统所称的"大五明"和"小五明"之学。

在佛教发展过程中，由于师教传承的不同，所奉主要经典和修习方法的差异以及所属政治集团的区别，"后弘期"的藏传佛教先后形成了不同的派别，如宁玛派、噶当派、噶举派、萨迦派、格鲁派等。各教派为了扩大自己的影响和势力，便极力宣传本教派的教义主张，开展辩论，思想非常活跃，形成了一个百花齐放、百家争鸣的繁荣局面。在争鸣中，有不少僧人利用文学形式，著书立说，进行宣传和辩驳，从而为藏传佛教文学的萌发，创造了新的文化土壤，开辟了新的写作领域。

到了13世纪，元朝统一了整个中国。西藏萨迦地区农奴主集团的最高统治者和萨迦教派的第四代祖师萨班·贡噶坚赞与其侄八思巴·洛追坚赞（第五代祖师和首领）先后在元朝中央政府的大力扶持下，结束了西藏地方近400年的分裂局面，统一了西藏。在"政教合一"制度的统治下，佛教寺庙集团成为强大的农奴主集团，拥有雄厚的经济实力和种种封建特权。各教派大肆修建寺

---

① 申新泰、许德存等：《西藏宗教与社会发展关系研究》，拉萨：西藏人民出版社，2001年版，第21页。

② 马学良：《藏汉语概》，北京：民族出版社，2003年版，第94—97页。

庙,"寺庙宗教活动又利用了本地的和从外地输入文学艺术的成就。这样,寺庙一般又形成为当地文化生活中心"①。这些寺庙中的僧人除了学习佛教知识以外,还学习天文历算、哲学、逻辑、历史、语言、工艺、医药、文学艺术等方面的知识。因此,藏族的寺庙,不但是宗教活动场所,而且成了学习和传播文化科学的园地,成了藏族地区主要的教育机关,从而使藏族的很多僧人,不但是宗教职业者,而且也是知识分子。他们既是佛教僧徒,而又身兼历史学家、哲学家、语言学家、文学家、诗人等等。

从文学史的角度看,10世纪以前,藏族古典文学,特别是诗歌,大部分都是口头流传。由于藏族文化长期被寺院垄断,民间大量口头文学没有得到及时收集整理,致使一些珍贵的早期文化遗产失传。自10世纪起,一些僧侣学者如萨班·贡噶坚赞等,从印度梵文翻译和研究诗学论著开始,逐步促进和影响了藏族诗歌形式和文学语言的发展,并在此基础上产生了独具藏族特色的格言,如哲理诗集《萨迦格言》。同类体裁的还有贡塘丹贝仲美的《水树格言》、索南扎巴的《甘丹格言》等。直接翻译佛教文学的僧侣作家更多,如雄·多杰坚赞翻译了《龙喜记》《如意藤》《百赞》等佛经文学,并撰写了《妙言项释》。与诗歌相比,历史文学、传记文学从14世纪以后开始大量涌现,其中较著名的有索南坚赞的《西藏王统记》、巴俄·祖拉陈哇的《贤者喜宴》、五世达赖喇嘛阿旺·罗桑嘉措《西藏王臣记》以及桑杰坚赞的《米拉日巴传》等。这些佛教文学作品以写历史、人物为主线,同时运用佛教故事、传说、寓言等多种文学创作手法,使得作品颇具文采、妙趣横生。这也可以说是藏传佛教文学的特色。

总之,佛教在藏族地区的传播,不但为藏传佛教文学的产生、发展与繁荣铺垫下了丰厚的宗教文化沃土,而且培养和造就了一个僧侣创作群体。对于这些佛教僧人撰写的文学作品,理所当然称之为"僧侣文学"。整个藏族僧侣文学创作的历史,按照武汉大学吴光正先生的理念,就是藏传佛教文学史。

二、佛教思想与佛教文学

宗教文学是一种独特的文学现象,它与宗教密不可分,是宗教活动的产

---

① 王森:《西藏佛教发展史略》,北京:中国社会科学出版社,1997年版,第38页。

物。宗教文学以文学作品为表现形式，以传播教义为目的。[①]

"后弘期"，佛教得以迅速恢复和发展，寺庙一般形成为当地的文化生活中心，有些佛教徒是以贩卖佛教知识为业的。"当时西藏社会还没有另外的知识来源，统治者要想使其子弟受教育，在思想认识方面受到必须的训练，也只有以佛教僧人为师这一条路子。"[②] 不仅如此，佛教僧人还是古代作家群体的主要组成部分，他们毕生接受佛教经院的教育，诵读佛学经典，受着佛教思想熏陶，从事佛教活动，形成了一整套系统的佛教世界观和人生观。他们在很多著作中都明确宣称自己是为了宣传佛教教义、劝人出家修佛而写的。由此可见，佛教的人生观和世界观决定着他们的创作思想。不言而喻，这些作品中必然都弥漫着浓郁的佛教思想。其中首先便是指导他们的生活行为的佛教的世界观和人生观，他们的作品也以传播教义为目的。

佛教的中心内容就是"四谛""四法印"，亦即佛教的世界观和人生观。"四谛"包括"苦谛""集谛""灭谛"和"道谛"，简称苦、集、灭、道。"谛"就是真谛、真理。四谛，就是佛教认为的四条真理。"苦谛"是说世间一切皆苦。苦的名目很多，有所谓生、老、病、死等四苦；再加爱别离苦、怨憎会苦、求不得苦、五阴盛苦等共为八苦。此外，还有"三苦""十六苦"等。"集谛"，说明产生苦的原因是由于众生"无明"，不懂得一切法"缘生缘灭，无常无我"的道理，而在无常的法上贪爱追求，在无我的法上执着为"我"或为"我所有"，从而产生烦恼。由于烦恼而造种种业。造业受果，轮回不休。"灭谛"即成佛，达到苦因、苦果的消灭，断灭生死，至于涅槃，达到永恒寂静的最安乐的境界。"道谛"就是达到涅槃的方法。

从此可见，苦、集二谛说明人生的本质及其形成的原因；灭、道二谛指明人生解脱的归宿和解脱之路。前者侧重于解释世间因果，后者侧重于创造出世间因果。"四法印"，即：诸行无常，说明世间万物变化无常；诸法无我，说明一切事物都是因缘和合而成，没有独立的实体和主宰者；涅槃寂静，即超脱生死轮回，进入涅槃境界；有漏皆苦，"漏"就是烦恼，说明由烦恼引起轮回

[①] 智川、叶志刚：《少数民族文学——作家文学》，北京：中央民族大学出版社，1994年版，第28页。

[②] 王森：《西藏佛教发展史略》，北京：中国社会科学出版社，1997年版，第39页。

之苦。"早期佛教把人生本身就看作是一种病态。"[1]总的道理上"四法印"和"四谛"是相一致、相贯通的，表现为出世思想和宿命论观点。

任何宗教都有自己的教义。宗教教义不仅是宗教信徒思想、行为的准则和宗教文学的灵魂，而且还对后世文学作品的主题产生深刻的影响。"所以，封建农奴制社会时期的每一部文学作品几乎渗透了佛教思想，众多的传记文学作品是这样，就连具有文学色彩的史籍也如此。佛教不仅影响着藏族文学的内容，而且也深刻影响着表现形式。"[2]佛经本身体裁繁多，如长篇故事、戏剧、格律诗等，因此相应地多方面多层次地影响着藏传佛教文学。

传记文学作品中的人物原本是社会生活中的人物，他的性格和言行，决定于社会生活，也体现着社会关系和生活规律。由于传记文学要描绘社会生活的具体情景，于是文学形象就要保持着生活现象的具体可感性。文学的反映必须通过作家主观意识的分析、选择、加工改造，因此文学现象也就体现著作家一定的思想观点和感情态度。在这种世界观和人生观以及由此决定的创作思想的直接指导下，高僧桑杰坚赞创作的《米拉日巴传》便是这方面的典范，它受到深刻的社会现实影响而充满着"四圣谛""四法印"等原始佛教思想。"米拉日巴所修的宗派和法要是所谓'无上密宗'，但他的作风和精神处处显示出原始佛教中的朴素、艰苦与实践。"[3]

米拉日巴曾以"道歌"的形式对"苦谛"咏唱道："我等众生世间人，生老病死四河深，人人难逃皆有份，轮回苦海不断根。溺于苦海不自知，安乐幸福无一时，怕苦反倒自作苦，祈福却做罪孽事。要想解脱人间苦，恶行罪惩应戒除，死时修法是正途。""诗是强烈感情的自然流露。"[4]这首诗歌对"四苦"作了综合阐述，发自米拉日巴内心。佛教教义无限夸大了生的痛苦，使之绝对化，从而引证出"人生是苦海，没有意义"，应该出家修行，断灭生死，以求超脱轮回苦海。

米拉日巴为了追求自己心目中的真理，面对人情的冷漠、世态的炎凉，

---

[1] 任继愈：《佛教史》，南京：凤凰出版传媒集团、江苏人民出版社，2007年版，第12页。
[2] 申新泰、许德存等：《西藏宗教与社会发展关系研究》，拉萨：西藏人民出版社，2001年版，第448—449页。
[3] 桑杰坚参：《密勒日巴尊者传》电子版，张澄基译，1965年版。
[4] 伍蠡甫：《西方文论》，上海：上海译文出版社：1979年版，第17页。

仍义无反顾，心无旁骛执着苦修。出生苦、肉体苦、精神苦、现实苦，所有这一切都没有挫败他立志成佛的信念。在一般人眼中的苦，在米拉日巴眼里就是乐，因此要辩证地看待苦和乐。据《青史》记载，米拉日巴在西藏下部地区云游时，当地施主担心他饿死，前往山中寻他。众人说道："我们为此而来代众乡人向你问好？"米拉日巴说："瑜伽师我身甚安乐！施主贵体亦安否？"还唱出许多歌词。①从米拉日巴答语中，丝毫看不出"苦"。文学作品中要求塑造的典型人物，正是要通过人物的具体的言行揭示出一定社会历史现象的本质和规律。米拉日巴直接继承了佛教"苦"的内涵，反映了佛教的基本思想与实质。"由于宗教的原因，藏族文学中宗教者的形象，大多是受人尊重、具有很高学识修养的大德喇嘛。"②

在宣扬这种消极人生观的同时，他们还极力宣扬佛教的宿命论观点。如萨班·贡噶坚赞在《萨迦格言》写道："哪个有情和哪个有联系，全是前生宿业注定的；请看鹫鹰要背负土拨鼠，水獭要向猫头鹰献鱼。"按藏族传说，鹫鹰要背着雪猪子飞；水獭捉了鱼要献给夜猫子吃，贡噶坚赞借此宣扬一切有情（生物）之间的联系，都是前生所造之"业"决定的。那就是说，农奴要受农奴主的剥削和压迫也是前生所造之"业"决定的。这是理所当然的。

　佛教的这种消极人生观和宿命论观点，有一套系统的美妙理论，再经僧徒之手饰以文学的形象花环，就很容易被当时身受残酷剥削压迫而找不到出路的广大藏民接受了，从而被引向逃避现实，消极厌世，把幸福的希望寄托在虚无缥缈的彼岸世界而甘愿忍受农奴主阶级的残酷压迫和剥削的有害道路。因此，作为一种社会意识形态，在藏族封建农奴制社会里，佛教就自然地成了农奴主阶级统治广大农奴的思想工具。

由于藏传佛教在西藏的悠久历史及"政教合一"制度的实行，加之有些作者笃信宗教或本身就是高僧大德，使西藏文学特别是作家文学作品或多或少地留有宗教印记，有些作品原本就取材于佛教故事。

总之，自公元 7 世纪后期，印、汉佛教逐步传入西藏以来，藏族几乎全民信仰佛教。"佛教渗透到藏族社会生活的各个层次，弥漫在每个角落，无处不在，无处不有，藏族人民的道德标准、心理状态、生活习惯等无不与佛

---

① 周炜：《西藏文化的个性——关于藏族文学艺术的再思考》电子版，第 45 页。
② 丹珠昂奔：《佛教与藏族文学》，北京：中央民族学院出版社，1988 年版，第 79 页。

教有着密切的关系。作为反映藏族社会生活的文学创作……在作品的主题、人物塑造、情节结构等方面，几乎都涂抹上了厚厚的宗教色彩，渗透了浓浓的佛教汁液。"①

三、佛经——佛教文学的源泉

藏文在早期的一项重要用途是译经。吐蕃时期的佛经翻译史可以分为三个阶段，即吐蕃初期的佛经翻译（初译阶段）；吐蕃中期的佛经翻译（发展阶段）；吐蕃后期的佛经翻译（成熟阶段）。初期是指松赞干布时期，中期是赤松德赞时期，后期是赤德松赞与赤祖德赞父子时期。

特别是8世纪时，在赤松德赞的大力扶持下，佛教得到很大的发展，兴建了桑耶寺，创办译场，分别从汉、梵文中译出佛教典籍4000多部，并编写目录，藏文《大藏经》的内容基本形成。藏文《大藏经》不仅是一部佛学丛书，也是一部百科全书。全藏分为《甘珠尔》《丹珠尔》两部分。《甘珠尔》又名《佛语部》，也称《正藏》，收入律、经和密咒三个部分，相当于汉文《大藏经》中的经和律；《丹珠尔》又名《论部》，也称《续藏》，包括佛教徒对佛经的注疏论著。藏文大藏经是藏传佛教僧人们必须学习的著作。该经典的另一大特色是它的外在形式，它们的纸页是长条形的，都是散页，不进行装订，而是若干页一起用布或木板包起来，这是从古代印度的贝叶经演化而来的。

"佛经文学是按藏族人民的生活加工过的，因而注入藏族僧俗的生活和意识，成为藏族文学不可分割的一部分。"②藏文佛经文学主要是指藏文《大藏经》中具有文学性的著作。藏文《大藏经》中包含的佛经文学作品，就其体裁而言，有寓言、故事、叙事诗、格言诗、戏剧、历史传说等。其中佛经故事为最多，这类作品大都是民间文学作品结集，而叙事诗、格言诗、戏剧、历史传记等则是佛教徒中的诗人、戏剧家的文学创作。

佛教文学作品的许多主题、题材深受佛教经典的影响，许多作品的主题、题材直接取材于佛教经典。在藏文《大藏经》中佛经文学的影响下，藏族僧侣

---

① 扬帆：《盛开在雪域高原的一朵奇葩》，载《西藏文学》2011年第5期。
② 智川、叶志刚：《少数民族文学——作家文学》，北京：中央民族大学出版社，1994年版，第38页。

创作了大量新的文学品类。早在吐蕃时期,印度的一些格言体诗便陆续被翻译成藏文。据丹珠昂奔先生不完全统计大致有:龙树大师着的《百智论》(98首)、《修身论智慧树》(216首)、《修身论丛生养育滴》(86首),尼玛白巴着的《颂藏》(141首),却色着的《百句颂》(106首),遮那迦着的《修身论》(254首)以及摩苏罗舍着的《修身论》(131首)。[①] 这类作品收录于《丹珠尔》中。

在这类作品的影响下,西藏僧侣创作了自己的格言体诗。这类诗体,一般都是四句七音节,与汉族的七言绝句相同。萨班·贡噶坚赞撰写的《萨迦格言》最为著名,贡嘎坚赞知识广博曾被尊为萨迦教派的第四代祖师。此外,较有名的还有索南扎巴的《甘丹格言》、贡唐·丹白准美写的《水树格言》、久·米旁嘉措写的《国王修身论》等。其内容主要是以佛教思想为指导,教导人们处世待人、修身养性等道德规范和善恶、美丑准则。作者善于运用比喻、谚语、俗语、典故等准确地讲述一些高深的道理,受到广泛的欢迎,对后世的格言诗产生了积极影响。

佛教不仅影响了佛教文学作品的内容,而且影响了它的文学样式。受佛经文学作品《本生论》《狮子师本生鬘》等著作中散韵结合文体的影响,佛教文学史上产生了新的散韵结合的文体,这种散韵结合体在藏族文学中所占比重最大。

在散韵结合的文学作品中,散文部分起着讲清过程描绘情节的作用,而韵文部分则用以表现人物之间的对话或抒发思想感情,不起叙述情节发展过程的作用。这种散韵结合的文体,最初见之于书面的是敦煌发现的吐蕃时期的古藏文史料中的赞普传略,民间文学中的爱情婚姻故事及史诗《格萨尔王传》大多采用这种文体。

不仅如此,后来产生的散韵合体中的韵文,既起对话的作用,也起叙述过程和情节推动的作用;有的著作,还以韵文作简要叙述,而以散文作详细解说;有的作者还用韵文作为一般文字的结语和评论。总的看来,"藏族诗歌的体裁有韵文,有散文,还有散韵合体。其中尤以散韵合体所占比例最大。这也是藏族古典文学的特点之一"[②]。

佛经文学的翻译和传播,还增加了僧侣作家的创作题材和素材。如很多

---

① 丹珠昂奔:《佛教与藏族文学》,北京:中央民族学院出版社,1988年版,第54页。
② 佟锦华:《藏族古典文学》,长春:吉林教育出版社,1989年版,第5页。

佛经中的故事被改编或转引。如《西藏王统记》《贤者喜宴》等作品中，也都有佛教故事的转述。此外，藏族僧人还把佛教经典故事中的情节吸收到自己的作品中，成为他们作品的有机组成部分。如《西藏王统记》中描述的噶尔·东赞去长安迎请文成公主时的几次比智，则是分别从《贤愚因缘经》中第二十三品《梨耆弥七子》等书中摘取的情节和素材；如《巴协》中记载的金城公主和纳囊妃喜登争夺王子的情节，就是采用了《贤愚因缘经》第三十九品《檀腻》中讲的两个妇女争孩子故事中的情节；在《贤者喜宴》中，讲述到制定"双方有罪"和"双方有理"的两条法律条文时，便举了"优巴坚借牛"和"两姓比丘"两个小故事作为说明法律条文的案例。这两个小故事的出处都是《贤愚因缘经》。这类例子在西藏佛教作品中俯拾即是。"其实，佛经故事并不都是宣传佛教教义，呆板晦涩的。许多故事以其浓厚的生活气息，深刻的哲理揭示了生活本身，给人以多方面的启示。"①

佛教僧侣还通过复述、缩写、译述等方法把很多佛经故事介绍并引入藏族社会，它们在藏族社会中广为流传，久而久之，便成为注入藏族故事海洋的一股水流。如《萨迦格言注释》故事集中的《水牛以德伏众猴》《九色鹿》等来自《本生经》。《月光王施头》《达哇王子调伏吃人的花脚王子》《天授错吃药中毒》《玛卡达桑姆姑娘请佛》等来源于《善摩揭陀譬喻》。这种反映佛教与文学两种意识形态之间关系的"故事"在印度古代文学史上也不少。"佛教的一些经典往往利用一些故事作为宣传手段，其专集如《百喻经》等。此书不同于其他佛经的特点是，富于文学气息，书中故事设喻极妙。"②

藏文《大藏经》是藏传佛教文学的源泉，西藏佛教文学与佛教典籍有着极为密切的联系。从历史发展上看，公元7—9世纪时，佛教陆续传入藏族社会，大量佛教经典译成藏文，在思想上和翻译文体等方面奠定了一定的基础，是佛教文学酝酿萌发阶段；9—13世纪，是佛教文学正式兴起、形成阶段。这期间，首先是9世纪末朗达玛灭佛，至10世纪末，佛教在西藏沉寂百年。11世纪以后又很快发展起来，并建立了不同的佛教派别，出现了文化领域和学术界相互辩论、百家争鸣的局面，促进了文学艺术上百花齐放的时代的到来，以及各种流派，各种风格的产生和发展；13世纪以后，是文学兴盛发展阶段。从

---

① 丹珠昂奔：《佛教与藏族文学》，北京：中央民族学院出版社，1988年版，第61页。
② 朱维之等：《外国文学简编》，北京：中国人民大学出版社，1992年版，第75页。

文学范畴的具体情况说，出现了新的文学式样和文体；扩大了创作范围、充实了创作内容、丰富了表现手法，从而在多方面推动了藏族佛教文学的成熟与繁荣。

<h3 style="text-align:center">四、佛教徒兼文学家的共生现象</h3>

在比较文学中，"共生现象"指的是许多哲学家同时是伟大作家，而许多伟大的作家往往也是伟大的哲学家。古今中外，这方面的例子很多。在古希腊时期，柏拉图和亚里士多德对文学的论述都是从哲学起步的。[①] 柏拉图的大部分哲学著作，如《理想国》《依安篇》等，都是对话的文学形式写成。我们这里借用的概念"共生现象"，具有比较文学所定义的更为广泛的含义。特殊的地理环境，特殊的文化氛围，造就了特殊的文化群体。在西藏文学史上，不仅某部著作体裁兼具历史著作、哲学著作和文学著作，而且著作者本人是佛教僧人兼文学家、诗人。这种共生现象在西藏佛教文学史上比比皆是。

首先，僧人兼传记文学作家。传记文学是藏族古代文学花园中独具特色的奇葩，在整个藏族文学中占有很大的比重。由于西藏民族浓重的佛教信仰，因而佛教传记文学又在整个传记文学中占有主导地位。真正大批产生佛教传记文学的是在藏传佛教"后弘期"。如《米拉日巴传》《玛尔马译师传》《布顿大师传》《萨迦班智达传》，以及《宗喀巴传》等高僧大德传都是佛教"后弘期"时出现的传记文学名作。这些作品的基本主题是宣扬佛教的人生观、解脱观，通过描写多灾多难的现实生活，描绘不生不灭的佛教极乐世界，来规劝世人弃恶从善，抛弃现世的荣华富贵，消灭贪嗔痴，皈依佛法，以得到解脱。这类传记文学作品的数量相当多。

《米拉日巴传》的作者是《米拉日巴道歌集》的采录者桑杰坚赞（1452—1507），出生于娘堆地方的扎西喀呷，为主巴噶举派僧人，"他平日化缘度日，生活清贫，行为怪诞，异乎常人，因此获'藏宁疯子'的名号"[②]。他是藏族著名的传记文学作家，除了成名作《米拉日巴传》外，还有《玛尔巴译师传》等作品。16世纪的巴卧·祖拉成哇，以佛教的传入、发展为主线，写

---

① 吴家荣：《比较文学新编》，合肥：安徽教育出版社，2009年版，第195页。
② 佟锦华：《藏族古典文学》，长春：吉林教育出版社，1989年版，第96页。

了《贤者喜宴》一书，成为藏族的文史名著，从而使他以噶举派噶玛支系活佛的身份而身兼文史学家。17世纪的阿旺罗桑嘉措是格鲁派的第五代达赖喇嘛，是所谓观世音菩萨的化身活佛。他写了文史名著《西藏王臣记》，也是一个有名的文史学家。

此外，还有《布顿大师传》《萨迦班智达传》以及《宗喀巴传》等僧侣传记文学名著。这类情况，在藏传佛教文学史上不胜枚举。

其次，僧人兼诗人。藏族诗歌的产生，最早可以追溯到吐蕃时期，即西藏佛教前弘期时期，从敦煌古藏文写卷和《五部遗教》《贤者喜宴》《西藏王臣记》等一些后世文学著述中，可以看到吐蕃时期一些赞普和文臣武将吟唱的诗歌。如五世达赖喇嘛所著之《西藏王臣记》开篇就是长长的《赞颂诗和赞颂辞》，又以大段的《篇末诗》作结，正文中更是诗文并茂，俯拾即是。这些诗歌或酬宾或颂赞，或哀掉，或告诫，或盟誓，或庆功，即景生情，触兴而发，言志抒情，整散结合，相得益彰。

西藏僧侣诗歌的蓬勃兴起和发展，并独立走上文坛，也是在西藏佛教后弘期。这个时期出现了专门的诗集，如《米拉日巴道歌集》《萨迦格言》等，形成了不同流派。从它们所阐述的内容和运用的形式看，可以分为"道歌体"诗、"格言体诗""年阿体"诗和"四六体"诗等流派。

"道歌"亦即"宗教诗"，始于玛尔巴、米拉日巴和热琼马三师徒，三人均为著名高僧。他们采用民歌的多段回环格律和自由体格律咏唱本教派的教义、观点、修法途径、修法感受、修法要诀等，劝世人抛弃世俗功利，心向佛法，形成了"道体歌"诗内容和形式上的特点。

米拉日巴是一代著名宗教诗人，道歌的创始人之一。米拉日巴的道歌除记载于他的传记外，当时就有弟子将部分集录起来。15世纪时，主巴噶举派的僧人桑杰坚赞跑遍西藏各地，搜集流传在民间的米拉日巴道歌，编集成册，称为《米拉日巴道歌集》，共有500余首。《米拉日巴道歌集》无疑是"道歌体"诗的代表作。后世僧徒起而效仿，著有许多道歌集，其内容、格律及风格与《米拉日巴道歌集》大体一致，形成了一个著名的诗歌流派。

"格言体"诗是文哲合璧的文学作品，为每首四句七言的哲理格律诗，内容深邃，令人警醒，形式简明，易于记诵。12—13世纪的萨班·贡噶坚赞是萨迦教派的第四代祖师，为了宣传佛教教义、以佛法治国的政治主张以及以佛教教义为准则的道德观等,他写了《萨迦格言》诗集,成为藏族"格言体"诗歌流派的滥觞。所以,他不但是藏族的名僧,也是藏族的诗人和文学家。后世僧侣、学者学习他的风格,创作出《甘丹格言》《水树格言》等格言体哲理诗集,从而形成了诗歌创作的一个流派。《甘丹格言》的作者索朗扎巴(1478—1557)是哲蚌寺的格西,曾担任过哲蚌寺、甘丹寺的法台,是三世达赖喇嘛索朗嘉措的老师。《水树格言》与《教诫集》的作者贡唐·丹白准美(1762—1823年)是甘肃拉卜楞寺贡唐仓第三世活佛,曾在哲蚌寺读格西学位。

"藏族哲理诗,从十三世纪起,便在人民群众丰富多彩的口头诗歌的熏陶下产生了正式的诗集,当然它的溯源(即孕育过程)比诗集的产生要早得多。"[①]

格言体诗都是四句七言的格律诗,一般是两句比兴两句本意,有的比兴在前,本意在后,有的本意前,比兴在后。这是一般格言所使用的形式。另外,许多格言的比兴部分都是一个典故,是一则完整的故事。"印度佛教重视利用古代南亚次大陆的大量寓言故事,作为'喻体',附会上自己的教义为'喻依',来宣传和解说自己的教义。"[②]从上事例很容易发现格言诗受此影响极大。

"年阿体"诗是《诗镜》翻译介绍到西藏后才形成的一个诗歌流派。这个流派影响深远。《诗镜》藏文是"年阿买隆"。"年阿"意为"雅语"或"美女";"买隆"意义镜子。内容除少数文艺理论外,主要是讨论文体,讲述修辞和写作知识,包括诗、散文和散韵合体三者。但以诗为重点,所以汉译为《诗镜》。

《诗镜》的作者檀丁是印度著名宫廷诗人,约生活在7世纪。《诗镜》最早介绍到西藏的是萨迦·贡噶坚赞。《诗镜》传入西藏后,很快引起了广大僧侣学者的注意,学习、研究和应用《诗镜》蔚然成风。通过历代高僧大德的推介,《诗镜》逐渐被藏族人吸收和消化,按照藏族的语言特点和写作实际,进行了补充、改造和创新,从而使《诗镜》成为藏族自己的文学修辞著作。运用《诗镜》的文学理论和修辞手法进行文学创作的人与日俱增,形成了影响巨大的"年阿体"诗歌流派。宗喀巴用"年阿体"创作的诗作很多,早期和中期的诗作在他六十岁的时汇集刊印成《诗文散集》。

此外,佛教僧侣作家还把这种唯美主义的文风带进了学术著作和其他文

[①] 郑经秋:《藏族哲理诗撷英》,西安:陕西人民出版社,1988年版,第6页。
[②] 方立天:《中国佛教文化》,北京:中国人民大学出版社,2006年版,第267页。

学作品的写作中。蔡巴·贡噶多著《红史》时，一开头就写了一首"年阿体"诗，以后著书人都习惯用"年阿体"诗写开场白和一个章节、一大段落的起始文。此外，五世达赖喇嘛的历史文学名著《西藏王臣记》等，都采用"年阿体"散韵结合的著作。

《诗镜》传入西藏之时，来自于"谐体"民歌形式的"四六体"形式同样受到僧侣、学者的青睐，运用"四六体"创作的诗歌应运而出，形成了一个流派，其代表作应推《仓央嘉措情歌》。《仓央嘉措情歌》的作者是六世达赖喇嘛仓央嘉措。

仓央嘉措和米拉日巴的诗歌在藏语都叫"古鲁"，没有爱情的意思。但是，一般认为米拉日巴的诗歌主要宣传了"出世主义"的"成佛之道"，因此译成道歌，而仓央嘉措的诗歌主要宣扬了"入世主义"的"男女之情"，所以译成情歌。1930年，《情歌》的英文译文由于道泉教授和赵元任博士合作完成，因而在国外声誉大振。《仓央嘉措情歌》不但在藏族文学史上占有重要地位，而且在世界诗坛上也是引人注目的一朵奇花异葩。

在藏传佛教文学史上，11世纪以后，佛教僧人身兼文学家的共生现象，成为藏传佛教文学史上的一个突出特点。可以说，直到17世纪，藏族的作家文坛，几乎完全被佛教僧人所独占。17世纪以后，虽然出现了非僧人的著名作家如刀喀夏仲·才仁旺阶和刀仁·丹增班觉等（他们都是西藏地方政府的重要官员），但是像他们这样的非僧人作家可谓寥若晨星，屈指可数。从整个作家文坛来看，仍然以佛教僧徒为主。[①]

结　语

藏传佛教文学史是西藏文学史中的重头戏。藏传佛教文学十分兴盛，其根本的原因就在于"文学与宗教内在的相通"。"一切宗教都不过是支配着人们日常生活的外部力量在人们头脑中的幻想的反映。""同样，文学艺术是人们通过想象和艺术加工创造出来的精神产品。因此，宗教与文学艺术之间既有区别与对应，又相互渗透和融合，关系极为密切。宗教以文学艺术为媒介进行宣传布教，传达宗教感情，文学艺术借助宗教而发展。"在西藏，佛教统领着广

[①] 佟锦华：《藏族古典文学》，长春：吉林教育出版社，1989年版，第4页。

大藏民的心灵世界、精神生活，而文学正反映了他们的心灵世界与精神生活。

藏传佛教文学不等于藏族文学，但是佛教文学在藏族文学中占有相当惊人的比重。藏传佛教在藏族历史上造就了一大批著名的文学家、诗人，浩如烟海的佛教经典给佛教文学创作提供了丰富的素材，而佛教思想又成为僧人文学创作思想的灵魂，很多作品都在自觉不自觉地，有意识无意识地宣传佛教人生观，演绎佛教的基本教义，它像一条红线贯穿于藏传佛教文学的始终。

西藏分裂割据时期藏传佛教文学论略

索南才让　张安礼

西藏民族大学民族研究院

西藏历史上，"自朗达玛被杀，吐蕃王室内部争权，致王朝分裂，形成世俗和宗教的封建割据局面"[1]。所谓分裂割据时期的藏传佛教文学主要是指吐蕃王朝崩溃至萨迦派执政时期的文学，即起自9世纪40年代，止于13世纪50年代，前后300多年。842年，赞普朗达玛灭法被杀，"达玛死后，吐蕃陷于混乱并迅速分裂。吐蕃作为一个统一的政权从此灭亡。吐蕃几代赞普所培植的佛教，这个统治者的工具，也从此中断了百余年"[2]。西藏佛教的再度弘传始于978年，这便是所谓的"后弘期"。

在"后弘期"，藏传佛教由于师教传承的不同，所奉主要经典和修习方法的差异，以及所属政治集团的区别等原因，形成了不同的派别。主要有宁玛派、噶当派、噶举派、萨迦派等。这些僧人，在寺庙中不但学习佛教知识，而且还学习天文历算、语言、医药、文学艺术等方面的知识。因此，很多僧人都成了身兼医生、历史学家、天文学家、画家、文学家的知识分子。从文学的角度说，佛教僧人而身兼文学家的现象比比皆是，藏族文坛几乎完全被佛教僧徒所独占。"藏族文学与寺院有着血肉关系。由于藏族社会特殊的社会形态，寺院培养了无数的诗人、作家。""藏族文学史上享有地位的作家，几乎无不出于寺院"[3]

任何宗教都有自己的教义。宗教教义不仅是宗教信徒思想、行为的准则

---

[1] 五世达赖喇嘛：《西藏王臣记》，北京：民族出版社，2002年版，第53页。
[2] 王森：《西藏佛教发展史略》，北京：中国社会科学出版社，1997年版，第18页。
[3] 丹珠昂奔：《佛教与藏族文学》，北京：中央民族学院出版社，1988年版，第80页。

和宗教文学的灵魂，而且对文学作品的主题产生深刻的影响。[①]在一种宗教的教派之间及其藉以表达思想的文学路径亦然。藏传佛教各派为了扩大自己的影响和势力，便极力宣传本教派的主张，开展辩论，思想非常活跃，形成了一个"百家争鸣"的生动局面，客观上，促进了文学艺术上百花齐放的时代的到来，以及各种流派、各种风格的产生和发展。在争鸣中，有不少僧人利用文学形式进行宣传和辩驳，遂出现了一批文学、历史和哲学相结合的作品。这些僧侣作品均成为藏传佛教文学的早期硕果。

这一时期的藏传佛教文学具有鲜明的民族特色。首先，由于佛教僧人成为藏族古代作家群体的主要组成部分，他们毕生接受佛教经院的教育，诵读佛学经典，受着佛教思想的熏陶，从事佛教活动，形成了一整套系统的佛教世界观和人生观。因此在他们的作品中便自然而然地弥漫着佛教的理论观点，反映在作品中的世界观、人生观、道德观以及创作思想和审美意识，都受着佛教思想的支配。因此，他们的作品大多是文史哲不分，或是文学、哲学合璧的作品，此之谓藏传佛教文学的一个重要特色。

其次，藏传佛教文学尽管不同程度地受到汉族和印度文学、文化的影响，但是，它仍然深深根植于藏族自己的文化沃土，特别是孕育、成长在藏族本民族的文学百花园中。它和藏族民间文学有着千丝万缕的联系。如僧侣文学中的历史文学和传记文学作品，便吸收了民间的神话、传说、故事和谚语等；短篇寓言小说也是大量地运用了民间谚语等等。藏族诗歌的体裁有韵文，有散文，还有散韵合体。其中尤以散韵合体所占比例最大。这也是藏传佛教文学的特色之一。

分裂割据时期，是佛教文学正式兴起、形成阶段；此前之吐蕃时期是藏传佛教文学酝酿、萌发阶段；此后元朝统一西藏是兴盛发展阶段。可见，分裂割据时期的文学正处于藏传佛教文学史上之承前启后、继往开来的重要历史时期。这期间，从文学范畴的具体情况分析，出现了新的文学式样和文体、扩大了创作范围、充实了创作内容、丰富了表现手法，从而在多方面为藏传佛教文学的发展、成熟与繁荣奠定了扎实的基础。

[①] 吴家荣：《比较文学新编》，合肥：安徽教育出版社，2009年版，第199页。

一、噶当派文学创作

噶当派（bkav gdams pa）是由印度佛教大师阿底峡（982—1054）和其弟子仲敦巴（1005—1064）所创，该派是11世纪中期形成的一个教派。当时后弘期伊始，刚刚兴起的佛教界乱象横生：有的僧人偏信于律经而蔑视密咒，有的却偏信于密咒而蔑视律经。"佛法都是无师传而自学之法。靠把原著和释文相对照，用自己的智慧加以研究和理解，批驳大师并宣讲佛法，但却很少遵照佛律实地修行者。"[1] 特别是出现了淫秽、杀生等邪门歪道之事。石泰安先生之《西藏的文明》中也有相类似的记载，"当时的僧侣传统已经失传，一些不正规的做法又引起了人们的怀疑。到了10—11世纪时，一些已经结婚的密教徒过分咬文嚼字地对待密教经典中的训言。这些'山贼僧'不断行窃，杀害男女并食其肉，酗酒和纵欲"[2]。对此阿里王意西沃想从印度迎请一位真正的佛教大师整顿当地佛教，后来侄孙绛曲沃按照意西沃的意愿，迎请阿底峡整顿佛教。

据藏史载，阿底峡于1045年到达卫藏。针对佛界实况，阿底峡作《菩提道灯论》。该著作影响巨大，当时其他各派均受此影响，并"引起宗喀巴的《菩提道次第广论》与《策论》，卒成为黄教的基本理论"[3]。《菩提道灯论》作者用诗一般的语言阐明显密教义不相违背之理和正确的修行次第，为噶当派以及其他教派的理论和实践打下了坚实的基础；其优美的文学形式也成为其他僧人创作的样板。

（一）《菩提道灯论》

《菩提道灯论》（简称《灯论》）言简义丰，格律严谨，形式工整，音调优美。在该论中，阿底峡用朴实的语言，把学佛的人分为三类：一类叫作"下士"，这类人只求今生今世的"利乐"，不希求解脱世间的痛苦，也不考虑因果；第二类叫做"中士"，这类人只追求个人解脱世间流转轮回之苦，并没有利乐众生的想法；第三类叫作"上士"，这类人不仅自求解脱，而且把普渡众生当作自己的崇高理想。

---

[1] 拔赛囊：《巴协》，佟锦华、黄布帆译注，成都：四川民族出版社，1990年版，第74页。
[2] 石泰安：《西藏的文明》，耿升译，王尧审定，北京：中国藏学出版社，2005年版，第60页。
[3] 段克兴：《阿底峡尊者传（内部数据）》，兰州：西北民族学院研究所，1981年版。

> 由下中及上，应知有三士，当书彼等相，各各之差别。
> 若以何方便，唯于生死乐，但求自利益，知为下士夫；
> 背弃三有乐，遮止诸恶业，但求自寂灭，彼名为中士。
> 若以自身苦，比他一切苦，欲求永尽者，彼是上士夫。①

人分为这样的三类，修习次第也相应分为三士道，即"下士道""中士道"和"上士道"，这三道合称"三士道"。所谓三士道就是指三种不同的人格境界。全文阿底峡用严谨的诗化语言，描写这三种不同境界的修行，使普通信徒心灵逐渐得到升华，最终达到超乎现实世界的涅槃境界。

作为信徒最迫切的，也是最浅易的，应首先修下士道。"下士勤方便，恒求自身乐"；接下来要修"中士道"，即"中士求灭苦，非乐苦依故"；在阿底峡看来，即使取得"中士道"的成果也还不够，还需继续修习，最终才可以普渡众生，可以永远离苦得乐，这就是"上士道"。即："上士恒勤求，自苦他安乐，及他苦永灭，以他为己故"。这就是佛教徒们梦寐以求的最美好、最理想的佛的境界。

"文学和宗教是人类社会中存在的两种不同的意识形态，但是在东西方文化很长的历史阶段中，文学与宗教是混生未分类的，这是因为文学与宗教从产生到发展成熟都有着既整合补充又对立抗争的交叉互渗关系。"② 宗教常以其深邃的认识影响文学，文学又自觉或不自觉地从宗教那里汲取营养。这就是所谓的文学与宗教的"共生现象"。阿底峡《灯论》首先以宗教的面目出现，表现的是重要的佛教思想。作品的问世对佛教在藏区的正确发展起到了积极的促进作用。其次，在表现形式上，阿底峡却采用了五言诗的样式，将深奥的宗教思想借助优美的诗行，使得佛教的灵光更加耀眼，更易于被普通藏族民众接受。

《灯论》在语言的运用上，晓畅平易，精炼自然，没有任何雕琢的痕迹。该著作是阿底峡的代表作。此外，阿底峡还创作了《弟子问道语录》，在当时也颇具影响。

---

① 张安礼：《阿底峡〈菩提道灯论〉分析》（硕士学位论文）。
② 吴家荣：《比较文学新编》，合肥：安徽教育出版社，2004年版，第197页。

在创作方法上，《弟子问道语录》运用的是散韵结合体，该著主要叙述的是阿底峡在其弟子俄勒拜西饶请求下，追忆了心传弟子仲敦巴，在前世中勤学苦修，最终得道的本生故事。语言比较通俗易懂，有咏有叙有议，节奏响亮明快，比喻形象生动，叙事条理清晰，行文流畅。同时作品兼具人物传记的属性，从其情节结构、叙事方法分析明显受到了佛本生故事的影响，在内容上以《灯论》的佛教思想为基础，通过传记人物活生生的言行来完成。单从文学角度分析，《弟子问道语录》比《灯论》又前进了一步。

（二）其他

除了阿底峡，他的弟子们也创作了许多文学作品。仲敦巴是阿底峡最为得意的弟子，为表达对师父的感激之情，他以无比虔诚敬仰之心，为阿底峡创作了《三十颂》。作品运用偈体诗的形式，对阿底峡进行了满腔热情的赞颂。

偈是指一种宣传佛理的短句韵文，又可以称为"颂""伽陀""偈陀"等。偈通常由四句组成，有四言、五言、六言、七言、三十二言等。言简意赅，类同于诗。例如西藏密教始祖龙树的《中论》，其中就用偈的形式阐述了自己的观点："众因缘生法，我说即是空。亦为是假名，亦是中道义。"

仲敦巴的《三十颂》篇幅不长，只有短短的三十偈，一偈为四行。整首偈简明扼要地概括了阿底峡大师从出生、皈依佛门、获得神通、在卫藏弘扬佛法，直到鞠躬尽瘁，献身西藏佛教的全过程。其语言简洁明快，如行云流水，通俗易懂。在修辞手法上，主要运用了直陈式、较少比喻，意境清新自然，从字里行间流露出作者对自己上师所持的深厚情感。这首赞颂诗的每偈由九音节组成，形式整齐划一、节奏鲜明、朗朗上口，便于记诵。在藏传佛教文学史上，该偈对后世诗体固定形成以四行组成一偈的齐整划一的形式，产生很大影响。从这一时期开始，此类偈体诗不断涌现。

偈体诗歌在西藏文学史上渊源流长，在吐蕃时期就已出现，当时整偈的表现形式，主要根据主题的需要而安排，音节、行数等比较自由。偈的内容决定偈的表现形式，形式为内容服务。藏传佛教"后弘期"这种以四行组成一偈的诗体的出现，与印度佛教文化的译介、传播相关联。在翻译解读佛经、弘扬佛法教义的过程中，藏族僧侣作家的创作风格，从内容到形式受到了印度佛教文化的浸染，再糅合进本土文化特色，进行适度改造创新，进而使藏族传统诗体趋向印度的四行一偈的形式。当然，有一部分也可能是在传承时，经过后人的编唱而逐步形成的。

噶当派在偈体方面做出了突出贡献，阿底峡到达藏区后，大译师仁钦桑波将其迎请至自己的驻锡地托林寺，阿底峡在庙殿的每一座神像前，即兴逐一作了以四行一偈为一首的赞颂诗，《灯论》就是这方面的代表。由于阿底峡以及噶当派僧人作家作品的创作、流传、影响，这种诗体形式逐步被藏族僧侣作家接纳吸收，并用于表现本民族的文化、思想。

这种创作方法一经形成便产生了很大影响，各教派的僧侣学者纷纷仿效，也都以偈体颂诗赞美歌颂自己的上师、佛陀菩萨以及风土人情，创作出了大量的独具藏族特色的颂诗。例如，萨迦班智达创作的《赞颂蕃域》、八思巴的《妙音颂海饰》、宗喀巴的四大颂诗等等，都是这方面的优秀作品。

在藏传佛教文学史上，史传文学非常发达，早在吐蕃时期已出现了以赞普、大臣和重大历史事件为线索的传记文学。其中就有阿底峡大师掘藏并改编的《大悲观世音菩萨别记——遗训净金》。该书以文学的笔调比较详细地记载了一千多年前吐蕃王朝时藏族社会的政治、经济、文化、民族、宗教等诸多方面的史实。故事完整，散韵兼用，人物性格鲜明，文学色彩极为浓厚。不过，11世纪噶当派创作的传记文学作品，从整体构思、人物性格刻画、结构安排，到夸张修辞的运用等各方面均已超越了吐蕃时期，进而逐步发展成为典型的人物传记。藏族古代的作品大多是文史哲不分，或是文学、哲学合璧的作品，因此形成了藏传佛教文学的一个重要特点。[①]噶当派创作的作品就是较早地、很好地体现了这一点。不仅如此，而且像《弟子问道语录》《三十颂》等作品，"确定了其后传记文学类的固定结构模式和发展方向"[②]。

在经典翻译方面，噶当派也做出了杰出的贡献。作为阿底峡"高足"的仁钦桑波，是藏传佛教的开创者之一，翻译了大量作品。他所译的佛经以密宗经典为主。据统计，在显教方面，他翻译过17部经，33部论；在密教方面，翻译过108部怛特罗。仁钦桑波把密教提高到一个崭新的高度，藏传佛教史上因此称他及其以后的译师所翻译的密籍为"新密咒"。遮那迦著《遮那迦修身论》，全书分八章，有格言254首。仁钦桑波就是重要参译者之一。

此外，11和12世纪，阿底峡的门徒中还出了一些把翻译的短篇故事改写

[①] 佟锦华：《西藏古典文学史》，长春：吉林教育出版社，1989年版，第4页。
[②] 许广智：《西藏传统文化与可持续发展》，北京：中国藏学出版社，2009年版，第350页。

为剧本的人。从而改编创作出劝人为善的故事，同时改编创作后的作品显然具有阐释宗教教义的倾向。这和后来的话本小说的内容相近。它们很可能就是最早的说唱话本。①

二、噶举派文学创作

噶举派的派名有两种写法，一种是噶尔举（dkar-brgyud）；一种是噶举（bka'—brgyud）。"晚近主巴的一些书中有写'白传'的，这是因为仅考虑到玛巴、米拉日巴、林热巴等曾穿着白衣的缘故。实际它的名字应当是普遍流传的'语传'二字较为合理。因为此派是以领受语旨教授而为传承的缘故。"② 该派又分为香巴噶举派和达波噶举派，后来所说的噶举派，通常是指达波噶举。

达波噶举创始人是达波拉杰，但其教法却渊源于玛尔巴译师（1012—1097年）和米拉日巴（1040—1123年）。米拉日巴是西藏佛教著名高僧和宗教宣传家，他通过唱歌来传教，有著名的道歌在西藏家喻户晓。

（一）道歌

噶举派僧人中出现很多文学大家，就体裁而言，道歌是该派对藏族文学所作的巨大贡献。关于道歌这种文学体裁，最早出现在敦煌文献的赞普君臣的吟唱歌中。在吐蕃赞普时期"格尔"（后来所说的道歌）和"鲁"（一般意义上的歌）以及"切"（言）是同义词，吐蕃文献中也曾出现过君臣互吟的'格尔'和'鲁''切'。"后弘期""格尔""鲁"的词义逐渐有了变化，"格尔"一词变为"鲁"的敬语，就专指僧人吟唱的道歌，这与僧人倍受尊重相关，而"鲁"一词专指俗人所唱歌谣的总称。从形式来看，吐蕃赞普歌谣基本上以六音节组成，而分裂割据时期的道歌代表作《米拉日巴道歌集》主要以七音节和八音节为主。

道歌体诗的创始人是玛尔巴和米拉日巴师徒。米拉日巴的徒弟日琼巴也是道歌高手。道歌体诗的形式主要是民歌的多段回环体和自由体格律。和吐蕃

---

① 周炜：《西藏文化的个性——关于藏族文学艺术的再思考》，北京：中国藏学出版社，1997年版，第47页。

② 土观·罗桑却吉尼玛：《土观宗派源流》，北京：民族人民出版社，2002年版，第60页。

赞普歌谣相比，道歌的内容则较多地宣传本教派的教义、观点、修法途径、修法感受等，奉劝世人抛弃红尘，走上解脱之道。这种思想完全源于米拉日巴对佛教教义的理解。米拉日巴认为"瑜伽行者的目的就是从幻觉世界中解脱出来，他为此目的就必须使用智能、静修、伦理和认识的冥想以及修持实践的双'道'"[1]。

从吐蕃王朝灭亡至米拉日巴时代，在近两个世纪的时间中，不仅道歌表达的思想内容发生了变化，而且唱腔和曲调也发生了变化，从单一走向了多元化。因此米拉日巴并不再直接沿用吐蕃时期的唱腔和曲调，而是就地取材，将当时歌谣的唱腔和曲调运用到自己的道歌中。总体分析，这时的道歌已经形成独具特色的诗体，不论在思想内容上，还是语言的表达形式上，较前期均发生了明显的变化。

《米拉日巴道歌集》是"道歌体"诗的代表作，共五十八节，道歌的思想内容主要是宣传演释佛教教义，也有歌颂自然风光的。如："我等众生世间人，生老病死四河深，人人难逃皆自知，安乐幸福无一时，怕苦反倒自作苦，祝福却做罪孽事。要想解脱人间苦，恶行罪愆应戒除，死时修法是正途。"

《道歌》名曰"诗集"，实际上是诗歌咏唱与散文叙述交织加起来的著作，是散韵结合的文体。在记录诗歌的同时，还把唱这道歌时的前因后果、来龙去脉也一并加以详细记述。内容大多富有故事情趣，耐人寻味。

道歌这种文学体裁随着噶举派的产生而在藏族作家文学中被广泛应用，而且由于道歌中采用的意象基本上都是藏族人喜闻乐见的事物，文学的想象空间很大，易于记忆，因此这种道歌体也广泛流传在藏族群众中，成为人们喜爱的一种文学样式，被大量模仿传唱。

在噶举派创作的诗歌中，除了米拉日巴所唱的歌外，还有其他的弟子、信徒、论敌、施主和前来为害的鬼神等所唱的歌。道歌语言朴素无华，采用广大人民所喜闻乐见的"多段体"和"自由体"的民歌格律手法，极具西藏民族特色。

米拉日巴所处的时代，正是藏族从奴隶社会向封建社会过渡时期。吐蕃王朝土崩瓦解，社会局势动荡不安，佛教宗派纷纷兴起，米拉日巴道歌是当时西藏社会现实的反映。诗人在宣传佛教教义的同时对贪官污吏和那些披着宗教外

---

[1] 图齐：《西藏宗教之旅》，耿升译，北京：中国藏学出版社，2005年版，第88页。

衣的骗子进行了无情的揭露和抨击，对贫困的老百姓寄予了极大的同情。

米拉日巴的诗歌对后世最有价值的部分在于它的形式和语言，例如诗人对于山林景色的一段生动细致的描绘：

> 姜秋宗这静地方，雪山高耸谷头上，
> 谷口施主信仰强，后山宛如白幔障，
> 前有九欲丛林密，青青草地宽又广，
> 馨香莲花赏心目，六足蜜蜂采花忙。
> 叮咚泉水细细流，水中禽鸟回道望。
> 枝繁叶茂果树顶，美丽飞鸟啾啾鸣。
> 微风缓缓吹拂过，树枝婀娜舞不停，
> 高高果树绿枝头，猿猴嬉戏巧又灵，
> 草坪平展碧如茵，牛羊寻食四散行。
> 照看牲畜小牧童，歌声九啭伴笛声。
> 世间众人如仆役，熙来攘往红尘中。

诗歌的形式灵活多变，歌中善用迭字、迭词、迭句、单调错落有致，富于乐感。语言质朴、简洁通俗，在民歌中吸取素材，内容丰富多彩，语体风格鲜明，深受藏族人民的喜爱。这种文体随着噶举派的发展而得到发展，后来其他教派也纷纷效仿，创作出了不计其数的道歌，丰富了藏传佛教文学的宝库。

（二）传记文学

该派的传记文学也颇具特色。比较著名的有《米拉日巴传》《玛尔巴译师传》等。

《米拉日巴传》的作者是《米拉日巴道歌集》的采录者桑杰坚参（1452—1507），出生于娘堆地方的扎西喀呷，为主巴噶举派僧人，一向崇敬米拉日巴，以之为楷模，隐迹高山岩窟，潜心苦修。获得正果后，遍游西藏各地，弘传佛法，深受地方统治者的拥护支持和佛教信徒敬仰爱戴。由于他平日化缘度日，生活清贫，行为怪诞，异乎常人，因此获"藏宁疯子"的名号。他又有乳贝坚金、嘿如嘎等别名。他是藏族著名的传记文学作家，除了成名作《米拉日巴传》外，还有《玛尔巴译师传》等作品。

关于桑吉坚参创作《米拉日巴传》的主旨，其弟子刀吉僧巴在其著作《藏宁嘿如嘎传》中云："为了对那些口说积聚福德，而实际上却不按正法行事的王者、大臣、宦门、豪吏以至平民百姓；那些虽按经教修法，但却不知实践深奥要义，而且满足于词语之泡沫者；以及那些虽获得即生成佛之法宝而到彼岸，但尚需使其善业清净之格西等，以尊者喜金刚（即米拉日巴）的传记作为楷模。对于那些贪求五欲和人生者，作为苦修的楷模。对于那些安于散逸者，作为专心修习的楷模。对于那些怀疑即生成佛的妙法，而不愿实行深奥之修行者，作为已经成功之范例，引之相信正法真谛。因此撰写这部《米拉日巴传》并付之印刷，广为散布和流传。"①

这段话说得很明确。作者的创作意图就是要用米拉日巴通过"苦修密法""即身成佛"的成功范例，教育信徒坚定信念，潜心修行以达到涅槃之境界。

作品真实反映了当时的社会现实。作者站在一个佛教信徒的立场，以维护佛教的影响和僧人的名誉地位为目的，针对当时某些教派那些享有特权、占有农奴、追逐利禄、生活淫靡、虐待人民的僧人在社会上引起的强烈不满而发的。作品的广泛流传取得了很好的效果，恢复了佛教的纯洁。

文学的形象，主要是作为社会主体的人物形象和有关的现实生活情景的形象。《米拉日巴传》成功地创造了米拉日巴这一性格鲜明、内涵丰富的典型形象，倍受读者喜爱。在藏传佛教文学史上，米拉日巴是矢志不移的苦行僧，是藏族社会中家喻户晓的人物。他早已破除名利、财富之念，心中充满对芸芸众生之爱，在贪欲横流的人世间卓然而立；心性清纯，以苦为乐，为后世修行者树立了丰碑。凡听过他的故事的人，都会对他产生敬佩之心。他的行传故事，在藏族社会最受欢迎，发自他内心的觉悟之歌到处传唱，人们亲切地称呼他为"至尊米拉"。当代藏学家丹珠昂奔先生说："《米拉日巴传》是宣传佛教的'人生如梦，万事皆空'的唯心主义思想为目的的。可是米拉日巴形象的塑造却是立足于坚实的社会生活之土壤，具有感人肺腑的情感和力量。"②米拉日巴的形象具有鲜明的典型意义，他是那个时代苦行僧的艺术再现，是僧侣阶层的艺术缩影。

该传记采取散韵集合的文体。语言生动流畅，文笔朴实无华。无论在思想

---

① 佟锦华：《西藏古典文学史》，第96—97页。
② 丹珠昂奔：《佛教与藏族文学》，第76页。

性方面，还是在艺术性方面，均优越于其他同类作品，显示了作者的语言和文学才华。

《玛尔巴译师传》是桑杰坚参撰写的又一部传记文学作品。《玛尔巴译师传》描写了玛尔巴一生之中三次前往印度、四次去尼泊尔，从那若巴、弥勒巴学习显密教法的生动事迹。此外传中还记述了玛尔巴在去印度之前，向卓弥·释迦益学习梵文及佛法的经过。学成后收徒传法，独创一派。玛尔巴的生平事迹，最初由其弟子米拉日巴和玛尔巴二人口述给米拉日巴的弟子安宗顿巴；米拉日巴又讲给热琼巴。后来，热琼巴和安宗顿巴二人合作编写成书。桑杰坚参以此书为基础，又吸收玛尔巴其他弟子口传下来的记述，写成现在的传记。

在藏族历史上，噶举派僧人创作的《米拉日巴传》是藏传佛教文学史上的力作。它继承并发展了吐蕃时期散韵结合的文学样式，成为藏族文学发展史上的一颗明珠。这时的传记文学的结构和人物性格特征都有了一些特定的模式。藏学家周炜在他的专著《西藏文化的个性——关于藏族文学艺术的再思考》分析道："从结构模式看，一般包括三层次：第一是缘起，描写社会的悲剧和人生的悲剧（传记人物的悲剧）；第二是人物的"悟"，描写生死轮回之苦，祸福无常之谛；第三是描写人物走向解脱之道、修炼佛法或成佛后宣扬法理普度众生的过程。这三个层次实质上构成了大部分传记文学的故事结构的特定模式。"[①]

三、萨迦派文学创作

萨迦派（Sa skya pa）是由吐蕃时期昆氏家族的后裔昆·贡却杰布（1034—1102年），于1073年在后藏修建萨迦寺弘法而逐渐形成的一支藏传佛教派系，较西藏佛教其他教派，它有许多独具的特点。昆·贡却杰布师从卓弥·释迦益西和玛译师等许多高僧，学修以道果论为主的新译密法，是一位精通显密的人。该派历经萨迦五祖，并在萨迦五祖的努力下，逐步趋向完善，势力强大起来。尤其是萨迦四祖贡噶坚赞（1182—1251年），自幼从伯父扎巴坚赞尽学萨迦先祖所传显密甚深教法，后来拜印度班智达释迦师利等为师，系统学修了"大小五明"，首创研习"五明"之风，在藏区奠定了这些学科的基

[①] 周炜：《西藏文化的个性——关于藏族文学艺术的再思考》，第32页。

础，对藏族文化发展作出了重大贡献，因此得到萨迦班禅（简称"萨班"）的称号。他是藏族历史上第一个获得无所不晓的"班智达"称号的高僧大德。因其博学多才，又是萨迦派的法王，声名远播至蒙古王室。1240 年（藏历铁鼠年），受蒙古阔端王的邀请到凉州弘法，并为西藏正式统一于祖国做出了重要贡献。萨班的弟弟共有四人，最有名者就是八思巴（1235—1280 年）。26 岁时，忽必烈封他为帝师，并将西藏 13 万户作为供养，从此以后西藏的政教全权归属萨迦派掌握。

（一）萨迦格言

萨迦一派不仅政治上显赫一时，而且文学上也很有特色。在分裂割据时期，萨迦派学者中对藏族文学贡献最大的当属萨班。在文学方面，其主要贡献在格言诗和诗学理论的建设方面，在格言诗方面首推《萨迦格言》。《萨迦格言》是一部最著名的格言诗集，共收格言 457 首，全书共分九章。

格言以四句七言体的诗歌表达了作者的治国主张、处世哲学、道德观念和佛教教义等。主张以佛教治理国政，提倡政教合一制度；赞美好学不倦的精神，批评懒惰不学的行为；赞美谦虚谨慎，批评骄傲自满；赞美改过自新，批评文过饰非；颂扬临危不惧，坚定不移，贬斥动摇不定、反复无常。论述一分为二，富有辩证法思想。

作者用相当数量的诗篇阐述了自己的为政主张。他主张以佛教治国，提倡和鼓吹政教合一的体制。正如他在格言诗中所述："国王应遵佛法卫国护众生，不然就是国政衰败的象征；如果太阳不能消除黑暗，那是发生日蚀的象征。"

在以教治国的前提下，诗人提出了一系列具有一定进步意义的主张。在政治上提出了施仁政、反暴虐的原则；在治国用人方面，提出了选贤任能的原则。他说："君长收税要循合理途径，不要过分伤害众百姓；如果白芸香树的浆液，流得太多便会枯竭。"他在不少诗中提道："如果委任圣贤当官，事情成功幸福平安。学者说：若将宝贝供于幢顶，地方即可吉祥圆满。"

这些格言反映了萨班的政治理想。萨班在格言中还为我们讲述了他的处世哲学。他赞美勤奋好学，批评懒惰不学的行为。如："愚人以学习为羞耻，学者以不学为羞耻，因此学者即使年老，也为来生学习知识。"他提倡谦虚，反对骄傲。如："本领小的骄傲大，成为智者倒虚心；小小的河流哗哗响，大海何曾有声音。"他认为待人接物应该诚实守信。如："如用谎言把人欺骗，其实是把自己欺骗；假如你说一次假话，别人会永远怀疑你无真言。"

《萨迦格言》语言精练优美，内容丰富多彩。大到经国安邦的雄才伟略，小到个人良好习惯的养成，都有所涉及。格言内藏丰富的哲理性，表现了对于社会生活的深刻理解和独到见解。但由于作者身属封建上层，因此作品不可避免的有其历史和阶级的局限。① 这部格言诗是萨班贡噶坚赞在成为萨迦派的施政者和法王，并形成自己独特的世界观后，倾注毕生精力创作的一部著作，因此《萨迦格言》自然兼具浓厚的政治和宗教的色彩。

萨班生活在分裂割据时代，法律已完全失去效能，各教派势力之间的斗争日益加剧。在其作品中，我们不难发现，面对社会生活的种种复杂矛盾，作者提出了自己的政治主张，即反对分裂割据，向往和平统一；主张和谐共处，反对兵戈相见；反对残酷压榨，主张轻徭薄赋；反对道德败坏，主张以佛立伦等思想。这些思想基本反映了当时西藏社会的特点和人民的愿望，也描绘出了萨班心目中的柏拉图式的理想国。虽然作品分有九品，各品中又有各自的主题，但宏观分析作品，可以发现作者塑造着两个鲜活的形象：国王和学者。那就是作为一个执政者，首先必须是皈依佛门的学者，然后再行使国王的权力，实现为民谋利的主张。同时也折射出了西藏地方走向"政教合一"制度的思想基础已逐渐成熟，为西藏归元后萨迦派行使"政教合一"的地方政权起到了积极的促进作用。

可以说，"格言体"诗以贡嘎坚赞所著之《萨迦格言》为其先河。该著问世之后，其他各教派僧侣学者依照《萨迦格言》的创作方法，创作出了许多格言，著名的有索朗扎巴的《甘丹格言》、贡唐丹贝卓梅的《水树格言》、米旁南杰嘉措的《国王修身论》，以及《天空格言》《火的格言》《土的格言》等。这些格言体从创作风格到思想内容等方面基本上都借鉴了《萨迦格言》的特点。可以说《萨迦格言》是藏族格言体文学作品的里程碑，对后世作家格言体的内容以及艺术形式等产生了重大影响，形成了独具藏族特色的格言诗体，也因此成为藏传佛教文学史上诗歌创作的一个重要流派。

（二）其他

萨迦派对藏传佛教文学的另一贡献在文学理论的架构上。萨班贡噶坚赞知

---

① 智川、叶志刚：《少数民族文学（上）——作家文学》，北京：中央民族大学出版社，1994年版，第63页。

识渊博，学贯印度五明，从他开始，在藏区掀起了研习印度五明之风，并结合藏族的地域特征和文化特色著书立说。萨班时期，开始了以译述形式介绍印度为主的其他民族的各类学科，其涉足的学科包括逻辑学、语言学、医学、修辞音韵、乐理、天文地理等诸多方面。"特别是对以前只知书名而未进行翻译，或虽有翻译但并不完整的一些学术著作进行翻译传播，并新写了不少堪称典范的著作，启迪后人。"①

在文学方面，萨班首次译述了印度檀丁所著《诗镜》中的部分内容，将这些内容辑入其所著的《智者入门》一书。"诗镜"从梵文译为藏文是"年阿买隆"。"年阿"意为"雅语"或"美文"，"买隆"意为"镜子"。合起来为"美文镜"或"文镜"。《诗镜》为诗歌之指导理论。其中之内容除少数文艺理论外，主要是讨论文体，讲述修辞和写作知识，包括诗、散文和散韵合体三者。但以诗为重点，所以汉译为《诗镜》。《诗镜》的作者檀丁是印度著名宫廷诗人，约生活在7世纪。《诗镜》在吸收前人研究成果的基础上，总结了古代印度文学创作，特别是诗歌创作的经验。作者在前言里写道："总结以前的论著，近世的运用，我尽所有的能力，阐述文章的性质。"该书对后世文学创作，尤其是诗歌创作，产生了重要影响。

《诗镜》以诗歌的形式写成，全书共计656首诗。共分三章，包括定义、对定义的解释和诗例，都以诗的形式写出。第一章叙述文章的体裁和文艺理论问题，有105首诗；第二章说明修辞方面的"意义修饰"，有365首诗。第三章说明修辞方面的"文记修饰""隐语修饰"和"写作缺点"，有186首诗。共计656首诗。《诗镜》重点讲述修辞技巧和创作方法，对意义修辞进行了细致入微的分析。

《诗镜》来自印度，被藏族人民加以创造性的发展，成为藏族人民文艺理论的重要组成部分。在《智者入门》这本书中，萨班提出了作为一个智者学者应具备"著讲辩"三个条件的观点。指出要形成这三个条件就要在闻思多种学科论著的基础上研习写作学和修辞学，应用得当的修辞和写作技巧能使所著、所讲和所辩的内容表达得更加清楚明了、生动有力。

《智者入门》还结合藏文与梵文特点进行比较，提出了自己的观点，对藏

---

① 恰白·次旦平措、诺章·吴坚、平措次仁：《西藏通史·松石宝串》，陈庆英等译，拉萨：西藏古籍出版社，1996年版，第426页。

族文艺理论和修辞理论作出了有益的探索，对后世僧侣学者的创作起到了积极的指导作用，诗词学从此在西藏迅速发展起来。

此外，在声明学方面，萨迦班智达贡嘎坚赞在精心研究印度声明学论著的基础上撰有《入声明论》《语门摄义》等著作，开创了一条学习、讲授声明学课程的道路；在声律学方面，萨迦班智达精通并掌握印度声律学论著，撰写了《声律论·诸色花束》；在戏剧学方面，萨迦班智达从僧诃室利那里听受了《苏吉尼玛的故事》《摩诃婆罗多》等，并融会贯通，撰写了论述戏剧和音乐的《器乐论》，从此西藏的戏剧文学、艺术逐渐地发展起来。[1]

总之，以萨班为代表的萨迦派，在藏传佛教文学史上取得了丰硕的成果，特别是在格言和文学理论两个方面，达到了当时文学创作的最高水平。他们的一系列作品深深地影响并促进了藏传佛教文学的发展与繁荣。

四、宁玛派之掘藏作品

宁玛派（rnying ma pa）是藏传佛教的重要流派之一，其特点是特重密宗，崇尚大圆满法。藏文"宁玛"的意思是"古旧"。"此派起源最早。"[2] 该派自认为他们的教法是从 8 世纪时莲花生大师传下来的，要比其他教派早 300 年。宁玛派的传承可分为两大传承系统，有直接传授经典的，称为经典传承；也有发掘埋藏经典而传播的，则称为伏藏传承。宁玛派对藏传佛教文学的最大贡献是他们发掘出大量"伏藏作品"。

伏藏内容非常丰富，其中除了大量的佛教经卷和一些法器外，还有一些吐蕃时期的文史哲合璧的作品，如《玛尼全集》《五部遗教》等。这些伏藏作品虽冠名为吐蕃时期，但从其语言风格与叙述方式分析，不同于吐蕃时期的创作风格。作品大多记录的是吐蕃时期一些赞普和文臣武将吟唱的诗歌。这些诗歌或盟誓、或颂赞、或哀悼、或庆功、或酬宾、或告诫，即景生情，触兴而发，言志抒情。许多作品经过了宁玛派僧人的再加工，赋予了时代内容——应属于分裂割据时代的作品。

---

[1] 次旺俊美：《西藏宗教与社会发展关系研究》，拉萨：西藏人民出版社，2004 年版，第 342 页。
[2] 刘立千：《印藏佛教史》，北京：民族人民出版社，2002 年版，第 114 页。

(一)《嘛尼全集》

《嘛尼全集》又称《玛尼经集》《玛尼宝训》《末尼全集》。据传该书系吞弥·桑布札与拉隆·多吉白俩人把松赞干布所讲述的观音菩萨的教戒、授记、修习法，还有藏王的本生故事和临终遗言汇编而成的。但据其内容分析可能是假托松赞干布名义而撰写的有关吐蕃佛教、历史和松赞干布本生传及教诫的一部著名的"伏藏"文集。该书全部是用松赞干布第一人称的语气讲述，故而又称《松赞干布全集》。书中除几篇翻译的佛教经文外，绝大多数是讲述松赞干布一生弘扬佛教的事迹。其教诫部分叙述了松赞干布对身后数百年间佛教兴衰史所做的预言，表现了"伏藏"作品"代先圣立言"的特点，是典型的"佛陀授记"之类的著述。此书记述了整个吐蕃历史、吐蕃佛教史以及松赞干布一生的事迹。

《玛尼全集》内容比较繁杂，宗教性的东西比较多，属于历史的部分主要是有关松赞干布的传记与遗训。其中《玛尼全集·法王松赞干布传》这一部分还曾经被人称为《大史》，计有三十六章。其中前十六章是松赞干布的传记，后面诸章主要叙述松赞干布的本生故事。内容都是以王子为中心人物，宣传行善、求法、渡化众生等佛教思想，人物形象鲜明，故事性强，文学色彩浓厚。

《嘛尼全集》也属于文史哲合璧的作品，但各部的写法不尽相同，内容长短不一。其中《玛尼全集·松赞干布二十一行》共二十一章，写松赞干布一生的二十一个事迹，内容上与传记没有什么大的分歧，只是在叙述次序上略有变化，文字相对简略。

《法王松赞干布传》与《松赞干布二十一行》曾经被人从《玛尼全集》中抽出再作进一步的演绎而成为另一部著作《柱下遗教》（《松赞干布遗训》），并以阿底峡从大昭寺瓶柱底部发现的名义将之列为"伏藏"。《柱下遗教》在内容上与《玛尼全集》基本一致，但关于松赞干布的诸事迹的描写相当细致，行文也颇为生动。其中关于迎娶文成公主和修建大小昭寺的事迹写得最为详细，在娶亲的事件描述中，已经有"唐王为难吐蕃婚使"的故事。书中写道：

> 当时各路请婚使臣纷纷扬言，要是不把公主嫁给他们的君王就将如何如何：霍尔说要兵刃相见，大食说要火烧京都，天竺说要放咒降灾，冲木说要引水淹城云云。一时间，五百使臣大闹京城。也有人

说，各路人马上千之众。

  皇上、皇后、太子和公主经再三商议，还是莫衷一是。不过议来议去，竟无一人乐意愿意把公主嫁给吐蕃赞普。皇上见定夺不下，只好降旨道：'夫君王之道，不得有亲疏远近之分，还是请各路使臣一比智慧高下，谁能获胜，就把公主嫁给他们的君王！'于是就让各路请婚使臣开始比试智慧。①

该著作刻画人物注意个性和细节的描述，注意故事的曲折有味，情节安排波澜起伏，语言的运用极富于形象性和表现力，是伏藏中较优秀的作品之一。

《玛尼全集》的结构安排独出心裁、别具匠心。《玛尼全集》将宗教内容与历史、文学混为一体，文史哲不分的现象在藏族古代作品中非常普遍。一部著作既是历史专著，又是文学作品，用生动的传说、寓言等文学格调，讲述真实的历史。

《玛尼全集》有着确切的思路和用心。编著者把宗教著作与史学著作放在一起，表面上是混杂散乱的，其实是出于其宗教上弘扬佛教的目的的考虑。因此在下卷几个篇章中，重点表述松赞干布的遗训。遗训的内容后来被多部作品引用。如藏族名著《拔协》亦云：

  在我的子孙后代中，一定会出现一位神奇的赞普，他的名字中含有一个"德"字，在他执政期间，将会传来佛教圣法，并且将有很多人追随如来佛祖，出家为僧。他们光着头，赤着脚，身上披着袈裟。他们深居简出，口念"唵嘛呢叭咪吽"六字真言，在这雪域吐蕃之境，调伏教化食肉赭面人，由此，我们自己及他人可获得今生与来世转世善趣，还可得到解脱等一切安乐。因此，我祖孙王公大臣等应该在生活上给他们供养，在政治上给优厚的待遇，并把他们奉为最高供养处。②

---

① 阿底峡尊者发掘：《西藏的观世音》，卢亚军译注，兰州：甘肃人民出版社，2000年版，第158—159页。
② 拔赛囊：《巴协》，佟锦华、黄布帆译注，成都：四川民族出版社，1990年版，第1页。

遗训本意也是借松赞干布之口传达佛教将在吐蕃重新兴盛的预言，这样可以引导人们来注重当时佛教如何再度弘扬这一历史事实，以突出观世音对吐蕃的教化。整部著作中的神话传说可以说家喻户晓，故事情节波澜起伏，引人入胜，算得上藏传佛教文学史上不可多得的佳作。

（二）《五部遗教》

《五部遗教》是 13 世纪出现的一部非常著名的作品。该著作的内容和形式很多方面不符合吐蕃时期的文风和创作风格。究其原因，可能是因为一些掘藏师伪造、修改、加工伏藏的原因所致。

《五部遗教》相传为邬坚领巴于 1285 年在桑耶和协札两地所掘出的莲花生大师所藏的五部"伏藏"文献。全书分为《鬼神篇》《国王篇》《后妃篇》《译师篇》《大臣篇》等五部，因而得名。由于该书在创作上引用了大量的民间故事及神话传说题材，行文流畅，词藻华丽，因此有较浓郁的文学价值，是文史兼具的优秀作品。

《五部遗教》中的人物传记，在叙事的生动性和人物形象的鲜明性上，都明显超过了过去时代的散文历史作品。其中的《后妃篇》的创作最为成功，故事情节最为动人，艺术价值也达到了较高的水平。《后妃篇》共二十二章，主要讲赤松德赞的妃子才崩与毗卢遮那之间恋爱纠葛的故事。书中才崩和毗卢遮那的形象被塑造得栩栩如生，艺术形象相当成功。作品明显受到"后弘期"佛教思想的影响，《后妃篇》的作者为了宣扬佛教，通过虚构的故事塑造了才崩这样一个弃苯崇佛的人物形象，从而获得了非常高的艺术效果。

由于后弘期佛教的迅速发展，《五部遗教》作者在叙述历史人物时有意偏向或增加了佛教内容，用大量笔墨歌颂吐蕃时期弘扬佛教的历史人物，并将这些人物神化，多有比喻、拟人、夸张等修辞手法，还大量采用、摹写佛经故事，使得伏藏文学色彩很浓，从而形成了历史、宗教以及文学三位一体的文学样式。

这一时期，宁玛派僧侣发掘的伏藏历史著作虽以历史事实为根据，但在叙述时却用了渲染描写等夸张、比拟的手法，同时作品大都吸收借鉴了神话传说和民间故事。这种经过宁玛派作家加工创作的历史作品，情节显得离奇曲折、文学色彩浓郁，有较高的文学价值。

（三）其他

此外，宁玛派还参与了西藏史诗《格萨尔王传》的编撰、收藏和传播。《格萨尔王传》是在藏族古代神话、传说、诗歌和谚语等民间文学的基础上产生和发展来的。代表着古代藏族文化的最高成就。史诗描绘主人公格萨尔一生不畏强暴，以顽强毅力和神奇力量征战四方、造福人民的英雄业绩，热情讴歌了正义战胜邪恶、光明战胜黑暗的斗争。这部史诗反映了民族发展的重大历史阶段及其社会的基本结构形态，表达了人民群众的美好愿望和崇高理想，是研究古代藏族的社会历史、民族交往以及民间文化等问题的一部伟大著作。《格萨尔王传》还具有很高的学术价值，被誉为"东方的荷马史诗"。

《格萨尔王传》是藏族人民集体创作的一部英雄史诗。这部不朽的史诗，大约产生于古代藏族氏族社会开始瓦解、奴隶制国家政权逐渐形成的历史时期；吐蕃王朝建立之后得到进一步充实；在吐蕃王朝崩溃、藏族社会处于大动荡、大变革时期，得到广泛流传并日臻成熟。在11世纪前后，随着佛教在藏族地区的复兴，藏族僧侣开始参与《格萨尔》的编纂、收藏和传播。史诗《格萨尔》的基本框架形成后，就出现了最早的手抄本。而"手抄本的编纂者、收藏者和传播者，主要是宁玛派（俗称红教）的僧侣"[①]。

在宁玛派创作时期，宗教的价值观与史学观、文学观开始紧密结合，古老的神权历史在这个阶段不仅复苏了，而且又增添了崭新的内容，这是宁玛派"发掘"的伏藏文学的显著特征。

结　语

分裂割据时期正值藏传佛教后弘初期，佛教开始兴盛。各派因传承佛法的需要，培养出了许多僧侣作家。他们以独特的佛教视角，翻译、修习、传承佛典，著书立说，宣讲本派法要，营造了一个以佛教的人生价值取向为主导的独特的文学氛围，创作出各种体裁的非常优秀的文学作品。这些作品承上启下，成为了藏传佛教文学体系的重要环节。可以说，"这一时期具各教派特征的作家文学是后世作家文学的肇始者，它确定了藏族后世文学的价值取向和发展方向"[②]。

[①] 罗成：《社会学视野中的藏族〈格萨尔〉曲艺音乐》，载《西藏艺术研究》2009年第4期。
[②] 许广智：《西藏传统文化与可持续发展》，第302页。

蒙古族佛教文学研究回顾与前瞻

树林、额尔敦白音

前 言

蒙古族佛教文学是指蒙古族僧侣、佛教徒翻译和创作的文学作品，也就是说蒙古族僧侣"佛教修持和佛教宏传过程中产生的文学"[①]。从内容角度来看，蒙古族佛教文学指的是，蒙古族高僧或佛教徒以诗歌、故事、传记等多种形式表达佛教理念、佛教思想和佛教情感、佛教理想，赞美佛菩萨及高僧大德的高尚事迹，批评世人的的贪嗔痴，弘扬佛法的作品。蒙古族佛教文学从元朝开始到目前，经历翻译、模仿、自主创作、成熟、嬗变发展等历史过程，已成为丰富的文学宝矿，成为中华文学的一朵奇葩。蒙古族佛教文学史一般分为蒙古佛教前宏时期（从14—17世纪）文学史和后弘时期（17—19世纪）文学史及近代佛教文学（19世纪中叶—20世纪初）史和现当代（20世纪初至今）佛教文学史四个阶段。按创作的语言又分为蒙古族用母语创造的文学和用藏文创作的文学两部分，其中藏文创作部分占绝大部分，是尚待挖掘开发的肥沃的土地。虽然蒙古族佛教文学研究取得了丰硕的成果，但是还未诞生一部系统的文学史，在文献的挖掘和拓宽上也处于滞后状态，还有诸多蒙古语创作的文学文献未进入研究视野，尤其绝大部分藏文文学文献未被挖掘研究。因此要在蒙古族佛教文学研究上实现新突破，书写蒙古族佛教文学史，首先必须挖掘佛教文学藏文文献，拓宽研究领域，同时还要关注挖掘藏在各大图书馆的蒙古语佛教文学遗产，积极采取新视野新方法。

---

① 吴光正：《扩大中国文学版图，建构中国佛教诗学—〈中国佛教文学史〉编撰刍议》，载《哈尔滨工业大学学报》2015年第3期；又见《〈中国宗教文学史〉编撰研讨会论文集》，哈尔滨：北方文艺出版社，2015年版，第49页。

一、蒙古族佛教文学研究回顾

（一）国外蒙古族佛教文学研究概览

蒙古族佛教文学研究起步较早，但取得实质性进展是从 20 世纪中期开始的。在国外，蒙古国的佛教文学研究更早，研究成果丰厚。蒙古国以著名学者策·达木丁苏荣为首，策·阿拉腾格日勒、哈·嘎丹、德·云丹、勒·呼日勒巴特尔、德·策仁苏德那木、舍·比拉、舍·索嫩巴雅尔、德·苏米娅、哈·苏格莱玛、德·布仁、巴·巴图孟和、策·巴音那、得·策都布、呼布苏勒、达·查干、斯·恩和等学者主要研究蒙古族佛教文学，相继出版专著，发表相关的论文，取得显著的成果。

策·达木丁苏荣为蒙古佛教文学研究奠定了基础。他在《蒙古文学概要》（1957）中比较详细地论述了印藏文学对蒙古文学的影响，探讨多部蒙古族佛教文学作品，阐述了几部比较重要的蒙古族藏文文学著作。随后 1961—1986 年期间，他先后出版了《〈养民甘露〉及其注解〈如意宝饰〉》（1961）、《藏蒙版〈尸语故事〉》（第一册）（1962）、《〈甘露〉之藏蒙文注释》（1964）、《〈五卷书〉选藏语叙文集》（1983）、《格斯尔》（1986）等编译著作，深入探讨了印藏文学与蒙古文学渊源关系问题。在《从〈五卷书〉里提取的蒙文小说》《蒙古文甘珠尔、丹珠尔与蒙古文学的关系》《目连陀音经》《罗摩衍那的蒙古文小说》《关于藏族古代文学及其蒙文翻译》《论藏、蒙、印尸语（魔尸）故事》等诸多论文里探讨印、藏、蒙佛教文学关系和佛经文学与蒙古族文学的关系，阐明蒙古文佛教小说故事的创造性和独特性。另外他编辑出版的《蒙古古代文学一百篇》四卷本里收入大量的蒙古族经典佛教文学文献，同时进行一些补充说明，强调蒙古文佛教文学的独创性。他的研究为蒙古族佛教文学研究打下坚实的基础，也为以后研究提出一些方向，如蒙古族藏文《诗镜论》著作及佛教文学作品的研究等。

策·阿拉腾格日勒的著作《蒙古族作家用藏文创作的著作》（2 册，1967、1968）、《蒙古人用藏文撰写的文学理论》（1977）和论文《蒙古族作家藏文文论著作探析》《关于〈诗镜论〉的蒙古族作家的诗文》等、德·云丹的著作《蒙古人用藏文撰写的文学作品概述》（1977）、《论藏蒙文学关系问题》（1980）和论文《关于"话语"小说》（1971）、《话语小说及其主要代表作家》《论热杰的两首藏文诗》(1975)、《关于〈嘉言宝藏〉藏蒙释文》等探讨了蒙古族作家的藏文文论和藏文文学作品,肯定蒙古族藏文著作价值,对蒙古族"话语"小说进行了专门梳理和研究。德·策仁苏德那木的著作《蒙古佛教文学》(一、二)和论文《论扎雅班智达诗歌》《关于蒙古文〈丹珠尔〉》《关于蒙古文〈丹珠尔〉的跋诗》《论南喀嘉措的诗》等是研究蒙古族佛教文学的力作,对蒙古族佛教诗歌和故事、传记进行了较系统的探讨。上述这些研究主要关注点在于对使用藏文进行创作的蒙古族作者的生平以及对其文学作品的分析、研究和评价上,涉及佛教文学故事、传记、话语小说等多种体裁文学作品。

勒·呼日勒巴特尔教授毕生从事蒙藏文化关系研究,是一位杰出的佛教文学与文论研究学者。他的主要著作有《印、藏、蒙格言诗的内在关系》(1987)、《经典传承——蒙古诗歌》(1989)、《蒙古翻译史》(1995)、《天高任鸟飞》(第一册,1996)、《巴古拉仁波切洛桑图登确诺》(1999)、《梵天之音》(1999)、《一世哲尊丹巴》(2001)、《经论之智慧》(2002)、《音和义的优美结合》(2005)、《巨蟒如意顶戴》(2006)、《天高任鸟飞》(第二册,2008)、《东方雪山》(2009)、《喇嘛葛根洛桑丹津坚赞》(2010)等。其译着作品有《金轮》(1992)、《蒙古文学精华〈嘉言宝藏〉》(1995)等,还有《论益西桑布与〈诗镜论〉有关联的一篇著作》《蒙古族作家一篇藏文格言诗探讨》《游牧者的俱乐部及青颈鸟传》《关于19世纪蒙古族著名诗人益西桑布》《从〈嘉言宝藏〉传承的蒙古族政教二道》等几十篇论文。勒·呼日勒巴特尔通过这些著作阐明了蒙古族与藏族之间的文化与文学关系,又对蒙古族藏文五明著作及佛教文学著作进行研究,解决了诸多学术问题,深入扩展了蒙古佛教文学研究。

哈·嘎丹主要研究了《诗镜论》的"三十五种庄严论",其论著有《〈诗镜论〉与蒙古古代文学》(1992)、《譬喻修饰法》《因由修饰法》《点睛修饰法》《形象化修饰法》(1970—1971)等,扩展并深入研究《诗镜论》对蒙古族佛教文学的影响。舍·苏嫩巴雅尔的《涉及嘉央嘎布研究的经文一篇》(1996)、《哲布尊丹巴一世·扎纳巴扎尔的传记》《扎雅班智达·洛桑赤列的藏文传记》《塔尔巴班智达·苏德卜嘉措》《虔诚法王·洛桑诺布什饶》(1998)等论文比较系统地考证了几位代蒙古族佛教文学家的生平事迹。

德·苏米娅关于绿度母赞颂诗研究、哈·苏格莱玛的专著《蒙古文学中的"话语"作品种类》(2005)、《霍力其桑德噶》(2006);呼布苏勒的论文《藏蒙尸语故事结尾特点探析》《论剧本〈青颈鸟〉的思想意义特点》等也深入扩展了蒙古族佛教文学研究。

概括起来,蒙古国学者佛教文学研究主要为蒙古文佛经及佛教文学经典作品的内容和传播研究;印、藏、蒙佛教文学内在关系和特点研究;部分作家的部分或零散藏文和蒙古文文学作品研究;"话语"小说研究、戏剧作品研究、诗歌、故事研究等几个方面。

除此之外,上世纪后半叶日本学者若松宽撰写的《济隆活佛小传——清与西藏关系的一个侧面》《扎雅葛根传考证》、德国学家 Klaus Sagaster 的《珍珠念珠:一世北京章嘉呼图克图传》(1967)等一系列论著从清代蒙古宗教史的角度,解读了蒙古族藏文传记的某些内容,是我们值得借鉴的学术成果。俄罗斯学者 Th·舍尔巴茨基的《法称(Dharmakīrti)的相续作证(Samtānāntarasi-ddhi)及费纳多提婆(Vinītadeva)的相续作证论释(Samtānāntarasiddhitīkā)与阿拉善拉让巴·阿旺丹达》、俄罗斯学者 B·乌斯宾斯基的《关于罗布桑策普勒传及他所撰写的经书简述》以及日本学者冈田英弘的《哲布尊丹巴传记数据五种》、保加利亚学者亚历山大·费多代夫的《藏族文学对蒙古族文学传统的影响》等学术论文,也扩展了蒙古佛教文学的研究。

(二)国内蒙古族佛教文学研究概览

在国内,蒙古族佛教文学研究是从新中国成立以后开始的,但取得明显进展是改革开放以后。其成果主要体现在佛教文学研究和佛教诗学研究上。蒙古族佛教文学研究主要集中在佛经文学研究、元朝及清朝时期的蒙古僧人蒙古文佛教文学、部分蒙古族作家的部分藏文著作研究以及对某些高僧著作的专门研究等。佛教诗学研究体现在作家们的诗学观点、"诗镜论"对蒙古族诗学发展的影响、蒙古族藏文诗学体系、蒙藏诗学关系等几个方面。主要研究者有巴·布林贝赫、巴·格日勒图、却日勒扎布、满仓、策·贺希格陶克陶、张双福、乌力吉、额尔敦白音、瑟·斯琴毕力格、巴·孟和、奥奇、德斯赖扎布、巴图、陈岗龙、道润腾格里、叶尔达、树林、敖道胡等。

在国内,最先提倡研究蒙古族佛教文学的是著名学者内蒙古大学教授巴·布林贝赫。他在《蒙古族诗歌美学论纲》中分析研究蒙古族高僧撰写的文学作品，总结出作品特点，高度评价蒙古族佛教文学著作的价值。

策·贺希格陶克陶的专著《蒙古古典文学研究新论》（1998）对蒙古族传统传记文学进行了研究。乌力吉的《蒙古族藏文文学研究》（2001）是蒙古族佛教文学方面的一部力作，对蒙古族部分高僧的藏文文学著作进行了初步的探讨。张双福的《论箴言诗"一字德经"》（1987）、《元代蒙古族佛教箴言诗简论》（汉、1991）、《"居庸关东西壁铭文"研究》（1992）、《北元时期蒙译"甘珠尔"及佛经跋诗浅析》（汉、1995）、《〈乌善达拉传〉的艺术性试探》（汉、1995）、《佛教诗作〈绿度母传〉浅析》（汉、1996）、《新发现的阿尤喜固什的仪轨诗〈毗沙门布桑〉初探》（汉、1997）、《蒙译〈甘珠尔经〉及佛经跋诗研究》（汉、2007）等30余篇论文和《〈明照心志论〉研究》（2013）等论著重点研究元代和北元时期蒙古族佛教文学及蒙古文《甘珠尔》诗歌和故事等，成为蒙古文佛教文学研究领域内的集大成者。巴图的著作《如意修饰》（2007）及论文《丹津拉杰的诗歌》（2000）、《略论〈喻法宝聚〉及其释文》（2001）、《略论〈甘丹格言〉及其释文》（2001）、《印藏蒙文学关系研究》（2003）等、巴·孟和的《梅日更葛根洛桑丹毕坚赞研究》（1995）、奥奇的《察哈尔格西洛桑楚臣》、额尔敦白音的《〈占布拉道尔吉传〉研究》（2006）、叶尔达的《拉布占巴咱雅班第达那木海扎木苏研究》（2011）等著作和额尔敦白音的《强化"戒律"的文学主旨》（2002）和《宣扬佛法与空性的蒙古文学》（2003），陈岗龙的《盂兰盆会与蒙汉目连救母故事的宗教主题》（2005）、道润腾格里的《活佛传记的话语模式》（2005）和《释迦牟尼传与蒙古高僧喇嘛传》（2005）、树林的《蒙古山水神灵熏香词中表现的和谐思想》（2008）、《论元朝时期蒙古族佛教文学特点》（2011）和《简论科尔沁喇嘛学者对蒙译丹珠尔时所发挥的历史贡献》（2013）、乌云其木格的硕士学位论文《"青颈鸟的故事"与"青颈鸟传"比较研究》（2007）、王小琴的硕士学位论文《蒙藏"格斯尔"地狱题材比较研究》（2008）、乌云毕力格博士论文《苏巴喜地及其对蒙古文格言诗影响研究》（2009）、敖道胡的博士学位论文《蒙古族"兀格"作品与藏族"众达木"作品比较研究》（2010）等著作和论文也从各个方面深入了蒙古族佛教文学的研究。巴·格日勒图主编的《蒙古学百科全书·文学卷》和荣苏赫、赵永铣、梁一儒、扎拉嘎等主编的《蒙古族文学史》等相关著作中也重点分析了蒙古族佛教文学。

蒙古族佛教诗学研究成绩斐然。内蒙古大学巴·格日勒图教授编注出版的《悦目集》（1990）开辟了国内学者对蒙古族作家藏文作品及文论的整理与研究先河，并向研究者们提供了珍贵的资料。《蒙古文论史研究》（1998）对蒙古高僧佛教诗学理论进行梳理，高度概括了蒙古高僧蒙古文和藏文诗学理论特点。在《〈诗镜论〉及蒙古族文论研究》一文中，分析了蒙古族高僧对《诗镜论》的研究及其创造性论点的价值所在。

内蒙古大学全福教授编辑整理的《诗镜》（1986年）提供了研究《诗镜论》的蒙古高僧的相关信息，并对部分高僧的诗学观点进行介绍。额尔敦白音的学术专著《松巴堪布诗学研究》是一部原创性研究成果。该著作以译注加论著的形式，对松巴堪布两部诗论著作做多视角整体观察，梳理观点，进行现代阐述。该著作是我国研究蒙古族藏文诗论的第一部单篇著作，填补了蒙古文学研究领域里的一项空白。他还翻译了阿旺丹达的《诗镜三品引喻·智者项饰明点美鬘》《依譬喻修辞法作上师赞·功德海中流出的信泉》等两部作品。额尔敦白音、树林等的合着《嘎坚赞"智者入门"与阿旺丹达"嘉言日光"比较研究》（2015）分析蒙藏诗学关系，探索蒙古族佛教诗学的独特性和创造性。树林的学术专著《蒙古族藏文文论体系研究》（2014年）是比较系统地研究蒙古族藏文文论体系的第一部力作。该文分析了蒙古族高僧用藏文创作的有关"诗镜论"的理论著作和例诗以及"讲经、辩论、著作"三德理论中的诗学理论为核心的蒙古族藏文文论体系，从文学本质论、作品论、创作论、批评论四个范畴建构蒙古族藏文文论体系雏形，实现了蒙古族佛教诗学综合研究的新突破。他的《诗镜"病论"综合研究》（2015）、《〈诗镜论〉校注》（2014）、《松巴堪布》（2016）等著作深化了蒙古族高僧佛教诗学研究。另外他还在国内外学术刊物上发表40余篇关于蒙古族佛教诗学的论文。

国内蒙古族佛教文学研究，主要集中在佛经文学、元朝及清朝时期的蒙古僧人蒙古文佛教文学、少数蒙古族作家的部分藏文著作以及某些高僧的专门研究和佛教诗学研究等，呈现宏观研究与微观研究、蒙古文文献和藏文文献的挖掘研究、个别作家的研究和群体作家的研究、单一种类体裁与多类体裁的研究相呼应等多种特点。

总体而言，蒙古族佛教文学研究取得了一些成绩，但是以前研究只是涉部分作品和部分体裁，还有不少蒙古文佛教文学作品未被关注，蒙古高僧用藏文撰写的海量的文学作品宝矿还未好好开采，截止目前尚未诞生一部较完整的蒙古族佛教文学史。可以说，蒙古族佛教文学研究仍处在起始阶段，广度和深度上还有很大的差距。需要文学研究的范围更加扩大，研究更加深入。

二、蒙古族佛教文学研究的前瞻

蒙古族佛教文学遗产丰富、种类多样。开展蒙古族佛教文学研究，笔者以为，宜从如下三个层面展开。首先从蒙古族高僧撰写的藏文文献中挖掘大量的佛教文学文献，扩大研究范围。其次挖掘蒙古文大藏经（《甘珠尔》《丹珠尔》）中的佛经故事和跋诗及散落在各图书馆和寺庙等的各种单篇文学作品，拓展蒙古文诗歌、翻译故事、游记、传记文学研究。再次，创新研究方法，把蒙古族佛教文学研究研究推向纵深发展。下文拟结合前人和笔者的体会，对蒙古族佛教文学的特征和《蒙古族佛教文学史》的编撰作一前瞻研究。

（一）蒙古族佛教文学遗产的丰富性

据蒙古国堪布喇嘛瑟·贡布扎布在 1959 年第一次国际蒙古学大会上宣读的《蒙古人藏文书写的书籍》一文，共有 208 位蒙古高僧有藏文著作全集。[①]2004 年，蒙古国学者勒·楚伦巴特尔在这 208 位高僧著作的基础上又介绍了近 50 位高僧着有藏文全集和散集。[②]我们通过国内各大图书馆和寺庙的藏文典籍目录和国外相关信息发现，还有 50 多位高僧着有藏文全集和散集。此外日本、俄罗斯布里亚特自治共国图书馆及国内西藏、青海、北京等地的寺庙里收藏有很多藏文全集和别集。

蒙古族高僧的藏文著作虽说是涵盖大小五明，但其中的文学文献极为丰富。蒙古族高僧的藏文佛教文学作品大体存在两类分布情况，一是单独的文学作品和作品集，另一是夹杂在著作中的故事、诗歌和序跋诗等。因为当时写作规则和风格，当时著书立说的蒙古族高僧几乎都有书写序跋诗和镶嵌诗的习惯。这使得他们各种内容的藏文著作中含有丰富的诗歌材料。比如阿拉善·阿旺丹达的两函 36 篇藏文著作中，32 篇著作有序诗、28 篇著作有跋诗、8 篇著

---

① 贡布扎布：《蒙古人藏文书写的书籍》（基里尔文及回纥蒙古文），乌兰巴托，1960 年。
② 勒·楚伦巴特尔：《精通藏文的蒙古高僧学者》（基里尔文），乌兰巴托，2004 年。

作22处有镶嵌诗,序跋诗和镶嵌诗总量为414偈1656行。另外还有箴言诗《人道喜宴》、抒情诗《诗歌散集》和《信函集》等单篇诗歌和诗歌集。松巴堪布·益西班觉仅一篇自传著作《号称堪布额尔德尼班智达之操行·耳根采英》(258页)里就含有序跋诗和镶嵌诗430多偈。喀尔喀一世哲尊丹巴·洛桑丹毕坚赞的一函文集125篇著作含有祝颂诗、祈愿诗、祈祷诗、赐词、赞颂诗等,占文集的70%以上。可见蒙古族高僧藏文文集里的诗歌含量的丰富。另外高僧文集中还包含着大量的传记文学、故事小说等,也丰富和美化了蒙古族佛教文学花园。

蒙古文佛教文学文献主要集中在蒙古文《甘珠尔》《丹珠尔》及其跋诗、藏族高僧大德文学经典作品的翻译文献以及部分用蒙古文创作的文学作品。这实际上也涵盖了翻译文学和自创文学。这些文献更加丰富了蒙古族佛教文学文献,使蒙古族佛教文学研究更具潜力,更具活力。

(二)文学种类的多样性

蒙古族佛教文学主要文体可分为韵文体、散文体、韵散混合体三种。韵文体文学包括序跋诗及镶嵌诗、赞颂诗、祈愿诗、敬启文、仪轨诗、题词、赐词、牌匾词、训谕诗、格言诗、叙事诗、道情歌、《诗镜论》例诗(年阿体诗)等。就藏文学作品来讲,以前的研究主要集中在部分赞颂诗、训谕诗和《诗镜论》例诗上。其实这些研究只是涉及极少部分作品而已。以后的研究应该更多的关注上述多种韵文体作品。叙事诗虽然较少,但这是蒙古族佛教文学的一个重要成就或亮点。如法王·阿旺克珠的叙事诗《怙主哲尊丹巴·洛桑图丹旺秋晋美嘉措之部分事业语鬘·广大传记之心要·欲说蜜蜂之歌声》(44经页)是蒙古族佛教文学创作中难得的韵文体传记文学。从韵文体文学我们不仅可以探索及艺术成就和美学价值,也能摸索到思想深度,甚至可分析到作者文学观、人生观、哲学思想等。因此研究探讨韵文体佛教文学不能简单分析作品形式和表层内容。蒙古族佛教文学中很早以来就形成了一种"以诗评诗"(或"以诗论诗")的传统,也就是说诗歌中蕴含了作者的文学阐释思想和文学批评观,也蕴含了深刻的宗教思想和哲学观点。

蒙古族佛教文学散文体作品包括佛教故事小说、"话语"小说、传记文学、游记、历史散文等。佛教故事作为蒙古族佛教文学的一种体裁或种类也经过了从翻译、模仿、自主创作、成熟、嬗变等过程,具体说来就是经历佛经故事翻译、故事变文、故事小说、"话语"故事等发展过程。也就是说，印藏佛经故事的蒙译本在蒙古地区传播过程中发生的变体或流变、喇嘛僧人自己创作的故事，在故事基础上发展提升为小说、通过情节戏剧化和性格化的形象塑造创建的"话语"故事或"话语"小说等四个过程。因为蒙古族本身的独特历史和文化特点，蒙古族佛教故事小说的发展特点也跟其他民族佛教故事小说不一样。比如说蒙古族佛教故事小说形成于17—18世纪，而汉族早在唐代就已经从佛经变文发展成白话小说。这比起蒙古语翻译佛经故事晚300—400年。具体说，蒙古文佛教故事的变体（流变文）如从《圣者义成太子经》编译而来的《乌善达拉汗传》、从《摩诃萨埵传》变异而来的《摩诃萨都瓦王子传》《目连救母因缘》转变而来的《目连陀音故事》等，都在流传过程中出现好多变体，成为蒙古化的故事。蒙古族高僧独立创作的藏文佛教故事有固什·洛桑泽培的《无等导师释迦王佛本生传说一百五十一事·具信满愿如意摩尼美鬘》（200经页）、江龙班智达·阿旺洛桑丹毕坚赞的《往昔印度眼木童子喜筵中受生故事·大宝鬘》（7经页）、《圣域五百班智达之名号·如意摩尼鬘》（6经页）、陀音·降央赤列的《文殊菩萨历辈本生传·如意树》（32经页）、热津巴·阿旺图丹的《从十六尊者故事中选编之尊者传记·利乐之源》（19经页）等。佛教小说有蒙古文《娜仁格日勒仙女的图吉》《绿度母的图吉》（图吉意为小说或传说）等。

到19世纪，蒙古族佛教文学中出现了专门称为"uge"（兀格，直译为话语）的特殊题材，比如大堪布阿旺克珠撰写了《大德与山羊、绵羊、黄牛谈话录·某些大德午饭·空性明镜》《与班智达长毛策仁培勒辩论书》等好几篇叫作"兀格"的作品。这种作品多为通过描写僧人与牛羊鸟之类的谈话及僧人种种不端行为，讽刺和批评喇嘛僧人不守戒律、追求利益、道德败坏等现象，批判当时社会高层及黄教僧人。这是蒙古族佛教故事小说的又一种发展，是蒙古族佛教批判主义文学的一种潮流。

蒙古族传记文学也是丰富多彩，蒙古族高僧大德用藏文撰写了大量的传记文学，也用母语翻译和创作了不少传记文学。这里包括自传和他传。自传如松巴堪布自传、降秋丹毕准美自传等，他传则宗喀巴传、喀尔喀哲尊丹巴传等数量很多。传记文学不仅是宝贵的文学史料，也是研究当时社会环境及历史事件的珍贵的资料和研究作家思想观点的第一手资料。也就是说传记文学既有文学、美学价值，也有史料价值。蒙古族佛教文学中还有少量的游记和历史散文。如布里亚特高僧多吉耶夫的游记《遨游世界传说》和松巴堪布的历史散文著作《青海史·新雅梵天歌声》等。

韵散混合体文学主要为戏剧文学和传记文学等作品。传统意义上的韵散混合体文学为戏剧文学。蒙古文《青颈鸟传》是在翻译藏文《青颈鸟的故事》基础上，经过加工改造而成的。《青颈鸟传》被编写成戏剧，在蒙古族广大地域巡回演出，影响很大。另外蒙古族部分高僧作家继承传统印藏戏剧学理论，用藏文撰写的戏剧之作，如阿旺图丹的《对话戏剧本·引导至净道之趣话》（15 经页）、《像、知、体三者议论发心利他故事·颠狂歌舞明镜》（13 经页）、章嘉·若必多吉的《行善法言·仙人愉悦歌舞》等，通过谈话发表观点的作品。

另外蒙古族高僧撰写的海量的佛教文学阐释文章是研究蒙古族佛教文学阐释方法及文学批评方法的重要文献，也反映了当时的佛教文学研究方法。关于《诗镜论》的理论性著作和《讲经、辩论、著作》理论中的创作论思想形成了蒙古族佛教诗学体系。

可见，蒙古族佛教文学的遗产数据丰富、作品种类众多，不仅丰富和发展了蒙古族的文学，也为中国文学灿烂的花园增添光彩。

（三）蒙古族佛教文学作家群

从 17 世纪开始，蒙古地区的大批喇嘛僧人纷纷奔赴西藏、青海等地的名寺学习藏文和包括佛教理论的大小五明，在西藏大小寺庙里功成名就，获得拉然巴、热津巴称号的人层出不穷。他们中间涌现出很多用藏文创作大小五明著作的喇嘛作家，在雪域西藏享有盛誉。也有虽没去西藏，但在本地通过自己刻苦勤奋，精通藏语，撰写大量的著作，名扬蒙藏地区的高僧学者。也有很多通过翻译佛经和藏族佛教经典著作而成为翻译家的蒙古文作家。仅翻译《甘珠尔》《丹珠尔》的翻译家就达几百名。还有一些僧人作家用蒙文撰写诗歌、故事、传记文学，丰富了佛教文学宝库。这表明，蒙古族佛教文学作家群已经形成。可以说，蒙古族高僧是蒙古族古代作家群的主力军。佛教在蒙古地区传播发展的过程中不断本土化，也促进了蒙古族佛教文学的独特发展。蒙古族佛教文学的多类体裁作品和佛教诗学得到高度发展，不仅丰富了本民族的文学遗产，也丰富了中国文学。蒙古族诸多的文学观念、文体形态、创作倾向的形成，都与他们有着密切的关系。

蒙古族佛教文学主要作家有挪思吉斡节儿、莎拉布森格、索朗卡拉、席勒图固什·绰尔吉、扎雅班智达·南喀嘉措、沙格扎东日布、一世哲尊丹巴·洛桑丹毕坚赞、绰尔吉·罗桑希巴、扎雅班智达·洛桑赤烈、堪钦·罗桑丹增坚赞、甘珠尔巴·罗桑楚臣、钦苏珠格图·罗桑落布什若、松巴堪布·益西班觉、章嘉·若比多吉、锡勒图·洛桑丹毕尼玛、西瓦锡勒图·洛桑、察哈尔格西·罗桑楚臣、阿拉善拉然巴·阿旺丹达、穆尔根格根·洛桑丹毕坚赞、大固什·阿旺丹培、达日瓦班智达·索巴嘉措、固什·罗桑泽陪、陀音·嘉央赤烈、阿拉善拉尊·阿旺伦珠达杰、大擦·丹毕官布、江隆班第达·阿旺洛桑丹白坚赞、奈曼陀音·占布拉道尔吉、诺门汗·丹津热杰、喀尔喀法王·阿旺多吉、堪布法王·阿旺洛桑克株、雄勒巴·索南嘉措、荣臣·喜绕嘉措、喀尔喀·唐赤多吉、喀尔喀法王·阿旺白丹、德赤·降央图丹尼玛、卫拉特夏仲·洛桑丹毕坚赞、热津巴·阿旺图丹、车雪·降秋丹毕准美、噶珠·洛桑达西、绰尔吉·阿旺洛桑顿珠、鄂尔多斯·益西丹津旺吉勒、色朵·洛桑楚臣嘉措、夏玛尔·根敦丹津嘉措、给日德·洛桑赤列、香顿·丹巴嘉措、兴萨班智达·噶桑却吉坚赞、大堪布·嘉央嘎布、穆尔根班智达·益西桑布、札瓦丹丁·洛桑达央等。这些作家群跨越了从元朝到二十世纪初的600多年，可以代表蒙古族佛教文学的水平和成就。当然这些只是部分代表性作家，而且在藏族地区也是有很大影响力的人物。

（四）蒙古族佛教文学的基本特点

纵观几百年蒙古族佛教文学发展历程，具有以下几个特点。

1. 经历了从翻译、模仿、自创、成熟、嬗变等过程

蒙古族佛教文学从13世纪至21世纪，经历了800多年的发展进程，经历了翻译、模仿、自主创作、成熟、嬗变等发展过程，在作品的数量和种类以及内容、风格等方面都呈现出不同时期的不同特点。就诗歌而言，在元朝初期，很多诗歌都是模仿性作品，挪思吉斡节儿的《马哈噶剌颂》等作品虽然成为自主创作作品，且达到一定的艺术水平，但也只是运用了《诗镜论》的几种修饰方法而已，还没有广泛应用《诗镜论》的音庄严和义庄严、隐语修饰、十种诗德等。

到了17世纪，随着佛教格鲁派在蒙古地区的广泛传播发展，涌现出了很多高僧作家，

如扎雅班智达·南喀嘉措、喀尔喀哲尊丹巴一世、扎雅班智达·洛桑赤列、堪钦堪布·洛桑丹津坚赞等创作了大量的作品，且达到了很高的水平。尤其到18世纪，松巴堪布·益西班觉、察哈尔格西·洛桑楚臣、章嘉·若比多吉、阿拉善拉然巴·阿旺丹达时期，蒙古族佛教文学进入鼎盛时期，实现作品体裁增多、表现手法多样、艺术水平居高等繁荣景象。从19世纪至20世纪，蒙古族佛教文学中出现一股批判主义流派或批判主义潮流，给佛教文学的内容注入新的内涵和新的风气。这是蒙古族佛教文学中的一次嬗变，也是一种文学流派的诞生和发展。就如蒙古族佛教故事，也经过了流变文（变体文）、自主创作的故事，小说、话语故事等几个发展历程，批判性也成为了后期蒙古族佛教故事的一种明显特点。18世纪末开始出现的"话语"故事几乎具有批判性特点，批判喇嘛僧人阶层的不端行为和人性的贪婪和衰败。

2."诗镜"修饰方法贯串蒙古族佛教文学全部著作

古代印度檀丁的诗学著作《诗镜论》传入藏区之后，也受到蒙古族高僧学者的推崇。元朝时期初步将之使用于诗歌创作中，丰富了创作方法，提高了艺术水平。后来随着佛教在蒙古地区再次的传播兴起，蒙古族高僧文人普遍学习使用《诗镜论》，不仅在韵文体文学创作中熟练使用，而且其他传记文学、故事等散文体文学当中也通用，使蒙古族佛教文学达到了很高的艺术水平，出现诸多精品。当时很多寺庙开设《诗镜论》课程，学习研究《诗镜论》成为一种时尚。松巴堪布在采用诗镜论修饰法上更有独到之处，他不仅在诗歌中充分利用《诗镜论》手法，而且在散文体中试用《诗镜论》的音庄严和义庄严。如在自传中用三十五种意义修饰法书写自己赴西藏学习修行的事迹，在自传和《疑难答释》等著作中，用迭声音庄严方法创作了几段散文体作品。

也就是说《诗镜论》修饰法在蒙古族佛教文学创作中达到通用的程度，同时也更加丰富了《诗镜论》的修饰法。

3. 蒙古族佛教文学中母语创作的作品更具民族特点

因为大部分在蒙古地区的喇嘛僧人能在母语环境中生活，也能很好地掌握和研究蒙古文，所以也能熟练操用母语创作。因此他们创作的诗歌和传记等，更具民族特色。无论在描写赞颂佛菩萨的时候，还是在赞颂当地寺庙或名胜古迹的时候，都明显表现出民族特色和民族感情及相关传统文化。比如莫日根葛根·洛桑丹毕坚赞的作品、察哈尔格西的蒙古文作品、阿旺丹达的蒙古文诗歌、益西丹津旺吉勒等的文学作品都有着明显的民族特色。还有一些佛教故事和传记文学也突出描写本民族地区的风俗习惯和历史传说，诞生了不少关于当地名胜古迹和名人的故事传说。以佛经故事小说为例，蒙古文故事也显示出明显的民族特色。据策·达木丁苏荣介绍，《绿度母传》在蒙古地区流传十分普遍，以手抄本的形式，以讲故事的口头说唱形式流传，形成多种不同题名的变体。如《白度母传》《巴格迈夫人的故事》《玛格迈夫人的故事》《仁慈的绿度母的故事》等多种。虽然本故事宣扬的是佛教慈悲、因果报应、修行、救难、"合久必分 分久必合"等教义或思想，但故事情节中突出了母爱的纯洁和伟大，也就是突出了母爱的伟大。故事描写了仁慈的绿度母寻找儿子的执着和重重困难，最后终于见到儿子，神通如来佛和金刚手佛等的百般阻挠也没能分开他们。这里突出了母子爱的无可抗拒的力量。绿度母母子的哭声震撼了如来佛的宝座，迫使金刚手佛停会三日。该故事语言优美、流畅，采用蒙古族传统英雄史诗描写的方法，完全是一篇独立的蒙古语故事小说。虽然有的学者说这个故事的很多情节和母题来自于藏族的佛教故事和传说，但利用印藏佛教故事母题或一些情节，重新编排组合叙事，就会创造出另外一个新的故事。因为故事虽然是比较固定的，但因叙事话语的重新安排，是可以创造出新的故事和小说的。故事小说的任务就是叙述故事，而如何讲述是一种艺术问题，如何构建故事的问题。故事中的英雄史诗的重复抒情和夸张的手法、"查干额布根"、乌鸦的形象等都凸显了蒙古族的特色。

但这并不是说藏文创作的文学不具民族特色。蒙古族高僧藏文创作的海量的作品也有不少反映蒙古族地区的历史、生活、风俗习惯以及社会宗教信仰等。比如说察哈尔格西的部分藏文作品、嘉央嘎布的诗歌中就出现不少描写赞颂蒙古地区世俗道理和生活环境及历史文化的内容。但是藏文创作的文学作品大部分突出宣扬佛教理念、弃恶扬善、行善积德、修行、救度、施舍等思想，弘扬佛法，弘扬人间正道等，所以民族特色和民族情感显得不太明显。但是作为文学作品反映了当时的社会历史环境和宗教信仰状况，也显示了当时的审美情感等，因此具有很高的艺术、审美、社会、历史价值。

4. 翻译文学本土化特点明显

因为从佛经中翻译的诗歌和故事，在蒙古地区传播流传时候，经过转写人或蒙古文人的加工，更具本土化特点。这也是佛教文学为什么快速传播流转，出现多种版本的原因。萨迦班智达·贡嘎坚赞的《萨迦格言》在蒙古地区广泛流传，出现了诸多翻译文本。但是翻译过程中也被赋予了民族特色。比如察哈尔格西·洛桑楚臣的翻译优美流畅，充分显示出蒙古族传统诗歌特点。以蒙古文故事为例，与佛经故事《圣者义成太子经》比较，丹巴达尔杰传写的蒙古文《乌善达拉汗传》在原来佛经故事的情节上进行调整，增加渲染感情色彩，增强合理性和感染力，符合了蒙古人心理和情感。具体说，在这篇故事里，太子乌善达拉虽然一味执着施舍，但表现出自己是珍惜孩子的富有情感的人。通过增加乌善达拉舍不得把孩子施舍给婆罗门的情节和孩子与母亲的哭诉歌，使纯粹宣扬施舍思想的故事变成表现生死离别的痛苦和悲欢离合的遭遇的突出情感的故事。若不这样蒙古人会认为乌善达拉太子是黑心的，没有爱心的残酷的父亲。别人想要什么就给什么，包括妻子儿女，这是什么样的人呢。通过改变使故事更加人情化，符合了蒙古人的思维和情感模式。虽然最后的结局是一样的，但是阅读当中读者所感到的审美感受是不一样的。这就是叙述故事的艺术。该故事采取散韵相间的方法，通过增加韵体哭诉的歌，渲染感情，显示了父爱、母爱、人间情感。故事通过表现这种爱的牺牲，实现了更大的博爱，得到了好的果实，最后登基皇位。策·达木丁苏荣编选的《蒙古古代文学一百篇》（第三册）收入《乌善达拉汗传》。编选者在文后评价说此故事时指出"可以说具备蒙古故事的特点。也增加了在印度原体故事中没有的与牛犊分开的母牛，离开驼羔的母驼等蒙古牧民容易接受的例子"[1]。这种变体很多，《目连陀音故事》等也都改变了原来佛经故事情节，增添新情节，实现了蒙古化。

5. 佛教文学和诗学相互依托发展，实现理论与实践的同步发展

蒙古族佛教文学的发展也促进了佛教诗学的发展。一方面佛教徒"讲经、辩论、著作"三德理论的要求，促使他们创作，另一方面《诗镜论》作为印藏小五明学科的一个分支学科，也被蒙古族高僧重视，促进了他们理论与实践的进程。大部分蒙古族高僧遵照《诗镜论》的方法写作的同时，少数蒙古族高僧还专门研究《诗镜论》理论问题，撰写关于《诗镜论》理论性著作，解释主要文学概念，提出诸多新的理论观点，形成了蒙古族独特而创新性的佛教诗学体系。发展佛教诗学的主要理论家包括扎雅班智达·罗桑赤列、松巴堪布·益西

---

[1] 策·达木丁苏荣：《蒙古古代文学一百篇》（第三册），呼和浩特：内蒙古人民出版社，1979年版，第1294页。

班觉、察哈尔格西·洛桑楚臣、阿拉善拉然巴·阿旺丹达拉、热津巴·阿旺图丹、堪钦堪布·扎央嘎布、喀尔喀噶珠·洛桑达喜、固什·洛桑泽培、雄勒巴·索南嘉措、夏马尔·根敦丹津嘉措等。这些理论家以各自的诗学理论丰富和发展了蒙古族佛教诗学理论。

结　论

蒙古族佛教文学研究取得了不俗的成就，但比起海量的遗产，还比较滞后。可以说蒙古族佛教文学研究远远落后其遗产资料。值得庆幸的是丰富的文学遗产，能支撑蒙古族佛教文学研究走得更远，走向更大的辉煌，也需要更多的学者投入研究，出更多的成果。虽然研究海量的文献数据需要很长时间，写出一部蒙古族佛教文学史是蒙古族佛教文学研究的当务之急。蒙古族佛教文学遗产的丰富性体现在海涵的著作量、浩大的作家群，韵、散、混合体的多种文学种类上。蒙古族佛教文学经历了翻译、模仿、自创、成熟、嬗变等复杂的发展过程。要想反映这些发展足迹，需研究探讨其发展关联性和独特性，结合宏观研究和微观研究，需书写一部较系统的蒙古族佛教文学史。研究蒙古族佛教文学要挖掘整理丰富的文学遗产，既要认识佛教文学的共性，又要探索其民族性和独特性、创造性。既要拓展研究范围，也要强化研究深度。这是蒙古族佛教文学研究面临的挑战和机遇。

《周易参同契》文体杂糅的文本形态及隐喻手法

刘湘兰

中山大学中国语言文学系

一、《参同契》的作者及创作年代

《周易参同契》（下文简称为《参同契》）一书，《隋志》无著录，《旧唐书·经籍志》始著录有"《周易参同契》二卷，魏伯阳撰"，又著录有"《周易五相类》一卷，魏伯阳撰"[1]。《新唐书·艺文志》也著录有"魏伯阳《周易参同契》二卷，又《周易五相类》一卷"[2]。二书皆将《参同契》置于"五行"类。《参同契》貌似解读《周易》，实质却是借爻象之言，论炼丹之术，鼓吹凡人修炼成仙的可行性，与儒家之注《周易》的主旨完全不同，实为道教丹鼎派经典之作。故而元俞琰《周易参同契发挥·序》称之为"万古丹经之祖"[3]；清朱云阳《周易参同契阐幽·序》推崇其为"丹经鼻祖，诸真命脉"[4]。在道教诗歌中，也可见道士们对《参同契》的歌颂。如唐代道士吕洞宾《窑头坯歌》曰："叹愚人，空驾说，愚人游荡无则休。落趣循环几时彻。学人学人细寻觅，且须研究古金碧。金碧参同不计年，妙中妙兮玄中玄。"[5]其又有《渔父词》一十八首，其中《知路》曰："那个仙经述此方，参同大易显阴阳。须穷取，莫颠狂，会者名高道自昌。"[6]

---

[1] 刘昫：《旧唐书》卷四七，北京：中华书局，1975年版，第2041页。
[2] 欧阳修：《新唐书》卷五九，北京：中华书局，1975年版，第1553页。
[3] 俞琰：《周易参同契发挥》，《道藏》第20册，上海：上海书店，1994年版，第192页。
[4] 朱云阳：《周易参同契阐幽》，《藏外道书》第6册，成都：巴蜀书社，1992年版，第420页。
[5] 中华书局编辑部点校：《全唐诗》卷八五八，北京：中华书局，2013年版，第9767页。
[6] 中华书局编辑部点校：《全唐诗》卷八五九，第9774页。

关于《参同契》的作者，历来扑朔迷离。葛洪《神仙传》有《魏伯阳传》，称"伯阳作《参同契》《五行相类》，凡三卷"①。《参同契》中有一篇隐语也暗示了作者的姓名。其文曰：

> 委时去害，依托丘山。循游寥廓，与鬼为邻。化形为仙，沦寂无声。百世一下，遂游人间。敷陈羽翮，东西南倾。汤遭厄际，水旱隔并。柯叶萎黄，失其华荣。各相乘负，安稳长生。②

俞琰注曰："此乃魏伯阳三字隐语也。委与鬼相乘负，魏字也；百之一下为白，白与人相乘负，伯字也；汤遭旱而无水为易，陃之厄际为阝，阝与易相乘负，阳字也。魏公用意，可谓密矣！"③俞琰的解释被后世广泛接受。④

魏伯阳其人于正史无载，生卒年不详。葛洪记载其为"吴人也。本高门之子，而性好道术，不肯仕宦，闲居养性，时人莫知之。后与弟子三人入山作神丹，丹成，……遂皆仙去"⑤。由于仙传特有的创作风格——即有意忽略传主的生活年代以制造神秘感，故而葛洪着重记载魏伯阳炼丹的故事，突出其在丹道史上的地位，对其生年并无记载。明胡应麟《四部正讹》认为用隐语来隐括文章作者的姓名，是东汉末年盛行的作法。他说："《越绝书》十五卷，……杨用修（慎）据《后序》'以去为姓，得衣乃成'等语，谓东汉人袁康作。案，魏伯阳《参同契》后序'邻国鄙夫'等句亦寓会稽魏某姓名，而孔文举'渔父屈节'十六言亦离合'鲁国孔融'四字，盖东汉末盛为此体，用修之论或不诬也。"⑥清姚际恒《古今伪书考》在考证《越绝书》的作者时，也涉及到《参同契》中的隐语，云："杨用修曰：此东汉人也。何以知之？东汉之末，文人好作隐语：如《黄绢碑》；如孔融以'渔父屈节，水潜匿方'云云，隐其姓名于《离合诗》；如魏伯阳以'委时去害，与鬼为邻'云云，隐其姓名

---

① 胡守为：《神仙传校释》，北京：中华书局，2010 年版，第 63 页。
② 俞琰：《周易参同契发挥》，《文渊阁四库全书》第 1058 册，台北：台湾商务印书馆，1986 年版，第 730 页。
③ 俞琰：《周易参同契发挥》，《文渊阁四库全书》第 1058 册，第 730 页。
④ 姚际恒着，顾颉刚点校：《古今伪书考》，北京：景山书社，1929 年版，第 64—65 页。
⑤ 胡守为：《神仙传校释》，北京：中华书局，2010 年版，第 63 页。
⑥ 胡应麟：《少室山房笔丛》卷三二，上海：上海书店出版社，2001 年版，第 317 页。

于《参同契》。此言良然。"据当今学界考证,魏伯阳或为汉桓帝以前人①,或为东汉末年生人。②

但是,人们对于魏伯阳的著作权还是存在争议。有人认为《参同契》并非成于一人一时一地。旧题为"长生阴真人注"的《周易参同契》前有序曰:"盖闻《参同契》者,昔是《古龙虎上经》,本出徐真人。徐真人,青州从事,北海人也。后因越上虞人魏伯阳,造《五相类》,以解前篇,遂改为《参同契》。更有淳于叔通,补续其类,取象三才,乃为三卷。"③五代时期,彭晓作《周易参同契通真义序》,认为魏伯阳"得《古文龙虎经》,尽获妙旨,乃约《周易》,撰《参同契》三篇。又云未尽纤微,复作《补塞遗脱》一篇,继演丹经之玄奥。所述多以寓言借事,隐显异文,密示青州徐从事,徐乃隐名而注之。至后汉孝桓帝时,公复传授与同郡淳于叔通,遂行于世"④。据彭晓所言,《参同契》乃是魏伯阳一人所撰,后传授给徐从事,徐从事为之作注。至汉桓帝时,魏伯阳又将此书传授给淳于叔通。当今学者孟乃昌对彭晓所言提出了异议,他考证"阴注"本乃唐时古本,比彭晓注更早。据"阴注"本序言,孟乃昌认为彭晓对这三人的排列顺序出现了混乱,应该是"徐从事、淳于叔通、魏伯阳依序或为作者,或为传注者"⑤。

二、《参同契》文体杂糅的文本特色

《参同契》包含了三言、四言、五言诗、骚体辞赋、散体文、歌体多种文学体裁。这种文体杂糅的文本现象,引得历代学者对之多有讨论。彭晓认为《参同契》乃魏伯阳一人所撰,那么这种文体杂糅的现象则是魏伯阳有意而为之。但俞琰却认为:"魏伯阳作《参同契》,徐从事笺注,简编错混,故有四言、五言、散文之不同。"⑥明徐渭在《书〈古文参同契〉误识》一文中提

---

① 参詹石窗《道教文学史》,张松辉《先秦两汉道家与文学》,张成权《道家、道教与中国文学》。
② 孟乃昌:《周易参同契考辩》,上海:上海古籍出版社1993年版,第52—56页。
③ 周全彬、盛克琦编校:《参同集注——万古丹经王〈周易参同契〉注解集成》,北京:宗教文化出版社,2013年版,第3页。
④ 彭晓:《周易参同契通真义·序》,《文渊阁四库全书》第1058册,第511页。
⑤ 孟乃昌:《周易参同契考辩》,上海:上海古籍出版社,1993年版,第1页。
⑥ 俞琰:《周易参同契发挥》,《文渊阁四库全书》第1058册,第731页。

到，明代道人杜一诚序《参同契》，"分四言者为魏之经，五言者为徐之注，赋乱辞及歌为《三相类》，为淳于之补遗"[①]。但徐渭认为"如此分合，乃大乖文理。"今人詹石窗认为，《参同契》之所以出现文体杂糅的现象，可能有以下三个原因。一是"《参同契》作者并不是有意识进行文学创作。其基本宗旨乃是为了暗示炼丹的方法。"其二，"中国文体到了汉代已有较大的发展"，"到了汉代，各种文体在表现手法上互相借鉴，彼此之间的互相影响的趋势也进一步明朗化"。第三则是"应该考虑到后人注文混入的可能性"[②]。是为的论。由于年代久远，文献缺失，我们如今已不可判断《参同契》是否成于一人之手，更无法分辨在《参同契》中何者为经、何者为注，但可以肯定的是，即使这种文体杂糅的现象并非作者有意而为之，其在创作经验上的意义与价值依然值得重视。

首先，《参同契》中出现了当时最新潮的诗歌体式——五言诗。《参同契》成书于东汉中晚期，此时诗歌创作出现了新气象，即五言诗开始兴盛。五言诗起源于民间创作。起初，文人认为五言诗难登大雅之堂，与四言之雅正不能同日而语。挚虞《文章流别论》就认为五言为"俳谐倡乐多用之"，"雅音之韵，四言为正，其余虽备曲折之体而非音之正也"[③]。故在很长一段时间内，很少有文人创作五言诗。直至东汉末年，五言诗的创作在下层文人手中趋于成熟并发扬光大。昭明太子修《文选》集录的"古诗十九首"，代表了东汉末年五言古诗的最高成就，刘勰盛赞其为"五言之冠冕"[④]，钟嵘称其"一字千金"[⑤]。逯钦立《先秦汉魏晋南北朝诗》收录了四十六首汉代文人五言诗[⑥]。当今学界据此认为，目前可见保存完整的文人五言诗只有这四十余首[⑦]。

然而，在《参同契》中保留了大量五言诗。姑且不谈其诗歌价值，单从数

---

① 徐渭：《青藤书屋文集》卷三十，《丛书集成初编》第2160册，第376—377页。
② 詹石窗：《中国道教文学史》，上海：上海文艺出版社，1992年版，第32—33页。
③ 挚虞：《文章流别论》，见严可均：《全晋文》，北京：中华书局，1958年版，第1905页。
④ 范文澜：《文心雕龙注》，北京：人民文学出版社，1958年版，第66页。
⑤ 曹旭：《诗品笺注》，北京：人民文学出版社，2009年版，第45页。
⑥ 逯钦立：《先秦汉魏晋南北朝诗》"汉诗"卷十二，北京：中华书局，1983年版，第329—343页。
⑦ 马积高、黄钧：《中国古代文学史》，长沙：湖南文艺出版社，1992年版，第260页。袁行霈主编的《中国文学史·秦汉卷》也认为："今所存古诗除《古诗十九首》外，其余完整者不足20首，其中有的还是乐府诗。……逯钦立《先秦汉魏晋南北朝诗》对古诗与苏李诗搜罗颇为完备，见该书"汉诗"卷十二。"见袁行霈：《中国文学史》（第二版），北京：高等教育出版社，2005年版，第235页。

量而言，这些五言诗也值得人们重视。因为这些作品的存在，可补充说明东汉末年民间五言诗流传、创作的情况。《参同契》本不分章，彭晓开始为之区别章节，故我们也依彭晓区分的章节，来区分每首五言诗。据此，《参同契》上卷有29首五言诗，中卷有4首，共计33首五言诗。这些五言诗篇幅长者可达28句，短者为4句，近四百行，占据了《参同契》的主要篇幅。

那么《参同契》为何大量采用五言诗进行丹书的撰写？笔者认为在东汉中晚期，魏伯阳所行炼丹术还停留在民间，并未被统治阶层所接受并推行。而魏伯阳要推行自己的炼丹术，并将丹经传之后人，必然要从下层文人那里寻找契机，那么魏伯阳对被贵族视为"下里巴人"的五言诗就易于接受，并用之于丹书的写作。

《参同契》中的五言诗，大多为炼丹口诀，很多诗歌让人感觉晦涩难懂。但是，由于魏伯阳出身"高门"，具有较高的知识水平，其文学修养不低，因而在《参同契》中还是存在一些通俗易懂、形象生动的作品。如《参同契》上卷《世间多学士章》，诗云：

> 世间多学士，高妙负良材。邂逅不遭遇，耗火亡货财。据按依文说，妄以意为之。端绪无因缘，度量失操持。捣治羌石胆，云母及礜磁。硫黄烧豫章，泥汞相炼冶。鼓下五石铜，以之为辅枢。杂性不同类，安肯合体居。千举必万败，欲黠反成痴。侥幸讫不遇，圣人独知之。稚年至白首，中道生狐疑。背道守迷路，出正入邪蹊。管窥不广见，难以揆方来。[①]

这首诗讽刺那些学道不得法的人，虽然具有很高的才华，因没有遇到良师，自己按图索骥，烧炼外丹，以至频遭失败，最终空耗光阴、财力，一事无成。该诗体现了《参同契》对外丹术的态度，认为外丹术这种极玄秘的学问，须得在一个真正的良师指导下才有可能修炼成功，修道之士切不可在不懂药物性能、数量、火候的情况下胡乱炼制丹药。该诗语言晓畅明白，韵律自然，从诗体结构而言，已趋于成熟。再如中卷《世人好小术章》，诗云：

---

① 陈全林：《周易参同契注译》，北京：中国社会科学出版社，2004年版，第56页。

> 世人好小术，不审道浅深。弃正入邪径，欲速阏不通。犹盲不任杖，聋者听宫商。没水捕雉兔，登山索鱼龙。植麦欲获黍，运规以求方。竭力劳精神，终年无见功。欲知服食法，事约而不繁。①

该诗连用六个比喻，"犹盲不任杖，聋者听宫商。没水捕雉兔，登山索鱼龙。植麦欲获黍，运规以求方"来说明世人偏好小道小术，没有找到探寻大道的正确方法，以至落得缘木求鱼，徒劳无功的后果。这些生动形象的比喻具有较强的说服力和感染力。此类五言诗在《参同契》中不在少数。虽然《参同契》的诗歌内容为宣扬丹术，其思想价值有限，但其诗歌体制与创作艺术推动了五言诗的发展，在现有关于东汉五言诗的文献非常缺乏的情况下，《参同契》中的五言诗具有重要的文学与文献学价值。

其次，《参同契》在大量运用五言诗进行写作的同时，将三言、四言、骚体辞赋等传统典雅的文体与之杂糅在一起，呈现了一种全新的文本形态。如上文所言，即使这种文本形态的出现或许并非作者有意而为之，但是这种文体杂糅的现象却有两方面的积极意义。从文学发展史来看，将当时不入流的五言诗与古雅悠远的四言诗和辞赋置于同一部作品中，无疑体现了作者独特的文学修养与高瞻的文学眼光，有助于提升五言诗的社会地位。而从宗教理论创作方面来看，这种文体杂糅的现象大大强化了修道丹书的神秘性。炼丹之术本是秘而不宣，即使是师徒口耳相授，也得师傅亲自讲解才可通晓其中大义。如魏伯阳所言"天地至精，可以口诀，难以书传"②，但魏伯阳又顾虑重重，曰"若遂结舌瘖，绝道获罪诛。写情寄竹帛，又恐泄天符"③。故而，采用此种文体杂糅的手法进行创作，或许可以增强修道丹书的隐密性，以保天机不泄。

二、《参同契》的"隐喻"创作手法

由于《参同契》主要讲述养生及炼丹之道，暗示炼丹要领，书中充斥了大量晦涩难懂的炼丹术语。朱熹在《周易参同契考异》中感叹其"词韵皆古，奥

---

① 陈全林：《周易参同契注译》，北京：中国社会科学出版社2004年版，第99页。
② 陈全林：《周易参同契注译》，第104页。
③ 陈全林：《周易参同契注译》，第59页。

雅难通"①。《悟真篇》言:"契论经歌讲至真,不将火候着于文。要知口诀通玄处,须共神仙仔细论。"②元代阮登炳在《〈周易参同契发挥〉序》中说:"《参同契》乃万古丹经之祖,其辞古奥密微,莫可测议。然亦未有真知实践得其正传,而不能通此者也。"③

《参同契》作为早期道教丹书,除了文体杂糅的文本形态外,其最突出的特点便是大量、密集地使用隐喻之类创作手法,以至文意艰深晦涩。例如《参同契》中常以金火、金木、白虎、黄芽等意象隐喻铅;以金水、青龙、苍液、河上姹女等隐喻汞。铅能降低汞的活泼性,炼丹者常用二者炼制各种丹药。《参同契》中卷《太阳流珠章》言"太阳流珠,常欲去人,卒得金华,转而相因。化为白液,凝而至坚"。所谓"太阳流珠"即指汞,因汞为液体金属,且化学性质不稳定,故言其"常欲去人"。"金华"指铅,将铅、汞进行烧炼,汞即可化为白液,冷凝成稳定性很强的固体。又如《河上姹女章》曰:"河上姹女,灵而最神。得火而飞,不见埃尘。鬼隐龙匿,莫知所存。将欲制之,黄芽为根。"若据字面意义,不知所云,实则此"河上姹女"隐喻"真汞",而"黄芽"指"真铅"。而所谓"真汞"又非原初物质意义上的砂汞,而是特指人体内的"元神"。"真铅"特指"元精",即"天地之母气"④。"黄芽"则指"真铅"抑制"真汞"的过程及产生的元精,是元神凝聚不散的根本。此处先将人体内之元神比喻成化学性质不稳定、挥发性高的汞,再比拟成体态轻盈、可能随时飘然而去的仙女。而汞遇热则变成气体,如鬼隐龙匿,不知所踪,故而只有以黄芽为根、为母养育之,才能存而不失。

可见,作者善于将干枯的炼丹术语换置为常见的活泼的意象。这是作者有意将炼丹口诀中的真实事物隐匿起来以达到保密功能,而产生的客观效果却是大大增强了炼丹口诀的趣味性与文学性,既便于学道者记忆,又能对读者产生一定的感染力。又如下卷《升熬于甑山章》曰:

升熬于甑山兮,炎火张设下。白虎唱导前兮,苍液和于后。朱

---

① 朱熹:《周易参同契考异》,见《参同集注》,第226页。
② 张伯端撰:《悟真篇浅解》,王沐浅解,北京:中华书局,1990年版,第74页。
③ 阮登炳:《〈周易能同契发挥〉序》,出自《参同集注》,第337页。
④ 张伯端撰:《悟真篇浅解》,王沐浅解,第43页。

雀翱翔戏兮，飞扬色五彩。遭遇网罗施兮，压止不得举。嗷嗷声甚悲兮，婴儿之慕母。颠倒就汤镬兮，摧折伤毛羽。漏刻未过半兮，鱼鳞狎鬣起。五色象炫耀兮，变化无常主。滫滫鼎沸驰兮，暴涌不休止。接连重迭累兮，犬牙相错距。形如仲冬冰兮，阑干吐钟乳。崔嵬而杂厕兮，兼积相支柱。①

这篇骚体辞意象丰富，色彩斑斓，然而要读懂其中的意思却极不容易。这些看似毫不相干的华美意象堆砌在一起，其实就是说明丹术的修炼过程及表现形态。依彭晓注，此章是魏伯阳"指示丹砂水银之成象"。"甑山"是指鼎居灶上，炉坛相连而似山。白虎、苍龙、朱雀分别指金、水、火，所谓"遭遇网罗施兮，压止不得举。嗷嗷声甚悲兮，婴儿之慕母"，即比拟炼丹过程中"真汞"在水深火热中煎熬的形态；后六句则用犬牙、仲冬冰、钟乳等意象说明"真铅"炼成之后的形仪。彭晓所解为外丹术。也有学者将此章解为内丹术，认为"朱雀"为南方之象，以之比喻修道者体内之元神。元神飞扬，自然光彩耀目。可是元神一旦被元精所制，就如朱雀入了罗网。元精控制住元神，使本易飞散的元神压制不散，与元精很好地相合。"婴儿之慕母"比喻修道者体内神、气相互依恋，犹如稚子之恋母，符合自然之道。这是炼丹者常用的比喻。受元神与元精能量的激发，修道者身体内的气会发生极大的变化，有时会像地下火山喷发，岩浆流变形成钟乳石一样；有时又会如隆冬中的冰那样，晶莹剔透。这些东西混杂在一起，共同支起修道者的身体，至此内丹修炼而成。②

这种形象性思维在《参同契》中比比皆是。又如中卷《关关雎鸠章》云："关关雎鸠，在河之洲。窈窕淑女，君子好逑。雄不独处，雌不寡居。玄武龟蛇，蟠虬相扶。以明牝牡，竟当相须。"③作者引用《诗经·关雎》，其用意既非赞扬后妃之德也非歌颂爱情，而是告诫修炼"金液还丹"的道士，一定要"先明铅火之根，次认阴阳之理，孤阴不自产，寡阳不自成"的道理。作者接着申论这一观点，说："假使二女共室，颜色甚姝，令苏秦通言，张仪结媒。

---

① 陈全林：《周易参同契注译》，第134页。
② 陈全林：《周易参同契注译》，第134页。
③ 陈全林：《周易参同契注译》，第123页。

发辩利舌，奋舒美辞，推心调谐，合为夫妻。弊发腐齿，终不相知。"[1] 如果两个美女共处一室，即使让战国时期的辩士苏秦、张仪对之鼓舌如簧，游说二人结为夫妻，也是枉然。这就说明修炼丹道时阴阳相配的重要性。作者继而言："若药物非种，名类不同。分刻参差，换其纪纲。虽黄帝临炉，太一执火，八公捣炼，淮南调合，立宇崇坛，玉为阶陛，麟脯凤腊，把籍长跪，祷祝神祇，请哀诸鬼，沐浴斋戒，冀有所望。亦犹和胶补釜，以硇涂疮，去冷加冰，除热用汤，飞龟舞蛇，愈见乖张。"使用一连串的假设、比喻、典故来说明：阴阳不协而求金液还丹是不可能成功的。

这种表达炼丹技巧的作品，引经据典，连设譬喻，对于读者而言，文章语言优美，意象丰富，但要真正探知诗中本意，没有炼丹的理论知识是很难的。故朱熹在《周易参同契考异》中说："《参同契》文章极好，盖后汉之能文者为之，其用字皆根据古书，非今人所能解。"[2] 其实《参同契》之所以难解，并非是因为书中用了许多古字，而是《参同契》中大量、密集的隐喻如同深奥的密码，使人难以破译。唐宋以来出现了众多的《参同契》注本，仅《参同集注》就汇集了二十九部之多，并言"现存于世的注本有四十余种"[3]。众家各有所解，正是丹书大量、密集地使用隐喻手法所造成的结果。而《参同契》运用隐喻撰写炼丹口诀的创作方式，开创了丹经道书的写作传统。

三、《参同契》对后世丹书在创作上的影响

《参同契》以当时流行的四言诗、五言诗、骚体辞赋等记载炼丹口诀、宣扬仙术的方法得到后世道教徒的认同与传承。北宋张伯端的《悟真篇》就深受《参同契》的影响。这种影响不仅体现在修炼丹术的方法与思想上，还体现在记载炼丹术的文体选择上。《悟真篇》全书亦分三卷，上卷为16首七言四韵诗，中卷为64首七言绝句，下卷以1首五言四韵诗为总论，后有13首《西江月》词，另又有七言绝句5首，全书共有93首诗词。这种将七律、七绝、五律、词多种文体混杂在一部作品之中以传播炼丹之术的创作手法，无疑直承

---

[1] 陈全林：《周易参同契注译》，第123页。
[2] 朱熹：《周易参同契考异》，《文渊阁四库全书》第1058册，第560页。
[3] 周全彬：《参同集注》，盛克琦编校，第10页。

《参同契》。而《悟真篇》也如《参同契》，有意借用当时流行的新兴文体进行丹道的传播。13首《西江月》便是当时被视为"诗余""艳科"的难登大雅之堂的小词，而在《悟真篇》中却用于庄重严肃的丹道书写。可见，张伯端为了更好地保存丹术，传播丹道，非常乐于接受新兴文体，并以超然的气度摒弃了所谓雅、俗的偏见。

而且《悟真篇》也依魏伯阳开创的传统，大量运用隐喻手法进行创作。《悟真篇》中炼丹术语的喻体与本体的对应皆直承《参同契》，以虎、金公喻铅，以龙、姹女喻汞，以男女相配比喻炼制铅汞。如《悟真篇》卷中有诗云："华岳山头雄虎啸，扶桑海底牝龙吟。黄婆自解相媒合，遣作夫妻共一心。"[1] 此诗通篇皆是隐喻，言"汞易飞而为铅制，铅易沉而随汞升，河车运罢，元神元精在丹田凝结，成为丹母"[2] 的过程。接着又有诗言："西山白虎正猖狂，东海青龙不可当。两手捉来令死斗，化成一块紫金霜。"[3] 此诗借龙、虎的猖狂、勇猛比喻铅、汞在炼制过程中的动态，而"令死斗"更是强调铅汞炼制过程，两物发生化学反应时的猛烈状态。这些诗无不写得形神俱佳，气势磅礴，但要领悟其中真正的要义却非常困难。故张伯端又有诗云："饶君聪慧过颜闵，不遇真师莫强猜。只为丹经无口诀，教君何处结灵胎？"[4] 可见，借隐喻来撰写丹经，正是炼丹者们特意选择的创作手法，而诗歌又正是最擅长用意象来表达真实情感或意图的文学体裁。诗歌的审美特质，在于意象的朦胧、跳跃、留白可以让读者依凭自己的生活经历与情感体验产生联想。对于既要严守丹道精义，又能传承丹道秘术的炼丹家而言，这种亦虚亦实的阅读体验正符合他们的理想，而隐喻的创作手法又完全满足了他们的实际需求。诗中的隐喻意象增强了炼丹诗文的神秘性，形成了丹书所特有的创作风格。这些想象丰富、意象华美、意蕴幽微的炼丹诗文，在道教文学史上据有重要地位。

除此之外，《参同契》在传授炼丹口诀的同时，也伴随作者对仙道的推崇与鼓吹。《参同契》下卷即是作者宣扬仙道与丹道的诗、辞。文曰：

---

[1] 张伯端撰：《悟真篇浅解》，王沐浅解，第58页。
[2] 张伯端撰：《悟真篇浅解》，王沐浅解，第59页。
[3] 张伯端撰：《悟真篇浅解》，王沐浅解，第60页。
[4] 张伯端撰：《悟真篇浅解》，王沐浅解，第124页。

惟昔圣贤，怀玄抱真。服炼九鼎，化迹隐沦。含精养神，通德三元。津溢腠理，筋骨致坚。众邪辟除，正气常存。累积长久，化形而仙。忧悯后生，好道之伦。随傍风采，指画古文。着为图籍，开示后昆。露见枝条，隐藏本根。托号诸名，覆谬众文。学者得之，韫椟终身。子继父业，孙踵祖先。传世迷惑，竟无见闻。遂使宦者不仕，农夫失耘，商人弃货，志士家贫。吾甚伤之，定录此文。字约易思，事省不繁。披列其条，核实可观。分两有数，因而相循。故为乱辞，孔窍其门。智者审思，用意参焉。

法象莫大乎天地兮，玄沟数万里。河鼓临星纪兮，人民皆惊骇。晷景妄前却兮，九年被凶咎。皇上览视之兮，王者退自后。关键有低昂兮，周天遂奔走；江淮无枯竭兮，水流注于海。

……

自然之所为兮，非有邪伪道。若山泽气相烝兮，兴云而为雨。泥竭遂成尘兮，火灭化为土。若檗染为黄兮，似蓝成绿组。皮革煮成胶兮，曲蘖化为酒。同类易施功兮，非种难为巧。

惟斯之妙术兮，审谛不诳语，传于亿世后兮，昭然而可考。焕若星经汉兮，昺如水宗海。思之务令熟兮，反复视上下。千周粲彬彬兮，万遍将可睹。神明或告人兮，心灵忽自悟。探端索其绪兮，必得其门户。天道无适莫兮，常传与贤者。[①]

这些文字既对作者为何要修炼丹道、创作《参同契》的原因进行了解释说明，又对《参同契》前文所述修炼丹道的方法进行了提炼与总结。作者从远古圣贤修炼丹术、澡雪精神最终飞升成仙出发，说明凡人修仙是可行的，值得毕生追求；然而后生者却不明大道，妄修道术，误入歧途，以至沦入贫困潦倒之境地。故作者产生了同情悲悯之心，仿照《诗经·国风》，学习上古典籍，将自己的金丹大道之术写出来以便开示后学。这些诗、辞鼓吹仙道与仙术，颇有游仙文学的意味。同样，《悟真篇》中也有游仙体裁的诗作，如"梦谒西华到

---

① 俞琰：《周易参同契发挥》，《文渊阁四库全书》第1058册，第711—724页。

九天，真人授我《指玄篇》。其中简易无多语，只是教人炼汞铅"① "华池饮罢月澄辉，跨个金龙访紫微。从此众仙相见后，海田陵谷任迁移"② 便是成熟的游仙诗了。

结 论

综上所述，《参同契》作为万古丹经之祖，不唯在丹道思想、炼丹术上为后世开创了丹道传统，而且其丹书的撰写也独具一格，形成了丹书的创作风格。其各种文体杂糅的文本形态，以及大量使用隐喻的创作手法，是丹书既要传承丹道，又要严守秘术下的最佳选择。而将新兴的五言诗引入丹书的写作，又体现了魏伯阳等人宽阔的文学视野。《参同契》倡之于前，《悟真篇》继之于后，将文学审美与丹道传承完美地结合起来，成为中国道教丹道史上不可逾越的高峰，也是道教文学史上不可忽视的经典之作。

---

① 张伯端撰：《悟真篇浅解》，王沐浅解，第47页。
② 张伯端撰：《悟真篇浅解》，王沐浅解，第105页。

论"汉武故事"修辞性叙事的宗教意义

刘湘兰

中山大学中国语言文学院

大约在东汉末年到两晋时期,形成了以汉武帝刘彻求仙活动为主题的系列小说,分别为《汉武帝别国洞冥记》(下文皆称《洞冥记》)、《汉武帝内传》《汉武故事》及《海内十洲记》。[①]《汉武故事》以汉武帝求仙活动为核心,记载了汉武帝从出生到死亡整个人生历程中的奇闻异事,其间涉及"金屋藏娇""相如论赋"等史实。《海内十洲记》《洞冥记》皆为博物志之体裁。这两部小说以汉武帝求仙事为缘起,宣扬神仙胜境,介绍殊方异域的神奇事物。文中的汉武帝只是一条线索,人物间杂在各种奇异的事物之中,仅起串联作用。《汉武帝内传》对汉武帝夜会西王母的场景进行了浓墨重彩的渲染。这些故事的建构,糅合了历史、小说、博物志、神话等一系列的文体要素,以汉武帝的求仙活动为线索,组成一个个相对紧凑的叙事文本。那么汉武帝的求仙活动是作者所要表达的核心吗?非也!作者借助汉武求仙,所要宣扬的是道教教义。可以说,这些作品是早期道教徒为确立、提升其教派的地位而撰写的宣传数据。那么,这些道教小说是怎样来达到宣教的目的?本文将从修辞性叙事的角度对其进行解读。

所谓"修辞",《中国现代汉语辞典》的定义是:"修饰文字词句,运用各种表现手法,使语言表达得准确、鲜明而生动有力。"[②]这是语言学意义上的修辞。在西方诸语言中,修辞如英语中的rhetoric"更含有美学上的创造

[①] 这些作品的成书时代皆有争议,但大多数学者认为诸书成于东汉末年、魏晋或六朝时期。本文中相关作品的引文皆出自《汉魏六朝笔记小说大观》,上海:上海古籍出版社,1999年版。

[②] 《中国现代汉语辞典》,北京:商务印书馆,1977年版,第1155页。

意义,是叙事的核心功能之一"①。美国学者詹姆斯·费伦的《作为修辞的叙事》一书,专门探讨西方叙事文学怎样运用修辞对其进行解读。他在该书"前言"中说:"把叙事当做修辞,这是什么意思?……即对一个特定叙事给以修辞性解读。"②他认为:"'作为修辞的叙事'这个说法不仅仅意味着叙事使用修辞,或具有一个修辞维度。相反,它意味着叙事不仅仅是故事,而且也是行动,某人在某个场合出于某种目的对某人讲一个故事。"③也就是说作为修辞性的叙事,不仅包括故事本身,也包含作者、读者、叙述的动机、由这种动机带来的影响或者说是读者的接受,这就存在作者、读者与故事内容之间的相互联系。浦安迪在《中国叙事学》中说道:"这里所谓的'修辞',广义地说,指的是作者如何运用一整套技巧,来调整和限定他与读者、与小说内容之间的三角关系。狭义地说,则是特指艺术语言的节制性的运用。"④因此,我们可以从更开放的观念来阐释"汉武故事"系列,对其叙事进行修辞性解读;追问作者的创作意图;从新的研究视角获得更深、更广的宗教思想的接受。

一、"汉武故事"系列形成的背景

汉代神仙方术思想盛行。《汉书·艺文志》著录"神仙家"作品十部,二百零五卷;"阴阳家"类著录的《容成子》;"小说家"类著录有《黄帝说》《封禅方说》等,都是神仙方术之言。何谓神仙?《说文》一上示部释"神"字曰:"神,天神,引出万物者也。"《礼记·祭法》云:"山林川谷丘陵,能出云为风雨,见怪物,皆曰神。"《说文》八上人部,解释"仙":"仚,人在山上貌,从人山。"又写作"僊":"僊,长生僊去,从人䙴。"刘熙《释名·释长幼》云:"老而不死曰仙。仙,迁也,迁入山也。故其制字,人旁作山也。"可见,在古人的思想意识形态中,神仙是居于山林,能引出万物,能为风雨云雾,老而不死的神异群体。《汉志》解释曰:

---

① 浦安迪:《中国叙事学》,北京:北京大学出版社,1996年版,第102页。
② 詹姆斯·费伦:《作为修辞的叙事》,陈永国译,北京:北京大学出版社,2002年版,第8页。
③ 詹姆斯·费伦:《作为修辞的叙事》,陈永国译,第14页。
④ 浦安迪:《中国叙事学》,第102页。

> 神仙者，所以保性命之真，而游求于其外者也。聊以荡意平心，同死生之域，而无怵惕于胸中。然而或者专以为务，则诞欺怪迂之文弥以益多，非圣王之所以教也。孔子曰："索隐行怪，后世有述焉，吾不为之矣。"①

这些神仙思想，追求"荡意平心，同生死之域"，超越凡俗，泯灭生死，是一种超验性的境界。在历史学家和儒者眼中，神仙之说很多"诞欺怪迂之文"，恍惚无形，怪诞迂远，不可求证，故孔子斥之。然而在汉武帝之世，神仙方术思想大行其道。

汉武帝刘彻16岁即皇帝位，在位54年。其在位期间推行儒术，创立年号，开疆拓土，文治武功，是中国历史上最著名的帝王之一。汉武帝在历史上的赫赫名声，还与其醉心于仙道有关。历史上的汉武帝为求长生，亲自出巡，封禅之礼"遍于五岳、四渎"，穷尽一生的力量追求长生不老，祈望羽化成仙。司马迁《史记·封禅书》记载其"尤敬鬼神之祀"。汉武帝曾经重用过的方士有神君、李少君、少翁、栾大、公孙卿等人。由于汉武帝对这些神仙方术之士极度礼遇，以至于"海上燕齐之间，莫不扼腕而自言有禁方、能神仙矣"。武帝常"遣方士求神怪采芝药以千数"。然而，所有这一切最终都没有应验。晚年的汉武帝对神仙之事有些怀疑，但是他求仙的愿望却至死都没放弃。由于贵为帝王的身份，而且至死都在身体力行地推行方士神仙之术，他的行为导致了后代方士神仙之术的大肆盛行，以致"方士言神祠者弥众"。由此，汉武帝也成为后代道教徒、小说家津津乐道的人物。

祭祀之礼本是中国古老宗教信仰。早在《尚书·尧典》就有"肆类于上帝，禋于六宗，望于山川，遍于群神"之说。到汉代，祭祀众神更成为安邦定基的重要内容。《礼记·祭法》强调"有天下者祭百神"。又说："此五代之所不变也。"《汉志》"礼"类下收录有《古封禅群祀》二十二篇、《封禅议对》十九篇、《汉封禅群祀》三十六篇；"小说家类"著录有《封禅方说》十八篇。司马迁《史记》也专门撰写《封禅书》，记叙有史以来祭礼山川神祇之历史。而汉武帝更是把封禅之事推到了史上最高峰。这是宗教史上汉武帝形

---

① 班固：《汉书》，北京：中华书局，1962年版，第1780页。

象形成的历史原因。

这种自古以来的自然崇拜、鬼神崇拜和战国至秦汉时期盛行的神仙方术之风相互结合，在老庄哲学和汉代黄老之学的包装下，在东汉末年形成了中国唯一一个本土宗教：道教。道教信仰的核心为神仙崇拜。既能追求现世的享乐，又能长生不老，超越自然生死规律的束缚，是道教徒们的最高理想。这种理想要得到统治者的认同与接受。那么爱好神仙方术的汉武帝便成了道教徒们宣教的重要武器，而汉武帝的一生也被涂抹上了各种各样神奇怪诞的色彩，形成了与史统迥异的汉武帝形象。

二、"汉武故事"系列的修辞性叙事概说

汉武故事系列中，《海内十洲记》与《洞冥记》是博物体道教小说。与其他博物体小说不同，《海内十洲记》与《洞冥记》有鲜明的核心思想；有将那些杂乱的内容贯穿起来的线索。其核心思想即是道教神仙胜景、殊方异域中的神异风物。两部作品皆以汉武帝求仙活动为线索，将看似杂乱的内容结成一个比较紧凑的整体。这种博物体裁的使用，体现了早期道教徒颇有用心地借用博物体裁来宣扬道教教义。我们可以这么理解，《海内十洲记》与《洞冥记》是借用小说的情节结构来宣扬道教的意识形态。这意味着它们不是讲述一般的故事，而是讲述某种特殊类型的故事。而且，道教徒们只有把这些特殊的故事投放到特定的历史事件中去，才能凸显其特殊的意识形态。早期的道教徒们为宣扬道教教义，争取道教的社会地位，那么历史上真真实实存在着的、规模巨大的汉武帝求仙活动，是他们必然要加以利用的具有特殊意义的历史事件。

《海内十洲记》以排比的方式，罗列了人迹罕至、仙宫仙人群集的海上十洲的胜景及风物。该书叙述汉武帝听闻西王母谈到"八方巨海"中有祖洲、瀛洲、玄洲、炎洲、长洲、元洲、生洲、凤麟洲、聚窟洲，因此向东方朔询问这十洲的情况。东方朔本非常人，对十洲情况了如指掌，于是向汉武帝一一道来。在叙述中，间杂汉武帝对殊方异域的使者或神物表示怀疑、恐惧而最终丧失奇缘的小故事。以西海聚窟洲为例，此洲有"却死香"，能让人死而复活；又有看似弱小却比虎狼还可怕的猛兽。征和三年，西胡月支国的使者带了却死香及猛兽来见汉武帝，谁知武帝有眼无珠，不识真宝。于是使者让猛兽发声，

吓得"帝登时颠蹶，掩耳震动，不能自止"。汉武帝由于害怕这猛兽，又恨使者出言不逊，将其投入监狱。可是第二天，使者及猛兽皆不知去向。汉武帝又试燃却死香，三个月之内的死者闻到此香，果然皆得以起死回生。然而不久，此香也神秘失踪。第二年，汉武帝死于五柞宫。作者评论道："向使厚待使者。帝崩之时，何缘不得灵香之用耶？自合命殒矣！"作者对汉武帝之死的议论，表明《海内十洲记》的作者并非东方朔，而是后世的道教徒。

《海内十洲记》的文章结构颇有用意。汉武帝求仙活动是框架，是大背景，是故事发生的源头；十洲风物则是核心，是《海内十洲记》的作者刻意描写的重中之重；而在描述十洲风物时杂入的小故事，则是补充、丰富、强调、验证十洲风物的神异。这种层层相承的文章结构，使道教徒的宣教目的一步步深入，最终以汉武帝不识真宝、不重用东方朔而与仙界无缘、命丧黄泉的结局，向世人证明：即使是贵为帝王，在成仙之路上也必须遵从道教教义。在本节中，月支国使者指责汉武帝"亦乃非有道之君也。眼多视则贪色，口多言则犯难，身多动则淫贼，心多饰则奢侈"。正是东汉末年道教徒们对汉武帝的评价，也是汉武帝倾其国力求仙而不得的最合理的解释。

在《海内十洲记》和《洞冥记》中，作者在博物体的基础上，努力营造出历史的真实性。《海内十洲记》时有表明历史真实的汉武帝年号；又刻意记载东方朔这一历史人物在汉武帝时期的真实境况，如文末说"朔谓滑稽，逆知预观帝心，故弄万乘，傲公侯，不可得而师友，不可得而喜怒，故武帝不能尽至理于此人"。可见作者刻意追求文本叙述的真实性，而他在这貌似历史的叙述中，又借用传闻、小说中的情节建构来表明其创作的主旨是宣扬道教的意识形态。

相对《海内十洲记》，《洞冥记》的历史意味更浓厚，作者以编年体的方式，记载汉武帝的求仙活动和殊方异域的君主向汉武帝进贡的神奇物品。作者对西域的奇异之物津津乐道，毫不惜笔墨。如卷二：

  元封中……起神明台，上有九天道金床、象席，虎珀镇杂玉为簟。帝坐良久，设甜水之冰，以备洪濯酌。瑶琨碧酒，炮青豹之脯。果则有涂阴紫梨，琳国碧李。仙众与食之。

  吠勒国贡文犀四头，狀如水兕，角表有光，因名明犀。置暗中有光影，亦曰影犀。织以为簟，如锦绮之文。此国去长安九千里，在日南。人长七尺，被发至踵，乘犀象之车。乘象入海底取宝，宿于鲛人之舍，得泪珠。则鲛所泣之珠也，亦曰泣珠。

甜水去虞渊八十里，有甜溪，水味如蜜。东方朔游此水，得数斛以献帝，投水于井。井水常甜而寒，洗沐则肌理柔滑。

瑶琨，去玉门九万里，有碧草如麦。割之以酿酒，则味如醇酎，饮一合，三旬不醒。但饮甜水，随饮而醒。

涂山之背，梨大如升，或云斗。紫色，千年一花，亦曰紫轻梨。

琳国，去长安九千里。生玉叶李，色如碧玉，数十年一熟，味酸。昔韩终常饵此李，因名韩终李。[①]

这段文字描述的是元封中汉武帝建神明台，此事《史记·封禅书》《汉书·郊祀志》皆有记载。在第一段中，作者不惜花费笔墨把神明台上的物品一件件详列出来。而第二、三、四、五、六段则是对第一段中的奇异物品如"虎珀镇杂玉簟""甜水之冰""瑶琨碧酒""涂阴紫梨"等逐一进行描绘说明。作者在第二段中"鲛人泣珠"的叙述，又是志怪小说的笔法。可见作者在这篇作品中糅合了博物志、编年体及小说诸文体要素，营造出历史的真实、小说的想象及博物志的客观性等效果。这种奇特的文章结构，是要刻意体现作者的创作意图。詹姆斯·费伦认为："叙事进程是通过两种方式展开的：通过不稳定性，即人物与其环境之间或之内的不稳定关系，并通过张力，即叙述者与读者或作者与读者之间在知识、价值、判断、见解或信仰上的分歧。"[②]《洞冥记》的作者正是运用编年体例，将小说、博物志、历史进行糅合，根据读者与作者在价值、知识体系和信仰上的分歧，制造出叙事张力，在叙述进程中，引导读者根据自己的价值判断来接受道教教义。博物体部分展现的是神仙世界的美好；小说展现的是成仙的可能性及神奇性；而历史则表明神仙确实存在。三者杂糅的艺术性虽然粗糙，但对于传播道教教义的作用却不可小视。

除文章结构的安排是作者为宣扬道教教义而有意为之之外，汉武故事系列

---

① 《汉魏六朝笔记小说大观》，第128页。

② 詹姆斯·费伦：《作为修辞的叙事》，第5页。

中的人物关系的安排也颇有深意。我们以《汉武内传》中汉武帝与西王母之间的关系来展现道教发展初期的神仙家思想，以窥探作者之所以如此塑造汉武帝形象的原因，并揭示道教与君主之间的另类关系。

从修辞性叙事理论的角度来"分析人物的模式包括了三个主要部分：①含有三个组成因素的人物：模仿的（作为人的人物）；主题的（作为观念的人物）；综合的（作为艺术建构的人物）。②这些因素之间的关系随着叙事的不同而不同。③这些成分之间的关系是由叙事进程决定的"①。在西方成熟的叙事文学作品中，对于人物形象的塑造艺术性很高。从修辞性叙事理论来看，模仿的、主题的和综合的因素可能会集中在某一个人物身上。随着叙事进程的发展，这些不同因素之间的关系也在不断变化，即最初以模仿人物而出现的角色，在最后却成了一个体现观念的人物。中国古代小说的叙事还处于幼稚期，对人物的刻画更显粗劣。尤其是唐前时期，小说中人物形象、性格的组成因素是单一的。如《汉武帝内传》中汉武帝是模仿的人物，即"作为人的人物"，是宗教故事对历史真实的模仿、扮演或改造；西王母、上元夫人是主题的人物，即是以一种观念而存在的人物；东方朔等人则是作为艺术建构的人物，在他们身上既体现了人性，更充满了神秘的仙气。这三类人物在整个故事中自始至终保持着各自的叙事功能。下文从反讽与象征两个角度解读汉武帝与西方母的形象。

二、反讽语意下的汉武帝形象

在"汉武故事"系列小说中，汉武帝的形象在《汉武帝内传》中刻画得最为典型。历史上的汉武帝是一位雄才大略的帝王，这勿庸多言。但是在《汉武帝内传》中，其形象却是极猥琐、极卑劣的，全没有大汉王朝帝王的气度。从文章甫一开始，作者就说汉武帝出生之异相是"景帝梦一赤彘从云中下，直入崇芳阁。景帝觉而坐阁下，果有赤龙如雾，来蔽户牖"。言外之意，武帝本为"猪"，而后才生在帝王家成"龙"。占者姚翁则直言其将为"大妖"。此后的行文中，在西王母与上元夫人面前，汉武帝始终是一种卑微的、愚昧的形象。现将汉武帝的一系列言行罗列如下：面对西王母的女使者王子登，"帝下

---

① 詹姆斯·费伦：《作为修辞的叙事》，第4—5页。

席,跪诺。"在静候西王母来临时,汉武帝"盛服立于陛下"。迎接西王母驾到,"帝跪拜,问寒温。毕,立如也"。"帝乃下地叩头,自陈曰:'彻受质不才,沉沦流俗,承禅先业,遂羁世累。政事多阙,兆民不和,风雨失节,五谷无实。德泽不建,寇盗四海,黔首劳毙,户口减半,当非其主,积罪丘山。'"。"帝跪曰:'彻小丑贱生,枯骨之余,敢以不肖之躯而慕龙凤之年。……如以涉世千年救护死归之日,乞愿垂哀,诰赐彻元元。'"王母意欲离去,"帝叩头,请留殷勤。王母乃止"。"帝下席跪谢,曰:'臣受性凶顽,生长乱浊,面墙不启,无由开达。然贪生畏死,奏灵敬神,今日受教,此乃天也。辄戢圣令,以为身范,是小丑之臣当获生活。唯垂哀护,愿赐元元。'""帝固请不已,叩头流血。"①

那么西王母与上元夫人又是怎么对待和评价贵为天子的汉武帝呢?请看下列事实:

王母出以示之,曰:"此《五岳真形图》也。昨青城诸仙就我求请,当过以付之。乃三天太上所出,文秘禁极重。岂女秽质所宜佩乎?"

王母曰:"……然女情恣体欲,淫乱过甚,杀伐非法,奢侈其性。恣则裂身之车,淫为破年之斧,杀则响对,奢则心烂,欲则神陨,聚秽命断。以子蕞尔之身,而宅灭形之残,盈尺之材,攻以百刃之害,欲此解脱三尸,全身永久,难可得也。"

夫人笑曰:"五浊之人,耽湎荣利,嗜味淫色,固其常也。且彻以天子之贵,其乱目者倍于常人焉。"

上元夫人谓帝曰:"女好道乎?闻数招方士,祭山岳,祠灵神,祷河川,亦为勤矣。而不获者,实有也。女胎性暴,胎性奢,胎性淫,胎性酷,胎性贼,五者恒舍于荣卫之中,五藏之内,虽锋芒良针,固难愈矣。……今阿母迁天尊之重,下降于螻蛄之窟,屈霄虚之灵而诣孤鸟之组。"②

---

① 《汉魏六朝笔记小说大观》,第 141、142、143、144、146、148、151 页。
② 《汉魏六朝笔记小说大观》,第 149、143、147—148 页。

结合汉武帝自轻自贱的表现，再加上西王母与上元夫人对其极其严厉的诋毁斥责，可知在《汉武帝内传》中存在这样一种核心思想，即世俗帝王与神仙家是绝对不平等的。平素至高无上的帝王，此刻变成了一个小丑，被神仙们讽刺、挖苦甚至谩骂。在神仙面前，帝王本该有的尊严与权威荡然无存，这无疑是一个极大的具有讽刺意味的结构。而这样一种叙事所体现的思想理念，一直是早期道教或神仙家们执着追求的地位与价值。《史记·封禅书》也有相类似的记载：

> 天子亲如五利之第。使者存问供给，相属于道。自大主将相以下，皆置酒其家，献遗之。于是天子又刻玉印曰"天道将军"，使使衣羽衣，夜立白茅上，五利将军亦衣羽衣，夜立白茅上受印，以示不臣也。①

据司马迁记载，汉武帝信任方士栾大，封其为五利将军。后又派使者授"天道将军"印。授玉印的方式是奇特的。使者衣羽衣，夜立白茅上。五利将军也如法炮制，而不是如世俗人臣那样跪受封印。这样做的寓意很明显，即"以示不臣"。神仙家不乐于向帝王称臣，其地位至少是平等的。在《神仙传》中此类世俗君权与神仙信仰相对抗的富有寓意的故事也较多。如《神仙传》卷八《卫叔卿传》记载，卫叔卿去见汉武帝，汉武帝说："子若是中山人，乃朕臣也，可前共语。"由于"叔卿本意谒帝，谓帝好道，见之必加以优礼，而帝今云是朕臣也，于是大失望，默然不应，忽焉不知所在。"这两则故事里，神仙与帝王的对立是鲜明的。

而《汉武帝内传》是以一种更为虚诞、更为强烈的方式，强调了宗教信仰必然凌驾于世俗权力之上的观点。汉武帝也从一个尊贵的帝王，被贬为神仙家眼里的胎性暴、奢、淫、酷、贼的"下土浊民"。因此我们可以说，汉武帝在这个故事里，只不过是一个符号，一个象征，一种反讽，作者所要刻画的并不是汉武帝本身，而是他象征的世俗权力。作者正是借用其帝王身份，强调神仙至高无上的地位。这反映早期道教与统治者之间的一种绝对不谐和的关系。这

---

① 司马迁：《史记》，北京：中华书局，1959年版，第1391页。

正是汉武帝这一人物形象在《汉武帝内传》这篇小说中自始至终的叙事意义。

三、西王母的象征意义

再来分析西王母的形象。在《山海经·西山经》中西王母的形象是"其状如人,豹尾虎齿而善啸,蓬发戴胜,是司天之厉及五残"①。《山海经·大荒西经》对西王母的生活环境及形象也有相似记载:"西海之南,流沙之滨,赤水之后,黑水之前,有大山,名曰昆仑之丘……其下有弱水之渊环之。其外有炎火之山,投物辄燃,有人戴胜,虎齿,豹尾,穴处,名曰西王母。"②神话中的西王母相貌极丑陋,似兽非人,而且管理"天之厉及五残",即是"主知灾厉五行残杀之气"的神祇。

在《庄子·大宗师》里,西王母开始具有"不死"的能力。其文曰:"夫道,……西王母得之,坐乎少广,莫知其始,莫知其终。"③这不知其始终的人生状态,正说明西王母是长生不死的。《淮南子·览冥训》明确说明了西王母的不死仙术。她不仅自己可以长生不死,她还手握不死之药,可以帮助别人长生不死。如《淮南子·览冥训》记载:"羿请不死之药于西王母,姮娥窃以奔月。"④西王母的不死药,有飞升成仙的功效。《穆天子传》里的西王母为西方一个诸侯,她身为"帝女",彬彬有礼、体恤下民且富有才艺。在《汉武故事》中,西王母的形象模糊不清。我们只知道她"乘紫车,玉女夹驭,载七胜履玄琼凤文之舄"⑤。而到了《汉武内传》中,西王母摇身一变,成了一位年约三十许、和蔼可亲的绝世美人,西王母形象的转变,标志了西王母由神话之神转变为宗教之神。

两汉时期,西王母信仰已在民间广为流传。《汉书》及《后汉书》对西王母在民间的影响力多有记载。如汉哀帝建平四年(公元前3年)出现了震荡全国的"西王母"事件。《汉书·五行志》记载如下:

---

① 袁珂校注:《山海经》,成都:巴蜀书社,1996年版,第59页。
② 袁珂校注:《山海经》,第466页。
③ 郭庆藩:《庄子集释》上册,北京:中华书局,2010年版,第246—247页。
④ 何宁:《淮南子集释》上册,北京:中华书局,2011年版,第501页。
⑤ 《汉魏六朝笔记小说大观》,第173页。

> 哀帝建平四年正月，民惊走，持稾或棷一枚，传相付与，曰行诏筹。道中相过逢多至千数，或被髮徒践，或夜折关，或逾墙入，或乘车骑奔驰，以置驿传行，经历郡国二十六，至京师。其夏，京师郡国民聚会里巷仟伯，设张博具，歌舞祠西王母。又传书曰："母告百姓，佩此书者不死。不信我言，视门枢下，当有白发。"至秋止。①

本事在《汉书·哀帝纪》中也有简略记载。民间发生大恐慌，百姓手持西王母的"行诏筹"四处奔走。所谓"行诏筹"，是被认为来自西王母的神秘"诏书"，即文中提到的"稾"或"棷"。颜师古注引如淳曰："棷，麻干也。"师古自注曰："稾，禾秆也。"这场恐慌经历二十六郡国传至京师，长安的民众也集聚于里巷，张博具，以歌舞祭祀西王母。此时又有西王母的"传书"，说只要佩带此书，可免不死。而不信西王母的家庭，其门枢下会有白头发出现。这场恐慌从正月发生，至秋乃止。时间之长、空间之广、涉及民众之多，无需多言。可见西汉末年，西王母信仰已在民间形成，而且此时的西王母为一白发老母，具有拯救人们度过灾难的神力。

在讲究羽化成仙、长生不老的早期道教思想里，作为正神之首的西王母如果呈白发苍苍的老态，自然无法服众。如司马相如《大人赋》就认为："低徊阴山翔以纡曲兮，吾乃今日睹西王母。皓然白首戴胜而穴处兮，亦幸有三足乌为之使。必长生若此而不死兮，虽济万世不足以喜。"② 如果只是长生不死，却要穴处，并老态毕现，这对于追求现实享乐的士大夫阶层而言，确实"虽济万世不足以喜"。虽然神话里的西王母是符合中国古老的神仙意象，然而"老而不死曰仙"，这对于神仙家与道教徒而言，是亟需改造的地方。在不死的状态下永远保持青春的容貌，才是他们追求的理想状态。如《史记·封禅书》记载李少君向汉武帝进献的方术就有"却老方"。

因此，道教徒要对"豹尾虎齿而善啸"的西王母进行重塑。这便是《汉武帝内传》中的西王母形象了。在《汉武帝内传》中，西王母仅仅保留了"善啸"的特点，她"啸命灵官，使驾龙严车欲去"③。在西王母神话原型的基础上，道

---
① 班固：《汉书》，第1476页。
② 龚克昌：《汉赋新选》，武汉：湖北教育出版社，2001年版，第81页。
③ 《汉魏六朝笔记小说大观》，第146页。

教徒大肆加以改造，发挥其想象力，创造了一个以西王母为核心的神仙系统。如玉女王子登、董双成、许飞琼等，还有历史人物董仲舒、东方朔、李少君，都是西王母神仙谱系里的组成部分。《汉武帝内传》中的上元夫人，是道教徒凭空虚构的一个人物。据西王母的介绍，上元夫人"是三天真皇之母，上元之官，统领十方玉女之名录者也"。来头很大，排场自然不会小。其文曰：

> 俄而当二时许，上元夫人至，来时亦闻云中箫鼓之声。既至，从官文武千余人，皆女子，年同十八九许，形容明逸，多服青衣，光彩耀目，真灵官也。夫人年可廿余，天姿清辉，灵眸绝朗，服赤霜之袍，云彩乱色，非锦非绣，不可名字。头作三角髻，余发散垂至腰，戴九灵夜光之冠，带六出火玉之佩，垂凤文琳华之绶，腰流黄挥精之剑。上殿向王母拜，王母坐而止之，呼同坐，北向。夫人设厨，厨亦精珍，与王母所设者相似。王母敕帝曰："此真元之母，尊贵之神，汝当起拜。"①

上元夫人的排场让一个人间帝王也自愧弗如。其衣服佩饰皆非人间所有，她年轻貌美、地位尊贵、物质繁华、长生不老。所有人世间人们追求与向往的理想境界都集中在这两位女神身上。在她们身上，投射了道教徒修炼时追求的最理想状态：既脱离了现世生老病死的羁绊，又能享受无穷的荣华富贵。尤其是西王母形象的演变，深刻体现了道教或神仙家的思想理念。而这样的人物，又承担了宣扬道教教义的功能。在《汉武帝内传》中，长篇累牍的道教教义正是通过西王母与上元夫人的口中源源不断地流出，使这篇小说的道教性质得到了最大的体现。

如此可见，《汉武帝内传》中的西王母与上元夫人只是一个象征、一种寓意，是道教徒们精心改造的属于观念的人物。如黑格尔所言"象征一般是直接呈现于感性观照的一种现成的外在事物，对这种外在事物并不直接就它本身来看，而是就它所暗示的一种较为广泛较普遍的意义来看"。"象征首先是一种符号……感性事物或形象，很少让人只就它本身来看，而更多地使人想起一种

---

① 《汉魏六朝笔记小说大观》，第147页。

本来外在于它的内容意义。"[①] 道教形成初期，为了向世人传播其教义，建立自己的神仙谱系，是必要的。因为抽象艰深的教义、极其残酷的修炼过程，是难以激发起民众的信仰与兴趣。只有虚构出能全面、直观地体现道教理想境界的神仙形象如西王母、上元夫人，来表现其理想境界之可羡、可求和可得，才能起到宣扬道教教义的作用。《汉武帝内传》作为一部道教小说，西王母与上元夫人的形象是干瘪的，毫无生机的。之所以会有如此拙劣的叙事效果。归根结底，是作者的本意只是把她们作为宣教的工具，在她们身上综合了道教的理想与追求。她们只是道教观念的体现，是观念化的人物，正如三国魏王弼《周易略例·明象》所言"触类可为其象，合意可为其征"。她们身上所有的事物都是象征着神仙世界的美好。作者不遗余力地对西王母和上元夫人的服饰、美貌、排场进行刻画，其目的不仅仅是要展示两位女仙的奢华，而是希望读者在欣赏这些华丽的文字时，会浮想联翩到道教的理想追求，甚至付出毕生的努力去实践这种追求，如南宋罗愿《尔雅翼》所谓"形着于此，而义表于彼"是也。

综上所述，"汉武故事"系列作为道教小说，其表现形态比较复杂。这些作品都是在汉武帝求仙的真实历史背景下，将博物志、小说、神话、编年体史书各种文体因素综合起来，根据读者与作者在知识体系、价值判断和宗教信仰上的差异，制造出叙事张力，由此引导读者根据自己的价值判断来接受道教教义，揭示汉武帝求仙的宗教意义；解释神仙为真实的存在；强调道教正是为人们摆脱自然规律的生老病死，又能永享无尽的繁华而努力。"汉武故事"系列的作者运用象征、排比、反讽等种种修辞方式，对汉武帝的历史形象进行改造，将其塑造成一位在神仙家眼中卑微无能的下土浊民；而西王母则从"豹尾虎齿而善啸"的怪物，进化到象征着道教理想境界的神仙领袖，由此强调道教信仰具有凌驾于世俗皇权之上的崇高地位。所有这一切的最终目标就在于宣扬道教的意识形态，提升其社会地位。这正是"汉武故事"系列的终极宗教意义。

---

① 黑格尔：《美学》第二卷，朱光潜译，北京：商务印书馆，1979年版，第10页。

"天文"与"人文"的交合

——道教"天书—真文"观念的神学内涵及其文学意义

赵 益

南京大学 文学院

道教具有崇尚文字经籍以及注重仪式性书写的传统，并由此产生了一系列关于语（文字、文章）、言（语言和言说）的观念。追根溯源可以发现，道教此一传统以及相关语、言观念体系其实是其"天书—真文"宗教神学思想的逻辑衍生。对此，当代研究者们已经给予了较多的揭示。[①] 不过，"天书""真文"作为道教宗教性的典型内容之一，迄今为止的研究在表揭之后，往往重于思想哲学意义的阐述和道教史角度的考察，而甚少神学内涵方面的深入讨论。具体而言就是：相关研究尚未充分注意到"天书""真文"实质上是一种宗教

---

① 相关研究甚多，不能一一列举。早先的西方研究，可见索安（Anna Seidel）《西方道教研究编年史》（吕鹏志等译，中华书局，2002年版）中"神圣的经典"一节的综述；近期则有劳格文（John Lagerway）《中国的文字和神体》，《法国汉学》第二辑，清华大学出版社，1997年版；Stephan Peter Bumbacher, Cosmic Scripts and Heavenly Scriptures: The Holy Nature of Taoist Text, Cosmos: The Journal of the Tradition Cosmology Society 11.2.（1995）pp.139-154. 本土研究中，宏观性的论述有龚鹏程：《道教新论》，台湾学生书局，1999年版，第四章《道门文字教》，卿希泰：《中国道教思想史（第一卷）》，北京：人民出版社，2009年版，第七章第二节《灵宝派的天书观与济世度人信仰》。专门性的研究有王承文：《敦煌古灵宝经与晋唐道教》，北京：中华书局，2002年版；吕鹏志：《早期灵宝经的天书观》，载郭武：《道教教义与现代社会国际学术研讨会论文集》，上海：上海古籍出版社，2003年版，谢世维：《圣典与翻译——六朝道教经典中的"翻译"》，载《中国文哲研究集刊》2007年第31期；葛兆光：《"神授天书"与"不立文字"——佛教与道教的语言传统及其对中国古典诗歌的影响》，载《文学遗产》1998年第1期；张崇富：《早期道教的文字观和经典观》，载《四川大学学报（哲学社会科学版）》2003年第4期等。

"启示"观念，并为道教"启示论"具体内涵的反映。[①]"启示"或"天启"（revelation），尽管来自于对犹太—基督教的总结，但可以被视作是文明以后世界范围内新兴宗教的共同特征之一。因为启示——"神"向人显示真理或旨意，并通过移去人所受到的封闭阻碍而使人获得开悟——是宗教的基本表象：既是"神""先知"和"人"的存在表现，也是宗教教义的产生途径和表达方式。正如宗教千差万别一样，不同宗教中启示的内涵也各有不同。道教"启示论"的性质尤其特殊，既反映了道教宗教性的特质，也赋予了其语、言乃至文学观念的独特意义。研究道教"天书—真文"如果不能认识到这一问题，显然是一个重大的缺陷。

有鉴于此，本文尝试就"天书—真文"观念的神学内涵作一些专门的讨论，并重点展开其文学意义的阐述。前人时贤已经讨论过的其它方面的内容，则不再重复。

一

道教"天书—真文"观念渊源极深，表现多端，但最典型的型态起自"圣人破解自然符号并创造世界的传说和所谓神圣的玉字悬于原始空间的灵宝神话"[②]，以东晋灵宝经系统最为突出，并在此后南北朝道教义理化的过程中有所整合，至唐趋于定型。总体来看，关于"天书—真文"最为系统的归纳性描述是《隋书·经籍志》"道经序"：

> 云有元始天尊，生于太元之先，禀自然之气，冲虚凝远，莫知其极。所以说天地沦坏，劫数终尽，略与佛经同。以为天尊之体，常存不灭。每至天地初开，或在玉京之上，或在穷桑之野，授以秘道，谓之开劫度人。然其开劫，非一度矣，故有延康、赤明、龙汉、开皇，

[①] 西方学者如贺碧来（Isabelle Robinet, Taoism: Growth of a Religion. Translated by Phyllis Brooks. Stanford University Press, 1997）、司马虚（Michel Strickmann, The Mao Shan Revelations: Taoism and Aristocrcy. T'oung Pao 63, NO.1 〔1977〕：1—64）等虽然指出了道教"天书"及其经典所具有的"启示"性质，但都未能就其启示论的独特内涵展开讨论。吕鹏志《早期灵宝经的天书观》也强调了灵宝经天书的启示性，同样也未就道教"启示"本身进行具体探讨。

[②] 索安：《西方道教研究编年史》，吕鹏志等译，北京：中华书局，2002年版，第42页。

是其年号。其间相去经四十一亿万载。所度皆诸天仙上品,有太上老君、太上丈人、天真皇人、五方天帝及诸仙官,转共承受,世人莫之豫也。所说之经,亦禀元一之气,自然而有,非所造为,亦与天尊常在不灭。天地不坏,则蕴而莫传,劫运若开,其文自见。凡八字,尽道体之奥,谓之天书。字方一丈,八角垂芒,光辉照耀,惊心眩目,虽诸天仙,不能省视。天尊之开劫也,乃命天真皇人,改啭天音而辩析之。自天真以下,至于诸仙,展转节级,以次相授。诸仙得之,始授世人。①

《隋书·经籍志》"道经序"撰于道教整合基本完成的唐初,成于魏征等史家之手,故其归纳较为理性客观。不过,出于当时观念所限,史实叙述既较为粗放,亦不尽准确。比如"元始天尊"经过了一个演化过程方成为道教的共同尊奉;吸收佛教因素而产生的"天地沦坏、劫数终尽"末世观念,大约只是灵宝一系的思想,并不能代表当时流行的末世论的全部,等等。但总的来说,《隋书·经籍志》"道经序"对"天书""真文"的归纳仍是简明扼要且能反映其思想实质的。

以《隋书·经籍志》"道经序"为基础,结合东晋南北朝古道经(包括灵宝、上清和其它道经)所述,此一观念的基本逻辑是:

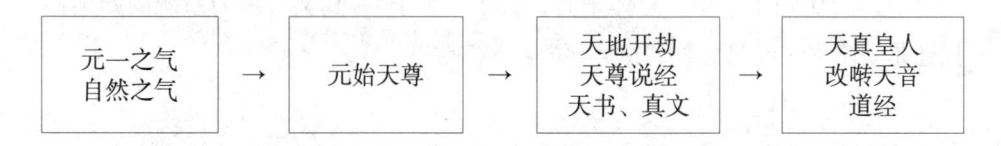

元一之气 自然之气	→	元始天尊	→	天地开劫 天尊说经 天书、真文	→	天真皇人 改啭天音 道经

很明显,其中最重要的实质性内涵就是"天文""真书"的发生之源是"元一之气"。"气"的思想渊源有自,它是中国早期思想中宇宙论观念的主要形态。但早期思想中的"气"只是宇宙的原始形态和物质之源,并不具备终极原则的意义。灵宝系新道教以"气"为"先天地而生",无始无终、无生无灭;由气蕴育"元始天尊",敷说同样禀气而生的"天书、真文"以开劫度人。这就是视"气"为创辟之元和启示本体,赋予其宗教至上神的意义。更重

---

① 《隋书》,中华书局标点本,1973年版,第1092页。

要的是，这一本体无论是"元一之气""自然之气"还是"飞玄紫气"，都显然是宇宙之体亦即自然之神，而并非是人格化的神。也就是说，作为创生宗教的灵宝道教所尊奉的超验至上神是宇宙本体，它包涵一切、蕴育万物，至大无外、混沌不分。当时古道经中的其它表述如"元始""空洞""无"，也基本等同于此一宇宙自然本体。

将"天书""真文"定义为所谓"三元八会"，可能是出自陆修静。《道教义枢》"十二部义"："陆先生解三才，谓之三元。三元既立，五行咸具，以五行为位，三五相合，谓之八会，为众书之元。"（《道藏》24/817[①]）在传统思想中，"三才"和"五行"本就是宇宙的生成要素，陆修静的解释同样反映出道教义理建设者强调宇宙作为启示本体的观念。在这个意义上，灵宝道教常常又将其尊奉的"五篇真文"直接视为终极之元："元始洞玄灵宝赤书玉篇真文，生于元始之先，空洞之中。天地未根，日月未光，幽幽冥冥，无祖无宗，灵文暗蔼，乍存乍亡。二仪待之以分，太阳待之以明。灵图革运，玄象推迁，乘机应会，于是存焉。天地得之而分判，三景得之而发光。"（《元始五老赤书玉篇真文天书经》，《道藏》1/774）虽然这多少出于教派内部对基本经典的神化，但因为它仍然采用了宇宙发生论的观点，所以尽管忽略了"气"的地位，在深层逻辑上并不发生矛盾。总之，以宇宙而不是人格化的神为创辟之元和启示本体，这是"天书—真文"神学内涵的最核心要素。其渊源可以远溯上古自然崇拜，近溯道家哲学和《易传·系辞》"天垂象，见吉凶，圣人象之"的原始启示观念。

作为一种启示，"天文""真书"是"自然而有，非所造为"，"凡自然真文，皆空中本有"（《上清河图内玄经》卷上，《道藏》33/819），而不是神的创造。这是"天书—真文"神学内涵的第二个重要特点，也是前述最核心要素的逻辑结果。当然，作为宗教的道教仍必须创造出神祇，以接受启示并加以解释与传布，因此开劫以后出现"元始天尊""大道"说经，并"命天真皇人，改啭天音而辩析之。自天真以下，至于诸仙，展转节级，以次相授。诸仙得之，始授世人。"（《隋书·经籍志》"道经序"）但一方面，元始天尊所说之经"亦禀元一之气，自然而有，非所造为，亦与天尊常在不灭"（《隋

[①] 明正统修、万历续修：《道藏》第24册，文物出版社等三家出版社影印本，1988年版，第817页。下同。

书·经籍志》道经序);同时,天真诸仙所做的不过是一种"辨析""转译"的笔录①,并不是自创经文。另一方面,无论是"元始天尊"还是"天真皇人"以及当时南方新道教所创造的"高上虚皇道君""高上元皇道君""玉玄太皇君""上皇道君""玉皇道君"等等仙真,人格化的色彩都相当淡漠,基本上都属于"道"的化身。

"天文""真书"并非随时降示,"天地不坏,则蕴而莫传,劫运若开,其文自见"(《隋书·经籍志》道经序)。而此一天地崩坏乃是某种宇宙自然运行的规律所致,即"其间相去经四十一亿万载"的延康、赤明、龙汉、开皇之时"劫运自开",并非神力使之显现。

以上可以显著地证明:道教更接近于"宇宙论"或"宇宙主义"式的宗教,即以宇宙自然为本体,以宇宙的本元、特征和基本规律——"道"——为信仰,通过对它的不懈追求以达到与宇宙自然本体的化合而得到解脱。中国思想中的"天""太一""元始"以及最核心的"道"究为何物,是哲学意义上的"存在"还是宗教意义上的"神",众说纷纭,见仁见智。②个人认为,无论是"天""太一"等还是"道",或许可以等同于"存在",但绝不完全等同于"神",因为它没有被拟人化。高级宗教的神之所以必然拟人化,是因为"神"的出现归根结蒂是人对人之为人的崇拜,也就是人们对于自身必然战胜客体世界的一种希冀。所以必然按照自身的形象去创造一个具有超自然力量的"神"。在道教的核心思想中,"道"并非神,而是万神之母亦即"道"化为万神。而且,无论是"道""存在"还是"神",都是宇宙自然(元始—气—天地万物)的伟力凝聚,不是应乎现实需要特别是末世灾难的社会产物。

一切文明以后的创生宗教皆以"末世论"为母体,道教的直接来源魏晋南北朝之时的各种救世运动亦不例外。但道教在整合中进行了义理化的改造,其有限的末世观念也是一种"宇宙主义"的末世论,即劫运(末世)的发生不肇自于现实的灾难和神的审判,而是基于宇宙运行的法则。灵宝道教的劫运论和上清道教的"过度壬辰",均属此类。既然宇宙规定了劫运(末世的到来),因此只有体悟道体发现宇宙的本元,遵循其所要求的规范,便能够飞升上仙,

---

① 谢世维认为,"天书—真文"中的传译观念和佛教的译经传统有关。见其《圣典与翻译——六朝道教经典中的"翻译"》,载《中国文哲研究集刊》2007年第31期,第185—233页。

② 参阅秦家懿、孔汉思:《中国宗教与基督教》,吴华译,北京:三联书店,1990年版。

超越一切。这种末世论和将旧时代的灭亡和新时代的到来视为历史与现实必然的犹太—基督教传统,迥乎不同。

"宇宙论"或"宇宙主义"式的宗教决定了道教的启示也是一种"宇宙启示",即宇宙(自然)是"神"的本元,其根本原理与基本法则——三元八会、云篆光明之章——由得道者("先知")通过与"道"或宇宙自然的契合而获得启悟,并传与向道的种民。宇宙启示的本质是指向一种绝对的客体"存在",通地对此"存在"的追求和体认实现与它的合一。宇宙启示使宇宙、自然具有了终极性的意义。

道教"天文—真书"的"宇宙论启示"实质,决定了其所具有的独特内涵。

宇宙启示往往导致神秘主义。神秘主义(mysticism,或译奥秘主义、奥秘修行)在不同的社会及宗教中有不同的表现形式,但都与宇宙的神秘化解释相关,强调心灵与神或宇宙的契合以达到解脱。道家哲学即带有原始的宇宙启示意味,因此神秘主义思想甚为显著。[①] 道教的宇宙启示本身来自于宗教式的对宇宙自然的崇拜以及由此产生的神秘解释,由此更加凸显那种消除一切主客体隔阂、使自身融合到万物的一体性亦即宇宙之中的观念,同样典型地体现出宗教神秘主义的特质。不仅如此,宇宙启示同时也会导致神秘学(occultism)倾向,即坚信并崇尚宇宙的超凡力量和宇宙深处的奥秘知识,并以此为依据发展出一系列控制外物的观念和行为。道教的宇宙启示性质,使它在这个方面的表现更为显著。

"天书—真文"实与"灵宝"观念同源一体。道教研究者指出,晋南北朝南方灵宝道教的核心"灵宝"或"秘宝"以及"秘法"思想,更多地直接采自于谶纬[②],并与晋宋之际昌兴的符瑞观念相同步。[③] 但实际上,符瑞、谶纬与道教秘宝思想根本上都源自于原始宗教信仰自然崇拜中的泛生(Animatism)

[①] 关于早期中国的神秘主义,利维雅·科恩(Livia Kohn)有详细的研究,见其《早期中国神秘主义:道家传统中的哲学和救世信仰》(*Early Chinese Mysticism: Philosophy and Soteriology in the Taoist Tradition*, Princeton University Press, 1991)。

[②] 索安:《国之重宝与道教秘宝——谶纬所见道教的渊源》,刘屹译,载《法国汉学》第四辑,北京:中华书局,1999年版。

[③] 山田利明:《〈灵宝五符〉的成立とその符瑞的性格》,安居香山:《谶纬思想の总合的研究》,图书刊行会,1984年版,第167—196页。

特别是马纳（Mana）观念。此一泛生信仰若被加以政治、社会化的改造而使之成为"预言"（prophecy），则是符瑞和谶纬；若在宇宙启示型的创生性宗教背景下发展成为秘术和仪式行为，即为道教秘宝之说。"天书—真文"就体现出后一种神秘学式的发展。①

晋南北朝道教最初建构的"天文"，原始的型态只是八个字，"字方一丈，八角垂芒，光辉照耀，惊心眩目"。《隋志》"道经序"认为此八字即是"三元八会"之天书；《道教义枢》则一方面认为"三元八会"之外"又有八龙云篆明光之章，自然飞玄之义，结空成文，字方一丈"，但另一方面又说其"肇于未天之内，生立一切"，实际上又将"八龙云篆明光之章"等同于"天书"（《道教义枢》"十二部义"，《道藏》24/817）。尽管具体表述不尽一致，"三元八会之文"与"云篆明光之章"有先后之别并无疑义，亦即《道教义枢》所总结的："阴阳初分，有三元五德八会之义，以成飞天之书，后撰为八龙云篆明光之章。"（《道教义枢》"十二部义"，《道藏》24/817）对此问题，最早明确表述的是《真诰》：

> 造文之既肇矣，乃是五色初萌，文章画定之时，秀人民之交，别阴阳之分，则有三元八会群方飞天之书，又有八龙云篆明光之章也。其后逮二皇之世，演八会之文，为龙凤之章，拘省云篆之迹，以为顺形梵书，分破二道，坏真从易，配别本支，乃为六十四种之书也。遂播之于三十六天十方上下也。各各取其篇类，异而用之，音典虽均，蔚迹隔异矣。校而论之，八会之书是书之至真，建文章之祖也。云篆明光是其根宗所起，有书而始也。今三元八会之书，皇上太极高真清仙之所用也；云篆明光之章，今所见神灵符书之字是也。（《道藏》20/493）

尽管《真诰》中已经体现出上清创教者的义理化修正，但其内容时代仍在东晋末，以上文字仍然反映了"天书—真文"的原初型态。《真诰》的这段重要表述不仅证明了《隋志》道经序和《道教义枢》的总结，而且表明早在造

---

① 当然，其发展过程中也可能吸收借鉴了佛教的神秘主义和神秘学内容。参阅谢世维：《圣典与翻译——六朝道教经典中的"翻译"》，载《中国文哲研究集刊》2007年第31期，第185—233页。

经运动之初,上清系已经将"三元八会之书"和"云篆明光之章"清楚地定性为"经文""符书"之别。随着道教的整合特别是"三洞"的形成,后期新出各经才逐渐将"三元八会"与"云篆明光"混同而言,统一于"三洞"之下。如《太上诸天灵书度命妙经》所云:"其玉清上道,三洞神经、神真虎文、金书玉字、灵宝真经,并出元始,处于二十八天无色之上。……故大洞真经,灵宝洞玄,洞虚洞无,自然之文,与运同灭,与运同生,包罗众经,诸天之宗。"(《道藏》1/804)

显然,原始型态的"三元八会"和"云篆明光"是不同性质之物。"三元八会"之"尽道体之奥""字方一丈,八角垂芒,光辉照耀,惊心眩目"八字"天书",毫无疑问是宇宙启示的典型观念,而"云篆光明"之灵书秘符,则是来自于宇宙启示所必然导致的神秘学的强化。天启和秘宝的结合,使经篆符图结成一体,促成了道教"经教"或"文字教"的昌兴。即使在后来的道教的发展中经教逐渐让位于科教,仪式化成为主流,但"天书—真文"仍然是道教神学的内核之一,并成为仪式所著力表现和强化的信仰。

二

"天书—真文"独特的神学内涵,使道教产生了相应的文字、文章、语言观念。统括其要,可以大致总结为三点:

第一当然就是对文字、文章、语言的崇拜。这也是逻辑的必然,"天书—真文"的直接表现就是文字以及文字书写的经文和"天皇真人"的宣说,因此对上天启示、秘宝和神力之源的敬畏和希冀,自然就转化为对其具象——文字经文及其解说的崇拜。《元始无量度人上品妙经》赞颂灵宝经最早的核心经典"五篇真文"曰:"五文开廓,普植神灵。无文不光,无文不明,无文不立,无文不成,无文不度,无文不生。"在后世解释者看来,"玉字""真文"不出,则"日月不得光,星辰不得明,乾坤不得立,世界不得成,幽魂不得度,枯骨不得生"(《元始无量度人上品妙经四注》卷二,《道藏》2/202)。此已将"天书—真文"的具体表现"经符"视为一种"神体",并发展成为道教的重要义理内容之一。由此,文字、文章崇拜当然也就随之得到进一步的强化,成为道教"经教"或"文字教"的思想基础。

不过，道教文字崇拜与儒家传统文字崇拜的性质不同。在发明文字的古老文化中，都存在不同程度的文字崇拜，并与宗教观念紧密相关。但中国文字极其特殊，表现为以象形为符号基础的音节文字很早定型并基本停止向拼音文字的进化。造成这一现象的原因并不排除原始宗教的影响，但根本上还是社会因素的作用结果——在语言歧异的广大区域内成功地实现了较大规模的社会组织并促进文化涵化。故而早期中国文化中这种崇尚文字的思想很早就开始摆脱了宗教的气息，而转向对人文的赞美，即视文字为英雄祖先的创造，并成为礼乐文化的基础和保障。其中当然不乏神话的意味，然而仓颉造字中"天雨粟，鬼夜哭"透露出的正是文化力量的伟大。所以儒家虽然崇德尚文，但始终主张德在文先。传统观念中的文字及相应的文章观念是一种"人文"观念，而不是由"天书—真文"启示性质所决定的道教"天文"观念。道教文字崇拜的核心是将一切高妙文字视为宇宙深层结构的显现[①]，来自宇宙启示而不是历史和社会的教训。宗教启示的神圣性和隐秘性是着重于教化的思想传统所不能理解的，道安对道教的攻击"寻圣人设教，本为招观，天文大字，何所诠谈"（《二教论·明典真伪第十》），正反映出二者的性质差异。

第二，道家哲学崇尚自然，视一切人力所造为虚妄，故对人为语、言符号表示了明确的不信任，而视"大辩无言"为绝对命题。《易传·系辞》"书不尽言，言不尽意"从另一条道路发展了这个命题，魏晋玄学的深入讨论又明确提出了"言—象—意"的哲学主张：言不尽意，而以象征和隐喻为主的"象"则可以成为言、意之间的桥梁。在道教"天书—真文"观念体系中，"天书真文"不是普通文字而是上天启示，"字方一丈，八角垂芒，光辉照耀，惊心眩目"，同时"文势曲折，不可寻详""自非上神启蒙，莫见仿佛"。即使是仙真口授成经，也得有通灵非凡之辈作为媒介，"生造乱真，共作巧末，趣径下书，皆流尸浊文，淫僻之字。舍本效假，是嚣秽死迹耳"。（《真诰》卷一，《道藏》20/493）《道教义枢》序论进一步总结指出："洎乎元始天尊升玄入妙，形像既着，文教大行，玄言满于天下，奥义盈乎宝藏。于是系象探其深旨，子史窃其微词，翻译之流，实宗其要。所以儒书道教，事或相通；了义玄章，理归其一。能知其本，则彼我俱忘；但识其末，则是非斯

[①] 索安：《国之重宝与道教秘宝——谶纬所见道教的渊源》。

起。而世人逐末者众，归本者稀，欲令息纷竞于胸中，固不可也，惜哉！庄生有言，举天下皆惑，余虽有所向，庸可得乎？"（《道藏》24/804）这里所谓"归本"，就是回归自然启示，在宇宙垂象中探寻"道"意。道教的文字、文章观念不仅继承了"大辨无言"的命题和"圣人象之"的原则，又吸收了"言—象—意"模式并作了宗教化的改造，同时又加入了神秘学的解释，从而使从道家哲学以来的文字不在于表面意义而在于其启示内涵的思想观念得到了进一步的加强。"立象设喻——寻象观意——得意忘言"所以成为中国古代文学理论的重要命题，道教"天书—真文"宇宙启示的宗教强化作用不可忽视。

第三，在道教中，文字、文章、语言的观念、行为丛体成为宗教仪式和宗教实践最重要的内容。这有三个主要表现：一是以崇奉文字经文观念为主导的传经、授箓仪式成为最重要的仪式之一，甚至成为制度化的体现；二是各类"文章"成为人神交流的媒介，上章、礼赞成为各种仪式中必不可缺的内容环节；三是诵习、书写经典（包括书写符箓）成为重要的实践手段。道教的仪式性特征和"经教"逐渐让位于"科教"的历史趋势均无疑义，从某种程度上说，仪式化的道教只是尊奉作为符号的文字、文章的结论也是可以成立的。[1]但劳格文所认为的，为了获取"道"体的拯救，道教信众们"首先应该服从的不是在神言中并且通过神言表达的神的意志，而是文字组成的体"[2]，并不恰当。因为道教"宇宙启示"的宗教性使道教中一切既是"道"的符号、象征和垂示，也是一种"神体"，文字、文章尤然，体现并表达出"神"的意志。道教信仰者通过文字、文章"神体"追求的是最高的"道体"，而不是仅仅服从于文字、文章之低一级的"神体"。最高的"道体"即是与大化融合，实现灵肉不死的终极解脱。这一信仰有赖于文字、文章仪式表现、传达，反过来文字、文章仪式又不断强化这一信仰。

总体而言，儒家传统的文字、文章、语言和经典观念是人文式、教化式和道德伦理式的，而道教则是启示性、象征性和仪式性的。这种区别不仅仅在于世俗与宗教的笼统划分，更重要的是在于道教宗教性的特殊内涵——"宇宙启示"——的深层规定。

---

[1] 参阅索安：《西方道教研究编年史》，第43页。
[2] 劳格文：《中国的文字和神体》，《法国汉学》第二辑，第84页。

在某些作为文化"他者"的西方学者看来，中国文献中除了人文书写的部分外，还存在着一个与之并行的道教天文书写系统。[①]这虽然不是什么"发现"，但却是本土学者有所忽略的事实。"天文""人文"之别起源甚古，《易·贲》象辞有"观乎天文以察时变，观乎人文以化成天下"，这时的"天文""人文"还主要是指具体性的自然、社会知识；《系辞》中的"天文"开始具有朴素的自然启示意味，与先秦道家有相通之处。其它先秦典籍中所谓"人文"，则为"文化""礼仪"之义。[②]假如以宇宙自然启示为"天文"，以人伦世道教训为"人文"，则此两种"道体"及其表现传统确乎存在。魏晋南北朝时期，各种新兴创生宗教蓬勃兴起，义理化的道教继承并发挥道家思想，以宗教的独特力量系统地加强了宇宙自然启示型的"天文"传统，和人伦世道教训式的"人文"传统形成折衷。道教"天书—真文"的启示性实质及其文字、文章、语言观念的独特内涵，正是这一"天文"传统强化的具体表现。

三

在中国思想中，"人文"与"天文"两种传统并不是一种"互补"，而是有机的结合，即"不悖者交协、相反者互用"，形成既分你我，同时又你中有我、我中有你的统一。在文学观念中，两种传统的表现同样如此。

"天文"传统对中国古代文学思想最重要的影响就是以所谓"自然"为最高境界。这一观念至少有三个方面的含义：一是本体论意义上的"与道俱往"，文学的目标即是与宇宙自然的合一。二是美学意义上的以"自然"为重要乃至最高的审美意境。三是创作实践中对如何达成"浑然天成，不假雕琢"的有意识追求。

"与道（自然）俱往"的直接渊源主要是先秦道家哲学的相关创建以及后

[①] Stephan Peter Bumbacher, Cosmic Scripts and Heavenly Scriptures: The Holy Nature of Taoist Text, Cosmos: *The Journal of the Tradition Cosmology Society* 11.2（1995），pp.139–154.

[②] 刘若愚谓："'天文'（configurations of heaven）'人文'（configurations of man）作为模拟，分别指天体与人文制度，而此一模拟后来被应用于自然现象与文学，被认为是'道'的两种平行的显示。"（《中国文学理论》，杜国清译，南京：江苏教育出版社，2006年版，第22页）刘氏的观点与本文此处的总结并不相同。

世的进一步引申①，但道教义理化的重要内容之一"天书—真文"观念的影响作用也不能低估。因为"宇宙启示"的宗教神学赋予"自然"以超验至上的地位，显然加固了"道"作为最高本体的逻辑合理性，从而使"与道合一"更加具有了终极解脱的意义。晋南北朝时期文学本体论中突出表现出关于"天""神明"与文学关系的认识，如《文心雕龙·原道》"心生而言立，言立而文明，自然之道也"、《南齐书·文学传论》"文章者，盖情性之风标，神明之律吕也"，明显与"天书—真文"观念极相契合。

以"自然"为美虽然主要表现为对自然山水的审美，但更重要的是以自然天成、不假人工为最高审美境界。此一美学思想可以说肇始于老庄，但真正奠定则是在魏晋南北朝，这一时期也正是神仙道教及其神仙审美观念发展的关键阶段。在神仙道教的神学观念中，自然山水是前往宇宙圣地的通道，并是天启和秘宝的隐藏、显现之处，所以在魏晋玄学之外，南方神仙道教的解脱追求也促使了南方秀丽的自然山水开始成为观照对象，并由体道进一步达成审美。②自然山水的崇高性，亦必然使得"天然之美"成为文学审美的最高范畴。"天书—真文"作为"自然而有，非所造为"的宇宙垂象，在思想内核上与以体察"自然"之道并以为最高境界的美学认识，完全吻合。

正如"与道合一"不等于和自然形貌完全相同而是追求"道"体，"浑然天成，不事雕琢"也并非是摒弃一切形式手段，用现代文学理论解释就是："一首诗应该把意象、语字、述义处理到一个程度，读者阅读时，根本不会觉得有意象、语字、述义的存在；传统中所谓'浑然'，亦即艺术化作自然之意，好比我们一览群山，感到的是自然而成的全景的气象，而非注意构成该气象的每一个独立的山头。"③这一观念在中国古代传统诗文评论中有非常清楚的表达。但如何做到"浑然天成"，绝大多数古代文学理论家们都不可避免地采取了神秘主义的解释路径："至于高言妙句，音韵天成，皆暗与理合，非由思至"（《宋书·谢灵运传论》），即将文学灵感和文学创造力归结于文学主体与宇宙（神明）的契合。而契合的唯一路径是"收视反听，耽思旁讯，精骛

---

① 详见刘若愚：《中国文学理论》第二章《形上理论》，杜国清译，南京：江苏教育出版社，2006年版。
② 详见拙撰《六朝南方神仙道教与文学》的相关讨论，上海：上海古籍出版社，2006年版。
③ 叶维廉：《中国诗学》，北京：三联书店，1992年版，第289页。

八极，心游万仞"（《文赋》），刘勰《文心雕龙》谓之为"思接千载，视通万里"的"神思"。通过这种与大道契合而获得的感悟力、思维力产生"玄解之宰"，从而完成文学创作。道教神秘主义的一个核心就是获得探索真理和智慧的洞察力，亦即"天书——真文"的宇宙启示内涵所规定的对天启和秘宝的接受，其实践具体地发展了老、庄的神秘主义哲学，同时又通过宗教的力量予以神化，从而使得"自然"最终成为一个绝对"道"体。和老庄哲学一样，道教"天书——真文"的宇宙启示内涵也是这一文学神秘主义观念最重要的资源。

在这三个"天文"意义凸显的方面中，"人文"传统不是外在的对立面，而是始终与"天文"交合为用的对象。第一个方面，人文主义的"文以载道"一直是宇宙主义的"与道合一"的对立折衷。"文以载道"的实质是将"文"视为"道"之工具，"与道合一"的内涵则是把"文"作为"道"的再现，二者固然相反，但在体"道"和尚"文"的意义上，无疑又相辅相成。所以"与道合一"的文学本体论无法取代"文以载道"的文学实用观念，而儒家的社会教化主张同样不能消解道家——道教的宇宙主义思想。第二个方面，"自然"固然是最高的审美意境，但"有我"与"无我"同样高标一格，忧世伤生、沉郁顿挫与自然飘逸、恬淡无思均可以并列成为审美的终极标准。第三个方面，"伫中区以玄览"与"颐情志于坟典"（《文赋》）交相为用，启示性的神秘感悟"玄解之宰"仍需辅之以"积学以储宝，酌理以富才，研阅以穷照，驯致以绎辞"的人文式修养，然后才能"寻声律而定墨""窥意象而运斤"（《文心雕龙·神思》）。

刘勰《文心雕龙》"弥纶群言""唯务折衷"，以"叩其两端而竭焉"的传统形上思维方式[①]，对先秦以来特别是思想多元的魏晋南北朝的多家文学学说进行了融通式的综合。其《原道》一篇，可谓是"天文"与"人文"交合观念的最佳表述。在刘勰看来，"天文"与"人文"同源于宇宙自然之本体（"道"），但"天文"是"道"之"文"，本质是"龙图献体，龟书呈貌"的天启；"人文"则是人心之"文"，本质是"光采玄圣，炳耀仁孝"的教训；天文"傍及万物，动植皆文""夫岂外设，盖自然耳"；"人文"则"熔铸六经""雕琢情性"，"写天地之辉光，晓生民之耳目"。刘勰既强调"天

---

① 周勋初：《刘勰的主要研究方法——"折衷"说述评》，《古代文学理论研究》第十一辑，上海：上海古籍出版社，1985年。

地"的客观实在,更注重"人心"的主体作用,"心生而言立,言立而文明,自然之道也。"所以必须"观天文以极变,察人文以成化,然后能经纬区宇,弥纶彝宪,发挥事业,彪炳辞义。"由此,"天文""人文"达成了完美的统一。刘勰《文心雕龙·原道》融合构建的文学意义上的"天文"与"人文"交合理论,意义重大,后世所有的相关衍生或申发,无不是在这一基本观念上的展开。

《真诰》与"启示录"及启示文学

赵 益

南京大学 文学院

自道教的现代化研究开始以来，西方学者就一直较为关注《真诰》，并尝试从多种角度进行探讨，《真诰》之与"启示"（revelation）即是其中之一。[①] 较早可能是司马虚（Michel Strickmann）将《真诰》称之为"茅山启示录"（The Mao Shan revelations）。[②] 此后明确认为《真诰》具有"启示"意味的，以法国学者贺碧来（Isabelle Robinet）的论断为代表："这一现象可以拿来和我们所知的世界范围内宗教中伴随着口授文本的启悟描述相比较，最著名的例子是《圣约翰启示录》《古兰经》以及斯维登堡（Emanuel Swedenborg）在幻觉中对神灵的所见所闻。"[③] 虽然"启示"广泛存在于世界各种宗教之中，具有某种普遍性，但是像贺碧来这样直接将《真诰》与《新约·启示录》等相联系，可以证明西方学者笔下所谓"茅山启示录"云云并不仅仅是语词的借用或单纯的模拟，而是一种比较视野的体现。

特别重要的是，这种比较的出发点肇始于《真诰》与《启示录》的文学性上。"启示"与"启示文学"可以说是一对孪生兄弟，因为"启示"的本质属性规定了它必然具备一种高华的文学性，表现在"启示"文体本身，丰富而奇特的象征和隐喻，戏剧场景及叙事描写，以及冷峻的感情等各个方面，以《但以理书》《启示录》为代表的启示文学是犹太—基督教传统中的典型事例。

[①] 在 revelation 或 Apocalypse 的普遍意义上，本文译为"启示"；如果侧重在"启示"的书写文本，则译为"启示录"；如果单指《新约》中的《圣约翰启示录》，则加书名号译为"《启示录》"。

[②] Michel Strickmann, *The Mao Shan Revelations: Taoism and the Aristocracy*, T'oung pao, 63(1977).

[③] Isabelle Robinet, *Taoism: Growth of a Religion*. Translated by Phyllis Brooks, Stanford University Press, 1997, p.115.

《真诰》作为中国东晋时期南方神仙道教上清系的经典，以"仙真降诰"的独特体式，多样化的表现方法，灵动的想象和神秘的意境，同样体现出较高的文学性而深刻地抒发了宗教体验，对后世产生了深远的影响。《真诰》与《启示录》在"启示文学"意义上的比较，无疑是一个极富启发并具有重要价值的反思视角。

显然，本土学者对这种来自于西方的比较视野进行正确的解读并进一步思考，对理解与阐发中西宗教文学的内涵与意义是十分重要的。

一

《真诰》与《启示录》的比较，首要重心当然还是宗教思想的比较，这是问题赖以成立的基础。

在基督教的义理上，《启示录》是上帝的启示，由耶稣通过天使传给他的仆人——正被流放在拔摩海岛上的约翰。约翰作为基督耶稣委托的预言者和先知者，写下他所看见的、所发生的以及所要到来的事情——上帝的启示，从而使上帝的教谕宣付到各个教会。《启示录》是以"启示"的方式对正在受到迫害的、面临着行将到来的世界末日的教会的回答，它以"罪恶现世——理想未来"的二元对立，揭示上帝的旨意：在末日灾难以后，神圣在与罪恶的最后战争中终将取得胜利。《启示录》目的是鼓励因信奉耶稣而惨遭迫害的教众们恪守他们的信仰，保持坚强与忍耐，以等待上帝在胜利之日以奖赏他忠心子民的"新天新地"的到来。

《启示录》的宗教思想核心是末世论（Eschatology）。"末世论"是一切神学之母，普遍发生于世界各种宗教之中，是文明以后创生型宗教关注根本问题的必然表现。"末世论"主要是以"预言"的内容体现在"启示"的宗教文本中。以"末世论"为基础而生发了多种思想倾向，如"救世主义"或"弥赛亚主义"（Messianism）、"千年王国主义"或"千禧年主义"（Millennialism）。如果从《旧约》到《新约》的历史发展来看，《启示录》集中体现的是"千年王国主义"：一切魔鬼被捆绑扔到封闭的无底坑中，而上帝之道的殉教者重新复活，与基督共同掌权一千年，在这一千年中，人类所期望的和平与公义通过上帝的权柄得以实现。在一千年以后，上帝实行末日的审判，魔鬼遭受第二次死亡，新天新地彻底到来，从此"不再有死亡，也不再悲哀、哭号、痛苦，因为先前的事情都过去了"①。"千年王国主义"的历史可以追溯久远，同时在世界范围内具有普遍性，各种各样的"千年王国主义"具有以下一些根本特征：第一是当世的腐败与黑暗已经无可救药，末日审判必将来临；第二是人类必须变革，并且就要在现世，借助超自然的存在实现这种变革；第三是明白此理者须公开自己的信仰，准备迎接必将到来的变革。②

这种末世论包括特别是其重要表现弥赛亚思想、千年王国思想都见于古代中国，这是因为人类所面临的问题——无论是现实的还是终极的——都有相似之处。比约翰《启示录》稍早一些时候，中国西汉成帝、哀帝时（约公元前32年—公元1年），齐人甘忠可造作《天官历包元太平经》十二卷，声言"汉家逢天地之大终，当更受命于天，天帝使真人赤精子，下教我此道"③，其说假德运而兼及终世之论，已经具备初级的末世论意蕴。此后又出现《太平清领书》亦即《太平经》，尽管是书真伪参半、思想混杂，但已经具有明显的期望太平、逃脱苦难，乃至于解决根本性问题的思想观念，显然含有以末世论为基础的"救世主义"和"千年王国主义"因素。④后汉之末，天灾频仍，政治黑暗，"太平理想"应乎需要，成为庶民之信仰，并造就宗教之革命。"东汉史籍中，凡称'妖贼'的，多半是指与太平道思想体系有关并以此为号召的农民起义。"⑤《后汉书》卷三十八传论："安、顺以后，风威稍薄，寇攘寖横，缘隙而生，剽人盗邑者不阕时月，假署皇王者盖以十数。或讬验神道，或娇妄冕服。"⑥"讬验神道"之中，民众之"太平理想"是其主干，而精英阶层之图谶神学、德运理论及术数之说，则提供了一种技术性支持。黄巾之起，是这些农民运动的集中爆发。奉事"太平道"并"颇有其书（《太平经》）"的张角，尽管其思想基础同样十分复杂，但"苍天已死，黄天当立，岁在甲子，天

---

① 《启示录》，《圣经·新约全书》（和合本修订版），香港：香港圣经公会，2007版，第385页。
② 三石善吉：《中国的千年王国》，李遇玫译，上海：上海三联书店，1997年版，第10—11页。
③ 班固：《汉书》，北京：中华书局，1962年版，第3192页。
④ 关于《太平经》的末世观思想，See Richard Shek, *Millenarianism: Chinese Millenarian Movements*, in Mircea Eliade ed., The Encyclopedia of Religion (New York: MacMillan, 1987) 9, pp.532—535.
⑤ 贺昌群：《汉唐间封建土地所有制形式研究》，上海：上海人民出版社，1964年版，第266页。
⑥ 范晔：《后汉书》，北京：中华书局，1965年版，第1288页。

下大吉"之说，已经属于较为典型的以末世论为核心的宗教拯救理论，黄巾起义因此而成为中国历史上第一次真正意义上的"千年王国"救世运动，开辟了公元一世纪至五世纪风起云涌的民间宗教起义的先河。①

在民间宗教运动的基础上，伴随着佛教传播流化的刺激，融汇种种传统信仰因素而形成的道教，无论是较早的北方五斗米——天师道还是东晋以后的南方神仙道教，都综合地吸收民间宗教的末世观念，同时又糅合佛教教旨，产生出自己的末世主义思想，并相应涌现出众多的救世运动。②根据小林正美的研究，较为系统的道教末世论，正由上清系所首创，并影响到其他教派，到东晋末期广泛地流行在道教徒之间。③《真诰》当然也记录了相关内容，主要是两部分：一是大灾咎的发生，"五行杀害，四节交掷，金土相亲，水火结隙，林卉停偃，百川开塞，洪电纵横而呴沸，雷震东西而折裂。天屯见矣，化为阳九之灾；地否阂矣，乃为百六之会。亢悔载穷于干极，觏群龙玃示流血乎坤野，尔乃吉凶互冲，众示灾咎"④。二是"壬辰"太平之说和"金阙帝后圣李（帝）君"降世预言。所谓"壬辰"，即终结此世的太平之世来到之年（壬辰之年），同时也是救世英雄的降临之际。"壬辰"太平之说历史较久，至少与谶纬学说大兴密切相关，因此它的具体所指随着时期的变化而有不同。所谓"后圣李君"，就是壬辰之时降临的救世者。此一预言本身也是自东汉太平道至魏晋五斗米道—天师道的一脉相承。"金阙帝后圣李（帝）君"预言未来的谶言在道经中的具体内容不尽一致，前后也屡经变化。⑤它也可能是当时流行更广的李弘图谶传说中的另一系列，以"后世圣君李弘降世"为中心思想，主要在南朝上清系中流传。⑥

在东晋南朝时期的道经如《太上洞渊神咒经》《上清后圣帝君列纪》中，

---

① 关于东汉太平道、"五斗米道——天师道"的弥赛亚主义、千年王国主义问题，可参阅以下研究：王明：《农民起义所称的李弘和弥勒》，《道家和道教思想研究》，北京：中国社会科学出版社，1984年版；索安：《西方道教研究编年史》，吕鹏志等译，北京：中华书局，2002年版；三石善吉：《中国的千年王国》，上海：上海三联书店，1995年版。

② 关于道教末世论的研究状况，可参阅刘屹：《近年来道教研究对中古史研究的贡献》，载《中国史研究动态》2004年第8期，一文的综述。

③ 小林正美：《六朝道教史研究》，李庆译，成都：四川人民出版社，1990年版，第387页。

④ 《真诰》，《道藏》第20册，北京：文物出版社，1988年版，第521—522页。

⑤ 唐长孺：《魏晋南北朝史论拾遗》，北京：中华书局，1983年版，第208—217页。

⑥ 李丰楙：《六朝隋唐仙道类小说研究》，台北：学生书局，1986年版，第301页。

"天地大终""壬辰之年""真君降世"的学说更为细致具体。总体来说，这种末世论认为一种周期性的天地大灾必将发生，只有经过考验被证明信仰坚定、道德高尚的"种民"，并通过自身的种种努力，才能在救世主——金阙后圣真君——的引领下，"过度壬辰"，进入下一个全新的太平之世。

尽管如此，通过比较研究可以发现，《真诰》中无论是"末世论"还是其重要表现"千年王国主义"都是极不充分的。一方面，《真诰》并不以当时道教的末世理论为中心内容和宏观背景，不过只是零散地提及，缺乏像《旧约》到《新约》的历史发展。另一方面也是最重要的方面，以上清系为代表的东晋义理化道教的末世论，"是认为此世的终末，是基于天地运行的法则必然会发生的"[1]，因此是一种宇宙末世论。《上清后圣道君列纪》曰："夫唯二气离合，理物有期，三道亏盈，出处因运，期之至也，因而适之，运有来也，就而抚之"[2]，清楚地表明了"期运"之至实因宇宙规律，而非人事现实造就的思想观念。相比之下，犹太—基督教的"末世论"则是一种历史末世论，认为灭亡的灾难、末日审判和最终回归正义、新时代的到来并非自然的规律而是历史与现实的必然。这就导致了它对现实和人性的彻底悲观和坚决否定，从而主张只有顺从上帝的意旨，并依靠上帝派来的救世主的力量，世界众民才能得救。

宇宙末世论是神仙道教的理论基础，它奠定了神仙道教通过与宇宙的合一而达到摆脱灾难目的的根本教条。宇宙论的取向与历史的、现实的取向存在根本的不同，从而缺乏真正的末世意蕴。《真诰》是"长生不死"信仰到神仙道教发展链条中的一环，它的核心思想仍然还是"成仙"。成仙就是以信仰与技术的双重力量达到一种解脱，亦即追求灵肉俱得不死，而不像大多数高等宗教那样追求超越生命，摆脱肉体的束缚而达至精神的永恒。因此，早期各种以神仙信仰为核心的诸多道教因素，往往过多地注重于"技术"手段，带有浓厚的"巫术"倾向而缺乏宗教精神。这一点在《真诰》中仍有大量的遗留，民间信仰中更是普遍存在。

当然，上清道教对此进行了相当程度的提升，《真诰》集中体现出两方面的突破：第一是开始树立了以坚定信仰而不是药物、禳祓、禁咒等手段实现

---

[1] 小林正美：《六朝道教史研究》，第388页。
[2]《上清后圣道君列纪》，《道藏》第6册，第745页。

解脱的实践取向，至少强调精神解脱与肉体长生并重，"上论九玄之逸度，下纪万椿之大生"[1]，主张"不为秽欲所惑，不为众邪所诳"[2]，以排除尘世束缚而保全至素，只有"握玄筌以藏领，匿颖镜于纷务，凝神乎山岩之庭，颐真于逸谷之津""游蹑九道，登元濯形，投思绝空，人事无营"，才能"回日薄之年，反为童婴"[3]，并以肉体不死进至精神的永恒，"仰掷云轮，总辔太空"[4]。甚至融合佛教思想，主张迈出形骸，拔越生死，所谓"欲殖灭度根，当拔生死栽；沈吟堕九泉，但坐惜形骸"[5]，进一步尊显出对精神解脱的重视。第二是解决了与世俗特别是一般价值观的关系，最主要的是继承吸收了民间宗教信仰中的天堂地狱、首过忏悔观念，以及佛教因果报应学说，建立起"三官按核""墓注冢讼"的功过德罪体系，以地狱、天堂的不同归宿强调前世今生积累功德的重要性，从而完美地结合了中国传统农业社会一脉相承的"积善余庆，积恶余殃"的价值核心，成功地建立起自己的宗教道德与信条。所有这一切，不仅在很大程度上进一步消解了"末世论"的观念，同时又实际反映出它在中国文化环境中的义理化发展，特别是与传统的世界观与伦理价值观的融合趋势。

所以，它不彻底否定现实，不进行绝对的道德谴责；不主张末日的审判和救世主的拯救，而强调个人的实践努力，同时不排除技术的力量，比如服食与练气等。上清道教甚至主张选择某一自然环境以作度灾之府，"辟兵火之灾，见太平圣君"[6]。而这种度灾之府并非是上帝的赐与，而是天地自然的形成，"句曲山，其间有金陵之地，地方三十七、八顷，是金陵之地肺也。土良而井水甜美，居其地，必得度世见太平"[7]。因此，它的"拯救"主要是对自我的拯救，一如早期道家那样，主张以保全并发扬"真性"而达至在宇宙间的从容

---

[1] 《真诰》，《道藏》第20册，第494页。
[2] 《真诰》，《道藏》第20册，第524页。
[3] 《真诰》，《道藏》第20册，第501页。
[4] 《真诰》，《道藏》第20册，第494页。
[5] 《真诰》，《道藏》第20册，第507页。
[6] 《真诰》，《道藏》第20册，第557页。关于上清道教"度灾之府"的详细讨论，参见赵益：《句曲洞天：公元四世纪上清道教的度灾之府》，载《宗教学研究》2007年第3期。本文对其中部分观点有所修正。
[7] 《真诰》，《道藏》第20册，第554页。

与逍遥。《真诰》全部启示的核心，就是实现这种自我解脱。为此，《真诰》中的娓娓教谕，都在强调信仰坚诚、向道勤至的重要性，告诫修道者时时保持警惕，以"水火不能惧、荣华不能惑"之不懈心志[①]，通过仙真的种种考验，同时辅以具体的修炼，层层进阶。可以认为，上清神仙道教更接近于宇宙论式的宗教，"宗教的宇宙论关怀所强调的是力图理解宇宙的基本特征以及在神话和仪式中为人所牢记的宗教信仰层面。各种表像和符号被用来构成一种'万物存在方式'的宇宙图景。这些表像和符号反映了'人是什么'以及'他如何了解他在万物秩序中的位置'的不同观点。它们表现了一种生活的倾向性，一系列人对其宇宙中自我理解的假设和诠释方式"[②]。一言蔽之，即以人与宇宙的和谐化合为解脱，"口挹香风，眼接三云，俯仰四运，日得成真，视眄所涯，皆已合神矣。"[③] 由此，上清神仙道教当然也就和以将人从末世罪恶中解放出来才能达到最后幸福的纯粹的救世宗教，存在着显著的差异。

二

作为宗教概念的"启示"或"天启"，简单地说，就是神向人显示真理或旨意。希腊文 apocalypsis 的喻指意义是指"暴露"或者"揭去"，意味着移去封闭真理的阻碍。但实际上，所有的启示都是人而不是神对其所处当下的一切内在意义的发现，"人创造了他所说的历史，并以此为屏障来掩盖启示的运行"[④]。

《真诰》不是简单的"扶乩"产物，确实具有"启示"的内涵。但这种"启示"更多地来自于萨满教人神沟通仪式以及"神灵附体"行为。南方地区直至南朝时期仍然"巫风"较盛，留有大量的萨满遗存，上清创教者正是借助于此从而创造了仙真降诰这种"启示"的形式，同时并进行了义理化的提升。

表面看来，杨羲在很多方面看来并不像是真正的萨满——中国世界中的

---

① 《真诰》，《道藏》第 20 册，第 519 页。
② 马利亚苏塞·达瓦马尼：《宗教现象学》，高秉江译，北京：人民出版社，2006 年版，第 314—315 页。
③ 《真诰》，《道藏》第 20 册，第 526 页。
④ 诺思洛普·弗莱：《伟大的代码——圣经与文学》，郝振益等译，北京：北京大学出版社，1998 年版，第 178 页。

古巫,他并不是天神之子,也不是献祭者;他不能治病,更不能上天入地或进入阴间召唤灵魂,不具备法力和冒险经历;甚至不能像古代的"巫"那样以舞娱神,他只是被动地接受仙真们的降临。杨羲唯一的禀质,就是能够"通灵",亦即只有他才能"接真",并能转达仙真们的旨意。但这恰恰是萨满最核心的本质所在,萨满们的其他一切能力,都是这种通灵能力(交通天地、人神)的准备、铺垫和发挥。萨满交通人神,其核心意义在于揭示了另一个世界,在上清系的宗教意义上,就是使仙真世界的"奇迹"成为可能。"萨满的'奇迹'不仅确立了和巩固了传统宗教的结构,而且还刺激和丰富了人们的想象力,消除了梦境与当下现实之间的障碍,开启了通往诸神、死者与精灵世界的窗口"[1]。在这一点上,《真诰》所构造出的杨羲并不逊色。尤其重要的,上清创教者对萨满古巫进行了扬弃,在另一个方面构建了理论,亦即通过存思与冥想并辅以其它修炼使得"仙真来游"。亦即依靠个人的修行努力,而不完全通过萨满,这正是上清系义理化的核心。总而言之,上清系的人神交通一方面继承古代萨满教的遗存而强调"通灵"异禀,另一方面强调个人修炼,天启的接受者与记录者始终不是上帝所委托的先知和预言人,而是一位对"万物存在方式"的体悟者。

因此,这种启示更接近于"宇宙启示"。"宇宙启示"是以宇宙神论作为宗教的内部视角的必然结果。如上一节已经论述到的,宇宙论或曰宇宙的视角,根本点在于强调与神的内在统一[2],它在从道家到神仙道教的整体发展过程中逐渐得到完善,与以历史和民族的视角而形成"先知启示"的犹太—基督传统迥乎有别。

"宇宙启示"往往导致神秘主义的体验。宗教神秘主义(mysticism)"是一种超越理性的、元经验的(meta-empirical)、直觉的、对某种非时间、非空间、不朽和永恒之物的统一性体验,无论该物是一个人格神,或者是一个超人格的绝对者,或者仅仅是一种意识状态。它是一种超越了自我的、与某物或者在某物之中的'一体性'实现,无论这一体性是在完全的同一性中或者在密

---

[1] 米尔恰·伊利亚德:《宗教思想史》,晏可佳等译,上海:上海社会科学院出版社,2004年版,第961页。

[2] 参阅 W·E. 佩顿:《阐释神圣——多视角的宗教研究》,许泽民译,贵阳:贵州人民出版社,2006年版,第96页。

切的结合中被体验到。"[1]它的本质是使自身融合到万物的一体性亦即宇宙之中，消除任何的主客体隔阂，而达到一种宁静的愉悦。所以，南方上清系道教尽管具有义理化的提升，并对前此种种实践方式与技术手段进行了较大程度的革新，但因其"宇宙论宗教"以及"宇宙启示"的本质，使之具有浓厚的神秘主义因素。

《真诰》排斥低级的方术如黄赤合气等，其所尊尚的"并景双修"，倾向于人神的精神和合。《真诰》虽然也重视金丹、服食、导引、炼气等等"技术"方法，但更强调它们与精神活动的融合："研玄妙之秘诀，诵太上之隐篇，于是高栖于峯岫，并金石而论年耶！"[2]在真人诰语中，真人们所强调的前所未有的修行方式是"存思"，这种修行手段虽然渊源有自，并从《黄庭经》开始就有所发展，但却是在《真诰》中达到了一个极致。《真诰》的"存思"不再仅仅是对身体内神的观照以修炼肉体本身，而是扩大至对一切永恒高尚的超验体的存注与冥想，服日餐霞、奔辰步星，以祛除邪恶、荡涤污秽，使人"聪明朗彻，五藏生华，魂魄制炼，六府安和"[3]，最终仙真来迎，上登太霄。在根本上，它更倾向于一种精神活动而不是肉身修炼。同时，存思的冥想既不完全是内敛与返观，更不是寂灭的入定，它的想象生动灵活，不拘一格，它的终极目标是通过这样的精神活动，最终达至与存思对象融合为一，使心灵进入到神圣而永恒的境界。"道成，则同与天地共寓在太无中矣。若洞虚体无，则与太无共寄寓在寂寂中矣。"[4]毫无疑问，上清经法属于一种"自然的"神秘主义，而并非是对神或神性发生深邃体验的"有神的"神秘主义。[5]

三

《真诰》是一种汇编性的手稿，在某种意义上和《圣经》一样是一部多样化的文体集成。《真诰》和《启示录》在文学意义上的比较，当然是就其某种共同的文学质性而言的。从根本上说，《真诰》与《启示录》得以在文学比较

---

[1] 马利亚苏塞·达瓦马尼：《宗教现象学》，第309页。
[2] 《真诰》，《道藏》第20册，第523页。
[3] 《真诰》，《道藏》第20册，第543页。
[4] 《真诰》，《道藏》第20册，第525页。
[5] 关于神秘主义的类型，见马利亚苏塞·达瓦马尼：《宗教现象学》的相关论述。

意义上联系起来的是"启示文学"。

在圣经文学的意义上,"启示文学"(Apocalyptic literature)是指以特殊文体(literary genres)以及特殊的文学表现方式来承载独特的宗教内容的一种文类作品,它源于古希伯来"先知文学",公元前165年以后出现了一大批作品[1],并在崛起的基督教中继续发扬光大[2],《新约》中约翰的《启示录》成为杰出代表。思想上,"首先,启示文学具有将世界截然地分为善与恶的双重性特征。其次,启示文学是关于世界及人类最终命运的文学,主要关心未来事件,特别是那些关于终极历史的事件"[3]。文学性上,"启示"本身就是一种文学形式,"启示文学"在语言、故事叙事、戏剧化描写、体裁、风格、结构等方面都具有显著的特征,但最根本的特征是象征主义的表现方法。按照米尔恰·伊利亚德的理论,所有的"启示"必然都是象征性的,因为神话和象征符号是发现并描述神圣事物的表达方式。[4]

尽管犹太—基督教总体上来说是一种"历史的宗教",但《启示录》的种种象征也并非与具体历史事件一一对应,在这一点上《真诰》同样如此。"启示"作为一种文体,其核心在于它的隐喻意义大于表面的意义。虽然《真诰》的象征可能不像《启示录》那样扑朔难明,但其所具有的隐喻的本质是毫无疑义的。事实上,无论从神谕还是从预言、占卜的角度说,天机总是不可用明显的文字泄露而只能以象征和寓言来传达,它需要信仰者用智慧来体悟,获得自己的答案。因此,《真诰》作为一部"仙真降诰",无愧于"启示文学"的文体禀性。换言之,《真诰》既然具有"启示"的性质,也就决定了它具有"启示文学"最重要的文学特征:丰富的象征性与隐喻意义。

但由于在宗教思想和历史渊源上与《启示录》存在显著差异,《真诰》的象征意义当然也就有明显的个性。

文学主体的主观倾向是第一个关键要素。就圣经文学而言,整体《新约》的文学性本身有一些特殊性质。《新约》大体上是没有受到过系统教育的下层

---

[1] 梁工:《古犹太启示文学简论》,载《外国文学研究》1998年第3期。
[2] 关于启示文学在希伯来宗教母体中的渊源、历史发展以及如何成为犹太教与基督教之间思想传承的桥梁,参阅游斌:《希伯来圣经的文本、历史与思想世界》,北京:宗教文化出版社,2007年版的相关论述。
[3] 利兰·莱肯:《圣经文学导论》,黄宗英译,北京:北京大学出版社,2007年版,第477页。
[4] 包尔丹:《宗教的七种理论》,陶飞亚等译,上海:上海古籍出版社,2005年版,第223页。

人士的创作，语言简单质朴，并且多有错误，具有口语化的特点而接近于民间文学。这个特点是由早期基督教的历史状况决定的。在这个问题上，《真诰》则显现出一种复杂的"相对性"：一方面，《真诰》文本无疑是具有相当文化水平的、至少是处于社会中层的士人的撰作①，其诗歌和大部分叙事都属于严格的书面文学的范畴。它作为一部手稿，书法水平尤高，属于当时的顶尖水平。另一方面，《真诰》同时存在很多口语化或者是"俗语"的对答，与《新约》相同，也有很多流行的和杜撰的、意义超出自身范畴的词汇。其诗歌虽然词藻华丽、形制俨然，但水平并不很高，许多篇什因此而晦涩不明。总体上，《真诰》的文字水平与当时的杰出的理论著作相距甚远。不过，这种相对性或者说某种意义上的矛盾性并不能否定它的精英性本质，这同样也是上清道教义理化努力的结果。总体而言，《真诰》文学的主体属于知识分子阶层，与《新约》作者——罗马帝国统治下的下层庶民，显然不同。

作为被压迫的下层人民的宗教寄托，《启示录》重在"更加具体地描绘末日审判的恐怖景象，更明确地用近距离的镜头显现大决战的恐怖情景，以及在大决战之后，旧天地毁灭，新天地诞生，弥赛亚的降临，和理想的大同世界的实现"②，因此它以奇异甚至是恐怖的象征为主：龙、异兽、血、鼓号、蝗虫、无底坑、琉璜火湖等。总之，《启示录》种种象征艺术符号所要表现的，是"撒旦与天使的天上争战与敌基督者在地上的横行霸道构成一幅立体的整个宇宙大变动的恐怖图画。……即天地间充满不祥的预兆——天灾人祸、战争、动乱与饥荒、地震等自然灾害同时发生。……甚至可以说启示文学所揭示的中心内容就是末世这突如其来的最后的日子，它以全地普遍的、巨大的灾难为先兆，所以启示文学无不极力渲染末世的黑暗、恐怖、惨烈"③。

而《真诰》则以华丽的象征以展示仙境的美妙，如琼台、紫宫、绿景、朱房、天池、绛云、灵轸、琅轩、金庭、玉圃、香风、玄峰等等。这些都不是世

---

① 关于《真诰》作者群体的社会属性，参阅 MICHEL STRICKMANN, *The Mao Shan Revelations: Taoism and the Aristocracy*（T'oung pao, 63, 1977）、都筑晶子：《南人寒门・寒人の宗教的想象力について——"真诰"をめぐつ》，载《东洋史研究》1988年第2期，及拙撰《六朝南方神仙道教与文学》，上海：上海古籍出版社，2006年版。

② 朱维之：《圣经文学十二讲——圣经、次经、伪经、死海古卷》，北京：人民文学出版社，1989年版，第261页。

③ 赵宁：《先知书・启示文学解读》，北京：宗教文化出版社，2004年版，第303页。

间之物,而是某种想象的创造。即使是一些具体对象,也被加以种种新的美化和陌生化,如"白羽紫盖""佩玉金铛""流金之玲""金真玉光""八景之舆""白羽黑翻"等,不仅成为仙道的象征,而且成为法力之器。《真诰》虽然同样注重仙、尘的二元对立,但重在强调仙界之美,而不在揭示尘世之恶,所以它描绘俗世的文字不过是"尘滓""浊波""泥渎""尘波""沉屙"等泛泛之语,与《启示录》中详细的恐怖图画,相差极大。

《启示录》也有上帝之城的描写,但并不是它的主要目标。同时,《启示录》中的上帝之城"金碧辉煌、珠光宝气,连每块石头也仿佛冒着蓝宝石般的火焰",是一个燃烧的火焰、炽热的天体的神谕原型,它象征着通过水深火热的磨难而达至天国。① 这种象征在中国宗教中只能属于地狱世界,而绝不会出现在天堂图景中,因为"天"作为宇宙论宗教中人的最后归宿,它必然就只能是和谐与平静的。

与前述基本主体倾向相关联的,尽管《真诰》的比喻象征繁杂丰富,但却不仅没有《启示录》那样的"异象",而且更重要的是其象征并不与现实和预言相关。《启示录》中的魔鬼巨龙、巴比伦淫妇、兽,以及七印、七号、七碗,显然都是以象征手法指向某种现实状况,可以相信的是,这些奇异的象征一定会被约翰最初的听众或读者一眼认出。② 《真诰》的数字、色彩、对象、谜语或隐语并不具备《启示录》的指向现实的隐喻意义,而是以丰富的技术性和秘密性内容指向人体、宇宙的本质规律,这是它神秘主义的特质所决定的。中国古代信仰以宇宙论视角为基石,力求通过技术性的分析发现宇宙、人类及其社会的终极规律。由于认识水平所限,他们往往从朴素直观的方式来进行这种技术分析,因此首先建立起"互渗"的观念,将万事万物都归结为一种直接的因果联系系统,然后将它化为某种运算方式,又运用到各种物质的与社会的规律的探讨中,其直接的成果就是以"阴阳五行观念"为代表的一种思维方法、符号与关联模式。表现在道教特别是上清神仙道教中,就是关于金丹、服食、导引、炼气以及存思冥想方法的神秘隐语系统,《真诰》中如"交梨火枣""山源天马""泥丸玄华",比比皆是。显然,尽管它们充满奇特,但并

---

① 诺思罗普·弗莱:《批评的解剖》,陈慧等译,吴持哲校译,天津:百花文艺出版社,2006年版,第297页。

② 利兰·莱肯:《圣经文学导论》,第478页。

不是《启示录》那样惊心动目的"异象",更不是关于现实的隐喻。

由此,《真诰》与《启示录》所共同拥有的多样化体裁,如叙事、戏剧化场景、诗歌、书信形式等,各自具有不同的意义内涵。《真诰》的叙事主要是神仙事迹或修炼故事,以寓言文体实现劝讽向道的功能。《真诰》也可以视为一场演出持续数年的宏大戏剧,每一次降诰都是一个戏剧化的场景。但它极为细致的戏剧化叙事却不像《启示录》那样重在强调末日的背景,而是旨在开启一个传达教义的喻指空间,并诱导接受者发挥他们的想象力以填补其中的意义。如安妃与杨羲的相会,乃是以男女因缘际会的戏剧效果,喻指一种"并景双修"新的人神化合之道,使向道者由事兴感,妙达真旨。因此,《真诰》戏剧化场景本身仍不过是一种宇宙论式谕示。而《真诰》的诗歌更与《启示录》乃至《圣经》中的所有诗篇都存在一个显著的不同:它是一种玄思化的诗歌,如同东晋玄言诗用诗歌来表达玄学思考一样,《真诰》用大量的诗歌传达其宗教旨趣,而这些诗歌尽管在感情上和内容上因讽谕教旨而缺乏文学价值,但仍然能以丰富的想象营造出瑰丽的图景,以传达那种与道合一的神秘性体验,体现出以象寄意、委婉含蓄的典雅文学特征。

最后,所有关于《真诰》与《启示录》在"启示文学"意义上的诸多文学性的比较,都可以总结到文学风格这一关键的美学要素上去。毫无疑问,《启示录》具有史诗的风格特征:规模宏大、情感丰富、气氛激昂。利兰·肯顿总结认为,《启示录》不仅采用了史诗的表现手法,更重要的是它的内容具有彻底的史诗性质,表现了末日来临与拯救的剧烈的矛盾与冲突,叙述了基督征服撒旦与魔鬼并建立永恒天国的故事。[①] 而《真诰》则以其秘密神谕的性质,呈现出一种属于修道者个人的乌托邦式风格:华丽、浪漫、飘逸、宁静和愉悦,与《庄》《骚》及魏晋游仙诗以来的神仙美学一脉相承。

四

通过以上的论述可以发现,在《真诰》与《启示录》的比较视野下,神仙道教的宇宙论视角和神秘主义的特性得到了从未有过的彰显。当进一步从"启示文学"的观照角度切入时,《真诰》及后世神仙道教文学的整体特征亦有了

[①] 梁工:《古犹太启示文学简论》,载《外国文学研究》1998年第3期。

清楚的展现。并且可以明确的是，这种文学特征与其宇宙论宗教的思想基础存在逻辑的关联。如果从这一反思视角出发并继续深入研究，关于中国古代宗教文学的根本特质及其内在基础，或许可以得到一个更为合理而圆满的阐释。

唐代社会关于道士法术的集体文学想象

——兼论中国宗教文学研究方法

吴 真

中国人民大学文学院

《太平广记》记载了众多活跃于唐代社会的道士法师的事迹，历来中外道教学研究者与文学研究者均不约而同地留意到了这些文献。1960 年日本学者小川阳一开始对敦煌卷子中唯一的道教通俗文学 S.6836《叶净能诗》进行主题研究，此后金荣华、游佐升、张鸿勋等学者基本沿着同一思路，对《太平广记》近 20 个叶道士故事与《叶净能诗》进行故事原型、叙事风格及人物形象的文学研究。[1]1988 年丁煌《叶法善在道教史上地位之探讨》、1992 年 Russell Kirkland 论文，则从道教史的角度探讨了唐代道士叶法善的道教活动，其主要依据文献仍是《太平广记》所收的唐代小说。《太平广记》记载甚繁的唐代道士还有罗公远与张果，近年来法国学者 Franciscus Verellen、Jean—Pierre DIÉNY 等皆由此出发，探讨志怪文学对于中国道教的历史书写产生的深远影响。

由于研究文献《太平广记》是属于"张惶鬼神，称道灵异"的志怪小说，以往相关研究往往在区分具体道教人物的历史真实与传奇叙事之间，存在两种挣扎：一种是试图辨伪，去除道士故事中的附会旧说、任意捏合等成分；另一种是全盘接受，当成某一个道士的真实历史。[2]第一种进路是以文献学的文本

---

[1] 金荣华：《读〈叶净能诗〉札记》，载《敦煌学》1985 年第 8 期；游佐升：《叶法善与叶净能——唐代道教の一侧面》，载《日本中国学会报》，第 1983 页；张鸿勋：《敦煌道教话本〈叶净能诗〉考辨》，《敦煌学论集》，兰州：甘肃人民出版社，1985 年版；陈炳良：《〈叶净能诗〉探研》，载《汉学研究》1990 年第 1 期。这些研究均指出敦煌文本中的叶净能，即《太平广记》中的唐代中宗时期道士叶静能。

[2] 比如上述游佐升、丁煌和 Russell Kirkland 的三篇论文，大量地借用《太平广记》卷 26 的"叶法善传"以重建叶法善生平，并未考察附会、传奇等文学手法对文本史实可信度的影响。

分析为道士神话"祛魅",试图接近道教神奇故事的叙事原点;第二种进路则是希望以传奇文学的多种叙事来补足相对贫乏的道教史料记叙。

然而,如果我们超越某一个道士故事的个体性,将《太平广记》的道士神奇叙事当成一种叙事整体来考察,对同一主题、同一母题进行同类项的合并,就会发现,各种关于道士法术的神奇叙事,情节基干大多相似,不同的只是故事主角道士的名称是 A 或是 B。本文将以《太平广记》中叙事类型最为丰富的叶道士叙事为中心,以此为文本比较的原点,并与其他道士神奇故事进行模拟,总结唐代小说的道教叙事模式,并且进一步探讨这样一个问题:唐代文学中的道教叙事模式如何反映民间社会对道士阶层的集体想象以及民众的宗教经验。

一、叶法善叙事与叶静能叙事之混乱

唐代著名的传奇道士叶法善(616—720)与叶静能(?—710)同出浙江松阳县的叶氏道教世家,同时服务于唐高宗、中宗朝的道教内道场。[①]710年唐睿宗复位的宫廷政变中,叶静能因参与了韦皇后一党的阴谋活动而被诛杀,道士叶法善则积极襄助玄宗李隆基举事而立下大功,被封为国师。二叶之历史活动大相径庭,然而就在叶法善逝世之后的五十年左右(780 年前后),戴孚所撰志怪小说《广异记》便开始将二位"叶道士"混为一谈。《广异记》多言鬼怪,题材广泛,篇幅漫长,书中关于叶法善、叶静能记载有 5 条。[②]

　　A、《太平广记》卷 300 "叶净能":开元初,玄宗以皇后无子,乃令净能道士上奏章玉京天帝,问皇后有子否。

[①] 刘昫:《旧唐书》卷 191,北京:中华书局,1961 年版,第 5107—5108 页;《新唐书》卷 204,北京:中华书局,1961 年版,第 5805 页,皆载有叶法善传。叶法善在唐代道教的重要历史地位,可参吴真:《唐宋时期道士叶法善崇拜发展研究——内道场道士、法师、地方神祇》,香港中文大学 2006 年博士学位论文。叶法善与叶净能的家庭渊源与道教活动,见吴真:《浙南叶氏道教世家的道法传统》,载《上海道教》2008 年第 3 期。

[②] 《广异记》久佚,但《太平广记》多有引书,Glen Dudbridge(杜德桥),*Religious Experience and Lay Society in T' ang China:a Reading of Tai Fu's 'Kuang-i Chi'*,Cambridge:New York:Cambridge University Press,1995. 附录据《太平广记》及其他杂书,共钩沉《广异记》328 个故事。

B、《太平广记》卷387"歧王"：开元初，歧王范以无子，求叶道士净能为奏天曹。

C、《太平广记》卷450"王苞"：唐吴郡王苞者，少事道士叶静能。静能镇压老狐。

D、《太平广记》卷448"杨伯成"：（杨伯成）为狐恼，诏令学叶道士术者十余辈至其家。

E、《太平广记》卷361"洛阳妇人"：玄宗时，洛阳妇人患魔魅，前后术者治之不愈。妇人子诣叶法善道士，求为法遣。

《广异记》作者戴孚是否清楚了解叶法善与叶静能二人历史之不同，这一点我们无从考证，由以上有关叶道士的5个故事所见，戴孚对于二叶之历史显然不甚了了。叶静能早于710年被诛，当然不可能活到故事A和B的"开元初"，此二故事的叶静能当为叶法善之误。故事E由于与《旧唐书》卷191"方伎传"叶法善洛阳除魅的记载大致类同，在史传记载的强势文本支持下，故事E的主角叶法善不容易被替换为叶静能。① 而A、B、C三个故事的本事并无史传或其他文献互为援引，在这样的传奇故事中，讲述者只需要设置一个法术高明的玄宗时代的道士，便可完成故事所要求的功能，这时候，按照某种惯性，道士叶法善就被另一个也姓叶的道士叶静能取代了。

在同一本书的5个故事中，叶法善被叶静能替换了3个，说明叶法善去世仅半个世纪，民间社会对其认识已经非常模糊，以至可以随意地将其名下故事替换成叶静能。这样有意无意的遗忘，与《旧唐书》《新唐书》的"叶法善传"，以及道教经典中将叶法善作为唐代高道的隆重叙事，形成强烈的反差。写于公元838—860年之间的赵璘《因话录》对当时民间社会混淆二叶的状况便已有所批评：

有人撰集怪异记传云："玄宗令道士叶静能书符，不见国史。"不知叶静能，中宗朝坐妖妄伏法。玄宗时，有道术者，乃法善也。谈

---

① 《旧唐书》卷191，《方伎传》："法善又尝于东都凌空观设坛醮祭，城中士女竞往观之，俄顷数十人自投火中，观者大惊，救之而免。法善曰：此皆魅病，为吾法所摄耳。"

话之误差尚可,若着于文字,其误甚矣。①

有趣的是,《旧唐书》《新唐书》等官方史书中的道士叶静能,以"逆贼"身份伏诛,而在民间传闻中,他却可以取代声名显赫的叶法善成为法术高强的高道,足见民间记忆的混乱及对政治立场的不敏感。

事实上,中唐以后的志怪小说将二叶道士故事混淆不是个别现象,而是普遍现象。现将唐代志怪小说及敦煌《叶净能诗》的异文列表如下:

表1 混淆叶法善与叶静能的故事异文

情节	主角是叶法善	主角是叶静能	其他
引玄宗千里观灯	《广德神异录》《明皇杂录》《集仙》	《叶净能诗》	
引玄宗游月宫	《津阳门诗》《广德神异录》《集仙》	《叶净能诗》	
斩酒榼所化之秀才（道士）	《开天传信记》《集仙》	《河东记》《叶净能诗》	
阻止胡僧涸海	《集仙》	《玄怪录》	
自华岳神处救回民女	《叶法善传》《集仙》	《叶净能诗》	《逸史》（叶仙师）
制服狐魅	《纪闻》	《广异记》《叶净能诗》	
识破鼍妖所化官吏		《独异记》	
上章求子		《叶净能诗》《广异记》	
以符杀恶蜃	《集仙》	《叶净能诗》	
施法斗胡僧	《广异记》	《叶净能诗》	《朝野佥载》（叶道士）

由上表可以看到,几乎每个叶法善故事都有一个叶静能故事的异文存在,足见唐代小说对于道士姓名的随意性。这恐怕需要我们放下"存真去伪"的史学标准,根据文本创作者对道士阶层的想象以及民众的宗教经验去理解各种叶道士的叙事文本,方能解释道士叙事中事迹严重相窜的问题。民众与志怪小说

---

① 赵璘:《因话录》,上海:上海古籍出版社,1957年版,第106页。

的作者们在讲述叶净能或者叶法善时，传奇所附丽的并不是"这一个"历史实有的叶道士，而是口口相传、神通广大的"那一个"叶道士。在这里，叶道士是国师叶法善还是逆贼叶净能，并不是民众们需要了解的事实，他们要传达的是对于叶道士传奇法术的顽强记忆。

二、道士角色之随意性

我们在审视以道士为主角的唐代志怪小说时，常常感到疑惑：虽然各个道士法师故事在时间、地点、人物或某些细节存在着这样或那样的差异，但基本情节却是大体相同。如果说所有关于叶法善、张果、罗公远的叙事都是指向具体某一个历史实有的道教人物，为什么又会有那么多情节完全相同而主角不断更换的异文本存在？与叶道士神奇故事一样，在所有的道士神奇故事中，道士的具体个人身份是不被苛求的，即，讲述道士叙事的人感兴趣的是道士的法术，而不是某一个道士。

《太平广记》卷378"李主簿妻"，记载李主薄妻入华岳庙谒金天王，气绝而倒。县宰推荐李主薄前往叶仙师处求救，最后叶仙师画符三道，强制华岳神将李主薄妻送还。《太平广记》卷26引《纪闻》"邢和璞"、卷298引《广异记》"赵州参军妻"，除了将故事中的道士替换成邢和璞或者明崇俨、华岳神改为泰山三郎或山神，其他描写与"李主簿妻"惊人地相似。《太平广记》收载相同情节的故事，还有卷300"河东县尉妻"等8则。它们都属于同一情节类型：岳神（山神）强抢民妇，受害者家属向法师求救，法师以法术将民妇救回。在这一故事类型中，道士的身份与名字完全视乎讲述者的知识背景而任意安排。

叶法善领唐玄宗游月宫而传《霓裳羽衣曲》，这是唐代最常见的叶道士神奇故事，也是后代诗文常用的叶法善典故。[①]但即使是这个看似叶法善"专享"的故事，叶道士的角色也可能被取代。在柳宗元《龙城录》"明皇梦游广寒宫"中，叶法善的引导者角色被申天师（道士申泰芝）所替代。[②]《太平广

[①] 《太平广记》卷77引《广德神异录》"叶法善"条。牛僧孺：《玄怪录》卷3，北京：中华书局，1982年版，"霓裳羽衣曲"条。

[②] 柳宗元：《龙城录》卷上，魏仲举集注，《五百家注柳先生集》，《文渊阁四库全书》第1077册，台北：商务印书馆，1986年版，第284页。宋代笔记小说《异人录》沿袭此故事，引导玄宗游月宫的道士亦为申天师。

记》卷22"罗公远传",领玄宗游月宫者则变成了道士罗公远。申天师与罗公远俱是玄宗天宝年间以法术著称的道士,以二人取代叶法善的异文本之存在,说明了"游月宫传《霓裳羽衣曲》"故事中的道士身份是一个可变的变数。

在唐代另一个"镜龙传说"故事类型中,我们看到,叙事者对待故事主角随意之至,只要是精通法术的宗教人士,无论是道士还是佛僧,均可担当故事所需的法师角色。在9世纪中期《异闻录》(《太平广记》卷231"李守泰")里,识龙镜并祈雨的术士是叶法善。但在晚唐笔记小说《酉阳杂俎》中,这一法术又被安在僧一行身上。[1]

虽然在本文所讨论的《太平广记》诸多记载中,叶道士被佛僧取代的故事类型只此一种,却足以引起我们反思:志怪小说往往重在故事的笔墨之味及神奇事件之奇,其中术士的身份是可被替代的,从而使道士身份与故事类型的搭配呈现出极大的随意性。

表 2 唐代志怪小说中有关道士叙事文本的故事类型比较

叶道士故事类型	张果	罗公远	明崇俨	申元之	邢和璞	孙思邈	东明观道士
喷水咒幻术	√						
施法斗胡僧		√					
制服狐妖		√	√				
以丹符追岳神归还人妻			√		√		
致风雨		√					
烹龙肉			√				
领玄宗千里观灯		√					
领玄宗游月宫,传霓裳羽衣曲		√		√			
丹符救东海龙,阻止胡僧咒海						√	
酒榼化道士	√						
令死者起死回生					√		

---

[1] 《太平广记》卷396"一行"。僧一行是玄宗时期著名的佛教高僧,事迹详见《宋高僧传》卷5页。

叶道士故事类型	张果	罗公远	明崇俨	申元之	邢和璞	孙思邈	东明观道士
识破书生隐身术		√					
噀水作法化为大蛇止地道奏乐			√				
隐身避难	√						
玄宗出逃四川，前来告别	√						
幻术劫取宫女							√

由上表可知，《太平广记》中的叶道士主要是与另外 4 个道士——明崇俨、邢和璞、张果、罗公远——共享同一批类型故事，其中罗公远与叶法善共享的类型最多，共有 8 则。《太平广记》卷 22 引杜光庭《神仙感遇传》"罗公远"条记载其引玄宗游月宫，归制《霓裳羽衣曲》。而杜光庭所编纂的另一本仙传题材的《仙传拾遗》，则记此事主角为叶法善。在同一作者笔下，游月宫一事的道士可为罗公远，亦可为叶法善，更加证明唐人编集道士佚事，所关心者不在某一道士，而在于神奇故事本身。

三、以符箓为中心的宗教文学想象

细读唐代叶道士叙事，可以发现文本叙事重复围绕着一个中心点展开，即道教符箓术。敦煌《叶净能诗》在篇末总结道："若道教通神，符箓绝妙，天下无过叶天师耶！"[①]《太平广记》卷 26 的"叶法善传"大部分笔墨用于描写符箓：为移去卯酉山当路的巨石，"师投符起石，须臾飞去"。为救中尸媚之毒的张尉妻，"师投符而化为黑气焉"。姚崇想念其已终之女，叶法善"投符起之"。钱塘江江蜃为恶，叶法善"投符江中，使神人斩之"。为阻止胡僧涸海，叶法善"敕丹符飞往救之（东海龙），海水复旧，其僧愧恨，赴海而死"。瓜州渡口斗白鱼精，叶法善"投符而波流静谧"。

道教符箓术中的一个重要技术是噀水施法，叶道士故事对此多有描写。《太平广记》卷 52 引《会昌解颐录》"张卓"条，记唐开元中，蜀人张卓于

---

① 敦煌残卷 S.6868《叶净能诗》，《敦煌变文集》卷 2，北京：人民文学出版社，1957 年版，第 226 页。

洋州得遇仙人传隐身法术，遂潜入富贵人家夺美女，"敕罗、叶二师，就宅寻之。叶公踏步叩齿，喷水化成一条黑气，直至卓前，见一少年执女衣襟"。《太平广记》卷72引《原化记》"陆生"与此描写极为相似：开元初，陆生至长安城以隐身术盗户部侍郎女，叶天师至，"遂取水喷咒，死女立变为竹，又曰：'此亦不远，搜尚在。'遂持刀禁咒，绕宅寻索"。

在这些叶法善叙事中，叶法善的法术便只有"投符""喫水"这两个标识性动作，此外别无描写。从这些文字去理解道士叶法善，必定以为叶是一名游行于乡间的、以简单的符箓术为小区民众提供一些道教驱邪仪式服务的普通道教法师。这种叶道士印象，与我们在唐代金石碑刻及道内文献所见的道内最高法阶"大洞三景法师"的叶法善相去甚远，而与毕生服务于宫廷内道场、致力于为皇室成员提供道教服务的"当时尊宠，莫与为比"国师叶法善相去更远。

这就提醒我们，唐代文学作者对于道士存在着一种类型化的认识。他们并不了解道士为驱邪所进行的道教科仪的宗教世界，更不关心道士投符的符箓内容，只有法术所带来的驱邪效果才是小说的重点。我们不可能奢望通过志怪小说了解历史上道士拥有的道教法术，因为志怪小说所呈现的永远只是民众对道士法术的类型化想象。志怪小说这种对道士的模式化想象，可能会限制研究者对唐代道教实际状态和道士生存状态的理解。比如 Russell Kirkland 由《集仙》《幻戏志》等志怪小说考察出发，得出的结论是"历史上的叶法善首先和至多是一名方士，准确地说是一名魔术师"[①]。

志怪小说的叶道士叙事，价值不在于补足我们对叶道士、罗公远们道教法术的认识，而是在于，民众通过叙述这些拥有神奇法术的道士法师，表达了他们感知未知世界的宗教经验和社会生活经验——当他们遭遇灵魂世界的骚扰及生活中不可预知的危机时，他们会采用何种宗教仪式和道士来应付？唐代正值道教充满创发力的鼎盛阶段，上至天子下至平民对于道教的道术皆抱着崇信的态度，他们依靠道教理论去解释世界，多半会寻求道士的帮助。叶道士们擅于符箓驱邪的神异性格正是这些民众宗教经验的一种反映。

写作于8世纪中期的牛肃《纪闻》，专叙玄宗开（元）天（宝）年间事，其中被收入《太平广记》卷448的"叶法善"条讲述叶法善制服千年老狐所化

---

① Russell Kirkland. *Tales of Thaumaturgy*: *T'ang Accounts of The Wonder-worker Yeh Fa-shan*, Monumenta Serica 40, 1992, p.85.

之婆罗门僧，故事属"道士除狐妖"类型。《叶净能诗》所述叶净能除野狐精也与此文类同。同样写作于8世纪中期的戴孚《广异记》"王苞"条，记书生王苞为狐狸精所迷，请叶静能前来破妖。同出《广异记》的《太平广记》卷448"杨伯成"条，叙唐开元初京兆少尹杨伯成"为狐恼，诏令学叶道士术者十余辈至其家。"这4个故事讲述叶道士除狐精的法术相似之处颇多，表达了唐人与狐妖有关的宗教经验。

《太平广记》卷447引《朝野佥载·狐神》指出："唐初已来，百姓多事狐神，房中祭祀以乞恩，食饮与人同之，事者非一主。当时有谚曰：'无狐魅，不成村。'"《太平广记》卷447至455"狐"类作品共48篇，绝大多数是唐人所作，这些作品是与当时"无狐魅不成村"的社会风气是密切联系的。道士作为擅长驱狐的仪式专家，经常被延引至民家施展法术，叶道士于是在故事中扮演了狐妖"制服者"的角色。

上文论及的"道士制服岳神"的故事模型也反映了唐人对道教与岳神之间关系的想象。开元十九年（731），司马承祯提倡国家设立五岳真君祠、青城丈人庙和庐山使者庙，他所倡导的道教仙真高于国家祭祀之岳神的观念给唐代的民间信仰打下了深深的烙印。故在此种故事类型中，道士令岳神归还民女，不是一般法术故事中的祈求，而是命令式的要求，背后显然隐藏着道教天师高于岳神的观念。

四、社会如何想象道士

唐代志怪小说对于道士身份的随意安排，虽然关闭了通过叶道士为主角的志怪小说达致道教人物历史的路径，却又洞开了另一进路：经由叶道士传奇叙事，了解唐代民众如何想象叶法善。并且因为叶法善叙事与其他道士的叙事经常共享同一故事类型，通过主题学的文本比较、母题分析，我们更可以考察民众对整个道士阶层的集体宗教想象。

拥有神奇法力的道士在身后不断地被笔记小说、道教经典、地方道观等各种社会力量叙说着、神化着。一个圣者身上沉淀着各个时代、各个社会阶层的宗教观念，它是一种"层累造史"。以往研究者都会质疑笔记小说和道教仙传中关于道士的错误历史信息，并将这些错误归为小说荒诞之风格或者道教徒的夸大。如果我们转换思维模式，从宗教文学的进路来看待这些"伪史实"，就会发现它们其实正是圣者形象"层累造史"的产物。以"历史重构"（historical reconstruction）的眼光对待《太平广记》的道士神奇故事，有助于我们了解"社会如何想象圣者"的社会心态史，通过结晶于道士身上的各种宗教理念，窥见中国道教信仰和唐代的宗教氛围。

《太平广记》的道士叙事也有助于补足我们对唐代道教世俗化的一些认识。近十几年来西方道教研究界普遍认为，北宋时期开始盛行道教符箓术，标志着道教向"在地化"与"小区化"的转型。Judith Boltz 在一篇被广泛征引的论文指出，以"治疗与驱邪"为目的之"考召术"成为宋代道教技术的主流。Edward L. Davis 出版于 2001 年的专著延续了这一观点，描述了宋代介于道士与巫师之间的民间法师以治疗与驱邪为特点的道法实践。Davis 以"治疗运动"（Therapeutic Movement）概括道教在 12 世纪之后的新发展，认为在宋代这一转型期的道士与以往的正统道教不同的是，这些流派都有自己独特的用以治疗或驱邪之"法"，具体操作这些法术的专业人士，是宋代社会新崛起的、介于道士与巫之间群体——法师。然而，我们从《太平广记》对叶道士的描述中可以看到，以治疗和驱邪见长的道士，早在唐代就已经在民众的集体想象中出现了；而在这些符箓术、驱邪术的市场需求与文字记载背后，必定活跃着以符箓术、驱邪术谋生的道团与道士，不能因为《正统道藏》等"经典道教"（Canon Daoist）的唐代文献没有记录，我们就漠视其存在。

长期以来，西方道教学界过于强调运用道教内部经典，对于《太平广记》等道外文献的历史真实性又持过于警惕的谨慎态度，反而阻碍了利用《太平广记》等世俗文献进行宗教历史情境（Religious Historical Situation）的深入研究。这方面正是中国宗教文学研究者大有可为之处：搜集散落于世俗文献中的宗教文学文献，进行大量文本分析比较的主题学研究，由此进入宗教文学叙事手段、叙事结构及其社会心态史的考察。[①]

[①] 近年来吴光正对于八仙故事、《金瓶梅词话》的系统研究，已经展示了中国宗教文学研究方法的成熟运用。吴光正：《神道设教：明清章回小说叙事的民族传统》，载《文艺研究》2007 年第 2 期；《从吕洞宾戏白牡丹看宗教圣者传说的建构及其流变》，载《文艺研究》2004 年第 2 期。

儒、道之间：白玉蟾的诗词创作与心路历程

罗争鸣

华东师范大学古籍研究所

在漫长的道教史上，像南宋道士白玉蟾这样系统大规模地创作诗词文赋者并不多见。葛洪、寇谦之、陆修静、陶弘景、张万福、杜光庭等历代高道，一生勤于著述，至今仍有重要文献存世，对道教发展做出过不可磨灭的贡献，但他们更多的是对道经、科仪文献的疏注或纂辑整理，文学性的诗词创作，相对而言并非主体。杜光庭以"博学善属文"名世，但他留存的诗词数量，在现有文献中也是少数，想必实际情况也基本如此。[①] 而白玉蟾竟留下1000多首诗，100余首词，数百篇仙传、青词、洞章类文、赋，生前即有《玉隆集》《上清集》《武夷集》流传，后世编刊的《海琼玉蟾先生文集》[②]《新刻琼管白先生集》[③]《白玉蟾全集》[④] 及今人整理的《白玉蟾全集校注本》[⑤]《白玉蟾集》[⑥] 等已有数种，而近纂大型总集《全宋词》收130余首、《全宋诗》收6卷，《全宋文》收12卷。

单从白玉蟾留存诗词的卷数和数量，我们都认可他是一位了不起的诗人、

[①] 孙亦平：《论道教诗词的思想意蕴与艺术特色———以唐末五代道士杜光庭为例》，对杜光庭诗词创作做过系统梳理和研究，载《道教文化研究》第24辑，北京：三联书店，2009年版。另外，罗争鸣：《杜光庭道教小说》，成都：巴蜀书社，2005年版，对杜光庭诗词创作情况也有考订。

[②] 明正统臞仙刻本。

[③] 明安正堂刘双松刻本。

[④] 萧天石：《道藏精华》，台北：自由出版社，1969年版。

[⑤] 朱逸辉等校注，《白玉蟾全集校注本》，海口：海南出版社，2004年版。

[⑥] 周伟民点校，《白玉蟾集》，海口：海南出版社，2005年版。

文学家,在海南更被誉为"琼籍文化宗师第一人"[1]。近年关于白玉蟾的研究,除了单篇论文,硕士论文和专著都已出现,但每涉及白玉蟾诗词创作,除了部分道教学者的研究能够结合教义和哲学思想进行深入探讨外,其他无非是白玉蟾其人及诗词作品的综述,然后分析思想内容、艺术特色的"三段论"式研究。但白玉蟾为何创作这么多的诗词作品?背景是什么?内在动机如何?此前"知其然"的基础工作,我们已经做了一些,但"知其所以然"的深层问题还需进一步发掘。

二、道教的经典传统与白玉蟾的丹道歌诗

葛兆光《"不立文字"与"神授天书":佛教与道教的语言传统及其对中国古典诗歌的影响》一文,以佛教的"不立文字""不可言说"对应道教秘传的符文和神圣经典,指出佛教与道教有不同的语言习惯,而道教重视书写文字,对经典权威性和文字神秘性的强调,5至6世纪有逐渐升级的趋势。[2]此说基本不错,道教对经典神圣性和对文字神秘性的重视程度,可以说是一以贯之的传统。仓颉作书而"天雨粟,鬼夜哭"及"敬惜字纸"的传说与民俗,彰显的正是敬畏文字的传统,作为本土宗教的道教承续这一观念,并强化到经典的造构与符文的书写上。

道教强化经典、符文的神圣性,除了通过汉字形体变化与重新组合而赋予神秘色彩的书写传统[3],还有"歌诗传统"。汉语音节分明,再加上汉字的声调变化、抑扬顿挫等因素,较容易形成叶韵整齐的四、五、七言等表意单位。上古文献很多讲究叶韵,《诗经》《周易》《老子》等莫不如此,而道教为"自神其教",也在歌诀上下足了功夫。其基本方式之一就是以韵体的四、五、七言夹杂大量隐语、比喻以造成"词韵皆古,奥雅难通"的神秘氛围。如早期道经经典——东汉魏伯阳的《周易参同契》,就大量运用四字一句、五字一句的韵体文及少数长短不齐的散文体和离骚体,期间夹杂各种譬喻和隐

---

[1] 明代南京礼部尚书王弘海在《张事轩集》序中说:"吾乡自丘文庄相而白海琼仙二先生诗文出,业已彪炳艺林,为后世经世之宗,后之作者不可及已。"
[2] 葛兆光:《中国宗教与文学论集》,北京:清华大学出版社,1998年版,第42—44页。
[3] 还有一种方式是"离合字",即把人名或玄道中的重要字词化解分开,然后用韵语表达出来,《真诰》中这种现象尤多,如"凤巢高木,素衣衫然",据陶注即为许穆之"穆"字等。

语，有的篇什颇类古体诗，且韵味十足，如上篇：

> 世间多学士，高妙负良才。
> 邂逅不遭值，耗火亡货财。
> 据按依文说，妄以意为之。
> 端绪无因缘，度量失操守。
> ……
> 杂性不同种，安可合体居？
> 千举必万败，欲黠反成痴。
> 稚年至白首，中道生狐疑。
> 背道守迷路，出正入邪蹊。
> 管窥不广见，难以揆方来。①

我们单纯看这首五言诗，颇有《古诗十九首》的风味，但这却出自一部地道的丹经——《周易参同契》。朱熹晚年喜读《参同契》，谓"《参同契》文章极好，盖后汉之能文者为之。其用字皆根据古书，非今人所能解"②。仇兆鳌《古本周易参同契集注例言》以为：

《契》中经、传，各叶古韵：有全篇一韵者，有一篇数韵者，有两句叶韵者，有数句叠韵者，有隔二句、三句用韵者，变化错综，并非率意偶拈……今玩《契》文，本《周易》以立言，则道尊；讬风人之比义，则辞婉。故语特雅驯，能垂世而行远，且三人各位一体，四言仿《毛诗》，五言仿苏李，丹赋仿楚骚，鼎歌仿古铭，意本贯通，而语无沿袭。③

以为《参同契》诗体仿自《毛诗》《楚辞》等，且"道尊""辞婉"，大概这是从文学角度对《周易参同契》的最高评价了。除了《参同契》，早期道教经典多以诗歌语言夹杂隐语和大量譬喻展开，如《黄庭经》《上清大洞真经》《真诰》等南方上清派经典等，都以歌诗见长。《黄庭经内景经》基本为

---

① 朱熹：《周易参同契考异》，《朱子全书》第13册，上海：上海古籍出版社、合肥：安徽教育出版社，2002年版，第544页。
② 朱熹：《周易参同契考异》，《朱子全书》第13册，第530页。
③ 仇兆鳌：《古本周易参同契集注例言》，上海：上海古籍出版社，1989年版，第24—25页。

七言韵体歌诗，《大洞真经》中的诗作已趋成熟、精炼，而《真诰》中的人神感会作品，本质上讲，还是"人为"，文学意味更加浓厚。道教运用诗歌传道、体道的水平，随着自身的发展和强大，也日渐提高，并对俗世文学的创作产生影响。赵益教授的大作《〈真诰〉与唐诗》就是这方面的宏论。[①]但这种影响并不限于世俗文学，它对教内经典的造构和教义的阐发，更成为一种根深蒂固的传统模式。仇兆鳌在《古本周易参同契例言》中言及《参同契》富于文学意味时，顺带说：

> 此历代道家著述之渊源也，如许真君之《石函记》、崔氏《入药镜》[②]、吕祖《敲爻歌》《三字诀》，张公《悟真篇》《金丹四百字》，三丰《节要篇》《证道歌》，皆从此出。[③]

除了众所周知的《悟真篇》，《石函记》《入药镜》《敲爻歌》等丹经歌诀现在还有留存。其中《石函记》除了部分道论，有大量五七言歌诀杂侧其中，如《圣石指玄篇》：

> 万象虚生何所约，妙化本因丹汞作。
> 扶桑东出金乌精，炎焰羽毛光烁烁。
> 飞走阳火名曰魂，暮落朝荣晦还朔。
> 红轮驾起景阳车，循亡还合游匡郭。[④]

歌诀偶句叶韵，并夹杂大量隐语和譬喻，《入药镜》《敲爻歌》《悟真

[①] 赵益的《六朝南方神仙道教与诗歌研究》对此也有深究，另外其《隐语、韵文经诰及人神感会之章：略论六朝南方神仙道教与诗歌之互动》，载《南京大学学报》2004年第4期，也提道："《真诰》诗歌既不完全是巫术隐语，也不完全是方术的秘授，更不是歌赞上仙和宗教威仪的'神圣诗歌'，而是人的创造，是诗人在宗教的感召与影响下的感情流露与宗教体验。……这些诗歌所包含的丰富象征，对仙真世界的赞叹与歌颂，对自我宗教热情的强烈抒发以及体道的欣喜与欢愉，对当时及后来的文学产生了深远的影响。"

[②] 《入药镜》，《道藏》本《修真十书》题做《天元入药镜》，即《崔公入药镜》，崔希范撰，崔氏生平无考，据《修真十书·天元入药镜》崔希范自述，题"唐庚子岁望日至一真人崔希范述"，知其为唐人，号至一真人。

[③] 仇兆鳌：《古本周易参同契集注例言》，第24—25页。

[④] 《道藏》第19册，北京：文物出版社、上海：上海书店、天津：天津古籍出版社，1988年版，第419页。

篇》等丹道歌诀基本如此，可以说从《周易参同契》以下，以这种似通非通、玄妙隐秘的歌诀形式阐释丹道理论和修炼方术已成为一种潜在的"集体无意识"。

白玉蟾被尊为两宋道教金丹派南传第五祖，也是南宗道派的实际创始人。作为吕祖、张伯端的继承者，白玉蟾也创作大量歌诀深入阐释其内丹理论。白玉蟾现存诗作中，丹道歌占相当大的比重，而且很多普通诗歌题材，在白玉蟾笔下都熔铸了内丹修炼的旨趣，比如他的《水调歌头·自述十首》《咏雪》《晓》《暮》《武夷有感》十一首看似寻常题材、但处处因景寓玄，营造了一个修炼金丹的瑰丽世界。[1]另外，《上清集》中的词作，有的词牌下标小字注"修炼"，如《沁园春》《满庭芳》等，内容则全是金丹修炼之旨。至于《万法归一歌》《大道歌》《安分歌》《必竟恁地歌》《快乐歌》《华阳吟》等与吕祖的《敲爻歌》《三字诀》更是如出一辙，且看《上清集》中的《快活歌》部分：

> 快活快活真快活，被我一时都掉脱。
> 散手浩歌归去来，生姜胡椒果是辣。
> 如今快活大快活，有时放颠或放劣。
> 自家身里有夫妻，说向时人须笑杀。
> 向时快活小快活，无影树子和根拔。
> 男儿端的会怀胎，子母同形活泼泼。[2]

现有研究指出，白玉蟾的这些诗词，尤其乐府旧题、新题之作，"是对前代同题乐府诗的模仿与追步，或完全承袭原意而加以改写[3]，或"继承并发展了传统乐府诗中的叙事表现手法，形成质朴通俗的叙事效果"[4]。这种纯粹从文学、文艺学角度的观照，固然可以纠正单纯从"内丹修炼"角度理解的偏颇，但又容易滑向另一个极端：过分强调本是道经的丹道歌诀的文学和审美，

---

[1] 詹石窗：《白玉蟾诗词考论》，载《武夷文化研究——武夷文化学术研讨会论文集》2002年第8期。
[2] 《道藏》第4册，第781页。
[3] 刘亮：《白玉蟾生平与文学创作研究》，南京：凤凰出版社，2012年版，第99页。
[4] 刘亮：《白玉蟾生平与文学创作研究》，第118页。

总结出一些艺术成就、审美特质等，但颇显牵强。如有的文章着力分析《快活歌》的美学思想，以诗中的"真快活"为一种"审美高峰体验"①，想必白玉蟾无论如何也不会想到自己的一首炼丹歌竟与西方美学的"高峰体验"挂上了钩。实际上，白玉蟾这类丹道歌诀，包括乐府、近体诗、古诗等众体歌诗，如果说有传统的话，应是从《周易参同契》《敲爻歌》《悟真篇》等一系承续下来的。

白玉蟾的词作也有不少，如前揭，《全宋词》收了130余首，词牌有《满江红》《念奴娇》《阮郎归》等②，这些词作，有相当一部分是用来阐释内丹理论的。而这正如《周易参同契》借鉴《诗经》《楚辞》及同时代的古体诗一样，是随着时代发展的"与时俱进"——灵活借用新的文学样式为阐释丹道理论而服务。

二、白玉蟾诗词的"才子"之作

白玉蟾诗词作品中，除了大量丹道歌诀，还有很多羁旅天涯中的模山范水、感怀身世之作。这类作品是相对纯粹的文学创作，清人王时宇以"天仙才子"喻白玉蟾③，今人参研白玉蟾词，就借"才子"之名概括这类词作：

白词内容丰富，风格多样，从总体上看，可分为两大类：一类是道教词，体现白玉蟾作为"天仙"的身份；一类是文人词，更多看到白玉蟾世俗的一面，可见其"才子"身份。④

这种划分或有笼统之嫌，但也不可能对文学作品做出完全清晰明确的区隔。作品的内容与作者当时的观念、感受、经历甚至与后世的传播与接受都有密切联系，而这本身就是复杂而混溶的。大致来说，白玉蟾诗词作品基本上可以分为阐释丹道理论和作为一个普通文人的感怀之作两大类。而这类文人诗词的艺术水平颇值得称誉，历史上这类赞赏之辞已有很多，如关于白玉蟾词作，典型的如清人陈廷焯《白雨斋词话》卷二《葛长庚词可以步武稼轩》条云：

---

① 查庆、雷晓鹏：《白玉蟾道教美学思想简论》，载《宗教学研究》2008年第3期。
② 刘亮统计白玉蟾所用词牌有36个，词作计137首，见《白玉蟾生平与文学创作研究》，第134—135页。
③ 王时宇：《重刻白真人文集叙》中曾谓白玉蟾"于是知真人固天仙才子，合而为一"。
④ 王丽煌：《南宋方外词人白玉蟾词略论》，载《乐山师范学院学报》2007年第1期。

葛长庚词，一片热肠，不作闲散语，转见其高。其《贺新郎》诸阕，意极缠绵，语极俊爽，可以步武稼轩，远出竹山之右。①

潘飞声《粤词雅》云：

白玉蟾词，有情辞伉爽，一气呵成，置之苏辛集中，所谓词家大文者。②

《历代词话》引《词统》云：

……后有海琼子一词足与匹敌。起句云："一叶飞何处，天地起西风"，卒章云"铁笛一声晓，唤起五湖龙"。此岂胸中有烟火、笔下有纤尘者所能仿佛其一二耶？③

明清词论家把白玉蟾与李清照相提并论，以为"词家大文"，直追苏轼、辛弃疾。是中肯的述评还是溢美之词？我们看看白玉蟾的词就会心中有数，比如被《白雨斋词话》评为"意极缠绵，语极俊爽"的这首《贺新郎》：

且尽杯中酒。问平生、湖海心期，更如君否。渭树江云多少恨，离合古今非偶。更风雨、十常八九。长铗歌弹明月堕，对萧萧、客鬓闲携手。还怕折，渡头柳。

小楼夜久微凉透。倚危阑、一池倒影，半空星斗。此会明年知何处，苹末秋风未久。漫输与、鹭朋鸥友。已办扁舟松江去，与鲈鱼、莼菜论交旧。因念此，重回首。④

这是白玉蟾词中典型的抒怀之作，全无一点丹道修炼的意味。一个失意

---

① 唐圭璋：《词话丛编》，北京：中华书局，1986年版，第2818—3910页。
② 唐圭璋：《词话丛编》，第4891—4892页。
③ 王弈清：《历代词话》，唐圭璋：《词话丛编》，第1263页。
④ 唐圭璋：《全宋诗》葛长庚卷，北京：北京大学出版社，1998年版，第3659页。

丈夫、不遇才子对人生悲苦的旷达情怀，在这里表现得淋漓尽致，气格与辛弃疾的《摸鱼儿》（"更能消"）、《水龙吟·登建康赏心亭》颇类，却与白玉蟾其他丹道歌诀通篇的烟霞气大相径庭。像这类词作还有很多，尤玉兵的硕士论文《白玉蟾文学研究》及近刊刘亮的《白玉蟾生平与文学创作研究》第四章《论白玉蟾词》对此已有总结和论述。

白玉蟾诗作，除了《大道歌》《快活歌》《万法归一歌》等纯粹阐释丹道理论的道教歌诀外，还有大量"文人诗"，这些诗作与普通士子的作品一样，抒发了俗世的悲欢离合与喜怒哀乐。彭翥《重刻〈紫清白真人诗文全集〉跋》中评白玉蟾诗为：

> 诗则有唐诗，有宋体。其恺挚和厚味之无极者，唐音也；其清新颖异出奇无穷者，宋体也。要皆不失为大著作手，读者当自得之。①

我们翻检《全宋诗》白玉蟾卷，可以随意发现与丹道修炼关系不大的诗作，这样的作品有的轩昂跌宕，有的清新俊奇，还有的凄清悲凉。在这些作品中，有时还表现出对艰苦修道经历的深深感喟，如这首《岁晚书怀》：

> 岁事忽婉娩，旅怀良尔悲。风雾起无边，雨雪凄霏霏。
> 岂无销金帐，唱饮羊羔儿。寄食他人门，屏息从所依。
> 鹍鹏翔九天，鹪鹩巢一枝。烟霄有熟路，我当何时归。
> 人间自富荣，信美非所宜。朱颜日已改，华发渐复稀。
> 触目思远人，胜赏怀昔时。园林向衰谢，青山吞斜晖。
> 坐久露华重，吟残云意迟。晴空清已旷，寒月满我衣。
> 莫言一杯酒，容易相对持。病鹳栖草亭，会须唳声飞。②

这首诗题作《岁晚书怀》，从内容看，当是白玉蟾彼时心境的真实写照。"岁晚"也即年终，这时候正是"千门万户曈曈日，总把新桃换旧符"的佳节，但是白玉蟾仍旧只身一人，风雨凄凄中云游天涯。从"寄食他人门"这句

---

① 萧天石：《道藏精华》，第 1463—1464 页。
② 唐圭璋：《全宋诗》卷三一三六，第 37495 页。

看，当时大概暂住在某位友人家里，但毕竟寄人篱下，无奈"屏息从所依"。而且，此时的白玉蟾并未因金丹修炼而童颜永驻，相反，如常人一样，"朱颜日已改，华发渐复稀"，头发已经花白且脱落了。①这时，唯一可以让白玉蟾稍感慰藉的办法，大概也只能是阿Q式的自我宽慰——"鹍鹏翔九天，鹪鹩巢一枝。……人间自富荣，信美非所宜。"从字里行间，我们看出白玉蟾并未彻底不食人间烟火，在访道、炼丹的同时，也时时展现作为"人"的一面。这类诗歌，还有《黄叶辞》《悲风曲》《云游歌》等，其中《云游歌》是认识白玉蟾心路历程最恰当的一首词作。

总而言之，白玉蟾的诗词创作，主题、内容和风格，呈现鲜明的区隔，一部分作品满是烟霞丹道之气，一部分又完全是一副失落文人、不遇才子的满腔凄楚。而这两方面，白玉蟾都做出了杰出成就，丹道诗歌是白玉蟾阐释其内丹道修炼思想的重要途径，也是成就其"南丹派五祖"地位的重要因素之一；而在诗词等文学创作上，白玉蟾也不失为一个文采斑斓的大家。就这个现象，我们再引用上文提及的"天仙才子"之说，白玉蟾的琼籍老乡王时宇在《重刻白真人文集叙》中曾说：

> 再三读之，其诗文之雄博瑰奇，诚有如真人所云，世间有字之书，无不读者。于是知真人固天仙才子，合而为一，洵非操觚家所能及也。②

这个判断基本准确，在南宋乃至后世的众多高道和文人中，能把二者完美地合而为一者，实不多见。

三、白玉蟾的人生选择与心路历程

关于白玉蟾，我们已经有很多结论，无论道教史、还是道教思想史也都有

---

① 其《水调歌头·自述十首》第三首有"虽是蓬头垢面，今已九旬来地，尚且是童颜"的话，或可做此一时彼一时之解。白玉蟾是36岁时去世还是高寿90多岁，学界争论不休。白玉蟾的行迹记载，颇多错杂抵牾之处，这种情况或出于刻意以"见首不见尾"的隐现无常以自神其玄。

② 周伟民点校，《白玉蟾集》，第7页。

白玉蟾的位子，但白玉蟾本人，作为一个"人"的一生，我们又如何概括和形容呢？就这一点，貌似不切正题，但这正是深入认识白玉蟾内丹思想与文化贡献的重要途径，而我们往往在陈陈相因的各种"总结"性介绍中忽略掉了。

当然，白玉蟾真实的行迹和内心世界，很难彻底知晓，单说白玉蟾的生卒年里和漫游过程，已经有多篇考证、多种结论，但目前只能确定一个大致的区间，无法给出定论。而白玉蟾的心路历程，我们从他留存的诗词文赋等作品，多少还是能看出这位伟大的修道者内心深处的诸种婉曲，还有时时隐现的矛盾和凄苦。

道教在宋代仍处于隆盛阶段，但相对佛教而言，还是不及佛教势力强大。两宋时期的道士、女冠人数比不上僧尼人数，宫观规模与数量也远不如寺庙。①从总体上看，道士的文化水平与佛教僧侣也存在一定差距，南宋孙觌《鸿庆居士集》卷三二《跋陈道士〈群仙蒙求〉》云：

> 今世道士能读醮仪一卷中字，歌步虚词二三章，便有供醮祭衣食，足了一生矣，然犹有不能者。常州天庆观道士陈君葆光，好古嗜学，盖超然出于其徒数千百辈中者。读《道藏》，通儒书，与夫记传小说靡不记览，著书二十卷，号《三洞群仙录》。②

孙觌对《三洞群仙录》作者陈葆光褒扬有加，但也透露了一个事实，即当时大部分道徒的文化水平不足以进行文学性的创造，仅靠读几卷科仪，唱几句步虚词讨生活、维持生计而已，而有能力阐经释典、著书立说并有著述传世者寥寥。我们详参祝尚书《宋人别集叙录》，发现其中的道士别集，仅有白玉蟾等数家，而僧人别集则随处可见。白玉蟾在那个时代是一个"另类"，也是一个悲剧性的人物，

在所有白玉蟾传记数据中，还是《历世真仙体道通鉴》卷四十九所载相对

---

① 据程民生：《宋代僧道数量考察》文中论述，两宋道士、女冠数量最多两万人，与僧尼比例，最多不过8.2%，载《世界宗教研究》2010年第3期。

② 孙觌：《鸿庆居士集》卷32，《文渊阁四库全书》第716册，上海：上海古籍出版社，1987年版。

可信。①《历世真仙体道通鉴》是元代至元年间赵道一纂辑的带有"通鉴"体史书追求的大型仙传总集，对辑录的传记多有审订、笔削，且去白玉蟾年代不远。②《历世真仙体道通鉴》卷四九《白玉蟾》本传云：

> 先生姓白，母以玉蟾名之，应梦也。……世为闽人，以其祖任琼州之日，故生于海南，乃自号为海琼子，或号海南翁，或号琼山道人，……幼举童子，长游方外，得翠虚陈泥丸先生之道。当时士大夫欲以异科荐之，弗就也。③

这里的记载相对简略，敷衍和附会的成分不多，所记白玉蟾祖籍、字号等，都没有较大出入。这其中有一个细节很值得关注，即白玉蟾少年时期曾经应过"童子科"，得道后又有士大夫举荐"异科"，不过"弗就也"，实际上白玉蟾也是一位"弃儒入道"的个案。

白玉蟾本姓葛，出生于诗书之家，但命运多舛，儿时父亲去世，母亲不得已带着孩子嫁入白氏，遂改姓"白"。白玉蟾跟随母亲嫁入白门，应是他一生中的重大变故，此后在白家过得如何，文献中的可靠记载不多，据明人何继高《琼管白真人集序》，白玉蟾"天资聪敏，髫龀时即能背诵五经。及长，文思汪洋，顷刻数千言立就"④。又据《武夷山志》，白玉蟾十岁曾到广州应童子科，并赋《织机》诗一首：

> 大地山河作织机，百花如锦柳如丝。
> 虚空白处做一匹，日月双梭天外飞。

---

① 王尊旺、方宝璋：《也谈白玉蟾生卒年代及其有关问题—兼评近年来有关白玉蟾问题的研究》，载《世界宗教研究》2003年第3期，及刘亮《白玉蟾生平与文学创作研究》第一章"白玉蟾生平考"对署名彭耜的《海琼玉蟾先生事实》与署名彭竹林的《神仙通鉴白真人事迹三条》真伪均有考订。刘亮在综括前人大量相关研究的基础上，所得结论相对可信，即二者均有伪托可能。
② 据刘亮《白玉蟾生平与文学创作研究》第一章"白玉蟾生平考"，白玉蟾去世在1243年前后，《历世真仙体道通鉴》概成书于至元年间（1264—1294），二者相去不远。
③ 《道藏》第5册，第385—386页。
④ 《藏外道书》第5册，成都：巴蜀书社，1994年版，第15页。

诗的真伪暂且不提，但白玉蟾儿时是一个雄心勃勃的天才少年当没有问题。按照正常轨迹，白玉蟾沿着科举一途，仕途飞黄腾达，甚至拜相封侯，更符合传统儒家士子的"外王"理想。而且白玉蟾具备这方面的一切条件和因素，但是，为什么一个十岁时候的"童子科"失意，从此改变方向，转而云游天涯崇道求仙呢？这其中一定有重要变故。有以为白玉蟾"任侠杀人，亡命之武夷"，①这个说法很可能是后人为了神化白玉蟾而附会的，"任侠杀人"本是无视生命的违法行为，但在古代社会可以成为李白等侠义之士的标签，于李白或许实有其事，于后人则未必真。从《云游歌》我们看出，白玉蟾当年离家访道，并非一个公子哥仗义杀人后，腰缠万贯，远赴他乡，相反是非常凄苦的：

> 如初别家辞骨肉，腰下有钱三百足。思量寻师访道难，今夜不知何处宿。
> 不觉行行三两程，人言此地是漳城。身上衣裳典卖尽，路上何曾见一人。
> 初到孤村宿孤馆，鸟啼花落千林晚。晚朝早膳又起行，只有随身一柄伞。
> 渐渐来来兴化军，风雨萧萧欲送春。惟一空自赤氍毹，囊中尚有三两文。
> 行得艰辛脚无力，满身瘙痒都生虱。茫然到此赤条条，思欲归乡归未得。②

白玉蟾辞别骨肉时身上只有 300 钱，后来只剩三两文，一路的艰辛苦楚无数。白玉蟾没有走向科举仕途，其中的直接原因不得而知，根本上说，大概还是个性和母亲改适后的家庭环境的影响。

白玉蟾虽放弃科举转而求道，但兼济天下的理想，或者跻身社会主流的心态，却根植于白玉蟾的内心深处，而这种心态正是从他那些反复申诉"不慕利禄功名"中看出来的，如这首《题天庆观》：

---

① 詹石窗，《白玉蟾诗词考论》一文提及此语，不详出处。
② 《全宋诗》卷三七一七，第 27568 页。

买的螺江一叶舟，功名如蜡何休休。我无曳尾乞怜态，早作灰心不仕谋。

已学漆园耕白兆，甘为关令候青牛。刀圭底事凭谁会，明月清风为点头。①

再如《题岳祠》：

南来一剑住三山，分得平生风月欢。虽宰旌阳应施药，本求勾漏为修丹。

蒙庄且慕漆园禄，李老尝为柱下官。我视荣华真惯见，何如早炼碧琅玕。②

又如前引《岁晚书怀》：

鹍鹏翔九天，鹪鹩巢一枝。
烟霄有熟路，我当何时归。
人间自富荣，信美非所宜。③

白玉蟾一句"早作灰心不仕谋"，透露早前曾有"谋仕"的愿望和举动，而"灰心"一词正是经历过挫折和失败后的不得已的沮丧和放弃。在白玉蟾诗词作品中，这类"述烟霞之志"、蔑视人间富贵的感怀之作不少，但透过这些，也多少说明白玉蟾未曾忘怀。而白玉蟾在丹道诗词之外，创作大量"文人"诗词，当是文人士大夫情怀的一种外化表现。

---

① 《全宋诗》卷三一四一，第 37679 页。原题《赠天晴观》，《道藏》本《海琼白真人语录》作《题天庆观》，据改。
② 《全宋诗》卷三一四一，第 37679 页。
③ 《全宋诗》卷三一三六，第 37495 页。

结　语

我们如果追问，白玉蟾为什么创作如此之多的诗词文赋？又为什么一部分作品浸透在丹道理论的世界里，一部分又完全是士子文人的模样？白玉蟾的特殊经历和心路历程就能让我们知晓一二。白玉蟾本是一个读书种子，一颗仕途苗子，但却脱离正常轨道，跨海别亲，远赴他乡求道，这种巨大的人生转折和此后漫长的云游经历，成就了天仙才子——白玉蟾，也成就了这1000多首斑斓瑰丽、风格迥异的诗词作品。

苦行与试炼

—— 全真七子的宗教修持与文学创作

吴光正

武汉大学中国宗教文学与宗教文献研究中心

近六年来，笔者一直在策划、主持12卷25册本《中国宗教文学史》的编纂工作，该工作将宗教文学定义为宗教实践（修持、弘传、济世）中产生的文学[1]，因此宗教经验的文学表达成为课题组关注的中心之一。接到中央研究院中国文哲研究所重点研究计划《苦、劫、恶、魔：中国宗教与文学中的试炼书写》邀请函后，脑海中立即浮现出金元全真教宗师的修行书写。在通读相关丹经、语录、碑刻、传记、图像、说唱文学、散曲、戏曲、小说、笔记尤其是诗文别集的过程中，笔者惊讶地发现，金元全真教宗师留下了空前绝后的道教修行试炼材料，这些文献无论是从道教史的立场还是从道教文学的立场来看都弥足珍贵，可以刷新道教史、道教文学研究中的不少定论。由于王重阳和全真七子均不以理论书写见长，他们的宗教信仰、修持理论、修持方法多以口传密授和文学书写的方式实施和呈现，因此本文拟以全真七子的诗文别集为核心以相关丹经、碑刻、传记、语录为辅，全面清理全真七子的苦行与试炼，并分析这种苦行与试炼对其文学创作的影响。[2]

---

[1] 吴光正：《坚守民族本位 建构宗教诗学》，载《武汉大学学报》2009年第3期；吴光正：《宗教文学史：宗教徒创作的文学的历史》，载《武汉大学学报》2012年第2期；吴光正：《重构中国文学地图建构佛教诗学——〈中国佛教文学史〉编撰刍议》，载《哈尔滨工业大学学报》2012年第2期。

[2] 本报告原名《苦行与试炼：金元全真教徒的宗教修持与文学再现》，作为专题演讲发表于2013年1月11日中研院文哲所小会议室，承蒙李丰楙、刘苑如、刘琼云诸教授提出修改意见，并将论述重点聚焦于全真七子之诗文别集。在此特致谢意。成文后，又蒙匿名审查委员提供修改意见，在此亦特致谢意。

一、试炼方法及其内涵

王重阳（1112—1170）由陕西前往山东传道，收得七大弟子后仙逝于返乡途中，整个过程两年六个月。王重阳如何在如此短的时间内试炼弟子心性、奠定弟子日后成为教门宗师的基本秉性？王重阳驾鹤仙去后，全真七子又是如何因应自身特性和环境变迁接受重重磨考完成其宗教修持？这一切均应围绕全真教的性命双修理论及其修持方法加以考察。

王重阳强调性命双修，其命功理论往往采用口诀的方式秘密传授给最具慧根最为亲密的弟子，一般不形诸文字，因此给学界形成了全真教重性不重命的印象。其实，只要我们认真批阅王重阳和七真的诗文别集以及相关语录，我们便会发现命功是其吸引弟子、指导弟子的重要法门。王重阳之出家修行与其得异人传授秘诀息息相关，而王重阳本人则用这一秘诀去化诱弟子。马丹阳曾在诗歌中感谢王重阳授予自己命功秘诀："幸遇风仙传秘诀，致令马钰得良因。断情割爱调龙虎，绝虑忘机产凤麟。玉内生金丹结宝，水中养火气安神。师恩深重终难报，誓死环墙炼至真。"[①]（马丹阳《论恩》，《洞玄金玉集》卷七）《水云集》后序也提到谭处端"以宿缘符契，壮岁得遇重阳祖师，与丹阳、长生、长春同师也。厥后相从真人，西抵汴梁，付以口诀"[②]。《重阳真人金关玉锁诀》《重阳真人授丹阳二十四诀》大概就是王重阳秘传给弟子而为弟子记录下来的秘籍。对于一般的信众，王重阳往往强调性功修持。如《三州五会化缘榜》就告诫会众："诸公如要修行，饥来吃饭，睡来合眼，也莫打坐，也莫学道。只要尘凡事屏除，只用心中清静两个字，其余都不是修行。"[③]功行不到的弟子，即使是寄予厚望的丘处机，王重阳也不会轻易传授命功。对此，丘处机曾多次向弟子提及："俺与丹阳同遇祖师学道，令俺重作尘劳，不容少息。与丹阳默谈玄妙。一日闭其户，俺窃听之，正传谷神不死调息之法。久之，推户入，即止其说。"丘处机偷学之后，"尘劳事毕，力行所闻之法"。但是效果却不明显："行之虽至，然丹阳二年半了道，俺千万苦辛，

[①] 本文所引诗词繁多，为节省篇幅故采用文中夹注，其余引文则采用脚注。
[②] 谭处端：《水云集》卷下，《道藏》第25册，北京：文物出版社、上海：上海书店、天津：天津古籍出版社，1988年版，第864页。
[③] 王重阳：《重阳教化集》卷三，《道藏》第25册，第788页。

十八九年犹未有验。"后来他总结出了一个道理："祖师所传之道一也，何为有等级如此？只缘各人所积功行有浅深，是以得道有迟速。"①这也是王重阳在命功传授上厚此薄彼的原因所在。后来，马丹阳也如法炮制乃师作法用于训导教门龙象："仆与曹、刘二三伴，在环堵外立，〔师〕忽出曰：夫道，但清净无为，逍遥自在，不染不着。此十二字，若能咬嚼得破，便做个彻底道人。但信老人言，行之自当有益，必不误你诸年少。"②曹、刘二人均是丹阳重要弟子，后来对教门发展作出了重要贡献，但是在初学阶段，马丹阳只劝导他们进行性功修炼。

关于性功，王重阳习惯于用文学性词汇加以描述。王重阳教导马丹阳时指出："凡人入道，必戒酒色财气、攀援爱念、忧愁思虑，此外更无良药矣。"③这十二字被七真当作性功修炼的法宝，用以警示自我、教导徒众，频频行诸吟咏："学道休妻别子，气财酒色捐除。攀缘爱念永教无，绝尽忧愁思虑。"（马丹阳《西江月·赠吴知纲》，《渐悟集》卷上）"酒色财气，攀缘爱念。忧愁思虑，非道识见。"（马丹阳《示门人》，《洞玄金玉集》卷五）"酒色气财摧本柄，忧愁思虑丧元真。"（王处一《搜真吟》，《云光集》卷三）"酒色气财尽，忧愁思虑忘。攀缘爱念绝，五叶玉莲芳。"（谭处端《劝众修持》，《水云集》卷上）马丹阳嗣掌教门后便将之作为重要的教规，其"十劝"教规有"两劝"专门谈这个问题："三劝断酒色财气，是非人我。四劝除忧愁思虑攀缘爱念。如有一念才起，速当拔之。十二时中，常搜己过，稍觉偏颇，即当改正。"④七真弟子也将之作为"初心学人修炼心地"的"入门"理论："把从来恩爱眷恋，图谋较计，前思后算，坑人陷人底心，一刀两段去。又把所著底酒色财气，是非人我，攀缘爱念，私心邪心，利心欲心，一一罢尽。外无所累，则身轻快；内无所染，则心轻快。久久纯熟，自无妄念。更时时刻刻护持照顾，慎言语，节饮食，省睡眠，表裏相助，尘垢净尽，一物

---

① 段志坚：《清和真人北游语录》卷三，《道藏》第33册，第170页。
② 王颐中集：《丹阳真人语录》，《道藏》第23册，第702页。
③ 王利用：《全真第二代丹阳抱一无为真人马宗师道行碑》，载李道谦：《甘水仙源录》卷一，《道藏》第19册，第729页；王重阳《化丹阳》云："凡人修道，先须依此一十二个字，断酒色财气、攀援爱念、忧愁思虑。"《重阳教化集》卷二，《道藏》第25册，第780页。
④ 马丹阳：《丹阳真人十劝碑》，陈垣：《道家金石略》，北京：文物出版社，1988年版，第432页。

不留。他时自然显露自己本命元神，受用自在，便是个无上道人也。"①可以说，这十二个字是金元全真教性功修持的总纲，贯穿整个金元全真教史。

"酒色财气"代表修道必须蠲除的欲望，王重阳有诗分咏酒色财气对于修道的危害，尤其在化马钰出家试炼马钰之心性时有突出表现。其百日锁庵、分梨十化的一个核心内容就是针对马钰之财色心而为，其写给马钰的一首诗名即为《试炼马钰财色心》。马钰在禁欲修持的过程中有深刻的体悟，他告诫弟子曰："酒为乱性之浆，肉是断命之物，直须不吃为上。酒肉犯之犹可恕，若犯于色，则罪不容于诛矣。何故？盖色者，甚于狼虎，败人美行，损人善事，亡精灭神，至于陨躯。故为道人之大孽也。"②

对于心性修炼来说，除了必须蠲除"酒色财气"所代表的欲望外，还必须蠲除"人我是非"所代表的"我执"。"修仙须要降人我，更向水中养真火。意灭心忘无点尘，性灵丹结成功果。"（马丹阳《赠鄠县独孤五郎》，《洞玄金玉集》卷一）"人我山头生死关，劝人推倒我人山。人我既除心性善，自然跳出死生关"（马丹阳《示门人》，《洞玄金玉集》卷一）。"我心有病我心医，人是人非人岂知。搜妙搜玄搜获正，不争不竞不修持。"（马丹阳《连珠颂》，《洞玄金玉集》卷三）"悟彻是非海，出离生死关。人无息肩暇，我有终身闲。"（马丹阳《述怀》，《洞玄金玉集》卷四）马丹阳不仅频频于诗词中强调修道必须泯灭人我是非，而且还"常书大字一联，与道友曰：速把人我山放倒，急将龙虎穴冲开"③。刘处玄甚至将人我是非的蠲除细化为教规，其"十劝"戒条就有七条是针对人我是非的："一劝不得自知是，愆过慢人，纵意不改。二劝不得自失错，嗔人道着，常起念怨人。三劝不得自衒己是，直言常说他人非。四劝不得夸自高，灭一切入道之人。五劝不得不依经教说道理。六劝不得有始无终，心意常要似初相见之时。七劝不得常说世人之短，只要常言世人之美处。八劝不得作事不平等，不得见有施利者爱，见无施利者嫌。九劝不得定慧者，修行之人，不得不守静，未达理未开悟，不得不看书。十劝不得执着有无，不得不悟住行坐卧，心常清静。"④对于全真教来说，"人我是

---

① 论志焕：《盘山栖云王真人语录》，《道藏》第23册，第719页。
② 王颐中集，《丹阳真人语录》，《道藏》第23册，第701—702页。
③ 王颐中集，《丹阳真人语录》，《道藏》第23册，第702页。
④ 刘处玄：《仙乐集》卷二，《道藏》第25册，第433页。

非"是和"酒色财气"并列的两大必须蠲除的天敌,是在"酒色财气"这类人欲的基础上生发出来的,因此在相关文献中常常被相提并论:"修炼者,须要觅前程。窈窈冥冥除我相,昏昏默默绝人情。"(王重阳《望蓬莱·醴泉觅钱》,《重阳全真集》卷四)"人我是非招业种,气财酒色斩人场。"(马丹阳《十六障》,《洞玄金玉集》卷一)

所谓"攀援爱念",就是眷恋红尘、决心不够的意思,是和"酒色财气"所代表的欲望相关的一个概念。王重阳《遗丹阳》诗云:"一别终南水竹村,家无儿女亦无孙。三千里外寻知友,引入长生不死门。"王重阳本有妻室儿女,此处所谓"家无儿女亦无孙",是在凸显自己割断红尘之决裂,旨在诱化马丹阳出家修行。马丹阳心领神会,便在《丹阳继韵》中昭示自己舍弃红尘出家修道之决心:"得遇当归刘蒋村,黜妻弃妾屏儿孙。攀缘割断云游去,誓不回眸望旧门。"(《重阳教化集》卷一)马丹阳《卜算子》的词题云:"重阳师父百端诱化,予终有攀缘爱念。忽一夜,梦立于中庭,自叹曰:'我性命有如一只细磁碗,失手百碎。'言未讫,从空碗坠,惊哭觉来。师翌日乃曰:'汝昨晚惊惧,纔方省悟。'"其词作曰:"吕公大悟黄粱梦,舍弃华轩。返本还源。出自钟离作大仙。山侗猛悟细磁梦,割断攀缘。炼汞烹铅,出自风仙性月圆。"(《渐悟集》卷上)丹阳因忧虑生命之短暂而亲近丹道亲近王重阳,出家之念时时萌生却因"攀援爱念"无法付诸行动,于梦中感悟生命犹如瓷碗一摔即破,始而将出家修行付诸行动。

所谓"忧愁思虑",是为尘情困扰、信仰动摇、信心不够的意思。王重阳和马丹阳在诗词中多次谈到忧愁思虑:"若是要随余去,绝尽平生思虑。心中物物不着,尘事般般休序。饥后麤细皆餐,寒来只消纸布。常睡莫起忧愁,如行休生恐怖。不得言是谈非,不得辞辛道苦。"(王重阳《赠友人道颂》,《重阳全真集》卷八)"愚迷不识余家意,晓夜忙忙空斗智。四般拘执尽贪婪,酒色更兼财与气。争如风害便抽头,无虑无愁更远忧。"(王重阳《自叹歌》,《重阳全真集》卷九)"绝尽人我,绝尽思虑。"(王重阳《赠弟子颂》,《重阳全真集》卷九)"修行须是身衣布,受寂寥餐素。道心不与众心同,绝忧愁思虑。"(王重阳《贺圣朝》,《重阳全真集》卷四)"山侗昔日,火院中间,千斤重担常耽。镇日争名竞利,嫉妒怪贪。万般忧愁思虑,又何曾、时暂心闲。"(马丹阳《自咏》,《丹阳神光灿》)从这些诗句可知,

"忧愁思虑"是和"人我是非"相连的一个概念,乃因"尘情""我执"而起种种困扰。这种困扰使得修行者信仰动摇,这在相关语录中常常被提及。如:"丹阳师父初开教门,止言道之易成,门人敬信其言,或三数年不见其验。"于是弟子便起疑心,以为得道之人乃宿缘所致,非一世能成,马丹阳"瞋目大喝曰:'既知,如何不下手速修。'众皆退,服其言"。清河真人以之作为教门典范劝导弟子精进修持:"今日尔等但勿有疑心,休亏日用,遇有恶境,莫使心动,一回忍是一回赢,慎勿因循苟且,积成罪根,定有堕落。吾言不妄矣。"[1] 面对"大凡学,初莫不有志于道,然多中道而废,止缘有求速成之心,卒未见其验,则疑心生,此所以废学"的现象,全真宗师往往会以得道者历经五世十世至于百世积修而成于此一世来勉励弟子努力前进。[2]

王重阳和全真七子往往将必须蠲除之"酒色财气"和"人我是非"称之为魔。丘处机《大丹直指》谈到内观起火阶段内境中有十大魔:六欲魔、七情魔、富魔、贵魔、恩爱魔、灾难魔、刀兵魔、圣贤魔、妓乐魔、女色魔。这些魔实际上就是所谓的心魔,因此修炼也常常被说成炼心魔。马丹阳就有一词加以咏叹:"熟境缠绵,心魔返倒,下功决要降心。住行坐卧,昼夜志防心。方寸虽然不大,起尘情、万种牵心。当识破,上天入地,好弱总由心。从今,生觉悟,牢擒意马,紧锁猿心。把凡心裂另,要见真心。日日澄心遣欲,更时时、校勘身心。无私曲,自言心正,方可合天心。"(马丹阳《满庭芳·降心魔》,《洞玄金玉集》卷十)在全真宗师的诗词中,炼心魔常常被战斗化,用以说明修炼之激烈与艰辛:"战退妖魔邪气力,尽投空外化成形。"(王重阳《咏剑》,《重阳全真集》卷十)"三尸六贼总魔人,征战辛勤苦转辛。诛戮妖精心内剑,修完异景洞中春。"(马丹阳《示门人》,《洞玄金玉集》卷三)"魔山竭底摧,都休乱扭捏。"(王处一《金丹诀》,《仙乐集》卷三)

对于"酒色财气"所代表的欲望,全真教强调用决裂的态度加以蠲除。王重阳在诱化弟子时,往往强调"决断"的重要。"从此果能成决断,端然真个好因由。撑篙已在中流裹,难下逍遥得岸舟。"(王重阳《与丹阳》,《分梨十化集》卷下)"决裂便回头,换面更名堪讨。"(王重阳《如梦令》,《重阳教化集》卷一)"决裂修行要猛,存亡莫拟先生。"(王重阳《玉炉三涧

---

[1] 段志坚:《清和真人北游语录》卷三,《道藏》第33册,第170页。
[2] 段志坚:《清和真人北游语录》卷三,《道藏》第33册,第169页。

雪》,《重阳教化集》卷三）马丹阳也向师父表示："得遇修行当猛烈,不造新殃消旧业。心中疑网豁然开,从今永永师王嚞。"（马丹阳《丹阳继韵》,《重阳教化集》卷一）马丹阳也用同样的办法教导弟子："出家儿,要决断。一口咬碎,无明火钻。道万事、不击刚肠,堪称个铁汉。"（马丹阳《显决烈》,《洞玄金玉集》卷八）"出家儿,要决断。万种尘缘,一齐割弃。便忘机、绝虑修仙,把性命了干。"（《以示同流,如此修持,决证仙果》,《洞玄金玉集》卷八）"凡作道人,须是刚肠男子,切莫狐疑不决。但念性命事大,力行不退,期于必成。若儿女情多,烟霞志少,非所谓学道者也。"[①] 全真教往往用剑喻、刀喻、斧喻来形容去欲入道的决裂态度。"惺惺宝剑最分明,越砺磨砻对我呈。高举劈开新道眼,一挥斩断旧心情。"（王重阳《咏剑》,《重阳全真集》卷十）"谭仙入道,慧刀能举。弃妻割爱,舍了男女。却要随余,余应便许。羡公决烈,羡公显露。"（王重阳《赠弟子颂》,《重阳全真集》卷九）"舍家缘,须用斧。劈碎恩山,岂肯重修补。猛烈灰心寻出路。自在逍遥,认个清闲处。"（马丹阳《乡中上街求乞》,《渐悟集》卷下）

对于"人我是非"所代表的我执,全真教强调用"摧强挫锐"的态度加以剔除。"摧强挫锐,常搜己过。处真常、毋劳打坐。每向人前,须做小,无心做大。坎离中、虎眠龙卧。不憎不爱,无人无我。又何愁、非灾横祸。"（马丹阳《解佩令·和古韵》,《渐悟集》卷下）"摧强挫锐做修行,灭我降心断世情。默默琢磨除俊辨,昏昏锻炼去猩狞。无明起处真灵暗,柔弱生时道眼明。每与无明经斗战,一回忍是一回赢。"（谭处端《示门人》,《水云集》卷上）从这两首诗中可以看出,全真教所说的"摧强挫锐"是指用强劲的手段消磨本体个性的尖锐的棱角,如"俊辨""猩狞"等"己过",与内心的偏执、自我、强势斗战,以达到"不憎不爱,无人无我"的圆融状态。

为了去除心性修炼之诸魔,全真教主要采用了乞讨、离乡、打坐、战睡魔、打尘劳等苦修方式。王重阳认为："修行助饥寒者,唯三事耳。乞觅上,行符中,设药下。"[②] 因此,他本人不仅一直以乞讨维持生计而且把乞讨作为试炼徒众的重要法门。沿途乞讨可以最大限度地降低世俗欲望,蠲除酒色财

---

① 王颐中集,《丹阳真人语录》,《道藏》第23册,第704页。
② 王重阳：《重阳全真集》卷一,《道藏》第25册,第693页。

气。王重阳诱化弟子上街乞讨，目的是为了让弟子认清身躯乃四大假合。"白为骸骨红为肌，红白装成假合尸。昨日尽呼重阳子，今朝都看伴歌儿。别躯异体皆非悟，换面更形总不知。世上枉铺千载事，百年恰似转头时。"（《先生于宁海军装伴哥，街市乞化。背纸一大幅，上书此二诗，以诱马钰同去乞觅》，《重阳全真集》卷一）"欲要心不乱，般般都打断。子午卯酉时，须作骷髅观。"（《郝升化余打破罐因赠二绝》其二，《重阳全真集》卷十）有了这样的认识，修行者才能克服沿途乞讨所面对的重重磨考，最大限度地蠲除阻碍修行的"人我是非"，在心境上实现从世俗到宗教的重大转换。丹阳对师父的教导心领神会，他在词中指出师父令弟子乞讨的本质在于："降伏我人求乞去，自然日用得翛然。"（《述怀》，《洞玄金玉集》卷一）"乞觅残余真活计，无羞无耻无荣。舍身岂是喂饥鹰，亦非为虎食，不着假身形。"（《临江仙》，《渐悟集》卷上）这一经验，丹阳异日曾频频对弟子言及："在乡时，祖师令弟子入莱州乞化。到数日，意犹迟疑，夜梦师曰：'来日长伸着手，做条好汉，上街展手。'初妄心障退，故师发此言也。""师言：'祖师尝使弟子去宁海乞化些小钱米，我要使用。'弟子道：'教别个弟兄去如何？弟子有愿不还乡里。'""回乡中，初上街，祖师合总一头小角儿，面上以胭粉搽之。私心云：不怕撞着儿女相识，只怕撞着亲家每。思到范明叔宅，欲少歇，见太亲先在宅中，自云：这回休羞么。"[1] 马丹阳富甲一方，四方景仰，一旦而为乞儿，颜面顿失，害怕见到熟人尤其是亲人，所以寻找种种借口回避。而王重阳之所以逼迫马丹阳在家乡乞讨，目的就在于蠲除马丹阳之"人我是非"观念，看破世相，拥有宗教人格。马丹阳还向弟子们言及乞讨生活对于心性的磨炼："师曰：'我初到关中，乞化到一酒肆。有一醉者，毁骂之间，后被他赠一拳，便走，拽住又打一拳，只得忍受。汝曹曾遭此魔障否？'弟子答曰：'无。'师父云：'好好遇着，勿诤。'""师曰：道人心性，尘俗之事，切莫随逐。若拖条华杖，嘲风咏月，陶冶情性，有何不可。至于巡门求乞，推来抢去，恰是道人日用家风也。"[2] 从这两则材料可知，乞讨生活可以遍阅人情冷暖世态炎凉承受种种人格上的侮辱，从而进入一种永远平静的心灵状态。

王重阳化诱马丹阳入道后立即带马丹阳等人离家赴昆仑山烟霞洞修行，

---

[1] 王颐中集，《丹阳真人语录》，《道藏》第23册，第705页。
[2] 王颐中集，《丹阳真人语录》，《道藏》第23册，第704—705页。

重阳仙化后七大弟子除了王处一留在山东苦修外，其余弟子均长期远离家乡修行。王重阳在诗词中屡屡谈及离家修道："妻女休嗟，儿孙莫怨，我咱别有云朋愿。"(《踏莎行·别家春》，《重阳全真集》卷六)"心净神清鬓不华，水云便是我生涯。休交死后浑家送，赢取生前出离家。"(《离亲咏》，《重阳全真集》卷十)王重阳劝马丹阳离乡远游时指出："子知学道之要乎？要在于远离乡而已。远离乡，则无所系。无所系，则心不乱。心不乱，则欲不生。无欲欲之，是无为也。无为为之，是清净也。以是而求道，何道之不达？以是而望仙，何仙之不为？今子之居是邦也，私故扰扰，不能息于虑。男女嗷嗷，不能绝于听。纷华种种，不能掩于视。吾惧终夺子之志，而无益于吾之道也。子其计之。"① 由于马丹阳家大业大，儿女妻妾成群，所以离家远游战胜欲念便成为一种必要的修行手段。因此，王重阳一见到马丹阳就声称自己："一别终南水竹村，家无儿女亦无孙。三千里外寻知友，引入长生不死门。"(《赠马钰》，《重阳全真集》卷二)马丹阳也屡屡形诸吟咏。"正做迷迷火院人，苦中受苦更兼辛。偶因得遇通玄妙，岂有就家恋富春。"(《辞家》，《洞玄金玉集》卷二)富春者，马丹阳之妻也。长期处于异乡异地，孤苦伶仃，修炼者需要顽强的意志来克制乡关之思，因此，我们常常看到全真宗师在诗词中设誓自勉："不悭贪，不谄诈。不忆家缘，不说乡中话。"(《苏幕遮·自戒》，《渐悟集》卷下)"做个道门辅弼人，为他哀苦更哀辛。因观关裹秦川景，不忆乡中甲地春。"(《忘念》，《洞玄金玉集》卷二)"识破家缘冤苦，忻然跳出乡间。秦川秀处作庵居，永住永住永住。物外逍遥自在，如今寄甚家书。还乡便得赴仙都，不去不去不去。"(《西江月·自勉》，《渐悟集》卷上)"吾之向道极心坚，佩服丹经自早年。遁迹岩阿方十九，飘蓬地里越三千。无情不作乡中梦，有志须为物外仙。"(丘处机《坚志》，《磻溪集》卷一)俗话说，老乡见老乡，两眼泪汪汪。而全真宗师见到乡人和家书，则需要用绝烈的态度克制尘情："斩钉截铁不思家，永绝狐疑永弃家。足履白云寻羽客，杖挑明月访仙家。乡中园馆非吾宅，物外蓬瀛是我家。自在逍遥无宿虑，何须重话旧时家。"(《闻乡人来到以词聊代家书》，《渐悟集》卷下)"家书接得急开封，正值糊窗要辟风。我意难随你意去，道心不与俗

---

① 《重阳教化集》刘愚之序，《道藏》第 25 册，第 772 页。

心同。行功未满大千数,云水须游太一宫。传语儿孙并弟侄,后来书至撇墙东。"(《收家书》,《渐悟集》卷下)前一词是以词代家书向乡亲表白心迹,后一词是接家书后自明心迹,都是为了斩断乡情和亲情,态度极为决裂。

全真教还采用战睡魔的方式来克制欲望以达致清静境界。丘处机在这个领域有很好的修为,有关语录详细记载了丘处机战睡魔的情形:"师父长春真人,转展苦志炼魔,惟恐无功,于山上往来搬石炼睡。""长春师父言:觑那几个师家,福慧相貌皆胜自己,遂发心下三年志,要炼心如寒灰,下十年志,心上越整理不下。自知福小,再加志,着一对麻鞋,系了却解,解了却击,每夜走至十七八遭,不教昏了性子。"①丘处机《万年春·惊睡》亦描写了自己战睡魔的情形:"秋夜沉沉,漏长睡酷多思想。须依仗,道情和畅。不纵魔军王。打迭神情,物物离心上。虚空帐,慧灯明放。坐待金鸡唱。"(《磻溪集》卷六)丘处机的战睡魔甚至在弟子的意念中结出了圣胎:"师父言:俺惟与祖师结缘素深,昔在磻溪日,至于不令食盐,未至夜半不令睡,比细事亦蒙一一点检。忽一夕境中见祖师膝上坐一婴儿,约百日许。觉则有悟于心,知吾之道性尚浅也。半年复见如前境,其儿已及二岁许。觉则悟吾道性渐长,在后自觉无恶念。一年又如前境,其儿三四岁许,自能行立。后不复见,乃知提挈,直至自有所立而后已。"②至于为何要战睡魔,全真教也从理论上进行了探讨,其要在于禁欲守气全精。马丹阳指出,"守忞妙在乎全精,尤当防于睡眠。方欲寝时,令正念现前,万虑悉泯,欹身侧卧,鼻息绵绵,魂不内荡,神不外游,如是则气精自定矣"③。李志全曾记载丘处机对战睡魔的认识:"吾(丘处机)昔于磻溪龙门,下志十三年,险阻艰苦,备悉之矣。日中一食,歉而不饱,夜历五更,强而不眠。除涤昏梦,剪截邪想。常使一性珠明,七情冰释。"④清和真人认为:"修行之害,三欲(食、睡、色)为重。不节食即多睡,睡为尤重,情欲之所自出。学人先能制此三欲,诚入道之门。"⑤战睡魔还被称之为炼阴魔:"吾离峰子行乞至许昌,寄止岳祠,通夕疾走,环城数

---

① 尹志平:《清和尹真人语〔录〕》,玄全子集,《真仙直指语录》卷下,《道藏》第32册,第441、443页。
② 尹志平:《清和真人北游语录》卷四,《道藏》第33册,第174页。
③ 王颐中集,《丹阳真人语录》,《道藏》第23册,第703页。
④ 李志全:《清虚子刘尊师墓志铭》,陈垣:《道家金石略》,第537页。
⑤ 段志坚:《清和真人北游语录》卷一,《道藏》第33册,第155页。

周，日以为常。其坚忍如此。吾全真家禁睡眠，谓之炼阴魔，向上诸人，有胁不沾席数十年者。"① "全真家禁睡眠，谓之消阴魔，服勤劳而曰打勤劳，以折其强梗骄吝之气。"② 战睡魔是一种逐渐发展起来的修行方法，并风行于教团内部。

打坐是全真教最为重要的修炼方式，其形式灵活多样，如王重阳于活死人墓、王处一和丘处机于山洞、郝大通于桥上桥下，更多的时候是采用坐环的形式来实施。环者，环堵也："中起一屋，筑圜墙环之。别开小牖，以通饮食，使人供送也。绝交友，专意修行。"③ 因应修炼之目的，环堵一般比较清幽。如马丹阳就一再提到环堵的这一特性："一莲池，二霞友。三松四桧，五株垂柳。卓环墙、围远云庵，屏繁华内守。"（《清心镜本名红窗迥·祖庵环堵》，《洞玄金玉集》卷八）"西北亭川环堵居，此中堪可隐吾躯。眼前碧竹数君子，面对青松二大夫。流水假山儿戏尔，清风明月汝知乎。若能悟解予栽九（予于环堵栽韭薤，故寓焉），有分灵光赴玉都。"（《挈李大乘入环堵作》，《洞玄金玉集》卷三）坐环修行要求将生存所需降到最低限度，以完成心性的修炼。十年坐环的艰辛，马丹阳往往形诸吟咏："冬虽无火抱元阳，夏绝清泉饮玉浆。蜡烛不烧明性烛，沉香无用爇心香。三年赤脚三年愿，一志青霄一志长。守服山侗环堵内，无恩相报害风王。"（《瑞鹧鸪·住环堵》，《渐悟集》卷下）一旦逾越苦修之界限，马丹阳往往自我惩罚："师言：尝在环裹思闲话，论及新瓜。道众闻之，明日造瓜包子入环，食了三枚，罚了三日不得吃饭。"④ 对于外界的赠与，马丹阳也能克制欲望予以拒绝："做天来大错，敢受绵袭。结裹身如圆囤，招谴责、厥疾难瘳。还团袄，潇潇洒洒，褴褛显真修。"（《满庭芳·退姜四翁所惠团袄》，《洞玄金玉集》卷十）

特别需要指出的是，全真教坐环炼性是为炼命服务的。这在语录中有很清楚的记载："师父冬夏披一布懒衣，食粗取足，隆冬雪寒，庵中无火，兼时用冷水。其神气和畅，殊无寒意。如此十年，非腹中有道气，则不能枝捂矣。"⑤

---

① 元好问：《紫虚大师于公墓碑》，陈垣：《道家金石略》，第463页。
② 王恽：《提点彰德路道教事寂然子霍君道行碑铭并序》，陈垣：《道家金石略》，第692页。
③ 《盘山语录》，《修真十书》，《道藏》第4册，第825页。
④ 王颐中集，《丹阳真人语录》，《道藏》第23册，第705页。
⑤ 王颐中集，《丹阳真人语录》，《道藏》第23册，第703页。

这是在强调马丹阳之所以在西北地区能够穿一布懒衣过冬是因为他有命功。《洞玄金玉集》卷八《清心镜》词题也谈到马丹阳修炼身中至宝治愈了自己的脚疾。实际上，坐环的主要工作也是在炼气："一纪环墙，数年赤脚，哩他寒冷如囚。超然一志，决要行功周。感得神仙下界，向身中、布气如流。无凝滞，冲和上下，相应好因由。"（《满庭芳·退姜四翁所惠团袄》，《洞玄金玉集》卷十）"决烈修持是郝仙，孤云野鹤最翛然，我虽环堵望齐肩。日日炼心烹药鼎，时时运火补丹田，功成同上大罗天。"（《瓶丹砂·思郝仙》，《渐悟集》卷上）这两首词都是在描绘住环时修炼命功的过程和感受，在在说明坐环之工作和目的不仅在于修性而且在于修命。

所谓打尘劳就是从事各种与生产和生活相关的体力劳动。王重阳曾用这种方式来试炼丘处机，随着全真教在蒙元之际的崛起，大量的教务和事务需要信众和教众的参与，打尘劳便成为全真教试炼心性的重要手段。"当时大有尘劳，师父一一亲临，至于剥麻之事亦为之，堂下人亦曰丘大翁。"[1]后来，丘处机自己也认为"俺今日些小道气，非是无为静坐上得，是大起尘劳作福上圣贤付与"[2]。对于打尘劳这一修炼方式在蒙元之际的兴起，尹志平曾在和徒弟讨论"教门法度更变不一"时作出了准确的把握："《易》有云：随时之义大矣哉。谓人之动静，必当随时之宜。如或不然，则未有不失其正者。丹阳师父以无为主教，长生真人无为有为相半。至长春师父，有为十之九，无为虽有其一，犹存而勿用焉。道同时异也。如丹阳师父《十劝》有云：茅屋不过三间。在今日则恐不可。若执而行之，未见其有得。譬如种粟于冬时，虽功用累倍，终不能有成。今日之教，虽大行有为，岂尽绝其无为？惟不当其时，则存而勿用耳。"[3]

全真教的这套理论和方法在王重阳的痛教与七真斗修行的过程中有很好的体现，全真教的语录当中也留下了大量宗师试炼弟子的记载。关于这些内容，我们将在后文加以阐述。

---

[1] 段志坚：《清河真人北游语录》卷四，《道藏》第33册，第173页。
[2] 段志坚：《清河真人北游语录》卷三，《道藏》第33册，第173页。
[3] 段志坚：《清河真人北游语录》卷二，《道藏》第33册，第166页。

二、痛教与斗修行

王重阳收得七大弟子后，针对七大弟子的实际情形采取了不同的试炼方式，而贯穿始终的是所谓的"痛教"；为师守墓三年后，诸弟子在秦渡镇真武庙各述修炼志向，从此开始了一生的苦修历程，其精进修持时倡导一种特殊的精神风貌——斗修行。

王重阳收徒布教很不顺利，直到生命的最后三年才有所收获。1159年6月，48岁的王重阳于甘河遇仙，从此开始了他个人的证道历程。1160年，抛弃家庭，开始乞食修行；1161年，在刘蒋村挖筑墓穴，入墓修行，自称"活死人"；1163年，填埋墓穴，到刘蒋村北筑庵修行，并试图收徒传道；1167年4月26日，对传道失望至极的王重阳焚毁茅庵，决定前往山东传道。1167年7月16日，王重阳到达宁海牟平，在范明叔的怡老亭与马丹阳相遇，开始了收徒传道的历程；1167年10月1日，王重阳锁庵百日，以诱化丹阳夫妇入道，谭处端于此期间前来投奔王重阳；1168年2月8日，马丹阳出家，王处一来到全真庵投拜王重阳；1168年2月晦日，王重阳带丹阳、长真、玉阳到昆仑山开烟霞洞修行；1168年3月，郝大通来到烟霞洞修行，丘处机也于此前后投奔王重阳，马丹阳则患了偏头痛，下山医治，因违犯教规受到惩罚；1168年8月，王重阳带丘谭王郝到姜实庵，开始在文登传教，创三教七宝会；是年10月，马丹阳写誓约书，得到王重阳的宽恕，回到王重阳身边；1169年春天，王处一辞别王重阳，前往铁查山隐居；1869年4月，王重阳带马谭丘郝回宁海，住周伯通所设金莲堂，创三教金莲会；是年5月5日，孙不二在金莲堂从王重阳出家；6月，郝广宁去铁查山修行；9月，在登州福山建三教三光会，在蓬莱设立玉花会；9月，王重阳来到莱州掖县，在大量志愿者中挑选刘处玄为弟子；10月，在掖县创三教平等会，随后便带丘刘谭马四大弟子西返陕西，于10月中到达南京开封，对弟子展开最后的教导；1170年1月15日，王重阳仙逝于开封旅舍。从以上时间表中，我们不难发现，王重阳亲自教导、试炼弟子的时间非常有限，从师时间最长的马丹阳从与王重阳相识到王重阳仙逝时间也不过两年六个月，刘处玄从师时间则仅仅四个月。王重阳对这个短暂的收徒、训徒时间有着充分的认识，因为他在前往山东传道时就意识到自己的生命即将终结："害风害风旧病发，寿命不过五十八。两个先生决定来，一灵真性诚搜刷。"（《寿期》，《重阳全真集》卷二）。

王重阳预感到生命即将结束因而采用"痛教"的方式来收徒、授徒。"痛教"一词，首见于丹阳词作中。其和王重阳《折丹桂·赠丹阳》词云："父师痛教频频引，在俗心宁忍。须当酒色气财捐，到如今，有甚尽。冲和气脉何劳诊，一志修行准。参随鹤驾纵云游，离乡关，心意紧。"（《折丹桂·丹阳继韵》，《重阳教化集》卷一）"痛教"云云，是指用猛烈、严厉的方式收徒授徒。马丹阳对术士预言自己只能活四十九岁而忧愁思虑，从此留心丹道，因而与王重阳一见倾心。王重阳化马钰未肯从，便锁庵门百日，分梨劝导；当他发现"丹阳每和诗词，篇篇猛烈，有凌云之志。然未识心见性，难以为准"时，立即加以斥责："一种灵禽舌软柔，高枝独坐叫无休。声声只道烧香火，未必心头似口头。"（《重阳教化集》卷一）当发现马丹阳徒知内丹知识却并无真实体验时，又用藏头诗警示马丹阳："（各）家自悟。（吾）今观睹。（者）扶风，安手脚，未知门户。"（《金莲堂·藏头》，《重阳教化集》卷一）王重阳百般化诱马丹阳出家后即对之施以严厉的试炼，甚至对之大加鞭笞。马丹阳归依后，王重阳立即率领他前往昆仑山修道；马丹阳道心不坚，患了偏头疼，王重阳立即把他赶下山；马丹阳下山后破戒饮酒，几至殒命，王重阳立即加以警告："道成尚吃酒，岂惜千年寿。访饮若依前，不过四十九。"（《知丹阳吃酒赠颂》，《重阳教化集》卷二）当马丹阳表示悔过拟再上昆仑山时，马丹阳派人告诉他："公住山时我下山，我心终是厌愚顽。断弦无续宁成曲，覆水难收已不还。"（《闻丹阳欲上昆仑山以诗寄之》，《重阳教化集》卷二）直至他焚烧誓状才予以接纳，并赠诗寄寓厚望："掷下金钩恰一年，方吞香饵任纶牵。玉京山上为鹏化，随我扶摇入洞天。"（《余在昆仑山，赶丹阳下山，不要同处。后令丹阳烧誓状。以诗赠之》，《重阳教化集》卷二）孙不二到金莲堂从王重阳出家时，王重阳担心他们"攀援爱念"，立即将丹阳赶出金莲堂，上街求乞，并叫孙不二焚约设誓。为了让马丹阳蠲除"酒色财气""人我是非"，王重阳甚至对人到中年的马丹阳加以体罚。"师言：路上拾得驴契，祖师直打到晓，头面上拳打，有甚数目也。"马丹阳拒绝上街乞讨，"祖师怒打，到平旦而止，打之无数。吾有退心，谢他丘师兄劝住，迨今不敢相忘。"① 王重阳这种严酷、猛烈的收徒、授徒方式并不在于扩大教团人数而在于挑选教门龙象："后愿礼师者云集，真人诮骂捶楚以磨炼之，往往散去。得真人道者，马谭丘而已。"②

收得七大弟子后，王重阳立即带丘刘谭马西返陕西，但到达开封后，王重阳便预感自己时日不多，于是用最后的一点精力对四大随行弟子进行"痛教"。"腊月中，时于钰辈，极锻炼之功，逾往者百千，错行倒施，一言一动，悉受呵责。"他曾买鱼四只羊肉二斤，煮熟后储存月余，"其鱼肉皆臭败，令门人弟子食之。时各戒膻荤，莫有敢食者。师遍问，皆曰'不敢。'马钰独稽首曰：'师令食，弟子食之。'师叱曰：'汝自不断得，欲托我耶。'遂与满钵。师复曰：'到关西，无此物与汝食之。'凡数朝，先令钰早食羊鱼"。"又令沽酒，市天蒸枣蜜弹子，师自食之，询钰曰：'会得否？'钰未悟，即愈加痛教，狂骂捶楚，不分昼夜，且曰：'汝一日，自当悟矣。'钰拜谢曰：'蒙师慈诲，无所可报。'师曰：'惟修行，则可报。'""以钰等所乞钱物，多市薪炭，大燃于所寝之室。其室褊小，令马钰、谭处端入于内，刘处玄、丘处机立于外。内则不任其热，外则不任其寒，处玄不堪而遁去。师将殁，三子立于床下。师曰：'丹阳已得道，长真已知道，吾无虑矣。处机，所学一听丹阳；处玄，长真当管领之。'"③ 从这最后的痛教事件可知，王重阳用一种匪夷所思的手段来试炼弟子的向道之心和从师之志，痛下棍棒之余又寄予厚望；对于最具慧根的马丹阳，王重阳"痛教"时曾给予额外关照，而马丹阳最能遵从师傅教导取得的成就也最大，故王重阳将教团的重担交给了他。

由于时间短暂，王重阳只好依据弟子各自的特性采用不同的方式对弟子进行试炼且将试炼重点放在马丹阳身上。对于王处一、郝大通和孙不二，王重阳授予他们口诀之后，令其自成。比如，王处一七岁和十四岁有过神异经历，早已托身道庵修道，悟性很高，因此王重阳教导一年后便令其独自修行，并赠之以诗曰："修行学道并无师，只要心中自己知。净处常常生智慧，闲居每每起慈悲。搬柴运水唯闻做，观相存思各自为。减食忘情为慷慨，任欢取乐是

---

① 王颐中集，《丹阳真人语录》，《道藏》第23册，第705页。
② 金源璹：《终南山神仙重阳真人全真教祖碑》，李道谦：《甘水仙源录》卷一，《道藏》第19册，第724页。
③ 赵道坚：《历世真仙体道通鉴续编》卷一，《道藏》第5册，第417页。

修持。救人设药功尤大，戒酒除荤行最宜。直待开门观宿性，宿缘堪可便相随。"（《赠王哥》，《重阳全真集》卷十）对于郝大通，王重阳曾"解纳衣去其袖而与之曰：'勿患无袖，汝当自成。'盖传法之意也。九年，宁海人有构金莲堂以待，真君挈其徒西归，居之。师携瓦罐乞食，误触之，碎。真君别授一罐，题颂其上云：'扑碎真灰罐，却得害风观。直待悟残余，有个人人唤。'未几，师辞真君，去与王玉阳往居查山。"[①] 鉴于郝大通精通算命、心性傲慢，王重阳教导弟子用激将法试炼其心性：其随王处一修行却被王处一撵下山，其千里西行欲随同门为师守丧也被谭处端激以"随人跟脚转"，郝大通只好努力精进。尽管这三位自成的弟子由于未能亲随王重阳西归并最终为王重阳守墓而被视为关系更为疏远的"异派"，但这三大弟子的自成却为全真教的发展作出了重要贡献。[②] 王重阳携带丘刘谭马四大弟子西返，其用意也颇为深刻。马谭同年，丘刘相差一岁，马谭大他们二十余岁，恰好构成了一个传教梯队。王重阳用丹道治愈了谭处端的痼疾，谭处端服膺王重阳神功而弃家小出家，其决裂情形令人叹为观止，因此王重阳不担心他中途放弃；倒是人称"马半州"的马丹阳妻妾成群，道心一直不稳，因此王重阳用尽心力对他大加调教。又由于他有丰厚的社会阅历和深厚的文化素养，王重阳欲以教门相托付，所以特意给他开小灶。丘处机的弟子曾多次听丘处机说过："师曰：祖师在昆仑山日，长春师父从之已三年，时年二十三。祖师以丹阳师父宿世功行至大，常与谈论玄妙，以长春师父功行未至，令作尘劳，不容少息。"[③] 王重阳之所以不传丘处机命功是因为其功行不到，而令丘处机打尘劳是为了磨炼其心性。临终前，王重阳指出："此子异日，地位非常，必大开教门者也。"[④] 王重阳生前并没有建立教团，其教团的建立、发展和壮大应该归因于其对弟子的精心挑选和对弟子的"有教无类"。

王重阳强调修行路上的勇猛精进，并用斗修行来鼓励弟子。关于斗修行，马丹阳曾用《斗百花》加以阐述，并将该词牌改为《斗修行》："同流宜斗修

[①] 徐琰：《广宁通玄太古真人郝宗师道行碑》，李道谦：《甘水仙源录》卷二，《道藏》第19册，第739页。

[②] 王处一对全真教的贡献可参见刘焕龄：《全真教体玄大师王玉阳之研究》，台湾成功大学硕士学位论文，1994年。

[③] 段志坚：《清和真人北游语录》卷二，《道藏》第33册，第163页。

[④] 赵道坚：《历世真仙体道通鉴续编》卷一，《道藏》第5册，第417页。

行，斗把刚强摧挫。斗降心，忘酒色财气人我。斗不还乡，时时斗，悟清贫逍遥，放慵闲过。斗要成功果。斗没纤尘，斗进长生真火。斗炼七返九还，灿烂丹颗。斗起慈悲常常似，斗无争，斗早得携云朵。"（《斗修行本名斗百花·犯正宫》，《洞玄金玉集》卷八）由于全真教禁止同修之间攀比竞争，此处之"斗"不可能解释为同修之间的竞争，合适的解释应该是指修行者在修行上尤其是心性修炼上较劲，勇猛精进。这在刘处玄的诗词中有清晰的反映："出家儿，须决断。自己搜寻，不论他人短。""心目澄澄内较量，物情堆裹别真祥。收神养气为功行，尘事般般任短长。"这两首诗词的篇名分别为《苏幕遮·诫道人相争》和《劝门人较量心地》，准确地道出了斗修行的实质在于较量修行者自己之心地而非同修之间相互较量。①

由于全真七子之家庭背景、个人秉性和入道机缘各异，其斗修行之事迹和风貌亦异彩纷呈。1174年，马丹阳、谭处端五十二岁，丘处机二十七岁，刘处玄二十八岁。是岁，四真已毕守墓之事，临别之际，在秦渡镇述说各自的修炼志向：马曰斗贫，谭曰斗是，刘曰斗志，丘曰斗闲。马丹阳《减字木兰花·四仙韵》对四真斗修行的早期情形做过描述："丘仙通密，隐迹磻溪人不识。通妙刘仙，永住终南屏万缘。谭仙通正，志在清贫修大定。三髻山侗，愿处环墙也放慵。"（《渐悟集》卷下）不过，对四真斗修行之场所和特质把握得最到位的应该是孙周。从史志经《长春大宗师玄风庆会图说文》卷第一"磻溪炼行"条引孙周作《长春真人传》可以知道，孙周将"斗"解释为"志"，可谓深得个中三昧："逮甲午岁秋，四师于秦渡镇真武庙中，月夜各言其志，马曰志贫，谭曰志是，刘曰志志，惟宗师志闲。志贫则外披缕褐，内怀珠玉；志是则委蛇游世，公正无邪。志闲则无为应缘，照而常寂；志志则守道不渝，应物全真。其志既异，居亦不同。丹阳处于环堵，长真乐于云水，长生隐于市廛，长春栖于岩谷。故知为道者，有殊途而同归，百虑而一致。"②

马丹阳富甲一方，人称"马半州"，所以用"斗贫"来进行心性修炼。

---

① 蜂屋邦夫将"斗"释为"实现"，赵卫东将"斗"释为同修之间的"竞赛"。参见：蜂屋邦夫：《金代道教研究：王重阳与马丹阳》，钦伟刚译，北京：中国社会科学出版社，2007年版；赵卫东：《谭处端学案》，济南：齐鲁书社，2010年版。

② 史志经编集，《长春大宗师玄风庆会图说文》卷一，《天理图书馆善本丛书·汉籍之部》，东京：八木书店，1981年版；又载丘处机：《丘处机集》，赵卫东校，济南：齐鲁书社，2005年版，第497页。

为了斗贫，马丹阳长期身居环堵，将物质消费降低到最低水平。马丹阳"居环堵中，但设几榻笔砚羊皮而已，旷然无余物。早晨则一碗粥，午间一钵面，过此以往，果茹不经口"①。他"冬夏披一布懒衣，食粗取足，隆冬雪寒，庵中无火，兼时用冷水。其神气和畅，殊无寒意，如此十年"②。这样的生活是马丹阳刻意为之，他曾在词中明示其决心："我今誓死环墙内，夏绝凉泉。冬鄙红烟，认正丹炉水火缘。师恩欲报勤修养，炼汞烹铅。行满功圆，做个蓬瀛赤脚仙。"（《采桑子·誓死赤脚夏不饮水冬不向火》，《渐悟集》卷上）马丹阳经常在诗词中抒发自己斗贫乐道的情怀："竹篱茅舍，柴门破碎，更衣装、纸袄麻衣，是道家活计。"（《戒华丽》，《洞玄金玉集》卷八）"不耻蓬头垢面，不嫌粝食龘衣。不惭求乞做贫儿，不羡荣华富贵。"（《西江月·赠明月散人》，《渐悟集》卷上）"不谒公侯，不疎贫贱，不求富贵荣华。不餐美膳，不敢厌衣麻。不发无明火烛，不着境、亦不思家。"（《不看谒》，《洞玄金玉集》卷十）马丹阳还经常用自己往昔的富贵生活衬托当下的斗贫境界。完颜侍郎曾对马丹阳的苦修生活大发感慨："不意先生肯住茅庵环堵，受如此潇洒。"马丹阳当即赋诗一首云："马家巷内马风家，北宅南园不足夸。那个荣华非活计，这般潇洒好生涯。身心离俗修金窟，云水投玄种玉芽。顿觉眼前天地窄，壶中日月结灵砂。"（《连珠颂》，《洞玄金玉集》卷三）斗贫给马丹阳带来了新境界，因此经常以之告诫弟子："道人不厌贫，贫乃养生之本。饥则餐一钵粥，睡来铺一束草。襤襤褛褛，以度朝夕。正是道人活计。故知清净一事，豪贵人不能得。"③在丹阳看来，贫穷是走向清净、走向自由的通行证。

刘处玄亲炙王重阳教导仅仅四个月，王重阳开封"痛教"时还曾遁去，其中原委，丘处机后来曾向弟子道来："长生与俺，尚多疑心"，"中道几乎变异"④。因此，刘处玄决定以"斗志"来进行苦修。而其直面红尘以"斗志"则缘起于自身的读经体会："唯刘真人住持莱州神山武观，一日诵道经至'不见可欲，使心不乱'，乃笑曰：'然如是未足为真了。'故复花衢笑傲，

---

① 王颐中集，《丹阳真人语录》，《道藏》第23册，第702页。
② 王颐中集，《丹阳真人语录》，《道藏》第23册，第703页。
③ 王颐中集，《丹阳真人语录》，《道藏》第23册，第704页。
④ 段志坚：《清和真人北游语录》卷二，《道藏》第33册，第167页。

柳陌熙游,道眼观来,总成净境,而于全真门下,最为着力者。"①对于自己混迹青楼锻炼禁欲意志的心理感受,刘处玄曾形诸于诗,尹志平记得其中一联云:"内心未验色心魔,牢捉牢擒越念多。"②从中可知,这种斗志方式是多么的痛苦多么的不容易。由于刘处玄的《太虚》《盘阳》《同尘》《安闲》《修真》集已经佚失,仅存之《仙乐》集为晚年作品,我们无从体认刘处玄自己的"斗志"言说,不过其洛阳土地庙、云溪洞七年"斗志"苦修风貌却可从相关文献中窥一斑而见全豹:"先生独遁迹于洛京,炼性于尘埃混合之中,养素于市廛杂沓之薮。管弦不足以滑其和,花柳不足以挠其精。心灰为之益寒,形木为之不春。人馈则食,不馈则殊无愠容。人问则对之以手,不问则终日纯纯。"③全真道士宋德方对刘处玄的斗志苦修击节赞叹曰:"莱州武观是吾乡。因遇先生号长生。穿街柳巷也无妨。不染尘埃性月朗。"(宋德方《遍地锦》其四,彭致中《鸣鹤余音》卷七)"伟矣长生,风标秀出。厌尘土之腥臊,悟宗风之消息。心游物外之烟霞,迹混廛中之鼓笛。花簪阆苑之红,桃咀蓬壶之碧。跃出洪波万丈高,灵光一点无人识。"(宋德方《七真禅赞并叙》其四,彭致中《鸣鹤余音》卷九)1174年,刘处玄曾独居终南山隐修;1177年,刘处玄曾返回终南山。就是在终南山,马丹阳曾试炼刘处玄的色心。这则故事后来还被作为注释写入丹经:"昔马丹阳隐终南山,一日,刘处玄至,望庵外墙而拜。时丹阳知刘心未灰,隔墙谓之曰:'可去河南府,参刘仙姑,去三年后却来。'刘即往之。时仙姑预知其来,盛妆以待之。刘一见心动,仙姑谓之曰:'特试子耳。除了此心,汝事即了。'刘即自悔,乃于洛阳花巷瓦子打坐。日化饭吃,暨三年心灰。觉有所得,遂再见丹阳。丹阳见之曰:'可矣。'乃授道。今全真派,长生刘真人是也。"④

王处一、郝大通、孙不二没有参与官渡镇言志抒怀活动,但他们在各自自成的修炼进程中也体现了斗修行的精神风貌。王处一拜王重阳为师后,"遂侍左右……修真秘诀,靡不穷讨……先生于是拜辞而归,隐于洞中……从此之

---

① 尚企贤:《修建长春观记》,李修生:《全元文》,南京:江苏古籍出版社,1997年版,第10册,第527页。
② 段志坚:《清河真人北游语录》卷四,《道藏》第33册,第176页。
③ 《长生刘真人》,秦志安:《金莲正宗记》卷四,《道藏》第3册,第358页。
④ 王元晖:《太上老君说常清静经注》,转引自强昱:《刘处玄学案》,济南:齐鲁书社,2012年版,第56页。

后，往来于登宁之间，夜则归于云光洞口。偏翘一足，独立者九年。东临大海，未尝昏睡。人呼为铁脚先生"①。郝大通在真定朝天门外默坐一年，在沃州桥默坐六年，苦修忘形："遂往桥上，默然静坐，饥渴不求，寒暑不变。人馈则食，不馈则否。虽有人侮狎戏笑者，不怒也。志在忘形。如此三年，人呼为不语先生。一夕，天色昏冥，偶醉者过，以足蹴先生于桥下，默而不出者七日，人不知者，以为先生何往……命左右往视之，则一道者奄然正坐。问之，则不语。以手划地曰：'不食七日矣。'州民闻之，争往馈食，焚香请出，但摇手不应，只于桥下复坐三年。水火颠倒，阴阳和合，九转之功成矣。"②其兄"昌邑君之季女嫁为真定郭长倩之夫人，长倩夫妇过沃州，知师在桥下，驻车拜谒，赠之衣物，所以存慰者甚厚，师藐然若不相识，一无所受。夫人感泣，长倩叹异而去"③。孙不二攀缘爱念之心重，决绝苦行之志亦深。出家后"穿云度月，卧雪眠霜，毁败容色而不以为苦"。"环堵七年之后，三田返复，百窍周流"，终成正果。④无论是独立九年还是默坐七年，无论是不迎亲族还是毁容败色，均体现了全真教斗修行的内在风貌，即都是在自己的心地上狠下功夫。

全真七子的斗修行表明，斗修行的本质就是"对境炼心"，即直面"酒色财气""人我是非"，挑选人性中最难以克服的东西加以试炼。用丘处机的话来说，就是从"难行处行"。丘处机这一经验得之于其山中修行的体会："昔长春真人在磻溪时，常有虎豹夤夜往来，是夕出入。或生怖惧，清旦欲作藩篱。复自思惟：'如此境界，有此怖心，便欲遮护，毕竟生死回避得么？'却便休去，兀兀腾腾，任生任死，怖心自无，以致生死境中巍然不动，种种结缚一时解脱。"⑤在全真教的语录中，我们看到大量的试炼材料，介绍各种炼心之境。有的强调从"闹处"行来。全真宗师曾用坐圜事例来加以阐发。"昔有道人坐圜有年，一日众人请出，随意行止。旧友见而问之曰：'师兄向静处得来底，于闹处可用，未知师兄得到端的不动处也未？'其人傲然，良久不

---

① 《玉阳王真人》，秦志安：《金莲正宗记》卷五，《道藏》第3册，第362页。
② 《广宁郝真人》，秦志安：《金莲正宗记》卷五，《道藏》第3册，第363页。
③ 徐琰：《广宁通玄太古真人郝宗师道行碑》，李道谦：《甘水仙源录》卷二，《道藏》第19册，第739页。
④ 《清净散人》，秦志安：《金莲正宗记》卷五，《道藏》第3册，第364页。
⑤ 论志焕编次：《盘山栖云王真人语录》，《道藏》第23册，第723页。

言。友人进云：'某有试金石可辨真伪，师兄试说汝数年静处得来底心，看如何也。'其人云：'静处有甚么可说。'友人曰：'似恁么则披毛载角，还他口债去也。'其人忿然大怒，以至出骂。友人笑曰：'此是汝閫中得底也，果试出矣。'其人遂怨，终身绝交。此人不曾于境上炼心，虽静坐百年，终无是处。但似系马而止者，解其绳则奔驰如旧矣。"①这则材料说明枯坐对于修炼毫无意义，因为枯坐并不接触以"酒色财气"为代表的人欲，也无从试炼以"人我是非"为代表的"我执"。随着全真教在蒙元之际的空前发展和打尘劳理论的倡导，全真宗师还强调境上炼心应该从打尘劳中求来。全真宗师训导"作务人有动心者"曰："修行之人外缘虽假，不可不应。应而无我，心体虚空，事来无碍，则虚空不碍万事，万事不碍虚空。如天地间，万象万物皆自动作，俱无障碍。若心存我相，事来必对，便有触拨，急过不得，筑着磕着，便动自心，自心既动，平稳不得，虽作苦终日，劳而无功也。居大众中，及有作务，专防自心，不可易动，常搜己过，莫管他非，乃是功行。事临头上，便要承当，诸境万尘，不逐他去，自己明了，一切莫魔。如此过目，初心不退，自获大功也。"②在他们看来，境中炼心就是面对一切尘境以收心："修行人收心为本，逢着逆境欢喜过去，遇着顺境无心过去，一切尘境干己甚事。凡在众中，虽三岁小童不敢逆着，不敢触犯着，常时饶者；一切人逆着自己，触犯自己，常是忍者。忍过饶过，自有功课。一切人皆敬者，一切难处自承当者。久久应过，心地纯熟，在处安稳。一切境界裹，平常过去，更无动心处，向诸境万缘裹，心得安稳，更不沾一尘，净洒洒地，昼夜不昧，便合圣贤心也。"③正是基于这样的认识，有的全真宗师认为不接境于修行毫无益处："往昔在山东住持，终日杜门不接人事，十有余年，以静为心，全无功行。向没人处独坐，无人触着，不遇境，不遇物，此心如何见得成坏，便是空过时光。"④

正是基于对"境中炼性"的深刻认识，全真教宗师特别喜欢对弟子进行试炼。《盘山栖云王真人语录》等全真教语录留下了大量的试炼材料。相关事例，我们可以随手拈来。如："昔长春真人堂下，有当厨者，众皆许其柔和低

---

① 论志焕编次：《盘山栖云王真人语录》，《道藏》第23册，第724页。
② 《盘山语录》，《修真十书》，《道藏》第4册，第824—825页。
③ 论志焕编次：《盘山栖云王真人语录》，《道藏》第23册，第720页。
④ 论志焕编次：《盘山栖云王真人语录》，《道藏》第23册，第727—728页。

下，未尝见动心。真人知之，密令人试。早晨于厨中所用什物移之他处。其人造粥，渍米及釜，急求匕杓不得，以至溢出，乃大动心。真人见之，教云：'直饶溢尽，只是外物，何消坏心。'其人方省，礼谢而已。"又如，"昔长春真人在山东时，行至一观，后有坐圜者。其众修斋，次有人覆真人，言圜中先生欲与真人语。真人令斋毕相见去。不意间，真人因出外，寻及圜所，以杖大击其门数声。圜中先生以为常人，怒而应之，真人便回。斋毕，众人复请以相见，真人曰：'已试过也。此人人我心尚在，未可与语。'遂去之"[1]。厨子和坐圜者在丘处机的试炼面前惨遭失败，其原因在于前者没有面对真正需要克服的情境，后者没能够在环境中较量心地。这些试炼失败的事例作为一种反面教材，被全真教师父用来传道说法，激励弟子勇猛精进，其风行教内这一事实足以说明斗修行是金元全真教宗教修持的标志性动作。

三、斗修行与文学创作

在同一宗教内部，其宗教信仰大体相同，其教派的产生与修持方式有着密切的渊源。全真教的修持方式和道教史上的其他教派有着显著的区别，全真七子的斗修行在修持方式上也各具特色，这种区别和特色对其文学风貌产生了重要影响，兹以谭处端和丘处机的斗修行与文学创作风貌加以阐述。[2]

王重阳和全真七子的文学创作或源于修道之感悟，或出于化诱信众之需求，均是得心应手之作。这一创作风貌与王重阳和全真七子普遍强调宗教体验不大注重宗教经籍的研究有关。马丹阳曾言："学道者，不须广看经书，乱人心思，妨人道业。若河上公注《道德经》，金陵子注《阴符经》，二者时看亦不妨。亦不如一切不读，黹卢都地养气，最为上策。"门人读《庄子》，马丹阳教导曰："夫道要心契，若复以文字系缚，何日是了期？所以道悟彻《南华》迷更迷。"[3]马丹阳在词中说得更为明白："身在儒门三十年，不知一字大如天。偶以悟彻风仙理，顿觉灵明满大千。"（《金玉集》卷一《述怀》）

---

[1] 论志焕编次：《盘山栖云王真人语录》，《道藏》第23册，第726、725页。

[2] 七真斗修行与文学创作的关系，在丘刘谭马四人身上体现得最为明显。马丹阳在前文已经有较多论述，刘处玄的诗文别集大部份亡佚，故此处以谭处端、丘处机立论。

[3] 王颐中集，《丹阳真人语录》，《道藏》第23册，第704、702页。

王磐在给全真掌教张志敬作碑文时曾就全真教前后期宗教修持做过比较，也指出了这一特性："噫！全真之教，以识心见性为宗，损己利物为行。不资参学，不立文字。自重阳真人至李真常，凡三传，学者渐渐知读书，不以文字为障碍。及师掌教，大畅玄旨。然后学者皆知讲论经典，涵泳义理，为真常入门。"① "不资参学，不立文字"的见性功夫使得王重阳和全真七子的文学创作均是妙手偶得、信手拈来：王重阳"杖履所临，人如雾集。有求教言，来者不拒。诗章词曲，疏颂杂文，得于自然，应酬即办。"② 丘处机这一"悟真之士""发无言之言，上明造化；彰无形之形，下脱死生。信手拈来，不劳神思，空暗自震，奋为雷霆，本文不作，灿成斗星"③。"长生师父虽不读书，其所作文辞自肺腑中流出。如《瑞鹧鸪》一百二十首，《风入松》六十首，皆口占而成。"④

谭处端之"述作赋咏"也是"举笔即成"⑤，是其斗修行——"斗是"的直接反映。"斗是"是谭处端苦修的主旋律，不仅影响其文学创作的主题，而且直接锻造其文学作品的意境。

王重阳用丹功将谭处端久治不愈的风痹之症治好后，谭处端"推心敬而事之。其妻严氏诣庵呼归，公怒而黜之。公拜祷真人，求道之日用"⑥。因此，其入道修行乃出于对祖师的崇拜和敬信。人到中年的谭处端对于"酒色财气"等人欲已经没有太多的"攀缘爱念"；其"既受师诀"后，首在"灭人我，绝思虑"。官渡镇言志时便表示自己要"斗是"，即泯灭人我是非，用孙周的话来说便是"委蛇游世，公正无邪"。他言志后"遁迹于伊洛之间，调神炼气。虽托宿红衢紫陌，花林酒阵之间，心如土木，未尝动念。虽万两黄金，未尝为之折腰……曾过招提，就禅师处乞残食。禅师大怒，以拳殴之，击折两齿。先生和血咽入腹中。旁人欲为之争，先生笑而稽首，殊不动心"⑦。忍折齿之愤

---

① 王磐：《玄门嗣法宗师诚明真人道行碑铭并序》，陈垣：《道家金石略》，第601页。
② 范怿：《〈重阳全真集〉序》，《道藏》第25册，第689页。
③ 胡光谦：《〈磻溪集〉序》，《道藏》第25册，第808页。
④ 段志坚：《清和真人北游语录》卷二，《道藏》第33册，第161—162页。
⑤ 范怿：《〈水云集〉序》，《道藏》第25册，第845页。
⑥ 金源璹：《长真子谭真人仙迹碑铭》，李道谦：《甘水仙源录》卷一，《道藏》第19册，第732页。
⑦ 《长真谭真人》，秦志安：《金莲正宗记》卷五，《道藏》第3册，第357页。

是谭处端"斗是"的标志性成果,马钰将之誉为"一拳消尽平生业"。后来,他将自己斗是的体会告诉弟子曰:"凡人轮回生死不停,只为有心。得山云:心生则种种法生,心灭则种种法灭。若一念不生,则脱生死。何为有心?盖缘众生贪嗔痴三毒孽、无明心火。师云'跳出三山口'是也。所以悟人修行,割情弃爱,摧强挫锐,降伏、除灭众生不善心,要见父母未生时真性,本来面目是也。何为不善心?一切境上起无明、悭贪、嫉妒、财色心,种种计较、意念生灭不停,被此孽障、旧来熟境朦昧真源,不得解脱。要除灭尽,即见自性。如何名见自性?十二时中,念念清静,不被一切旧爱境界蒙昧真源,常如虚空,逍遥自在,自然神气交媾冲和。修行如了此一事,更有何生死可怖,更有何罪孽可惧?如稍生一念,不为清净,即是罣碍,不名自在。如何到得?只要诸公一志如山,不动不摇,向前去,逢大魔,尽此一身,永无回顾,前期必了。晋真人云:心清意净,天堂之路;心荒意乱,地狱之门。"[①] 贪嗔痴、无明、悭贪、嫉妒、财色心,种种计较、意念,云云,都是"人我是非"的具体呈现,是"斗是"必须屏除的对象。

综观其文学创作尤其是体现其心神活动的述怀类作品,我们发现,"斗是"是其永恒之主题。首先,泯灭"人我是非"的字眼频频出现于其笔下。"欲做俗中修炼,先灭我人分辩。"(《赠王三校尉宅三姑姑》,载《水云集》,下同)"风吹柳眼无情意,雨洗花心绝是非。"(《游刘公花园》)"前程如觅无来去,深作无人无我观。"(《示门人》)"修行何是若,不了我人心。灭取无明三孽火,勿令境上相侵。"(《临江仙》)"是非绝尽方通妙,人我俱忘始悟玄。"(《颂》其二)"慧刀挥处人头落,虹霓万道冲云脚。灭尽我人心,何劳向外寻。"(《菩萨蛮》)"人我怎生成道果,是非难得产真胎。无明灭尽朝金阙,情欲俱忘拜玉阶。"(《瑞鹧鸪》)"恐损阴功搜己过,虑伤道德怯人非。"(《述怀》)"是非人我,岂论与愚贤。"(《踏莎行》)"情欲永除超法界,痴嗔灭尽离人天。"(《示门人》)这些诗句的反复出现说明"斗是"以去除"人我是非"是谭处端修行欲达到的主要目标。其次,用"摧强挫锐"的方式泯灭人我是非进入自由、清净的境界也是其诗词反复宣说的主题。"摧强挫锐做修行,灭我降心断世情。"(《示

[①] 谭处端:《长真谭先生示门人语录》,玄全子集,《真仙直指语录》卷上,《道藏》第32册,第435页。

门人》）"挫锐摧强作善良，顿然心法两俱忘。"（《述怀》）"垢面蓬头摧壮锐，麤衣淡饭远轻肥。常清常净无为作，十二时中暗察思。"（《颂》其一）"真功行，在摧强挫锐，寂寞忘言。无则巡门乞化，对人前休骋，俊雅风颠。"（《神光灿》）"自慕贫闲，便摧强挫锐，柔弱和光。"（《汉宫春》）这些诗句的反复出现表明用"摧强挫锐"的方式"斗是"已经成为谭处端的修行习惯。

"斗是"使得谭处端进入了一种自由、清闲、宁静的境界，一种谭处端称之为"水云"般的境界，因此，"水云"成了谭处端诗词之最高境界。这也是谭处端将自己的诗词别集命名为《水云集》的原因所在。在谭处端笔下，水云象征着清净无为、悠闲散淡、自由自在："性如朗月流青汉，心似闲云任碧空。"（《述怀》）"落魄水云真活计，虚无清静善生涯。"（《示门人》）"云水逍遥逐处家，任他乌兔易年华。"（《畅道》）"云水逍遥物外仙，闲闲静静本来天。"（《畅道》）"随缘过，守清贫柔弱，云水闲游。"（《神光灿》）"闲游好，飘飘云水，物外访相知。随时，缘分过，饥来觅饭，逐处投栖。任忙忙乌兔，物换星移。"（《满庭芳》）"自从心定守真胎，云水逍遥自在。不染俗情非是，不慢下贫趋贵。不敢受人钦，自在逍遥云水。云水，云水，守一无为彻底。"（《如梦令》）"得得无修，无惑无求。放心闲、无喜无忧。逍遥自在，云水闲游。"（《行香子》）"心似闲云无坚碍，身同古渡横舟。"（《临江仙》）"道人心，处无心，自在逍遥清净心，闲闲云水心。利名心，纵贪心，日夜煎熬劳役心，何时休歇心。遇风仙，接幽诠，云水飘蓬镇日闲，灵明现本元。"（《长思仙》）"水定云闲，不随他去。"（《踏莎行》）透过对云水意象的营造，谭处端塑造了一个个永恒的得道者形象："飘逸闲行，坦然稳路，任云任水。落魄婪耽，蓬头垢面，朝日常如醉。腾腾兀兀，遨游闲散，去住并无萦系。觅残余、填肠塞肚，到处夜来闯睡。人人未悟，修持都是，自着难为割离。爱欲无涯，煎熬苦海，生灭何时已。一蓑一笠，随缘且过，便是道人活计。你咱自、迷情未肯，且祗恁地。"（《赠浚州王三校尉》）与此同时，谭处端还喜欢将云水闲人放置于特定的境界中以营造一种天人合一的气象："水云皮袋，似水如云长自在。自在闲人，闲里搜寻物外身。任行任住，色外真空闲里做。欲觅真空，只在南山尽静中。"（《减字木兰花》）无论是写人还是写景，流露的都是一位高道历经试炼后的情怀——宁静、安详、自由的情怀。

丘处机斗闲缘起于王重阳"不干事即道"的启示。丘处机拜王重阳为师时年纪尚小、功行尚浅，因此王重阳秘传马丹阳调息法却独令丘处机作尘劳。丘处机偷习调息法，"有暇则力行所闻之法。后祖师将有归期，三年中于四师极加锻炼，一日之工如往者百千日。错行倒施，动作无有是处，至于一出言一举足，未尝不受诃责。师父默自念曰：从师以来，不知何者是道，凡所教者，皆不干事。有疑欲问之，惮祖师之严。欲因循行之，而求道心切。意不能定，愤悱之极。一日乘间进问。祖师答曰：'性上有。'再无所言，师父亦不敢复问"。王重阳临化前警示丘处机云："尔有一大罪，须当除去。往日尝有念，云凡所教我者，皆不干事。尔曾不知，不干事处便是道。"丘处机后来告诉弟子："师父亲说此言，吾初闻之，甚若无味，悟之则为至言。凡世间干事处，无非爱境，惟不干事处是道也。惟人不能出此爱境，故多陷入恶地。盖世间之事，善恶相半，既有一阴一阳，则不得不然耳，惟在人之所择也。习善不变，则恶境渐疏，将至于纯善之地，恶念不复能生。习恶不悛，则恶境易熟，善念亦不能生矣。"[①] 丘处机的这一感悟是符合王重阳的精神的。王重阳有一首诗名《咏慵》，其内涵就在此："自哂疏慵号可勤，梦中因笔记良因。与人还礼宁开口，见饭怀饥不动唇。纸袄麻衣长盖体，蓬头垢面永全真，一眠九载方回转，由恐劳劳暗损神。"（《重阳全真集》卷一）正式基于这一原由，丘处机决定用斗闲来进行心性的修炼，用孙周的话来说就是"无为应缘，照而常寂"。此处需要强调的是，斗闲是丘处机隐居磻溪、龙门阶段的修持方式，待到丘处机在金元之际大肆立观度人时，丘处机便遵循初入门时乃师训练自己的方式号召教门信徒大打尘劳了。

丘处机选择栖息岩谷来斗闲，因此先后在磻溪和龙门凿洞隐修，时间长达十三年之久。史志经《长春大宗师玄风庆会图说文》对这十三年的斗闲苦修有很好的描绘。其"磻溪炼行"条云："宗师西入磻溪，降心炼行，箪瓢不置，日丐一食于村落，敝屣衲衣，昼夜不寐。有时而披蓑衣，人号蓑衣先生。其所居也，以土堼，故词云：旷谷岩前幽涧畔，高凿云龛栖迹。其乞也，唯村落，故词云：北方一日，南方一日，共东西，四方交日。又云：求饭朝入西村。堼

---

① 段志坚：《清和真人北游语录》卷二，《道藏》第33册，第163页。

之前为台，高不逾仞，目曰清风，日夕彷徨自乐于上。"其"龙门全真"条谓大定十八年戊戌秋"宗师与丹阳会于陇州，游龙门，过娄景洞，庚子乃卜居焉，处志若磻溪复七年，以全真道。龙门去人境极远，宗师遂罢乞饭，于岩洞间自立厨爨，日止一食，门人供送者，唯许米面，虽茶果饼饵，辄被诃责。岩有悬泉，日滴盈瓴可备师食。余众汲取于峡，以供须用"。"宗师居龙门，有诗云：'不怨深山自采樵，山中别有好清标。幽居石室仙乡静，不假环墙世事遥。饮水高呼天外鹤，摩云仰看峡中雕。时时皂白浮沉景，显实真空慰寂寥。'又云：'独自深山搵寂寥，闲云作伴屏喧嚣。耽慵不念生涯拙，好静惟便熟境消。着假空贪齐李杜，明真何必等松乔。研穷寿算文章力，岂夺虚无造化标。'观是诗，有以见居山之志也。又观《瑞鹧鸪》词云：'懒看经教懒烧香，兀兀腾腾似醉狂。日月但知生与落，是非宁辩短和长。客来座上心慵问，饭到唇边口倦张。不是故将形体纵，养成慵病疗无方。'由是以知，遗物而独立，恒游乎杳冥之极，未始出吾宗矣。故维摩之寓病，陈抟之寓醉，宗师之寓疏慵，良有以也。"[1] 从上引文献可知，丘处机隐居磻溪和龙门斗闲不仅取得了显著成效而且深刻地影响了他的文学创作，其人与其境、其境与其诗、其诗与其人，已经融为一体了。

丘处机山居斗闲十三年，山居风物作为一种体道之物已经深深地嵌入到他的修行思维和审美体验中，并锻造了其诗歌尤其是述怀诗与山居诗的放旷风味。其咏磻溪云："台边水谷尤清旷，野外山家至寂寥。绝塞云收天耿耿，空林夜静月萧萧。扬眉瞬目开怀抱，散发披襟远市朝。自解偷生岩嶂窟，谁能阐化法轮桥。"（《幽居》，《磻溪集》卷一）其咏栖霞太虚观云："三竿红日眠犹在，十里青山坐对闲。不觉人来幽圃外，时惊犬吠白云间。无心自得成长往，了一何须问大还。只恐逡巡天下诏，悠扬无计乐平山。"（《平山堂》，《磻溪集》卷一）其抒怀也总是离不开山景："醉卧终南山色里。山色清高，夜色无云蔽。一鸟不鸣风又细，月明如画天如水。"（《凤栖梧·述怀》，《磻溪集》卷六）这三首诗和上文史志经所引诗词均表明，清幽、静谧、寂寥的山景将热闹、喧嚣、纷扰的尘世隔绝，让丘处机沉醉于清闲自在、无忧无虑、安闲宁静的精神隧道中，这个精神隧道的品牌是"疏慵"——蠲除一切尘

---

[1] 史志经编集，《长春大宗师玄风庆会图说文》卷一，《天理图书馆善本丛书·汉籍之部》，东京：八木书店，1981年版；丘处机：《丘处机集》，赵卫东校，济南：齐鲁社，2005年版，第497—500页。

念和尘情的"疏慵"。作为一种修行思维和审美体验,"疏慵"成了丘处机观察世界的独特视角和永恒的兴奋点,造就了丘处机文学作品特有的放旷情怀。丘处机还特别善于用这种疏慵的眼光去捕捉眼前之景眼前之事,用以陶冶自己之宗教情怀,并形诸吟咏。因此,其大部分诗歌都能够情境交融,实乃金元全真教文学之翘楚。

结 论

从宗教实践——苦行与试炼的角度来考察金元全真教,我们发现金元全真教徒留下了空前绝后的关于宗教经验的史料。这些史料包括丹经、语录、碑刻、传记、图像、说唱文学、散曲、戏曲、小说、笔记和诗文别集等,其中的诗文别集和语录作为第一手资料留下了宗教徒个人鲜活的宗教体验,马丹阳的诗文别集和相关语录甚至记载了马丹阳参与性命修持的整个心路历程。这在第一手宗教经验资料殊为贫乏的中土道教界,尤其显得难能可贵。

透过这些文献,我们发现王重阳和七真发展出了一整套以苦行、试炼为核心的修持理论和修持方法,王重阳之"痛教"和七真之"斗修行"构筑了一道独特的苦行与试炼的风景线。我们由此可以开启研究全真教的一个新维度——宗教实践的维度,这个维度和史学、社会学、人类学维度相结合[1],可以纠正道教研究界尤其是大陆道教研究界哲学维度一统天下带来的诸多偏颇和缺失。我们由此还可以刷新全真教研究史上的一些结论。比如,金元以来的文人一直认为全真教"本于渊静之说,而无黄冠襐襘之妄;参以禅定之习,而无头陁缚律之苦。耕田凿井,从身以自养,推有余以及之人,视世间扰扰者,差若省便然"[2]。这是元好问从宗教外部做出的一个观察,现代以来的学者受这类记载的影响,认为全真教不事斋醮、重性不重命。但是,通过对全真教宗教实践的分析,我们发现全真教从事斋醮活动有一个发展衍变的过程(这一点早已为学术界拈出),全真教倡导性命双修其修性是为了修命。再如,现代以来的学者习惯于从民族的、政治的立场来分析全真教的教派属性。但是,我们从宗教实

---

[1] 张广保的史学研究乃近年一大创获,见氏著《金元全真教史新研究》,香港:青松出版社,2008年版。

[2] 元好问:《紫微观记》,陈垣:《道家金石略》,第475页。

践的立场则发现王重阳和全真七子投入宗教完全是个人性的，其目的在于身心之安顿、慧命之永恒。特别需要强调的是，金元全真教徒的诗文别集和语录，可以系年、系地、系事、系人，如果加以深入研究，将从宗教实践的维度极大地推进全真教的研究。从宗教内部看宗教，或许看得更清楚些。

  从黄兆汉、李丰楙、詹石窗以迄陈宏铭、梁淑芳、吴光正、张美樱，金元全真教文学的研究已然取得了不少成就[①]，研究视角已经从宗教外部转向宗教内部，所使用的理论也出现了从引用外来理论到建构本土宗教诗学理论的苗头，全真教文学之价值和地位也由过去的彻底否定而逐渐走向公允的评价。从宗教实践的立场来观照全真七子的文学创作，我们可以将他们的诗词分成修持类、弘传类、济世类，述怀诗、写景诗、咏物诗可以归入修持类，说理诗、赠答唱和诗可以归入弘传类，一部分表现入世救世的作品可以归入济世类。修持类作品应该作为宗教文学的核心部分加以研究，本文分析全真七子的苦行和试炼及其对文学的影响也主要以这类作品作为主要研究对象。从宗教实践——苦行与试炼的角度来考察全真七子的文学创作，我们发现宗教修持方式不仅是教派形成的原因而且深刻地影响了宗教徒的文学创作。特定的修行方式锻造了宗教徒的修行思维和审美体验，并在其文学作品的题材、主题、意象、意境、风格上呈现出鲜明的特色，对这些特色进行提炼，有助于凸显本民族的精神风貌、建构本土宗教诗学。

[①] 黄兆汉：《道教与文学》，台北：学生书局，1994年版；李丰楙：《神化与谪凡：元代度脱剧的主题及其时代意义》，李丰楙：《第三届国际汉学会议论文集——文学、文化与世变（文学组）》，台北："中央研究院"中国文哲研究所，2002年版；詹石窗：《南宋金元道教文学研究》，上海：上海文艺出版社，2001年版；张美樱：《全真七子证道词之意涵析论》，辅仁大学博士学位论文，1999年；梁淑芳：《王重阳诗歌中的义理世界》，台北：文津出版社，2002年版；吴光正、郑红翠、胡元翎：《想象力的世界——二十世纪"道教与古代文学"论丛》，哈尔滨：黑龙江人民出版社，2003年版；吴光正：《八仙故事系统考论——内丹道宗教神话的建构及其流变》，北京：中华书局，2006年版；陈宏铭：《金元全真道士词研究》，台北：花木兰文化出版社，2007年版。

从"方外之人"到"宇内之民"

—— 明代国家体制中的道士

余来明

武汉大学中国宗教文学与宗教文献研究中心

明代以儒立国，将其视为"凡有国家不可无"[1]的基础，而将佛、道二教作为巩固统治的辅助思想工具，认为"佛仙之幽灵，暗助王纲，益世无穷"[2]。明太祖即位以后，通过采取一系列的措施，加强对佛、道两教的管理。但总体来说，其态度尚较为和缓。然而自洪武二十四年之后，太祖开始采取更为严苛的宗教政策。这一年，明太祖命礼部清理释道二教。在敕文中，太祖对近年以来僧、道各种变乱世俗的行径予以严厉打击，并在此基础上将其基本精神和做法行之法律："今之学佛者曰禅，曰讲，曰瑜珈，学道者曰正一，曰全真，皆不循本俗，污教败行，为害甚大。自今……与民相混，违者治以重罪……及民有效瑜珈教称为善友，假张真人名私造符箓者，皆治以重罪。"[3]太祖收紧对佛、道二教的控制与管理，某种程度上来说是缘于二者在明初的表现，已背离了各自的价值观念，有悖于建构国家伦理体系的总体设计，并由此产生了不良的影响。循此认识推行的一系列政令，又从不同层面促进了政治、宗教二者间的密切关系，使宗教神权成为皇权的附庸，而僧、道群体也不再具有超越国家体制之上的地位。

---

[1] 朱元璋：《释道论》，《全明文》第1册，上海：上海古籍出版社，1992年版，第144页。
[2] 朱元璋：《三教论》，《全明文》第1册，第146页。
[3] 《明太祖实录》卷二九，台北："中央研究院"历史语言研究所，1962年版，洪武二十四年六月丁巳，第3109—3110页。

一

洪武元年八月，朱元璋确立全国政权后仅一个月后，就接见了道教正一派的掌教张正常。然而却对正一派掌教所享有的"天师"称号提出质疑：

至尊惟天，岂有师也？以此为号，亵渎甚矣。[1]

宋元以后，"天师"开始被专门用于正一派领袖的尊称，并得到了各朝官方的认可。[2] 明太祖在元顺帝至正二十年（1360）攻取信州后，曾发布招求正一派天师的榜文，其中仍称张正常为"天师"。洪武元年确立政权之后，即去除其"天师"之号。其间用意，显然不希望道教有超越政权之上的地位（"天师"名号即是这一地位的象征），而是要将其置于皇权政治体制之下。太祖将其名号由"正一教主天师"改为"正一嗣教护国阐祖通诚崇道弘德大真人"，在某种程度上意味着道士超越国家体制身份的改变。

削除"天师"名号只是明太祖改变道教超越世俗政权之上地位的第一步，之后实行的一系列举措，则使道士被彻底纳入到国家体制当中。总体来看，道士在明代亦属国家臣民之一，《大明律》中曾规定："凡僧、尼、道士、女冠，并令拜父母，祭祀祖先，丧服等第皆与常人同。"[3]"道士"的称号不过是为这种身份提供一种标识，以此使其能够在国家的社会、政治、经济体制中享有相应的地位与待遇。

太祖之后的明朝历代皇帝亦多就道教发表看法，制定并推行了诸多政令、举措，将其纳入国家伦理、价值体系建构当中，改变了道教生存、发展的生态和轨迹，使之始终处于国家体制之下，与政治互为关联。此一情形，终明之世基本未发生根本改变。其间情势，可由《明会典》对佛、道二教的定位见其一斑：

释道二教，自汉唐以来，通于民俗，难以尽废。惟严其禁约，毋使滋蔓。[4]

---

[1]《明太祖实录》卷三十四，洪武元年八月甲戌，第601页。
[2] 庄宏谊：《明代道教正一派》，台北：学生书局，1986年版，第7—11页。
[3] 怀效锋点校，《大明律》卷十二，北京：法律出版社，1998年版，第95页。
[4] 张居正等：《大明会典》卷十四，（万有文库影万历十五年刻本）。

"通于民俗，难以尽废"乃是其时之现实，而"严其禁约，毋使滋蔓"则是明代宗教政策之总体思路。至于明代中后期诸帝之佞佛崇道，多属皇帝个人好尚，对国家之政制虽有威胁，但并未动摇明代国家体制之根基。而在新帝即位之初，多通过重申"祖制"对前朝的宗教政策予以拨正，使之不致脱离国家政制的轨道。

明代道教之变迁、道士之行处表现出的各种情态，大多与正一派成为明代道教之主流有密切关系。这一趋势的形成，也与明太祖的推崇直接相关。朱元璋曾批评禅宗和全真道"务以修身养性，独为自己而已"，而肯定正一道"专以超脱，特为孝子慈亲之设，益人伦，厚风俗，其功大矣"。[①] 抑扬之间，为全真、正一两派在明代的升降确立了基调。而二者间的升沉转换，也反映出朱元璋将宗教纳入国家体制的用意与导向。

明代道士与前代的不同在于，明代的道士不再被视作"方外"，而是被作为与军、民、匠等一样居于政权统治之下的臣民。《明史·食货志》记述明代的户籍制度说："凡户三等：曰民，曰军，曰匠。民有儒，有医，有阴阳。军有校尉，有力士、弓、铺兵。匠有厨役、裁缝、马船之类，频海有盐灶，寺有僧，观有道士。毕以其业着籍。"[②] 明太祖时期曾做过如下规定："凡天下府州县寺观僧道名数，从僧录、道录二司核实而书册，其官一依宋制，不支俸给吏牍，以僧道为之，仍以佃户充从者。凡各寺观住持有缺，从僧道官举有戒行通经典者，送僧录、道录司考中，具申礼部奏闻方许。州县僧道未有度牒者，亦从本司官申送，如前考试，礼部类奏出给。凡内外僧道二司，专一检束天下僧道恪守戒律清规，违者从本司理之，有司不得与焉。若犯与军民相干者，方许有司惩治。"[③] 明代初期，政府通过设立宗教管理机构，推行度牒制度，控制寺观数量，将僧道纳入国家体制之下。

洪武元年，设立玄教院掌管天下道士。[④] 洪武十二年六月，礼部提议设立僧道衙门。据明代僧人大闻辑录《释鉴稽古略续集》记载："照得释道二教

[①] 朱元璋洪武七年为宋宗真等编《大明玄教立成斋醮仪范》所作序文，题作《御制玄教斋醮仪文序》，《道藏》第9册，北京：文物出版社、上海：上海书店、天津：天津古籍出版社，1988年版，第1页。

[②] 张廷玉等：《明史》卷七十七，北京：中华书局，1974年版，第1878页。

[③] 《明太祖实录》卷一四四，洪武十五年四月，第2262—2263页。

[④] 《明太祖实录》卷二十九，洪武元年正月庚子，第500页。

流传已久，历代以来皆设官以领之，天下寺观僧道数多，未有总属。爰稽宋制，设置僧道衙门，以掌其事，务在恪守戒律，以明教法。所有事宜开列于后……"①于是在洪武十五年正式设立道录司，负责道士的日常管理，隶属于礼部祠祭司："凡天文、地理、医药、卜筮、师巫、音乐、僧道人，并籍领之。"②关于其人员配置及职掌，《明太祖实录》记载甚详：在京称道录司，掌管天下道士，设官左右正一二人，正六品；左右演法二人，从六品；左右至灵二人，正八品；左右玄义二人，从八品。各府设立道纪司，掌管本府道教，设都纪一人，从九品；副纪一人，未入流。各州设立道正司，道正一人。各县设道会司，道会一人。州、县道官均不入流。③《明史》记述其官员配置说："道录司左、右正一二人（正六品），左、右演法二人（从六品），左、右至灵二人（正八品），左、右玄义二人（从八品），神乐观提点一人（正六品），知观一人（从八品，嘉靖中革），龙虎山正一真人一人（正二品。洪武元年，张正常入朝，去其天师之号，封为真人，世袭。隆庆间革真人，止称提点。万历初复之），法官、赞教、掌书各二人。阁皂山、三茅山各灵官一人（正八品），太和山提点一人。"④在外府州县设立道纪司，分掌各事，要求其人精通经典、戒行端洁。甚至对道士服饰也有规定："洪武十四年定……道士，常服青法服，朝衣皆赤，道官亦如之。惟道录司官法服、朝服，绿文饰金。凡在京道官，红道衣，金襕，木简。在外道官，红道衣，木简，不用金襕。道士，青道服，木简。"⑤在如此周严的规定下，道士要保持"方外"的身份并不容易，尤其是对那些身居官职的道士来说。

二

从体制上对道士人口实行统一管理，是明代道教政策的另一要点，落实在具体层面是推行度牒制度，由此体现明朝政府将僧、道置于国家体制控制之下

---

① 释大闻辑，《释鉴稽古略续集》卷二，《续修四库全书》第1288册，济南：山东省图书馆藏明崇祯十一年刻本，第24页。
② 张廷玉等：《明史》卷七十二，第1748—1749页。
③ 《明太祖实录》卷一四四，洪武十五年四月，第2262页。
④ 张廷玉等：《明史》卷七十四，第1817页。
⑤ 张廷玉等：《明史》卷六十七，第1656页。

的意图。太祖时期,针对僧道度牒的发放,曾颁布过不少诏令。洪武五年十二月,第一次向僧道颁发度牒:"时天下僧尼道士女冠凡五万七千二百余人,皆给度牒,以防伪滥",而废除了前代通过发放度牒"计名鬻钱,以资国用"即收取"免丁钱"的做法。①洪武六年十一月,明确规定:"以释老二教近代崇尚太过,徒众日盛,安坐而食,蠹财耗民,莫甚于此。乃令府州县止存大寺观一所,并其徒而处之,择有戒行者领其事。若请给度牒,必考试精通经典者方许。又以民家多女子为尼姑、女冠,自今年四十以上者听,未及者不许。"②从中可以看出,明初主要是通过三条途径控制僧道数量:(1)控制寺观数量,这一点后来成为了《大明律》的内容。(2)只有通过考试才会被正式列入户口(即给度牒)。洪武十七年闰十月,定三年一次颁发度牒之制,也明确要求需要通过考试。③(3)女子为尼或女冠,必须在年四十以上。此后历朝,尽管由于私自为僧、道的情形极为普遍,但凡意欲控制僧道人口数量,仍往往采取停止发放度牒的办法。洪武三十年正式颁行《大明律》,从律法层面确立度牒为僧道合法身份的惟一凭证,其他私自簪剃则属违法,并定立相应的罪行:"僧道不给度牒私自簪剃者,杖八十。若由家长,家长当罪。寺观主持及受业师私度者,与同罪,并还俗。"④成祖时期对私度僧道的处罚是做苦役,英宗天顺时期则是充军。⑤

洪武之后的建文、永乐等朝,对僧道数量的增加仍予严格控制。如建文帝三年规定:"非朝奉命,不许私窃簪剃。年未五十者,不许为尼及女冠。"⑥洪武时期规定女子可以为尼或女冠的年龄为四十岁。永乐时期,度牒的发放颇为有限,对僧道人口的增长时刻保持警惕。因此当永乐五年直隶、浙江有一千八百余人私自剃度为僧时,成祖将其定性为"不知有朝廷"的重大逆行,下令将其人全部编入军籍,发配辽东、甘肃,并自陈:"遵承旧制,一不敢

---

① 《明太祖实录》卷七十七,洪武五年十二月己亥,第1416页。
② 《明太祖实录》卷八十六,洪武六年十二月戊戌,第1537页。
③ 《明太祖实录》卷一六七,洪武十七年闰十月癸亥,第2563页。
④ 怀效锋点校,《大明律》卷四,第47页。
⑤ 余继登:《典故纪闻》卷十三,北京:中华书局,1981年版,第231—232页。
⑥ 徐学聚:《国朝典汇》卷一三四,《四库全书存目丛书·史部》第266册,济南:齐鲁书社,1997年版,第130页。

忽,下人尚纵肆如此,何况后来?此不可宥。"①永乐十六年十月,明成祖因天下僧道多私自簪剃,下诏规定:"愿为僧道者,府不过四十人,州不过三十人,县不过二十人。限年十四以上,二十以下,父母皆允,方许陈告有司,邻里保勘无碍,然后得投寺观,从师授业。五年后诸经习熟,然后赴僧录、道录司考试,果谙经典,始立法名,给与度牒,不通者罢还为民。若童子与父母不愿,及有祖父母、父母无他子孙侍养者,皆不许出家。有年三十四十以上,先曾出家而还俗,及亡命黥刺者,亦不许出家。若寺观住持不检察而容留者,罪之。"②直到宣宗朝,度牒制度仍能被较好地执行。宣德元年,正一嗣教真人张宇清想要给龙虎山的八十一个道士谋求度牒,而难于自己奏请,于是请时任行在礼部侍郎的胡濙代为上奏。宣宗答复说:"僧道给度牒,祖宗有定制,无托人请求之理。朕不惜宇清,惜其教也。尔以朕意谕之。"③明代前期在度牒控制方面基本上是对"祖制"的一再重申,缺少更加严密、有效的管控措施,随着律网的逐渐松动,僧道私自剃度的情形仍然不少。正统元年,胡濙在上奏中提出重新编制僧道名录,从其例举的诸种情形,可以看出自明初以来度牒制度实行的一般情形:"迨今年久,前令寝废。有亡殁遗留度牒,未经销缴,为他人有者,有逃匿军民及囚犯伪造者,有盗卖影射及私自簪剃者,奸弊百端,真伪莫辨。"④

  正统以后,中央政府对道士的态度发生了很大改变,度牒发放的数量开始急剧增加,私自剃度的情形极为普遍。英宗即位之初,曾接受给事中李性的意见,下诏禁僧、道私自簪剃及妄言惑众。⑤这样的诏令,事实上无关皇帝本人的看法和喜恶,仅仅是作为新朝建立初期,想要做一代明君的一种姿态,因而才会对洪武的祖制进行重申。至于在以后的执政过程中对僧、道表现出怎样的态度,则完全是另一回事。仅仅一个月后,英宗就同意了行在礼部的奏请,给

---

① 《明太宗实录》卷六十三,永乐五年正月辛未,第904页。
② 《明太宗实录》卷二〇五,永乐十六年十月癸卯,第2109—2110;余继登:《典故纪闻》卷七,第135页。
③ 《明宣宗实录》卷十五,台北:"中央研究院"历史语言研究所,1962年版,宣德元年三月丁酉,第394页。
④ 《明英宗实录》卷二十三,台北:"中央研究院"历史语言研究所,1962年版,正统元年十月甲戌,第462页。
⑤ 《明英宗实录》卷十一,宣德十年十一月戊子,第210页。

予僧道童倪、华观等一百一十五人度牒。① 正统元年五月，十三道监察御史李铬等人上疏陈事，最后一条即与僧道、寺观有关："京师寺观，有逃军、囚、匠人等私自簪剃为僧道者，有因不睦六亲弃背父母夫男公然削发为尼者。又且不守清规，每遇令节朔望，于寺观传经说法，诱引男妇，动以千计，夜聚晓散，伤风败俗。"② 虽然实录中记载说"上命廷臣会议，颇采用之"，但实际状况却并没有朝着有些士人期待的方向发展。正统时期给道士度牒的情形极为普遍，且数量增加极快：正统元年七月，度僧道一百七十四人。③ 正统二年正月，行在礼部尚书胡濙等奏请，给僧道度牒，凡一百九十五人。④ 正统二年五月，度僧道六百五十三人。⑤ 正统二年十月，从行在礼部尚书胡濙等奏请，给僧道五千六百六十六人度牒。⑥ 到了正统五年六月，行在礼部在奏议中提到说："今岁例度僧道。天下僧童至者三万七千有奇，有旨止度一万，余令俟后再度。"即便如此，英宗自己也承认说："僧道旧有定额，今所度已滥甚。"⑦ 与明代前期每次颁发度牒仅仅百数相比，明代中期以后动辄就有上万的规模，且往往并不遵守三年一度的规定，而完全出于当权者的意愿。⑧

出卖度牒以增加财政收入的做法，在明太祖洪武五年曾被明令废除。⑨ 然而到了成化以后，凡是遇到饥馑灾荒，就将度牒的发放作为增加国家财政收入的重要途径和来源。成化二年二月出现灾荒，监察御史焦显提出了四条赈灾的办法，其中之一是："各处僧道，例该成化二年关领度牒，前此亦有奏请，令其纳米者。今乞申敕所司，查其见在曾经保勘起送者，填写度牒，遣官赍赴巡视淮扬都御史林聪处，定与地方，每度一人，令其纳米十石。其未有勘结者，

---

① 《明英宗实录》卷十二，宣德十年十二月庚申，第225页。
② 《明英宗实录》卷十七，正统元年五月丁亥，第340页。
③ 《明英宗实录》卷二十，正统元年秋七月壬戌，第399页。
④ 《明英宗实录》卷二十六，正统二年正月己酉，第523页。
⑤ 《明英宗实录》卷三十，正统二年五月庚戌，第603页。
⑥ 《明英宗实录》卷三十五，正统二年十月甲申，第694页。
⑦ 《明英宗实录》卷六十八，正统五年六月乙酉，第1309页。
⑧ 关于明代僧道度牒发放的统计，见赵轶峰：《明代国家宗教管理制度与政策研究》，北京：中国社会科学出版社，2008年版，第299—305页。洪武年间，曾有两次发放度牒数量很多，但均在洪武二十四年收紧对僧道的控制之前。
⑨ 《明太祖实录》卷七十七，洪武五年十二月己亥，第1416页。

许赴都御史处告投，纳完俱与度牒。"① 此一提议，为宪宗所接纳。成化八年五月，甚至有官员提出，通过发放空头度牒，以补充国库："总督漕运兼巡抚淮扬左佥都御史张鹏奏请，给僧道空名度牒一万道，鬻米济荒。"对此，礼部尚书邹干指出："成化二年，已度僧、道一十三万有奇。今未及十年，不宜更启其端。"发放度牒虽然不失为增加收入的重要途径，但宪宗显然不想得到一个违背"祖制"的千古骂名："僧道给度不宜太滥，且鬻米之数，所得几何，而所损于国者多矣。其在官吏监生，尚不可以为常，况此辈乎？其勿许。"②然而事实上，发放空名度牒之事并未因此而停止。成化九年八月，巡抚山东左佥都御史牟俸提出赈灾的办法之一，就是"给度僧道"。对此，户部集议的结果："僧道正当十年一度之期，请令礼部出给空名度牒数万，令赴山东告给，每牒纳米二十石，或银二十五两。"③这一提议，虽然得到了宪宗的肯定，但九月礼部复议认为："巡抚山东右佥都御史牟俸以山东旱灾，奏乞给空名牒十万，度僧道取银，以助赈济。户部奏行本部出给。缘僧道例必十年一度，自天顺元年（1457）至成化二年（1466），已度一十三万二千二百余人，今若先期特度于山东，则僧行道童必群聚其地，反为骚扰。"因此宪宗又只得下诏"不必行"。④成化十年六月，南京监察御史任英言："近闻欲循故事，给度僧道。窃谓比年旱涝相仍，灾异迭见，内地荐饥，边塞多警，京城内外，米价腾踊，民食孔艰。若复行给度，则天下僧道纷集京师，米价益贵。况此辈为盗犯奸者多，如四川贼首僧徒悟升之类是已。乞罢其令，以纾民困。或俟丰年，于旧额寺观，量度一二可也。"得到的回复是"不从"。⑤成化十二年七月，南京五府、六部等衙门、成国公朱仪等人上疏言事，其中之一即："僧道府州县已有定额，近年给度太多，宜量加裁抑。"⑥皇帝对此的答复是"下所司知之"，对奏疏的劝谏充耳不闻。本年十月，礼部上奏，仅成化十二年就给僧道

---

① 《明宪宗实录》卷二十六，台北：中央研究院历史语言研究所，1962年版，成化二年二月辛丑，第524页。
② 《明宪宗实录》卷一〇四，成化八年五月，第2031页。
③ 《明宪宗实录》卷一一九，成化九年八月丁丑，第2301页。
④ 《明宪宗实录》卷一二〇，成化九年九月癸巳，第2310页。
⑤ 《明宪宗实录》卷一二九，成化十年六月，第2454页。
⑥ 《明宪宗实录》卷一五五，成化十二年七月戊申，第2822—2823页。

一万三千三百四十人发放了度牒。① 成化二十年十月，为赈灾又发放空名度牒一万。② 成化二十年十二月，为了救灾需要，将成化二十二年按例要度的七万僧道名额提前使用，在十月发放一万份度牒的基础上又发放六万份度牒。③ 在频发的灾荒面前，政府想到的是如何利用发放度牒筹集钱物，但这不过是饮鸩止渴，而对由此造成劳动人口、税收减少等长期弊端视而不见，对僧道人口急剧膨胀所带来的社会问题置之不顾。

在度牒成为重要利益源泉的情况下，度牒也成了皇帝给那些佛、道宠臣的重要赏赐。如成化二十年十一月，国师僧人继晓奏请归乡养母，向宪宗请求的赏赐是空名度牒五百道。④ 成化二十二年十二月，正一嗣教真人张玄庆通过奏请获得了三百张度牒。⑤ 即便是按照朝廷规定的一张度牒十二两银子的价格，二人获得的度牒也价值好几千两。而从其在市场上流通的价格来看，"江南富僧，一牒可售数十百两"⑥，其价值更有数万之巨。此行之下，道士群体难免鱼龙混杂，真正属于"方外"的道士反倒可能成了少数，更多的是借道士身份以获得各种利益的投机之人。

明代中期以后，度牒制度虽然仍发挥着户籍管理的职能，然而随着僧道人口的急剧增加，实际上已经形同虚设。一方面，度牒发放数量极大；另一方面，对没有度牒的僧道，缺乏必要的限制措施。成化十五年十月，监察御史陈鼎上奏说："自成化二年起至十二年，共度僧道一十四万五千余人，而私造度牒者尚未知其数。此辈游食天下，奸盗诈伪，靡所不为。使不早为处置，大则啸聚山林，谋为不轨，小则兴造妖言，扇惑人心，为患非细。今苏州等处累获强盗，多系僧人。乞敕所司禁约。"⑦ 此次上疏之后，虽然宪宗下令通行天下禁约游僧，但在宪宗崇尚佛、道的背景下，其收效必定甚微。成化二十一年正月，礼部尚书周洪谟等上疏条陈九事，其中四条与佛、道有关："一、成化十七年以前，京城内外敕赐寺观至六百三十九所，后复增建，以至西山等处，

---

① 《明宪宗实录》卷一五八，成化十二年十月庚寅，第2896页。
② 《明宪宗实录》卷二五七，成化二十年十月丙辰，第4337页。
③ 《明宪宗实录》卷二五九，成化二十年十二月乙卯，第4367页。
④ 《明宪宗实录》卷二五八，成化二十年十一月庚寅，第4357页。
⑤ 《明宪宗实录》卷二八五，成化二十二年十二月戊戌，第4826页。
⑥ 《明宪宗实录》卷二六〇，成化二十一年正月己丑，第4406页。
⑦ 《明宪宗实录》卷一九五，成化十五年十月，第3444页。

相望不绝。自古佛寺之多,未有过于此时者,宜申严着令,敢有增修请额及妄称复兴古刹者,罪之。""一、大慈恩、大能仁、大隆善护国三寺,番僧千余,法王七人,国师、禅师多至数十,廪饩膳夫,供应不足。况法王、佛子、大国师例给金印,用度拟于王者,而其间又多中国人冒滥为之。宜令给事中、御史核其本出山番簇者,听其去留,冒滥者悉令还俗。""一、顷岁术士李文昌以养砂点银之法,诬罔不道,已寘之法,如复有此辈,悉宜斥逐。""一、今僧官善世以下九十八人,道官真人以下一百三十余人,虽无廪禄,亦滥名器,况其死例有祭祀,真人又例得银印,尤费国用。宜核其额设,推举者方许金书,死则与祭,否则止令带衔,死亦不祭。"①足见在宪宗朝,佛、道泛滥已经成为困扰朝政的重要问题之一。孝宗即位之初,清理的"真人、高士及正一、演法诸道官"共计一百二十三人。②然而这些只是有职衔的道士。至于天下之僧道,在宪宗时期如此滥发度牒的情况下,这一制度实际上已失去了对僧道人口进行控制、管理的功能。

度牒作为道士合法身份的唯一凭证,其发放原本需要经过严格的考试,只有"精通经典"者才被允许持有,某种程度上来说也是为了保证道士的素质和质量。宣德以前,这一做法大体能够得到较好地执行。③然而到明代中期以后,连程序性的考试也被免除。如成化十一年七月,镇远等地因为苗民作乱,缺少军饷,守臣提出"湖广、江西举保阴阳、医学、僧道官,纳米一百五十石,径赴吏部查照入选,免各该衙门投文考试",获得批准。④成化十三年四月,巡抚河南右副都御史张瑄因为河南水灾,上奏十条救荒之策,第五条为:"各处阴阳、医生、僧、道纳米,免其考试。"得到的批复是"如例"办理。⑤

---

① 《明宪宗实录》卷二六〇,成化二十一年正月己丑,第4392—4393页。
② 赵翼:《廿二史札记》卷三十四,北京:中华书局,1984年版,第780页。
③ 如明太祖六年十二月戊戌规定:若请给度牒,必考试精通经典者方许。(《明太祖实录》卷八十六)洪武十五年也规定:州县僧道未有度牒者,亦从本官申送,如前考试,礼部类奏出给。(俞汝楫《礼部志稿》卷八十九)洪武二十八年,礼部因"天下僧道数多,皆不务本教",建议通过考试将"不通经典"的僧道予以裁革。(《明太祖实录》卷二四二,洪武二十八年十月己未)宣德元年,因为"僧道行童请给度牒甚多",下令"先令僧道官取勘,礼部同翰林院官、礼科给事中及僧道官考试,能通经典,方准给与"。(《明会典》卷一〇四《礼部六十二》)正是因为要通过经典考试才能获得度牒,明代前期发放度牒的数量通常只在数百之内。
④ 《明宪宗实录》卷一四三,成化十一年七月,第2648页。
⑤ 《明宪宗实录》卷一六五,成化十三年四月乙丑,第2995页。

从明中期以后各朝实录的记载来看，凡是遇到灾荒，就会有官员提出类似的救灾之道，也往往能得到允许。从天顺元年至成化二十二年，平均每年发放的僧道度牒在一万以上，如此庞大的数量，要进行考试几乎不可能。

三

明代道士作为国家体制中之一员，同样要受国家礼法的管制，不再是居于国家政治之外、掌握神权的宗教徒。总体而言，明代道士的获宠，道教徒数量的激增，道教典籍的整理与诠释，道教思想的演变，均在国家体制之下展开，而在下述几点上体现得甚为明显。

明代道教正一派掌教的传承，均须最终以皇权的认定为依据。从元代的情形来看，天师之位的传承一般都是在道教内部完成，只是在嗣教之后接受皇帝的赐封而已。明代的情形则与此不同。洪武十三年，张宇初是在受召赴阙之后，经由太祖赐封，承袭真人爵位，才正式成为掌教。此后的历代道教正一派嗣教真人，均是在继承教位之后，旋即到京城接受皇帝册封，最终完成教权传接。皇权的认定已成为道教教权传承的必备程序。据沈德符《万历野获编》记载："每子孙赴吏部承袭时，必青衣小帽，进验封司门，报道士进来，叩四头，司官坐受。至袭号见部，始加礼貌。"[1]一旦道教领袖与政府官员遵循相同的规章制度，对其采用相同的方式进行管理，其超越世俗之上的神权也就不复存在。

更加明显的情形，是在教权的传承出现非正常情况时。道教正一派的传承不同于其他道教流派之处，在于其掌教的承继基本遵循中国传统家族式的嫡长继承制。这是从其始祖张道陵就开始确立的规制："吾遇太上亲传至道，此文总领三五步罡，正一枢要。世世一子，绍吾之位，非吾家宗亲子孙，不传。"[2]然而其间也会出现没有嫡长子继承的情形。如四十五代天师张懋丞因为儿子早卒，希望将天师之位传给其孙张元吉，也只有在正统九年（1444）上奏获得准许之后才得到认定。而当张元吉的叔祖张懋嘉欺其年幼，夺取信物，又是由道

---

[1] 沈德符：《万历野获编补遗》卷四，北京：中华书局，1989年版，第918页。
[2] 《汉天师世家》卷二，《道藏》第34册，第821页。

录司将此事上报，由皇帝直接予以处理。^①后来张元吉被夺爵位，也是由明宪宗下令在张氏族人中选取掌教。而后张光范、张玄庆二人争夺真人之位，也是由负责其事的职能部门进行勘验，定其承继的顺序。^②四十九代天师张永绪卒，其子早夭，穆宗下诏以裔孙张国祥嗣教。^③凡此种种，均可以看出明代皇权对于教权的统摄。

明初道士任官，一般都限于教派之中。如，洪武、永乐时期，张宇初、张宇清被授为真人；洪熙元年，道士沈道宁被任命为混元纯一冲虚湛寂清净无为承宣布泽助国佑民广大至道高士，阶正三品，赐道服。^④然而自英宗、宪宗朝以后，道士被任命为朝廷官员的现象开始愈发普遍，如蒋守约、李希安等。宪宗时期颇受重用的李孜省，其身份并非严格意义上的道士，只是因为跟随术士学习雷法（道家术），进而以符箓获宠。^⑤此后的成化、弘治、嘉靖、万历等朝，道士均受到不同程度的优裕和宠幸，道士入官成为一种普遍现象。曾经作为"方外之人"的道士，已经"泯然众人"，失去了其特殊的身份标识，抛弃了其独立的价值观念和人生追求，消融于明代国家体制当中。弘治二年，巡抚湖广都御史梁璟的上疏，展现了明代前期国家体制中道士群体状况的一个侧面："永乐中，武当山食粮道士不过四百，近至八百余人，道童亦有千余。乞照额放免，以省冗食。又太监陈喜别带道士三十余人，俱领敕护持，往往离本宫百余里外深山之中，或擅创庵观，或寄住民家，甚至招集无赖，强占土田，不遵提督等官约束。恐岁月滋久，酿成他患。乞追回原敕，额外者递还原籍，庵观拆毁，田土归之旧主。"^⑥

明代道士出任官职，也要与其他官员一样，遵从致仕、守制等规定。明代正一派天师受册封为真人，掌天下道教事，即为具有官阶的政府官员。洪武元年，张正常受封为正一嗣教护国阐祖通诚崇道弘德大真人，领天下道教事，秩

---

① 《明英宗实录》卷一二八，正统十年四月癸亥，第2559页。
② 《明宪宗实录》卷六十六，成化五年四月戊午，第1325—1327；《明宪宗实录》卷一〇二，成化八年三月丁巳，第1993页。
③ 《明穆宗实录》卷十六，隆庆二年正月壬戌，第434—435页。
④ 《明仁宗实录》卷六下，洪熙元年正月乙酉，第209页。
⑤ 《明史》卷三〇七，第788—7884页。
⑥ 《明孝宗实录》卷二十五，弘治二年四月壬子，第572页。

正二品。① 张正常洪武十年去世，其子张宇初在守制三年之后，于洪武十三年应召赴京，受封为正一嗣教道合无为阐祖光范真人。② 四十七代天师张玄庆于弘治十年致仕。③ 嘉靖二十八年，张谚頨上请致仕。④ 万历三十九年（1611）五十代天师张国祥卒，其子张显庸嗣教，而于天启六年（1626）方得以袭爵。崇祯九年致仕。⑤ 既为明代官员体系中的一员，道教领袖亦须遵循国家礼法有关官吏的各种规定。此外，明代不少位居显位的文臣亦由道士出身，如礼部尚书蒋守约、李希安、崔志端，工部尚书陈道瀛、徐可成，礼部左侍郎丁永中、金赟仁、师宗记等，都曾是太常寺神乐观道士。⑥

明代以前，皇帝对道教人士的封赠，大多只是象征意义的封号，并不及于世俗的荫封、赐诰命等情形，且仅及于其自身。入明以后，由于帝王视道士出任官职与其他官员无异，故而也如其他官员一样给予封赠、赏赐、恤典，受封的对象不只是道教人士自己，祖父母、父母、妻儿等都包括在内。明朝各代天师受封赠的情形，在《皇明恩命世录》中有详细记载。沈德符曾述明代真人封号之不同寻常的情况说："太祖封张正常为真人，以嗣龙虎山之业，其号不过十字。宣宗宠刘渊然，真人封号至十八字而极矣。此后恩渐杀，惟嘉靖间邵元节之封，其真人号亦同渊然。虽一时异数，然两朝滥典，人以为骇，不知宪宗朝亦有之。成化廿三年，诏赠静一冲元守道清修履和养默崇教抱朴安恬真人王文彬父为太常寺丞，母为安人，盖亦十八字，而世无能记忆者。盖其时左道杂进，如邓常恩、赵玉芝辈方横甚，则真人又为恒事矣。至弘治十七年，上命阁臣撰真人杜永祺等诰命，刘健等力谏，以为宗庙谥号不过十六字，而此辈封号乃多至十八字，宜令停止。则滥典亦如成化间矣。若嘉靖末年，陶仲文封伯，加柱国，荫玺丞，其真人号遂至二十字。此又当别论。"⑦ 明代道士接受封赠、恤典、诰命、亲友夤缘任官等情形，肇始于仁宗、宣宗时期，英宗、宪宗

---

① 《明太祖实录》卷三十四，洪武元年八月甲戌，第601—602页。
② 《明太祖实录》卷一三〇，洪武十三年二月己丑，第2064页。
③ 《汉天师世家》卷四，《道藏》第34册，第839页。
④ 《皇明恩命世录》卷八，《道藏》第34册，第810页。
⑤ 娄近垣：《重修龙虎山志》卷六，《中华续道藏初辑》，台北：新文丰出版公司，1999年版，第3册。
⑥ 王世贞：《弇山堂别集》卷十，北京：中华书局，1985年版，第177页。
⑦ 沈德符：《万历野获编》卷二十七，第695—696页。

朝以后趋于兴盛,至世宗朝达到顶峰。沈德符指出:"道教之崇,仁、宣二庙已然,世宗朝之邵元节、陶仲文已权舆于此矣。"[①]《明实录》等文献中对此屡有记述。[②] 王世贞也曾述明代道士封爵异于常俗的情形。[③]

明代中期以后,道士受封赠的情形逐渐增多,已成为国家的一种常制。王世贞述陶仲文所获的恩典说:"真人陶仲文以少师一品考六年满,加特进、光禄大夫、柱国,兼支大学士俸,荫一子尚宝司丞。"[④]沈德符曾记述成化以后各朝崇信僧道的情形[⑤],还比较明代道士与前代受封之不同说:"宋道君崇道教,至有道家两府之目,谓其尊贵,如中书省、枢密院也。然林灵素署衔,不过曰大中大夫、冲和殿侍宸、金门羽客、通真达灵元妙先生,在京神霄玉清万寿宫,简辖提举通真宫。其官称本与朝士夐异,而侍宸视待制,亦正四品而已。至陶仲文于真人之外,加至少师兼少傅、少保,并拜三孤,带礼部尚书封恭诚伯,则文武极品矣。林灵素尚守本教,不畜妻子。仲文之子既比执政受京堂荫矣,至仇鸾死后败僇,仲文亦以元功,荫次子世昌为国子生。"[⑥]针对本朝道士所获得的超乎寻常的"礼遇",沈德符发出了"其义何居"的诘问。而其背后反映的则是明代道士彻底进入国家政治体制的历史事实。

---

① 沈德符:《万历野获编补遗》卷四,第914页。
② 仅宪宗一朝,道士受封的情形就十分普遍。如《宪宗实录》卷十二载,天顺八年十二月壬辰,"太监柴升传奉圣旨,升左正一孙道玉为真人,给诰命。道士乞恩膺封、贪缘受赏自此始"。成化十年二月己卯,"真人孙道玉故父德祥追赠太常寺寺丞,母沈氏赠安人赐敕命"。成化十一年八月癸巳,"太监黄赐传奉圣旨追赠真人喻道纯父宗敬为太常寺寺丞母杨氏为安人"。成化十三年十一月丁亥,"赐正一嗣教真人张玄庆正一嗣教保和养素继祖守道真人号,并母吴氏封志顺淑静玄君诰命二道,从玄庆请也"。成化十四年十二月辛丑,"赐冲虚渊默凝神守素翊化演教广济普应弘道真人昌道亨、崇真悟法静虚高士戚道珩诰命"。成化十六年二月癸亥,"升河间府富庄驿驿丞喻铭为鸿胪寺序班。铭,真人喻道纯之侄,贪缘内侍,故得更任也"。成化十六年六月,"给真人胡守信父宗海追赠太常寺寺丞敕命"。成化二十三年五月戊申,"追赠静一冲玄守道清修履和养默崇教抱朴安恬真人王文彬父显为太常寺寺丞,母陈氏安人。时吏部言文彬已受高士诰命,于例不当追赠,诏特给之"。因此沈德符说:"成化一朝,僧道俱幸。"(《万历野获编》卷二十七,第696页)。
③ 王世贞:《弇山堂别集》卷十五,第272页。
④ 王世贞:《弇山堂别集》卷十五,第272页。
⑤ 沈德符:《万历野获编》卷二十七,第684页。
⑥ 沈德符:《万历野获编补遗》卷四,第913—914页。

张谦稿本《道家诗纪》诗学承递性表现及成因

陈星宇

武汉大学中国宗教文学与宗教文献研究中心

中国古典诗论发展到清代，对前代的主张继承与纠正并存，因而清代诗论在很大程度上突破儒家诗论的束缚的同时，也清晰可见前代诗论的肌理与脉络。诗论作为一种文学舆论在文士中得到广泛扩散，无形中塑造了时代的文学价值观念，观念又影响对文学的确认和评价。因而清代诗论的包容、继承、改造的特征除了以诗论本身体现之外，亦从清代诗集、诗选中的编撰实践中得到或隐或显的响应。这种文学舆论氤氲之广，已不仅仅影响儒家一脉的文人的文学观念，释、道二流中的诗人文士亦是浸淫其中。因此，即使是释子、道士这样出于宗教因素有着特定的、归一的精神图景的人物，选诗的标准、论诗的话语亦在时代的诗论体系之中。清代康、干间道士张谦编选《道家诗纪》，选录自魏晋而下的道人诗作，在存世的部分中，清代以前的部分存有诗作和作者小传两部分，而清代的材料相较而言大为丰富，除了诗作和作者小传之外，仍杂录清代诗话，且在诗话、小传之中，透露了不少道士的文学活动和文学风尚的信息。其诗学体系虽不完备，但却传达出了诗学方面承递的信息。

一、《道家诗纪》的诗论取向探析

诗纪体始自晚明，此一体的著作旨在网罗编纂特定时代或特定作者之诗歌，明代有冯惟讷编《古诗纪》、黄德水、吴管编《唐诗纪》等，亦有前面提及的《释文纪》。张谦编《道家诗纪》，则依仿前例，旨在编录历代道士的诗作；而在编录之中又夹入诗话，从而大大扩充了成书的信息量。《道家诗纪》清代诗歌部分收录了清顺治到嘉庆年间江浙一带一些道人的诗歌，以及极少数并非道人身份而被认为有道人之风的士人的诗歌,因文献来自编者当时的交往圈子,属于前代所未曾有,故具有独特的文献学和文学意义。但对诗论研究而言,《道家诗纪》的缺陷在于编者并非有意为论,因而留下的诗论信息散见各处,且无序跋,缺乏可供直接分析编者选诗原则的材料。但尽管如此,从零散的诗论和稿本的状态来分析,仍可推见《道家诗纪》清代卷的选诗准则。

编选者张谦本人即为黄冠。现存《道家诗纪》最末为第四十卷,但中间有亡佚,实存二十二卷。存世部分中,第十二至十五卷为《唐纪》,作者凡五十三人;第十六卷为《五代纪》,作者凡十一人;第二十四至二十九卷为《元纪》,作者凡七十人;第三十至三十四卷为《明纪》,作者凡八十九人;第三十五至四十卷为《国朝》,作者凡一百零五人。《道家诗纪》前后无序跋。

编选者张谦生平和《道家诗纪》的成书情况,学者陈尚君、罗争鸣已经有了一些探索。①《晚晴簃诗汇》中张谦小传云:

> 张谦,字地山,号云槎,海盐人。桐柏山房道士,有《补梅居士诗选》。……云槎又辑《历朝道家诗纪》五十卷,搜采甚富,几出《禅藻集》之右。年复老寿,至咸丰中尚存。弟子冯水香传其琴,朱文江传其诗画,郑素庵传其篆刻。②

《晚晴簃诗汇》载张谦辑录《历朝道家诗纪》五十卷,与现存稿本的卷帙有异,可能仍有第四十一卷到五十卷的佚失。现存稿本《道家诗纪》每卷前署"海盐张谦云槎编辑"。根据《易经》"谦"卦"艮下坤上,上卦为坤、为地,下卦为艮、为山"之象,"地山"应为张谦字,"云槎"为其号。

《道家诗纪》卷三十五中张谦称海盐邑庙桐柏山房道士夏霖为"谦十八世师祖";卷三十六称桐柏山房道士陈绍蕃为"谦十一世师祖也",同卷称小瀛洲仙馆道士宋昭明为"七世师祖";卷三十七称海盐道士严克真为"谦授业高师祖",可证张谦本人活动的主要区域在海盐地方。《海盐县志》卷十九载

---

① 陈尚君:《道家诗纪解题》第 58 册,上海:复旦大学出版社,2008 年版;罗争鸣:《张谦及其稿本〈道家诗纪〉再探》,载《学术论坛》2013 年第 8 期。

② 徐世昌:《晚晴簃诗汇》,退耕堂刻本,1929 年版。

张谦少年出家于城隍庙，受过良好的儒、道和诗书教育："熟精玄理，兼通儒术，工诗，善书画"。

《海盐县志》又载张谦"辑历朝道家诗为《方壶合编》"。这里记载的是张谦曾经参与编纂的另一部清代方外诗集之事。《方壶合编》编成于清道光年间，卷首有萧应樴《序》述该书成书经过：

> 己丑（道光九年，1829年）岁结夏海陬，与南北山道人昕夕倡和。栖真观赵凌洲、显佑宫张云樨、徐海客出其先师吟稿及侪辈逝者诸诗，自前明至近代，汇而辑之，得三十二人焉……诸道友恐合编之复逸也，今春谋付剞劂，嘱余选定，以区区阐幽之怀，各系小传，俾其后弟子知先师之梗概，与诗教并垂，他日輶轩有采，方壶道侣不致泯没而无闻。①

可知张谦及同时代的道友曾收藏师门和同辈的诗作，这些诗作应当是《方壶合编》的数据和《道家诗纪》清代部分的数据源。《道家诗纪》记录了嘉庆、道光年间张谦与江浙尤其是海盐地方道士的交游，《道家诗纪》之形成应当与张谦的交游活动密切相关。《道家诗纪》卷三十八"袁守中"下《小瀛洲馆诗话》云："同门吴拙序尝云：'袁月渚《西山探梅八咏》颇佳，可以采入《道家诗纪》。"也可知《道家诗纪》的编纂早为张谦道友知悉，是一个持续的过程。

《道家诗纪》清代卷围绕诗作者，记载了大量江、浙道派传承的信息，这些信息正说明《道家诗纪》中收录的诗人具有很强的团体性。道士无疑是《道家诗纪》所收录诗创作的最大主体，然而在道士群体之中，还有少数未领受正式的道士身份但思想与行为与道人符合的人物，被目为"道家"一类，如卷三十四所记杨通幽。据《小瀛洲仙馆诗话》，杨通幽系世家出身，工于诗词，擅长绘画。《道家诗纪》作者小传云：

> 通幽，字怀冰，号铁鉴，苏州吴江人。为人狂傲不羁，每见贫谄而富骄者，彻痛骂使之不能堪；不服者发一二隐语讦之，其人骇然惊走。孤贫者颇肯

---

① 萧应樴：《方壶合编》，道光十一年刻本，1831年版，第1—2页。

周恤，虽屡空，勿顾也。病者施符治之，颇验。富者，虽至戚不与也。或问之，对曰："彼无力医药耶？"其议论皆出人意表，或以为悟道者，呼之为"痴道士"。①

据小传记载，杨通幽并未入道，但会使用符咒，行为出人意表，人以为其悟道，所以被归入道流。而杨通幽的风格贴近道人诗所要求的"烟霞气"。换言之，除了杨通幽本人未接受正式的宗教皈依仪式这一因素之外，其人其诗都可归入道流。

而另一因兵乱入道的诗作者颜鼎受，却是可堪与杨通幽对比的另一个例子。颜鼎受号初阳山人，通老子道德之旨，旁通符箓，同时儒学修养十分深厚，少即通十三经，光绪年编《桐乡县志》记载颜鼎受"九岁能诗"，"幼时受业于杨园，杨园有《答孝嘉论学十二则》"，"弱冠游庠，缙绅家争延之为师，环皋比而听讲者满席"②，游楚遇吴三桂兵乱，对方欲征其为五经博士，颜鼎受乃入衡山为道士。其为道士本系一时避险之策，朱辰应《初阳子颜鼎受传》云颜鼎受以黄冠入城，见到郡县父老之后"相视大笑，乃改服"③。颜鼎受有《峰山堂诗钞》《半乐亭诗钞》《渔鼓曲》等诗集，曾撰《诵诗弋获》《六义辨》《国风演连珠》等，被朱竹垞收入《经义考》；《晚晴簃诗汇》中亦有小传。就颜鼎受的入道经历来看，应时权宜的原因比较明显，几乎不涉及信仰因素，其人本身儒士色彩也十分浓重，诗作取材多在儒家经义之内，道德训示多见而内向的个体抒情特征者罕。与杨通幽相比，颜鼎受算得上是担道人之名却不行道人之实的一个例子。二者共同存在于《道家诗纪》中，可见一方面诗作者的宗教身份是选诗的重要标准，另一方面对于杨通幽一类的无名有实的"道人"，亦不拘于其身份认定。

这种以宗教因素为衡量，同时灵活采撷的选诗办法最终决定了《道家诗纪》清代卷的选诗面貌。诗纪中录诗固然有不少关涉到道教修炼的内容，但与这些内容并列存在的，是大量抒怀、访友、咏古、寄远、咏物、题画等类型诗，完全与文人趣好相同。《道家诗纪》对诗体的把握严格。在上海图书馆刊

---

① 张谦：《道家诗纪》卷三十四，上海：复旦大学出版社，2008年版，第13页。
② 严辰：《（光绪）桐乡县志》，光绪十三年刻本，1887年版，第56页。
③ 钱仪吉：《碑传集》，陈金林等：《清代碑传全集》，上海：上海古籍出版社，1987年版，第6836页。

行的稿本中,《小瀛洲仙馆诗话》中记录了道士颜鼎受作《耍孩儿》词四首,《道家诗纪》称其为"游戏笔墨",并对此注曰:"四阙删之",可见编选者对诗、词体式区分的严格。而且不仅如此,编选者对"诗歌"的概念限定,几乎就在五、七言绝、律的范畴之内,自唐代而下屡为宗教人士使用的体式、格律相对自由的白话诗体并不入其法眼。这一点通过观察《道家诗纪》中不选的部分可以探明,突出的例子在对清代正一派领袖娄近垣诗作的处理。娄近垣的弟子施远恩、惠远谟等人俱有诗作入选《道家诗纪》,但对娄近垣本人的诗作《道家诗纪》却没有收录。而娄近垣本人并非没有诗作传世。在清世宗时代,娄近垣蒙受圣眷浓厚,其诗、词作品被清世宗编入《御选语录》而流传天下。这些诗作中就包括了以诗偈体写作的白话诗,包括"颂"四首,"歌"二首,"偈"四首,就体式而言,皆不属于传统诗歌范畴,此外还填写有十二首《西江月》,亦属于词作。这些诗、词作品在《道家诗纪》中完全不见踪迹。论及原因,与娄近垣诗、词作品的禅学体悟内容相比,作品的非正统诗歌形式应当才是重要的因素。

《道家诗纪》一方面为诗作者大体上规定"道士"这样的身份条件,一方面坚持诗歌的正统体式,这样足以首先挑选出一批作品,但最终挑选出来的,却是混合了世俗伦理、道家美学、道家解脱追求等多种标准的成稿。道教发展到清代,"三教合一"的提倡在儒、释、道三方各有不同深度、不同维度的推进,在道教方面,金元至于明代鼓吹的弃人伦而修仙的价值取向在清代得到极大的缓和,道家已经表现出对儒家所重视的人世伦理的接纳,同时又援释教"空""苦""破执"等观念来支撑固有的出世精神。《道家诗纪》中就选有道士王芳洲"情真语挚"(《道家诗纪》作者小传语)的《省亲》诗一首:

我身为黄冠,我家松竹乡。桑麻是烟景,溪水环林塘。残书满架积,耕读堪徜徉。薷遭迍邅境,门户悲荒凉。贼子今暂归,瞻宇先彷徨。问安入寝室,亲老形郎当。兀然四壁立,倾盖无余粮。负米朝入市,到家俄斜阳。慈亲心悬念,倚杖柴门旁。艰辛具一飧,藜藿同充肠。夜静默无语,孤灯照空梁。自顾影踽踽,吞声向暗墙。邻翁适然至,劝慰何周详。尔兄既早世,嗣续畴承当。尔父年已迈,出入畴扶将。穷达虽异等,孝父理则常。尔能明大义,出处宜料量。深感邻翁语,永矢无相忘。譬彼水泻地,水痕不圆方。譬彼橘踰淮,易名不同芳。生见不得力,终身两情伤。生当常念亲,忍离梓与桑。①

作者小传对王芳洲诗整体风貌的描述是"以王孟为宗",这首语近老杜的《省亲》显然是其中异类,从编选者对其的收录中,亦能看出道家美学原则向伦理人情的倾斜。究其原因,并非系编选者个人标新立异,实系编选者处于道教对儒家重视的人伦情理的宽容和接纳之中,方能在编选之时为情所动。

"情"之一字实际上贯穿《道家诗纪》清代诗歌全篇。师友故交之间的参访、酬唱事件屡屡见于选诗,对既往的宗教生活的反思总结、以自然模拟当下心境等等题材亦在选诗中占到相当大的比重。这些诗歌始终坚持一种冲淡情怀,坚持实践一种淡而有致、韵外含旨的美学追求,作为汇集的《道家诗纪》清代卷也就随之呈现出这种美学意味。在作者小传中,张谦多次以盛唐山水诗作为比类,如王芳洲的"以王、孟为宗"、杨通幽"诗格在王、孟、韦、柳"间、韩承晋的"体宗王、孟,淡雅中时露清警",赞赏吴人逸的"旷达"情怀,这些评价,令《道家诗纪》虽然未正面谈论自身的诗学追求,却无形中将诗学价值引向冲淡闲远的一脉。如陈绍蕃《闲适》诗中,就蕴含了对隐士生活的自足感:

三径一蓬庐,清时遂隐居。兔闲飞鸟懒,树老看花疏。秋梦琴为枕,春阴壁挂锄。自甘托元素,何必事樵渔。②

这种挂怀于自然大道的精神满足远接东晋陶潜。在其诗作中这种自足感保持着稳定性。其诗作《纯一观闲居即事》也说"元关草长人来少,午睡南窗意自如"。诸位道人的诗歌汇集于《道家诗纪》,不免因诗人个性和经历的原因出现风格、情怀的多样,但诗歌与自然的紧密联系却是俯拾即是的。这种寄情自然,刻意远离尘嚣的态度,为诗人开辟出一块关注内心、关注物我相得的生存空间。进一步地,世俗的忙碌对人生的消耗在这些诗歌中得到微弱的批评,施远恩《老朴行》中云"未充梁栋选,颇避斧斤劚。安知终天年,非以不材

---

① 张谦:《道家诗纪》卷三十九,第303—304页。
② 张谦:《道家诗纪》卷三十六,第114页。

福。至哉庄生言，宁甘老荒谷"，《老桂行》云"桂兮桂兮誓将相守不相离，老向山中甘遯迹"，庄子的"无用以存身"的思想在这里得到赞同；而躬耕于陇亩则成为理想的生活方式，所谓"庙外烟津，躬耕如得。十亩吾亦，羲皇上人"。

因此闲情的存在，《道家诗纪》清代卷中大多数道人诗呈现出精雕细琢、极具画面美感的特征。如其中收录的咏物诗，宋昭明《对雪》："玉女裁花散十洲，晓来凝望倚琼楼。漫愁两鬓今如雪，海上诸山尽白头"；柳渔《红叶》："冷逼霜华一径风，林开晚景拥晴空。隔江倒影流光满，照水桃夭竞艳同"；曹志道《雨窗》："小摘红榴插胆瓶，闲来随意读黄庭。一番梅雨空阶畔，洗出苍苔数点青"等等，不一而足。

道教的修炼生活不可避免地成为诗歌的素材之一，但这些素材对诗歌的情感、风貌却不构成根本的动摇。吴教一《和汪嵩云中秋寄怀原韵》："自有丹径通灵契，不教棒喝悟当头"，虽然将禅宗的引导办法作为对比，但并非意在批评，只是以"棒喝"这种带有比较剧烈动静的行为作为道家修炼的陪衬，换言之，诗人仍有暗暗认可道家静修之意。而且从诗作内容来看，许多道人修炼的是"金丹大道"，也就是内丹道，如黄合初"相期凡骨换金丹"（《别知止道人》），董白"笑我九还丹未就"，"九还丹"是以外丹修炼的比喻来描述内丹修炼方法。内丹道与禅宗在心性修持方面有相通之处，这可以解释吴教一将道、禅并列的原因；同时，内丹道在心性方面的重视，也使得这种修炼理念完全朝向对人的内心的平和无挂碍状态的追求，这种状态，恰好是冲淡致远、韵外有致的诗风诞生的条件。

应当说，情与理之间的平衡和谐是《道家诗纪》清代选诗重要的美学追求之一。《道家诗纪》清代卷中不闻金石铿锵之声，亦不见唱道化俗之句，虽然收入施远恩《大光明殿步虚词》这种仪式上使用的作品，但四首步虚词韵律谨严，格调宁远，与选诗的整体美学追求并不违背。但对一些说理太过影响韵致的诗作，《道家诗纪》并没有作收录。如书中选录道士吴天均诗作六首，均为朋友之间感怀友情往来之作，然《诗纪》所引《小瀛洲仙馆诗话》却云吴天均"以坐炼为事，间作诗词，每多铅汞语"，并且尝和鸾仙诸诗，"直论性命之旨"，这些诗作在《道家诗纪》中一无所见。此外根据《小瀛洲仙馆诗话》，道士吴天均作有十一首与沈芥舟论道绝句、十三首和本师真人诗、以及数首和鸾仙诗，而这些诗均不见录于《道家诗纪》，由此也可以揣测，张谦仍坚持着传统诗论中强调韵致的取向。

二、《小瀛洲仙馆诗话》诗学立场的支撑

《道家诗纪》在每位作者之下附有小传，言其出身、籍贯、所居道院，也记录诗人事迹和未收作品。更为重要的是诗纪同时还杂录《小瀛洲仙馆诗话》，补充《诗纪》中诗人材料，兼撷取名句、补充《诗纪》未有诗作，或对部分诗歌风格进行评论。关于《小瀛洲仙馆诗话》的编纂来历，《道家诗纪》中并没有说明，但《诗纪》曾云张谦师祖宋昭明晚年"筑小瀛洲仙馆"，故而存在张谦继其业而延用道馆名的可能。在文学数据的层面来讲，《诗纪》中作者小传与《小瀛洲仙馆诗话》都补充了一些未得以入选《道家诗纪》的道人诗作，而另外一方面，正因为存在《诗纪》外存在但未被收录的诗歌数据，两相对比之下，《道家诗纪》的选诗准则等问题变得较为有迹可循。如前文已举的娄近垣与颜鼎受的例，再如卷三十六作者小传中记录的道士贝本恒临终偈一首，亦只是作为体现人物事迹的数据而被记录下来，不属于《道家诗纪》选诗的行列；编者以存而不录的处理方式透露了他对"诗"的概念的把握。

而《小瀛洲仙馆诗话》的存在，尚有从诗论的层面支撑《道家诗纪》的意义。《小瀛洲仙馆诗话》强调"自然""淡远""天然洒落"等美学特征，正与《道家诗纪》的编选准则相一致。此外《诗话》采用传统诗话"以意逆志"的方式进行阐释，将诗作视作通往诗人精神活动的路径，对诗人个性的描述与对诗歌风格的描摹同样的都强调疏淡、脱俗、逍遥自然等特征。《小瀛洲仙馆诗话》以"诗品"称呼诗歌风格，在进行批评时，或直接描摹而呈现褒贬，或以比附的方式转而体现，如论俞体莹诗作：

> 《小瀛洲仙馆诗话》曰：萍舟长于近体五言，如《妙香榭》云：'微微闻妙香，寂寂多元悟。'《秋郊晚归》云：'雨闲庭花乱，落轻风小院。'《燕交飞白桃花》云：'露井月来空有影，仙源云锁淡无春'。《山居漫兴》云：'疎松子落因翻鸟，修竹孙添好护亭。屐

齿破云寻药去,回皆集中好句。①

论施远恩诗作:

《小瀛洲仙馆诗话》曰:"两山提点《山居即事》诗云:'秋声动岩壑,爽气满柴关。红叶高低树,白云远近山。肩因长病耸,发为苦吟斑。宠辱浑闲事,浮名似可删。'语无烟火,情景俱佳。②

论仰蘅诗作:

《小瀛洲仙馆诗话》曰:"青屿道人诗格雄健,直逼盛唐古体,如《天台歌》一章读之令人神往。近体亦清稳可诵。③

论徐本衷诗作:

《小瀛洲仙馆诗话》曰:"虚庐先生《香叶亭诗》一卷凡二十八首,归安章山甫藩称虚庐诗'有若云护空山,雪深古洞,幽兰独秀,谷鸟自鸣。'其淡远似之。"④

论水上善诗作:

《小瀛洲仙馆诗话》曰:"秋白法师壮年从吾乡陆小酉先生学诗,其佳句发于性灵,不雕琢,天然洒落。五言如:'送青山欲暮,绕绿水生凉。酒酣红树下,舟傍绿坡前。'七言如:'千里关山人欲老,复更风雨梦偏长。湖光长净斜阳淡,山翠浓涵倒影深。'皆清稳

---

① 张谦:《道家诗纪》卷三十八,第228页。
② 张谦:《道家诗纪》卷三十六,第97页。
③ 张谦:《道家诗纪》卷三十八,第252页。
④ 张谦:《道家诗纪》卷三十八,第262页。

脱俗。……"①

《小瀛洲仙馆诗话》论语中反复出现清、淡、脱俗、洒落、天然等词汇，在精神内核上接续道家逍遥思想下的以清美、静冷为偏好的美学趣味，这一点与《道家诗纪》赞许的清冷韵致如出一辙。更进一步地说，因为这种美学趣味的传达和体现需要诗作者在维持内心宁静的同时进行返观，所以从这个层面出发，可以认为在对理想型的诗作者的认定方面，《小瀛洲仙馆诗话》和《道家诗纪》是一致的。

《道家诗纪》整体上体例是以时代为次，作者名下由编者述其事迹，事迹之后选录诗歌。就现存的稿本来看，这种体例直到清代卷之前都保持一致。而清代卷在由编者撰写的作者小传之后，录入《小瀛洲仙馆诗话》，此一类现象为《道家诗纪》清代卷独有。《道家诗纪》的诗论意图因《小瀛洲仙馆诗话》的存在而变得更加清晰，因此从这个作用上讲，《小瀛洲仙馆诗话》对《道家诗纪》美学趣味的表述有支撑的意义。作者小传重视作者生平事迹，《小瀛洲仙馆诗话》重视对作品的评赏，二者互为补充，汇俱于一本，最终成为《道家诗纪》诗论的载体。

《道家诗纪》整体上是一部带有文学批评性质的诗歌选集。其中小传与诗话均为羽流所创，这样的作者身份特殊、选集与诗论性质兼顾的作品在历代诗选中都十分罕见。历代诗话中由方外人物撰写的有唐代僧人释皎然撰写的《诗式》、释齐己撰写的《风骚旨格》等，但保存完整的道人撰写的这类作品中，《道家诗纪》为时间最早。《道家诗纪》一书而备数体，尤其其清代卷中，对文学批评使用的体格的继承、对文学批评的话语和趣味的延续清晰可见。而且由于编选者、诗论作者宗教身份的存在，也令我们得以一窥，即使在特殊精神因素影响下，中国古代传统的文学趣味仍然葆有稳定性。

三、道人集结诗社作为《道家诗纪》形成的外部条件

清代康、干间江、浙道人集结诗社的现象在《道家诗纪》中有相当多处的记载。以诗社的方式存在的文学创作和交流的群体，是维护相近的文学理念、

---

① 张谦：《道家诗纪》卷三十九，第319页。

维持文学风格的重要力量。而张谦选编《道家诗纪》清代卷正式在这些群体互动中完成的。道人集结诗社的现象应当属于《道家诗纪》选诗得以完成和诗论得以提炼的重要条件，因而应该得到梳理。

《晚晴簃诗汇》张谦小传下的诗话中对自明末以来海盐地方道人结诗社的情况有所透露：

> 诗话：海盐显佑宫桐柏山房道士，自明隆、万间，徐月汀秋沙、吴允修两峰、黄思石竹诸人，与邑中士大夫结诗社，往还酬唱，流风甚远。至乾隆、嘉庆之际，尚有以诗鸣者。云槎与赵凌洲继之，各有诗集。①

根据《道家诗纪》中张谦交游记录，推算张谦的活动年代在清嘉庆、道光之间，书中道光年间事件并时间记录：

> （道光）甲午（1843）子月望日，拙存来书云："委访袁月渚诗，留心数年，竟不能得。"②
>
> 道光七年（1827）三月八日，富阳周芸皋观察凯招游武昌西山。
>
> （道光）丁亥（1836）伏日，道人与劳方泉、王香雪、陈九香、钱塘朱元燮澹圃、黄冈吴大镛云门、富阳周经大文、寺僧西临宝峰竹啸轩纳凉，分韵赋诗，方泉绘图，周观察为之序。③
>
> （柳渔）道光二年（1822），授知事厅职。④

其中最晚为道光十四年（1843）。此时张谦进行《道家诗纪》的编纂已有时日，可能已经接近尾声。

《道家诗纪》卷三十五至卷四十共收清代道人一百零五位，以海盐、苏州、杭州等江浙一带道士为主，间有湖北及四川道人一二。而所录道人之中，又常见师徒或交游关系。仅张谦、赵莲师承一脉，计有：

> 夏霖，张谦一脉以上第十八世祖师。夏霖字惠霖，号兰舲子，世

---

① 徐世昌：《晚晴簃诗汇》。
② 张谦：《道家诗纪》卷三十八，第224页。
③ 张谦：《道家诗纪》卷三十八，第213页。
④ 张谦：《道家诗纪》卷三十九，第229页。

称廉静先生。修道于海盐邑桐柏山房。在书法、琴学方面颇有造诣。据云夏霖"性淡泊克己",与钱鹤庵、瑞征相交甚厚。

陈绍蕃,张谦一脉以上第十一世祖师,师从夏霖。陈绍蕃字怡云,号松崖。少年时修行于桐柏山房,有道行,后居纯一观别墅修真养性。乾隆四十八年(1783)复归桐柏山房,无疾而化,年寿八十。着有《怡云诗草》。据《小瀛洲仙馆诗话》记载陈绍蕃"道貌魁梧,美髯过腹,行止端方,世呼为神仙中人。"

宋昭明,张谦一脉以上第七世祖。宋昭明字敏达,号梅溪,自称宋梅道人。宋昭明善鼓琴,在琴艺方面曾得师长陈绍蕃指授。晚年筑小瀛洲仙馆,与张兰溪、应轸、正修等人觞咏其中。

严克真,张谦授业高师祖。严克真字公超,号退谷,海盐青山人,出家邑庙桐柏山房。《道家诗纪》载其"赋性赣直,每引规箴劝人好读书。除经史外,释典道藏无不通晓,尝言不到嫏嬛得未见书为憾。"严克真从盛年起爱好道术,"终岁长斋,晨起诵《黄庭》《道德》诸经",从嘉庆二年(1797)年起航海至普陀,入天台山,游桐柏宫,同年中秋复还旧山。嘉庆二十年(1815)正月初五日化去,年寿七十有七。着有《浙东游记》一卷。

其中,夏霖胞兄夏时、弟仰山,在诗歌方面俱有才能,人称"方外三凤"。夏时系海盐斗南山房道士,授真人府赞教,主吴郡元妙观。夏时着有诗稿《痴吟》一卷,其部分诗作也收入了《道家诗纪》之中。仰山是僧人,夏霖诗作中存有与仰山倡和诗。同时夏霖与陈绍蕃之间又有交往,据《小瀛洲仙馆诗话》载,陈绍蕃工琴,曾得夏霖琴艺师传,而陈绍蕃又曾传琴艺于宋昭明。

《道家诗纪》记载的江浙地方的道人,多分布于几大著名宫观,包括平湖松尘道院、苏州元妙观、海盐桐柏山房、海盐栖真观、海盐万寿道院、杭州金鼓洞、苏州城隍庙等等。某一宫观的道士诗人往往都不是独出,而是在师承传递和同学修道的关系中形成了群体,如栖真观韩承晋、朱景文、吾琦、朱佩、陆振育等,元妙观梅茂林、夏时、惠远谟、徐又孺、王维慧、仰蘅等,桐柏山房夏霖、陈绍蕃、宋昭明、严克真等。其他的道脉传承情况,尚有周太郎,师从孙守一,系龙门第九代法嗣;平湖松尘道院陆微入道受正一法,"每登坛祈祷，晴雨必验"；松尘道院郭长彬"游句曲龙虎山，修得五雷法"；海盐三元庙金鼎，与雍干年间著名道士、正一派领袖娄近垣有交往，曾入龙虎山，亦受正一法；海盐南山房柳渔，从姜南邨受正一法；此外道士施远恩、惠远谟都曾师事娄近垣。施远恩本系吴山长生房道士，在雍正年间应选诣京师，随侍娄近垣，曾蒙清世宗宪皇帝赐题赋诗，后授其龙虎山提点，施远恩称娄近垣为"本师"；姑苏元妙观惠远谟系施道渊法裔，雍正九年曾主玉华院，雍正十一年应诏入京师光明殿，而与娄近垣相见，并师事娄近垣。这些道人的传承关系也说明《道家诗纪》清代卷之编成与编者张谦的人际网络关系密不可分。

同时代的江浙道人之间、与文人、僧人之间又有交往，而且僧道、文人之间的交往多有交叉，会出现三者共同集会，或分字联韵，或同题吟咏，或诗歌唱酬的情景。道人何时的诗歌曾收入袁枚的《小仓山房诗集》；宋昭明和严克真都与当时居士沈芥舟有交往；仰蘅、黄鹤均与士绅项秋子有交；夏时弟子任鼎有诗作《与徐慧访夏霖》，可知任鼎与夏霖有交，同时任鼎曾得僧人呆山赠诗，呆山同时也交游于韩承晋、夏霖之间；夏时、栖真观唐复观、朱景文都曾为慧清禅师悬锡居赋诗，夏时与笃士禅师、慧清禅师有交，这些诗歌信息，传达出僧道之间交往情况之一斑。

《道家诗纪》中收录的清代道人诗作来自于张谦个人的收藏和搜集，而诗社的结成和活动应是促成诗作得以汇集的有利条件。《道家诗纪》的散记部分记载了彼时海盐地方道士和文人结成诗社的情况：

> 次林道人（韩承晋）在康熙间与同袍夏白岩、贺云涛、僧呆山、家师祖惠霖公结方外社，俱以诗名。
> （吴人逸）喜作诗，与周青士、马豹文、家师祖惠霖公时唱酬。[①]
> （施远恩）尝与郑板桥、侯夷门、厉樊榭、杭大宗、吴西林、张涤岑诸名流结诗社唱和。
> （宋昭明）晚年筑小瀛洲仙馆，与同袍张兰溪、应轸、钟琴台、正修觞咏其中。[②]
> 按张松岩先生丙午诗序云："赤城李道者乃红杏社友

---

① 张谦：《道家诗纪》卷三十五，第41、63页。
② 张谦：《道家诗纪》卷三十六，第97、115页。

也。……"①

（宋昭明）晚年筑小瀛洲仙馆，与同袍张兰溪、应轸、钟琴台、正修觞咏其中。②

（张应轸）少工吟咏，与沈昶、刘璟、宋梅溪、何弈昌结社，有《清怡集》。③

（黄鹤）暇日以诗歌为乐，尝与郡中胡蒟塘、项秋子诸诗人结社唱和，着《云墟山房诗橐》，友人汪新畲梓行于世。"④

以上所引的方外社、小瀛洲仙馆、红杏社等诗社，均为因地理空间的接近而形成的文学群落。诗歌社之结成，除了维持和推进诗歌创作活动的功能之外，在品评同侪作品的过程中形成审美舆论这一作用亦不小。《道家诗纪》中还收录几位江浙之外的道人诗作，盖其得以入选正与诗主的交游有关。如华亭道士沈清正诗入《道家诗纪》，除了因其曾蒙清圣祖召对而有声名之外，其个人也曾游历楚、豫、京师、余杭等地。

僧道交往的情况在该诗纪中也有引人注目的记载。海盐斗南山房道士夏时，尝任吴郡元妙观主席，在天文、琴学、书法、诗歌方面俱有造诣。《道家诗纪》收录夏时诗作七首，其中一首《题梅》属题画咏物诗，其余六首分别是记录与禅师交往的《秋日喜筠士禅师至》《自吴门归和慧清禅师〈新住悬锡居漫兴二首〉》、交游赠诗《题仙赏楼赠倪孝曾》、和诗《八音诗和周度师》、集会分韵之作《尤西堂太史燕集揖青亭分得池、青二字》等。其中和慧清禅师《新住悬锡居漫兴》者，除夏时之外，在《道家诗纪》中仍有栖真观唐观复、朱景文、海盐邑庙后房道士任鼎，可见僧道交往的一个片段。《道家诗纪》中清代道人的诗题尤其注意交代题诗缘起，因此事件比较明白，赠、答、倡、和的关系也比较清晰，诗人们的交游关系网络也得以在一定程度上得到展现。对几大文化群体之间的交往情况的把握有助于我们了解诗作产生的契机，对道人群体参与诗歌活动这一文化现象有更细致的把握。编者张谦本人学通三教，在

---

① 张谦：《道家诗纪》卷三十七，第168页。
② 张谦：《道家诗纪》卷三十六，第115页。
③ 张谦：《道家诗纪》卷三十七，第189页。
④ 张谦：《道家诗纪》卷三十八，第238页。

文学、艺术方面有很高的修养，他属于道士中文人化的一群，而与其交往的道人亦处于相似的群体中，学养与其相近，这类道人又与居士、文人交往，几类群体相互影响、融合，在文学和艺术方面的观念与行为逐渐趋同，道人诗也并不受作者的宗教身份制约，而体现出文人化的特征。《诗纪》中一些诗歌仍见存于《晚晴簃诗汇》《浙东轩輶录》、（光绪）《海盐县志》中。

小　结

《道家诗纪》编选者和收录的诗人均为黄冠，这一身份上的特殊性决定了《道家诗纪》跨越宗教学、文学、文献学的多重意义，其清代卷在探析诗纪中缺乏正面表达的选诗准则方面有重要意义，其中的《小瀛洲仙馆诗话》与作者小传共同支撑起《道家诗纪》的诗学立场。尽管宗教徒具有特定的精神养分，但《道家诗纪》对诗歌所秉持的审美趣味并不出离传统诗歌冲淡静远一脉，与清代王士祯的"神韵"说之中的"不着判断"，以及"伫兴而就""兴会神到"的创作论形成呼应，更远一些，实际上可以追溯至南宋严羽"酝酿胸中，久之自然悟入"的"妙语"说。现象之形成，一方面因为在思想的根源上，冲淡静远一脉的诗论形成受到佛、道两教对内心平稳清净的追求的影响，一方面清代道人的内丹修习加剧了对这种内部状态的追求，同时道士的文化生活也为他们带来了文人化的契机，种种因素共同作用，也就不难解释作为道教人物诗歌选集的《道家诗纪》的面貌成因了。

清代以降台湾道教宗派之韵文发展探析

李建德

台中科技大学通识教育中心、台湾教育大学语文教育学系

一、前　言

　　就中国文学的发展史观而言，吾人长久以来的关注焦点，多为传统知识分子撰作之"雅文学"范畴。因此，在敦煌文献未出土时，部分文体流变之论述，较容易出现断层。至敦煌文献问世后，词曲、戏剧等滥觞于民间之文体溯源与发展论述，乃得到较妥切的说解。通俗文学（popular literature）、民间文学（folk literature）之研究，也成为传统雅正文学以外的一大领域。而雅正文学、通俗文学之外，由各宗教神职人员或教徒所撰作之宗教文学，虽不乏佳制名篇，但向来较少受到关注。其中，道教文学在近百年来的华人社会，更一度缺乏话语权。笔者认为，此现象或可归因于三点。其一，清代入关后，本土固有之民族宗教——道教，常受到官方贬抑与忽视；其二，民国肇建后，部分知识分子受西方社会影响，视道教为迷信遗绪或加以贬抑，如梁启超（1873—1929）《中国历史研究法补编》、胡适（1891—1962）《胡适论学近着》、王治心（1881—1968）《中国宗教思想史大纲》等书，皆有此类论点[①]；其三，由于众所周知的因素，道教宫观、爱国爱教的神职人员及道教文化，曾一度遭到破坏。综上之故，虽然中国大陆在1979年即已"改革开放"，由卿希泰教授、朱越利教授等人为首推展的道教研究也逐步复兴，陆续撰述道教文学的单

[①] 梁启超：《中国历史研究法补编》，台北：商务印书馆，1966年版，第200页；胡适：《胡适论学近着（第一集）》，上海：上海书店，1989年版，第171—172页；王治心：《中国宗教思想史大纲》，北京：东方出版社，1996年版，第179页。

篇论文,但直到1992年,詹石窗教授始撰作第一部从先秦到北宋的《道教文学史》。① 其后,中国大陆撰作道教文学研究专书蔚为风潮,包括《道教文学三十谈》《青词碧箫:道教文学艺术》《道教文学史论稿》《南宋金元道教文学研究》等书②,在道教文学史之研究领域中,皆为卓荦大者。

至于台湾,由于大时代的因素,从20世纪50年代开始,遂成为外籍学者学习、研究道教的重要来源。③ 专就台湾的中文学科而言,系以道教神系、道教文献、道教文学的论著为胜场。在道教神系方面,萧登福教授撰有太乙救苦天尊、东王公、西王母、玄帝、星斗等道教重要神祇之专著④;在道教文献方面,萧登福教授着重在《正统道藏》提要、重要道典注译、宗派传承之论述⑤;而在道教文学方面,李丰楙教授撰有专书四种,周益忠教授对早期全真道师真的唱和词进行研究,赖慧玲教授则对1926年到2005年的道教文学研究加以梳理。⑥ 由此看来,台湾迄今虽尚未出现道教文学史之专著,但在各方面

---

① 詹石窗:《道教文学史》,上海:上海文艺出版社,1992年版。

② 伍伟民、蒋见元:《道教文学三十谈》,上海:上海社会科学院出版社,1993年版;杨光文、甘绍成:《青词碧箫:道教文学艺术》,成都:四川人民出版社,1994年版;杨建波:《道教文学史论稿》,武汉:武汉出版社,2001年版;詹石窗:《南宋金元道教文学研究》,上海:上海文化出版社,2001年版。

③ 最具代表性的,即是荷兰籍学者施博尔(Kristofer Schipper)、美籍学者苏海涵(Michael R. Saso)分别拜入台南世业道坛与新竹正一嗣坛门下。

④ 萧登福教授撰有《道教地狱教主:太乙救苦天尊》,台北:新文丰出版社,2006年版;《扶桑太帝东王公信仰研究》,台北:新文丰出版社,2009年版;《太岁元辰与南北斗星神信仰》(香港:啬色园,2011年版;《西王母信仰研究》,台北:新文丰出版社,2012年版;《玄天上帝信仰研究》,台北:新文丰出版社,2013年版。

⑤ 在此三范畴中,萧登福教授撰有《正统道藏总目提要》,台北:文津出版社,2011年版;《太上老君说常清静经通解》,北京:宗教文化出版社,2011年版;《南北斗经今注今译》,台北:行天宫文教基金会,1998年版;《玉皇经今注今译》,台北:行天宫文教基金会,2001年版;《上清大洞真经今注今译》,香港:青松出版社,2006年版;《灵宝无量度人上品妙经今注今译》,台北:文津出版社,2008年版;《周秦两汉早期道教》,台北:文津出版社,1998年版;《六朝道教上清派研究》,台北:文津出版社,2005年版;《六朝道教灵宝派研究》,台北:新文丰出版社,2008年版等书。

⑥ 李丰楙教授撰有《忧与游——六朝隋唐游仙诗论集》,台北:台湾学生书局,1996年版;《误入与谪降——六朝隋唐道教文学论集》,台北:台湾学生书局,1996年版;《六朝隋唐仙道类小说研究》,台北:台湾学生书局,1997年版;《许逊与萨守坚——邓志谟道教小说研究》,台北:台湾学生书局,1997年版等四种专论;周师益忠:《由教化的观点说王重阳和马丹阳的唱和词》,龚鹏程:《海峡两岸道教文化学术研讨会论文》上册,台北:台湾学生书局,1996年版,第371—414;赖慧玲:《海峡两岸"道教文学"研究资料(1926—2005)概况简析》,载《成大宗教与文化学报》2007年第8期,第97—128页。

的道教研究，则已取得丰富多元的成果。

笔者从事道教思想、文学、科仪、神系之研究、教学与实务推广，从2008年开始，陆续撰有期刊论文、专书论文、会议论文70余篇、百万余言。因受武汉大学"中国宗教文学与宗教文献研究中心"主任吴光正教授邀请，参与《中国宗教文学史·现当代道教文学史卷》撰写工作，负责撰述台湾道教文学近百年之发展成果。并将部分成果另行撰文，讨论清代以降台湾道教各宗派神职人员在韵文撰作方面之发展。

吾人既然要分析清代以来台湾道教宗派之韵文发展，自宜厘定其义界。从20世纪80年代开始，对道教文学的定义，已产生丰富多元的观点，迄今未有定论。笔者认为，道教文学当可视为一"同心圆"之架构。最内圈的核心，系由道教神职人员创作且与道教相关的文学作品，包括斋醮科仪的韵文、散文、应用文，亦即"道教徒所创作与道教相关的文学作品"[1]；若作者并非道教神职人员、教徒、信徒，但曾创作与道教有关的文学作品，可视为同心圆的第二圈，即古存云、伍伟民二先生持论之《藏》外作品、文人作品。[2] 若作者并非道教徒，系站在报导、介绍道教相关人、事、时、地、物之立场，亦可视为道教文学的外延，即詹石窗先生界定的广义范畴。[3] 因此，对于台湾道教文学之范围，笔者认为，最内层系台湾道教各宗派神职人员、教徒、信徒所创作与道教相关之文学作品以及斋醮科仪运用的各种文体，中层则是宦游来台或本土名士、文人与道教相关之文学作品，而外层则是早年或当代对于台湾道教人物、活动、宫观加以介绍之文学作品。而本文以"清代以降台湾道教宗派之韵文发展探析"为题，自然系运用前揭所述身处最内圈核心者所撰作之文本，作为分析范围。

二、清代以来台湾正一道之韵文

从清代开始，在台湾的正一派传布，至少有北台湾的"道法二门"与新

---

[1] 吴光正：《宗教文学史：宗教徒创作的文学的历史》，载《武汉大学学报（人文科学版）》2012年第2期，第5—6页。

[2] 古存云：《道教文学》，《中国大百科全书·宗教卷》，北京：新华书店，1988年版，第66—67页；《道教文学三十谈》，第1—13页。

[3] 《南宋金元道教文学研究》，第5页。

竹地区的"正一嗣坛"两大源流。道法二门系由闽南诏安、粤东饶平先民移居台湾而传入①，正一嗣坛则是晚清新竹名士林汝梅（1833—1894）、林修梅（1866—1928）前往龙虎山学道，并奉命返台成立、代掌道务。②然而，由于"道法二门"专司禳灾祈安、礼斗建醮等"吉事"科仪，除中元普度外，不从事度亡斋仪，因此，其韵文作品也相对少了些。

首先，就《步虚词》而言，吕锤宽教授认为道法二门较少使用《步虚词》，与其已在《道士房》进行空间与心理状态的转换有关。③而笔者透过实务调查得知，道法二门通常会在科仪之初，以六、七字"天尊号"来替代《步虚词》，但有时也会以"天尊号"加上《步虚词》，如《灵宝正壹发表真科》即是显证。④而正一嗣坛进行传度科仪时，虽同样使用《步虚词》，但仅在科书以小字记载"法师洒净、步虚、启师、入朝科、请圣、酌献"，并未说明《步虚词》是否为龙虎山的版本，或是新竹林家所新撰。且正一嗣坛之《端礼北斗秘要》记载，步罡后拈香、伏章，念"人天多障累，……冥心感圣贤"⑤。实具有步虚功能，可视为《步虚词》范畴，与宋代《玉音法事》所载《焚词颂》相比，仅缺少最末四句，属于对宋代新出赞咏的继承。

在七言诗部分，道法二门于早朝、午朝、晚朝、宿启等"四大朝"中，亦多有使用。如礼拜雷声普化天尊并转诵《玉枢经》的《灵宝正壹午朝科仪》有"一阴生午正当时，……浮黎重演妙中机。"气象颇为贴切；在礼拜北斗星君并转诵《北斗经》的《灵宝正壹晚朝科仪》中，则有"淡月疎星邈建章，……

---

① 有关北台湾道法二门传布的调查，可参劳格文：《台湾北部正一派道士谱系》，许丽玲译，载《民俗曲艺》1996年第9期，第31—48页；《台湾北部正一派道士谱系（续篇）》，载《民俗曲艺》1998年第7期，第83—98页。根据劳格文的考证，台湾北部的道教醮仪，应当是诏安林氏于1820年左右传入。

② 有关新竹正一嗣坛之文献，可参庄陈登云守传，苏海涵：《庄林续道藏》（台北：成文出版社，1975年版，与マイケル.R.サソー编解说，《道教秘诀集成》，东京都：龙溪书舍，1978年版。此外，王见川教授对清代新竹正一道发展有详细叙述，参其撰，《张天师信仰在台湾：一个地域的例子》，载《道统之美》2003年第1期，第7—18页。笔者则对同样于清代传入台湾的新竹正一嗣坛与台南道坛进行比较研究，撰有拙文《台湾正一道传度科仪文本比较研究初探以台南颍川道坛及新竹正一嗣坛为例》，收入叶春荣：《南瀛历史、社会与文化Ⅲ：变迁中的南瀛宗教》，台北：台南市政府文化局，2014年版，第277—294页。

③ 吕锤宽：《台湾天师派道教仪式音乐的功能》，载《中国音乐学》1990年第3期，第21—33页。

④ 《庄林续道藏》，第7059—7060、7288页。

⑤ 本文凡标注正一嗣坛之文献，皆使用マイケル.R.サソー编解说，《道教秘诀集成》，不另出注。

一朵红云捧玉皇。"属于对苏轼成句的接受。① 至于正一嗣坛在传度科仪中，每将一项法器颁赐初真弟子，也会用一首七言诗，对该法器加以赞颂。如付法印时，以支、微通押方式云"印付初真谨受持，……万劫相传永不移。"而传付雷令、天蓬尺、七星剑、拷鬼桃杖、皂纛雷旗、法水、圣筶、科书等其余8种法器时，亦各以一首七言诗搭配，足见作者的才华与对道教义蕴的深入。

在斋醮赞偈方面，正一道较常运用《七字偈》体制，并以七言长篇较具特色。如道法二门之"送瘟"仪式②，先唱"红旗闪烁邈山明，……咸颂诸仙德不休"③。这首12句的七言颂诗，而后再唱"乜人创造此乾坤？……如违押送北酆城"④。这首26句的《送船歌》。《送船歌》先自设问答以体现宇宙创世观，再形容瘟神乘船往返的情况，并呈现神职人员"以礼相待、先礼后兵"的态度，符合"和瘟"之用意；而正一嗣坛在传度科仪中，也运用一首以雷部辛天君名义，对初真弟子所作之七言长篇训诫词。其文为"盛哉道法行于世，……依吾此言皆成器"。由44句七言、12组六句（上、下句各3字）的浅近韵文组成。先以奉道之难立论，初真弟子若能勤心奉持，日后必受神鬼钦仰、名标仙籍，其后，分就人伦、心性、斋戒、焚修、禁忌等项，说明具体践履方法，最后揭明若坚守戒律，可在功满行就时，得到群仙接引、名书上清；反之，自然无法通过诸般试验，遭到长夜风刀、万劫拷掠之报。

在道情方面，由于道士道情具备"在济幽度亡的场品中，以道士身分演唱富有道教思想词文，用以劝慰亡灵勘破执障"⑤的特色，道法二门虽主张"专司吉庆事"，除中元普度外，不作济炼、度亡法事，看似没有道情作品。实则不然，由于道士道情具有以同一支词牌、曲牌重复创作而组成一首作品的情况，被称作"支曲重头"。这种方式，常见于道士召请亡魂闻经受度所使用的

---

① 《庄林续道藏》，第7178—7179页。
② 笔者选择此项例证，系因现今台湾的道教送瘟仪式多见于南部各县市，主导仪式的道教神职人员则多由自我认同为灵宝派的世业道坛进行，而《庄林续道藏》所收科书系流传于北台湾新竹地区，是较特殊的现象，故选择此项。
③ 《庄林续道藏》，第7403—7406页。
④ 《庄林续道藏》，第7407—7413页。
⑤ 有关台湾的道士道情，详参拙撰，《当代台湾斗堂道情之思想意涵与文艺技巧探析》，于"宗教实践与文学创作暨《中国宗教文学史》编撰国际学术研讨会"，高雄：佛光山人间佛教研究院，2014年版，宣读（已被接受，排印中），姑不赘述。

《刀兵偈》。北台湾正一道的中元普度科仪，即具备此一情形。如《庄林续道藏》收录以15支"挂金索"填成的《刀兵偈》①，透过歌咏道情，宣说枉死、离乡背井、水土不服病死、饿死、横死等孤魂的死亡原因，并召请前来闻经听法。但"呵那因缘起""示现照面鬼"等部分语句，明显有着佛教"放焰口""施食"的影子，可知北台湾的正一道在宗派传播过程中，可能曾与斋教、释教产生互动。

三、清代以来台湾灵宝派之韵文

台湾的灵宝派，多随着清代漳、泉先民移居台湾而传入。中台湾的灵宝道坛，以彰化鹿港、台中清水等海线地区较盛；南台湾的灵宝道坛，则有府城系统与高雄路竹以南的"南路"系统。较特别的是，北台湾的淡水及其邻近地区，也曾有源自泉州的灵宝道坛存在。由于灵宝道坛兼擅醮典与斋仪，在北台湾经常面临"双重竞争"，一方面须与道法二门竞争醮典，一方面也要与"释教"及佛教出家僧众竞争斋仪，遂逐渐没落。在萧进铭教授的调查成果中，②甚至有北部灵宝道坛须与释教合作，方能完成度亡法事的情形。因此，本节将由台湾中、南部灵宝道坛之韵文作品，举数例证进行论述。

笔者在《台湾道教宗派运用之〈步虚词〉及其意涵探析》③中，将台湾道教各宗派运用的《步虚词》，分为六朝古体、唐宋近体、近人新撰等3种类型。就六朝古体而言，府城世业道坛将六朝灵宝派10首《步虚词》，分散于《金箓早朝科仪》（第1—3首）、《金箓午朝科仪》（第4—6首）、《金箓晚朝科仪》（第7—10首）④，因口传心授、传抄异辞及各地方音差异等缘故，若与六朝古辞对斠，可发现府城世业道坛传抄的10首《步虚词》有许多异文，但这些道坛在三大朝科安排10首《步虚词》，也一定程度地体现对宋

---

① 《庄林续道藏》，第3975—3987页。
② 萧进铭：《淡水灵宝道坛的功德仪式——以混玄坛为核心的探讨》，载《民俗曲艺》2011年第9期，第233—277页。
③ 李建德：《台湾道教宗派运用之〈步虚词〉及其意涵探析》，载《彰化师大国文学志》2013年第12期，第207—236页。
④ 大渊忍尔：《中国人の宗教仪礼·道教篇》，东京都：风响社，2005年版，第149、161、172页。

代灵宝斋醮传统的接受。① 与宋代通用的步虚仪相较,不同处仅在宋代"早朝"为六朝古体前4首《步虚词》,午、晚二朝各3首,而府城道坛则于早、午朝各安排3首,将剩余4首置于晚朝。经笔者考察、分析,在《无上血湖拔产祝圣科》等科仪中,府城世业道坛以六朝灵宝派《三启颂》第三首(大道洞玄虚)作为《步虚词》。②《三界万灵圣灯科》之《步虚词》③,多被其他科仪称为《明灯颂》,系源自《上清洞玄明灯上经》,经对勘后,今本自第三句起,多有异文,但若就运用场合而言,今本文字也颇为恰当。而府城世业道坛在转诵《玉枢经》及《度人经》上卷之《步虚词》,④ 系源自《上清太极隐注玉经宝诀》所收第三首《太上智慧经赞》末4句,然今本前3句唱词,因口传造成抄写讹误;⑤ 在转诵《北斗经》及《度人经》中卷之《步虚词》⑥,系源自《洞玄灵宝三洞奉道科戒营始》卷6《中斋仪》⑦,唯今本除同音通假外,第3句末字误作仄声,较欠缺韵律感。《无上十回拔度宿启科仪》之《步虚词》⑧源于前揭道典卷6《常朝仪》,但原典意蕴较今本为佳。凡此种种,皆属于对六朝古体之继承。就唐宋近体而言,府城世业道坛有援用《太上黄箓斋仪·投龙颂》为《步虚词》的现象,或以《灵宝领教济度金书·普献颂》作为超拔孤魂科事《步虚词》的情形。宋徽宗御制的十首《步虚词》,则较受到府城世业道坛援引,并以第一首(太极分高厚)最为常见,且第二首(大梵三天主)、第三首(蒙蒙如细雾)、第六首(昔在延恩殿)、第七首(宝箓修真范)、第九首(水㗛魔宫慑)及《宣和续降长吟玉音金阙步虚》,也有持续使

---

① 《玉音法事》卷下记载宋代两种步虚法,其中第二种为"如寻常一日三朝,可在三朝之内共周足其十首。第一帀举'稽首礼太上'……。第二帀举'旋行蹑云纲',连过'嵯峨玄都山'通作一首……缘此二首,悉皆仄声,所以共作一次吟咏也。第三帀举'俯仰存太上',吟咏至末句……正合早朝也。余有六首,分在午朝、晚朝之内,每一帀吟咏一首。如此,则三朝之内十首亦周足矣。乃合朝奏玉京山全咏之式也。"见《正统道藏》(第十一册),洞玄部赞颂类养字号,第141上。
② 《中国人の宗教儀礼·道教篇》,第480页。
③ 《中国人の宗教儀礼·道教篇》,第186页。
④ 《中国人の宗教儀礼·道教篇》,第196、330页。
⑤ 《上清太极隐注玉经宝诀》,《正统道藏》,台北:新文丰出版公司,1988,洞玄部玉诀类逊字号,第六册,第647页。
⑥ 《中国人の宗教儀礼·道教篇》,第197、331页。
⑦ 《洞玄灵宝三洞奉道科戒营始》第二十四册,《正统道藏》太平部仪字号,第763页。
⑧ 《中国人の宗教儀礼·道教篇》,第354页。

用的情形。①至于近人新撰方面，府城世业道坛亦有使用"龙汉启盟真，……何以度幽冥？"与"黍珠出会开，……一切稽首拜"。这种押韵现象较宽松的《步虚词》。

在道情方面，府城世业道坛在普度科仪歌颂道经师三宝时，也以"支曲重头"的道情《三宝赞》②呈现，但除道、经、师、玉枢、灵宝等词汇为道教用语外，其余皆为佛教用语及典故；亦有以17支"挂金索"填成的《刀兵偈》③道情，属于"支曲重头"，但"阿那因缘起""示现焦面鬼""全赴莲花会"等语句，明显有佛经的影子，可知部分府城世业道坛与佛教的互动关系。此外，府城世业道坛在救拔死者、劝勉生人及时尽孝的科仪中，运用《十月怀胎歌》④这首以闽南方言写成的长篇道情。《十月怀胎歌》除说明父母养育子女的艰辛，也申说子女、父母、媳妇、翁姑、弟妹、兄嫂、女儿、女婿、继子、继母间相互对待的关系，词藻与用典虽不多，反而容易贴近社会大众的心理层面。

至于斋醮赞偈方面，可分为诗赞体与板腔体。较常被运用的诗赞体，为《五字偈》。如台中清水《救苦度人宝卷》的《三宝赞》，⑤透过每章六句的相近句式，分别赞颂道经师三宝救拔亡魂的功德；"南路"道坛拔度科仪亦运用《五字偈》颂美道经师三宝，如《师宝赞》⑥以五言八句赞词歌咏道德天尊。而较常出现的板腔体，则为"金字经""雁过沙"二曲牌。在府城世业道坛之金箓醮典，举行早、午、晚朝科前，会先安排朝礼玄天上帝、祖天师张道陵的科仪。在早、晚二科，道士会演唱"雁过沙"道曲（真武位玄天）、（真人张派支），颂美玄帝与祖天师；而中午则演唱"金字经"（三月三日玄帝生）、（张良八代出贤孙），赞颂玄帝、祖天师修真成道的事迹。⑦

---

① 详细论述、分析见李建德：《台湾道教宗派运用之〈步虚词〉及其意涵探析》，载《彰化师大国文学志》2013年第12期，第207—236，不另赘述。
② 《玄门太极普度科仪》，第54—55页。
③ 《玄门太极普度科仪》，第60—68页。
④ 《中國人の宗教儀禮・道教篇》，第393—396页。
⑤ 廖忠廉授，陈师文洲编校，李建德重刊，《青玄资度救苦度人宝卷》，通玄致真靖藏，道历四七零七〔2010〕年，第5页。
⑥ 《灵宝拔度合符科仪》，第25页。
⑦ 《中國人の宗教儀禮・道教篇》，第140、151—152、164页。

四、近现代台湾斗堂之韵文

兴起于清代福州的斗堂，从晚清开始，随着十邑先民陆续传入台湾。由于早期斗堂成员或具备公务人员身分，或经营工、商业有成，皆为"火居道"之身分，且自 1975 年起，斗堂积极与台湾的大型道教组织、宫观合作，传习经忏科仪，至今已成为台湾最多学习人数的道教宗派，是较特殊的现象。而斗堂在台湾的传布，北部以"集玄合一堂""如意保安堂"最盛，中、南部则首推"干道人"李叔还（1903—1994）道长开创之"正心崇德堂"，以及李叔还道长之师弟"觉新子"史贻辉道长。因此，本节即以斗堂科书及神职人员撰作之韵文，举数例加以分析。

在《步虚词》方面的显证，为《穹窿玉斗玄科》下卷之《步虚词》（昔在延恩殿）[1]，系就宋徽宗《步虚词·其六》改写。[2] 但原诗源自"人皇氏托梦降授天书"事件，与北斗九皇无涉，但部分斗堂成员受《神仙通鉴》影响，将之理解为"北斗九皇"，遂用于此处。又因礼斗为"吉场"，将徽宗自称"孝孙"理解为"超场"的"孝眷"，遂将此二字改为"丹诚"，产生"美丽的错误"。

在道情方面，斗堂常运用在"幽科""超场"的科仪。经笔者考察、分析，斗堂一方面引用前人词曲名篇并加以仿效，如郑板桥（1693—1765）《道情十首》的"老渔翁""老樵夫""老书生"三支小令，皆被斗堂接受，并依原调"耍孩儿"另填"老农夫"[3]，组成《渔樵耕读》道情；叙述酒、色、财、气等人生四病的《刘伶不戒》，由四支"山坡羊"小令组成，第一首为张可久（约 1270—1348）之《山坡羊·酒友》，第三支引用乔吉（1280—1345）之《山坡羊·冬日写怀》，第四支小令承袭乔吉《山坡羊·寓兴》，[4] 但改写处相对较多，仅"事间关，景阑珊""一片世情天地间"被保留，而青、白眼则被互相调换。此外，《蓬莱山下》源自乔吉《玉交枝·闲适》，《春光将暮》本于王秋英《潇湘慢》。另一方面，斗堂亦运用"支曲重头"的道情。

---

[1] 中国道教经典研究会，《穹窿玉斗全科》，台北：松珠实业有限公司，2003 年版，第 87 页。
[2] 《玉音法事》，《正统道藏》第 11 册，洞玄部赞颂类养字号，第 139 页。
[3] 李叔还编，史贻辉授，陈师文洲传，《玄门晚课科仪》，正心崇德堂抄，通玄致真靖藏，道历四七零五〔2008〕年，第 47—48 页。
[4] 隋树森：《全元散曲》，北京：中华书局，1964 年版，第 584 页。

如《正一玉阳铁观上座全科》之《刀兵偈》①，由（修设斋筵）、（近代先朝）、（国士朝臣）、（武将戎臣）、（学古穷今）、（羽服黄冠）、（割爱辞亲）……等18支"挂金索"小令组成；而《酒色财气》道情以（倾城色）、（斗豪气）等4支小令组成，②除悟魂慰灵外，更可惩创斗堂成员之逸志。

在斋醮赞偈方面，有诗赞体《七字偈》及板腔体之《大赞》《六句赞》。诗赞体的《七字偈》通常用在科书的段落，如《三官经》之《回坛偈》揭示科仪即将结束、瑞气腾祥的景象③，《太上覃恩酬谢百神玄科》之《香偈》说明点燃名香、通真达圣的场景④。板腔体的《大赞》常运用于启请神圣，如《青玄资度参灵玄科》之《救苦赞》⑤，赞颂太乙救苦天尊以九头狮子之吼声震破地狱门，进而垂放金光，使九幽亡魂得睹光明、超生天界；《太上慈悲解冤释结玄科》之《十七光赞》将《高上玉皇本行集经》所载17种神光妥善嵌入⑥，用以开悟亡灵、解除宿世执障，堪称佳制。至于《六句赞》，由"四、四、七、五、四、五"的六句赞词组成，又称《小赞》，系相对于以词牌、曲牌填写之《大赞》而言，常用以讽诵经忏。斗堂神职人员常因斋醮需求，遂依经忏文意而编撰赞词，并以每句末字同属一韵部者较常见。如《北斗经·开经赞》（北斗九皇）即据《北斗经》所载职司撰写⑦，六句全属阳韵；但也有未隶同韵部的情形，如《玉枢经·完经赞》（九天雷祖）除首句末字外，其余五句末字同属真韵。⑧

---

① 不题撰人，史贻辉授，陈师文洲传，《正一玉阳铁观上座全科》，正心崇德堂抄，通玄致真靖藏，道历四七零五〔2008〕年，第59页。

② 李叔还编，史贻辉授，陈师文洲校订，李建德重刊，《青玄资度参灵玄科》，通玄致真靖藏，道历四七零五〔2008〕年，第40页。

③ 史贻辉授，陈师文洲校，李建德重刊，《太上三元应感妙经》，通玄致真靖藏，道历四七零五〔2008〕年，第37页。

④ 不题撰人，史贻辉授，陈师文洲传，《太上覃恩酬谢百神玄科》，通玄致真靖藏，道历四七零七〔2010〕年，第2页。

⑤ 《青玄资度参灵玄科》，第3页。

⑥ 李叔还编校，史贻辉授，陈师文洲传，《太上慈悲解冤释结玄科》，通玄致真靖藏，道历四七零七〔2010〕年，第5页。

⑦ 史贻辉授，陈师文洲校，李建德重刊，《北斗消灾延寿妙经》，通玄致真靖藏，道历四七零五〔2008〕年，第2页。

⑧ 史贻辉授，陈师文洲校，李建德重刊，《九天雷祖玉枢宝经》，通玄致真靖藏，道历四七零五〔2008〕年，第44页。

五、当代台湾太乙玄宗之韵文

太乙玄宗之出现，相较于前揭正一、灵宝、斗堂等三种道教宗派而言，时间较短，但却是在正一、灵宝、全真、斗堂等四宗派"会道"下而产生，进而开宗授徒，是当代台湾道教宗派的特殊现象。本节即由太乙玄宗的科书及其神职人员撰作之韵文举例分析。

在《步虚词》方面，太乙玄宗运用五言八句式，如《青玄资度拔罪净土法忏》之《步虚词》[①]，首句及全诗偶数句押先韵，颂美太乙救苦天尊颁赐九龙赦书，可使亡魂脱离苦趣、超生仙境；《青玄资度救苦锡福宝忏》之《步虚词》[②]，于偶数句押青韵，颂美太乙救苦天尊寻声赴感的广大誓愿，更因垂示忏除罪愆之法，使一切众生皆可依科修奉而得救赎。

在斋醮赞偈方面，太乙玄宗同样分为诗赞体与板腔体，本文仅举诗赞体为例。以《五字偈》而言，笔者于2010年刊行《洞渊龙王经》之《提纲》"太霄洞渊帝，……朝礼荐苹蘩"[③]。为偶数句押元韵之《五字偈》，系《诸师真诰·洞渊诰》而新撰，对神霄九宸上帝中司掌伏魔、檄龙降雨之六天洞渊大帝加以赞颂。而《七字偈》的部分，太乙玄宗较常使用七言八句体，并运用在启请圣真、赞颂功德的场合，如《太乙玄宗启请师圣醮科》之《青玄赞》于偶数句押侵韵，赞颂宗派祖师太乙救苦天尊；于偶数句押东韵之《朱陵赞》，赞颂朱陵度命天尊；《生神赞》于偶数句押元韵，赞颂生神成化天尊；于偶数句押先韵之《太极赞》，赞颂灵宝祖师葛仙翁；《纯阳赞》于偶数句押寒韵，赞颂全真五祖的纯阳吕祖；于偶数句押歌韵之《西河赞》，赞颂斗堂"五师"之萨真君；而偶数句通押佳、灰二韵之《宗师赞》[④]，用以赞颂太乙玄宗历代启教宗师。以上7首《七字偈》，皆为笔者所撰。

---

① 陈师文洲编校，李建德重刊，《青玄资度拔罪净土法忏》，通玄致真靖藏，道历四七零七〔2010〕年，第1页。

② 陈师文洲授，李建德重刊，《青玄资度救苦锡福宝忏》，通玄致真靖藏，道历四七零七〔2010〕年，第1页。

③ 史贻辉授，陈师文洲校，李建德重刊，《洞渊龙王神咒妙经》，通玄致真靖藏，道历四七零七年〔2010〕年，第6页。

④ 七首赞词，依序载陈师文洲、李建德合撰，《太乙玄宗启请师圣醮科》，通玄致真靖藏，道历四七零七年〔2010〕年，第8、14、17、20、23、26、34页。

结　语

台湾的道教信仰，自明末清初以来，主要透过福建、广东两省先民传入，历经近 400 年的发展，在不同地域出现各种宗派，各宗派的神职人员为因应所处环境之差异，而加以接受、融合，并透过斋醮科仪及日常创作，产生缤纷多元的道教文学，皆有可观之处。

本文以台湾现当代存在的正一、灵宝、斗堂、太乙玄宗等道教宗派之部分斋醮科书与宗派神职人员撰作之韵文，作为分析范围，透过对这些数据的分析，吾人可知，台湾道教各宗派之韵文，或具有文献价值，或具备人文关怀，或工于文采用典，皆值得持续深入研究。

涵静老人李玉阶《清虚集》之宗教情怀

刘焕玲

南台科技大学通识中心

一、前言

天帝教首任首席使者涵静老人李玉阶先生（1901—1994）是生于清末民初经历忧患的中国传统知识分子，深具五四先哲以天下为己任的气质，驻世九十四载行道救世，济世救劫，实为当代受人敬仰的宗教家。

涵静老人传世文存有：《清虚集》是涵静老人于1937年挈眷归隐华山感怀忧国，参悟机妙的诗词，是涵静老人李玉阶的宗教实践与宗教情怀的重要文集。《新宗教哲哲学思想体系》完成于民国31年华山大上方，融贯自然科学原理及中外古今宗教哲理，即今日天帝教的教义《新境界》。《涵静老人兰州阐道实录》为民国33年10月日至民国34年5月，涵静老人深入大西北阐道布教的行道的实录。《天声人语》—涵静文存，全书共十七万字，收录涵静老人1954—1961年在自立晚报时期秉持正义，不畏权势，争取新闻及言论自由的时事评论，记载一位具有宗教修持与爱国情操的老报人的心声，写下其人道与天道合一的生命智慧与历史建言。同时也是自由中国在台湾早期政治发展的见证史料。[1]《天命之路》为涵静老人1973年到1983年的日记，记录下涵静老人复兴天帝教时力排万难、屡仆屡起的心路历程。[2]《静坐要义》是涵静老

---

[1] 涵静老人：《涵静老人·天声人语》，台北：帝教出版社，2006年版，第17—26页。

[2] 参见李子弋教授（维生先生）：《〈涵静老人天命之路〉导读》，《涵静老人天命之路》第一册，台北：帝教出版社，2009年版，第1—99页。李子弋教授是涵静老人的长子，接受庭训，亲炙教诲。在导读撰文中其云："我更肯定我的父亲涵静老人'他是人，不是神。'因为他是入世苦行的宗教家，他是天人实学的哲学家，他是宇宙境界的当代思想家。"

人1979年开始于正宗静坐班公开传授静坐修持的要领与性命双修的法则。《宇宙应元妙法至宝》为涵静老人艰苦修练亲身实证，传授源自华山的昊天心法与急顿法门体系说明十二讲，突破传统性命双修，为教内静参修持的宝典。

本文之所以选择华山时期的《清虚集》来体察涵静老人李玉阶先生的宗教思想与行道救世历程，主要是因华山时期是其一生修持最关键时期：其天人实学的哲学思想，与自修自证昊天心法也是完成于此时期。且更是日后在台湾复兴天帝教时修持及教义理论的发端。

二、涵静老人的生命地图

涵静老人李玉阶先生，学名鼎年，字玉阶，道名极初，道号涵静老人，祖籍江苏省武进县，公元1901年，民国前11年，生于苏州城内大石头巷耕乐堂。1994年12月26日证道于在台湾南投县鱼池乡天帝教镭力阿道场清虚妙境，驻世九十四岁。

（一）家世与求学时期

父亲德臣公悲痛先人"清官难为"的遭遇，淡泊名利，耕读自娱，匾其居为"耕乐堂"，期勉后世子孙勤垦方寸心田。母亲刘太夫人，生于仕宦之家，德臣公于三十九岁英年早逝，刘太夫人含辛茹苦，养育兄弟五人，涵静老人为长子。刘太夫人后皈依印光大师，长年持斋礼佛、兼修儒学道教。

民国2年（1913），13岁，考取上海民立中学。临行前，刘太夫人焚香拿其父亲的唯一遗产手抄珍本《太上感应篇》《文昌帝君阴骘文》嘱其每天诵读，并依此做人做事。

民国8年（公元1919年），19岁，北京"五四运动"起，涵静老人被推为上海学生联合会中国公学代表，并膺选该会总务部部长，曾成功游说水电厂工人放弃罢工，是年加入中国国民党。[1]

（二）上海从政与阐教西北

民国17年（公元1928年）28岁，涵静老人应邀入国民政府财政部掌机要，担任部长宋子文先生之简任秘书，并奉命起草税法，完成国民政府成立以

---

[1] 李玉阶的相关研究其教内研究资料颇多，年谱则有：刘文星：《李玉阶先生年谱长编》，南投：帝教出版社，2001年版，另有两岸青年硕士学位论文数篇及海内外期刊论文若干。

来第一部税法草案。

涵静老人 23 岁任上海烟酒公卖局局长，开始上海从政时期，历任财政局局长，农工商总局局长秘书，上海特别市劳资调节委员会主委，上海的政治舞台的繁华一页给予他人生丰厚的历练与考验。此时他的道名为"三不老人"，就是"富贵不能淫、贫贱不能移、威武不能屈"之意，面对仕宦名利尘海始终保持清明高节刚正不阿的风骨。

民国 19 年（1930）30 岁，在南京皈依天德教主萧公昌明，蒙锡道名"极初"，从兹以身许道，以创办上海宗教哲学研究社为己任，也是其一生重大转折。①

民国 23 年（1934 年）34 岁，夏天，涵静老人遵天德教萧教主之命，前往西安，为大西北宏教开导师。陕西省主席邵力子是涵静老人的好友，大力支持其"精神建设大西北"。

民国 25 年（1936 年）36 岁，8 月涵静老人奉萧教主手谕，上太白山叩谒师伯公云龙至圣。云龙至圣传达上帝之天命，指示涵静老人辞官，于翌年七月七日（农历六月一日）前，携眷栖隐华山白云峰下，看守西北门户。

（三）谨遵天命 归隐华山

民国 26 年（1937 年）37 岁，7 月 2 日，涵静老人谨遵天命，携眷挈子及儿辈业师郭雄藩直上华山。此时自号"涵静老人"，以中华民族面临危急存亡之际，深信奉天命上山，自有使命。

华山八年涵静老人此时期充分展现关心国事的愿心：在华山南峰启建法会，超拔亡魂并祈祷抗战胜利，并筹组"红心字会"救护医疗队，以慈善爱心义行安定后方社会。更早早晚晚于山居中为国家、为人民而哀求上帝，其中精诚感格，有许多不可思议的显著神迹。因而军政大员上山拜访与皈依者络绎于途。其中最著名的就是号称西北王的三十四集团军总司令胡宗南将军于民国 29 年 5 月 2 日登临大上方拜访。

此外涵静老人亦致力于天人文化的探索，民国 31 年冬完成《新宗教哲学思想体系》，当时颇欲以此新教义渡化知识分子使众人对物质的自然观与精神

---

① 天德教为民国初年的一个道派，创教教主为萧昌明（1892—1942），主张融合儒、道、佛、基督、回五教教义，倡宗教大同之精神，创教廿字真言以济化世人，目前廿字真言为天帝教的教则及静心静坐的修持法门。

的人生观有一崭新的认知。

八年来一面虔诚祈祷,一面读书养气,一面潜心修练 使涵静老人天人合一的宗教修持日新月异。

民国29年(1940年)40岁,二月,《清虚集》第一集问世。同年底《清虚集》第二集问世。

(四)言论报国与创教办道

1949年5月涵静老人全家来台,涵静老人早晚恢复祈祷静坐。同年八月,涵静老人公开于《全民日报》发表时势预测,安定人心。

1951年51岁,九月,涵静老人以在野之身,尽书生言论报国之责,依法申请接办台北自立晚报。

涵静老人于1978年创办中华民国宗教哲学研究社开始,至1994年12月证道,为其复兴天帝教时期。1980年12月,承天命任天帝教首任首席使者。以八十岁耄耋之龄,十四年来为天帝教奠定台湾、日、美教基,带领全教教徒为传播宇宙大道、穷究天人文化、化解核战毁灭浩劫、再造和平统一之中国奋斗的历程。

涵静老人的一生体现"人能弘道,非道弘人"以及"为生民立命,为往圣继绝学"舍身承担的的精神,令人景仰,实为一位中国百年重要的宗教思想家! ①

三、涵静老人与《清虚集》

综观涵静老人一生,从二十岁初习静坐,三十岁皈依天德教门下,后于三十七岁归隐华山修道八年,来台后以七十八岁高龄大力倡导静坐,又于八十岁受命为天帝教首席使者,弘扬天帝宇宙真道,直至九十四岁证道归真,一生与"道"因缘甚深。

其在《清虚集·自序》云:

> 余于民国二十六年芦沟桥事变之前五日,弃职归隐华岳,涵养性天,静研哲理。其后夷氛扰攘,抗战军兴,国步艰难,民生涂炭,

---

① 有关涵静老人生平事迹可以参阅国史馆:《中华民国褒扬令集·续编六:李玉阶先生小传》,台北:国史馆,2000年版;天帝教极院教史委员会:《天帝教简史》,台北:帝教出版有限公司,2005年版。

遂即挈眷同栖，依止名山，感应道交，普发无上菩提誓愿，长期祈祷，减轻劫运，拯救苍生，冀精诚以格天心，启祥和而扶国脉。三年以还，畏天悯人，未遑燕处，惟每于参禅静观读书养气之时，辄觉宇宙品类生化动静，无一不具道体，不为道用。道诚大矣！今世人皆争尚物质之研求，交相竞逐，日趋于险峻，以致演成今日世界空前之悲剧。此余之所以有感而吟，随机流露，或言词沉痛直指人心，或论道而言修，惟愿门下诸子，得以聆音觉悟，或使迷津众生，亦将闻声知微。今者郭子雄藩、李子旭如，汇萃整理。

民国二十九年元月之望涵静老人序于华山大上方白云峰下：

《清虚集》亦展现涵静老人看透世俗名利转向体道悟真的生命历程，其于参禅静观读书养气之际，感受天地万物无一不具道体，只因人类沉迷物欲而酿成世界空前悲剧，体悟必先纠正人心，方可感召天和。所以他极力推展廿字真言的教化，作为修道的重要基石，炼心修持，正己化人，方为入道。廿字真言为："忠、恕、廉、明、德，正、义、信、忍、公，博、孝、仁、慈、觉，节、俭、真、礼、和"，他个人拳拳服膺"忠""孝"二字，有《分咏廿字真言》二十首，吟咏之际更能体悟其对廿字真言的修持阐释。兹以《咏忠》《咏孝》为例：

《咏忠》
尽己为忠无贰心，代人擘画罄丹忱。
此心耿耿常无疚，世事浮云孤月明。
《咏孝》
菽水承欢贵及时，婉容颜色莫相违。
万钟禄养方言孝，游子常怀风木悲。
秋霜春露祭蒸尝，夏清冬温奉高堂。
一点敬心常系念，自然顶上放毫光。

涵静老人曾说他在华山度人化人都是以廿字真言，面对军政大员上山到大上方访道皈依也是传授此廿字真言炼心修持。

四、从《清虚集》看涵静老人天人合一的历程[①]

涵静老人曾说:"在我二十岁左右开始学习静坐,正在摸索阶段,幸蒙萧师引进入门,一门深入,直到潜隐华山白云峰下,亲承云龙至圣昆仑祖师们及天人亲和时得自金仙们流露的证言,对我功夫的求证启发,得益良多。"[②]

天帝教第二任首席使者维生先生曾以具体资料详加阐述涵静老人在华山时期摸索天人合一,从有为法到无为法的昊天心法之心路历程并归纳出三点结论:第一、涵静老人学习静坐的启蒙是萧公昌明。第二、涵静老人修道源头来自道家的修持方法。第三、涵静老人自然无为心法是得到云龙至圣"自然"的启示

涵静老人二十几岁开始学习静坐是由"因是子静坐法"开始,身体的宿疾及千度近视等问题,在向天德教萧教主学静坐后痊愈,生理上获得了实际的验证,涵静老人更加信心不惑,向天人合一境界迈进。

涵静老人在华山勤读《道藏》以阅读丹经来求证自己的摸索经验,其受《钟吕传道录》的影响非常大。以下摘录维生先生从《清虚集》诗作了解涵静老人从有为法到无为法的修证历程:

(一)炼心与道法自然

《清虚集》中我们最先接触到有关修持方面的诗,当为:

《原心》(19页)

无极初开天,光明遍大千。心常如止水,清静悟真诠。

这首诗是涵静老人在《清虚集》修持的第一首诗,诗里有涵静老人受到吕祖影响,修持境界炼心功夫只在"清静"二字。

《刮垢磨光》(23页)

苦海茫茫是折磨,磨光尘垢清心魔。

魔来魔去自性定,定业消磨般若多。

刮垢磨光,顾名思义是炼心功夫,这首诗已经从原心谈到斩情魔、降心魔!

[①] 维生先生:《从〈清虚集〉看师尊天人合一的进阶》,载《天帝教教讯杂志》139期。
[②] 参见《正宗静坐基本教材》静坐须知第二讲。

对心的境界有了突破，从"刮垢磨光"到"道法自然"，已转到从自然着手，但表示涵静老人尝试用自然去炼心，还是以有为法着手。[1]

（二）从初心到明心

涵静老人从炼心走入"悟"的境界心性的转变，此首《明心赋》可以体察此转变。其云：

《明心赋》（48页）
修道容易守道难
难过此身付蒲团
蒲团坐破还是我
是我休作如是观

这首诗从初心到明心，这是第一阶段炼心的总结，尤其在此诗批注中提出"真我"与"未修之身"，到此涵静老人从明心转到抱元、从炼心转到守一的新开始。

《清净偈》（95页）
清净无为法，消除三毒攻。六根随我净，四相化归空。还我真自在，菩提皆具心。

这首诗是《清虚集》第一集最后的一首诗，是涵静老人告别有为法的总结，维生先生指出涵静老人受陈抟的影响很深。

（三）昊天心法 形神俱妙

当我们再读《清虚集》第二集时，显然地发现涵静老人内心的境界已从严肃地面对修道，走进了真如，真情流露的道心与道机。

《最上一乘》（104页）
炁气絪缊化有形，形神俱妙自朝真。

---

[1] 维生先生：《从〈清虚集〉看师尊天人合一的进阶》，载《天帝教教讯杂志》139期。

真灵温养观自在，自在宫中般若深。

涵静老人在此处提出在天帝教教义《新境界》的"精神之锻炼"里的"炁气絪缊"及"形神俱妙""真灵温养"等自然无为的空灵境界。

《庄严净土》（114页）
良田不种种心田，常种心田乐自然。
能有返无皆觉处，空来空去个中安。

由此诗可以了解涵静老人已经落实云龙至圣的"自然"。吕祖有一首诗："我家勤种我家田，内有灵苗活万年。"和涵静老人"庄严净土"的意境相似，所以维生先生认为这首诗是自然无为的起源，接下来"颂渡师纯阳祖师"和"庄严净土"是连在一起，有其历史背景因素。[①]

《还我本来》（145页）
本来无一物，正气用功夫。面壁功成就，自然见故吾。

此首诗作涵静老人透露自然无为心法已经纯熟，也代表昊天无为心法开始落实。

涵静老人在天帝教教义《新境界》的《精神之锻炼》里将个人数十年之实地经验与个中真相略为阐发，此为涵静老人在华山末期修练的手稿，涵静老人清楚叙述自身静坐修持体验，经历：一初学基本智识：清心寡欲刮垢磨光的炼心。二为气胎：是炼精化气时期。三为电胎，是炼气化神时期。四为炁胎（圣胎）：是炼神还虚时期即道家的"阳神出胎"。五为镭胎："镭胎"此为新观念，是涵静老人于1982年在南投埔里清虚妙境清明宫百日闭关修练镭炁真身时新加入的，镭炁真身大法是转劫之大法，目的在御心救劫。

[①] 《颂渡师纯阳祖师》《庄严净土》，《清虚集》，第114页。涵静老人称吕祖为度师，感恩吕祖传授金液大还工夫以及大学中庸心法。另外可参见梁淑芳：《天帝教性命双修道脉传承之研究——论吕纯阳祖师与涵静老人之关系》，台北：帝教出版社，1997年版。该专著有翔实精辟的阐述非常值得参研。

从《精神之锻炼》里的修行实证经验，对照《清虚集》中涵静老人生命经验的直接文字，可进一步参证其静坐修炼天人合一的真实历程。

五、从《清虚集》看涵静老人昊天心法的时代意义

民国26年7月2日（农历五月二十四日），涵静老人谨遵天命，携眷挈子直上华山，此后，涵静老人每日清晨虔诵皇诰祈求天佑我中华对日抗战最后胜利；一面参禅静观，读书养气，精神支持国军，固守西北半壁河山。

对日抗战开始，气运进入行劫时期，所以"急顿法门"与"行劫"有了连带关系，涵静老人说："我亦已谨遵天命归隐华山，于是上天安排我修炼急顿法门，成就无形封灵，为挽救三期末劫而作准备。"①

涵静老人回忆说："回想当年我完成第一天命，最重要的关键时刻就在大上方清虚妙境这段时间……我坐镇华山大上方、精神上与中央政府贯通……当年是确保关中一方净土……最大的不可思议是我上华山八年来，黄河冬天不结冰，这真是天意！"②

《清虚集》中有不少关于第一天命的诗作，读之者若能"聆音觉悟"细细吟读定能深切感受：涵静老人在烽火战乱中忧国悲时，至诚祈祷承担天命的宏大悲愿。

（一）我本悲时非遁世　天心早许白云留

《归隐华山》民廿六年七月二日
悠悠华岳几经秋，国脉同传亘古休，
万里黄河环玉带，一轮明月滚金球，
风云变幻谁先觉，烽燧将传独隐忧，
我本悲时非遁世，天心早许白云留。

---

① 涵静老人：《宇宙应元妙法至宝》，台北：帝教出版社，1986年版，第30—31页。涵静老人说明昊天心法是因为挽救三期末劫而传世。
② 涵静老人：《我的天命（十四）：大上方时期与胡宗南将军交往过程》，《天人学本》下册，台北：天帝教极院印，1999年版，第655—660页。

此诗初出，其藏有隐语，郭子雄藩求示，涵静老人喟然叹息良久未语，后五日为芦沟桥事变发生，诗意乃明。

七七事变爆发前五日 涵静老人即感怀写出此诗，表明归隐华山的心志也预言日军进犯的隐忧。

《三期劫运开始》民廿六年七月七日
可怜劫运肇中原，惨淡河山天地昏。
忍看苍生罹水火，有无妙法得生存。

《祈祷有感》
云台接天起，杳冥通玉宸。
愿愿重申奏，心心印帝心。

《伤时》辛丑七月廿五日
气数如斯无法延，生灵涂炭最堪怜。
但求运会早回转，换斗移星扫狼烟。①

《祈祷有感》一诗是涵静老人初上华山住北峰云台峰行馆所作，感受到涵静老人心心愿愿虔诚祈祷，至诚上感帝心。行劫开始，战火连天，苍黎受苦，涵静老人《三期劫运开始》《伤时》等两首表达对国事的忧心，对苍生的悲悯的宗教情怀。

（二）夕惕朝干来乞祷　回天转运表精忠

民国27年春天，日军占领山西、河南两省交界黄河渡口风陵渡，炮轰潼关，河防危殆，人心惶惶。同年夏间某日，潼关铁桥被日军炮毁，河南信阳罗山一带军情吃紧，胡宗南将军麾下第一军奉命增援，军车无法通过。陇海铁路军运指挥官周啸潮将军束手无策，命令华阴车站司令张仲英及警务段长王俭持函上山，恳请设法。涵静老人于静坐祈祷后，大胆回复："三天之内天将降浓雾以助，嘱于明晚准备抢修工程车，三十六小时内可望修竣通车。"当夜亥

---

① 《三期劫运开始》《伤时》《祈祷有感》，《清虚集》，第4、22页。

时，独在北峰藏经楼面对潼关静坐，子时，云龙至圣、性空祖师降临慰勉。立见满天云雾。第二天一早，陇海铁路警务总段长全岳青奉命派王俭持函上山道谢，并谓："昨晚天降大雾，对岸敌炮失去目标，工程如期抢修竣工，军车全部东行增援。"精诚感格天心，留下此一美谈。

以下两首诗作就是当时涵静老人鼓励山下国军将领，稳定众人惶恐之心，语带天机肯定关中已得三界十方的护持定能化险为夷。

《天定胜人人定亦能胜天》
可怜三晋劫黎多，劫去劫来可奈何；
且坐山头舵把稳，笑他不敢渡黄河。

《乐土乐土爰得我所》
早奉天公赐合同，一方净土留关中，
十方三界齐拥护，丰镐重开太平风！[1]

27年在华山南峰发起启建"祈祷抗敌最后胜利护国法会"："九昼夜，开华山未有之盛会。"[2]

民国28年六月九日（农历四月二日），大上方石庐落成，涵静老人举家从北峰迁居白云峰下，长期祈祷。

（三）华麓识英雄 天人一贯通

民28年10月，涵静老人与西北王胡宗南将军初会于华麓玉泉院，灯下倾谈订交，经常与涵静老人保持联络，约每隔半个月一次，提供无形静观所得，由其转达中央参考。涵静老人有诗二首记下与胡宗南将军订交之殊胜情谊，其诗云：

其一：
静里乾坤会风云，玄机奥妙初谈君，
个中求得真消息，戡乱扶危许将军。

---

[1] 《天定胜人人定亦能胜天》《乐土乐土爰得我所》，《清虚集》，第46—47页。
[2] 《华山祈祷抗敌最后胜利护国法会》，《清虚集》，第54—55页。

其二：
华麓识英雄，天人一贯通，
忧时心共苦，救世愿齐洪；
重寄关中镇，神奇岭上工，
时来风送晓，靖寇定元戎。①

胡将军于民国29年2月，曾复函给涵静老人所提供情报"大致应验"，其内容谓：

先生游心物外，冥契玄中，心灵与造化参通，精神合天地交感，凡所启示，均有端倪，且先生以方外之人，久弃尘俗，而乃惓怀国家民族，忠尽不渝，非特侪辈所难求，即古今方外史乘中，亦所仅见，宗南与先生道虽不同，情无二致，每瞻华岳，辄令神驰。②

涵静老人回忆说：回想当年我完成第一天命，最重要的关键时刻就在二十八年大上方清虚妙境这段时间，并说我奉天命坐镇华山，精神上支持胡宗南将军，提供无形情报，"这是我在华山对国家人事上最大的贡献"③。

结　语

2007年6月，法国远东中心研究员宗树人（David Palmer）教授于哈佛大学"在永生与当代之间：道教及其于廿世纪的再造"研讨会中，发表了题目为《道与国：李玉阶对华山道教的再造》【Tao and Nation:Li Yujie（1901—1995）'s Reinvention of Huashan Taoism】的论文。④ 宗教授的论文包括天德与天帝的名称、萧昌明与天德教、李玉阶遇见萧昌明、李玉阶在西北、李玉阶在

---

① 请参见《初会胡忠南将军于华麓玉泉院，风云齐来灯下倾谈有感》，《清虚集》，第87页。
② 胡宗南将军复涵静老人书信，请参见《天声人语》，第32—33页。
③ 涵静老人：《大上方时期与胡宗南将军交往过程》，《天人学本》下册，第655—660页。
④ 请参见刘文星评介宗树人《道与国：李玉阶对华山道教的再造》一文，发表于第六届天帝教天人实学研讨会：纪念涵静老人证道十三周年，全文请参见天帝教网站"数据中心"下载http：//tienti.info/datacenter/docs.php

华山、李玉阶在蓬莱仙岛及李创办天帝教等数个部分。大体说来，他是先以回顾李玉阶一生的方式，再于结论处说明其问题意识的核心。基本上他相当侧重于李玉阶在华山经验的介绍，以这个阶段为日后天帝教形成的关键。宗教授在介绍他的文章宗旨，行文最后总结时说："李玉阶的一生，为廿世纪海峡两岸道教与知识趋势、政治、救赎团体及宗教复兴间的联系，提供了迷人的亮点。"感佩一位外国学人对涵静老人的一生重大经历的宏观视野，宗教授也注意到华山经验对涵静老人的重要影响。

涵静老人在华山时期的诗作《清虚集》流露出其承担天命的悲愿与胸怀，另一方面也呈现其在华山时期，摸索天人合一，传承昊天心法道脉，从有为法到无为法的心路历程。维生先生在《天命之路》导读中曾说："我一贯地认为，《清虚集》是父亲华山时期的日记。他以吟咏比兴的形式，纪录修道的涵泳，时势的感慨，师友的规勉，亲情的感怀。……我则经常会吟读《清虚集》，期与父亲印心。……但最近五年来，在研究天人实学的思想体系，昊天心法的心法传承，与原始道家，丹学道家的源流关系。我时时会深思这些奇妙的诗句，背后所蕴涵的深意。"[①] 维生先生则引导我们进一步从《清虚集》去感受体悟涵静老人天人实学的思想体系，昊天心法的心法传承。

当我们有机会参访位于台湾南投日月潭旁天帝教镭力阿道场，看到牌楼上涵静老人亲题："清虚妙境"，在"黄庭"追思之际，是否也能遥想华山道脉道家人文精华在此延续！涵静老人由艰苦磨难到悟道、行道、证道的超越的生命历程"独立人天上，常存宇宙中"，实在是值得我们后世纪念与景仰的宗教家！

---

① 《〈涵静老人天命之路〉导读》，第76—78页。

陈莲笙的道教文学创作研究

曾小明

湖南师范大学文学院

陈莲笙的文学创作反映了其学道弘道的心路历程与宗教体验,记录了道教在宗教理想与国家政策之间的生存发展,成为道教与历史时代互动的鲜活个案。通过陈莲笙道长的文学作品,可以清晰地感觉到道教随着历史发展与时代需求而不断进行调整和重塑的努力。

一、"道以文传"的创作理念

陈莲笙(1917—2008)10岁拜师于朱星垣道长门下,研读道教经书,并四处访道求学,成为道教正一派高道。在长期的学道与传道生涯中,他不仅积极进行道教的实践活动,又将对道教的所思所想融于到文学创作之中。其文学创作首先以《道风集》刊行,去世后又结集为《陈莲笙文集》,代表作有《道教徒修养讲座》《道教与当代社会生活》《人生赠言》与《道教常识答问》等,基本上贯穿了他学道、弘道的整个生命历程。他在其《道风集》序言中明确写道:"十余年来,余思之甚者,以当代道教之发展为最;十余年间,每有所思,即述之以文,随作随发。"[①] 随着识道、悟道、传道的生命实践,陈莲笙对"当代道教之发展"的思考亦不断趋向全面与成熟,以对《老子》所倡导的"大善若水"的思考为例:

太上曰:"上善若水"。水的一个德行就是"动善时"。道教要

---

① 陈莲笙:《陈莲笙文集》,上海:上海辞书出版社,2009年版,第6页。

生存和发展，必须像"水"那样，适应发展的时代和变化的社会。①

学道的人，需要将自己的身心和行为都修炼得像"水"一样的透明、纯净、无私和奉献。这样才是真正上善得道的人。②

水悄悄作着自己的贡献，牺牲着自己，但是，从来不同万物相争。我们学道的人，就应该学习"水"，去为万物服务，使万物得利，这就是"道"。拿"水"的教义思想去处理人际关系，就是"学道为人"。③

本来，水是万物之源，又是人类必不可少的物质生活数据，并因此上升为人类精神生活的重要寄托，由此，人的心灵世界又通过水的意象折射出来。水之意象在中国古典各类文学作品中被大量运用，被赋予丰厚的情感，既蕴含着真美善等崇高情感与缠绵悱恻的思绪，又滋生着时光流逝、人寿苦短、命运无常的感伤与哀愁。陈莲笙通过对独具东方古典美韵的文化内涵水之象的构建来实现对道之意的追寻，水的意象呈现出道的风貌与意蕴。不言而喻，陈莲笙在对水顺势而为虽弱而坚以及虚静无争而利万物的思考中，完成了对崇尚阴柔的民族文化心理的认同，并努力将水利万物内化为当代民族性格，为个体生命的润泽和民族生命的延续做着重要的贡献，体现出其建构当代人文精神的努力，从而进一步丰富和发展了对道的认识与体悟。正如陈莲笙所说："前辈道长对于道的理解和认识，也应该由我们当代道教徒作出补充、修改和发展，以丰富道教的教理教义。"④这亦是他"每有所思"的原因和目的所在。

纵观陈莲笙的文学创作，贯穿其思考始终的便是对"道"的坚定信仰，以宁静淡泊的自然关照心态，在对自然的认识与观赏中领悟道的魅力。总体上呈现出"适应时代，采纳先进，弘扬道教，服务社会"的创作旨趣，具体表现为如下三个方面：

首先，陈莲笙的文学创作负有弘扬道教经籍的神圣使命。陈莲笙本着对道教事业的深厚感情，弘扬、振兴道教成为其神圣使命，而弘扬和发展道教又离不开道教经籍。道教经籍涉及道教的方术、戒律、科仪等诸多领域，蕴含着道

---

① 陈莲笙：《陈莲笙文集》，第251页。
② 陈莲笙：《陈莲笙文集》，第41页。
③ 陈莲笙：《陈莲笙文集》，第39页。
④ 陈莲笙：《陈莲笙文集》，第173页。

教的宗教精神实质，记录着道教历史发展的过程，是道教得以传承与发展的力量与源泉。陈莲笙《在上海城隍庙住持升座典礼上的开示词》明确指出："经是道教教义、典籍之经文，是历代祖师所著作的经文。所谓无文不立，无文不度，无文不光，无文不成，无文不生，因此，学经，尊经，至关重要。"[①] 正是因为此，在陈莲笙的文学创作中，有一个重要的特色便是道教经籍成为其文章的基石，有对道教经籍直接介绍的如《道教常识答问》中的"道教教义和经籍"，有对道教经书名篇名句进行生活化诠释的如《人生赠言》，有对道教经籍中的基本教义进行深入阐释的如《度人先度己》《以"啬"治人事天》等。正如陈莲笙所说："道教的信仰却因为种种历史上的客观和主观的原因，未能做出新的丰富和诠释，使得道教自身的发展受到局限，也使得道教不能对中华文化的发展作出新的更多的贡献。"[②] 由此可知，为了突破道教自身发展的局限，促使道教适应当代社会，从而赢来道教健康发展的春天，丰富和诠释道教经籍成为道教徒应有的使命之一。

追本溯源，道教经籍又有"有道即见，无道即隐"的神话传说。《道藏》指出："寻道家经诰，起自三元，从本降迹，成于五德，以三就五，乃成八会，其八会之字，妙气所成，八角垂芒，凝空云篆。太真按笔，玉妃拂筵；黄金为书，白玉为简；秘于诸天之上，藏于七宝玄台，有道即见，无道即隐。"[③] 由此可知，道教经籍都是神明降授的经典，凝聚了金、木、水、火、土五德的品质，又从八面散发出光芒来。如此，介绍、诠释、丰富道教经籍，一方面可以保持道教信仰的神圣感，充满想象力的道教经籍无疑给当代人们带来了诸多神秘感，从而树立起道教作为宗教的神圣性；另一方面，又可以将正常的道教活动与封建迷信区分开来，强调斋醮活动不是谋利职业，而是"济世度人"，是以道教经籍清正身心、拔除是非邪恶之念，由此来坚定大众对道教的认可与信仰。正是基于此，"写经弘教，功德无量"的创作理念贯穿于陈莲笙的道教文学创作始末。

其次，陈莲笙的文学创作又负有提高道教徒修养的使命。在陈莲笙看来，

---

① 陈莲笙：《陈莲笙文集》，第 201 页。
② 陈莲笙：《陈莲笙文集》，第 252 页。
③ 《道藏》第 22 册，第 12 页。

"道教的'命'有赖于道士"[①]，道教的兴衰取决于道教徒素质的高低。道教的发展和道教文化的传承，需要一代又一代道士的积极参与，而道心坚定、道艺精湛、道风清正的道士，才能真正承担起道教传承的历史使命。与此同时，道教的传承亦离不开其所处的社会环境，道教与当代社会的和谐程度亦取决于道教徒的文化修养与道学素质，离不开"主动去适应社会需要的道士"[②]，这亦为道教发展的历史所证明：

  道由人显，东汉末期，因为有张陵，才有道教的正式创立；魏晋南北朝时期，因为有葛洪、寇谦之、陆修静、陶弘景，道教教义才系统精密起来，其仪式才得以丰富恢弘；唐宋金元明等朝代，道教中人才辈出，连绵不断，道教也得到很大发展。可是，清代以来，道教出现了衰势，其中一个很重要的原因就是道教缺乏人才，道教徒的素质低。[③]

陈莲笙站在历史的高度，面对清代以降道教衰势所得出的经验教训，将道教的发展与道士素养的提高紧密联系在一起。出于此一创作理念，《培养人才，加强联合，适应时代——关于中国道教文化的当代发展的三个问题》《迈向新世纪》《道教徒修养讲座》《道教常识答问》《上海道教音乐集成》等著作得以诞生。这些作品又结集为《道风集》，陈莲笙指出，《道风集》"一言以概之，即当代道教之发展与道士之修养，故以名集"[④]。在《道教徒修养讲座》中，陈莲笙基于对《太霄琅书经》中"人行大道，号曰道士"这一道士身份的阐述，将"学道为人""奉道行事""斋醮度人"作为道教徒安身之本与行事之则，把"爱国爱教""适应时代"作为道教徒提高自身修养最重要的内涵式发展路径，在学道、悟道、得道的过程中完成度己与度人。陈莲笙编选上海道教音乐亦是出自同样的目的，希望藉助"风格细腻、庄重、优雅，节奏上板眼分明"而又富有"清新、活泼、欢快、明朗的韵律和生活气息"的道教音乐，来"给人宁静、超凡脱俗之感"[⑤]，从而形成"清静无为、大公无私、淡泊名利、克勤克俭"的道风。

---

① 陈莲笙：《陈莲笙文集》，第49页。
② 陈莲笙：《陈莲笙文集》，第129页。
③ 陈莲笙：《陈莲笙文集》，第25页。
④ 陈莲笙：《陈莲笙文集》，第6页。
⑤ 陈莲笙：《陈莲笙文集》，第253页。

再次，陈莲笙的文学创作又承担起促使道教适应社会与服务社会的重任。"道法自然"是道的基本属性，陈莲笙将"自然"理解为"自然界与社会"，如此，道教适应当代社会就成为"道法自然"的应有之义。基于此，陈莲笙又将"道法自然"在适应社会与服务社会中具体诠释为五个方面：一是教义思想必须增加新内容；二是宗教生活必须做出新调整；三是教徒规戒必须符合时代的要求；四是积极进行各种服务社会、壮大自己的道教事业活动；五是在团体和庙观管理中，借鉴社会成功的经验。以"教义思想必须增加新内容"为例，陈莲笙明确指出："将道教信仰和当代社会生活相结合，在宇宙观、社会观、善恶观和神仙观等方面回答当代道教徒关心的问题，对道教如何适应社会主义社会作出教义的解释。"[①] 由此可知，陈莲笙本着对道教的坚定信仰，以当代社会的发展来丰富与诠释道教教义，从而为道教的健康发展赢得了足够的政治空间。正如陈莲笙的弟子所说："（陈莲笙大师）着写了《道风集》，从教义思想、规戒伦理、组织建设和宫观管理等方面为道教适应社会主义社会创建了丰富的思想平台。"[②]

值得一提的是，陈莲笙促使道教适应社会与服务社会，并不是要改变道教祖师们传下的清规戒律，而是推崇道教传统，强调行善去恶对于延年益寿的重要作用，同时又明确指出，个人的身心健康离不开万物的整体和谐，生命的延年益寿不仅在于个体的修炼，亦同样受着社会整体环境的影响。基于此，陈莲笙以道教向善的伦理道德来影响与完善世俗伦理，一方面，道教正一派一直推崇"济生度亡"，作为正一派得道道士，陈莲笙顺道而行，时刻不忘将"济生度亡"的教义融入生活，并以此指导人生。另一方面，生命理想的原型在其文学创作中不断受到强化，《人生赠言》中所列举的历史人物都在积极地探索生命的奥秘以及人与自然的和谐关系，成为种种修道延生路径的代表与典范，正如陈莲笙所说：

我们道教徒都向往神仙，做神仙就是自顾自的吗？不是的，经籍里对于神仙世界有许多描绘。《太平经》里说到天上"诸神相爱，有知相教，有奇文异策相与见，空缺相荐相保，有小有异言相谏正，有珍奇相遗"。神仙们是相亲相爱，相扶相助，没有私心杂念的，否则怎么能算神仙呢？太平道向往的理想

---

① 陈莲笙：《陈莲笙文集》，第13页。
② 附编：《陈莲笙生平》，第584页。

社会就是"太平"。太是天的意思,像天那样胸襟开阔,毫不偏袒照耀万物;平是地的意思,像地那样养育万物。天地对于万物都是公平无私的。因此,道教向往的社会是平等的社会,我们道教徒在社会上也应该有无私的牺牲精神。①

毫无疑义,神仙是道教的理想典型,其超人的技能与超越生死的生命修炼又成为道门中人以及广大信徒效法的楷模。依据道教教义,道士的职责是引导人们飞升仙境、交接仙人而获得永恒的生存,以仙境生存的自由、享乐与美好来战胜人生苦难与死亡的可怕,这亦是道教"修道度人"的永恒主题。陈莲笙站在"欲修仙道,先修人道"的立场上,以神仙化的故事演绎当代的善恶观念,倡导"仙道"对"人道"的规范,其主要目的就是为"人道"树立起楷模,让仙界的"忠孝节义、和顺仁信、长生不老、扶幽济困"成为道教徒以及广大信徒的伦理规范。

总而言之,陈莲笙将道教徒的文学创作看作是提升人的宗教境界、实现社会教化、进行人格培育的途径和工具,这显然是对中国传统的"文以载道"的继承与发挥。他延续了老子、庄子等道家文学以虚空的心灵去观察天地万物,探究人生,从而上升到对"道"的认识与体悟,并遵循"道"的原则臻至生命自由和无限的境界;同时,陈莲笙又十分重视文学的"社会功能论",从而将弘道与弘扬社会传统文化、将道教发展与服务社会完美地融为一体,体现出道教文学创作的新特色。

二、"天道至公"的创作主题

陈莲笙主要创作畅玄体与叙事体散文,在其散文创作中始终贯穿着一条主线即天道信仰,道心坚定的道教情怀又是天道信仰的重要载体,在道教徒责任感的驱使下,陈莲笙将天道信仰又以文学创作的形式通过天道至公这一人类永恒主题表现出来。从文学创作的角度来说,通过历史人物成败得失以此引起对天道至公的关注;从宗教信仰的角度来说,陈莲笙对天道至公的关注就是要寻找一条引导广大信徒对道的信仰之路,为广大民众建构出一个美丽的精神家园。同时,陈莲笙又以其一生对道的坚守与信仰为当代人提供了现实榜样。因此,通过对陈莲笙文学创作主题的探究,既可以清晰地看到其在现实社会生活

---

① 陈莲笙:《陈莲笙文集》,第40页。

中对天道的坚守，又可以十分形象地感觉到当代道教徒的思维方式与精神情趣。

作为畅玄体散文的典范之作《人生赠言》，陈莲笙在其著作中展现出许多得道者的成功人生，展现其道德信仰、生命意识与幸福观，又以失道者的失败人生作为比照，十分鲜明地表达了道在生命过程中的重要指导作用，并不断凸显天道的大公无私与无所不在。《人生赠言》始于"天上仙花难问种，人间尘事几多更。前程已注公司薄，罚赏分明浊与清"条，终于"法度三千八百语，此节未必通于君。善恶两条均在律，一生祸福此中分"条，共100条。这些条目具有章回小说标题味道，概括了整篇散文的主旨，这些散文又可以大致分为以道解释人生与以道指导人生两大部分。人处尘世，生老病死以及功名利禄均会带来种种人生困惑，如何化解世俗烦恼的缠绕而进入淡泊明净之境，就需要不断地从道教经籍中获得智慧与启示，以道的心境与智慧来打量人世间的一切。比如《人能乐道自修身，疏水曲肱岂厌贫。不义而富且富者，我心都做是浮云》，《可比当年一塞翁，虽然失马半途中。不知祸福真何事，到底方明事始终》。另一方面，在识道、传道与弘道的过程中，陈莲笙又以道师的身份给人以劝诫与警醒，比如《生前结得好缘姻，一笑相逢情自亲。相当人物无高下，得意休论富与贫》，《从前作事总徒劳，才见新春时渐遭。百计营求都得意，更须守己莫心高》，《行藏对时要知机，老鹤何天不可飞。道合可行非则止，此身莫为稻粱肥》，"休论富与贫""守己莫心高""莫为稻粱肥"，这都包涵着世事洞明后的一种人生智慧。显然，《人生赠言》的创作始终以对道的领悟为其精神内核，个体生命对道的体知与把握的层次不同，其人生成败得失便迥然有异，从而树立起天道至公在人生中的无上权威。

作为叙事体散文典范之作《道教常识答问》，以"问答体"形式系统地介绍了道教常识，从道教历史、道教教义、道教科仪、道教宫观到道教修炼，涉及到道教信仰的各个方面。《道教常识答问》虽然着重于道教常识的基本介绍，但是从其选材与行文来看，又具有道教叙事散文的典型特征。在介绍道教人物、宫观、经籍时，《道教常识答问》多采用传统的"传记"叙事手法，侧重于故事的记述，既通俗易懂，又形象生动。比如"蓝采和"条："蓝采和，游方道士，一脚着靴，一脚赤足，手持大拍板，往来于街市上半醉踏歌。夏天穿棉袄，冬天卧冰雪。行路则边走边歌，歌词很多，都是劝人为善，看破红尘的仙意。后在濠梁酒楼轻举升仙。"[1] 叙事简约，又十分注意人物形象，字里行间亦充盈着对道教的深厚情感，并寄托着道教的哲理，具有了叙事散文的审美特征。

在《道教常识答问》的序言中，陈莲笙强调"道法无边"，在《人生赠言》的序言中，陈莲笙反复强调"天道至公，人道无私。至公者昌，自古以来，尽然"。并且又明确指出："人们对于生活有如此不同之态度，生活也会相应给予人们以不同之回报。这就是天道之至公，人生之因果。"基于道体基础上对生命的理解是道教既有的宗教传统，生命修炼与得道逻辑具有同一性，成仙便是得道。陈莲笙所说的对于生活的不同态度，亦是建立在对于天道的体知与把握基础之上。个体生命的善恶、是非、死生、逆顺，取决于对天道的好与恶以及在践履过程中的顺与逆，这亦是陈莲笙"天道至公"的主要内涵。纵观陈莲笙的文学创作，他主要从以下三个方面来表达"天道至公"这一创作主题。

首先，崇尚立志，顺道而行。道教早期经典《太平经》指出："反事无大小，皆守道而行，故无凶。今日失道，即致大乱。故阳安即万物自生，阴安即万物自成。"由此可知，道教创教之初就确立了对道的遵从与信仰，并且为后世所沿袭，在道教的传承与发展中凝炼为"道心坚定"的教义。陈莲笙又进一步将"道心坚定"的教义与世俗社会需求相融合，大力倡导立志与顺道而行。作为人生成长的心灵鸡汤《人生赠言》，处处流露出人生志向的重要作用。他在《久抱凌云吉未舒》就明确指出："为人处世一定要有大志，同时要有耐心，顺势而行。"不过，值得指出的是，陈莲笙所推崇的志向都是建立在善道教化这一观念基础之上，从而使得志又具有浓厚的天道因子。他在《雪拥桥头马不前，风狂渔父莫开船。水流花谢人谁惜，早立坚心志勿偏》就明确指出："水流花谢，沧桑变化，人事更替，实难预料。人们要珍惜时光，尽快地正确决策，坚定意志，不偏不离，积德行善，超脱名利。"[2]

如果说志是树立起对天道的信仰，那么行便是志于道基础之上的"奉道行事"。在顺道而为的生命实践场域之中，一方面，陈莲笙认为行可以提升生命的长度，他在解释道教传统观念"我命在我不在天"时指出："道士的

---

[1] 陈莲笙：《陈莲笙文集》，第444页。
[2] 陈莲笙：《陈莲笙文集》，第343页。

'命'既有天神的主宰，亦有赖于自身的努力，这也是'我命在我'。"[1]另一方面，陈莲笙又认为"行"可以提升生命质量，成为道教信徒的楷模，他说："有道之士，身体力行……我们的信徒就会从我们的'行'中受到不言之教。"[2]正是基于此一理念，在对羽化登仙道长的追念与缅怀中，陈莲笙最为看重的是道长的志之坚与行之勤。宋祖德道长"勤学仪范，于斋醮法务都有造诣"，傅圆天大师"勤奋朴质、公正无私"，龚群先生"道心坚定，坚韧不拔，嫉恶如仇，为中国道教之振兴鞠躬尽瘁"，都成为陈莲笙效仿的典范，并愿意将诸位道长的"道行一代一代传承下去，永不止息"。显然，从尚志到重行，陈莲笙将提升人类生命智慧的道，引入到世俗人生的成长与发展之中，流露出了一种积极有为的儒家意识。

其次，积善立功，成仙之道。陈莲笙的散文创作有意模仿道教传统的善书体例。他在《道教常识答问》中指出："善书大多以通俗简易的语言，结合儒释思想，讲解道教的伦理原则，加上历代注家引用丰富的历史事例解释，因此，自问世起，善书就发挥了有效的社会教化作用。"[3]《人生赠言》所选取的历史人物，或者是道门中人具有宗教性格如葛洪等，或者利用神话传说赋予其宗教质量如韩愈等，或者是背道而行的失败者如蔡邕等，正反对比中凸显得道之人平安于世。无论是心灵鸡汤的《人生赠言》，还是春风化雨的《道教常识答问》，都有着规劝世人积德行善、以期终获福报的内在理念。在《道教徒修养讲座》中，《多行善功》对善作了高度的概括："道教的善就是一切行为要符合天地万物的自然，不要做违反自然规律和社会规律的事。"[4]基于这一理念，《人生赠言》100条，条条都是劝人为善，值得一提的是，"善"字出现在标题中的就有16条，"善为善应永无差"，"奉行善事要虚心"，"早宜崇善诵真经"，"若能向善子孙旺"，"善念心存福自来"，"善得根基保康宁"，均体现出陈莲笙积善立功的创作主题。

善不仅是个人修炼圆满的标志，同时亦是处理社会关系的法宝。陈莲笙在解释《太平经》"天道无亲，唯善是与"时，将"亲"理解为"血亲"和"亲

---

[1] 陈莲笙：《陈莲笙文集》，第49页。
[2] 陈莲笙：《陈莲笙文集》，第17页。
[3] 陈莲笙：《陈莲笙文集》，第484页。
[4] 陈莲笙：《陈莲笙文集》，第42页。

朋好友"，如此，善从个人的修炼延伸到社会伦理。在处理社会关系时，陈莲笙将《太上感应篇》中的"诸恶莫作，众善奉行"进一步具体为"忠、恕、俭、诚、朴、孝、信、慈、礼、义"，以这种质量与美德去处理社会关系便是"善行"，而"积善立功"才能名列仙班。显然，在陈莲笙的文学创作中，善既具有宗教信仰功能，行善成德以至于道，得道成仙而进入道的境界；又具有提升世俗伦理的功能，从不同的角度给人提出道德修养的目标。陈莲笙将道德修养与宗教修炼完美合一，以宗教空灵的态度来面对繁琐的人生，又以道的境界来解脱世俗的纠葛。透过其文学创作，亦可以清晰地触摸到陈莲笙的宗教心态与精神旨趣，陈莲笙推崇的善就是为了给人类生命创造出一个包容、和谐与适宜的生态环境，其宗教修炼的出发之点并不是摆脱世俗人情，而只是要去掉世俗人情中的浮华，运用彼岸世界的智慧来认识、处理此岸世界的事物，从而体现出与尘世诗人共同的创作旨趣与美学观念。

再次，遵循天道，服务社会。陈莲笙一直认为社会需要是道教发展的历史机遇，因而继承传统、适应时代与服务社会成为其文学创作的既定主题，其唯一的一首步虚词《大道颂》便明显地体现出这一主题思想："大道生天地，大道爱人民。我们敬大道，大道随我身。天地呈吉祥，人际像亲人。社会多和睦，祖国更昌盛。"在《大道颂》中，陈莲笙毫不掩饰地抒发了对道的"敬"与"爱"，日常的生活修炼、炽热的思想情感以及真实的心理体验都集中在对道的信仰与体悟之，流露出淡泊尘世名利、追求返璞归真的宗教心态，给人一种一尘不染、澄澈透明之美。"我们敬大道，大道随我身"，在如此直抒胸臆的诗歌中，道心坚定的人生志趣，以及由此催生的是非、善恶和美丑观念，在道涌动着一种百折不挠的生命活力中获得艺术化呈现。值得一提的是，《大道颂》的情感落脚点是"社会多和睦，祖国更昌盛"，这与《为洪伯坚道长制作道藏光盘成功题词》"弘扬道教，服务社会"基本一致。在陈莲笙看来，道教服务社会主要体现在度己与度人：

此经名为"度人"。这里的"人"，指的是学道的人和不学道的人，行善的人和无善心的人，甚至道德丑陋、行为卑劣、犯有错误的人。因此，学道的人，我们要度；尚未学道或者不学道的人，我们也要度。学道的人已经努力在走进道门了，需要我们拉一把，需要度。尚未学道的人更需要我们帮助，有的还需要我们当头棒喝，加以挽救，使其醒悟，脱离错误和罪恶的火坑。这就是我们道教的济世胸怀，也就是我们道教为国家、为民族、为社会主义现代化、为精神文明建设可以发挥的积极作用之一。①

概言之，道教度人就是道教教义既要为信徒"生"的需要服务，又要满足信徒对"死"后世界的愿望，要切实关心人的精神世界，给人以伦理、精神和信仰的有益帮助与启迪。从度己到度人，再到"度社会"，重视的是度己所获得的崇高的人格力量和伟大的精神境界的外化，凸显的是个人修炼与社会现实之间的亲密联系，正如詹石窗所说："道教之所以把'德养'的治身与治国联系起来，从治身到治国，又从治国到治身，是因为个体生命的存在是无法离开国家整体的，只有国家整体达到和平的境界，个体生命的修炼也才能趋于完善。"②也就是说，服务社会成为修身向善的一个显著标志，崇高的人格和伟大的精神境界最终要成为救度民众和促进社会发展的力量。道教徒的宗教追求与人生价值体现为对社会、对国家有所作为。显然，陈莲笙立足于当代社会现实阐释道教之道，体现其与主流意识形态保持一致的创作趋向，并流露出在当代社会实现天道之自然这一文化体系的努力。

三、"从道为事"的创作结构

《太霄琅书经》指出："身心顺理，唯道是从，从道为事，故称道士。"陈莲笙理解为："按大道行事的人才称为道士，做道士的人，要信仰道，追随道，按道的内容身体力行，奉道办事。"同时，他进一步指出："说到'奉道'，大家都知道太上的《道德经》五千言，……包含着许多千古不变的真理，我们道门中人当然就要更加重视《道德经》。"③在陈莲笙看来，道士便是奉道行事，而道教之道又蕴涵在道教经籍之中，这就从某种程度上决定了陈莲笙文学创作的艺术结构，又清楚地回答了陈莲笙为何最擅长畅玄体与叙事体散文创作了。

《道教常识答问》以"一问一答"的形式行文，立足于其青年时期学道经历，本着传道弘道的历史使命编撰而成的一本道教信仰入门书。这种"问答

---

① 陈莲笙：《陈莲笙文集》，2009年版，第166页。
② 詹石窗：《道教文化十五讲》，北京：北京大学出版社，2003年版，第220页。
③ 陈莲笙：《陈莲笙文集》，第30页。

体"散文创作，明显脱胎于道教语录体散文。道教创立之初，道教领袖以建立教义、弘扬道法而形成的语录体散文，为《道教常识答问》弘道的创作旨趣提供了十分灵活的表达形式。比如：

问："守一"的修炼方法，有什么要领？

答：守一，是指在修炼养生时，保持身心宁静，并将意念集中于自身体的某个部位。守一之术源于《道德经》所说的"载营魄抱一，能无离乎？"抱一即守一，一即道。早期道教的《太平经》有"清身守一法""守一明之法""守一法""守一长存诀"等，称"守一"为"长寿之根也"。《西升经》的《慎行章》称："恬淡思道，臻志守一。"守一之法必须恬静淡泊，一心守道。《云笈七籖》称："凡守一者，身神常安。若体中不宁，当反舌塞喉，漱漏醴泉，满口咽之。讫又如前，咽液无数，觉宁乃止。止而未宁，重复为之。须臾之间，不宁之局，即应廓散，自然除也。当时有效，觉体中宽软都平，便以逍遥复常。太极众真、太虚真人、南岳赤君、妙行真人，莫不修此，以成圣真矣。"修炼守一者，既可以是守思想上的道，也可以守体内纯阳之气，也可以守身体某个部位，例如丹田等，各家之说不尽一致，但是，集中意念，身心安静，以达到健康除病，这又是一致的。

从回答"守一的修炼方法，有什么要领"条，可以清楚地看到陈莲笙的行文结构。首先简单解释"守一"的基本涵义，其次便立足经典，引用《道德经》《太平经》《西升经》《云笈七籖》等道教经籍，追溯"守一"的源头，例举"守一"的方法，探究"守一"的境界，最后又以个人的宗教实践来辨伪识真，博采众长，娓娓道来，字里行间洋溢着其对道教经籍的厚爱与虔诚，引文简练、生动，灵活多变而又极富表现力，体现出陈莲笙对道教经籍的娴熟与深入，在神圣的信仰中又以个人的真实体验来完善和发展道教经籍。毫无疑义，《道教常识答问》采用问答式结构，以初学道者的身份发问，又以师长的身份作答，不断"开启学道人的眼目"，客观地呈现了陈莲笙在"利万物"中学道、悟道与弘道的宗教实践，又生动形象地表达出了一个道教徒在"道心坚定"的信仰中所流露出的宗教情感。同时，陈莲笙以宗教视角来阐释传统文化中诸如"道""无为""我命在我不在天""做七""上清宗坛"等范畴与术语,融传道弘道的自觉与"道法无边"的慎重于清晰的历史脉络之中,又呈现出用典文学的庄重美。

纵观《道教常识答问》中的"一问一答",其行文都体现出与"守一的修炼方法,有什么要领"一样的内在逻辑,那便是"释道——载道——得道"创作结构模式。当这一结构模式与道教传统的教义"道由人弘,教由人传,法由人显"①相契合时,亦同样形成了《人生赠言》的基本创作结构,只是不同的一点是,《人生赠言》中道之载体不是道教经籍,而是历史人物所呈现出的成败得失的人生。比如陈莲笙在解释"新来换得好规律,何用随他步与趋。只听耳边消息到,崎岖历尽见亨衢"条时指出:

一个人的一生中,要想成就自己的事业,总会碰到许多困难,经受许多折磨,这就是人生的艰难崎岖。但是,人生也会有许多新的机会,只要善于抓住机遇,崎岖是可以终结的,磨难是可以度过的,光明大道是可以来临的,西汉末年王莽起兵,当时,汉光武帝刘秀兵弱将衰,根本无法抵抗,这时候,王莽已经率领军队来到昆阳,兵临城下,刘秀情急之中,命将兵百余人赶来一些虎豹、犀象等野兽前来助威,自己带了万余名兵将跟随在猛兽之后,冲向王莽的军队。结果,王莽的军队慌乱起来,立刻崩溃。刘秀的军队乘胜追击,大获全胜。此时,突然刮起了大风,下起了大雨,猛兽全皆逃遁。刘秀乘机打扫战场,缴获了王莽军队的装备,为东汉建立准备了物质条件。应该说,刘秀当时的困难真是生死存亡,但是他把握时机,施展奇招,终于走出险境,开创了新的局面。

在"释义体"叙事随笔中,其叙述方式一般是:开头或叙述某一现象,或叙述某一事件的背景,或探究社会中某一困惑,引出主要故事或人物活动,然后在此基础上得出人生经验教训,对人进行劝诫与勉励,其内在逻辑仍旧是遵从"释道——载道——得道"这一基本行文结构。《人生赠言》从现实中的困惑或现象入手,既体现其关注现实以及解决现实困惑的努力,道教徒所倡导的践履道就是要摒除杂念,远离阻止个体修身养性的天敌,将思想意念集中于天道之中;又沿袭着民间艺人的叙事方式,以读者本身的渴求来引起其注意,

---

① 陈莲笙:《陈莲笙文集》,第 201 页。

从而抓住观众求道的心理，循循善诱，促使其自然进入到他人的成败得失的人生经历之中，在感同身受中或获得成功的经验，或获得失败的警醒。

从《道教常识答问》到《人生赠言》，道之载体从道教经籍转换为成败得失的人生，源于道教徒崇奉"道、经、师"道教"三宝"的基本教义。经宝便是道教三洞四辅各种真经，是度世的桥梁；师宝是十方得道圣众，能够开启学道人的眼目，又可以进一步扩大为顺道而行的人。学道修道的人一定要敬奉三宝，因为"道由经传"，"道由人显"。在陈莲笙看来，"道由人显"有两个层次的意思，一方面，道教的继承和发展需要有高层次修养的道士，"人行大道，号曰道士"；另一方面，道就存在芸芸众生的成败得失之中，顺道而行的历史人物成为道的载体，如"百事随缘"的顾况，"和气生福"的楚庄王，"一心向善"的邵雍，或善待他人，或淡泊功名，或远离欲望，各个短篇具有内在的完整叙事结构。从整体来说，各篇章在相对独立的基础上而又彼此有所渗透，在勾连与扩展中成为同一主题不同生活情境的迭现，又使得《人生赠言》成为一个有机的整体。其整体的叙事结构既不体现在情节的连续性，又不体现在人物间的交往，而是体现在对道的领悟之中，以顺道而行的人生世事历程的哲理意蕴为总纲，从而形象地呈现了道在万物之中的宗教体验与人生思考。显然，由道这一主题统帅世情世相，反映出一个道教徒以生活化的故事传道弘道的宗教文学创作的基本特征。

对道进行故事化的描述，不追求人物故事的完整性，重视的是道的生动描写，其目的只是确立了道在人物事件中的中心地位，既不讲究情节的曲折复杂，亦不重视人物静态的介绍与情节无关的性格描绘，如此，人物经历的叙述并没有成为叙事重点，而是伴随人物经历之成败得失的道成为关注的焦点，截取人物生平中的某一事件进行因果探究，集中于此一事件所蕴含的智慧的生动描写，与完整人物生平经历的叙述保持一定的距离，但其事件的选取又符合该人物生平的基本走向。人物性格与人物形象的忽略，使得处于不同历史时代的人物又能真正构筑出一个顺道而行的"人"，共同展示着"道由人显"的宗教意蕴。如此，在《人生赠言》中，如同现实生活一样，每一个人物都不是孤立存在，每一个事件都不会孤立发生，人物和人物，事件和事件，汇成道的内涵与载体。这个"人"既是"道由人显"的中的"人"，又是我们每一个人通过识别道、践履道而渴望成为的"人"。

如上所知，道教正一派传统的授箓仪式影响了陈莲笙的思维方式，授箓仪式中需要跪诵《道德经》《度人经》《三官经》《功课经》等道门经典以及聆听度师宣讲的活动，又直接影响了陈莲笙文学创作的思想情趣与行文结构，而道教徒应有的爱道、敬道、弘道的神圣使命成为其文学创作的情感基础与思想主题。简言之，陈莲笙以文学创作诠释经典，推动道教文化发展；又以文学创作提升道教徒的宗教素养，促使道教更好地服务社会，其弘扬文化与服务社会的热情构成了陈莲笙文学创作的基本底蕴。

基督教汉文小说领域的开拓及其研究现状

宋莉华

上海师范大学人文与传播学院

一、基督教汉文小说研究领域的开拓

基督教汉文小说出现于明末清初，是西方来华传教士为宣扬教义或改变中国人的观念，用汉语写作或翻译的小说。它们一度是学术研究的盲区，文学史上鲜有提及，当然也谈不上学术研究史。无论是宗教学者，还是中国文学研究者都忽略了这样一批作品的存在。

造成这一局面的原因在于：首先，基督教汉文小说产生的历史文化语境十分特殊。基督教汉文小说出现于民族矛盾日益尖锐的近代中国社会，加之小说中带有强烈的基督教色彩，使得它们难以被长期浸淫于儒学传统的广大中国文人学士所接受。其次，作为文学作品，基督教汉文小说的艺术性差强人意，很难指望得到文学研究者的认真对待。基督教汉文小说作为叙事文学的最为致命的弱点是，情节和人物存在雷同及类型化特点。由于阐释基督教教义的意图超越了文学的动力，导致小说中充斥着大量的布道文字，而且传教士作者往往对同类文本采取无节制地简单复制和自我模仿，缺乏艺术上的精雕细琢，以平面化、脸谱化的人物取代对人物内心和性格的细致深入的刻画。艺术上既无足观，自然难以进入主流的文学研究领域。最后，作品散佚严重。目前所能见到的小说大多藏于海外图书馆，藏点也较为分散，不易获取，这也在客观上造成了基督教汉文小说研究的不足。

那么这是否意味着基督教汉文小说缺乏学术研究价值呢？哈佛大学教授韩南（Patrick Hanan）对这一问题的回答是否定的。他认为，把基督教汉文小说归入叙事文学,并将之置于19世纪的文学语境中加以考察,对考察近代小说的变革意义非凡。在时间上,它们比19世纪70年代出现的由中国人翻译的福尔摩斯侦探小说、林纾翻译的《茶花女》等更早,数量也更多。而且,基督教汉文小说也不缺少读者,其流传范围并非局限于基督教徒这一小圈子从而失去了文学作品的普遍性意义。[①]恰恰相反,传教士将数量庞大的中国通俗小说读者作为预设的读者群,许多小说曾一版再版,并通过教会的销售网络在全国营销。基督教汉文小说体现了基督教与中国文化结合的两个方面:一方面是适应中国文化,另一方面基督教与中国文化具有互补性,为中国文化补充了新的内涵。基督教汉文小说是传教士采取文化适应政策,试图利用中国民众对于白话小说这类休闲读物的需要,以达到传教目的的产物。它触及了异质文化交流中的诸多根本问题,反映了带有普遍性的现象和规律。同时,这些原本用于宣教的文学手册,无意中承担了最早译介西方小说的职责,成为将西方文学引入中国的重要媒介,对中国文学产生了直接的影响,使新的小说子类得以确立。

基于这样的认识,2000年12月韩南在《哈佛亚洲研究学报》上发表论文《19世纪中国的传教士小说》(*The Missionary Novels of Nineteenth-Century China*)[②],首次将基督教汉文小说作为研究对象。这篇论文虽然限于篇幅,只能粗陈梗概,但它开启了一个全新的学术研究领域,具有奠基性的意义。文章涉及了基督教汉文小说的基本概念、发展历史、研究内容、基础性文献及文学影响等根本性的命题,他独特的研究视角和方法以及由此得出的结论,都令人耳目一新。

韩南在论文中首先对"基督教汉文小说"这一基本概念进行了界定,从而确定了基本的研究对象:"我指的是基督教传教士及其助手用中文写作的叙事性文本。"[③]这一概念明确了这一类小说的创作主体是西方来华传教士。即便是采用双人合作的形式,也是由传教士在其中发挥主导作用,中国助手仅协助其完成,在写作过程中往往只充当笔录者,进行文字润饰的工作。

---

① [美]韩南:《19世纪中国的传教士小说》,《中国近代小说的兴起》,徐侠译,上海:上海教育出版社,2004年版,第70—71页。

② Harvard Journal of Asiatic Studies, vol.60·2页。这篇论文后来由徐侠译成中文,收录在韩南的论文集《中国近代小说的兴起》中,2004年由上海教育出版社出版。

③ The Missionary Novels of Nineteenth—Century China, *Harvard Journal of Asiatic Studies*, vol.60·2, p.413.

其次，韩南的论文为基督教汉文小说的研究搭建了基本的框架，他以文学史家的眼光勾勒了基督教汉文小说大致的发展脉络，列举了最为重要的代表性作家、作品，对基督教汉文小说的文体进行了大略的分类。韩南围绕新教传教士的创作，将基督教汉文小说的发展追溯到马礼逊的《西游地球闻见略传》《古时如氏亚国历代列传》等游记与传记，它们已带有章回小说的特征。他把米怜的《张远两友相论》作为第一部真正意义上的基督教汉文小说，指出早期的新教传教士与中国小说关系密切，他们刻意模仿章回小说的体例来创作基督教小说。这种密切的联系在郭实猎身上体现得最为明显，韩南在文中列举了郭实猎的书信体小说《诚崇拜类函》、历史小说《大英国统志》《古今万国纲鉴》，还有《赎罪之道传》《常活之道传》《是非略论》《正邪比较》《小信小福》《诲谟训道》《悔罪之大略》等代表作，揭示了郭实猎的高产与他本人对中国传统小说的熟悉和喜爱密不可分。理雅各布则以纪传体小说体例写作了使徒的传记。19世纪50年代开始，传教士对中国传统小说的模仿越来越少，译述作品渐多，且逐渐倾向于采用西方文学的叙事方式。《金屋型仪》《天路历程》《亨利实录》《时钟表匠言行论略》《孩童故事》《贫女勒诗嘉》《两可喻言》《除霸传》《安乐家》等大量早期译作的发现，颠覆了既有的中国翻译文学史。杨格非是19世纪后期少有的传教士原创小说作者，李提摩太翻译的《回头看纪略》则影响了晚清新的小说子类的建立，傅兰雅发起的小说征文活动更是早于梁启超发出了对新小说的呼唤。这些传教士的文学活动有助于中国读者熟悉并接受西方小说，并共同影响了小说界革命的进程。

再次，韩南将长期以来在中国古代小说方面的研究方法和经验，用于基督教汉文小说的研究，揭示了基督教汉文小说在白话文学、叙事文学方面的特点及其研究价值。从学术传承来看，韩南是欧洲中古文学出身，接受了西方版本学、考据学的严格训练，他很自然地将之用于中国古代小说研究，并一以贯之地用于基督教汉文小说研究。在韩南的论述中，充分显示了他以考据见长的治学特点。他通过大量的阅读，精密的分析来判断作品的年代和版本，通过考察源流，论证某些小说产生的条件、方式和过程，以及同一故事在不同的文学体裁中所产生的变化。一方面比较其优劣，一方面阐明其独特性，这为研究小说史时如何处理作品的流变提供了依据。另外，他在研究中也运用现代的文学批评方法，将作品置于世界叙事文学的传统中加以讨论。模仿说书人向听众说话，是世界各民族文学发展的早期阶段共同存在的现象，但始终贯串这种做法的是中国白话小说。[①] 来华传教士注意到了白话小说的传统及其在中国读者中受欢迎的程度，遂模仿其体例写作宣教书。不过讨论这个问题时，应该注意两点：其一，传教士并非简单地模仿，而是在其中融入了西方的文学元素和技巧，因而在某种意义上，承担起了将西方文学引入中国媒介的角色。其二，传教士模仿白话小说的叙事传统，虽然一直延续到20世纪初，但其一直处于变化之中，用方言俗字、罗马字拼音等的白话实验从未间断，开启了白话文运动的先声。

最后，韩南在文中提到的几种重要参考文献，是研究基督教汉文小说的基础文献：伟烈亚力（Alexander Wylie）编 Memorials of Protestant Missionaries to the Chinese: Giving A List of Their Publications, and Obituary Notices of the Deceased, with Copious Indexes, Shanghai: American Presbyterian Mission Press 1867. 该书目在每一部著作后都附有简单的提要。两部在世界博览会上展出的书目 Catalogue of the Chinese Imperial Maritime Customs Collection at the International Exhibition, Philadelphia, 1876 published by the Inspectorate General of Customs（Shanghai, 1876）; Illustrated Catalogue of the Chinese Collection of Exhibits for the International Health Exhibition, London, 1884, China Imperial Maritime Customs Miscellaneous Series No.12（London: William Clowes and Sons, 1884）; 墨笃克（John Murdoch）编纂的 Report on Christian Literature in China, with a Catalogue of Publications（Shanghai: Hoi—Lee Press, 1882）。进入20世纪初期，季理斐（Donald MacGillivray）编纂的 New Classified and Descriptive Catalogue of Current Christian Literature, 1901（Shanghai:1902），该书目又于1907年以同一标题出版了更为详尽的版本。还有雷振华（George A. Clayton）编纂的中文书目《基督圣教出版各书书目汇纂》，由汉口圣教书局1918年出版。

韩南还曾陆续发表《新小说之前的新小说——傅兰雅的小说竞赛》《作为中国文学文本之〈圣经〉：王韬与〈圣经〉"委办本"》[②]、《汉语基督教

[①] 张宏生：《哈佛大学东亚语言与文明系韩南教授访问记》，载《文学遗产》1998年第3期，第114—115页。

[②] 此文最初发表于《哈佛亚洲研究学报》，后由段怀清翻译，发表于《浙江大学学报》2010年第2期。

文献：写作的过程》①等论文。作为一名汉学家，韩南重要的贡献之一就是，以其自身的学术敏感性与问题意识不断开拓新的研究领域，引领学术研究的走向。韩南认为学术界对于中国通俗文学的研究，过于集中在少数几部重要的作品，如"四大奇书"上面，而忽略了更为全面的开掘。韩南强调，研究小说必须要有历史发展的眼光。唯有系统地、具体地去廓清那些比较混乱的篇目，才能够进行文学史的历史描述，理出历史变化的脉络。为了整理出更为清楚、更为客观和完备的小说史，这样做是很有必要的。②他早年对李渔的研究、对艳情小说的关注，都可以视为在这一方面的努力。他晚年关于基督教汉文小说的研究，则又一次开启了一个新的学术研究领域。

二、基督教汉文小说研究的进展

韩南关于基督教汉文小说的开创性研究，引起了学术界的广泛兴趣。在过去将近15年的时间里，这一领域的研究获得迅速发展，目前已基本形成上自晚明、下至晚清及民国，打通古代到现代、兼及中西文学的整体研究格局，在学术阵容上，中国大陆学者与台港澳及国际学者逐渐形成合力，共同推进该项研究。

（一）此前的中国基督教研究侧重于宗教和历史，而忽视了基督教文学的研究，现在这一不足得到了弥补。限于篇幅，韩南的论文仅粗陈梗概，将论述的年代限定在19世纪，且文中只讨论了部分长篇小说，对短篇小说更是忽略不提。此外，韩南在研究中未涉及天主教及东正教传教士之作，这些都为后来的研究者留下了学术探讨的空间。

明清时期天主教汉文文献的整理和研究起步较早，多种大型文献汇编相继出版，为研究者提供了极大便利。以往对于明清天主教的研究主要是宗教和历史的研究，目前一些学者试图摆脱这一研究范式，从文学角度切入，取得了重要成果。如李奭学《中国晚明与欧洲文学：明末耶稣会古典型证道故事考诠》《译述：晚明耶稣会翻译文学论》，颜瑞芳《论明末清初传华的欧洲寓言》等。李奭学认为，来华耶稣会士的著作文类多样，他决定先把研究范围缩小，

---

① 此文由姚达兑翻译，发表于《中国文学研究》，2012年第1期。
② 张宏生：《哈佛大学东亚语言与文明系韩南教授访问记》，第111页。

选择"证道故事"（Exemplum，新教名之"喻道故事"）作为研究对象。所谓"证道故事"，就是当时耶稣会士用以证道的小故事。当信众不懂经义的时候，神父往往通过故事来呈现其含意，这种讲故事的方式在中世纪非常流行，被来华耶稣会士所承袭。耶稣会士摆脱西洋传统的羁绊，从天主教的角度对故事内涵再做剖析，从而在中国开创了一种故事新诠的证道诗学，由此形成了"伊索寓言"之类的证道故事。这在某种意义上可以视为欧洲中古证道故事的流风遗绪，其结果最终演变为文学史上的正面贡献。[1] 李奭学关于证道故事的研究成果，后来形成专著《中国晚明与欧洲文学：明末耶稣会古典型证道故事考诠》。该书2005年先在台湾出版，2010年又由三联出版社在中国大陆出版，产生了广泛的学术影响。2012年李奭学又出版《译述：晚明耶稣会翻译文学论》一书，讨论晚明耶稣会的翻译文学，比前书涉及的文体更为广泛。除了证道故事，晚明来华耶稣会士还翻译了诸多欧洲的宗教文学作品，文类涉及圣歌、圣传、圣诗、圣迹故事、灵修散文等。书中选择了八种译作加以讨论：利玛窦译《西琴曲意八章》、龙华民译《圣若撒法始末》、汤若望与王征译《崇一堂日记随笔》、高一志译《圣母行实》《天主圣教圣人行实》《譬学》、艾儒略译《圣梦歌》、阳玛诺译《轻世金书》。它们不仅是欧洲基督教文学杰出的代表作，而且可以说是最早译介到中国的欧洲文学作品，并可以视为晚清构建文学新知的先声，在文学史上和翻译史上具有举足轻重的意义。西方传教士通过与中国文人合作、通过在西方宗教与中国文学之间进行转换，实现了两种文化之间的对话与互动，由此产生了新的文学。中国古人向来缺乏原文与译文的概念，翻译是否忠实于原著并不成其为问题。晚明耶稣会士之"译"常常等同于"写"，如利玛窦的《畸人十篇》，可能部分是以西班牙人伊斯迪拉（Diego de Estella，1524—1578）的《浮世论》（*Tratado de la Vanidad del Mundo*）作为底本的。但在《畸人十篇》中，伊氏所论却常常被融入利玛窦和中国士人的的对话中，使原作变成了一部中、欧文化合璧的新文本。[2] 李奭学认为，对于晚明耶稣会士的翻译文学作品，我们既不能以中国传统的文学标准

---

[1] 李奭学：《中国晚明与欧洲文学：明末耶稣会古典型证道故事考诠》，台北："中央研究院"及联经出版公司，2005年版，第85页。

[2] 参见李奭学：《中世纪·耶稣会·宗教翻》，http: //cmc.fl.fju.edu.tw/wcmprc/download/20070301_10_LEE.pdf.

来衡量，也不能以18、19世纪以来现代文学的标准衡量。比较合理的价值判断方式，是将西方的文学传统与基督教本身的护教文学结合起来，对之进行考虑。青年学者郑海娟也在天主教传教士小说研究上用力甚勤，她发表的《明清天主教文献中的〈旧约〉故事衍义》[①]，分析了《衫松行实》《圣教古史小说鼓词》等改写自《旧约》的作品。原书以说理、议论为主，重教义问答，经典中的抽象、简省、多元阐释的性质多被抹煞。书中耶稣会士在对《旧约》故事进行改写时，弱化了宗教性，而强调其中的故事性与文学性，将情节补充得更为完整，在人物样貌、心理刻画方面也颇费笔墨，并有意识地结合了中国的孝道文化。这些手法，不但有利于传教，也使教义由抽象到具体，从普世化到本土化。

（二）研究者的队伍不断壮大，跨越了国界，展开多层次、多角度的研究与学术合作。韩南之后，有关19—20世纪基督教汉文小说研究的新进展令人振奋，出现了宋莉华、黎子鹏、段怀清、郑海娟、姚达兑、崔文东等一批富于活力的中青年学者，陈庆浩、袁进、刘丽霞等治古代文学、近现代文学者，刘树森、朱静等翻译文学研究者也加入其中，此外还有吴淳邦、申相弼、李祥贤、林惠彬等韩国学者对基督教汉文小说及其在韩国的流传展开研究，成果丰硕，弥补了之前的研究空白。这些学者在研究内容上更趋多元：一方面以整体文学史的眼光考虑基督教汉文小说的文学地位与影响，由此展开综合研究，如宋莉华《传教士汉文小说研究》《传教士汉文小说与中国文学的近代变革》[②]、袁进《重新审视新文学的起源：试论西方传教士对中国文学的影响》[③]、黎子鹏《弥合宗教的鸿沟：19世纪中国新教图书翻译的兴起》（Negotiating Religious Gaps: The Enterprise of Translating Christian Tracts by Protestant Missionaries in Nineteenth—Century China）等。[④] 研究认为，西方传教士曾经对中国近代的文学变革产生过很大影响，这一影响以前被我们低估了，甚至可以说完全忽视

[①] 2013年12月5—6日"台湾中央研究院明清国际学术研讨会"会议论文。

[②] 宋莉华：《传教士汉文小说研究》，上海：上海古籍出版社，2010年版；宋莉华：《传教士汉文小说与中国文学的近代变革》，载《文学评论》2011年第1期。

[③] 袁进：《重新审视新文学的起源——试论近代西方传教士对中国文学的影响》，载《湖南文理学院学报》2005年第5期。

[④] Negotiating Religious Gaps: The Enterprise of Translating Christian Tracts by Protestant Missionaries in Nineteenth—Century China, Monvmenta Serica 2012.

了，需要调整我们的文学研究视野。

另一方面是对基督教汉文小说从文体、版本、成书过程、白话文学、翻译乃至插图等具体细微的局部研究工作，正在深入展开。这方面的成果尤其值得关注，因为这些研究是构建在不断发掘的稀见基督教汉文小说文本的基础之上的。唯有展开具体作品的研究，基督教汉文小说的发展轮廓才有可能变得清晰起来，其历史变化的轨迹才有可能得到完整的呈现。

关于传教士的白话文学成就，成果丰硕，学界对此已达成共识，认为传教士的白话文学实践是白话文运动的重要组成部分，已往的研究忽视了基督教汉文小说在其中发挥的作用。袁进发表《重新审视欧化白话文的起源：试论近代西方传教士对中国文学的影响》[1]，指出新文学主要运用的是欧化白话，不同于古白话。欧化白话的文学作品早在19世纪就已经问世，由当时的西方传教士书写，文类涉及诗歌、散文和小说。西方传教士还是国语运动的最早推动者，它与晚清白话文运动和五四白话文运动形成了一条完整的国语运动发展的线索。郑海娟发表《明清耶稣会的汉语白话书写》[2]一文。此前对天主教传教士的白话翻译与白话创作，少有论及，郑文梳理了晚明至清末天主教传教士的白话书写实践。耶稣会以"书教"闻世，为博取文人士大夫的青睐，早期入华会士着译往往诉诸文言，但同时并未忽视白话著述，将之作为向平民传教的利器。明末葡萄牙耶稣会士罗儒望的《天主圣像略说》（1609）、《天主圣教启蒙》（1619）等文献即用白话编着，首开来华传教士白话书写的源头。及至清代中叶，在华耶稣会内的白话书写仍不绝如缕，冯秉正的《盛世刍荛》、贺清泰的《古新圣经》等巨著不断丰富白话书写的形式，提升白话书写的表现力。姚达兑发表《圣经与白话——圣经翻译、传教士小说与一种现代白话的萌蘖》[3]，指出19世纪来华的新教传教士受圣谕宣讲的启示，在翻译圣经、写作圣经小说时，多倾向于选用白话。新教传教士在翻译圣经，用小说解释圣经时原本有多种语言尝试，最终弃用其他语言而选用了官话并逐渐演变成现代白话，与五四白话文运动汇流。在关于白话的研究中，传教士写作的方言小说日

---

[1] 郑海娟：《重新审视欧化白话文的起源——试论近代西方传教士对中国文学的影响》，载《文学评论》2007年第1期。

[2] 2014年6月21日—22日上海师范大学"宗教视阈中的翻译文学研究国际学术会议"论文。

[3] 《圣经文学研究》第七辑，2013年3月31日。

益受到重视,方言小说构成了基督教汉文文学的重要内容。宋莉华发表《19世纪传教士汉语方言小说述略》《〈辜苏历程〉:〈鲁滨孙飘流记〉的早期粤语译本研究》等。传教士用方言写作、翻译了大量小说,它们主要以繁体汉字、教会罗马字书写,间或夹杂约定俗成的简化汉字。它们是中国地域文化与西方文化融合的特殊产物,呈现出独特的语言和文学形态。传教士方言小说丰富了中国的方言文学作品,也使得不同方言区的下层民众通过方言译本,较早地接触到西方宗教与文学。这些小说有助于我们全面地了解清代中西文学的交流状况,以及西方文学这一时期在中国的译介和传播。《辜苏历程》是1902年由英国传教士英为霖用羊城土话翻译出版的《鲁滨孙飘流记》,是传教士汉语方言小说的代表作。

  一些外国文学研究者从翻译角度关注了基督教汉文小说。刘树森是很早就投入研究的一位学者,他在《译林书评》发表了一系列文章《〈天路历程〉与中译外国文学的滥觞》《李提摩太与近代中译外国文学》《百年前的译者》《再说百年前的译者》[①],后又发表《西方传教士与中国近代之外国文学翻译》[②]《西方传教士与中国近代之英国文学翻译》[③]等文。刘树森的研究将论述年代限定在19世纪50年代至1919年之间,大体代表了近代西方来华传教士翻译英国文学的主要成就和特点。在将近70年的时间里,他们在译介和传播英国文学以及其他国家的文学方面持续不断地做出了重要的努力。在晚清至民初特定的历史文化背景中,西方传教士对于英国文学作品和其他国家文学作品的译介以其在时间上的超前性和独特的翻译特征,对涉足文学翻译的中国本土译者在翻译观念、翻译策略、翻译技巧等方面都产生了重要影响。朱静的两篇论文《新发现的莎剧〈威尼斯商人〉中译本:〈剜肉记〉》[④]《季理斐夫人与〈喻言丛谈〉——清末民初西方来华新教女传教士文学翻译的考察》[⑤],对女性传教士的文学翻译给予了关注,揭示了她们在文学翻译中所带有的宗教和

[①] 刘树森文分别见于《译林书评》1998年第1期、1998年第2期、1999年第1期、1999年第2期。
[②] 刘树森:《西方传教士与中国近代之英国文学翻译》,载《翻译季刊》第16、17期(合刊)。
[③] 刘树森:《西方传教士与中国近代之英国文学翻译》,载《英美文学研究论丛》2001年第1期。
[④] 朱静:《新发现的莎剧〈威尼斯商人〉中译本:〈剜肉记〉》,载《中国翻译》2005年第4期。
[⑤] 朱静:《季理斐夫人与〈喻言丛谈〉——清末民初西方来华新教女传教士文学翻译的考察》,《基督教在中国:比较研究视角下的近现代中西文化交流》,上海:上海人民出版社,2010年版。

性别色彩。黎子鹏《经典的转生：晚清〈天路历程〉汉译研究》[①]一书，则通过对《天路历程》这一个案的研究，以小见大，将对基督教汉文小说的翻译研究引向更为广阔的视野，而不仅局限于翻译文本的比对与介绍。本书讨论了晚清约六十年间关于基督教经典小说《天路历程》的汉译版本，作者对该书的汉译本进行了穷尽式的梳理，提供了许多稀见的文献，更为重要的是通过《天路历程》的译介，完整地呈现了中国传统文化及文学叙事与西方宗教的一次有趣的交集。

关于传教士在儿童文学方面的贡献，宋莉华发表了《从晚清到"五四"传教士与中国现代儿童文学的萌蘖》[②]《近代来华传教士译介成长小说述略》[③]《〈新小儿语〉：吉卜林童话的早期方言译本研究》[④]《基督教儿童小说〈安乐家〉研究》[⑤]等一系列文章。以晚清到"五四"期间的中国近代社会为背景，探讨了这一时期在华传教士的儿童文学创作、翻译及其对于中国现代儿童文学的发端以及现代儿童观的形成所产生的深刻影响。论文涉及诸多翔实的历史与文学史料，具体而又概括地呈现了19世纪中后期至20世纪初期传教士怀着特定的文化意图参与到近代中国儿童文学的写作、译介事业的历史过程。作者选择从中国近代社会所出现的特殊的传教士现象出发来考察中国现代儿童文学的发生，视点独特又具体、生动，构成了对于中国近现代儿童文学史叙述的极富意义的补充。

近年来韩国学者在基督教汉文小说研究方面取得的成果不容忽视。崇实大学的吴淳邦是韩国学者中较早关注基督教汉文小说者。他发表了《19世纪传教士中文小说在韩国的传播与翻译》[⑥]《经典的重构改编：陈春生〈五更钟〉的本土化译述策略研究》[⑦]等文，发现了《张远两友相论》《引家当道》《赎

[①] 黎子鹏：《经典的转生：晚清〈天路历程〉汉译研究》，香港：基督教中国宗教文化研究社，2012年版。

[②] 宋莉华：《传教士与中国现代儿童文学的萌蘖》，载《文学遗产》2009年第6期。

[③] 宋莉华：《近代来华传教士译介成长小说述略》，载《中国现代文学研究丛刊》2010年第6期。

[④] 宋莉华：《〈新小儿语〉：吉卜林童话的早期方言译本研究》，载《南京师范大学文学院学报》，2013年第4期。

[⑤] 宋莉华：《基督教儿童小说〈安乐家〉研究》，载《上海师范大学学报》2014年第1期。

[⑥] 2006年8月13日—18日"第三届中国古代小说国际研讨会"会议论文。

[⑦] 2014年6月21日—22日上海师范大学"宗教视阈中的翻译文学研究国际学术会议"论文。

罪之道传》等基督教汉文小说的韩文译本，以及韩国所藏李提摩太编译的《喻道要旨》。釜山大学的李相贤、申相弼虽然侧重于研究传教士在韩国的文学创作，同时也涉及基督教汉文小说在韩国的流传，对出生于英国的加拿大传教士奇一、法国传教士李福明等人在韩国翻译的古代小说展开研究。林惠彬是近年来活跃的韩国青年学者，对《红侏儒传》《五更钟》《时钟表匠略论》[①]等基督教汉文小说的版本有诸多新的发现。此外，林惠彬还发表了《晚清基督教汉文小说插图初探》[②]，是对基督教汉文小说的延伸性研究。文章介绍了晚清基督教汉文小说中的木板画、铜板画、石印画，文章将这些插图分为两类：一是覆刻原著的图像，不更动内容；二是改造原著，保留基本架构，但变更服饰、面貌、建筑等部分，并将天使、魔鬼的形象转换成中国本土的神仙、妖怪。这些插图当图像与文字结合时，插图就具有了独特的叙事、宣扬教义功能。

（三）书目文献的整理。基督教汉文小说研究的困难之处在于资料散佚严重，由于它们长期未被纳入主流的学术研究范畴，缺乏系统的整理，不易掌握全面的资源。同时，基督教汉文小说主要藏于海外，国内有限的藏本不仅分散，且因年代久远不易获取和借阅，因而长期未能进入研究者的视野。

相对而言，明清天主教的文献整理工作起步较早，多种大型文献相继出版：从1960年以来，相继出版方豪影印《天学初函》；吴相湘主编《天主教东传文献》及其"续编""三编"；钟鸣旦、杜鼎克等编《徐家汇藏书楼明清天主教文献》（1996），《耶稣会罗马档案馆明清天主教文献》（2002）；北京大学宗教研究所郑安德编《明末清初耶稣会思想文献汇编》（2003）；《徐家汇藏书楼明清天主教文献续编》（2013）。此外，近年来，还有一些文献的整理成果值得关注：中国宗教历史文献集成编纂委员会编纂，王秀美、任延黎主编《东传福音》（2005），台湾中原大学曾庆豹主编"汉语基督教经典文库集成"（2012）、周振鹤主编《明清之际西方传教士汉籍丛刊》（2013）、张美兰《美国哈佛大学哈佛燕京图书馆藏晚清民国间新教传教士中文译著目

[①] 林惠彬：《晚清基督教汉文小说〈五更钟〉初探》，载《澳门文献信息学刊》2011年第4期；林惠彬：《晚清基督教小说〈红侏儒传〉考论》，《西学东渐与东亚近代知识的形成和交流》，上海：上海人民出版社，2012年版；林惠彬：《新发现最早新教传教士翻译小说〈时钟表匠言行略论〉》，2012年12月20日—21日"书写中国翻译史——第五届中国译学新芽研讨会"论文。

[②] 2013年12月5—6日"台湾中央研究院明清国际学术研讨会"会议论文。

录提要》（2013）。陶飞亚主持的重大项目"汉语基督教文献书目的整理与研究"、张西平主持的"梵蒂冈图书馆藏明清中西文化交流史文献复制与整理项目"也在如火如荼进行中。不过上述种种，难免有隔靴搔痒之感，它们侧重宗教的维度，不是从文学角度出发进行的文献整理，其中仅夹杂部分传教士小说。

旅法华裔学者陈庆浩较早着手收集藏于法国的天主教传教士小说。他在法国国家图书馆发现了马若瑟的章回小说《儒交信》抄本、龙华民编译的《圣若撒法始末》、巴多明编译的《德行谱》以及高一志的《圣人行实》《圣母行实》等原著。在 2005 年台湾嘉义大学召开的中国小说与戏曲国际学术研讨会上，陈庆浩发表了论文《新发现的天主教基督教古本汉文小说》。2010 年宋莉华编纂的《西方来华传教士汉文小说书目简编》出版[①]，首次提供了基督教汉文小说的基本书目。该书目收录的是单行本小说，包括由西方传教士用汉语独立撰写、编译的小说及故事、寓言、传记文学等，或是由西方传教士与中国人合作的作品。通过这一书目，我们可以大致了解基督教汉文小说的整体文学面貌，为进一步研究奠定了基础。目前最便于利用的是黎子鹏选编的两部基督教汉文小说选集：《晚清基督教叙事文学选粹》（2012）、《赎罪之道传：郭实猎基督教小说集》（2013）。《晚清基督教叙事文学选粹》收录了 6 种 19 世纪汉语基督教叙事文学作品，包括米怜的《张远两友相论》（1819）、理雅各布的《亚伯拉罕纪略》（1857）、宾为霖的《正道启蒙》（1864）、白汉理的《亨利实录》（1865）、胡德迈的《胜旅景程正编》（1870）、杨格非的《红侏儒传》（1882）。在版本的选择方面，该书尽量采用初版或早期版本，特别值得重视。编者为每部作品重新标点、分段并注释，书前有导论，阐述了晚清基督教叙事文学的思想主题、文学注重及翻译特色，每篇之前又有具体的作品内容简介、作者或译者生平等。该书除了注重字词释义、典故解析等，编者还特别关注小说与中文圣经的互文关系，尽可能参照晚期的圣经汉译本，把相关的经文在注释中罗列出来，使读者得以窥见 19 世纪中文圣经的面貌，及其对基督教小说的影响。针对其中的翻译作品，编者则对译着与原著展开对照，以揭示翻译的特点。郭实猎是 19 世纪最重要的基督教汉文小说作者之一，《赎罪之道传：郭实猎基督教小说集》收录了郭实猎 7 种具有代表性的中文小说：

---

① 该书目作为附录收录在《传教士汉文小说研究》一书，上海：上海古籍出版社，2010 年版。

《赎罪之道传》（1834）、《常活之道传》（1834）、《是非略论》（1835）、《正邪比较》（1838）、《诲谟训道》（1838）、《生命无限无疆》（1838）、《小信小福》。这些作品，除了《赎罪之道传》，都仅有一种版本，且年代较早，而本书所收的荷兰莱顿大学所藏1834年版《赎罪之道传》已成孤本，故具有较高的文献参考价值。当然，相对于卷帙浩繁的基督教汉文小说，这两本书收录的篇目不过是沧海一粟，进行系统的大规模的整理工作目前已经势在必行。

  基督教汉文小说在中西文学与文化、宗教与文学之间展开多重碰撞、交流，具有重要的学术研究价值。作为学贯中西的汉学家，韩南教授独具慧眼，开辟了这一学术研究领域。任何学术史的回顾，无非是辨章学术，考镜源流。本文希望通过追溯基督教汉文小说的研究历史，分析其研究现状，以明确未来的研究方向，展开跨学科、跨文化的学术合作，以推进这一领域的研究。

"基督教与中国现当代文学"研究综述

荣光启

武汉大学中国宗教文学与宗教文献研究中心

中国文学的现代转型,与晚清以来知识分子追求文化、经济、政治体制等方面的现代性的需求是相应的。胡适、陈独秀这一代人,拟从更新民族共同语开始,企求民族思想精神的更新,其结果也带来了一种新的文学形态:以白话文为语言;在精神上从中国古典文化、文学传统中脱胎而来同时更多地广泛学习了西方思想、外国文学的"新文学"(中国现代文学)。在向西方学习的过程中,中国现代文学与基督教的相遇是必然的,因为西方文化的传统主要是两希文明:希腊文明和希伯来文明,前者以古希腊、罗马文化为代表,后者以《圣经》的文化传统为核心。

1807年9月,新教宣教士马礼逊(Robert Morrison,1782—1834)到达广州,这已是基督教第四次来华。1919年初,《圣经》中文和合本出版,这也是至今全世界华人基督徒普遍使用的《圣经》译本,一百多年未变。基督教来华,给中国的社会和文化带来了极大的冲击。尤其是第三次(明末清初天主教的传入)和第四次,在科技、出版、教育、医疗、体育、文化等多方面实现了拓荒和更新,其积极意义,在历史学领域,早已得到深入的研究和认同。而在语言文学领域,中国现代文学在语言、思想和形式等方面,受惠于基督教的思想和文化,这一事实也在1980年中国思想解禁后得到广泛的关注,并且在1990年开始,这方面的研究成为中国现代文学研究领域里的一个热门。传教士在中国的翻译和宣传活动,带来了中国语言的近代变革。传教士的语言运动与中国现代文学的关系,在"基督教与汉语变革"这一块,已有一些深入的研究著作出版[①]；本文着力关注的是，"基督教与中国现当代文学"研究这一领域二十年多来的著作概况。

一、"开山之作"

一般认为，美国学者刘易斯·罗宾逊（Lewis·Steuart·Robinson）所著《两刃之剑——基督教与二十世纪中国小说》（*Double Edged sword: Christianity and 20th century fiction*）是"基督教与中国现代文学"研究的奠基之作，此书1986年英文版即在香港道风山出版，中文译本后由中国现代文学馆的傅光明、梁刚译出，1992年在台北市业强出版社出版。作者在导言部分引用了《希伯来书》4章12节（"神的道是活泼的，是有功效的，比一切两刃的剑更快，甚至魂与灵，骨节与骨髓，都能刺入、剖开，连心中的思念和主意都能辨明。"）其用意是比较明显的：要在心理学的层面上对现代作家和基督教的关系"刺入、剖开"，书中的"两刃的剑"是一种心理学的方法，针对的是在现代作家与基督教之关系中的"人的'阴影'"（此"阴影"是基督教带来的，是一把令人难受的"双刃剑"）、"人性中被压抑、人所惧怕的心理"[②]。作者认为，"只有勇敢地面对被压抑的心理，才能对'阴影'无所畏惧"。比如在谈到萧乾作品的时候，作者说"……小说中的人物并不完全是真人，那么作家评价现实生活中这些人的准确度又如何呢？这是区别非理色纳想和'客观'讽刺的很好标准，虽然从根本上讲，所有讽刺都和主观构想一样是主观的。这也许就是为什么萧乾认为基督教和'新中国'是水火不相容的：他之所以反对基督教，是根据年轻时尝过基督徒给他带来的苦难，这种经历投射到了他的作品中。他总是把注意力集中在原教旨主义者和为'一碗饭'而皈依的中国教徒身上那些稀奇古怪的行为，而没有认真地去探索宗教的真正深层含义"[③]。"……萧乾早期小说中的讥讽调子实际上与他自身的'精神伪善'相一致：他不得不谋求两面性的生活，即在隐秘地轻视传教士和基督教的同时，

[①] 这方面比较突出的著作有袁进：《中国文学的近代变革》，广西师范大学出版社，2006年版；刘进才：《语言运动与中国现代文学》，北京：中华书局，2007年版。

[②] ［美］刘易斯·罗宾逊：《两刃之剑：基督教与二十世纪中国小说》，傅光明，梁刚译，台北：台北市业强出版社，1992年版，第21页。

[③] ［美］刘易斯·罗宾逊：《两刃之剑：基督教与二十世纪中国小说》，第184页。

却接受了从基督教监护者那里得到的免费教育。"①可以看出,作者对于现代作家言说基督教的心理,剖析时并不讳言,行文确实犹如利剑。

其实基督教与中国文学之关系的问题,40年代初已出版的朱维之先生的《基督教与文学》一书已有谈论,有的人也认为此书是本课题的"开山之作"②。不过,朱先生此书聚焦点并不是"基督教与中国现代文学"之关系,它一方面谈论《圣经》和教会层面的赞美诗、祷告文的文学性,另一方面在世界文学的范围内谈论基督教与文学之关系、基督教文化传统产生的优秀作品,例证皆是外国文学名著,涉及"五四"以来的"新文学"范畴的,只是在"第六章诗歌散文与基督教"和"第七章小说戏剧与基督教"的末尾谈到。朱先生虽列举了相关作家作品:诗歌方面是"基督徒作者"冰心、许地山、苏雪林、张若谷和"非正式基督徒"周作人③;小说方面提到了苏雪林的《棘心》、老舍的《老张的哲学》、潘予且的《小菊》、张资平的《冲积期化石》和《上帝的儿女们》、滕固的《迷宫》、郁达夫的《沉沦》《南迁》、胡也频的《圣徒》、朱雯的《逾越节》、卢生的《新生》、巴金的《灭亡》和《新生》、王立明的《生命的波涛》。朱先生评价曰:"这些只是中国基督教小说底先声,希望今后关于这方面的作品有更伟大的出来,能够真正表现出现代基督教底精神。"④但未深入论述。朱维之先生"有志作基督教文学史……高足章申女士及姜建邦君,亦有志写中国基督教文学史"⑤。

正如刘廷芳先生在《基督教与文学》的"序"中所言,"这本书是将来一部更伟大的著作的导言"⑥。后来1990年展现的"基督教与中国现代文学"研究热,应当视为这部"更伟大的著作"的一部分。第一本国内学者关于这方面的专著,则是1995年上海学林出版社出版的马佳的《十字架下的徘徊——基督宗教文化和中国现代文学》,作者自己在该书《后记》中也认为"这部书稿

---

① [美]刘易斯·罗宾逊:《两刃之剑:基督教与二十世纪中国小说》,第213页。
② 杨剑龙:《评基督教文化与中国现代文学的研究》,载《郑州大学学报》(哲学社会科学版)2002年第5期,第25页。
③ 朱维之:《基督教与文学》,香港:基督教文艺出版社,1960年版,第293—294页。
④ 朱维之:《基督教与文学》,第331—332页。
⑤ 朱维之:《基督教与文学》,第5页。
⑥ 朱维之:《基督教与文学》,第3页。

是基督宗教文化与中国现代文学研究领域的开山之作"[1]。

二十年多年来，汉语学界在基督教与中国现当代文学之关系这一领域的研究，其成果已相当丰富。[2] 总而言之，研究体现在"基督教对中国文学在思想层面的影响""文本层面的影响""这些影响更深层的原因"等方面的考察；同时，学界也开始对此影响有自己的响应和诗学上的再创造。研究本身也有一个发展和深化的过程。而最大的响应与再创造，莫过于新世纪以来中国自己的"基督教文学"的兴起及相关研究。

二、思想层面的影响及深层原因

其实，论到基督教与中国文化、文学之关系，首先必须提到的著作应该是刘小枫的《拯救与逍遥——中西方诗人对世界的不同态度》（上海人民出版社，1988），此书从基督教的视角，来看屈原、《红楼梦》里的人物和鲁迅等中国文化、文学中的核心人物的生命观与价值观，给当时的学界带来了极大的震动，基督教的视野从此进入了文化研究和文学研究的领域。此书是中西文化诗学的比较研究，不是聚焦在基督教对中国现代文学之影响上，但所产生的国人对基督教思想的认识和认同之效果，却与"基督教与中国现代文学之关系"的研究息息相关。

马佳的著作是中国基督教文学研究在国内的第一本，在行文中，可以看出此书明显受两个人的影响，一是写作《拯救与逍遥——中西方诗人对世界的不同态度》的刘小枫先生，一是当时中国基督教两会的会长丁光训先生，二人一个在文化上引导了当时中国人对基督教的关注、一个是宗教界基督教领域的最高领袖。作者的最大贡献是梳理材料，谈论了众多重要的中国现代作家（鲁迅、周作人、许地山、冰心、茅盾、巴金、曹禺、王独清、鹿桥、郭沫若、沈从文、徐訏、无名氏、苏雪林、田汉、张资平、滕固、王西彦、林语堂、老舍、萧乾等）与基督教文化影响的千丝万缕的关系，在基督教对中国现代文学

---

[1] 马佳：《十字架下的徘徊：基督宗教文化和中国现代文学》，上海：学林出版社，1995年版，第295页。

[2] 在"中国知网"，按"主题"搜索，"基督教中国文学""基督教中国现代文学"和"基督教中国当代文学"的结果分别是826、524和219（包括期刊论文和硕博论文）；而"圣经中国文学""圣经中国现代文学"和"圣经中国当代文学"的结果分别是71、15435和9974（包括期刊论文和硕博论文）。

的影响的现象描述上，在华人学者中，是第一个，功不可没。作者的最后结论"和民主、科学终于未能成为深入人心的共识，依然是历史和现实的双重要求一样，基督宗教精神也只是一轮'幻想的太阳'，这种精神毕竟离当时民族生存需求太遥远……中国近代知识分子大体是在理智方面选择了西方的价值，而在情感方面却丢不开中国的旧传统"[①]，上帝的面影在中国，只是"摇曳"；中国现代作家，在十字架下，只是"徘徊"……这些观点，也是确实的。不过，因为是第一部，此书也有让人思虑的地方：比如，鲁迅在对民族拯救方面有个人的受难精神，是否可以就将鲁迅比附为"国人的基督"[②]、他身上有"基督精神"？而事实上，鲁迅对基督教，也许只是钦佩，理解并不深刻；鲁迅和基督之间，精神和思想实质上根本无法比附。相比较而言，在某些问题上，罗宾逊的《两刃之剑》要深入得多，也许他是外国人，在基督教文化里浸润已久，比我们天然的优势是：更了解和理解基督教。

杨剑龙的《旷野的呼声——中国现代作家与基督教文化》（上海教育出版社，1998）延伸了马佳的研究，将视野扩展到当代（著作最后两章分别谈论北村和台湾的张晓风这两位当代基督徒作家）；另外，作者紧紧抓住"文化"二字，在基督教文化对中国现当代作家的影响方面，论述有深入的地方。王本朝的《二十世纪中国文学与基督教文化》（安徽教育出版社，2000）分三个部分，主要部分是"20世纪中国作家与基督教的精神遇合"，有一部分关乎《圣经》给20世纪中国文学带来的新的叙述方式、话语体系，这一部分是基督教与中国现当代文学研究发展史上的新貌，很有价值。而主体部分，和前述几本著作相比，在基督教对作家的精神、观念上的影响方面，作者虽不是基督徒，但对很多难解的问题一直有一种谦卑、审慎的态度，所以在深入问题时，给出的虽不一定是正统信仰里的答案，但论述也很有价值。宋剑华的《基督精神与曹禺戏剧》（湖南师范大学出版社，2000）虽只是单独论述一位作家，但极有特色。作者认为曹禺戏剧有一个基本的模式：犯罪——堕落——救赎，这个模式显然是基督教的，但由此也开启了人们对现代最有影响的剧作家曹禺的新认识。

许正林的《中国现代文学与基督教》（上海大学出版社，2003）是同类著

---

① 马佳：《十字架下的徘徊：基督宗教文化和中国现代文学》，第249页。
② 马佳：《十字架下的徘徊：基督宗教文化和中国现代文学》，第4页。

作在面上的扩展和在深度上的继续探讨，内容相当丰富，有点集大成的意味，但在影响的深层原因探究上，还需要有更大的突破。这里归根结底的问题，在于中国基督教文学的研究者，多是文学领域的学人，在文学上知识丰富，但对于宗教尤其是基督教，了解仍是表面上的，止于文化上一些浅层次的符号，对于信仰内部的问题，更缺乏足够的理解。王列耀的两本著作《基督教文化与中国现代戏剧的悲剧意识》（上海三联书店，2002）和《宗教情结与华人文学》（文化艺术出版社，2005）也值得关注。

谭桂林、龚敏律的《当代中国文学与宗教文化》（岳麓书社，2006）从宗教文化的宏观角度来考察当代中国文学，基督教只是其中一部分；不过，值得注意的是其"宗教文化"的大视野，以及作者高屋建瓴地在当代中国特殊历史语境中要求正视宗教、宗教文化对文学的影响的态度是值得注意的。类似的著作还有卢军的《救赎与超越——中国现当代作家直面苦难精神解读》（齐鲁书社，2007），此书在谈论许地山、石评梅和史铁生时，涉及了基督教。刘勇的《中国现代作家的宗教文化情结》（北京师范大学出版社，2011）里边也涉及基督教部分，在对现代作家的研究中，许多研究者都看到一个问题，虽说许多作家的创作，看起来与基督教有关，其实，只是貌似而已，正如刘勇所说，"老舍作品中众多的基督教徒的艺术形象是十分引人注目的……他们都是以各自现实的人生体验去理解和接受基督教思想的，而基督教教义本身的重要性在他们看来并非是第一位的"[1]、巴金"作品中的忏悔意识常常在较深的层面上撞击着读者的心，但这种忏悔从一开始到最后，始终向着巴金所认定的上帝——自己民族的人民和整个人类而非特定意义上的基督耶稣"[2]，也就是说，现代作家喜好基督教，常常所说的上帝，不是《圣经》启示的上帝；常常说信教，其实教义并非第一位。这其实是非常悲哀的事情。但有意思的是研究者对这一状况的态度：他们常常对此是持肯定态度的。由此我们也可以看出研究者在对基督教本身的理解和认识上存在的问题，也能理解为什么在很长一段时间"基督教与中国现当代文学"的研究进展有限。没有许地山、林语堂那样

---

[1] 刘勇：《基督教精神与中国现代文学》，载《广播电视大学学报》（哲学社会科学版）2003年第3期，第3页。

[2] 刘勇：《基督教精神与中国现代文学》，载《广播电视大学学报》（哲学社会科学版）2003年第3期，第3页。

的在信仰中出与入的经验,我们如何进入信仰的内里?

丛新强的《基督教文化与当代中国文学》(山东文艺出版社,2009)有两大特色,一是比较深入地专门谈论基督教在当代中国的处境;二是比较系统地谈论了台湾的基督教文学,这一点在此前的研究中未见系统描述。陈奇佳、宋晖的《被围观的十字架——基督教文化与中国当代大众文学》(中国社会科学出版社,2010)则是基督教与中国当代文学研究领域的一部奇书。一般研究此领域的学者,很少有人关注到基督教对当下网络文学写作的影响。该书"在全面梳理基督教对于中国20世纪以来一般文学创作(即所谓精英创作)影响的基础上,揭示了中国大众文学与基督教文化发生关系的独特历史文化背景。全书以网络文学创作为主要分析对象,考察当前中国各种形态的大众文学作品,研究基督教文化对中国大众文学从形式创造到意识形态立场等诸多方面的影响,讨论中国大众文化接受基督教文化的独特立场以及此种立场对中国本土神学建设的启发意义"[1]。此书回答了许多当代人困惑的一个问题:当代流行的席卷青少年世界的文化,比如网络文学(玄幻、武侠、灵异之类的小说)、暗黑游戏等,与代表西方文化主流、在中国也广被认信的基督教文化有关系吗?作者对基督教和神学有相当的了解,给出的解答也相当独到。这部著作50余万字,是基督教文化与当代中国大众文化的一次丰富、有趣的交谈。

基督教与中国现代文学的研究,除了在影响方面的描述之外,作者都有意图对这些影响做更深的探究,但是从已有成果来看,大部分都让人觉得有些流于表面。不过,喻天舒的《五四文学思想主流与基督教文化》(昆仑出版社,2003)有些例外。此书非常适合历史的需要,此时基督教与中国现代文学的研究已有十余年,在文化对文学的表面影响之下,更深的动因是什么?这是许多读者所关心的问题,比如"科学"的观念,此观念与基督教文化有关系吗?更深的关系在哪里?比如"五四"时期影响甚大的"人的文学",其"人"的观念背后的基督教因素是什么?这一观念的来源是什么?存在什么问题?[2] 对基

---

[1] 陈奇佳、宋晖:《被围观的十字架 基督教文化与中国当代大众文学》,北京:中国社会科学出版社,2010年版。

[2] 喻天舒论证了周作人的"人的文学"是"取了西方基督教文化衡量人性的标准",在五四时期,有积极意义,但同时,周作人"对中国传统'人'论加以根本否定",这是极大的"弊端"。喻天舒:《五四文学思想主流与基督教文化》,北京:昆仑出版社,2003年版,第189—203页。

督教文化与中国文学之关系感兴趣的读者，在思想的深度上，在许多基本的命题上，此书能够给予一定的满足。

三、文本层面的新质

基督教文化给中国现当代文学在语言、意象系统、抒情与叙事的形式上等方面，也带来了诸多变化。在"五四"时期的文学作品中，出现了大量取材于《圣经》的典故，或表现基督教教义或基督徒生活或基督教精神的作品。在语言形式上，他们的作品经常会出现上帝、耶稣、圣母、基督、天国、炼狱、忏悔、祈祷、天使、撒旦、洗礼、福音、十字架、伊甸园、罪、耶路撒冷、圣地、替罪羊等基督教语言。诗人们尤其喜欢使用基督教词汇作为现代诗或其他类型作品的常用意象。郁达夫的小说《沉沦》《迷羊》立意明显与基督教思想有关。鲁迅的《复仇（其二）》文本层面就是在写耶稣被钉十字架。郭沫若就极为喜欢用富有基督教色彩的意象为作品的标题，如他的《漂流三部曲》（《歧路》《炼狱》《十字架》）。茅盾也写过《耶稣之死》（1942年）这样的小说。这样的作品还有很多。

这方面研究最突出的著作是王本朝的《二十世纪中国文学与基督教文化》，该书第一部分两章谈论中国现当代文学的基督教文化资源、中国现当代文学与基督教的历史关系，接下来是"20世纪中国作家与基督教的精神遇合"这一主体部分（共十二章），最后一部分三章关乎《圣经》给20世纪中国文学带来的新的叙述方式和话语体系。作者看到，基督教进入并成为中国现代文学精神和形式上的重要资源。现代作家借鉴了基督教思想和《圣经》的文学价值，并创造性地加以文学表现和转化，从而生成为中国现代文学丰富而独特的意义世界和话语方式。现代作家虽然大量"移植"《圣经》语言，但常常进行"意义转化"，其"神话性、象征性和神秘性意义被淡化，语言的现实性和功利性则被增强"[①]。"中国文学在移植《圣经》语言的同时，也创造性地吸收、转化了它的话语方式"，现代文学开始"有大量的'祈祷体''赞美体'和'书信体'文学"[②]。"《圣经》的内在结构是双重的，是'罪恶与救

[①] 王本朝：《二十世纪中国文学与基督教文化》，合肥：安徽教育出版社，2000年版，第275页。
[②] 王本朝：《二十世纪中国文学与基督教文化》，第278页。

赎''布道与应和''上帝说'与'我遇见'的对应。在上帝的声音与信者的跟随之间形成了多种叙事结构模式，如'寻求'与'漫游'，'受难'与'复活'，'忏悔'与'新生'等。中国现代文学在表现有关基督宗教题材时也运用了这些叙事方式，使作品具有象征的意义。"[1]在文本层面，在语言和形式的变化方面，此书的论述相对详细。

陈伟华的《基督教文化与中国小说叙事新质》（中国社会科学出版社，2007）是专论基督教文化给中国现代小说带来了什么，立意新颖，虽没有什么高深复杂的小说理论，但读来很容易有收获。"基督教文化与中国文化发生整合，使中国小说叙事出现新的元素，并由此促进了中国小说的现代转型。基督教文化加速了中国小说叙事符号语体化的形成，并成为中国现代小说的重要内容。基督教文化的渗入，使中西小说开始拥有共同的时间参照，也革新了中国小说的叙事元素，拓展了中国小说的叙事场，使其理想读者成分发生了变化，还成为中国小说叙事视角的一种，并波及其叙事结构元素。基督教文化的物象化成了中国小说的叙事意象，改变了中国小说的传统意象格局。源自《圣经》的原罪、宽恕等母题被演化成特定的叙事类型，并催生了新的小说类型。本书借用文化学、叙事学等理论，构筑成了相对自足的自我体系，由一个侧面探寻了中国现代小说的变革因果；在一个层面上探讨了宗教与小说叙事的关系；从一个方向考察了宗教、文化与文学的互动。"[2]此著澄清了基督教文化给中国小说在叙事上带来的不少"新质"或者中国小说的不少"新质"其实与基督教相关。比如作者在论到郁达夫的自叙传体小说认为："悔过观念并非基督教所持有，但从中国现代自传体的典型文本看来，小说所体现的忏悔观念有着较明显的基督教文化印痕。"[3]像这一类专注于研究基督教文化给现代文学在文本（语言与形式）层面的变化的著作，也是难能可贵。

四、再造与新的深入

在这一课题的研究中，许多学者开始不满足于基督教对中国文学的影响

---

[1] 王本朝：《二十世纪中国文学与基督教文化》，第282页。
[2] 陈伟华：《基督教文化与中国小说叙事新质》，北京：中国社会科学出版社，2007，封底勒口。
[3] 陈伟华：《基督教文化与中国小说叙事新质》，第245页。

这一方面，而是有自己的响应，在影响的基础上，我们能再造什么？更可喜的是，一些本身具备神学功底的学人甚至神职人员也参与到这个领域中来（当然，这也与基督教 1990 年以来在中国的传播、许多知识分子归信基督教的历史语境相关），他们与前面所述学者不同的是，由于更明白《圣经》和正统教义，他们在对待文学现象时，不再是简单比附，而是深入问题的内里，带来了这一课题在研究上新的深入。

唐小林的《看不见的签名——现代汉语诗学与基督教》（中国社会科学出版社、华龄出版社，2004）是这方面的代表作，这本 450 页的专著不再是基督教与中国文学之关系的简单对比，而是取基督教的终极价值话语系统，与中国当下的和本土的文化、文学问题构成一种对话关系，建立一种新鲜的"现代汉语诗学"。作者在思量：在影响之后与影响之中，会产生第三种文化形态吗？他的回答是肯定的："基督教作为西方文化在与中土文化碰撞交汇后，有可能形成第三种文化。即，既不是源初意义上的基督教文化，也不是本源意义上的汉语文化。因此，在研究现代汉语诗学与基督教时，必须要有特殊的文化视域，既要力求探索基督教在西方语境中的真谛，更要注重其进入华夏后的变异和质态，而出发点和归宿还必须是现代汉语诗学的。这是带着自我问题进入他者问题的一个方面的意思。另一个方面的意思是指，他者有他者的宗教问题、诗学问题，他者有他者关于宗教与文学、宗教与文论的若干命题，当我们进入这些问题或命题的时候，其立足点是解决现代汉语诗学问题，建构现代汉语的诗学体系。"[1] 这本有强烈的使命感和文化抱负的书，是基督教与中国文学之关系研究领域的拓新。

再造自己的诗学，基督徒学者刘光耀的努力则更哲学化，他的《诗学与时间——神学诗学导论》（上海三联书店、华东师范大学出版社，2005）是诗学、更是一种神学。作者认为："作为文学认知的自我意会，文类是一种实体性的文学认知方式，系人的时中之在直观性显现。人的时中之在有现在、过去、未来三维，故文类有抒情、叙事、戏剧三种，分别言说人的现在之在——我是谁、过去之在——我从哪里来、未来之在——我往何处去，并分别为情感——听的文学、理智——看的文学、意志——信的文学。因存在本身是

---

[1] 唐小林：《看不见的签名——现代汉语诗学与基督教》，北京：中国社会科学出版社、华龄出版社，2004 年版，第 8—9 页。

按自己的'形象'、照着将自身中逻辑的东西创造为世界中时间的东西之'样式'而使存在者存在于世的,且基督宗教对作为"存在本身"的三位一体上帝的刻画显然更具真理性,人的时中之在之三、文类之三遂同三一上帝之三同构对应。无论在发生的先后顺序或其内在的诗学质量与功能上、三种文类均同上帝三位格之间存有同构关联,并分别以圣父、圣子、圣灵为最终归宿。以此为基础,本书对各种文类的认识论特征和与之相关的文体特征以及如'表现''再现''摹仿'等诸多基本的诗学范畴与概念做出了新的诠释,并提出了一系列新的概念与范畴。"[1]作者将文学的三者叙述方式抒情、叙事和戏剧与神学上的三位一体联系起来,新鲜独到又处处令人信服,实在是中国基督教文学研究上的理论大突破,超越了文学本身,开创"使神学走向诗学、诗学走向神学的新进路"。

另一位基督徒学者齐宏伟的"基督教与中国现当代文学"的研究,虽是传统路径(谈论基督教对作家的精神影响),但却有新的开掘。他的《文学·苦难·精神资源——百年中国文学与基督教生存观》(江西人民出版社,2008)以"苦难"为着眼点,由此深掘中国现当代作家的精神。作者学外国文学出身,熟谙中西文学;后熟悉中国教会,后又学习神学,由此获得研究基督教与中国文学之关系的必要素质。同样的对象,同样的数据,但由于聚焦不同、作者在神学方面的素养不同,带来的认识也大不相同。他以基督教的生存观为参照系,观察中国作家对苦难的叙述,使长期以来对中国现当代文学那些写苦难的作家的"轻飘"的谈论,获得了思想的重量。海夫是一位诗人,同时也是一位牧师,她的《风随着福音吹》(香港:中国国际文化出版社,2013)虽不是高校体制里的学术论著,但却是基督徒作家对基督教与中国文学之影响的更深的发问,这种发问在一般学者那里很少听到。比如,我们都知道史铁生受基督教思想影响至深,但史铁生的基督教的思索,问题在哪里,我们知道吗?非基督徒学者常常对此不敢置喙。

---

[1] 刘光耀:《诗学与时间——神学诗学导论》,上海:上海三联书店、华东师范大学出版社,2005年版,第1页。

五、中国的"基督教文学"之崛起

在此课题的研究的发展中,一个过去没有被单独审视的问题渐渐得到重视。过去人们在谈论基督教与中国文学之关系时,不太区分基督徒作家与对基督教有好感的或者表现出基督教元素的作家,只是看作品中的基督教元素和作家受基督教的影响,现在,人们思考一个问题:基督教内部的文学状况怎样?作家在归信基督教前后,其文学写作的变化在哪里?思考渐渐切入了信仰的内里和文学中更深的问题。关于中国的"基督教文学"的谈论越来越多;与之相应的是,新世纪以来,中国文坛涌现出越来越多的基督徒作家,或者说,不少知名作家和新的写作者归信了基督教。

如前所言,40 年代初朱维之先生的《基督教与文学》一书在论及"诗歌散文与基督教"之时,就说当时"中国基督教文学在这方面也正方兴未艾"[①]。"中国基督教文学"理应与西方那些经典著作一样,是一种客观的历史存在。为这一存在正名的是刘丽霞,她在近现代教会史和文学史浩瀚的史料中辛劳爬梳,撰写了《中国基督教文学的历史存在》(社科文献出版社,2006)一书。"狭义的基督教文学,是指包含圣歌(赞美诗)、祷文、宣道文等在内的传统意义上的基督教文学;广义的基督教文学则指基督教著作家基于基督教精神而创作的具有文学要素的一类文学。其中,除了前面所说的传统意义上的基督教文学,还有纯文学层面的基督教文学。无论是狭义的基督教文学还是广义的基督教文学,其本质都是对基督教信仰的回应,只不过狭义的基督教文学更强调对信仰的直接传达,而基督教纯文学则注重潜移默化地影响人们的思想,两者最终是殊途同归。中国基督教文学既是世界基督教文学的一个分支,也是中国现代文学的一个组成部分。"[②]"作为一种信仰的产物,中国基督教文学呈现出独特的精神品格和美学诉求。前者主要体现为出世的超越和入世的深沉;而后者则主要表现为宗教与审美的统一、文学与宣传之间的张力等。由于各种因素的制约,中国基督教文学没能得到充分的发展,而随着历史进程的改变被迫中止。但作为一种客观的历史存在,它为中国新文学提供了可资借鉴的意义,

---

[①] 朱维之:《基督教与文学》,第 294 页。

[②] 刘丽霞:《中国基督教文学的历史存在》,北京:社科文献出版社,2006 年版,第 1 页。

并以一种准流派的规模和气势丰富了中国现代文学的内涵。"[1] 这是中国基督教文学研究的里程碑式的著作。基督教与中国现当代文学的研究至此，出现了新的领域：以前我们关注的是在文化影响之下诞生的有基督教元素的文学，现在我们有中国本土的从基督教信仰所发出的文学（也可以称为"基督徒文学"）。

对于基督教文学，应当以怎样的标准来评价？2008年10月中旬，由上海师范大学中国现当代文学博士点和教育部世界文学与比较文学重点学科等联合举办的"灵性文学"学术研讨会在上海师范大学举行。这是基督教与中国文学之关系的研究史上的一件大事。何为"灵性文学"？此概念由美籍华人作家施玮提出，圣经说，人是"有灵的活人"[2]，人里面的这个"灵"，是指上帝按自己的形象和样式创造了人，人也应当活出上帝的形象，生命中有"真理的仁义与圣洁"[3]。通俗地说，人要活出上帝的"神性"。作为基督教文学或曰基督徒文学，"灵性"是必须具备的，但同时又必须有文学性。因为一部作品是不是文学，最终还是需要文学的标准来衡量；但一部作品具有"伟大"的品性，则"神性"是不可或缺的。在基督教文学的领域，这是一个无比重要的常识。

新世纪以来，中国的基督教文学蓬勃发展，新人新作不断涌现。由施玮主编的"灵性文学"第一辑已出小说卷、诗歌卷和散文卷（中国广播电视出版社，2008）。这套丛书使许多基督徒作家由此浮出水面，比如小说卷《新城路100号》展示了除大家熟知的北村、施玮的作品外，还有莫非、区曼玲、小约翰、融融、慕鸿、安然、何西、杨小娟、爱米、徐徐、尧雨、鹤子、陈卫珍、曹蔡文洁、山眼、戴宁、文屏、季芳、但理、羊君、叶子等20余位基督徒作家的小说。散文卷《此岸彼岸》除了展示著名作家张晓风（台）、杏林子（台）、王鼎钧（台）等人的作品外，还有另外50余位人们不熟悉的基督徒作家的散文。诗歌卷《琴与炉》则展示了施玮、北村、樊松坪、鲁西西、齐宏伟、空夏、易翔、杨俊宇、谭延桐、于贞志、新生命、姜庆乙、匙河、雁子、王怡、楚耳、海上花下、雪女、仲彦、东郑溪波、梦月、徐徐、陈巨飞、黄莹、殷龙龙和刘光耀等26位诗人的作品。

---

[1] 刘丽霞：《中国基督教文学的历史存在》，第2—3页。
[2] 《旧约·创世记》，2章7节。
[3] 《新约·以弗所书》，4章24节。

在基督徒诗歌这一领域,诗人远远不止这些,即使在整个汉语诗歌界,都有一些曾经为人所熟悉的作者,比如1960年出生的阿吾、鲁西西、宋晓贤、苏小和、桑克、马永波,比如1970年出生的黄礼孩、李建春等,比如1980年出生的李浩、黎衡、张慧君、孙苜蓿、艾蕾尔……如今,他们的名字,也属于基督徒这一信仰群体。最新的一套基督徒诗丛也在2014年由上海三联书店出版,丛书第一辑有五种,分别为刘平的《一字一国度》、刘光耀的《爱、死、忧郁,天使的迷狂》、宋晓贤的《日悔录》、李浩的《风暴》和荣光启的《噢恰当》。此外,狭义的基督教文学(圣诗、祷文、圣剧等)在教会、神学院或福音机构发行的期刊杂志上,也是新作迭出。2014年,荣光启以"当代中国的基督徒文学"研究为题,申请国家社会科学基金,获得立项。也可以看出,中国的基督教文学,已经形成了一个成果丰富、很有研究价值的学术领域。

余 论

20多年来,基督教与中国现当代文学的研究这一领域的海外兵团我们不能不提,除前面的刘易斯·罗宾逊外,最突出的要数斯洛伐克的汉学家马利安·高立克(1933—)。出生于天主教家庭的马利安·高立克从20世纪60年代就开始研究中国现代文学,从基督教的视野来看20世纪中国文学,他可能是海外汉学家的第一人,但其大部分研究文章都是2000年之后被翻译刊发于内地的期刊,所以他在这方面的研究对很多人而言,是在《两刃之剑——基督教与二十世纪中国小说》一书之后。他的《影响、翻译与平行:〈圣经〉与中国现代文学》(*Influence, Translation and Parallels: Selected Essays on the Bible in China*)原著在2004年发表(Sankt Augustin:Monumenta Serica Monograph Series 德国华裔学志研究所),是欧洲最早一部有关《圣经》与中国现代文学研究主题的著作。此书部分章节曾在中文期刊陆续发表[1],现已全部译出,中文版拟于2016年在内地出版。[2]

---

[1] 比如长文《以圣经为源泉的中国现代诗歌:从周作人到海子》,刊于《中国现代文学论丛》第一卷·2,上海:上海人民出版社,2007年版,第105—125页。

[2] 2015年10月13日来华访问的马利安·高立克先生告诉笔者。

韩国学者吴允淑的《冯至诗作中的基督教因素》[①]《穆旦诗歌中的基督教话语》[②]《弥赛亚和施洗约翰的"故事"——从〈摩罗诗力说〉到〈铸剑〉》[③]等论文,也为人关注。吴允淑对中国作家与基督教关系的研究,透露着明显的气质:对神学的了解和《圣经》熟谙,使吴允淑在对文学文本的阐释上,极为细腻和深刻。而美籍学者刘皓明的《圣书与中文新诗》[④]等文章,在论证《圣经》翻译对汉语的贡献,尤其对新诗的价值等方面,极有功底与见地。毫无疑问,海外军团由于其学术上的严谨和在语言、神学上的功底,他们的著述是"基督教与中国现当代文学"研究领域里极为亮丽的风景,也为内地学者提供了许多宝贵的启示。

---

① 文学网,http://www.hlmsw.cn/a/xueshuzhengming/2014/1102/54117.html。
② [韩]吴允淑:《穆旦诗歌中的基督教话语》,载《中国现代文学研究丛刊》2000年第1期,第192—210页。
③ [韩]吴允淑:《弥赛亚和施洗约翰的"故事"——从〈摩罗诗力说〉到〈铸剑〉》,载《四川外语学院学报》2001年第5期,第1—6页。
④ 刘皓明:《圣书与中文新诗》,载《读书》2005年第4期,第80—85页。

《中国维吾尔伊斯兰教文学史》导论

吐尔逊·库尔班

新疆大学人文学院

作为由 56 个民族组成的中华民族大家庭之一员，维吾尔族是新疆维吾尔自治区的主体民族之一，分布于新疆维吾尔自治区各地。维吾尔语属于阿尔泰语系突厥语族，其文字历史悠久、种类多样，目前使用以阿拉伯字母为基础改制的维吾尔文字。历史上维吾尔先民曾有过各种图腾崇拜和宗教信仰，其中伊斯兰教尤为突出，对维吾尔文学创作产生了重要影响。作为大中华文学尤其是中国宗教文学的重要组成部分，中国维吾尔族伊斯兰教文学研究和中国回族伊斯兰教文学研究一直未得到应有的重视。长期以来，这两个民族的伊斯兰教文学一直在民族文学的范畴内受到一定程度的关注，现在作为国家社科基金重大项目 12 卷 25 册《中国宗教文学史》的子课题纳入研究范畴[①]，将揭开这两个领域的文学创作史的基本面貌，这对于探索大中华文学的民族精神对于民族和谐、社会和谐、国家建设均有重要意义。本文拟在回顾维吾尔文学史编撰的基础上，就中国维吾尔伊斯兰教文学的基本特点、历史分期以及编撰《中国维吾尔伊斯兰教文学史》的重要事项展开论述。

[①] 本文即为 2015 年度国家社科基金重大项目 12 卷 25 册《中国宗教文学史》，项目编号：152DB069；课题负责人：吴光正）子课题《中国维吾尔伊斯兰教文学史》，子课题负责人吐尔逊·库尔班）的阶段性成果。《中国汉语伊斯兰教文学史》子课题负责人为兰州大学文学院的马梅萍副教授，其阶段性成果有：马梅萍：《中国汉语伊斯兰教文学史发凡》，载《西北民族研究》2013 年第 3 期，《武汉大学学报》2014 年第 3 期。《中国宗教文学史》的编撰理念请参见：吴光正：《〈中国宗教文学史〉导论》，载《学术交流》2015 年第 9 期；吴光正、高文强：《〈中国宗教文学史〉编撰研讨会论文集》，哈尔滨：北方文艺出版社，2015 年版。

一、维吾尔族文学史的编撰进程

中国少数民族文学史编撰工作启动于 1958 年，中经"文革"停止，20 世纪 70 年代末至 80 年代初再度启动。[1]这些"民族文学史的编写工作，就本质而言，是一种国家的学术行为，服务于建构多元一体民族国家这一现代性意识形态"[2]。在这一少数民族文学史的编撰进程中，维吾尔古典文学（具有很强的伊斯兰意识的影响）研究也取得了较大的成绩。主要代表性成果有：《论维吾尔古典文学》（谢尔甫丁·吾买尔，1982 年）、《维吾尔族古典文学》（谢尔甫丁·吾买尔，1988 年）、《中世纪维吾尔古典文学》（谢尔甫丁·吾买尔，上下卷，1996 年）、《19 世纪维吾尔文学史》（谢尔甫丁·吾买尔，上中下卷，1998 年）、《维吾尔的古典文学初探》（艾斯凯尔·玉赛因，1987 年）、《维吾尔文学史》（李国香，1992 年）、《维吾尔古典文学史》（海热提江·奥斯曼，2011 年）等。

其中，谢尔甫丁·吾买尔编著的四册七卷本着作，填补了维吾尔古典文学研究方面的空白，具有严谨、细致、数据价值高等特点。但是，整个著作未按维吾尔历史特有的时期划分篇章。《维吾尔的古典文学初探》全书共编十六章。该书按照维吾尔历史中出现的高昌回鹘汗国（公元 850—1250 年）、喀喇汗王国（850—1212）、察合台与帖木儿王朝（公元 1227—1507 年）和叶尔羌汗国（1514—1680）顺序进行了分章研究。第一编中的六章研究了维吾尔人信仰伊斯兰教以前的口头文学和书面文学，后三编研究了维吾尔人信仰伊斯兰教以后的文学。艾斯凯尔·玉赛因这部著作因以文学考据学和原本鉴定学作为研究方法而区别于其他研究成果。《维吾尔文学史》填补了我国维吾尔文学史编撰的空白[3]，该书的文学史分期与艾斯凯尔·玉赛因著作的文学史分期基本一致。李国香的著作共有十二章，分为两个版块，前五章提供了维吾尔族历史起源、语言发展和种族西迁等方面的信息，后七章则对维吾尔人信仰伊斯兰教以

---

[1] 本段少数民族文学史写作数据参考邓敏文：《中国多民族文学史论》，北京：社会科学文献出版社，1995 年版。

[2] 董乃斌、陈伯海、刘扬忠：《中国文学史学史》第三卷，石家庄：河北人民出版社，2003 年版，第 368 页。

[3] 参见李国香：《维吾尔文学史》之"作者简介"，兰州：兰州大学出版社，1992 年版。

后的文学进行了专题研究。该著作具有体系科学、分析细致透切等特点。海拉提江·奥斯曼主编的《维吾尔古典文学史》分为三编十章。第一编中的三章是对维吾尔族皈依伊斯兰教以前的民间口头文学和书面文学部分的研究，第二编中的五章分别对喀喇汗时期到叶尔羌汗国八百多年的伊斯兰文学研究，第三编中的两章主要研究近代（公元1759年至1212年）维吾尔文学部分。由于该书撰写时充分利用了国内外较新的研究成果和信息，出版后被新疆各大专院校作为维吾尔语文辅助课本。

在这些专著中，作者对构成维吾尔古代文学之基础的民俗渊源、文化传统以及时代背景进行了研究与探索，或提出了反映维吾尔文学发展规律的一些理论性问题，或进行了较为科学的总结。然而，在上述专著中没有任何人提出维吾尔古典文学的宗教文学问题。如，像《箴言集》以及类似的作品，在有关维吾尔伊斯兰历史的书籍中只是作为历史现象而被简单地提及，在有关维吾尔文学的论著中则主要表现为文学特征分析，从而"跨越"了其中深含的伊斯兰教内涵和哲学内涵。这种回避现象在文献的收集和整理中也有所反映。如，20世纪80年代，搜集、整理和出版了大量的维吾尔古典文学，即与维吾尔伊斯兰文学相关的大量的手抄本。然而，部分作品中体现传统结构风格的开端和结尾因其描写的宗教内容"陈旧"和"迷信"而被删除。其主要原因与披着宗教外衣的一些宗教极端狂热分子歪曲伊斯兰教的圣洁、中道精神，在社会上造成不安定因素，使宗教在新疆变成"敏感而复杂"的问题不无关系。处于"宗教问题"这一高压线中的研究人员面对维吾尔古典作品中的宗教问题时格外小心谨慎，内地的报刊也加强了对维吾尔古典文学的政治审查。总之，由于各种原因，目前新疆的维吾尔伊斯兰文学方面的研究工作还处于自发、分散、无系统之状态。作为国家社科基金重大项目子课题的《中国维吾尔伊斯兰教文学史》，向全国广大读者介绍信仰中正的维吾尔人以及在他们的伊斯兰文学中所反映的提倡中正、公道、平等、宽容、仁爱、人道、友情、和睦、热爱劳动与崇尚知识等方面的进步观念[①]，已成为非常迫切的时代需要。这种介绍和研究有利于民族团结、社会和谐，也可以为相关部门制定和执行符合新疆实际的宗

---

① 伊斯兰的这些特点表现在《优素夫与佐列哈》达斯坦的主人公优素夫被其兄陷害被迫卖给埃及丞相，并依靠自己的智慧让埃及摆脱干旱，后来成为埃及的丞相，释放监狱里的奴隶，尤其是谢绝异教徒"佐列哈"的爱情。当初陷害自己的兄弟走投无路时，优素夫向他们伸出援助之手。

教政策提供有益的理论依据。

二、中国维吾尔伊斯兰教文学的基本特点

伊斯兰教与佛教、基督教一样是世界性的三大宗教之一。穆罕默德（571—632）是该宗教的先知和安拉的使者，《古兰经》是伊斯兰教的圣神经典，凡皈依该宗教的人均被称为"穆斯林"。"伊斯兰"一词，在阿拉伯语中是"顺从、和平"的意思。穆斯林之间见面时的"赛俩目"问候是和平，和平又是安拉的尊名与属性。"安拉"是穆斯林所崇拜的唯一的最高神，因而，"拉依拉海依里拉乎"（意为唯有安拉，除他以外别无他神）便是伊斯兰教最重要、最基本的理念。这方面，《古兰经》中有明确的阐述。"伊斯兰教基本的宗教信念是伊玛尼（信仰）、伊斯兰和忠诚。其中，伊玛尼是指，归信真主本然及其一切尊名、一切德行，承领主的一切法则；即归信真主、诸圣、经典、圣人、命运（前定）和复活。伊斯兰是指归信该教之支柱的伊玛尼，即清真言、作证言，包括履行礼拜、封斋、缴课税以及条件允许时朝觐等五功。忠诚是指从内心里归信和履行教义"[①]。

通常情况下，所谓维吾尔古典文学，便是指用维吾尔语创作的将上述宗教理念融入到自己作品中的文学作品。中国维吾尔伊斯兰教文学的主体便是这部分作品。伊斯兰教约于7世纪中期通过阿拉伯使者和商人开始传入我国东南沿海地区；新疆则稍后，约于10世纪上半叶，通过陆地丝绸之路而传入新疆。喀拉汗王朝的缔造者萨图克·布格拉汗自公元932年皈依伊斯兰教以后，伊斯兰教便开始在新疆传播。在漫长的历史发展进程中，信仰萨满教、佛教、锁罗亚斯德教、基督教等各种宗教的维吾尔族[②]先民们，在伊斯兰思想意识的影响下，其信仰逐渐走向统一，伊斯兰教的各种教义、教法便成为人们在社会关系和社会道德中必须遵循的准则。如果说，从这个时期开始，伊斯兰开始走向"维吾尔化"，那么传统的维吾尔文化和文学也开始走向"伊斯兰化"。由于宗教的影响，阿拉伯文逐步取代了古代维吾尔人创制并留下丰富文史文物的

[①] 扎日甫·杜拉提：《新疆少数民族哲学思想史纲》（维吾尔文版），乌鲁木齐：新疆大学出版社，2002年版，第68页。

[②] 维吾尔人属于逊尼派艾尼法支中道温和派穆斯林。

"回鹘文"（古维吾尔文），饮食、服饰、建筑、习俗、民间艺术等属于物质和精神的民俗领域几乎全都着上了浓郁的伊斯兰色彩。信仰伊斯兰教以后，不仅无宗教思想意识的"纯洁的维吾尔文化与文学"是无法想象的，而且在某种意义上说，伊斯兰教作为维吾尔族人民的一种民族精神而得到了反映。文人们因浓郁的伊斯兰教育环境的熏陶和培养首先成为虔诚的穆斯林，伊斯兰教所宣扬的世界观、人生观、道德观、伦理观以及对生活的态度和生活形式等，决定了维吾尔文人们的创作思想，他们的作品体现了丝绸之路上具有荒漠和绿洲文化特点的一种民族特点和地方色彩。

通常"在宗教活动过程中形成和在这时采用"[①]，是区分宗教文学与其他文学的重要标志。按照这样的标准，通观中国维吾尔伊斯兰教文学，我们可以概括出如下基本特点：

第一，中国维吾尔伊斯兰教文学具有伊斯兰精神和特殊的文学特征。伊斯兰精神方面，因为伊斯兰信仰是对维吾尔族来说，不仅仅是一种世界观，而且是一种生活制度，一种伦理道德规范。维吾尔作家在作品中提倡和宣扬的伊斯兰理念（信仰、伊斯兰和忠诚）以及与五功相关的内容，反映在人们的意识和道德方面，在成为一种习俗的情况下，宗教感情便反映了维吾尔人的一种民族感情。如，11世纪的维吾尔族思想家优素甫·哈斯·哈吉甫的哲理长诗《福乐智慧》是作者根据伊斯兰思想意识创作的，无论在作品的内容和结构上都体现了浓厚的伊斯兰文化传统。作者就诗歌、诗人、秘书和演说家以及艺术思维等问题提出了非常宝贵的理论观点，但是作者指出，所有这些也只有通过超自然和一切存在物的真主才能得以实现。人物形象方面，在一系列维吾尔古典伊斯兰文学文人及其作品中的人物身上集中地概括自己的伊斯兰教规教法理念。如，法拉比（870—950）在《理想社会》一书中，从伊斯兰政权学说的角度展示了文明之城市的首领应具备的重要条件，并指出："高质量之城市的首领应为伊玛目（宗教领袖）即哲学家，他应是懂得从前的伊玛目时代的规矩、并在其活动中能够实施的人。"[②] 另外，谢赫·山安是纳瓦依（1441—1501）的长诗《鸟语》里描写的迷恋者人物形象。长诗的主人公谢赫·山安是位伊斯兰教

[①] 马梅萍：《中国汉语伊斯兰教文学史发凡》，载《西北民族研究》2013年第3期，第53页。
[②] 阿布都秀库尔·穆罕默德依明：《法拉比及其哲学体系》（维吾尔文版），乌鲁木齐：新疆人民出版社，2004年版，第360页。

圣地克尔白（天房）的长老。纳瓦依在他的伊斯兰苏菲主义传记作品《仰幕之风》中是这样描述这位主人公的：生活在那个时代的谢赫·山安的人品怎么写也不为过。他和修缮的四百个信徒在麦加生活了50年。[1]伊斯兰文学特征方面，在模仿阿拉伯伊斯兰文学的基础上，喀喇汗时期的文学著作前几章以赞美安拉、先知、诸圣和四位同伴（哈里发）开始，并成为一种规定模式。《福乐智慧》的前4章和纳瓦依劝诫性达斯坦《君子神往》的前11章便以这一模式写成。这种通过阿拉伯伊斯兰文学转入到维吾尔伊斯兰文学的宗教书籍的写作体例是以波斯文学为载体，一直连续到20世纪20年代。

第二，中国维吾尔伊斯兰教文学是融入了传统的佛教文化、拜火教文化、萨满教文化、中原文化等文化在内的文学创作体系。在伊斯兰教的影响下，维吾尔人民除了接受阿拉伯、波斯文学以外，还从中原、印度、希腊、罗马文学中汲取其成功的方面，在语言、内容、形式、时代精神、体裁、风格等方面不断丰富自己，创造了具有地方和民族特色的新的文学体系。如，优素甫·哈斯·哈吉甫在他所著的《福乐智慧》描述了潜隐山林苦修、始终不肯应召出仕的觉醒这一人物。他是代表伊斯兰苏菲主义（神秘主义）世界观的修道士，奉行遁世主义。尽管日出王召其出仕，但他潜隐山林苦修，始终不肯应召出仕。然而，却时刻为民众之幸福与平安着想。学者们认为"这一人物形象反映了古维吾尔人的佛教思想"[2]。从一些史料记载中看，在新疆朝拜麻扎活动是从叶尔羌汗国（1514—1680）开始的。麻扎朝拜本身就带有祖先崇拜的痕迹，在朝拜活动中，可以清楚地看到萨满教和拜火教的影响。例如，在朝拜麻扎时，人民往往"张灯于树，通宵不寝"[3]。有些人还在土块上刻个窝，里面放上火籽，点燃后放在麻扎周围，这是祆教拜火习俗的遗留。麻扎朝拜的仪式中，萨满教的习俗更为明显。朝拜者把三角旗绑在树枝上，或者在周围的小树上拴各种颜色的布条及其他饰物；朝拜结束后，人们在麻扎周围跳一种"萨玛舞"，这种舞蹈与萨满教巫师的跳神动作十分相近。这种民俗内容在17—18世纪的诗人翟黎里的叙事长诗《周游书》里有更为突出的表现。

---

[1] 纳瓦依：《仰幕之风》（乌兹别克文版），塔什干：吾拉穆出版社，2001年版，第236页。
[2] 郎樱：《"福乐智慧"与东西方文化》（维吾尔文版），乌鲁木齐：新疆人民出版社，1993年版，第260页。
[3] 《西域图志》卷三九。

第三，中国维吾尔伊斯兰教文学具有浓郁的新疆本土化特征。随着伊斯兰教的普及，维吾尔伊斯兰文化以宗教精神为核心，始终得以发展，并贯穿于社会生活的各个方面，成为共同信守的关系准则。尽管伊斯兰教是传自阿拉伯人的宗教，但随着它在新疆的生根很快就实现了本土化。如：察合台时期有关伊斯兰教的神话传说和传教者的传教故事广泛流传于维吾尔族民间，它与来自阿拉伯与波斯的民间故事一同构成了维吾尔民间文学的重要内容。拉勃胡兹的《先知传》一书的问世更加促进了阿拉伯民间故事、神话与传说在维吾尔民间的"本土化""民族化"过程。[①] 另外，《圣训》记载，伊斯兰教禁止丧人哀哭（哀哭被认为是反抗真主的命令）[②]，禁止为丧人做墓碑（做墓塔，墓碑圆屋顶）[③]，提倡将祭祀改为建造水利工程、学校、经堂、修路桥和援助平民，认为祭祀、修墓碑等活动浪费时间和钱财。[④] 伊斯兰教维吾尔族已经普遍习惯了为丧人哀哭三天，有经济能力的建造豪华墓塔，建造墓碑圆屋顶，为丧人三天、七天、四十天和满年，总共举行四次祭祀。维吾尔族生活中此类重复性活动与百姓的宗教无关，认为完全是民族与地方习俗，甚至也出现了用维吾尔语祈祷的现象。

第四，在中国维吾尔伊斯兰教文学创作中，同时使用了维吾尔语、阿拉伯语和波斯语等语种。阿拉伯、波斯语作为麦德里斯（经文学堂）或学校的宗教和文学语言使用，一直延续到20世纪的上半叶。甚至由于维吾尔人对宗教——《古兰经》的虔诚，从公元10世纪开始就用在阿拉伯字母基础上改制的老维吾尔文替代了曾经留下大量文献的回鹘文。这一语言教育和语言使用习惯，使得维吾尔族的作家能够同时使用多种语言进行写作，就像蒙古族佛教文学作家同时使用蒙古语、藏语写作一样。通观维吾尔伊斯兰教文学创作，我们可以发现，古代与近现代维吾尔文学代表人物——法拉比的《论精神》等所有作品

[①] 阿不都克里木·热合曼、马德元：《维吾尔族文化简史》（汉文版），乌鲁木齐：新疆人民出版社，2011年版，第210页。

[②] 伊玛木·纳瓦维：《善良人的乐园》（维吾尔文版），乌鲁木齐：新疆人民出版社，2005年版，第706页。

[③] 伊玛木·纳瓦维：《善良人的乐园》（维吾尔文版），乌鲁木齐：新疆人民出版社，2005年版，第747页。

[④] 《〈中国穆斯林〉杂志优秀文稿选编》（维吾尔文版）第一卷，北京：民族出版社，2006年版，第465页。

用阿拉伯语、艾里希尔·纳瓦依的《法尼诗集》用波斯语、米尔咱·海答儿（1500—1551）的著名的《拉失德史—中亚蒙兀儿史》用波斯语、阿不都卡德尔·大毛拉（1862—1924）的《必要的信仰》等部分作品用阿拉伯语创作。

第五，中国维吾尔伊斯兰教文学具有专用的体裁。宗教题材是通过文学的形式以传播宗教为目的而形成的。由于时代和宗教精神的变化，有些体裁逐渐被淘汰，有些仍在使用。在维吾尔伊斯兰文学中，存在一些独特的，比较重要的体裁形式：

一、克斯德（颂词）。源于突厥语诸民族浓郁的戏剧色彩的祭祀和民俗活动。克斯德是维吾尔伊斯兰文学的一种两行抒情诗，用于赞歌腾格里，贤哲穆罕穆德及其四个同伴时专门使用的文体。每年回历3月12日是贤哲穆罕默德诞生节。这天新疆的部分维吾尔穆斯林集中在家与清真寺念经和举行赞颂对穆罕默德的克斯德仪式。还有在篇幅较大作品的开头部分对安拉和先知的赞美或祈求赎罪、宽恕为目的的忏悔内容。这是维吾尔伊斯兰文学作品中固定的一种开篇风格。优素甫·哈斯·哈吉甫哲理达斯坦《福乐智慧》和纳瓦依劝诫性达斯坦《君子神往》的前几章便以这一形式写成。

二、诵读文。是用于伊斯兰教宗教仪式活动的一种文学类别，一般指阿拉伯文原文的赞主、赞圣词，具有诗的音韵美感和令人感动的神圣崇高感。维吾尔伊斯兰文学的的诵读文基本有赞主词"孜克尔"，赞圣诗《穆罕麦斯》等。其中，赞美圣人穆罕默德美德的《穆罕麦斯》被广泛流传于伊斯兰世界。

三、赠馈信（瓦合夫信）。是指上层人士、巴依财主或遗产继承者将一定的土地、果园、店铺等留给清真寺或麦德里斯（经文学堂）使用的书面证明文件。纳瓦依因将自己大量的私产捐献给了他修建的麦德里斯和哈尼卡等公共事业，写成了较完整的赠馈信。并留遗嘱，数年誊写一次，存于宗教法庭。

四、唱箴言、也叫劝教诗歌。在维吾尔伊斯兰文学中，艾合买提·亚赛维（1041—1167）是专唱劝诫性箴言的唯一的苏菲主义诗人。箴言是将经文、圣训片断经维吾尔语化的简朴的宗教宣传诗。苏菲们在清真寺、哈尼卡的萨玛狂舞上，在游访麻扎以及以乞丐的面目踏上征途时，往往在摇响乐器的伴奏下说唱。这对后来宗教文学的发展产生了强烈的影响。

五、传教凭证。这是宗教上层人士确定自己的继承人之后，为其合法性专门写下的凭证。这种传教凭证在新疆各地都有所发现。

六、传记。记述汗王或所谓"圣裔"的神秘经历、艰辛的传教活动、以及超越现实的神奇、具有半历史传说、半文学创作特点的传记。一般情况下，传记的数据性价值较高，为倡导民众信仰宗教或某一苏菲主义教派而撰写。此外，在《突厥语大辞典》中记载，还有宗教仪式歌谣、麦尔斯亚（挽歌）、咒语、占卜、占卦等宗教活动和文学活动形式。这些文体和形式都以伊斯兰教的宗教实践即修持、弘法、济世活动密切相关。如，每次就餐毕后行都啊（祈祷），每日五次礼拜，以及在每次的各种乃孜尔（祭祀活动）中诵经默念等均成为维吾尔人基本的生活方式，因而，在中国维吾尔伊斯兰教文学中可以看到从各种宗教仪式上颂赞天神的古老克斯德到至今仍使用的像"祈祷文"那样篇幅较短、宗教色彩较浓厚的文学形式。[1]

三、中国维吾尔伊斯兰教文学的历史分期

中国维吾尔伊斯兰教文学，因时代氛围、宗教精神、文学思潮的变化而有着独特的发展轨迹。大致说来，中国维吾尔伊斯兰教文学史可以分为四个历史时期。

（一）喀喇汗时期（850—1212）

这是中国维吾尔伊斯兰教文学的形成时期。在此之前，汉朝、唐朝对西域和中亚的经略使得西域不仅成为中国的重要组成部分，而且让西域成为中原文化、南亚文化、西亚文化等优秀文化交通的重要管道。唐代西域地区的回鹘人曾经信仰摩尼教，并从粟特字母中发明了自己的文字。借助回鹘文，他们创造了自己的民族文学——他们把伊朗文的一些摩尼经典以及梵文、库车文和汉文的大量佛经译写成回鹘文学。后来，回鹘人放弃摩尼教转而信奉佛教。[2]从9世纪中叶开始，西域的一部分地区由喀喇汗朝统治，这个汗朝鼓励臣民信仰伊斯兰教。金灭辽后，契丹首领耶律大石向西北迁徙，迫使喀喇汗朝的势力西移，因而得以建立西辽。西辽人"敌视伊斯兰教和阿拉伯—波斯文化，因为他们仍倾向中国文化"，"这些人的目光不是注视着穆斯林社会，而是注视

---

[1] "祈祷文"是指包括祝愿和吉祥祷文的一种三角形纸或麻布。这种"祈祷文"一般戴在其身上或者挂在麻扎树根上，在新疆处处都能见到此种现象。

[2] 勒内·格鲁塞：《草原帝国》，北京：商务印书馆，2009年版，第183、184页。

着他们获取其文化的中国。耶律大石是其中最杰出者，堪称为优秀的中国学者。"① 尽管西辽的建立是对喀喇汗国伊斯兰教文化事业的一种反作用力，尽管西辽东面的回鹘国依旧信仰佛教，但西域境内的宗教还是朝着多元化的方向发展。正如恩格斯所指出的："伊斯兰是符合从商和手工艺的城市居民和游牧人民的宗教。"② 西域人皈依伊斯兰教以后，与"丝绸之路"上的阿拉伯国家等外部世界开始了广泛的联系。萨图克·布格拉汗宣布伊斯兰教为国教时，阿拉伯文字也成了官方的通用文字。当然，同时使用的还有维吾尔语与维吾尔文字。相关文物史料也证明了这一观点的正确性。法国人伯希和于本世纪初，在叶尔羌境内发现了新出土的属于喀喇汗朝时期的一些文书、公函等。其中一件写有 1096 年的日期，内容是关于当地突厥人土地买卖的契书。该契书采用了伊斯兰教徒通用的格式，买卖双方等当事人都在信仰伊斯兰教的官员面前宣誓并在档上署名，署名混用阿拉伯文和回鹘文。③ 由于当时对宗教的崇拜，回鹘人认为阿拉伯文比回鹘文优越。因而，这个时期的《突厥语大词典》《福乐智慧》等著名著作均用阿拉伯文撰写。

喀喇汗时期的维吾尔文学是深受伊斯兰古典主义、自然科学学说、麦德里斯（经学堂）哲学、宗教文化影响的文学，也是深受各种保守主义、神秘主义思潮及其诗歌，以及阿拉伯、波斯文学之理论洗礼的文学。这个时期出现的法拉比、优素甫·哈斯·哈吉甫、麻赫穆德·喀什噶里等，不仅是著名的诗人或文学家，也是从中世纪开始就对维吾尔伊斯兰文学进行较为深入研究的学者。

艾卜·奈斯尔·法拉比在整个生涯中撰写了有关文学、哲学、科学理论、文化艺术等方面的 160 多部著作，其中属维吾尔伊斯兰文学的著作就有《高质量的城市人之我观》《论精神》《科学的分类与其顺序之书》等；他在《理想社会》一书中，从伊斯兰政权学说的角度展示了文明之城市的首领应具备的重要条件，并指出："高质量之城市的首领应为伊玛目，即哲学家，他应是懂得

---

① 勒内·格鲁塞：《草原帝国》，北京：商务印书馆，2009 年版，第 235、237 页。
② 恩格斯：《论早期基督教的历史》，《恩格斯选集》第 22 卷，北京：人民出版社，1965 年版，第 526 页。
③《中国新疆地区伊斯兰教史》编写组：《中国新疆地区伊斯兰教史》，乌鲁木齐：新疆人民出版社，1999 年版，第 112 页。

从前的伊玛目时代的规矩、并在其活动中能够实施的人。"① 在《论精神》一书中他认为，真主只存在于事物或自然之中，即反映了真主与自然是一致的伊斯兰式的天人合一之思想。这一思想后来成为将"获得精神之完美，用心灵之眼看腾格里"作为自己口号的波斯、突厥神秘主义诗歌创作长期得以发展和获得高超的艺术之成就的强有力的推动力。法拉比在后来的作品中，继亚里士多德（公元前 322—公元前 384）之后将科学从宏观上分为五大类。在西方和东方被公认为具有科学性和权威性的这一分类中，作者对诗歌艺术和诗歌理论进行了研究，并提出了十分宝贵的观点。在《诗歌论》一书中从哲学上认识土、水、火、气这四素概念的基础上，对阿拉伯，包括维吾尔古典诗体穆热比（四行诗）形式的形成也进行了科学的分析和探索，并强调了想象和模仿在诗歌创作中的特殊作用。于此同时，法拉比提出了诗歌中运用的拟人、比喻等部分修辞的宝贵意见。这是研究维吾尔伊斯兰文学中的民族宗教诗歌审美观的重要来源。

优素甫·哈斯·哈吉甫（1019—1085）是喀喇汗时期的思想家、哲学家和诗人。他在传统的维吾尔和伊斯兰文化基础上创作的达斯坦（长诗）《福乐智慧》在 11 世纪东方世界曾产生强烈的反响。完全以伊斯兰古典文学统一而稳定的结构风格撰写的这部达斯坦，共分 85 章，其中前 11 章的内容与该达斯坦的主要情节无关，均为对安拉、先知穆罕默德及其阿布·伯克尔、奥麦尔、奥斯满、阿里四位同伴的赞颂。因而，该达斯坦的第一章被命名为"对至尊至大的真主的赞颂"②。《突厥语大辞典》则是与《福乐智慧》这部巨著同时诞生的由麻赫穆德·喀什噶里（1008—1105）编撰的在国内外很有影响的作品。尽管这是一部属于语言学的百科全书式的大辞典，但该辞典也是以"奉至仁至慈的真主之名"为开篇的，并指出喀喇汗王室家族成员属圣裔，接着援引了先知穆罕默德关于学习突厥语的重要性的论述。③ 即在谈及"突厥"一词时，作者援引了一段话："请听穆罕默德之孙、侯赛因之子马赫穆德之言：'我看到了

---

① 阿布都秀库尔·穆罕默德依明：《法拉比及其哲学体系》（维吾尔文版），乌鲁木齐：新疆人民出版社，2004 年版，第 360 页。

② 优素普·哈斯·哈吉普：《福乐智慧》"诗体序言"，郝关中等译，乌鲁木齐：新疆科学技术出版社，2012 年版，第 1 页。

③ 麻赫穆德·喀什噶里：《突厥语大辞典》（维吾尔文版），乌鲁木齐：新疆人民出版社，1980 年得到，第 2 页。

真主让幸福的太阳在突厥人的地域升起,穹苍在其疆土上运转。真主把他们称之为突厥',使他们拥有君权。"[①]从这句话可知,对于一般的问题,作者也赋予了浓郁的宗教色彩。为了解释该辞典中的7 500个词,作者辑选了包括古典诗体柯思德(赞歌)、萨克纳玛(祝酒歌)、麦尔斯亚(挽歌)在内的279段民谣、谚语、散文片段及约20篇神话传说等。总之,作者是在对操突厥语的诸民众生活的地区进行15年调查研究的基础上撰写这部辞典的,尽管对某些词语的解释也未能避免唯心史观,但不可否认的是,作者对10—11世纪维吾尔伊斯兰文学相关的各种体裁进行了一次较为全面的研究和总结,这部辞典实际上也是一部从一个侧面反映维吾尔古典文学的节选本。

苏菲主义诗人艾合买提·亚赛维是这个时期维吾尔古典文学最后的一位代表性人物。亚赛维经过长期的思考,在维吾尔民间歌谣基础上创作的具有"箴言"特点的神秘主义诗歌《警言集》,在文盲的民众中产生了强烈的影响。在维吾尔伊斯兰文学史上,他是第一位用维吾尔语替代阿拉伯语,并将其提升为经典的宗教语言的爱国主义诗人。诗人通过在理论和实践上的摸索与研究,最终创立了集诵经、音乐、叙述与歌舞为一体的哈尼卡文学(教经堂文学),这是他在维吾尔伊斯兰文学史上所做出的最为重要的贡献之一。

(二)察合台与帖木儿时期(1227—1507)

这是维吾尔伊斯兰文学的昌盛时期。察合台汗国是蒙元帝国的重要组成部分,在元朝退出中原后还绵延存在了很长时间。其辖区内的宗教文化比较多元,萨满教、摩尼教、景教、佛教、伊斯兰教乃至道教均有人信仰。其中最为活跃的当是佛教和伊斯兰教。自唐末至元初的数百年中,佛教在高昌回鹘中长兴不衰。蒙元帝国经略西域和中亚时伊斯兰教的发展受到打击,但未能改变其东传的历史趋势,元末察合台汗国统治者接受伊斯兰教,使伊斯兰教取代其他各种宗教成为定局。[②]此区域内的各种民族先后与伊斯兰教发生了联系,伊斯兰教逐渐成为维吾尔唯一崇拜信仰的宗教和精神生活的形式。这个时期,维吾尔伊斯兰文学的基本成就与伊斯兰教育是分不开的。喀喇汗时期建立起来的沙

[①] 麻赫穆德·喀什噶里:《突厥语大辞典》(维吾尔文版),乌鲁木齐:新疆人民出版社,1980年版,第456页。

[②] 参见刘迎胜:《察合台汗国史研究》第十一章"察合台国的宗教和文化",上海:上海古籍出版社,2011年版。

吉耶买德拉萨（经文学堂）为这个时期培养了大量的塔里甫（宗教学生），其室内全部都用经文片断装饰，用阿拉伯、波斯语讲授修辞学、语法学、教法学、教义学、诵读学、注释学、苏菲主义文学等课程。早在12世纪，《古兰经》便被译成维吾尔语[①]，但由于学生们习惯用阿拉伯语诵读《古兰经》，乃至形成了诵读学体裁。总之，麦德里斯教育培养了从事文学创作的一部分虔诚的文人。

这一时期，中亚、西域的许多民族和地区用被称为"察合台语"的"维吾尔阿拉伯文字"记录和传播自己的历史和文化，受伊斯兰教的影响，甚至还出现了用阿拉伯语和波斯语双语创作的作家。其突出的表现是，这个时期，亚赛维耶教团和纳克西班迪耶教团向西域和中亚的传播，造就了一批文人。

拉勒胡兹（1279—1351）的《先知传》中，作者形象地反映了从真主创造宇宙到人祖亚当的故事以及先知穆罕默德传播伊斯兰教的非常遥远的历史。这部著作的最成功之处在于作者拉勒胡兹深入地研究《宰布尔》《讨拉提》《旧约圣经》《古兰经》这四部宗教经典及宗教文学代表作，以先知优素夫的名义普及了包括维吾尔人在内的其他操突厥语诸族生活中发生的爱情故事，从而创造了维吾尔伊斯兰文学的散文体形式。其中最有影响力的爱情史诗《优素夫与佐列哈》使这部作品成为伊斯兰古典文学的里程碑。

拉勒胡兹之后的罗特菲（1366—1465）、阿塔依（15世纪）等诗人用"情人"和"酒"作为象征，在自己的诗歌里描写了对上天的崇拜与爱恋。这方面，艾里希尔·纳瓦依为文学创作树立了典范。他遵循浪漫主义的伊斯兰文学传统，以"亚尔"（情人）和"脉"（美酒）为象征手段，将对真主的赞颂与讴歌提升到了无比的高度，并且使自己也成为苏菲主义在中亚和西域流传最广泛的"乃克西班迪亚"派之门徒。这位大诗人一生中创作了各种题材的著作30多部。其中《仰慕之风》《鸟语》《四十个圣训》和《穆斯林的明灯》等是为上天和圣人而作的。纳瓦依的这些具有宗教色彩的作品推动了后来的突厥—维吾尔文学的普及和发展。研究这些过去被视作"陈旧"而"封建"的作品时，将其放在诗人所生活的那个年代背景下进行观察具有十分重要的意义。

纳瓦依最具代表性的作品是按照维吾尔伊斯兰文学风格和神秘主义学说创

[①] 铁来提·易卜拉欣：《从〈一千零一夜〉最早的维译本谈民族翻译》，载《民族翻译》2014年第3期，第53页。

作的《鸟语》和《仰慕之风》。《鸟语》是复杂的象征寓言长诗。这是诗人创造性地继承在他以前由伊本·森纳（980—1037）与帕热迪丁·阿塔尔（1145—1221）开始的与数世纪的宗教和神秘主义相关的类似的长诗创作传统的成果。在该长诗中，诗人描述了以戴胜鸟为首的无数的鸟为寻找凤凰而进行的艰辛历程，但最终未能找到凤凰，于是通过诗人"凤凰在我们心中，原来我们本身就是凤凰"这个结论，进而凸显了伊斯兰神秘主义中的"神人合一"的宇宙观，即反映了推崇人类之观点。在该长诗中，诗人用戴胜鸟象征谢依赫（伊斯兰教神职人员的代表，教长），用无数的鸟象征普通民众，用凤凰象征真主，进行了细腻而形象的描述。

《仰慕之风》是诗人纳瓦依引导人们通过中道、公正之路以获得与安拉相会为目的的另一部代表作。这也是一部史志。诗人记述了千年以来伊斯兰教以及苏菲史上出现的770（其中35位是女性）位鼻祖和先知、贤达以及他们的突出业绩。这部作品的突出特点在于，诗人不是局限于对先知和人物业绩的简单记述，而是与富有寓意的圣训故事结合在一起，叙述之内容包括每一位先知或人物与伊斯兰基本信念的关系，为宗教和神秘主义学说所做出的贡献，撰写的作品包括子女教育、为人师表的品德、性格与威信，以及从事过怎样的手工艺或职业等。该作品不仅是言简意赅地阐释对包括维吾尔人在内的操突厥语诸民族在社会、政治、精神生活中占据重要位置的苏菲主义历史及分支和细微之处的第一部宗教史志，而且它对我们认识纳瓦依这位大诗人的世界观的形成，认识对其文学创作所产生影响的人物和作品，也是一个不可或缺的宝贵资源。在中国维吾尔伊斯兰文学创作中，作为神秘主义优秀代表作的《仰慕之风》，对后来宗教史志体裁的发展产生了十分强烈的影响。

（三）叶尔羌汗国和近代维吾尔伊斯兰文学时期。

叶尔羌汗国（1514—1680）是苏丹·赛义德汗以南疆的莎车为中心建立的汗国。在位期间，汗国内大治，社会安定，民心归顺。有一首民歌反映了当时的社会情况："单身带着一坛金，独自安然东西行，汗德化民民不乱，四境无不保安宁。"[1] 近代维吾尔伊斯兰文学时期（1759—1912）是指1759年清政府统一新疆以后形成的文学，也叫作清代维吾尔伊斯兰文学时期。这时期，伊

---

[1] 米尔咱·海答儿：《拉失德史—中亚蒙兀儿史》（汉文版），乌鲁木齐：新疆人民出版社，1983年版，第256页。

斯兰教更加盛行。叶尔羌汗国实行的是宗教鼻祖（导师）制度，这些宗教鼻祖——乌瓦依西耶教团（即亚赛维耶教团在新疆形成的分支）缔造者便是和卓·穆罕默德·谢日夫与成为纳克西班迪耶派教徒们的白山派与黑山派的和卓们（即大小和卓）。在这一制度的影响下，宗教和苏菲主义便成为人民大众基本的生活方式。在这样一种情形下，整个汗国建立了很多清真寺和经学堂，教职人员在这里开始讲解《古兰经》和《圣训》，讲授教义和苏菲文学。后来正常的宗教感情日益极端化，叶尔羌汗国的国君成为宗教"神灵"的门徒，宗教人士甚至开始干预朝政，结果苏菲主义之间的争斗日益激烈，最终分裂为"依稀卡也派"和"伊斯卡也派"。也正因为这个原因，从前较为进步的苏菲主义也开始走向了反面，结果便出现了文人在宗教封闭中被迫创作、服务于某些派别之思想意识的宗教文学作品。特别是"17世纪以后，苏菲派思潮大肆蔓延，控制了文学领域，各种苏菲派的典籍，阐述神秘主义哲理、道乘及其修行方式的长诗、散文，充斥着荒诞怪奇故事和迷信传说，所谓圣徒传记、谱系之说，以及一些被神话了的苏菲派教团首领和伊斯兰教徒的陵墓，都被编成文学题材，在各地广为流传。苏菲们为了扩大自己的影响，把文学作为宣扬苏菲派的阵地，造成了苏菲文学泛滥一时"[①]。

　　这个时期，中国维吾尔伊斯兰教文学的突出特点主要反映在这个时期出现的大量关于和卓（苏菲）、伊禅、汗王的宗教史志、传记等，即文人们的主要创作特点表现在了他们的传记、史志方面的撰写与研究方面。其中，有些作品渲染了从中亚来到新疆的宗教"圣裔"们的特异功能及他们与穆罕默德圣人的关系，并大肆宣扬朝拜麻扎（圣墓）；有些作品也描述了反动的苏菲之间的派别争斗，以及荒芜的田园和饥寒交迫的劳动人民悲惨的生活景象。其中，翟黎里（1674—1759）的《和卓·穆罕默德·谢日夫传》、穆罕默德·萨迪克·喀什噶里（1685—1765）的《艾孜赞传》（大苏菲传）、密尔·哈勒丁·卡提普的《依达耶特纳玛》（即《正路之书》，1730年成书）、穆罕默德·斯迪克·热土地（1710—1790）的《突厥诸圣贤传》、19世纪的文人毛拉·阿吉的《布格拉汗传》（喀喇汗诸王传）、毛拉·穆萨·塞拉米（1836—1917）的《圣人传》等作品尤为典型。

[①] 中国新疆地区伊斯兰教史编写组：《中国新疆地区伊斯兰教史》，乌鲁木齐：新疆人民出版社，1999年版，第281页。

此外，米尔扎·穆罕默德·海达尔·阔热甘（1499—1551）的《拉失德史—中亚蒙兀儿史》、毛拉·穆萨·萨依然米（1836—1917）的《安宁史》等，不仅是研究有关中亚和新疆的历史著作，而且如上所述，也是按照维吾尔伊斯兰教文学结构模式展开叙述，即所有的作品都是以颂扬安拉和先知穆罕默德为开篇和结尾，这些作品也不乏对古典诗体赞歌优美的展示，有些历史也采用了神话传说。

值得一提的是，在这些历史著作中，有些作者以学者应有的责任感重视调查与研究，并揭穿了与宗教史志的历史现实与实际和逻辑不相符合的编造与谎言。总之，皈依伊斯兰教的维吾尔文人尽管成为首先信仰安拉的虔诚的穆斯林，但是他们通过宗教文学这一特殊的表达手段在人们的心灵中树立了一个信心和精神偶像，使民族情感和道德得以修炼和升华。他们不仅没有将宗教与科学对立起来，而且劝告人们要反对迷信和愚昧，倡导学习科学知识、培养良好的道德品行、创造美好的未来。这也从某种意义上反映了人与自然和谐的进步思想。

（四）近现代时期（19世纪末以来）

这是提倡扎基德主义的时期，即提倡改良的新思潮时期。从19世纪末至20世纪初，在新疆出现了提倡改良的新思潮。这是在一部分塔塔尔族知识分子的影响下，阿不都卡德尔·大毛拉、阿不都哈力克·维吾尔、麦麦提伊里·泰维匹克等曾在中亚及西亚求学的爱国主义知识分子反对旧式经文学堂教学、提倡建立新式科学教育学校、向新式教育转变的一场改良运动。从此，宗教文学转向世俗文学，并向现代化迈进。此一时期的维吾尔伊斯兰文学创作走上了与中国内地文学同命运的发展历程。然而，它在没有改变精神实质的基础上，各种极端保守势力的影响，反映了缓慢现代化的态度；它以宗教典籍的翻译填补创作方面的空白，将传统的宗教圣神与现代化结合在了一起。其中，穆罕默德·萨利翻译的《布哈里圣训实录精华》（1981年）与《古兰经》（1983年）、黎巴嫩作家乔治·宰丹的《斋月十七》（马木提·沙比提译，1982年），《古莱氏姑娘》（马木提·沙比提译，1985年）与《大宛姑娘》（塔依尔·塔利普译，1994年）、穆罕默德·穆拉的《"古兰经"的故事》（达吾提·尕孜译，2000年）、穆罕默德·萨利编的《善良人的乐园》（2005年）、沙特阿拉伯作家夏克尔的《四大同伴》（吾买尔江译，2009年）以及印度作家热合曼·穆巴拉克福热的《甘泉》（阿布都合里力·阿吉阿拉伯语译，2012年）等作品。作者乔治·宰丹的爱情题材的短片小说生动地描述了伊斯兰教两大教派的互相仇恨和阴谋屠杀活动。另外诺亚、易卜拉欣（亚伯拉罕）等圣人的宗教活动，四个同伴对伊斯兰教的贡献，《先知默罕穆德传》《古兰经》《圣训》等用故事性的通俗语言讲述了默罕穆德伊斯兰传教之路的斗争、个人品德、言行等内容。

四、编撰《中国维吾尔伊斯兰教文学史》应该注意的几个事项

维吾尔伊斯兰教文学是中国多民族文学和中国伊斯兰文学的重要组成部分，至今还未得到深入的研究。由于中国维吾尔伊斯兰教文学研究目前尚处于零散、无系统的状态，所以编撰《中国维吾尔伊斯兰教文学史》应当注意以下几个重要事项。

一是要对中国维吾尔伊斯兰教文学文献进行全方位的清理。文献的收集、整理是撰写《中国维吾尔伊斯兰教文学史》的基本前提。十一届三中全会以后，党和政府对民族古籍工作提出了一系列重要的政策和措施。1981年中共中央在《关于整理我国古籍的指示》中指出："整理古籍，把祖国宝贵的文化遗产继承下来，是一项十分重要的、关系到子孙后代的工作。"1984年4月，国务院办公厅在转发《国家民委关于抢救、整理少数民族古籍的指示》中强调："少数民族古籍是祖国宝贵文化遗产的一部分，抢救、整理少数民族古籍，是一项十分重要的工作。"目前新疆各地州市县都建立了古籍办。2004年我国加入"保护非物质文化遗产公约"，古籍文献也被纳入非物质文化遗产，保护和整理出版作为重要工作提出。2011年由中国大百科全书出版社出版的《中国少数民族古籍总目提要·维吾尔族卷》是这项工作的重要成就。[①] 根据不完全统计，新疆各地收藏古籍文献数量达10 376种，约60%为宗教书籍，其中10%以苏非主义为内容，代表性著作有亚斯维宣教诗集《警言集》（1984年）、翟黎里叙事长诗《七贤》（1985年）、纳瓦依苏非主义长诗《鸟语》（1993年）和《四十个圣训》（2001年）、毛拉·阿皮孜的反吹伊斯兰教精神的散文与韵

[①] 阿吉阿布都热合曼·巴克：《维吾尔族文化探索》，乌鲁木齐：新疆大学出版社，2013年版，第109页。

文体相结合的爱情长诗《优素夫与佐列哈》（1985年）和拉勃胡兹的宗教故事作品《先知传》（1999年）等。

二是从宗教实践的角度把握宗教文学文体和宗教文学内涵。从宗教实践的角度对维吾尔伊斯兰文学的界限、时代、宗教思潮、文体形式、书面文献进行梳理、划分和确定。它需要我们对时代的政治、社会状况，以及与之相适应的宗教精神和活动的变化过程、其性质与文化语境等方面进行细致而深入的理论性探索，同时需要我们对社会上的各种宗教活动场所进行认真的探究与调研。将维吾尔伊斯兰宗教实践与文学创作的实际深化可以分为以下几种阶段：

1. 从喀喇汗王朝起至察合台、帖木儿时期。这一时期是维吾尔文学新兴时期。此时写成了能够代表伊斯兰正统派（逊尼派）的《福乐智慧》。新疆伊斯兰历史上的宗教大学——"沙吉耶买德拉萨""汗勒克买德拉萨（皇家经文学院）"，后来以麻赫穆德·喀什噶里为名的"麻赫穆德亚买德拉萨"得以建立。约10世纪苏非主义传入新疆，并且各种苏非以宗教大学为中心进行了辩论。为了巩固伊斯兰教的地位和影响，坚定穆斯林的信仰，加强苏非派同其他教派的竞争能力，艾合买提·亚赛维对伊斯兰教进行了改革。他简化了繁琐的教规和仪式，同时大胆地吸收所谓"异教"的某些成分，甚至把那些在游牧民中有影响的神祇的名字和宗教仪式，乃至一些风俗习惯，也都吸收到伊斯兰教的教义和仪式中。简而言之，即将伊斯兰教"突厥化"。亚赛维派的基本教义和主张是禁欲和禁顺。他的《箴言诗集》就是这样的一部著作，对操突厥语诸民族文化的发展产生了较大影响。另据帖木儿时期记载，这时期中亚呼罗珊国纳合西班迪耶苏菲派有个名叫撒都丁大毛拉的著名学者，出身于喀什噶尔的宗教贵族。以后享誉中亚的伟大维吾尔族诗人纳瓦依被称为撒都丁大毛拉的弟子。

2. 从叶尔羌汗国至辛亥革命时期，这一时期是维吾尔伊斯兰文学全面发展的阶段。这一阶段在新疆全面伊斯兰化。叶尔羌汗国是一个宗教与政府分开的导师制政权。叶尔羌汗国的宗教导师主要来自中亚纳合西班迪耶（1317—1389）和亚赛维耶两个教团。17世纪中，在南疆还有亚赛维耶教团的分支乌瓦依西耶派、哲合林耶派、卡迪林耶派、达瓦尼耶派、依乃克耶派等一些小教派、黑山派和白山派等苏菲派别先后进行活动。总而言之，察合台语言（阿拉伯语和波斯语融合而成的混合文学语言）记录的伊斯兰文学广泛存在于维吾尔族精神生活中，这一时期宗教实践与活动发生了演变，传统文学在类型与体裁上有着巨大变化，出现了大量的神秘主义著作与宗教传记，还有劝教歌谣、伊斯兰教诵念文学和史传游记文学。此时期叶尔羌君王，和卓·雅克夫·艾尔西（1756—1685）与穆罕默德·萨迪克·喀什噶里、泰杰里等人编纂的《〈古兰经〉的注释》维吾尔文通俗版在民间广泛流传。19世纪中期开始，维吾尔文学开始着重于现实生活、农民起义，文学体裁上现实主义浓厚，神秘主义较轻。

3. 辛亥革命至1949年是维吾尔伊斯兰文学转变为现代文学时期。随着国内外形势的发展，尤其是辛亥革命、十月革命、"五四"运动深深地影响着维吾尔伊斯兰文学。此时期海外留学的知识分子有着强烈的爱国主义精神，提倡与创办"新式教育"活动。阿不都卡德尔大毛拉编纂《算数》《地理》《语文》《品德》课程，这些课程作为"新式教育"在19世纪末与经堂教育一起使用。1934年，麦麦提伊里·泰维匹克在阿图什创办的"接班人学校"，使用的就是现代教育课程。结果，维吾尔族批评国民党与日本侵略者，歌颂解放，渴望幸福生活的民主文学代替了盲目、宗教迷信、落后的伊斯兰文学。

4. 从新中国成立至现在的发展时期，新中国成立后党和国家的宗教政策像其他政策一样，保证了伊斯兰教的顺利发展，从此结束了几个世纪流传的伊斯兰叙述模式，出现了新的现代维吾尔文学。1980年以后，在穆罕默德·萨利大毛拉等学者们的著作与《中国穆斯林》（1957年创刊）等期刊宣传下，维吾尔人民了解了党的宗教政策与许多伊斯兰知识。

三是要重视历史上的民族互动和国际交流的作用。历史上被称为"西域"的新疆，位于我国西北边陲，是东西文化——经济交流的纽带。此地多种民族、多种语言文字、多种宗教并存。因此从喀喇汗王朝起至叶尔羌汗国，在新疆以吐鲁番为中心的佛教文化和以喀什噶尔为中心的伊斯兰文化并存。

高昌回鹘王国与后周、北宋、金的往来频繁。近代吐鲁番、托克逊等地出土的大量印刷品说明，高昌国的回鹘人除了使用突厥文、回鹘文外，还使用粟特文、汉文、叙利亚文、波斯文、梵文、希腊文等16种文字。这一时期西域佛教和佛经翻译事业得到了积极的发展。如仅回鹘翻译家僧古萨里都统一人将汉文泽为回鹘语并流传至今的佛教典籍就有《菩萨大唐三藏法师传》《金光明最胜王经》和《大唐大慈恩寺三藏法师转》（简称《玄奘传》）等多部。

关于文化摇篮喀什，叶尔羌汗国时期就将苏丹·赛义德汗、蒙古（瓦剌部族）、哈萨克、柯尔柯孜族、塔吉克与回族等民族统一在一起。之前由于各种原因，喀什到河中地区的丝绸之路逐渐衰落，但叶尔羌汗国时期，开通了从叶尔羌通过克什米尔到达印度之路，促进了边疆的外贸与邻国的外交关系。察合台时期诗人拉勃胡兹的《先知传》阐述了这一时期新疆的多元文化交流情况。《先知传》以伊斯兰教思想意识为基点，描述了世界的由来、人类的创造、人类社会的产生及国家的出现，然后谈到了各种宗教的产生，如拜火教、犹太教、基督教以及后来产生的伊斯兰教。最后较详尽地描述了伊斯兰教帝国的建立、帝国的统治者先知穆罕默德和他的四个弟子及其统治的结束直到奥玛维统治时期。这些内容都是用神化形象地予以描述的。其中论及被视为人类文化之瑰宝的四圣书——《则逋尔》《讨拉特》《引支勒》（即《圣经》）、《古兰经》，尤其对《古兰经》和《圣训》给予充分肯定，并对伊斯兰教逊尼派所肯定的事物予以大量引用。此外，还屡屡提及《圣人概述》等古籍以及阿拉伯、波斯、突厥古典文学的典范之作。这种多元互动是维吾尔伊斯兰文学产生的背景。

四是把中国维吾尔伊斯兰教文学作为一种文化现象来看待。信仰就是相信宗教，宗教本质上是一种文化。在漫长的历史长河中，伊斯兰教培养了不少著名的文人，他们以伊斯兰的根本理念从事创作，为后来的文学创作提供了丰富的原始数据和人道的理解。所以，需要我们通过挖掘潜隐于这些作品内层里的精神和宗教感情历史、哲学思想以及文化因素，指出伊斯兰是始终贯穿于维吾尔文学的一根红线。

近年以来，习近平总书记在国内外采访时，提出正确解释宗教文化与中华文化的关系，从科学的角度看待宗教文化，与此同时丰富中华传统文化的内容，继承宗教传统信念与精粹，让它适合于时代精神与现代社会的创新特点，鼓励宗教人士围绕继承与保护中华传统文化与宗教非物质文化等题目来演讲，体现了党和国家新的历史阶段的宗教战略。

2014年3月27日，习主席在联合国教科文组织总部发表了重要演讲，列举各宗教传入中国后，对中国历史文化的形成与发展起到的重要作用。他指出："佛教产生于古代印度，但传入中国后，经过长期演化，佛教同中国儒家文化和道家文化融合发展，最终形成了具有中国特色的佛教文化，给中国人的宗教信仰、哲学观念、文学艺术、礼仪习俗等留下了深刻影响。"[①] "类

---

① 中评网. 2014 年 05 月 26 日。

似 7 世纪中叶伊斯兰教开始由阿拉伯传入中国，经过长期的传播、发展和演变而形成具有民族特色的中国伊斯兰教。它是中、阿人民间长期经济、文化交流和传统友谊的纽带。唐、宋、元三代是伊斯兰教在中国传播的主要时期，迄止明代，中国先后有回、维吾尔、哈萨克、乌兹别克、柯尔克孜、塔吉克、塔塔尔、东乡、撒拉、保安等 10 个少数民族信奉伊斯兰教。伊斯兰教对各穆斯林民族的历史文化、伦理道德、生活方式和习俗产生了深刻影响。伊斯兰文化同中国传统文化交流融合，成为各穆斯林民族文化不可分割的组成部分，并丰富了中华民族的历史文化宝库。"[①]

五是要客观地看待苏菲主义提升精神的作用。苏菲主义关于一切事物都是腾格里精神之闪烁的泛神论观点，曾对中国维吾尔伊斯兰教文学产生了强烈的影响。它不仅在素材、题材、形象、解释事物的方式、沸腾的抒情以及神秘的叙述形式等方面，极大地丰富了中国维吾尔伊斯兰教文学，而且拓展和提升人们的精神境界，禁止贪婪私欲，推行了一系列的禁忌措施。这在强调和提倡纯洁社会道德与公德的今天，仍然是值得我们珍视的一种宝贵精神。总之，科学、系统而深入地研究中国维吾尔伊斯兰教文学，是成功而圆满地完成"中国宗教文学史"这一大型研究课题不可或缺的重要环节，具有深刻的现实意义和历史意义。

---

① 新华网. 2014 年 5 月 29 日。

纳瓦依文学创作的思想根源

吐尔逊·库尔班

新疆大学人文学院

艾力希尔·纳瓦依（1441—1501年）不仅是一位像荷马、但丁、莎士比亚、歌德一样享有世界盛誉的维吾尔族著名诗人，而且还是一位继玉素甫·哈斯·哈吉甫（1019—1085年）以后，巩固了突厥语地位，并把15世纪前的维吾尔族文学和艺术提高到新的水平的伟大的思想家，察哈台文学的创立者。

公元1441年2月9日，纳瓦依出生在中亚呼罗珊国首都赫拉特（Hirat，汉文古称"遗里、也里"）城的一个维吾尔族家庭中。童年时代，纳瓦依在赫拉特和撒马尔罕的有名学府（经学院）学习，并拜当时的著名学者和诗人为师。纳瓦依在他的《两种语言之辩》中写道："我在少年时期，就背诵了波斯诗人和同代诗人的优秀诗歌5万多首诗词，通过他们丰富了自己。"[1]

纳瓦依一生共创作了有关文学、语言、历史、伦理、宗教和苏菲主义方面的著作30多部。纳瓦依的世界观和创作思想的根源源远流长，他受到了中世纪东西方文化，即古代中国的中原文化、波斯—塔吉克文化、阿拉伯伊斯兰文化、古代希腊文化的多元影响。可以这样说，纳瓦依吸收了古代人类文化的优秀成果，从而深入、广泛而真实地再现了15世纪下半叶中亚地区"后期文艺复兴"。[2] 苏联时期的纳瓦依学者依再提·苏莱曼说："纳瓦依生活在和欧洲文艺复兴时期极为相似的时代，他以自己卓越的艺术成就成为那个时代的代表。"[3]

---

[1] 纳瓦依：《两种语言的争辩》，北京：民族出版社，1988年版，第95页。
[2] 有些学者把艾米尔·帖木儿时期的文学复兴称为"中亚的第一次觉醒"。
[3] 依再提·苏莱曼：《纳瓦依以及文学影响问题》，塔什干：科学出版社，1974年版，第39页。

纳瓦依的作品，对维吾尔以及伊朗—塔吉克、亚塞拜然、高加索至小亚细亚半岛、北印度、阿富汗和中亚各民族文学产生了深远的影响。1968年世界和平理事会在纪念纳瓦依诞辰527周年大会上指出："纳瓦依的崇高品德和理想以及富有感召力的作品，鼓励着那些为和平安宁和人类发展而斗争的人民。1991年，联合国教科文组织把纳瓦依550周年诞辰日宣为全世界人民的纪念日。"① 2001年在北京召开的关于纳瓦依的国际学术研讨会，和2011年在乌鲁木齐举办的纳瓦依诞辰570周年国际学术研讨会，进一步提升了纳瓦依的地位和社会影响力。本文将从以下几个方面对纳瓦依世界观形成的思想根源进行分析。

一、维吾尔文学传统的继承与发扬

维吾尔族在突厥诸民族之间，由于创造了"古代维吾尔文字"而闻名。11世纪著名的维吾尔学者麻赫穆德·喀什噶里在他的《突厥语大词典》里指出："自古以来的，喀什到秦的所有突厥人和君王的诏书、圣旨和书信往来，都是用这一语言进行的。"② 虽然在15世纪下半叶之前，新疆和中亚地区运用阿拉伯、波斯语言的知识分子与日俱增，在知识界用这些语言文字进行写作成为当时的一种时尚。但是纳瓦依始终坚持用本民族的语言文字进行创作，并从先辈留下的文化遗产中吸取了大量的养分。具体来说，纳瓦依的叙事长诗《亚力山大城堡》的思想基础来源于法拉比（873—950年）的作品《文明的市民》中的理想社会。所以纳瓦依的在《书信录存》中强调，他吸取了前辈思想家的所有知识。

《亚力山大城堡》是纳瓦依《五卷诗集》（海米塞）中一部最具浪漫主义色彩的③，表现诗人理想社会的英雄史诗。作品所描写的亚力山大和秦王之间的故事情节与《突厥语大词典》中的亚力山大和维吾尔可汗之间签订和约的传说是一样的。显而易见纳瓦依受到了《突厥语大词典》的影响。除此之外，麻

---

① 阿布都克里木·热合曼：《维吾尔文学史》，乌鲁木齐：新疆大学出版社，1998年版，第356页。
② 麻赫穆德·喀什噶里：《突厥大辞典》，乌鲁木齐：新疆人民出版社，1981年版，第31页。
③ 中世纪伊斯兰文学史上，第一部《五卷诗集》由内扎米·甘吉维（1141—1209年）创作。此后，在波斯和突厥语族文学中形成了仿效和竞争内扎米《五卷诗集》的艺术传统。这种文学现象用阿拉伯语称为Xamisa（意为"五""五部""五卷"），所以《五卷诗集》也称为"海米塞"。

赫默德·喀什噶里（11世纪）和纳瓦依笔下的人物亚力山大的活动场景符合维吾尔民族的生活环境。

古代突厥诸民族常常给那些同属多民族的共同题材，融入本民族的和本地区的生活习性与人物性格，从而使作品具备本民族和本地区的文化特性。纳瓦依的《五卷诗集》中的帕尔哈德、摩尼、卡伦、夏普尔、迪拉阿拉姆和亚力山大等人物形象与秦（国）、千佛洞、和田石雕、吐鲁番的摩尼教绘画等地名同样传递了维吾尔民族和中原文化的联系。① 我们在纳瓦依的作品中还可以看到《福乐智慧》对纳瓦依的影响。关于这一点苏联时期的亚塞拜然学者玉素甫·孜亚·西尔瓦尼，在探讨纳瓦依和玉素甫·哈斯·哈吉甫的关系的文章中写道："纳瓦依当时受到了维吾尔知识分子、诗人和文人的影响。1470年呼罗珊国国王侯赛因·拜卡拉在赫拉特城向奥斯曼帝国的苏丹（国王）献上由阿卜杜热赫曼巴克西（巫师）抄写的《福乐智慧》时，纳瓦依也正好在赫拉特城。由此不难看出《福乐智慧》对纳瓦依的影响。"② 对纳瓦依进行深入研究的别尔捷尔斯（Е.Э.Бертельс）在这方面的观点更具代表性："纳瓦依不知道《福乐智慧》是不可能的。纳瓦依笔下的亚力山大和维吾尔古典长诗《福乐智慧》中的国王日出之间存在着很大的相似性。《亚力山大城堡》中亚力山大劝说一个隐士积极入世（当国王）治理国家的情节和《福乐智慧》中国王日出邀请觉醒隐士进宫（任职）的细节极为相似。"③《五卷诗集》中的长诗《正直者的惊愕》《帕尔哈德与希琳》《亚力山大城堡》表现的靠英明、公正的国王建立一个强大的国家，通过知识、法律和道德治理国家的思想根基，显然来源于《福乐智慧》。

纳瓦依还吸取和发扬了突厥—维吾尔文学家亚萨维（14世纪）和鲁提菲（14世纪）的传统风格。而从金帐汗国到帖木儿宫廷的维吾尔文学传统，包括用这一语言完成的文契，对诗人的创作也都产生过影响，他还受到撒马尔罕的维吾尔知识分子和长老艾赫麦德·阿吉多方面的影响。

---

① 巴图尔·艾尔西丁诺夫：《维吾尔古典文学的长诗体裁》，阿拉木图：科学出版社，1988年版，第18页。
② 艾赛提·苏莱曼：《海米赛与维吾尔文学》，乌鲁木齐：新疆大学出版社，2001年版，第112页。
③ 毛拉吾都夫：《维吾尔族文学简史》，阿拉木图：科学出版社，1983年版，第60页。

二、中原文化对纳瓦依的影响

东西方自古以来就把遥远的秦国（中原）视为理想之国、美人之国和丝绸之国。麻赫穆德·喀什噶里在《突厥语大辞典》中把秦国分为"上秦、中秦和下秦"[①]。在维吾尔人中也流传过关于秦、马秦的传说。纳瓦依在自己作品中，也反复运用了秦（Qin）、马秦（Maqin）、赫塔（Xita）、和田（Xotän）等词。长诗《帕尔哈德与希琳》中的王子帕尔哈德、画家摩尼（Mani），《七美人》中的商人和美女迪丽阿拉姆（Dilaram），《亚力山大城堡》的美女鲁巴提（Rubati）都是秦国人。我们可以把《帕尔哈德与希琳》中的帕尔哈德与诗人的悲剧命运联系起来，从帕尔哈德身上体会诗人的悲剧命运。长诗主要表现了纳瓦依对遥远的祖国——秦国的思念以及他的人生理想。帕尔哈德这个人物表现了文艺复兴带给人们的一种觉醒，所以这部作品即代表了纳瓦依文学创作的重要成就，而且也是纳瓦依核心思想的体现。

纳瓦依的核心思想就是人类的和平共处、相互信任、相互交往、相互帮助、相互理解，反对战争和相互残杀。这一思想同样体现在他的长诗《亚力山大城堡》中。《亚力山大城堡》中有这样的情节描述：当亚力山大准备向东进军，征服秦国时。中原赫塔国王，向他派遣使者，通过和约的形式，避免了战争的灾难。这场战争的避免和中原国王赠送的礼物，表现出了中原国王的英明和智慧。中原国王向亚力山大赠送了两件礼物，即一面魔镜和秦国美女鲁巴提。魔镜作为两面镜，一面是用来解决民众纠纷的。说了真话者的脸会出现在镜子中，而说谎者连影子都不会显现，于是国王可以在没有证人的情况之下，分辨是非，无忧无虑和公正地统治国家。而美女鲁巴提不仅以自己的美貌征服了亚力山大的心，同时在非常时期，鼎力相助，挽救了亚力山大的部队。《七美人》也是一部表现秦国美女的长诗。当伊朗国王拜赫拉木在周游者摩尼的手中看到秦国美女迪丽阿拉姆的画像后就爱上了她，并重金购买美女。虽然别尔捷尔斯指出：纳瓦依作品中的"'秦'不是指中原，而可能是指今天的新疆"[②]，但是我认为诗人作品中的"秦"不是狭义上的"故土"概念，而是广义上的祖国意识。诗人在作品中塑造"秦"人的形象，表现的不仅仅是自己对

[①] 麻赫穆德·喀什噶里：《突厥大辞典》，乌鲁木齐：新疆人民出版社，1981年版，第592页。
[②] 卡斯木江·萨迪库夫：《维吾尔文字史》，塔什干：科学出版社，1997年版，第23页。

祖国的向往，同时也歌颂了祖国的美好和安定，各族人民的友好相处、和平往来与男女平等。在纳瓦依的诗歌中我们还可以看到"琵琶"等汉语词汇。[①] 毛拉·穆萨·萨依拉米在《拉失德史》引用过《阿兰库瓦》关于图古鲁克·帖木儿身世的传说。据乌兹别克纳瓦依学者阿卜杜卡迪尔·艾特玛托夫的研究，纳瓦依的长诗《七星图》，也引用了关于阿尔泰突厥人的这个著名的古老传说，并指出长诗中的"库瓦"，很有可能就是汉语"花儿"的音译。因此我们可以得出纳瓦依《五卷诗集》的问世，受到了中国文化、语言和历史的一定的影响。[②] 显而易见纳瓦依在自己的文学创作过程当中一定程度上受到了中原汉文化和语言的影响并通过这些表现了同祖国文化一致性的亲缘关系。

三、波斯—塔吉克文学对纳瓦依的影响

波斯—塔吉克文学史上的许多著名诗人，都享有世界声誉。歌德曾在《东西方诗集》中对费尔多西（934年—1020年）、内扎米（1141—1209年）给予很高的评价，英国诗人拜伦和俄国诗人普希金对萨迪（1203—1292年）和哈菲兹（？—1389年）也给予了充分的肯定。而且费尔多西的《王书》先后翻译成俄语、法语、英语，在西方国家发行。被称为东方罗密欧与朱丽叶的浪漫爱情故事《莱丽—麦吉农》，在18世纪的欧洲广为流传。黑格尔称它是"给内扎米带来最高荣誉的美丽、真挚的爱情史诗"[③]。歌德的《东西方诗集》就是在哈菲孜的影响下创作的。

由于纳瓦依生活在波斯—塔吉克文化和文学氛围中，波斯—塔吉克文化和文学对纳瓦依的影响是直接而深远的。几乎所有的大师级的诗人都成为他学习的榜样和超越的目标。纳瓦依的《五卷诗集》《艾加木国王的历史》等作品就是在《王书》的直接影响和启示下产生的，可以说《王书》对他的创作起到了决定性的作用。纳瓦依在自己的诗歌中强调他从菲尔多西那里获取了很多的精神食量，因此他在《两种语言的争辩》中称费尔多西是诗坛的"两行诗艺术

---

① 纳瓦依：《亚力山大城堡》，乌鲁木齐：新疆青少年出版社，1991年版，第700页。
② 阿布杜卡迪尔·艾特玛托夫：《纳瓦依学之谈》，塔什干：科学出版社，1993年版，第69—70页。
③ 黑格尔：《美学》第3卷，下册，朱光潜译，北京：商务印书馆，1996年版，第173页。

的大师"①。《亚力山大城堡》中的人物不仅来自《王书》,而且可以说《亚力山大城堡》就是对《王书》的补充和新的阐释。

《五卷诗集》的创始人尼扎米也是纳瓦依崇敬的一位导师。纳瓦依对尼扎米的《五卷诗集》是这样评价的:"尽管几百年以来,人们受益于尼扎米建立的宝库,但是它的分量绝对不会由此损耗半点。"②当纳瓦依萌生要创作五部长诗的愿望的时候,他已经达到了几乎能够背诵尼扎米《五卷诗集》的程度。在东方诗坛上具有鼻祖之称的哈菲孜的抒情诗,也成为纳瓦依艺术追求的最高目标,他从哈菲兹的抒情诗歌中学到了很多。

这些大师的文学成就,虽然成为纳瓦依取之不尽、用之不歇的精神食粮。但是纳瓦依绝没有被他们的文学成就所局限。他在选题和人物塑造以及表现手法上虽然借鉴和学习了《王书》和《五卷诗集》,但是他却根据自己的文学追求、思维方式、思想观念和当时的历史现状以及人民的需求,不仅给那些旧故事和人物赋予了时代的气息,而且对他们作品的主题和人物的顺序加以颠覆与重新组合、重新构思,从而提升和深化了作品的思想内容。

德里维(1253—1325年)和加米(1414—1492年)的诗歌创作对纳瓦依同样产生过很大的影响。如:纳瓦依的帕尔哈德这个人物形象就是在德里维的长诗《希琳与霍斯罗》的基础上产生的。德里维在他的《希琳与霍斯罗》长诗中,第一次把帕尔哈德塑造成和田王子,把希琳塑造成亚美尼亚人,从而为纳瓦依后来的创作奠定了基本框架。纳瓦依就是在这个框架的基础上,进行发挥和再创造,对人物的主次进行排序,把帕尔哈德提升到了主人公的地位,把原来的主人公即霍斯罗处理成意志薄弱的统治者。这样一来,作品的思想内容完全得以改变。诗人把过去那种只停留在表现国王的秘史、艳史、逸事的作品,提升到民众、国家和道德的高度,从而折射出了诗人强烈的人文胸怀和高尚的道德情操。

加米,是波斯—塔吉克文学黄金时代后期的伟大代表。纳瓦依把他称为"宗老(宗教领袖)和导师"。这两位思想家的友谊和协作精神,曾经成为东方文学史上人们羡慕和传送的佳话。纳瓦依在创作《五卷诗集》《爱的芬芳》《四十圣训》长诗的时候,得到了加米的大力支持和鼓舞。纳瓦依给《精义宝

---

① 纳瓦依:《两种语言的争辩》,第45页。
② 纳瓦依:《海米赛》,塔什干:科学出版社,1960年版,第158页。

库》的每一部诗歌选定题目的时候,都是按照加米的建议去做的,他的《惊愕的五士》是为了纪念和加米永恒的友谊而创作的。加米对纳瓦依也非常欣赏,他在《春之书》中说:"我们的时代因为有了纳瓦依而无限荣耀,他以自己的地位、自己的伟大、和国王的亲密关系,以及真主赋予的才能和智慧而著名。他的诗歌高于任何的赞歌。"① 加米对用突厥语创造《五卷诗集》的纳瓦依的天赋给予了这样的评价,他说:"他如果用波斯语创作的话,就没有其他人(波斯语诗人)要写的东西了。"

纳瓦依虽然是 15 世纪的伟大诗人,但是他仍然从其他人的作品中采集花粉,在这些花粉的滋养和自己天赋的帮助下,展开想象的翅膀,在诗歌的形式和内容方面树立了后人无法超越的巅峰。

四、阿拉伯文学的影响

《莱丽与麦吉侬》是纳瓦依《五卷诗集》中的第三部叙事长诗。这个美丽的阿拉伯悲剧故事第一次由甘吉维用书面文学的形式创作出来以后,先后有近 30 位东方文人,改写了这一题材。把这一爱情传说故事和欧洲的《罗密欧与朱丽叶》进行比较研究的俄国阿拉伯学者克拉奇克雅斯基(N·Ю·Крачкобский),曾给予过这样的评述:"以前西方国家一致认为,没有比莎士比亚的《罗密欧与朱丽叶》更为悲惨的故事。当然东方人不知道《罗密欧与朱丽叶》,与之相识那还是 19 世纪的事情。但是它有长期代代相传的《莱丽与麦吉农》这样的更为悲惨的故事。这个故事给许多伟大的东方诗人带来了创作灵感。到今天为止,这个题材仍然在阿拉伯、波斯和中亚各民族文人的戏剧和曲艺中得到表现。和西方罗密欧与朱丽叶的荣耀相比,东方的莱丽—麦吉农更为著名。"② 到了纳瓦依以后,纳瓦依给这个题材赋予了更为深刻的含义。纳瓦依透过这个爱情悲剧,让读者体会到了封建等级制度的严酷与残忍。《莱丽与麦吉农》这部长诗能够出现在阿拉伯这样的文化环境中,足以说明作家对这个环境的认识和觉醒。表面看来纳瓦依似乎是在遵循着传统的写作标准,但是作品的内容却指向了当时最为迫切的问题——即维护人权和人类的最真挚的情感。值得说

---

① 加米:《春之书》,塔什干:科学出版社,1997 年版,第 88 页。
② 乃坦·麦莱尤夫:《纳瓦依与民间创作》,塔什干:科学出版社,1974 年版,第 156 页。

明的是，纳瓦依生活在中世纪，他受到过正规而严格的宗教教育，在童年时期就能够背诵《古兰经》，《古兰经》的核心价值和审美理想，成为他人道主义思想的基础。纳瓦依不仅极为尊敬和推崇《古兰经》，而且他对《古兰经》有深入而独到的理解。他在作品中一贯倡导的尊敬和维护人权等思想与《四十个圣训》《天课书》《穆斯林之灯》《人的六种需求》《艾加木国王的历史》《先知和学者的历史》和《心中独钟》等作品的思想基础就来自《古兰经》。尽管纳瓦依是一位伟大的诗人，但是由于他对宗教的绝对忠诚，导致他过分而片面地强调了阿拉伯语的地位，所以他在《两种语言之辩》中指出："阿拉伯语是一种美丽的语言，表达方式是最完美，它高于所有的语言。所以安拉的圣典《古兰经》是用阿拉伯语降临的。先知穆罕默德的圣训也是用阿拉伯语写成的。"[①] 由于纳瓦依的这种理解，他的作品除了按照东方伊斯兰文学传统，即以真主和圣人的名义开头以外，大部分作品的题目都是用阿拉伯语命名的。

五、希腊文学的影响

中世纪的希腊被称为世界文明的摇篮、贤者之乡、富足之国和阳光之地（阳光充足的地方）。从《帕尔哈德与希琳》长诗中可以看出，纳瓦依也持相同的观点。8—12世纪在巴格达和西班牙的安都鲁西亚爆发了百年翻译运动，实际上就是把欧洲文化与科技即希腊的最优秀的成果翻译成阿拉伯语的运动。在此运动中像法拉比这样的伟大学者，对亚里士多德和柏拉图的作品给予了东方似的通俗阐释，从而使希腊文明在东方这块大地上生根发芽，为东方文化的复兴打下了基础。据传说，亚力山大召集自然学科和社会学科400名科学家，在希腊发明一览天下的"仙境（照妖镜）"，激起了东方世界千名学者和皇帝的羡慕和向往，而纳瓦依笔下的帕尔哈德也是出于此目的到希腊去。帕尔哈德到希腊以后，向希腊的学者，即苏格拉底、柏拉图讨教了许多的知识。

诗人创作《亚力山大城堡》的目的在于他要立亚里士多德的学生亚力山大为国王，建立一个乌托邦式的理想世界。纳瓦依还在《爱之仰》中，介绍了把亚里士多德的作品翻译成阿拉伯文字的突厥语学者法拉比。这一切说明，古希腊文明和哲学思想对纳瓦依产生了积极的影响。他的思想不仅局限在伊斯兰文

---

① 纳瓦依：《两种语言的争辩》，第5页。

化范围，而且他还积极吸收了人类的文明成果。

  总而言之，艾力希尔·纳瓦依的文学遗产，融合了世界上的三大宗教、三大语言和三大文明的精华，体现了中世纪东方进步的人道主义思想。纳瓦依留给后人的文化遗产是继玉素甫·哈斯·哈吉甫之后的又一座精神丰碑。因为如此，侯赛因·拜卡拉把他称为"突厥人民的精神领袖"，并指出"他给突厥语死去的身体，注入了生机"。在目前来说，用维吾尔语高水平地出版纳瓦依作品的经典版本的意义非同寻常。

从民族到宗教：新中国的回族文学研究

——以涉及宗教文学研究视角的成果为中心的考察

马梅萍

兰州大学文学院

学术界多认为，回族文学系指回族人创作的文学作品，包括作家文学与民间文学，其界定标准是作家的族属而非作品的民族性。一般来说，有关回族文学的讨论，并不必然涉及伊斯兰教，回族文学与伊斯兰教文学两个概念是有区别的。正是在这个意义上，《中国宗教文学史》课题组从宗教文学的进路提出了"汉语伊斯兰教文学"的概念，指称中国"使用汉语的内地穆斯林，主要是回族人所创作的以汉语文为主要载体的文学作品，及在其宗教实践活动中产生和使用的文学作品"[①]。鉴于汉语伊斯兰教文学与回族文学有一定的交叉重合，本文以涉及宗教文学研究视角的回族文学研究为切入点，通过对回族文学研究的宏观观照与择选，为汉语伊斯兰文学研究提供借鉴。

1949年前，国内尚未出现回族文学的提法。新中国成立后，虽偶有回族文学评论方面的单篇论文发表，但很零散。回族文学研究的正式起步，应为二十世纪七十年代末八十年代初《回族文学史》编纂之时。1979年2月，第三次全国少数民族文学史编写工作座谈会在昆明召开，确定回族文学史的写作工作由宁夏承担。9月，《回族文学史》编写小组在宁夏成立。同年，即有回族文学研究论文在《宁夏文艺》《宁夏日报》报刊上等发表，与稍后两三年中关于回族文学概念讨论的数篇论文一起，拉开了回族文学研究的大幕。从此时起，回族文学研究大致经历了两个阶段的演变。下文将分别从回族文学史的建构、回

[①] 马梅萍：《汉语伊斯兰教文学史发凡》，载《西北民族研究》2013年第3期。

族文学的研究和批评、《回族文学》阵地等三方面对其加以回顾。

一、回族文学史的建构

文学史书写并非如传统史观所认为的必然是再现真实，它同时也是主观叙事，"消除了实在话语与虚构话语之间的区分"①，它更是建构的产物，文学史生成的背后，往往是话语权力的支撑，透过文学史及其生成过程，可以看出一个时代的政治导向、文化环境。回族文学史概莫能外。

（一）回族文学史构建期：二十世纪年代末至九十年代末

新中国成立，全国范围内大规模的民族识别工作即铺展开来，55个少数民族相继识别确定后，建构各少数民族历史、文学史的工作进入议事日程。少数民族文学史编撰工作于1958年启动，在二十世纪五十年代末六十年代初产生了第一批文学史，中经"文革"停顿，二十世纪七十年代至八十年代初再度启动。②"民族文学史的编写工作，就本质而言，是一种国家的学术行为，服务于建构多元一体民族国家这一现代性意识形态。"③回族文学史的生成在上述文革后民族文学史写作重启时实现，并于二十世纪八九十年代产生了最早的三卷本回族文学史，即宁夏《回族文学史》编写组、宁夏大学回族文学研究所编写的《回族古代文学史》（张迎胜、丁生俊，1988年）、《回族民族文学史纲》（李树江，1989年）、《回族当代文学史》（上编）（杨继国、何克俭，1994年）。《回族古代文学史》所选古代回族作家的作品，基本与伊斯兰教无涉，故略过不论。

《回族民间文学史纲》（以下简称《民间史》）分上下两编，上编属回族民间文学理论建构部分，共分四章。下编按社会历史分期法分古代、近代、现代、当代回族民间文学四章，详述不同类型的民间文学样式及其代表作，并提供了民间文学的典籍记载、研究、搜集整理过程等珍贵的信息。结语部分突出

---

① ［美］海登·海特：《形式的内容：叙事话语与历史再现·前言》，董立河译，北京：文津出版社，2005年版。

② 本段少数民族文学史写作数据参考邓敏文：《中国多民族文学史论》，北京：社会科学文献出版社，1995年版。

③ 董乃斌、陈伯海、刘扬忠：《中国文学史学史》第三卷，石家庄：河北人民出版社，2003年版，第368页。

回族民间文学的民族特点、文学价值等，附录部分则详列民间文学作品、数据年表。伊斯兰教文学研究在《民间史》中得到了一定程度的体现。在分析"解释人类起源的神话""关于回族源流的传说""关于穆罕默德的传说"等故事的时候，作者指出了其与《古兰经》、伊斯兰教的联系，认为"伊斯兰教对回族神话的产生有着重大深远的影响。这从解释回族起源的几个神话故事中明显地看到这种痕迹"①。

《回族当代文学史》（上）（以下简称《当代史》）分诗歌和小说两部分，然后按作家分章叙述，下限为1987年（出版时有所增补）。彼时，回族当代作家文学创作尚没有迎来高峰，文学史缺乏足够的文本支撑，难免"以论代史"。但就文学史叙事来说，《当代史》开创了回族当代作家作品的阐释话语，提供了宝贵的数据。二十世纪八十年代，回族作家文学已经产生了一些反映回族宗教生活的作品，如马知遥的《古尔邦节》、韩统良的《朝觐者》、张承志的《残月》、霍达的《穆斯林的葬礼》、查舜的《穆斯林的儿女》等，在分析这些作品时，必然面对怎样阐释文学书写中的宗教问题。《当代史》肯定了"宗教生活"在回族人民生活中的"正当"性，并最终归结到"民族意识""民族情感"②，及民族"心理素质""民族的心灵历程"③，可见，其落脚点还是"民族性"。

尽管以今天的学术眼光看，三卷本回族文学史的话语和范式已过时了，但文学史研究应该具备"历史的现场感"④，"努力把问题，把作家作品放回到'历史情境'之中去观察"⑤。回族文学史写作起步的新时期初，面对"文革"遗留的文化废墟，话语尚处探索阶段。最重要的是，研究者面对一片空白的研究局面，筚路蓝缕，开启了回族文学史、回族文学研究学科，其开创性不

---

① 李树江：《回族民间文学史纲》，甘肃：宁夏人民出版社，1989年版，第51页。

② 杨继国、何克俭：《当代回族文学史》（上），甘肃：宁夏人民出版社，1994年版，第202页。"描写了回族人民正当的宗教生活"，"表现了作家强烈的民族意识和民族情感"，是《当代史》对韩统良小说《朝觐者》的概括。

③ 杨继国、何克俭：《当代回族文学史》（上），第233、236页。"多层次、多角度地刻画了回族人民心中那永远不熄的'心火'——鲜明而独特的心理素质"及"形象地写出了他们的'心史'——民族的心灵历程"是《当代史》对张承志回族题材小说和散文的评价。

④ 钱理群：《中国当代文学史写作笔谈——读洪子诚〈当代文学史〉后》，载《文学评论》2000年第1期。

⑤ 洪子诚：《问题与方法——中国当代文学史研究讲稿》，北京：三联书店，2002年版，第88页。

可低估。当时搜集整理的第一手文学数据具有史料价值,建立的写作框架、体式、阐释话语对后来的回族文学史书写也有一定的影响。

(二)回族文学史叙事延续、探索期:新世纪

新世纪涌现了四部回族文学史,分别是:魏兰的《回族文学概观》(2004年)、吴建伟的《中国回族文学史》(2007年)、杨继国的《回族文学通史》(2014年)、丁一清的《回族文学史》(2015年)。其中,魏兰与丁一清的为个人作品,另外两部则为集体编纂。

魏兰的《回族文学概观》绪论部分梳理了回族文学的定义、特征、发展,表现出理论建构的意向,正文分回族民族文学、回族作家文学、回族文学研究三编。该书将民族性确立为回族文学的根本特征,故把不涉及回族生活题材的古代作家文学排除在外,这一做法颇具个人见地。以地域为单位划分回族作家群,也是魏兰的首创。该书在对具体作家作品的阐释中,比较注意挖掘回族文化背景(包括伊斯兰教)。丁一清的《回族文学史》分古代回族文学、近现代回族文学、当代回族文学、民间回族文学四编。此版文学史绪论设伊斯兰教的传入、回族的形成、回族文化及文学三章,反映了撰写者对回族文学的民族文化背景的重视,具体作品阐释也比较关注伊斯兰教文化内涵。

吴建伟主编的《中国回族文学史》及杨继国主编的《回族文学通史》都是在二十世纪八九十年代三卷本回族文学史基础上扩展、增补的集体编撰版本。吴版增加了绪论和近代回族文学部分,其他在三卷本古代卷基础上增补撰写,下限止于1949年。值得注意的是,该书绪论第三章中试图探寻伊斯兰教在回族先民文学创作中的痕迹。杨版属"十二五"国家重点出版规划项目,写作班子在三卷本原班人马的基础上增加新成员,将原三卷本扩展为民间文学卷、古代卷、近现代卷、当代卷(上下)四卷五册,定位为"百科全书式的著作"[1]。此版突出回族文学的民族性,多处提到伊斯兰教对回族文学的影响。

总之,新世纪的回族文学史叙事中,回族文学的宗教性因素得到了的强调,不再仅如二十世纪八九十年代三卷本那样将落脚点仅放在民族性上。

---

[1] 杨继国:《中国回族文学通史·后记》当代卷(下册),银川:阳光出版社,2014年版。

二、回族文学的研究与批评

回族文学理论研究与回族文学史的建构同步，同属国家统筹下的少数民族文学史建构工程，最初的工作是讨论研究对象的范围、特点，以确定作家作品的遴选范围，配合文学史架构的建立。

（一）回族文学研究学科建制期：二十世纪七十年代末至九十年代末

在二十世纪七十年代末至九十年代末回族文学研究的第一阶段，回族文学理论研究、文学批评以宁夏《回族文学史》编写组、宁夏大学回族文学研究所为主力，同时亦有全国各地的回族学者积极参与，其特点是注重学科基本理论的建设和作家作品的考证、批评。

1. 血统与文化之争：回族文学的理论探讨与建构

1980年10月26日，《宁夏日报》发表何克俭的《浅谈回族文学的界限》和杨建国的《回族文学的范围应以作品划分》两文，首开对回族文学范围的讨论。之后半年，《宁夏日报》《朔方》《宁夏大学学报》共刊发18篇文章参与讨论[1]，构建回族文学的对象、范围与概念。主要观点有以下四种：第一，以作品反映回族生活为标准；第二，以作者族属回族为标准；第三，兼顾作者与作品标准，只有回族作者写的反映回族生活的才算回族文学；第四，放宽作者与作品标准，只要是回族作者写的或只反映回族生活的都算回族文学。主流观点是族属标准，回族文学史编撰采用的也是这一标准。

可见，回族文学中要不要突出民族性内核是当时争论的焦点所在。而有关民族性的讨论必然要引向对于伊斯兰教在回族文化中的地位与影响的讨论。回族先民来华后逐渐本土化，历千年而没有被同化的原因就是伊斯兰教的传承，回族与其他民族赖以区分的标志也是以宗教为核心的民族文化体系，而非血统。但现实中回族大分散的居住格局，使得不少散居回族作家的文学书写的确与民族文化、信仰无涉。所以，国家以血统认定的"民族"身份与回族的宗教文化特征之间存在一定的矛盾，这也正是回族文学争论的由来。以族属为标准的回族文学，必然偏向血统而疏离了文化。这也是现实当中回族文学与伊斯兰教文学存在分野的原因之一。

---

[1] 回族文学范围讨论论文数据参考李树江：《回族民间文学史纲》，银川：宁夏人民出版社，1989年版，第296页。

回族文学范围讨论之后，围绕着回族文学的民族特点、回族有无神话的讨论，以及回族民间文学的系统研究，又有多篇论文发表。[1] 通过"讨论"这种国家学术的集体运作方式，回族文学的概念、范围、特点等理论建构任务在二十世纪八十年代中期大致完成。但这也只是开了个头，学术研究是一个不断发现问题、寻找答案、解决问题的积累过程，越深入，面临的问题越多。回族文学研究（少数民族文学研究亦然）是新中国成立后建构出的新学科，第一代学人面对的是资料稀缺、研究几近空白的局面，不断地发现问题并进行理论探索是在所难免的。二十世纪八十年代中期至九十年代末期，陆续有学者撰文关注回族文学的创作特征、审美特征、民族特点、民俗特色、民族文化背景、美学意义、影响以及与伊斯兰教的关系等问题。

回族文学理论探讨类论文中涉及回族文学的民族特点、民族文化背景的无疑会提到宗教生活描写，但落脚点多在民俗层面。明确提到伊斯兰教之于回族文学意义的论文目前计有七篇。[2] 其中，高嵩、潘自强、何川江发表于1982—1983年的三篇论文，仍在论证回族文学中描写伊斯兰教生活是否合理，反映了"文革"结束后在宗教问题上的极左观点尚未消除。高嵩认为回族文学"绝不可以把什么宗教特色当做自己'主要的第一的'特色"[3]。潘自强则认为宗教是回族生活的一部分，回族文学"不应该回避人民群众的宗教生活"[4]。发表于1988—1999年的后四篇文章，则可以看出宗教已经不必讳言，伊斯兰教对于回族文学的积极影响已经成为共识。杨继国认为伊斯兰教从语言、情节、人物等几个方面影响了回族民间文学，"如果否认了伊斯兰教文化，实际

---

[1] 回族文学理论讨论的相关数据参考杨继国：《回族文学与回族文化》，银川：宁夏人民出版社，1990年版，第179—194页。

[2] 这7篇论文是：高嵩的《漫谈回族文学与宗教》（《朔方》，1982年第8期）、潘自强的《生活是不能回避的——试谈回族文学对宗教生活的描写》（《朔方》，1982年第10期）、何川江的《宁夏回族民间文学与宗教》（《朔方》，1983年第9期）、谢保国与赵慧的《简论回族文学与伊斯兰教的关系》（《宁夏大学学报》，1988年第4期）、杨继国的《回族民间文学与伊斯兰教》（《宁夏大学学报》1989年第4期）、马有义的《试论伊斯兰教对回族文学的影响》（《青海民族学院学报》，1995年第1期）、马燕的《伊斯兰教艺术观与回族文学创作》（《青海民族研究》，1999年第3期）。

[3] 高嵩：《漫谈回族文学与宗教》，载《朔方》1982年第8期。

[4] 潘自强：《生活是不能回避的——试谈回族文学对宗教生活的描写》，载《朔方》1982年第10期。

上也就等于否定了回族文化"[①]。

2. 作家、作品的研究与批评

与理论建构同时，回族作家研究、作品批评的工作也在开展。1979年，《宁夏文艺》《回族文学》丛刊（宁夏《回族文学史》编写组创办）、《宁夏日报》《宁夏大学学报》等即开始发表回族作家作品研究、批评论文，《朔方》《新月》《博格达》《民族文学》《边疆文艺》等随即也成为主要发表阵地。

古代回族作家、作品研究主要倾向作家考证。因为古代回族作家的族籍并不确定，其诗文写作亦未表现出明显的回族特征，故需加以考证。而考证的方式，仍然只能诉诸血统（族属）标准，而非文化（宗教）特征。最终，萨都刺、海瑞、丁鹤年、李贽、蒋湘南、沙琛、高克恭等一系列古代回族作家被识别出来并写入了回族文学史，但其中一些人的族属至今仍存在争议。

现当代回族作家的族属比较明确，因此研究集中于作品批评。马瑞麟、马知遥、沙陆墟、马宗融、木斧、高深、霍达、张承志、贾羽等回族作家的作品得到了较为广泛的研究。而随着新时期民族文学创作中对"民族性"的强调，回族文学创作中的宗教因素也越来越受到关注。在回族文学研究的第一阶段（二十世纪九十年代末之前），作家研究、作品批评主要是为了配合三卷本回族文学史的撰写，注重研究的整体性。此时段的主要研究者包括白崇人、林松、李佩伦、杨继国、何克俭、张迎胜、汪宗元、贾羽、杨峰、王锋、赵慧、杨云才、马宇桢等。其中，林松在二十世纪九十年代研究不同版本的《古兰经》汉译本，具有开创性；杨继国对回族文学的理论建设也做出了重要贡献。

回族民间文学的研究，起步早于回族文学史书写和作家文学研究。二十世纪五十年代末至八十年代初，回族民间文学研究基本集中于不同省区、不同题材的民间文学资料梳理，研究缺乏纵深，而且研究的整体性和体系性还没建立。李树江的1989年版《回族民间文学史纲》，堪称回族民间文学研究的里程碑式著作。李树江一直致力于回族民间文学研究，在汇通不同地区、不同题材的研究对象的同时，注重回族民间文学与回族历史文化的联系，也注重分析回族民间文学与伊斯兰教的关系。他曾提出，回族神话的来源是"经过阿訇向

[①] 杨继国：《回族民间文学与伊斯兰教》，载《宁夏大学学报》1989年第4期。

回族群众口授相传的。有的则是《古兰经》中的内容"[①]。与李树江同时期的何克俭、朱刚,在回族民间文学研究方面也值得注意。另外,二十世纪八十至九十年代,宁夏大学回族文学研究所也与国外学者有所合作,美国密苏里州立大学路卡特(Karl W. Luckert)教授与李树江合作主编的《中国回族神话与民间故事》(Mythology and Folklore of the Hui, A Muslim Chinese People)在美国出版,并拍摄了反映中国穆斯林生活的视频材料。日本学者西胁隆夫、田中莹一,美国学者埃里纳麦·戴维尔等也对回族民间文学有所研究。[②]

3.代表性专著

二十世纪九十年代,依托宁夏大学回族文学研究所的平台,宁夏人民出版社相继出版了一批回族文学研究书籍。例如七辑本的"回族文学论丛",包括《回族文学论丛》(1990年)、《沙陆墟创作研究》(1990年)、《回族文学与回族文化》(1990年)、《回族文学的心律》(1991年)、《马宗融专集》(1992年)、《回族民俗学概论》(1994年)、《回族文学纵与横》(1998年)。还有宁夏大学回族文学研究所编纂的《回族当代人物辞典》(1989年),杨继国的《回族文学创作论》(1995年)、《杨继国评论集》(1996年),李树江等编的《马瑞麟创作研究》(1999年)等。在宁夏以外,还有白崇人的《民族文学创作论》(广西民族出版社,1992年)、李佩伦的《绿野沉思》(山西古籍出版社,1994年)等。这批研究专著多为作家、作品评论选编集,是回族文学研究第一阶段的总爆发。但毋庸置疑,这一时期的研究,对于回族文学当中的宗教性描写仍不是十分关注。

《回族文学创作论》是杨继国多年从事回族文学研究的一次理论总结,全书分回族文学的概念及发展、当代回族文学的创作特征和审美理想、回族作家的审美心理、回族文学作品的知觉特性、回族文学与世界文学等五章。该书虽与三卷本回族文学史思路一致,仍将研究的立足点放于"民族性"上,但在具体问题的阐释上已有所突破。该书第三章中,曾对何克俭的诗《清真短章·封斋》、白练的小说《哎,你这个伊比利斯》之宗教描写进行分析,将作品表现

[①] 李树江:《五彩缤纷的回族民间文学》,选自宁夏文联文艺理论研究室:《宁夏文学理论丛书:回族文学评论集》,1984年版,第62页。

[②] 国外回族民间文学研究参考李树江:《美国和日本对中国民间文学的研究和出版》,载《宁夏社会科学》1998年第5期。

出的宗教精神归纳为民族的"道德思维","即一种以道德标准作为分析、评断事物的思维方式。它往往与宗教相联系,因为世界上几个主要的宗教,都是道德的宗教。回族人民信仰的伊斯兰教,不仅仅是一种世界观,而且是一种生活制度,一种伦理道德规范"①。

(二)回族文学研究学术独立期:新世纪

相对于上一阶段的兴盛,新世纪的回族文学研究比较冷清。国家行政促动下集体研究回族文学的局面已一去不复返,能够凭个人喜好,长期跟踪、深入研究新世纪回族文学研究者不多,研究队伍和代表性成果锐减。另一方面,边缘处境也给回族文学研究带来了新的生机,研究视野更为开阔、方法渐趋多元、内容更为深入,在有的研究者身上还实现了研究范式的更新。

新世纪以来回族文学的研究专著,有马丽蓉的《20世纪中国文学与伊斯兰教文化》(2000年)和《踩在几片文化上　张承志新论》(2001年)、王锋的《当代回族文学现象研究》(2001年)、赵慧的《回族文化透视》(2001年)、张迎胜的《元代回族文学家》(2004年)、李健彪的《绿野心音》(2005年)、赵慧主编的《马瑞麟创作研究》(第二辑2005年,第三辑2009年,第四辑2013年)、丁朝君的《当代宁夏作家论》(2007年)、白草的《文学大家笔下的回族》(2008年)、马旷源的《云南回族文学论稿》(2010年)、王继霞的《二十世纪回族文学价值研究》(2014年)等。

马丽蓉的《20世纪中国文学与伊斯兰文化》是首部专论伊斯兰文化与文学的著作,作为"20世纪中国文学研究丛书"之一种出版。该书将研究对象界定为"伊斯兰作家",以个案创作为具体着眼点研究了20世纪信仰伊斯兰教的新疆与内地两个系统的文学创作。在研究内地系统时,她捕捉到多位回族作家文本中作为伊斯兰教信仰象征载体的月亮意象,并以"清洁的精神"作为研究张承志文学精神的切入点,把握住了伊斯兰教文学的精神核心。在《踩在几片文化上　张承志新论》中,马丽蓉从人格论、文体论、作品论逐层分析,并最终将张承志的精神追求归结为以伊斯兰教信仰为标高的"清洁的精神"。她的研究凸显了回族文学中的宗教性描写及其价值,并把回族文学研究推向了深入,在近年来的回族文学研究中独占鳌翘。

---

① 杨继国:《回族文学创作论》,银川:宁夏人民出版社,1995年版,第92页。

新世纪的回族文学研究者,既有一些老面孔,也涌现出了不少新面孔。马丽蓉、白草、李健彪、马有义、马燕在二十世纪九十年代就开始涉足回族文学研究,新世纪更加成熟。李小凤、石彦伟、王继霞、马慧茹、苏文宝等则正处在学术成长阶段。新世纪的回族文学研究倾向于具体的个案研究与批评,出现了一些学术性强而深入,并能解析作家作品宗教内蕴的专题研究,如马丽蓉、白草等对张承志、石舒清文学创作的研究,以及李小凤的回族家族文学研究等。

三、新世纪的《回族文学》期刊阵地

回族文学研究离不开研究队伍、研究机构与专业期刊的支撑。二十世纪七十年代末至八十年代初,宁夏回族自治区的《宁夏文艺》《宁夏日报》《朔方》《宁夏大学学报》等报刊配合回族文学史写作工程,刊发了大量论文,成为回族文学研究最早的阵地。宁夏大学回族文学研究所成立后,曾创办辑刊《回族文学论丛》,是二十世纪九十年代回族文学研究的重要阵地。随着1998年宁夏大学回族文学研究所更名,计划经济时代国家扶持的研究机构不复存在,回族文学研究专业期刊也告没落。在此情形下,明确定位为"中国唯一以回族命名的文学期刊"的《回族文学》,在很大程度上担负起了日渐边缘化的回族文学研究期刊阵地的角色。

《回族文学》由新疆昌吉回族自治州文联创办于1979年,原名《博格达》,1985年改名《新疆回族文学》,2000年第5期更名《回族文学》,实现了从地方性刊物向全国性刊物的转变。二十世纪七十年代末至八十年代,回族文学研究的第一代学人林松、白崇人、李树江、朱刚、杨继国、李佩伦、杨峰等都曾在此刊发文,因此可以说它也参与了回族文学研究学科建构的历史进程。更名《回族文学》后,确定办刊宗旨为"时代性、文学性、民族性、文化性"[1],凸显回族文学的民族文化特色。该刊设有"小说""散文""诗歌""文圃新苗""回族作家之窗""佳作选粹""阿拉伯世界作品选译""回族人物""评论""西部风景线""岁月钩沉""美术"等相对固定的栏目。

其中,"岁月钩沉"栏目以春秋笔法钩沉回族的历史血脉、古迹遗存、

---

[1] 回族文学编辑部:《〈新疆回族文学〉更名庆祝会隆重召开》,载《回族文学》2001年第1期。

区域性文化及其他风俗或文化现象，既具有厚重的历史感，又具有人文地理的文化独特性。姚新勇认为："《回族文学》给我们所呈现出的以汉语主流文化为背景，以伊斯兰信仰为经纬贯穿而成的熟悉而又陌生的文化地理学的幅员，远不止于江南一隅，而是横跨祖国的东西，纵穿大江南北乃至延伸到境外。"①"回族人物"栏目叙述回族历史及现实中做出突出贡献的文化名人，"阿拉伯世界作品选译"栏目萃选阿拉伯世界的新近理论及文学文本，"作为唯一专门译介阿拉伯世界作家作品的栏目而在国内期刊界独树一帜"②。这几个特色栏目都与作为回族文化核心的伊斯兰教有关，从接受美学的角度对受众实现了回族文化、伊斯兰文明的推介。回族学者达吾认为，"岁月钩沉""回族人物"以及部分"佳作选粹""回族作家之窗"的作品聚焦于民族传统，具有"文化大散文"的特质，"为回族文化的自我表述开拓着更大的空间"，"直接提升了刊物的文化质量，丰富了刊物的文化内涵"。③

另外，《回族文学》每年都会刊发当年的回族文学年度述评，点面结合地对该年度全国回族文学发展总貌做一评析，颇具数据价值。2009年起，回族文学年度述评改为《回族文学》年度述评，研究范围有所缩小，颇为可惜。"评论"栏目基本每期都会刊发一两篇文学评论，包括回族作家作品论、文学现象论、作家访谈或笔谈等。其中笔谈比较有特色，一是强调回族文学的民族文化属性，一是注重对既有研究的批判反思。如对霍达小说《穆斯林的葬礼》的笔谈（《回族文学》2006年第1期）以回族的历史、文化、信仰为参照系，约请了四位回、汉学者，从不同的角度讨论《穆斯林的葬礼》到底"能不能揭示一个民族的历史真相和心灵深度"的问题。④

小　结

回族文化的精神根基是伊斯兰文化。而回族文学讨论初期以作者族属（血统）代文化（宗教）而界定回族文学的立场，客观上导致了回族文学研究中血

---

① 姚新勇：《2014年〈回族文学〉年度述评》，载《回族文学》2015年第1期。
② 达吾：《2009年回族文学年度述评》，载《回族文学》2010年第1期。
③ 达吾：《2009年回族文学年度述评》，载《回族文学》2010年第1期。
④ 周传斌、达吾、姚新勇、王勇：《关于〈穆斯林的葬礼〉的笔谈》，载《回族文学》2006年第1期。

统与文化之间的内在张力,致使伊斯兰教在回族文学研究中没有得到足够的重视与阐释。

其实,在当代回族文学创作中,张承志、石舒清等一些具有"民族文化本位"意识的作家,都有宗教信仰的文学表达。在新世纪讨论回族文学,伊斯兰教已经成为一个绕不过去的话题。

而将当代回族文学向历史追溯,寻找这种信仰叙事的精神传承时,如果按照"族属"标准的回族文学界定方式,会尴尬地发现,那些被"识别"出来的古代回族作家的诗文创作,基本不反映回族生活,更谈何民族性、宗教精神的传承。但是,如果我们在回族文学研究中引入宗教文学的理念,以信徒创作的、阐释宗教精神的"汉语伊斯兰教文学"标准去上溯,则自然会上溯到《古兰经》的汉译与传播,阿拉伯、波斯文学原典在中国的流传与汉译,明清回族汉文译著对伊斯兰哲学、伊斯兰文学的大规模译介,恐怕这才是当代回族文学信仰叙事的精神源头。

后　记

　　从 2007 年开始，笔者以武汉大学一批从事宗教文学研究的中青年学者（2009 年组建武汉大学中国宗教文学与宗教文献研究中心）为依托，陆续邀约中国社会科学院、中国人民大学、南开大学、西藏民族学院、兰州大学、内蒙古大学、新疆大学、四川大学、南京大学、华东师范大学、上海师范大学、福建师范大学、江西师范大学、中山大学、陕西师范大学、湖南师范大学、安徽财经大学、南台科技大学、台中科技大学、周口师范学院等科研机构和高等院校的中青年学者共同编撰 12 卷 25 册《中国宗教文学史》。这套《中国宗教文学史》将"宗教文学"界定为宗教实践（信仰、修持、弘传、济世）中产生的文学，强调宗教实践、宗教体验与文学创作的内在关联，以宗教徒的文学创作为考察重点，是国内第一部叙述中国佛教徒、道教徒、基督徒、伊斯兰教徒创作的文学的通史性著作，也是国内第一部兼顾汉语、蒙语、藏语、维吾尔语、傣语等多个语种的大中华宗教文学通史性著作。

　　为了凝聚共识、推进《中国宗教文学史》的写作，课题组搭建了一系列讨论平台。在净慧长老和星云长老的支持下，课题组先后于黄梅四祖寺、高雄佛光山寺、宜兴大觉寺、黄梅四祖寺召开四次学术研讨会：《中国宗教文学史》编撰会议暨高校中青年骨干教师禅修营（2012 年 8 月）、宗教实践与文学创作暨《中国宗教文学史》编撰国际学术研讨会（2014 年 1 月）、宗教实践与星云大师的文学创作学术研讨会（2014 年 9 月）、佛教文学与佛教文献国际学术研讨会（2014 年 10 月）。2015 年底，道教文学史课题组得到高雄道德院翁主持的支持，将在正修科技大学主办的会议上提交"宗教实践与道教文学创作"的学术论文。

　　从 2009 年开始，课题组先后于《武汉大学学报》《江西师范大学学报》《哈尔滨工业大学学报》《学术交流》《贵州社会科学》《海南大学学报》

《云南大学学报》等刊物刊载了120多篇专栏论文，其中课题组论文92篇。这些论文也受到《中国社会科学文摘》《高等学校文科学术文摘》、中国人民大学报刊复印数据、《光明日报》的关注。本书收入的是其中的部分论文。现在将这些论文结集出版，目的是向海内外方家请教，推进《中国宗教文学史》的编撰。

值此出版之际，再次感谢课题组各位同人、教界各位长老和住持、出版社、期刊社各位领导和编辑的大力支持。也要特别感谢武汉大学社会科学研究院、文学院、古代文学教研室各位领导和老师的大力支持。

吴光正

2015年7月22日

好事多磨，《宗教实践与中国宗教文学》论文集编好后，一直未能按期出版。好在12卷25册《中国宗教文学史》已经中标2015年国家社科基金重大招标项目，这对于一直是民间运作的课题组来说无疑是一个鼓舞。尽管我至今都不知道评审专家们的名字，但我要在这里郑重地说声感谢。这次重新编排论文，加入了一些课题组成员新进发表的论文。本课题组组建以来，何坤翁先生一直是课题组稿件的阅读者，正是在他的大力倡议和邀请下，笔者才应邀为《武汉大学学报》"中国宗教文学研究"专栏邀稿，并将这个专栏国际化。正是有了这个专栏的成功运作，才陆续有若干刊物创办类似专栏，掀起了中国宗教文学研究的一个小高潮。这次他应邀和我一起编选专栏论文集，就是为了纪念这段难忘的历史。在此也要感谢郑红翠、曹金钟、张丽荣、郑迦文、李琳、孙绍先、王法敏、李琳、王秀臣、吴子林诸位先生对课程小组的支持和帮助。

吴光正

2016年1月19日